RIVER OF STARS
星 河

Guy Gavriel Kay
【加拿大】盖伊·加夫里尔·凯 / 著

刘　壮 / 译

重庆出版集团 重庆出版社

RIVER OF STARS © 2013 by Guy Gavriel Kay
Published in agreement with the author, c/o Trident Media Group,
LLC, 41 Madison Avenue, 36th Floor, New York, NY10010, U. S. A.
through Andrew Nurnberg Associates International Ltd.
Simplified Chinese edition copyright © 2014 Chongqing Tianjian
Cartoon & Animated Picture Culture Co., Ltd.
ALL right reserved.

版权所有·侵权必究

版贸核渝字(2013)第 246 号

图书在版编目(CIP)数据

星河 /(加)凯著；刘壮译. —重庆：
重庆出版社，2014.8
ISBN 978-7-229-08212-3

Ⅰ.①星… Ⅱ.①凯… ②刘… Ⅲ.①长篇小说—加拿大—现代
Ⅳ.①I711.45

中国版本图书馆 CIP 数据核字(2014)第 134338 号

星河
XINGHE
[加拿大]盖伊·加夫里尔·凯 著 刘 壮 译

出版人：罗小卫
出版策划：重庆天健卡通动画文化有限责任公司
责任编辑：邹 禾 肖 飒 陈 垦
责任校对：刘小燕
封面设计：破 晓

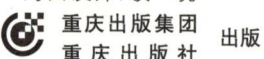
重庆出版集团 出版
重庆出版社

重庆长江二路 205 号 邮政编码：400016 http://www.cqph.com
重庆出版集团艺术设计有限公司制版
重庆市鹏程印务有限公司印刷
重庆出版集团图书发行有限公司发行
E-MAIL:fxchu@cqph.com 邮购电话：023-68809452
全国新华书店经销
开本：880mm×1230mm 1/32 印张：16.5 字数：455 千
2014 年 8 月第 1 版 2014 年 8 月第 1 次印刷
ISBN 978-7-229-08212-3
定价：55.80 元

如有印装质量问题，请向本集团图书发行有限公司调换：023-68706683

版权所有   侵权必究

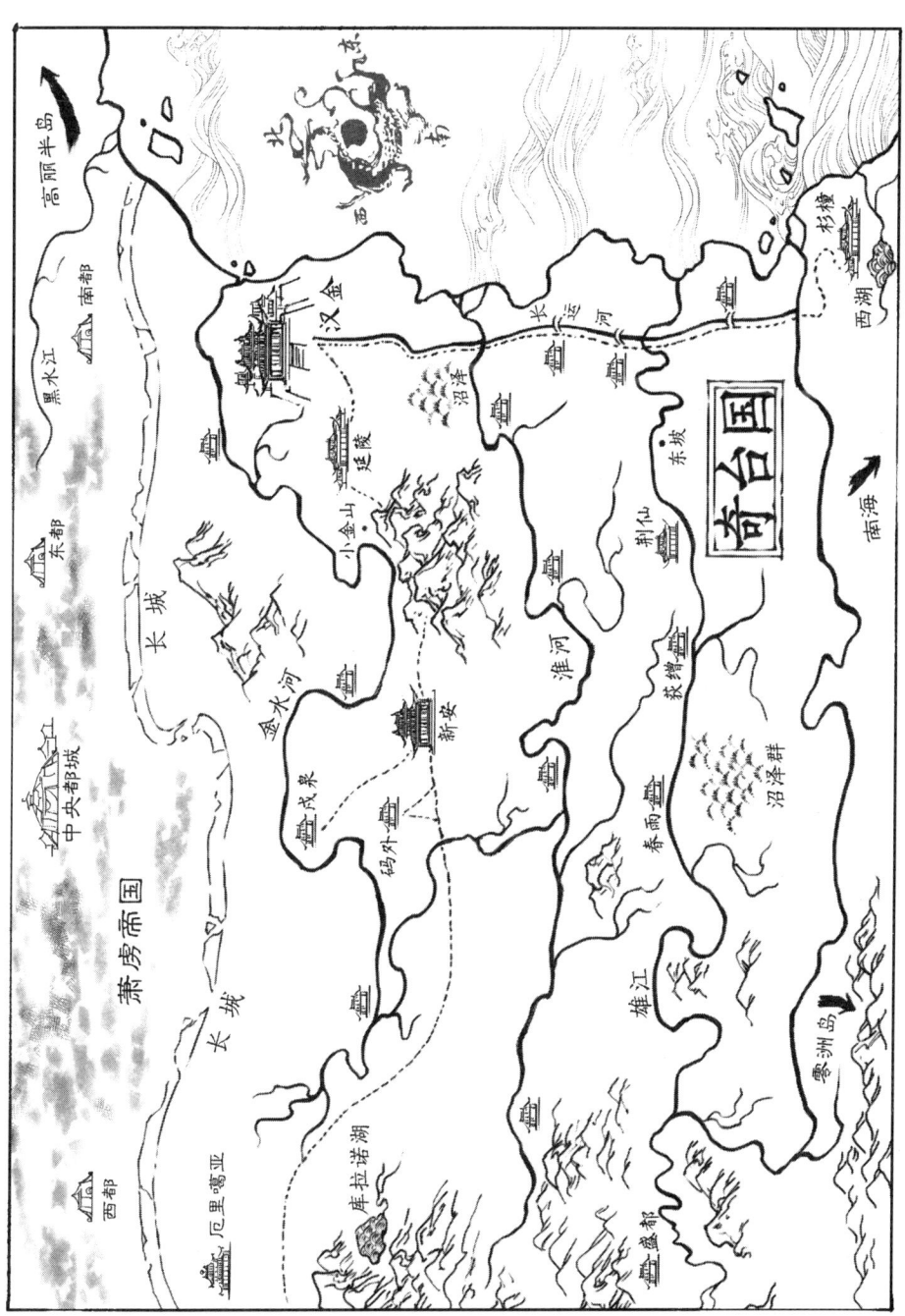

第一部

第一章

晚秋时节，清晨。天有些冷，雾气从林子里的地上升起，笼上一丛丛翠绿的竹林，掩蔽了声音，遮住东边的十二峰。路边的枫树，叶子已经变了颜色，或赤或黄，片片落下，盖了一路。镇子边上的庙里敲起钟来，声音缥缈，仿佛来自另一个世界。

附近的林子里有老虎，幸好为数不多，而且只有晚上才出来打猎，这会儿还没饿。盛都的老百姓都怕老虎，老人家还给虎仙上供。尽管如此，百姓每天还是要进林子里砍柴打猎，除非已经知道老虎就在这附近。每到这时，大家就会被本能的恐惧所攫住，地也不耕茶也不采，直到大伙儿千辛万苦，甚至豁出人命，把老虎打死。

这天清晨雾蒙蒙的，病恹恹的太阳光虚弱地照进竹林，透过叶子漏了下来：林子里一片暗沉。男孩一个人在竹林里，气鼓鼓地挥舞着自己做的竹剑。

他生气委屈已经半个月了，在他看来，自己有的是理由如此。比方说，自己的生活已经彻底毁掉了，就像番子洗劫过后的市镇。

不过，这会儿他正在想别的事情。他想知道，要是发起怒来，竹剑是舞得更好还是更糟，还有，射击也会受怒气的影响吗？

男孩练习的这个套路是他自己发明的，这是个测试，是训练，也是磨砺，绝不是小孩子玩意儿——他也不是小孩子了。

他可不想让别人知道自己在这里。兄长肯定不知道，不然的话，他早就跟来嘲笑他了——兴许还会把竹剑弄断。

男孩需要完成的挑战包括：快速往返跑；用全力挥舞这把过长——也过轻——的竹剑；控制力道，劈砍、突刺，却不让剑碰到隐藏在四周雾气里的竹子。

他已经在这里练习两年了，用坏——或者说，弄断——的木剑不计其数，横七竖八地丢在周围。地面高低起伏不平，男孩把断剑丢在这里，好增加训练的难度。真正的战场上一定少不了障碍物。

男孩比同龄人都要成熟，严肃而自信，下定决心要成为盖世英雄，要力挽狂澜，为这日渐沉沦的世道赢回昔日的荣光。

男孩是家里的次子，父亲是盛都县衙门里的书吏。盛都县在奇台帝国第十二王朝的西部边陲，也就是说，男孩心中的远大志向，在如今这个世道里，根本没有实现的可能。

而另一件事的发生，更是让男孩梦想落空成了板上钉钉的事情。半个月前，县里唯一一位教书先生把自己的私塾"映潭山书院"关掉了。他去了东方（向西也没有去处），去奔自己的前程，或者说，至少给自己找碗饭吃。

私塾的学生很少。先生同他们讲过，他其实可以当个圣道教的道士，做做法事，跟孤魂野鬼打打交道。先生说这里面都有讲究，还说如果参加科举考试，最后没考上进士，干这行倒也算是个营生。说这话时，段先生一脸苦相，看起来像是在替自己辩解。

这些东西，男孩一直都没办法理解。他当然知道世上有鬼魂，可他从没想到先生也懂这些。他不知道段龙是不是真的要干这一行，也不知道这么说是出于愤怒，还是在跟学生开玩笑。

但男孩确切知道的是，自己没办法继续学业了。而少了课业和好的先生（更别说其他一大堆东西），就根本没资格参加州府组织的科举考试，更别说考试及第了。而如果最初的考试都不能通过，他的那些雄心壮志——上京师考进士——全都会化为泡影。

至于树林里的训练，那些激烈而明亮的梦想，想要从军施展抱负、恢复奇台旧时荣光……唉，梦还是留着晚上做吧。如今的他，完全看不到出路，完全不知道该如何学习领兵打仗，如何为奇台的荣耀而生甚或死去。

如今年景不好。今年春天，天上出现一颗扫帚星，紧跟着，夏季一场大旱肆虐北方。这些消息翻过群山，渡过大江，慢慢传到泽川路来。大旱，加上西北的战争，这一年很难熬啊。

整个冬天一直干旱。而在往常，众所周知，泽川的雨水非常多。夏天，地面上腾起湿气，树叶上的雨水怎么也滴不完，衣服被褥晒都晒不干。秋冬两季雨水会少一些，但绝不会停下来——那是平常年景。

可今年不是"平常年景"。春茶收成就很惨淡,让人绝望,稻田菜地也太干了。到了秋天,庄稼长得稀稀拉拉,看得人心惊肉跳。税赋还一点儿都不减。朝廷打仗,官家①需要钱。这些事情,段先生也讲过,有时候他还会说些莽撞的话。

段先生一直督促他们学习史书,同时又告诫他们不要被史书奴役。他说,写历史的人,全都有一股热情,就是要通古今之变,成一家之言。

他对学生讲过新安,数个辉煌朝代的都城,人口曾经达到两百万,可如今那里只有大概十万人,七零八落地在瓦砾堆中生活。他还说过塔古,在他们西边,隔着重重关隘,很久以前,曾是一个可与奇台匹敌的帝国,强悍、危险,盛产骏马,如今只剩下一些挣扎求生的藩国,以及建得跟要塞似的寺院。

有时候,放了学,段先生会同年纪稍长的学生们坐在一起,一边喝着学生敬他的酒,一边唱歌。他会唱:"一朝兴,一朝落,奇台百姓多苦厄……"

有几回,男孩拿这些事情向父亲求教,可父亲为人一向谨慎,对此并没有发表看法。

茶叶歉收,没有收成交给官府,以换回大江下游的米、盐和麦子,今年冬天,百姓要挨饿了。官府的粮仓本该存满粮食,遇上坏年景就开仓放粮,有时候还要免去税赋。可官仓一向是要么无粮可放,要么放得太晚——庄稼一歉收就是这样。

往年茶农都会截留一部分本该上缴茶司的茶叶,翻山越岭,运到关外贩私茶。而今年秋天,就算男孩再聪明,学东西再快,就算孩子父亲再重视学问,家里没有余钱,也没有私茶可贩,孩子的束脩已然是交不起了。

读书习字,吟咏诗词,学习卓夫子及其弟子的经典……这些学问再了不起,饥荒要来时,一切都得放到一边。

而这又意味着教书先生的生活将无以为继——哪怕他都有资格参加京师里的科举考试。段龙曾经两赴汉金参加殿试,之后便放弃

---

① 对皇帝的俗称。

了，回到西部老家——无论水路旱路，都要走上两个月——自己办了个书院。来这里读书的都是男孩，长大了想当个乡书办，若是天资颖异，没准儿还能高中进士。

有了书院，这里的人起码就可以参加州试，如果州试通过，他没准儿还能前往京师，参加段龙参加过的殿试。如果殿试及第，他就可以一展"经时济世"的才能，入朝当官——可是段龙并无"经济之才"，不然他怎么回泽川了？

或者说，回来过，直到半个月前。

段先生的突然辞别也是男孩又愤怒又绝望的原因之一。那天他送别先生，眼看着他骑上一头白蹄子黑毛驴，踏上土路，一点点远离盛都，去了外面的世界。从那以后，男孩心情便一直很糟糕。

男孩名叫任待燕。大家都叫他"小待子"，如今他极力让别人别再这么叫他，哥哥却大笑着表示拒绝。当哥哥的都是如此，待燕就是这么想的。

从这几天起，天开始下雨了。虽然来得太迟，但倘若一直不停，来年春天就还有一丝盼头——如果能熬过今冬的话。

坊间已有传闻，说如今乡下的女孩一生下都会被淹死，这叫"洗婴"。此事有悖王法（段先生则说，这并非一向违法），连这种事情都发生了，接下来还会怎样，也无须多言。

待燕听父亲讲，等到连男婴也丢进河里，境况就真的不妙了。父亲还说，最糟糕的情况，有时候，真的一点儿吃的都没有了……父亲用手比画几下，没有说完。

待燕觉得自己明白父亲的意思，却没开口问。他不愿去想这些。

清早又湿又冷，风从东边吹来，大雾漫天漫地，男孩在竹林里舞着竹剑，劈砍、突刺。他想象自己如何对着哥哥连连出招、招招命中，又想象自己在北方同祁里人作战，那些番子头皮精光，刘海蓬乱，而他置身其间大杀四方。

关于怒气对剑术的影响，他的结论是：发怒能让动作变快，但少了些准头。

有得必有失。速度快了就不好控制，其中的差异需要好好拿捏。这跟射箭不一样。射箭最要紧的是准头，不过面对一群敌人时，速度也十分关键。他弓箭用得相当出色，不过想当初，奇台民风尚武，人们认为宝剑远比弓箭高贵得多。那个时代已经一去不复返了。番子——像祁里人和萧房人——都擅长骑马射箭，射完了就逃走。像一群懦夫。

哥哥不知道他有张弓，不然早就以家中长子的身份据为己有了。然后他肯定会把弓搞出毛病来，要不就彻底弄坏掉。弓需要小心保养，而哥哥任孜显然不是这块料。

这弓是先生送给待燕的。

去年夏天，下午放学后，只剩下他和段龙两人，先生解开一个素色的麻布包袱，取出这张弓送给他。

先生还送给待燕一本书，介绍怎样给弓上弦，怎样保养，怎样做箭杆和箭镞。如今就连这里都有书，这是第十二王朝有别于以往的地方。这一点，段先生说过好多次：有了雕版印刷术，只要你识字，就算在这样的偏远县城里，都有印刷出来的诗集和圣贤书看。

也正是印刷术，让段龙自办书院成为可能。

先生送给待燕一张弓、十二个铁箭镞，还有一本书。这是一份私人馈赠。待燕知道该怎么把弓藏好；等看完书，还要学着造箭。在第十二王朝，好男不当兵，这他知道。他一直都知道。

这种事情，光是想想就够丢人的。奇台军队里都是些走投无路的农民。一家农户有三个男丁？一个出去当兵吧。奇台拥有雄师百万，考虑到最近又在打仗，这个数字应该还有更多。不过自从经历了三百年前那次惨绝人寰的教训，人们都明白——清清楚楚地明白——军队该由朝廷掌控，而要想光耀门楣，就只有考取功名、入朝为官一途。想当兵，还想打仗，但凡知道一点家族荣耀，也该明白这是有辱先人的事情。

如今的奇台就是这样。

当年的"荣山之乱"，让四千万黎民死于战祸，奇台历史上最辉煌的朝代随之陨落，帝国的大片疆土和繁华都市也因此成了白地……这些都足以颠覆人们的思想。

当年的新安城，光华足以让全世界为之眩晕，如今却是一座规模远不如前的伤心之地。段先生跟学生讲过，那里如今处处残垣断

壁，街衢不通，运河淤塞、臭气熏天，大量房屋被焚，广厦无力重建，花园和市场杂草丛生，庭院里甚至有虎狼出没。

连城外的皇陵，都早就被人盗掘过了。

段先生去过新安。他说，那地方去一次就不想去第二次了。新安城里有的是冤魂怨鬼，有的是瓦砾垃圾，牲口在街上随处可见，再有就是不知何年何月的大火留下的废墟。城中拥挤不堪，而在当年，这座城里的宫廷足以照亮整个世界。

段先生说，如今这一朝，本质上与河流多有相似，其源头就是很久以前的叛乱，流淌至今，变成了这个第十二王朝。有的瞬间，不仅能改变一时境况，就连后世都要受其影响。当年穿越沙漠的丝绸之路，如今早就被番子切断了。

于是奇台帝国的贸易市镇里，汉金城的朝堂之上，再也不见西域的珍宝财富，再也不见传说中金发碧眼、音乐魅惑的舞女。象牙没有了，翡翠没有了，西域的瓜果也没有了。商人也不见了，而在当年，他们会带着银币来到奇台，换成丝绸，用骆驼驮着，穿过大沙漠，回到西方。

当今天子光照四方，奇台第十二王朝国祚昌隆，却已无力统御全天下了。时移世易了。

这些，段龙在放学后都跟学生们讲过。他说，在汉金的朝廷上，人们还会说"豫大丰亨，国运昌盛"之类的话，科举考试考的也不外乎这类"圣人当如何以夷制夷"的东西。

就连跟祁里打仗，奇台人好像也都没赢过。召集农民组成军队，虽然规模庞大，却训练无方，就连战马都没多少。

上完一天的课，先生就一边喝着酒一边说，北方还有个更危险的萧房帝国，奇台每年要对萧房输捐两次，朝廷称之为"岁赠"，说这是给萧房的赏赐。可光名头好听能改变什么？这是拿银两和丝帛买来一日苟安。帝国虽依然富庶，却已然——无论是精神上还是疆域上——日渐萎缩。

这都是些危险的言论。他一边让学生替自己斟酒，一边唱："山河沦丧……"

任待燕今年十五岁，夜里做些驰骋疆场的梦，清早在竹林里挥舞竹剑，想象自己如何统帅大军收复失地。这些都只会存在于年轻人的脑海中。

先生说，在汉金，无论是大殿上还是园林里，没有一个人肯打打马球，磨砺骑术。而当年在新安，无论是皇家园林里还是城中草场上，打马球的都大有人在。如今的文官缠着朱砂或赭红色的腰带，既不会互相较量马术，也不会比试刀剑，更不会引以为傲。他们会刻意留起左手小拇指的指甲盖，以显示自己对这些玩意儿的不屑。他们还拼命打压武官的地位，如今掌握兵权的都是文官。

男孩任待燕记得，自己就是在头一次听到这些事情之后，才自己动手做剑，还一有机会就来小竹林。他甚至孩子气地发誓，要是自己考取功名，入朝为官，他决不要留小指指甲盖。

男孩读诗词，习经典，还跟父亲切磋学问。父亲性情温雅，学识广博，处事谨慎，即便如此，他却连做梦都没想过要去考取功名。

男孩知道，段先生十分苦闷，第一次来私塾上课时便看出来了。男孩在家中排行老二，父亲在衙门里当差，在几个书吏里当个头头。他天分极高，又肯努力，没来书院的时候就会写一手漂亮字，将来没准儿能在科举一途有所成就，这是父母对他的期许。家里能养这么个好儿子是件很骄傲的事。将来一家人都能跟着享福。

这些待燕都明白。从小时候起，他就一向观察敏锐。如今他快长大了，就要告别童年了，也依然如此。实际上，就在今天晚些时候，他的童年，就结束了。

几杯米酒下肚，先生就开始吟诗或者唱歌了。这些歌情绪哀伤，唱的都是两百年前萧虏帝国侵占北方十四州——十四故州——的往事。这十四州都在如今已成废墟的长城南边。先生说，城墙如今毫无意义，狼群在长城两边随意穿行，连羊都能到城墙那边吃草，吃饱了再回来。先生的歌里满是收复失地的渴望，听来让人心碎。因为沦丧的国土上，躺着奇台奴颜婢膝的国魂。

于是这些歌曲广为传唱，尽管传唱这些歌曲十分危险。

奇台第十二王朝文宗二十七年，这天上午，泽川路洪林州盛都县的县丞王黻银，心里的不痛快简直无以言表。

　　他倒并不是怯于"言表"（面见知县大人时除外。知县大人家世显赫，总是让他惶恐不安）。可这信使来得太不是时候，而他又只能照章办事，毫无搪塞的余地。何况，公署里也没有别人可供差遣——实际上，这才是最要命的。

　　奇台有一整套烦琐、僵化的官僚体系。不管在哪个衙门，只要有人来报命案，不管这人是谁，是哪个村子的，官署都必须依照章程采取措施。

　　押司要从县衙动身，由五名弓手护送着前往发生命案的村子，倘若当地百姓出现骚动，他还得维持当地的秩序。他要展开调查并且上书报告。如果报案人过了中午才来，那他可以第二天清早再上路；不然就得当天出发。尸体烂得很快，嫌犯会逃走，证据也可能消失。时间不等人啊。

　　要是押司正好有事不在——就像今天这样，那就得县尉带着五个弓手亲自出马了，出发的时限都一样。

　　倘若县尉，不管是以什么理由，碰巧不在或者不想去（他确实不想去），那县丞就得亲自前去审讯调查等等。

　　也就是说，这差事就轮到王黻银头上了。

　　规定白纸黑字，写得明明白白。不遵循法度就要挨板子，还要被降职。倘若上司不喜欢你，或者想找人顶个渎职的问责，你还有可能受到革职处分。

　　考取进士，为的就是入朝当官。当上县丞，就算是偏远荒凉的西部，也是通往汉金的道路上的重要一步，这条道路的终点，就是权力的中心。

　　这条路很容易走错，又绝不容许你有一步走错。朝廷里派系林立，互相倾轧得厉害，你不能选错边站错队，也不能交错了朋友。当然，县丞王黻银在朝廷里还没有朋友。

　　衙门里今天有三个文书吏，看公函，整理档案和税收账目。都是本地人。之前一幕他们几个都看见了：一个农夫骑着毛驴，浑身泥水，慌慌张张地进了衙门——没到中午。然后就听他说，关家村有人被杀了。要去关家村，得骑着马往东，朝十二峰的方向走上将近一天，而且道路崎岖，十分危险。

可能还不止一天。王黻银心想，这就是说，今晚得在外头过夜了：在路边找个湿漉漉的、没有地板、跳蚤老鼠乱窜的窝棚，跟牲口住在一个房檐底下，晚饭只有一把糙米、一口淡茶和一点酸酒，也许连酸酒都没有。夜里寒凉，屋外还有老虎和山贼的吼叫声。

唉，山贼倒不大可能大吼大叫，王黻银一向吹毛求疵，他这样纠正自己，可即便这样……

他看看天，苍白的太阳正从浓雾里现身。昨晚一夜细雨，老天开恩，头三个晚上都下雨了。不过这会儿天气很舒服。这会儿，毫无疑问，也还是上午，那几个文书吏都知道规矩。

两天前，押司去了北边山里关隘，沿路处理一些到期的税收事务。这种事情有一定的风险，所以他带了八个弓手。按规矩只能带五个，他说多带几个人，为的是锻炼新手，可在王黻银看来，他是胆子太小，多带点儿人是怕丢了性命。西部乡野之间盗匪成患，这让百姓对官府征税愈加厌恶。其实土匪强盗哪儿都有，越是世道艰难匪患就越多。西来赴任的路上，王黻银看过一些介绍如何对付匪患的文章，可一下车，他就发现这些文章全都没用。对付匪患，你得有兵，有马，还得有情报。可这里一样都没有。

连个县尉都没有。王黻银有时候会这样想。

县尉带着自己那五名弓手去五雷观了。五雷观是圣道教的道观，县尉大老爷每个月都要拿出三天时间，去道观里修仙悟道。

县尉似乎很久以前就从知县大人那里获得了这份特权。王黻银完全想不出他是怎么办到的。不过据王黻银了解，五雷观旁边还有个道观，县尉的修道方式就是跟那里面的众女冠（也可以说是其中之一）一起厮混。

王黻银嫉妒得牙痒痒。他被朝廷派来这里任职，夫人非常不高兴。夫人不仅家世比自己好，而且老不忘提醒这一点。一年多以前，还在赴任的路上，她就明白告诉王黻银，自己有多不情愿跟他来这儿。而这一年里，她一直唠叨个不停，就像雨水顺着他们逼仄住处的房檐流淌下来，让人心烦。

盛都只有一间歌楼，对于熟知京师花街柳巷的人来说，这里的酒菜让人欲哭无泪。王黻银薪俸不多，养不起小妾，也没指望着能

去五雷观隔壁悟道。

他的日子过得很苦。

衙门口有道水槽,他看见那个报信的牵着驴过去饮水。他自己就挨着驴站着,也埋着头,跟驴一块儿喝水。王黻银一敛容,端正衣领和袖口,迈步走进衙门。

他问主事的文书吏:"还剩几个弓手?"

任渊起身作揖,他一向礼数周全。包括任渊在内的文书吏只是本地胥吏,不算真正的"朝廷命官",往前数二十年,那时还没开始变法,文书吏必须是本地大户,要在衙门工作两年,还领不到薪俸。

后来,太师杭德金力排众议,推行"新政",这一情况才得以改变。新旧党争只是庙堂争斗的一部分,直到今天,仍旧有人因此仕途尽毁或遭到流放。王黻银有时候会大逆不道地想,换个角度来看,当初被外放到西部来当官也不赖,最近这些日子里,汉金城里的争斗会要人命的。

"回大人,还有三个弓手。"任渊答道。

知县冷冰冰地说:"我要五个。"

"按律大人可以带四个人。如果需要,大人只消打个报告就好。"

说话的是任渊手下管税务的乡书办,说话也不站起来。王黻银不喜欢这个人。

"我知道。"其实是忘了,"可罗峰啊,眼下总共才三个人,你说这个有什么用?"

三个文书吏只是看着他。苍白的阳光透过敞开的门窗照进房里,舒服多了,这才是秋天的样子。王黻银很想用棍子抽谁一顿。

他忽然有了个主意。

之所以冒出这个主意,是因为王黻银此刻正一肚子火,是因为他确实少一个保镖,也是因为任渊正好站在对面,靠着桌子,抄着手,低着头,头发斑白,破旧的黑色帻巾上别着簪子。

"任渊哪,"他说,"你家公子在哪儿?"

任渊抬起头,看了一眼,又赶紧低下头,王黻银看在眼里,心中一喜。他在担心。"大人,任孜和劳押司一起出差了。"

"这我知道。"任家的长子正在衙门里学着当差。出去收税,身边就得带几个壮小伙子。最后任孜能不能留在衙门里,全凭王觳银一句话。这个年轻人算不上机灵,不过当个差役也用不着多聪明。即便已经实行新政,文书小吏的薪俸还是很低。不过身为胥吏,有一个福利就是能把儿子也安排进公门里当差。如今的世道就是这样。

"我说的不是他,"王觳银深思道,"是你家小儿子。我想带上他。他叫……什么来着?"

"待燕?大人,他才十五岁,还是个学生啊。"

"早就不是了。"王觳银面带愠色地说。

在这里教书的段龙,王觳银以后会想他的。他俩算不上朋友,不过盛都县里有个段龙……也算是一件好事吧。这一点就连王夫人都同意。段龙有学问,知礼数,尽管有时略显刻薄。他通晓历史,颇有诗才,显然还在汉金生活过,还对县丞十分恭敬,因为他两次科举落榜,而王觳银只一次便金榜题名。

"王大人,"任渊又作了个揖,"犬子难成大器,我是想他将来在衙门里当个跑腿送信的,或者当个文书。可小子年岁太小,还不敢劳烦大人……还是过两三年再说吧。"

另外两个乡书手都在侧耳倾听。上午的沉闷接连被打破了,先是关家村命案,然后是这个。

衙门里雇了四个信差,有时候会再雇一个。门外现在有两个,正准备把消息传遍县城。任渊一向通情达理,他对儿子的安排也一样合乎情理。

可让县丞如此愠怒的并非这些,而是自己要骑马出去、在荒郊野岭里熬过一晚,到最后却只有一具尸体等着他。

"这都好说,"王觳银谨慎地说,"不过现在我另有安排。他会骑马吗?"

任渊眨眨眼,他长了一张长脸,脸上长满皱纹,神色焦虑。"骑马?"

县丞疲惫地摇摇头。"对。派人去找他,叫他带上出门的物事,要快。还有弓,"他斩钉截铁地说,"叫他把弓也带上。"

"弓?"任渊无助地说。

他的语调暴露了两件事情:第一,他现在明白县丞想干什么了。

第二，他知道待燕有张弓。

王黻银知道此事，是因为他职责所在，必须做到消息灵通。而父亲也自有手段，掌握儿子自以为无人知晓的秘密。

消遣过了，官威也摆过了，县丞大人很想笑。可是他夫人早就说过，他笑起来的样子像是犯了胃病。于是他只是摇了摇头。

"令公子一直在练习射术，想必你也知道，"他忽然想起一事，"说真的，当初段先生一定知会过你，说想要把弓送给贵公子吧。"

他说对了。看任渊的表情就知道了。王黻银依然很沮丧，不过看看手下文书一脸担忧的样子，他多少还是找到一点消遣了吧。哈，一点没错！要是他任家孩子出这趟门会有危险，那我王黻银此去就不危险了？光想想就有气！

王黻银心想还是该宽大为怀，于是说："行了行了，这也是让他长长见识，何况，我确实得再找个弓手啊。"他转身对第三个文书吏说："派人把那孩子找来。他叫什么来着？"

"任待燕。"孩子的父亲静静地说。

"去找任待燕，不管他在哪儿，叫他过来。跟他说，衙门里用得着他，叫他把段先生的弓一并带来。"知县大人终于忍不住微微一笑，"还有箭，也带上。"

信差找到他时，他正穿过农田，从竹林往回走。从那时起，他的心就一直跳得厉害。

不是因为害怕出远门。骑马出城，临时充当保镖，保护县丞大人，为帝国维持一方秩序，十五岁的半大小子才不会害怕这些。怎么会怕这个呢？

他怕的都是些小孩子担心的事情：他怕父母不同意这趟差事，怕父母气他有事瞒着自己——藏弓、造箭、练射术、清早舞剑。

结果，他们原来早就知道了。

段先生似乎在送他礼物之前早就跟父母说过了。他介绍说这是想让待燕变得独立，有朝气，指引他在精神上有更均衡的发展，让他更加自信……这些都关乎他将来科考成败，甚至关乎他的仕途。

待燕和信差急匆匆地跑回去，留信差在外面等着，自己进到屋里。母亲就是这会儿告诉他的。母亲说得很快,待燕都没时间想明白。爹娘都知道他每天清早在竹林里干啥?嗯,他得一个人静一静,好认真想想。对此事的看法足以改变他的将来。

此外,县丞大人似乎也知道。而且他指名道姓地要求待燕当自己的保镖,送他去个村子,去调查命案!

莫非是得到西王母的眷顾了?怎么会有这么好的运气?

母亲动作和往常一样麻利,她一直忙个不停,以掩饰自己的情绪。她把干粮、凉茶和换洗的衣服(衣服其实是父亲的,两人身量一样),免得他在县丞和外人面前丢脸。看见任待燕从草棚子里出来,手里拿着弓和箭簇,母亲的脸色也没有变化——信差还在这儿等着呢。待燕从母亲手里接过包袱,就拜别了母亲。

母亲又叮嘱道:"给家里争气。"

任待燕顿住了,他看着母亲,母亲伸手,像待燕小时候那样,扯一扯他的头发。动作很轻,既没有把他弄疼,也没碰歪发簪,只是碰碰他。任待燕出门,和信差一块儿出发,又回头张望,看见母亲一直站在门口。

两人到了衙门,父亲看起来一脸担心。

待燕不明白何至于此,只是去趟关家村,又没太远,天还没黑就能到。可待燕的父亲常常是别人忧时他喜,别人喜时他忧,每每都让待燕一头雾水。

县丞也不高兴,实际上可谓怒形于色。众所周知,王皷银这人又胖又懒,他不高兴只是因为非得亲自走一趟,而不能派人前去调查,自己只要舒服地等着看报告。

但父亲并非为此而痛苦,尽管他不想表现出来。任渊一向不擅长掩饰自己的心情和想法。他也并不是一直都好脾气。待燕老早就得出结论。

不过他也因此而尊敬父亲。

到了下午,冷风渐起。一行人骑着马,向东出了盛都城,走在山路上。右边有条河,被树林挡着看不见,不过能听见水声。树林里各种鸟类飞来飞去,叫声婉转。道路北边的山崖之上,有猿猴啼叫不止。

　　树林里还有夜莺。待燕的哥哥就来抓过夜莺。在汉金的皇宫里，官家正在修建一片很大的园林，为此官府出高价收购夜莺。这可真蠢。把鸟装在笼子里，从泽川一路送到汉金，那鸟还能活吗？这一路要先坐船顺江向下，经过多道峡口，然后由铺兵带着鸟笼北上。要是铺兵骑得太快……想想看，鸟笼挂在马鞍上一跳一跳的，真是又好笑又伤心啊。任待燕喜欢夜莺。有人说这鸟儿吵得人整晚没法入睡，他倒毫不在乎。

　　随着雾气消散，天空转晴，远处的十二峰渐渐在前头显出身影。其实只有十一座山峰。为什么叫十二峰？待燕挠破头也想不明白。不论是卓门还是圣道教，都把十二峰视作神圣之地。待燕还从未离它们这么近过。他也从未离盛都这么远过。他都十五岁了，却一直只在盛都周围转悠，这事想起来都该觉得可悲。他还是头一回骑马出来这么远呢。光是这一点就足可算得上一次冒险了。

　　他们走得比任待燕预想的还快。县丞大人显然十分痛恨自己的坐骑。他大概是痛恨所有马吧。尽管他自己挑了一匹步子稳当、肩背宽阔的母马，可是一出了城，他就越发地闷闷不乐。好逸恶劳，这就是坊间对他的风评。

　　王黻银落在队伍后头，一个劲儿地左顾右盼，尽管猿声一直不停，本来不值得大惊小怪的，可是每次叫声一大，他都要吓一大跳。待燕也觉得，这怪异的叫声听起来凄切，不过周围有老虎的话，猿猴也会发出警告。这么想的话，猿猴出没也是好事。何况饥馑年份里，猴子还能抓来吃，尽管一点儿也不好抓。

　　每走一段路，县丞就要停下来下马舒活筋骨。等站到路中间，他又像是一下子想起当下的处境——自己带着四个保镖，还有一个关家村的农夫骑着驴跟在后头，六个人，孤孤单单，在深山老林里。然后他就又命人把自己扶上马背，众人继续上路。

　　他的情绪表达得相当清楚：他既不想在野外听这些野兽嗷嗷乱叫，也不想在这里多待一刻钟。一行人走得飞快，关家村里虽然没啥可招待的，但总比太阳都快落山了，还独自待在崇山峻岭之间要好。

　　农夫远远地落在后头。没关系，反正他们知道村子在哪儿，何况身为县丞，也没道理停下来等个骑驴的农夫。前面还有个命案呢，谁知道前面路上还有啥？

众人沿山路拐了个弯，太阳转到身后，这时，所有人都看见前面路上有什么东西——是些人。

从路右边的树林里出来四个人，也不见有什么进出山林的通路，这几个人就这样突然在众人眼前冒出来，挡住去路。

任待燕看见，有三个人拔剑在手，还有一人提着一根儿臂来粗的棍子。四人都穿得很差，一条裤子用绳子束紧，再穿一件短上衣，有个人还打着赤足。这四个人看起来都很难对付，有两个更是身材魁梧。

四个人都没说话，但所有人都知道他们想干吗。

有意思的是，任待燕不仅没有心跳加快，相反，他镇静得出奇。他听着头顶上的猿鸣，声音似乎变大了，像是受到了惊扰。没准儿真是这样。鸟叫声倒是没了。

县丞大人又惊又怒，大声呼喝，他伸出一只手，一行人随之停了下来。这时他们跟拦路的山贼隔着二十步的距离。毫无疑问，那就是一伙山贼。要抢五个骑马的人，可真冒失。想到这里，任待燕回头张望。

身后又出来三个人，也是二十步距离，也都持着剑。

任待燕心想，他们可以拍马直接冲过去。对方没有马，只要迎头硬闯，没准儿就……

这不可能。有县丞王齞银在，就不可能成功。这帮亡命徒要的就是他，待燕心想，一个县丞就能换一大笔赎金，而他和保镖都不重要。

这就是说，山贼不会留他们的性命。

接下来的事情，发生在转瞬之间了。任待燕也只能在事后尽力在脑海中重现。回过头来想，他就是一念及此，便行动了。这行动并没有经过深思熟虑，他也说不上自己行动时有没有经过计算。有点害怕，这倒是真的。

他抽弓，搭箭，不及深想便一箭射死当面的一个山贼。这是他第一次杀人，第一次把人送过鬼门关。第一个箭下冤魂。

　　众人还未从刚才的震惊中回过神来,第二箭已经射出,杀死了第二个匪徒。就在这时,有个山贼大吼一声,而第三支箭已经破空而出,直飞上他的面门(对弓箭手来说,速度至关重要。任待燕记起来,这天早上自己在树林中有了这样的心得——仿佛是上辈子的事情)。

　　前方只剩下一个人了。很久以后,任待燕会形成并传授一套战术,教人如何对付落单的敌人,不论对手只是几个人,还是整整一支军队。而这天上午,他仅凭直觉便贯彻了这些作战原则。

　　身后又传来一阵吼叫声。任待燕一箭射死最后一个当面之敌,跟着用膝盖控马,拨转马头,同时开弓射死身后领头冲锋的山贼。很久以后,他会教授别人,射人的顺序应当先近后远。

　　那人被一箭贯胸,死在十步开外,手里还握着剑,过了一会儿才掉到地上。这伙山贼都没有盔甲,待燕不记得自己有注意到这点,不过没准儿他真注意到了,不然就射他们脸了。

　　剩下两个歹人突然意识到自己处境不妙,于是脚下一个踉跄。脚下踉跄可不是个好主意,他们脚步一乱,刚要转身钻进山林,待燕便一箭射向第六个人,这一箭差了点准头,射在那人大腿上。他尖叫着倒在地上,叫声刺耳。

　　最后一个人正要逃进山林,结果死在树林边上。

　　整场战斗只一瞬间便结束了,有如电光火石。猿猴一直叫个不停。最离奇的是,时间怎么能这么慢,慢得自己能看清(以后还会记起)每一个人的每一个动作和每一副表情,同时又如此快得超乎想象。

　　待燕估计自己在整个战斗过程中一直在调节气息——射术十分讲究吐纳炼气——但他自己也说不准。他也完全不能确定自己有没有注意到县丞和其他保镖的动作,只知道王黻银发出一声愤怒而惊恐的号叫。他一个人,七箭射倒七个人。但这个说法太轻佻了。这些人刚才还活着,转眼就死了,都是他杀的。待燕心想,这种事情足以改变人的一生了。

　　以前手上没沾过血,现在却杀了人。

　　众所周知,一个人无论是流芳百世还是遗臭万年,围绕他早年

17

的生活总会出现各种传奇故事。这些故事会变得越来越离奇，各种夸张的细节越来越多——传奇就是这个样子。单枪匹马，趁着夜色翻过三人高的城墙，深入敌营杀敌过百。小儿天资聪颖，用父亲的毛笔蘸足墨汁，写下传世的诗篇。帝姬受到引诱，在皇城里的泉水池边与人偷欢，最后害了相思病撒手人寰。诸如此类。

而任待燕自己的故事——一个秋日的上午，他走在山路上，平生第一次遇上劫匪……之后离家出走，从此一生都随之改变——这个故事倒一直保持着相当的准确性。

这都是县丞王黻银的功劳，他自己后来也成了引人注目的人物。他后来上报了这起命案成功侦破、追捕以及处死凶手的过程。在这份正式报告当中，他还记下路上这场冲突。

王县丞在报告中记录了自己侦办此案的一些细节。这些手段十分精巧，他自己也因此受到表彰。实际上，这起命案的成功侦破，也把王黻银送上了另一条人生道路。他认为，自从那天以后，他自己也变了一个人，有了新的人生目标和方向。

王黻银晚年时在自传里重新讲述任待燕与劫匪的故事，依据的正是他早年撰写的文章——他一直妥善保管着那些文章的副本，那个时候，王黻银刚刚来到遥远的泽川路，开始自己的仕途。

他到老记性都跟年轻时一样地好，并且一生自负文章和书法笔力不凡。在他的自传里，强盗的人数一直是七个，任待燕则一直是十五岁，而不像故事的其他版本那样，说他那年十二岁。王黻银还提到有个劫匪只是被任待燕射伤了。是另一个弓手，戏剧性地跳下马来，就地结果了那个山贼。

王黻银这么写时早已头发花白，他允许自己稍微揶揄一下最后那个"勇敢"的举动。此时的王黻银，早已为世人所熟知，因为他才智过人、说理透彻，也因为他著有多部刑事侦查方面的著作（这些著作后来成了奇台所有官员的必读书目），还因为他经历了那个时代的大混乱却活了下来。

当时接近或身处权力中心的人里，没几个活下来的。要活下来，得靠处世圆滑得法，得能够选对朋友，还得有大把的运气。

无论干什么，运气一向都不可或缺。

任待燕一下子就明白,自己回不到过去的人生了。在山林和峭壁之间的小路上,接下来发生的事情,仿佛不是他自己的抉择,而更像是命中注定,天意如此。这更像是老天早已为他做出了选择,而他自己只是依命行事。

他下了马,走上前去,把尸体上的箭一支支拔下来。夕阳西下,沿着山路洒下金辉,也点燃了片片彤云。起风了。他打了个哆嗦,心想这是因为刚才的变故。

以前手上没沾过血,现在却杀了人。

他先拔后面三人身上的箭。其中一个差一点儿就能钻进山林了。然后拔前面那四个人的,就是最初现身的劫匪。他没有多想,把块头最大的那具尸体翻过来,那人背上交叉绑着两柄剑,任待燕把剑连剑鞘一并取下来。

这两柄剑挺沉。毕竟,在这之前他只用过竹剑。就在今早。就在同一个上午,他还是个在竹林里挥舞竹剑的男孩。他从背上取下箭箙,把两柄剑背到身上,又把箭箙也背回去,稍作调整,放好位置,适应两把剑带来的重量。任待燕心想,自己得需要一段时间才能适应。他站在路中间,风不停地吹,太阳要落山了。

他回想起过去在竹林中的一幕幕,心想那些训练的意义,自己其实早已明白。

这就是他出手毫不费力的原因。无须多想,全靠本能行事:判断形势,跟着采取一系列行动,明确知道先射哪里,再射哪里,接着射哪里。这些家伙刚才还活着,令人生畏,就这么一转眼工夫,全都死了。这感觉好奇怪。人生就像织锦,有些瞬间就像织锦上的破洞,如此扎眼。他生来便是要手握弓与刀剑的,那些瞬间就是明证。他要去个地方,在那里,他可以继续磨砺武艺。心怀梦想,一个男孩的梦想,然后……

鸟又开始叫了。猿鸣一直没有停歇。

他记得自己扭过头,朝盛都城回望一眼——父母就住在城里,跟着,他抛下自己的生活,走进树林,走进幽暗的,比竹林还要阴暗的山里。就在刚才,有一群山贼从那里闪出来,挡住他们的去路。

第二章

奇台禁军规模庞大，可是军中既无精兵也无良将。士兵大部分都是农民，要不就是农家的孩子，都不愿意到离家这么远的地方——还要在北边打仗。

这些兵懂的是耕田晒谷，是种菜种水果，是采桑养蚕，是种茶收茶。有不少人在盐滩或是盐矿上干活，对他们来说，当兵倒是比做牛做马最后早早累死的日子好过许多。

这些士兵几乎谁也说不出，他们为啥要穿过漫天黄沙，大老远地跑来跟祁里人打仗。在这里，一刮风，沙子吹起来，打在脸上疼得像刀割。连帐篷都能被风拔起来吹走。祁里人骑马作战，还占着天时地利之便，进退自如，杀了人就撤走。

定西军是奇台禁军的一部分，有戴甲之士二十万，可在这二十万人看来，西北苦寒之地，干脆留给番子得了。

然而圣意以为，祁里狂妄自大，冒犯天威，应当用雷霆手段施以严惩。朝中大臣则将之看作升官发财、扬名立万的大好机会。不过也有人把这场战争视为一场演习，为将来应对真正的敌人做准备，这敌人就是奇台北方更加嚣张跋扈的萧房帝国。

奇台和萧房之间的和平协议已经签署两百年了，虽然经过几次中断，但并没有彻底破裂。根据协议条款，草原民族至今占领着当年窃据的十四州。那十四州位于奇台修筑的长城以南。

历代先皇都一直想把失地收回来，可无论是外交谈判，还是武力威胁，甚至和亲，结果都以失败告终。萧房人知道自己手里攥的是什么：只要守住这几片山岭地区、守住狭窄的关口，萧房就能保证奇台北方的所有市镇都无力设防，而自己的骑兵则能一路南下，在广阔的平原上纵横驰骋。破败的长城如今在萧房人手里。如今的长城已经毫无意义，充其量是个坍圮的墓碑，记述着奇台旧时的辉煌。

娶个帝姬,就要把这些都还给奇台?

倘若有人能认真观察,仔细思索,就会发现,接下来的一切,其实早有伏笔。不是宏观地纵览历史,而是细致地观察这些身在西北的士兵。他们在茫茫沙漠中艰苦行军,一路北上,要到沙漠另一头、位于金河河弯处的厄里噶亚——祁里的都城。

定西军受命攻打并摧毁厄里噶亚,并且给祁里的众多首领戴上枷锁、押回汉金。他们要掳走草原的妻子和女儿,不仅用来犒赏全军,还要卖作奴仆,他们就是要这样教训这些蛮夷,让他们记住奇台与陛下的天威。

然而,他们一路北上,却忘记了一样东西。他们真的忘了。

这年春天,伐祁战争尚未开始,一个女孩正和父亲并肩走在一座拥挤、喧嚣、令人眩晕的市镇里。

你可以称之为疯狂,或是所有人集体罹患的燥热病——延陵,帝国的第二大市镇,因为牡丹节的到来而变了模样。

每年春天,百花之王的半个月花期里,延陵的大街小巷都会堵得寸步难行,所有的客栈全都客满。

大大小小的房子里都人满为患,有的人是举家回城,有的人则是外地游客。城中居民有的三四个人挤一张床,或者干脆打地铺,腾出空房给大量涌进城里的游客居住。

这是每年春季都要出现的一段疯狂插曲,平常生活中的一切,在牡丹节期间都难觅踪影。

沿着长生殿大街一路走到城西的主城门,还有月堤街的两侧,密密麻麻全都是临时搭起来的篷子小摊,都在兜售牡丹。

"姚黄魏赤"都是最顶级、最有名的品种,其中"姚家黄"还被狂热的爱好者称作"妃子笑",品相最佳的牡丹,光是一朵就价值千钱。

不过也有不那么奢侈的品种,像是"左家紫"、"隐溪红"、"褐带子"、"九瓣珍珠",还有花瓣虽小却十分精致的"朔云"。一到春天,延陵城里九十种牡丹花竞相开放,争奇斗艳,不论帝国的其他

21

地方发生了什么，不论边境上有怎样的争端，不论世界有怎样的巨变，延陵城都会因为牡丹而成为欢乐之城。

从第一朵牡丹盛开时起，每天清早都会有一名铺兵，骑着马沿着驿路飞驰向东。延陵和汉金之间共有六个驿站。铺兵用骑马接力的方式，快马加鞭只要一天一夜就能把花送进皇宫，这样官家在汉金也能欣赏到这番盛世景象。

延陵因牡丹而闻名天下，至今已经有四百多年了，而牡丹成为帝国象征的时间则比这更久远。

有些学者主张返璞归真，说牡丹徒有人工雕凿的虚假之美——要经过人为的嫁接、修剪，而非自然天成。他们嘲笑牡丹花哨俗气，徒有其表，过分谄媚，脂粉气太重，特别是跟素雅而英气的竹和蜡梅比起来。

这些观点大家都知道，可是没人在乎，就连宫廷之中都无人理会。对牡丹的狂热追捧，在老百姓心中，已经成了压倒一切理性思考的至高准则。

对每一个来延陵赏花的人来说，的确是这样。

人们走在街上，头上都要戴朵花。巷子里挤满了贩夫走卒，农民也挤进城赏花寻乐，达官贵人则身着长袍，出行时都有步辇抬着。

城中有几家大花圃，种出来的花，有的摆在花圃门口卖，有的则是沿街叫卖，每年这时候，这些花圃都会替主人狠赚一笔。

魏家的牡丹堪称一绝，他家的花圃四面围墙，墙里面是一洼池塘，塘心有小岛，魏家最好的牡丹都在那岛上。你得花十个大钱，才能进入花圃，坐上小船，去岛上赏花。魏家雇了家丁，倘若有人胆敢碰一下花，家丁都会对他拳脚相向。

培育出完美无瑕、香气馥郁的牡丹，是一门了不起的手艺。为了能在这屈曲的幽径上走一遭，亲身体验春色满园、香气醉人的胜景，百姓们情愿花钱并且排上几个时辰的队。然后第二天、第三天还会再来，只为看看园中百花有哪些变化。

妇人也会头戴鲜花，走在人群里。一年当中，只有此时此地——牡丹节期间的延陵，妇人才可以从日渐烦琐、多到无以复加的束缚中暂时解脱出来。

这就是春季。喧闹、癫狂、花香沉醉、溢彩流光。街上丝竹歌舞随处可见，还有说书的、耍猴的、变戏法的……无数的摊贩在叫卖酒食，人们沉醉在无比的欢乐当中，等到天黑以后，庭院内，小巷中，卧室里——不仅仅是歌楼妓馆里，普通人也同样沉醉地做着苟且之事。

这是圣人叹惋世风日下的另一个原因。

林珊走在父亲身旁，兴奋得简直要晕头转向了。可她竭力掩饰这一点。举止要端庄，可不能像小孩儿一样。

她集中精力，要把眼前的一切都尽收眼底，不放过每一个细节。她知道，一阕词的成败关键就在于细节。填词不只是按律填字。只有观察敏锐才能让一阕词脱颖而出，值得你……说真的，你拿什么换都值得。

林珊今年十七岁，明年春天就要出嫁了。这个念头实在太远了，可是想起这个倒也不会不高兴。

不过，这会儿林珊身在延陵，和父亲一道走在节日期间热闹的人群当中。眼见，耳闻，鼻子嗅（鲜花随处可见，汗臭无处可躲；林珊心想，真是胜景共烦忧同味啊）。父女二人正挤挤挨挨地从城墙返回长生殿大街。这里不光有林珊一个女子，可林珊知道，所有人都在看她。

林珊开始引人注目是在两年前。她的美貌本来足以让人一见钟情，或是让诗人诗兴大发，可是她举手投足的姿势，双眼顾盼的神态，还有待人接物的态度，似乎都有些别样的东西，让人不得不对她有所关注。林珊眉间宽，鼻子挺，手指纤长。对女子来说，她个子太高——这是父亲的遗传。

林廓身量颀长，可从林珊记事起，他站着时总有点驼背，仿佛从不以身高过人为傲，反而时刻都准备着恭恭敬敬地俯身作揖。

林廓参加过三次科考，第三次终于考上了进士（这点足以让人尊重），可他从未得到过一官半职，连外放的机会都没有。像林廓这样的人不在少数，科考圆满，却无功名。他有文官的朝服腰带，顶

28

着员外郎——意思是说他并无官职——的头衔，每月领取一份饩廪①。他写得一手好字，最近刚完成并付梓了一本小书，品评延陵城中大小园林。这便是父女二人此行的缘由。

林廓从不曾明显开罪过谁——这一点在当今可说是尤为重要——而且似乎也并未发觉，有人对自己很有兴趣。

不过林珊注意到了，也许是女孩儿的心思更敏感吧。

林廓生性和善，还有一点与世无争的习性。他这辈子仅有的一次冒险，就是把自家这根独苗教养得像个男孩子。这可不是个无关痛痒的决定，而是关乎一个人将来的一生。

林珊遍览群书，博古通今，写得一手漂亮的行书，楷书更是一绝。她还和大部分家世良好的女子一样，会唱曲，会弹琵琶，她甚至还会填词。词是第十二王朝出现的新的诗歌形式，就是把歌词填进乡野、歌楼中广为传唱的曲子里。

林廓还给自己和女儿分别准备了弓箭，并且找来一位解甲归田的弓手教习父女二人弓术。这又是一场对世风的默默反抗。如今，但凡是有教养的男子（更别说是他们的女儿）都会傲慢地对所有习武风气不屑一顾。

不消说，这些都不是女儿家该做的事情。在乐艺上，有的女人会一边妩媚地拨弄琵琶，一边唱男人填的词。不过这样的女人一般都是——一向都是——伶人娼妓。

去年冬天，经过一番深思熟虑，林廓替女儿定了亲。在林廓看来，未来的女婿必须愿意接纳女儿的为人，并且乐在其中。这比许多女儿家能够奢求的还要多了。

林珊无条件地爱着父亲，同时也对父亲的弱点不抱幻想。

她也爱这世界，爱这个上午，不过也同样不抱幻想——或者说，她是这样想的，并且颇以之为傲。只因她年纪尚小。

她头上戴着一朵绯红色的牡丹，手里又拿着一朵黄色的，早先有人向父女俩发出邀请，此刻二人正走路前去赴约。此行是因为父女二人收到一份请柬，不然林廓也不会去那人府上。

---

①饩廪：由官府供给的膳食。

这是个风和日丽的上午。就在距此两年半以前的一个秋日上午，一个叫任待燕的男孩，和林珊一样年轻，却不像林珊那般自信了解这个世界，带着一张弓、两柄剑和一箙沾血的羽箭，钻进城东的山林里。

延陵的席文皋是整个奇台最受人敬重的人物。如今的他满脸皱纹，所剩无多的头发全都白了。他深知自己的名声，却从未得意忘形。尽己所能地活得有尊严，就能换来时人的赞誉，有些时候确是如此。

席文皋做过高官，当过翰林学士，还当过史馆修撰，同时也是一位诗人。年轻时，他还度曲填词，并且让"词"这一形式在文人雅士当中流行起来。而他的文人圈子里还有人让"词"变得更加高雅。他的书法技艺，以及他在朝中对门人的不吝提拔，都为他赢得了名声，这名声中还包括他热爱美物、美景和美人。当初在朝为官许多年，他几乎把持住每一个重要的衙署，先帝在位时，他做过参知政事，后来当今的官家继位，他还当过一阵子宰相。

当然，这个"一阵子"足以把故事讲清了。

他在自己的园林里，端起一盏青瓷茶杯，抿一口泽川茶。这青瓷茶杯色泽赏心悦目，正配得上这个季节。上午的访客里，有一位会带来无比的酸楚，另一位或可冲淡这样的滋味。快到晌午了，他在日光中想着官家，想着朝中的朋党之争，还有人这一辈子的起起伏伏。他心想，有时候，活得越久，越没活够。

在世人看来，有些人其实一辈子都平平顺顺，没有起伏波折。没错，每个人都要从蹒跚学步的小儿长成身强力壮的大人，又变成风烛残年的老人，一变天，一多走几步路，就会腰酸腿疼。不过这并非仕途上的起伏。农人不会有这种起伏，农民种地，这一年过得好还是不好，要看那年天气如何，有没有蝗灾，还要看军队会不会在农忙时节把自家儿子抓去当兵。

然而，奇台官员的仕途却经常充满波折。影响仕途的原因有很多：自己在朝中有没有失宠，西边战事进展怎样，天上有没有出现彗星，让官家不安，诸如此类。更严重的，官员还可能受到发配，这就像是陨星砸向大地。

倘若被发配到南方恶瘴之地，没准儿就死在那儿了。

席文皋此刻就有朋友被流放到那里，只是彼此山海相隔，罕有书信联系，也不知他们如今是生是死。这都是他的挚友，每念及此，席文皋不免悲从中来。时局艰难，这一点不可忘记。

他自己也正遭受流放，不过只是流放到这里，他的老家延陵。只是让他远离朝廷，让他在朝中失势，生活倒并不艰难。

席文皋人望极高，就连太师杭德金及其门生都不敢要求官家对他再下狠手。杭德金能推行新法，能扭转奇台千古不易的治国之策，可即便如此，在对待席文皋时，他还是不敢把事情做得太绝。

平心而论，杭太师或许也不想要他死去。很多年前，他们还经常书信往来，甚至切磋诗歌。先皇在位时，两人还和而不同地在先皇面前辩论国策，不过，今上继位以后就再无此美谈了。时移世易，宦海沉浮，如今，老对手杭太师……也老啦。听说他目力越来越差，而官家身边的，已经是另一群人，更年轻，也更冷酷。

不管怎样，席文皋只是被赶出京城，不再过问政事，在延陵他仍然拥有宅院，可以读书写字。而远在万里之遥的南方，去那里的人都九死一生。

文宗治下的奇台第十二朝不会处死名誉扫地的官员。席文皋苦笑着想，官家是天下第一雅士，而处死官员太过野蛮残忍。朝中失势的朋党只会受到流放，有时候发配地太远，远得他们就算变成鬼都没办法回来报复。

今天要来两位客人，其中一位，就是被发配到这样一个荒蛮之地。他要渡过大江，经过两岸的鱼米之乡，翻过两道山脉，穿过浓密潮湿的森林，一路前往一座地势低洼、瘴气弥漫、仅在名义上属于帝国的海岛。

只有最严重的政治犯才会流放到零洲岛。朝廷把他们送到这里，由着他们写信作诗，最后自生自灭。

这人过去是席文皋的学生，曾经追随过他，如今却要发配零洲，走得比自己还远。这也是他的一位挚友，或许该称之为知己吧。今天是个大日子，席夫子告诫自己，好让自己保持庄重。分别时，他会依照旧俗，为这位知己折一条柳枝，但如果哭出来就太丢人了，况且他也不愿意让对方因为老人家的泪水而对前路感到踌躇。

这也是他邀请另一位客人同来的原因之一——来调剂会面时自己的语气和情绪，克制心中惆怅以维持体面，自欺欺人地假装还会再相见。他老啦，朋友却遭到贬谪。真实的情况是，往后的重阳时节，他们再也没机会一同登高饮酒了。

千万别去想这些。

人一老，眼窝子就浅。

席文皋看见家中一个年轻的侍女从屋里走出来，正穿过花园。他一向喜欢让侍女，而非家丁来报信。一般人家不是这样，可他这是在自己家里，一切他说了算，何况来送信的正是他最宠爱的侍女。她今天一身蓝色丝绸衣裳，头发梳成精致的发髻——这两样都与她的身份不符，毕竟她只是个侍女。她沿着曲径一路走来，来到席文皋所在的凉亭里。当年设计这座小庭院时，席文皋有意把园中小路造得曲曲折折，跟宫里的一样。"脏东西"只会直来直去。

侍女施过礼，说一位客人已经到了。来的是那个有意思的人。席文皋这会儿并不太想见他，可他又不想在见到另一个人时过于伤心。光是这个春日的上午，就能唤起他们太多的回忆。

席文皋看见林廓还带了个人来，这下他的心情倒真的起了一点变化。这变化来自他心中对自己的揶揄。席文皋一向乐意自嘲，并把这作为自己失势后的某种心理补偿。可是，为什么时至今日，自己一大把年纪了，还是会对眼前这位妙龄女子——个子高挑，不经世事，既优雅又笨拙——一见倾心？

很久很久以前——另一段、另一种记忆——席文皋的政治对手想要把他赶下台，于是说他引诱自己表妹乱伦。席文皋因此受审，这个指控并不属实，到最后他们失败了，不过对手做得很聪明，所以有那么一段时间，席文皋的朋友都不敢接近他。那个时候，有人已经开始因朋党之争而丢掉性命了。

席文皋受审时，政敌呈上一阕词，说这是他写给表妹的，那首词还不错，就算是在公堂之上，他也忍不住要佩服这帮仇家。不过真正的聪明之处在于他们居然会用这样的方式来对付他，因为他对美色的沉迷可谓尽人皆知。

　　这个爱好终其一生都未改变，而他这一生相当漫长。

　　那个表妹生得甜美，性格羞怯，后来嫁了人，生了孩子，多年前已经辞世了。席文皋先后娶过两位妻子，也都离世了，其中后一位更讨他喜爱。他还有两个妾，也都去世了。席文皋也哀悼过她们，并且以后再也没有纳妾。两个儿子，也死了。他还侍奉过三位皇帝。还有好多朋友先他而去、一大堆敌人死在他前头。

　　于是，看见那女孩随着林廓一道快步走来，席文皋还是放下青瓷茶杯，忍着膝痛起身相迎。他心想，这是好事，有的人可能完全不懂得享受生活，和行尸走肉无异，他可不想变成那样。

　　杭德金一党借"新政"对官家施加影响，而对于官家会被引向何方，席文皋也自有看法。他向来自视甚高，至今都相信自己的观点关乎国祚昌隆。比方说，他十分反对跟祁里打这场漫长又愚蠢的战争。

　　林廓停住脚步，拜了三拜，又趋前，林廓和席文皋同为进士出身，又是受邀来访的客人，行此大礼简直恭敬得近乎阿谀了。林廓的女儿得体地站在他身后两步的地方，行过两次礼，犹豫了一下，随后又施一礼。

　　席文皋捋着胡子，绷着脸。显而易见，女孩是出于尊重父亲，才和父亲一样行此大礼，她自己其实不以为然。

　　这姑娘还没开口说话，就已经十分有趣了。席文皋发现，这女孩长相不算标致，却生了一张机警又好奇的脸。他看见她眼神瞥过自己的青瓷茶杯和漆制茶盘，还仔细审视凉亭。凉亭的顶棚是席文皋请三彩先生仿照第七朝的长韶画风创作的。

　　去年，三彩先生也辞世了。又少了一位故人。

　　"尚书大人，别来无恙。"林廓的声音轻柔悦耳，席文皋早就不是什么尚书了，不过他并不介意别人如此称呼。

　　"托福，托福。"席文皋答道，"席某戴罪之人，员外大驾光临，寒舍蓬荜生辉啊——不知这位是？"

　　"这是小女林珊。在下一直想趁牡丹节带她出来长长见识，于是擅作主张，让她随我一起来拜会大人。"

席文皋这才露出笑脸。"林先生可别见外,来得正好,来得正好。"

女孩却还是一脸警惕,没有笑。"诗余本毫末技艺,却经由大人的手笔,赢得世人的尊重,得见大人真容,却是小女子之幸。读过大人月旦诗余的文章,真如醍醐灌顶,受益良多。"

席文皋眨眨眼睛,心想,这是好事,值得谨记在心,好提醒自己,生活中还是会有惊喜。

即便对于男子,甫一见面便发此议论,也足见其自信非常。而说这话的,居然是位姑娘。显然她还待字闺中。她头上戴着一朵牡丹,手中也拿着一朵,还站在他的花园里,点评自己的成就……

他坐下来,也示意林廓看座。高个子男人先施一礼才坐下。女儿一直站着,只是挪到父亲身后一点的位置。席文皋看着她说:"我得说,平常别人向我致意,可不是因为我的文章啊。"

林廓一脸宠溺地笑了笑:"小女自己也会填词。我猜她早就想找个机会告诉大人了。"

女儿的脸一下子红了。当父母的往往会故意让儿女尴尬,但林廓这么说时,却带着生动的、毫不掩饰的骄傲。如今的卓门学者要求女人遵循越来越严苛的"妇道",席文皋对此也是十分反感。

这一是因为席文皋对奇台的历史有深刻的了解;其二,他对女人怀有深刻的热爱。她们轻柔婉转的声音,顾盼的眼神,她们的纤纤素手,还有她们的微微体香。她们当中的有些人,更是善解人意,处事周到。席文皋就认识这样的女人,还爱慕过这样的女人。

"这样说来,姑娘的大作,老朽可真要洗耳恭听了呀!不过——"他一边说,目光一边在父女二人之间来回游移,"员外在信中提到,最近刚完成一部书稿,这是真的?"

这回轮到父亲脸红了。"哪儿是什么书稿啊。不过是一些杂记,随便写写,评鉴这里的一些花园。当然,也包括大人的世外桃源。"

"这里疏于打理,哪里称得上桃源哪,连花园都算不上。你看看,这地方连株牡丹都没有。"席文皋说笑道。

"大人怎么不栽种一些呢?"女孩问道,一双眉间略宽的眼睛直直地看着席文皋。她左手拿着一朵黄色的牡丹,方才行礼时,随着手臂屈伸，一会儿缩进袖口，一会儿又探出头来。席文皋就是喜欢注意这样的细节。女孩穿了一身应时的绿装，颜色极似那几盏青瓷茶杯。

席文皋说："怕会辜负了这些花呀。老朽手拙，不通园艺，栽种不好这百花魁首，家中园丁也没这天分。像我这样的老学究，还是把花园布置得简单、朴拙一点的好。对我来说，牡丹太艳丽了。"

"大人栽种的，却是锦绣文章。"林廓说得十分得体。席文皋心想，世人很可能低估这个家伙了。能养出这样的女儿，足以说明此人并不简单。

不简单。席文皋的一生便可截然地分成两部分，一部分中满是"不简单"的诱惑；另一部分则甘于墨守成规。在朝为官时要经历关乎生死的争斗，后来独自被贬谪到此，他终于可以随意写写画画了。

席文皋自己选择来这里是一回事，可实际并非这样。而且杭德金仍然是当朝权相，施行"新政"，在他手底下的，则是一群更年轻、更跋扈的同党。

在他们的操纵下，奇台正在进行一场毫无意义的愚蠢战争，官家不理朝纲，政府庸碌，只顾着贸易经商，甚至不管农户有没有需要，强行放贷。最近又听说他们要改革科举制度，席文皋当年就曾亲自主持过科举考试。

所以，谪居在家，未能参与其中席文皋一点儿也不高兴。

他听见屋子那边传来声响，便赶紧转过头来，正看见一张熟悉又惹人喜欢的脸孔——卢琛来了。

卢琛是席文皋的门生，也是他的忘年交，为人乐观豁达，正跟在蓝衣侍女身后，一边笑，一边走来，丝毫看不出他正被人押解前往他的死地零洲。

这可算是一个教训，带着酸楚的诗意：你会在春日上午迎来一位年轻姑娘的意外到访，并且为之欣喜；也会迎来紧随她窈窕身影之后的伤心欲绝，并且避无可避。

席文皋注意到，卢琛消瘦了不少。一件赶路时穿的褐色麻衣松松垮垮地挂在身上。不过，他来到亭子前，向席文皋施礼时，举止神态却跟往昔一样：亲切、豁达，对世界抱有热情，随时准备与之

交锋或从中取乐。光看他样子，没人会想到，此人是当今世上最有见地的思想家，也是这个时代最著名的诗人，他的成就可比肩第三王朝和第九王朝的先贤。

席文皋还知道，卢琛也和过去的那些大诗人一样，是个品酒的行家。

席文皋再一次站起来，林廓也跟着赶紧起身。席文皋之前促狭地故意没有告诉员外还有一位访客要来，当然更不会透露来人是谁。

不过但凡对文学和政治稍有涉猎的人，都知道卢琛和他当前的命运。席文皋一时好奇，不知道这女孩认不认得卢琛。这时，他看见了女孩脸上的表情。

这表情让他感到一丝嫉妒，就像一堆余烬上冒出的一道火舌。她都没有像那样看过自己。不过他已经老了，真的老了。从椅子上站起身时，只能勉强不让脸上现出抽搐。卢琛也不年轻了，黑色毡帽下面已经有了银丝，精致的胡须也变成灰白，可他腿脚没有毛病，不至于连走路都变成奢望。他腰背挺直，身姿潇洒，只有细看时，才会发现他的脸过于瘦削，整个人也显出一些疲态。

而且，他就是写下《寒食诗帖》和《赤壁怀古》等众多名篇的人物。

席文皋十分清楚自己的诗歌造诣，并且颇以此为傲。不过他也是鉴赏品评诗词的行家，他清楚什么样的诗词配得上流传千古——什么样的人配得上年轻女子的青睐。

"老大人正在喝茶？"卢琛故作震惊地取笑道，"我本指望能讨杯酒呢！"

"这就送来。"席文皋正色道，"大夫说，每天这个时辰喝茶对我有好处。我有时候假装能听进去他们的意见。"他朝侍女使了个眼色，侍女点点头，转身往宅子里走去。

"大概对我也有好处吧，"卢琛笑道，他转过身，"这位想必就是林廓林员外吧？令正生前是在下的一位远房亲戚。"

"劳先生费心，还记得这些。"

"哪儿能忘呢！"卢琛又笑了起来，"令正家在泽川可是大户，我们家都是些穷酸秀才。"

席文皋知道,卢琛说的并非实情,不过他向来如此。席文皋亲自介绍道:"这位是林珊小姐,是林员外的千金。员外带她来赏牡丹。"

"来得正好,"卢琛说,"满园春色无须再多装点,不过咱们可不嫌美物太多。"

听卢琛这番话,当父亲的似乎很高兴,不过女儿……

"卢夫子客气了。说小女子为延陵的春景增色,正可算是诗人矫饰了吧。"

卢琛笑得更开心了,毫不掩饰心中的喜悦:"这么说,在林小姐看来,诗人都是些骗子。"

"咱们的确篡改了历史和生活的本来面目,但唯有如此,才能使咱们的文章增色。诗人写诗可不比史家修史。"说最后一句话时,林珊看了席文皋一眼,头一次对他赧然一笑。

咱们,咱们的。

席文皋看着林珊,再一次渴望自己能年轻一些。他依然记得年轻是什么样子。他站得腰酸腿疼,于是又小心翼翼地坐下来。

卢琛大步走到椅子旁边,扶老人坐下。他的姿态像是出于对先生的恭敬,而非出于老人的需要。席文皋抬头朝他笑一笑,示意两个男人落座。这里总共才三把椅子,他之前并不知道女孩要来——这女孩真是让人惊叹啊。

尽管现在问还太早,可席文皋还是忍不住问道:"你能在这里住多久?"

卢琛脸上笑意未减:"啊!这得看待会儿送来的是什么好酒了。"

席文皋摇摇头:"说吧。"

这里并没有什么秘密。林家父女马上就会知道——所有人都知道——卢琛将被流放到零洲岛去了。据说太师年纪大了,如今掌管这些事务的是少宰寇贩,这人一向为席文皋所不齿。

席文皋听说,零洲岛上有十几种能要人性命的毒蛇蜘蛛,还听说那里的夜风能叫人染病,岛上还有老虎。

卢琛静静地说:"我猜能在这里住一两晚吧。同去的有四个防送公人,不过只要我一直往南走,并且管他们酒肉,他们也让我在路上停几站,会几位朋友。"

"你弟弟呢?"

卢琛的弟弟,也是位进士,同样遭到流放——家人很少能幸免,不过没有外放那么远,没有被送往死地。

"卢超一家在大江边上有片田地。路上会去顺道看看他们。内子以后就在他家住下了。我们有地,他又能种。有时冬天或许不太好过,不过……"

卢琛没有把话说完。他的弟弟卢超家中有妻子和六个孩子。当年赴殿试时,卢超还年轻得惊人。那年他得了个探花,而哥哥则是状元及第。随之而来的是各种荣耀加身,位列高官,还两度北上出使萧虏。

当初他也在朝廷上直言抗辩,还上书抵制杭德金推行"新政",言辞慷慨激烈,持论却谨慎中肯。

这样做需要付出代价。朝中已容不下反对的意见。不过,弟弟既非思想家,也不是诗人,无力影响当今的思潮。所以朝廷虽然将他流放,但也没想将他置之死地。这就和席文皋一样,他就在自己老家的花园里。毫无疑问,寇赈正为自己的同情心感到欣慰,同时认定自己谨遵圣人教诲,为官家秉公办事。

席文皋一边控制住自己的表情,一边感慨,有时候坎坷劫数乃是命中注定。他们所处的,正是个糟糕的世道啊。

卢琛换了个口气,转身对女孩说道:"说到诗人和骗子,林姑娘所说倒也没错,不过,未知姑娘可曾这样想过:即便在细枝末节上动些手脚,我们也并非一派胡言,而是渴望表达更深层次的真实?"

女孩又脸红了,真是藏不住心思呀。不过她一直扬着头,在场的人里只有她站着,一直在父亲身后。她说:"有些的确是这样。不过,敢问卢先生,有些诗人描写宫娥妓女如何怡然自乐,却不说她们怎样虚掷青春,她们在楼台之上潸然落泪,只因良人抛弃了她们,这些诗人又算什么呢?有人相信这就是那些女子的真实生活吗?"

这番话引来卢琛的全部注意,他仔细想了想,说:"那这里面一句实情都没有吗?倘若有人写了一位特别的女子,那他就一定是要让她成为所有宫娥妓女的写照吗?"

他辩论时的声音跟记忆里的一模一样,掷地有声、不容置疑。他喜欢言辞上的交锋,即便对手是位姑娘。突刺、格挡,就像用剑。朝中大臣再也无人懂得剑术了。奇台变了,男人变了。然而,这里有个女人在同卢琛辩论。听她辩难时,你需要提醒自己:这是位姑娘。

她说:"可是,倘若不断重复的都只是这一个故事,那读者又如何分辨什么是真?"她停顿一下,席文皋发现她眼中闪过——嗯?——一丝淘气。"倘若一位大诗人说,自己去过著名的古战场赤壁,而实际上,他去的地方却在大江上游,距离真正的古战场足有百里之遥,那后人到了赤壁又会怎么想呢?"

她垂下眼帘,故作镇定地攥着双手。

席文皋突然大笑起来。他拍着手,笑得前仰后合。这是个广为人知的故事。第三王朝时,有一场著名的战役就发生在赤壁。当年卢琛和朋友在月圆之夜乘舟在大江上顺流而下,他以为自己和朋友到了发生大战的峭壁底下……但实际上,他搞错了。

卢琛也被女孩逗乐了。他这人容易动怒,但不是在这样的谈话里。这里有的是言辞与思想的交锋,让他乐在其中,十分消受。让人几乎忘记他要去哪里。

他说能在这里住上一两晚。

林珊的父亲也在微笑,只是有些拘谨。卢琛向他转过身来。林廓正准备赔礼,可卢琛冲他一拱手,说:"能养出这样的女儿,卢某佩服。员外为她寻夫家时可要小心啊。"

"承先生吉言,"林廓回答,"小女已经和齐嫪之子齐威订了婚,明年便可完婚。"

"皇亲宗室的齐家?他是官家的……"

"出五服了,可以成亲。"父亲说。

与官家在五服之内的宗亲,其宗子若想结婚,必须得到负责监督宗子宗女婚姻的"宗正寺"的许可。五服之外,宗亲的生活就少了很多限制，不过他们不能当官，也不能参加科举，并且全都只能住在汉金城，住在靠近皇宫的宗室诸宅里。

对皇帝来说，尤其是对于没有坐稳龙椅的皇帝来说，宗亲始终是个大麻烦。在过去，与皇帝同宗的男性宗亲随时都会死于非命，这种事情历史上发生过很多次，每次都牵连极广，而且十分血腥。不过第十二王朝一向自诩文明开化。

席文皋看着自己的朋友，心明如镜，如今的皇亲国戚只是被禁锢在世界之外，朝廷按月给每位宗亲发一份俸禄，宗女出嫁时提供一笔嫁妆，宗亲死后还负责葬礼的花销——这一切占去了国库的一大笔预算——如今的宗室成员实在是太多了。

"齐威？"席文皋说，"没听说过，我应该见过他父亲。希望他儿子是个聪明人。"

"是个历史学家，还收藏古玩。"

说话的是那姑娘，为自己，也为未来的丈夫说话。这显然很不得体，不过席文皋早就打定主意不以为忤了。他有一丝心动，他想让她说话。

"这就让人放心了。"卢琛说。

"我这女儿生得实在淘气，若是夫家不能接受她，我可不想她嫁出去以后在外面遭罪。"父亲说，"小女无理，还请二位大人海涵。"又是这样，言辞谦恭，却难掩骄傲之情。

卢琛高声喊道："你是该道歉！令嫒刚刚还给我的词作挑错，让我好不伤心！"

亭子里一阵沉默，因为父亲正在揣测，卢琛是不是真的受到冒犯。

这时，女孩又垂下眼帘，说："词是好词，我把它们都牢记在心。"

卢琛冲她露齿一笑。"既然这样，我的心情便好多了。男人，"他补充道，"总是乐于让聪明女子安抚自己。"

"女子，"林珊小声说，"却没有太多选择，只能学着安抚别人。"

众人听见一丝声响。之前他们谁都没看见蓝衣侍女又过来了。

席文皋与她曾有过几夜温存,对她十分了解。刚才她很不高兴,这个样子虽然不合规矩,却也算意料之中。

酒无疑是好酒。下人知道该为客人上什么酒,而卢琛的偏好也是众人皆知。

席文皋和女孩林珊继续喝茶,林廓则与卢琛一道饮酒。席文皋心想,这是对诗人的恭维。饭菜也端上来了。在席文皋的花园里,在三彩先生模仿古代画风描绘的亭子里,在上午的春光里,众人听着鸟鸣,流连忘返。

林珊知道,今早在花园里的侍女不喜欢自己,尽管她——即便受主人宠幸——不该将它表现出来。

林珊猜想,那姑娘大概以为自己隐藏得很好,不过,她的站姿,对请求和命令的那一丁点懈怠,都出卖了她。林珊还看出来,自己放在客房里的行李被人动过,从这些蛛丝马迹里,能读出很多东西。

这些,林珊早就习惯了。有很长一段时间,她遇见的几乎每一个女人,无论品秩地位高低,对她都是这样。男人面对林珊时大多感到舒畅,甚至会觉得有趣。而女人们都恨她。

从这个角度来说,父亲对自己的教育,很难说到底能不能算是一份礼物。

林珊很早以前就明白,有些礼物的性质十分复杂。飓风起于萍末。有位诗人曾这样写过,这话不假。另一方面,大事也有同样的功效。比如对林家来说,林珊哥哥的死就是一件大事。

在那之后的年岁里,林家仅存的一棵独苗,身材单薄、心思敏捷的女儿开始接受教育。这是一次尝试,一开始学得很慢——就像秘道的方士一点点加热丹炉中的药水——到后来就加快了学习进度。这些教育原本是用来教男孩子参加科举考试、求取功名的。

不消说,林珊无法参加科举,更当不了官,然而父亲给她的教育让她足以胜任这一切。而且父亲还指导她书法,教她写一手好字。

她还无师自通地学会填词。

如今,林珊对书法比父亲还要自信。有种说法,叫人如其字,观其字能识其人,如果真是这样,那父亲的字,笔画流畅、笔直、工整，正好体现他为人的谨慎与不自信。父亲只有在外地旅游、往家里写信时才会写行书，他的行书只有林珊和母亲见过，从中可见他热情的一面。这一面，林廓一直把它隐藏起来，藏进他的字里，藏进他瘦高、微驼、与世无争的身形里。

林珊自己的字，不论是正楷还是行书，笔意都更加大胆、雄健。她知道，这手字太不像女人，她生活的方方面面都是如此。

她让侍女退出卧室，侍女照做了，只是又慢了半拍。退出去时，她也没有把门关好，门外是黑乎乎的走廊。林珊想叫她回来，再一想，又算了。

房间在宅子后边，距离花园最近的地方。席夫子有意不把房子造得太大，以示恭顺，所以连专门供女眷居住的厢房都没有，更别说单独的别院了。不过男人都住在房子前半部分，林珊不确定主人家和诗人有没有休息，不过父亲已经睡下了。晚饭时，父女二人一块儿起身离桌，好留出时间，让两位故人守着烛台，对着美酒单独谈话。这没什么可说的。林珊心想，今晚注定是个伤心夜，无论席文皋如何掩饰。

深夜的花园里并不清静。有蟋蟀声，风吹树叶声，猫头鹰的叫声，翅膀扇动声，还有细微的风铃声。林珊看见主人在房间里给她放了两本书。屋里还有一盏灯，灯芯很长，可以让林珊秉烛夜读。这两本书，其一是一部手卷，另一本是印刷出来的线装书。屋里还有一张书桌，一把椅子。床很大，四面围着帷帐，床上放着一只蓝色的瓷枕，上面画着白色的梅花。

席夫子老了，老到可以只是欣赏她，而不会为此大惊小怪。他似乎觉得林珊熟读诗书这件事情很有意思。林珊并不太想他有这样的反应。不过，她才十七岁，还是姑娘，又能指望别人有什么反应呢？

也许，在林珊心里——说出来可不合适——她是希望能让其他人欣赏自己的词作，品评其中的优点与不足。林珊并非自负，她知道自己的造诣有多么不足。

晚膳时，卢琛倒是说起，他想听人唱林珊的词。

在很多方面，无论是诗文还是思想，卢琛都拥有当今世人难以企及的造诣。与此同时,他又放浪形骸,恣意欢谑,晚膳时他一刻不停地说笑,努力调动另外三人的情绪。他还频频向众人(包括林珊)举杯,一杯喝完便又满上。努力让气氛变得愉悦。变得愉悦,却并非真的愉悦。

他要去的是零洲岛啊。朝廷是想让他死在那里。一想到这里,林珊心中总会感到沉甸甸的、近于恐慌的痛苦。除此之外,还有一些情绪,连林珊也摸不准。丧亲之痛?对无可避免的损失的预见和随之而来的苦涩?林珊感到一丝异样,她几乎想要恸哭一场。

送别朋友时,人们总会折一段柳枝,"柳""留"同音,折柳表达的,便是想要挽留朋友的惜别之情。可卢琛是要被发配到零洲啊,山远水长,又如何能留得住呢?

今天上午,初次见面就这样说话,真是莽撞。林珊都知道,说的时候就知道。卢琛的到来让林珊激动不已,无法自持——与此同时,她又打定主意不要让这份激动显露半分。林珊知道,有时候自己如此需要存在感,以至于故意制造冲突,好引起其他人的注意。

你看看你!林珊发现自己哭了。察觉到这一点,又是一件令人难受的事情。

可以说,林珊就是父亲截然相反的一面。父亲站在人群当中,仿佛随时都会后撤一步,抄着双手,用他的姿势告诉众人:若非你叫我来,我都不会在这里出现。

林珊爱父亲,尊敬父亲,想保护父亲,还想让世人正确地看待父亲,哪怕父亲宁愿躲到无人得见的暗处。在这世上,只有他们父女俩相依为命。而明年,林珊就要出阁了。

林珊千百次地想,要忘记林廓实在太容易了。即便今天,他把自己的一本薄书送给席夫子,也是一样。的确,这算不上什么惊世之作,但写得严谨、机智,这本书就如同一幅用文字描画的延陵百态图,记录了这些年来,文宗皇帝治下的延陵城的样貌。愿龙椅上的文宗皇帝千秋万载,永享国祚。

那位子又被叫作龙椅了。林珊一定是累坏了,思绪才这样飘忽不定。林珊知道这个名字何以再次出现。她知道这些都是因为父亲。这些知识都装在她的头脑里,无法忘记。林珊无法重新变得跟其他女子一样，无才便是德。

这一朝立朝之初，朝廷里的文人就下了这样的判断：第九王朝的倾覆在于失德，在于对女子气的行事方式和象征的过分放纵。其中最为典型的，就是把龙椅改名为凤座。

凤凰代表着女性，龙才是男性的象征。

第九王朝开国初期，昊女皇代幼子摄政，她在那时便做出这样的改动。后来，幼帝年岁日长，便自负地想要亲政，结果自己却丧命了——大多数人都认为他是被毒死的。而昊女皇继续把持朝纲。

后来，昊皇驾崩，皇帝宝座的名号与装饰却没有改回来。再后来，就在奇台第九王朝处于鼎盛时期，臭名昭著、罪该万死的节度使安隶造反了。

直到很久以后，奇台再度恢复和平，然而，昔日的荣光却一去不返。一切都变了，就连诗歌的气度都与过去不同。经过八年战乱，奇台境内千里萧条，人烟断绝，损失惨重不可计数，人们不可能还像从前那样写作、思考。

山野闻虎啸，市井见狼籍。

之后又过了好多年，苟延残喘的第九朝终于土崩瓦解，于是又一场战乱与兵灾血洗奇台，整整一百年里，数不清的短命王朝与割据势力轮番登场，又转瞬即逝。

直到第十二王朝崛起，奇台迎来新一轮盛世。

这一轮盛世并不像从前那般辉煌。长城坍圮，蛮人南牧，丝路中断，十四州尽失。

不过，龙椅又叫龙椅了，还有各种故事提醒着人们，不论是皇宫大内，还是寻常百姓家，男人都不能受到女人过多的支配。女人就该留在内闱，对任何事情，都不能有自己的主张。如今的女人，不论是在宫中还是花园里，衣着都比过去朴素，既没有翩翩广袖，也没有明亮的色彩，更没有酥胸半露的衣袍，和让人沉醉的香蕉。

林珊就在这样的处境里，她也知道现实何以至此：那些禁锢女性的学说、文章、辩论和注疏功不可没。她知道那些名垂千古的人物，了解他们的著作和生平。她浸淫诗词，能背下从第三朝到第七朝，还有第九朝——无论叛乱之前还是之后——的诗词名篇。

有些诗篇，纵然经历这么多世间变故，仍然能够流传下来。

不过，谁又能知道，哪些诗、哪些事能流传后世？谁能做出这样的决定？流传千古究竟是因其卓然超群，还是仅仅出于机缘巧合？

林珊站在点着灯的桌旁，突然感到一阵疲惫，都没有力气到屋子另一边阖上门。真是让人激动的一天啊。

林珊十七岁，明年就要成亲。虽然有可能是自己又多虑了，但林珊觉得，不论是席夫子还是卢琛，都没有完全理解这门亲事的深意。

在奇台，妻子需要承担侍奉公婆的责任。女子出了娘家门，就成了婆家的下人。倘若妻子被认定不够孝敬公婆，即使并没有确凿证据，也还是有可能被赶回娘家，嫁妆却分毫要不回来。而林珊的父亲知道，自己亲手教养的女儿有怎样的秉性，于是免去了她的这些后顾之忧。

宗亲家里有的是仆人，完全不用自己动手干活。仆人的工钱由国库专款支付。宗亲家里还有大夫，还有歌伎、方士和厨子。

还有占星家，尽管只能白天占卜，并且需要经过特许，但他们若是想要搬出皇宫旁的宗室诸宅，只要经过批准，有司同样可以安排步辇，送他们去任何想去的地方，并让他们一直在那里生活。

他们还有专款用于置备正式的衣服首饰，供他们在出席正式宴会和典礼时穿着装扮。皇室宗亲是王朝的象征，天生就是被用来展览。他们死后会安葬在延陵的皇室墓园里——汉金没有这么多空地。有人说，宗室的一生，就是从一个墓地搬到另一个墓地里。

女子一旦嫁入宗室家庭，就能过上另一种生活。可以说是一种优渥的生活——这要看女子本人、夫家，以及圣意如何。

往后要不了一年，她就要有丈夫了。林珊见过他，这虽非明令禁止，但同样不合常理，而且这类事情，在宗亲家里有不同的规矩。林珊的父亲是进士，又是员外郎，他的身份地位让他可以通过媒人，与皇室宗亲攀这门亲事。并不是所有人都想嫁给皇亲国戚，这是一种与世隔绝的生活，充斥着各种礼仪和规矩，宗亲成员越来越多，家宅也变得越来越拥挤。

但对林珊来说，这样的生活倒算差强人意。这些人本就与外界没有太多联系，身处其中，就像丝线被编织到一起，她自己的与众不同反倒不那么显眼了。也许真是这样。

而且，父亲说，齐威自己就是个学生，这似乎也有点不寻常。齐威还未成年，却已经得到允许，深入乡野搜罗古代的碑刻铜器，并且把它们带回家，编目成册。

这跟常见的宗室子弟大不一样。宗室子弟根本没有建功立业的机会，所以他们通常都十分懒惰，整日在汉金城的花街柳巷里饮酒寻欢。有时候，哪怕只是出于对这一切的厌倦，他们也会参与针对官家的阴谋，这样的宗亲自然难逃一死。

林珊和齐威见过一面。那是双方家长第一次见面商量亲事的时候。齐威显得拘束又有礼貌，坐在母亲和姨娘身边喝着茶。婚事谈得很顺利，父亲对林珊——也对在场的其他人——表达自己的看法：以他之见，两人成婚之后，一定会找到共同的志趣。

那天林珊的感觉是，她和齐威的确有，或者说至少有潜在的，共同的追求。

齐威比林珊年长一岁，看起来却比林珊小。他有点儿胖，下巴上刚开始冒出胡子。他努力想要表现出举止得体的样子，一开始有些滑稽，再细看又惹人喜爱。他的手又小又软，说话声音低沉却很清楚。林珊还记得，自己当时觉得齐威很害羞。

那天林珊花了很大功夫打扮自己，往常她可不在乎这些，可父亲为这次会面费了那么大心思，做了那么细致的准备，林珊也理应付出同样的努力。更何况，这也挺有意思的。她穿了一身样式庄重的蓝色"缭绣"襦裙，头上戴着一支金镶玉的簪子，耳环上也坠着玉石。这些都是母亲留下来的。

她和齐威交谈，让他见识自己是如何思考的。齐威来之前就知道她所受的教育不同寻常，不过，林珊并没有进一步要求对方回应——有时候她就会这样。

齐威说起自己在京师以北，靠近奇萧两国边界的地方，找到过一块罕见的第五王朝的石碑。林珊心想，这人是不是想故意提起北上边境，显示自己的勇敢，好引起她的注意，随后一想，这应该不是他的本意。奇台与萧虏盟过誓，边境有榷场，两国之间的和平由来已久。他只是听说可能有古董，便去了那里，压根儿没想过那里是边境。

一说起这块墓碑和上面的碑文，齐威就变得滔滔不绝。墓主人是一名早就死去的文官。碑文里记载的正是他的生平事迹。齐威怂恿她，一定要她去看那块碑——就明天怎样？

尽管这是第一次见面，林珊已经意识到，自己可能必须成为婚后生活的主导者。

林珊心想，这一点自己能做到。林珊随口引用了一句诗，齐威没有分辨出来。不过这句诗本来就不算出名，何况，同一位姑娘谈论自己见到古董时的兴奋之情，似乎让齐威感到十分自在。林珊心想，自己还会跟丈夫分享更强烈的情欲。

"分享"通常并不是婚姻生活的一部分——说实话，情欲也不是。

这或可算作父亲给她的另一件礼物。齐威这会儿尚未成年，行为有些乖张，情绪也常有起伏，但他会长大的，林珊也会。齐威的母亲似乎并不娇惯他，但关于父亲养育林珊，最常见的批评就是溺爱过度。这一点一向如此。

那天会面结束时，林珊向父亲施过一礼，说，如果齐家对自己满意，能嫁到齐家，是自己的福分。她还说，有朝一日，会让父亲抱上外孙，并且要像父亲教育自己那样教育儿子。她说到做到，她能想象这番情景。

然而，今天晚上，听着蟋蟀的叫声，林珊发现自己既难过，又不安。一部分原因是他们旅行至此。旅行一向不是林珊生活中的重要部分。任何人在节日期间的延陵都会兴奋过度。更别说今天自己见到的这几个人物了：她还在其中一人家里借宿，而另一位——

林珊真不该那么说他的《赤壁怀古》。那会儿他在想什么呢？他当时一定认为，自己是个傲慢自负，又恣意妄为的姑娘，这又是一条例证，证明女人有才学就是个错误。他一直笑，还和她交换观点，可男人往往就是心口不一。

林珊特意告诉他，那两首词自己都背得下来。希望他能记住这点，明白自己之所以这样说（部分地）就是要向他道歉。

绢纸窗户外面漆黑一片。今晚没有月亮,风停了,鸟声也没了,蟋蟀还在叫个不停。她朝床上瞥了一眼,现在又不困了。她正盯着案头上的两本书,这时听见走廊传来脚步声。

林珊并没有害怕。他踱进屋里时,她还在想,似乎是自己没把门关上。

"我见屋里还亮着灯。"他静静地说。

这话有一半是真的。他的卧室在屋子前面,在正厅的另一边。他得走到这边才能看见林珊屋里的灯光。林珊脑中急转,心里却跳得厉害。不过她真的没有害怕。用词要讲求精准,既然不"害怕",就不能用这个词来形容。

林珊还穿着晚餐时那件丝质蓝底描凤金扣短襦,头发依然绾着发髻,只是原来头上那朵花,这会儿插在床边的花瓶里。

她向他道个万福。开口说话前,不妨先道万福。

他脸上没有笑容:"我不该过来。"

当然不该来。林珊心想,贸然来这里,是对她、对父亲、对主人家的冒犯,足以让所有人蒙羞。

不过,她的回答是:"我不该敞着门。"

他看着林珊。他鼻子挺拔,眼神冷峻,顺滑的胡子里已然有了银丝。他的头发也束成发髻,只是没有戴帽子。男人吃饭时都把帽子摘掉了,这是一种姿态,意思是大家不必拘礼。他的眼角有几丝皱纹。林珊心想,他总共喝了多少酒?喝醉了吗?坊间广为流传的说法是,即便喝醉,他也不会醉得太厉害。

他说:"我本该从下面的门缝里看见亮光。我该敲门的。"

她说:"我本该替你开门的。"

听见自己这样说,林珊吃了一惊,却没有害怕。

他依旧站在门口,没有往前进一步。

"怎么?"他的声音依然沉静。整整一天,他都在恣意欢谑,好让另外三人高兴起来。这会儿却不必了。"为什么本该替我开门?因为我要被流放吗?"

她点点头:"你来这儿,不也是因为这个吗?"

她看着他,他在斟酌怎样回答。他没有马上否认,赢得了她的欢心。很好。他小声说:"原因之一。"

"那么,还有,就是因为我了。"她还站在那里,旁边是一张书桌,一张床,一盏油灯,和两朵花。

花园里突然传来一声尖叫。林珊吓得一个哆嗦。倒不是那声音的缘故,是她自己太紧张了。外面有什么东西死了。

"猫在打猎,"他说,"要不就是只狐狸。就算这里景色秀美,秩序井然,这种事情也是难免。"

"那如果是在一个风景既不秀美,秩序也不井然的地方呢?"

这话还没说完,她便后悔了。她又在得寸进尺了。

卢琛却笑了,从进门起,他还没笑过。他说:"林小姐,我可不想死在零洲岛。"

林珊无言以对。她告诫自己:别说了,就这一次。他在屋子那一头看着她,眼神让人难以琢磨。她这趟出门,只带了些式样普通的发钗,不过耳环却是母亲的。

他说:"零洲岛上也住着人,你知道的。我方才也是这样跟文皋说过。"

林珊想,那里的人都是化外之民。孩提时没有死掉,长大了就能习惯那里的瘴气,还有没完没了的雨水和蒸笼一样的热气。

她说:"岛上……岛上有蜘蛛。"

一听这话,卢琛咧嘴笑了起来。林珊有意这样说,好逗他开心,只是不知道他明不明白。"是啊,大蜘蛛,听说有房子那么大。"

"还吃人?"

"吃诗人。每年两次,一大堆蜘蛛从森林里爬出来,爬到村镇的空地上。百姓就得弄个诗人喂它们吃,不然它们就不走。还有一套仪式。"

林珊轻轻一笑:"这样,你就有理由不写诗了?"

"我听说,当地人会逼着衙门里关的囚犯写两句,这样就能送给蜘蛛当吃食了。"

"真是残忍。不过,光是这样,就算是诗人了?"

"要我猜,蜘蛛可不讲究这些。"

他去了那里,也便成了囚犯。虽然不用坐牢,却要受到监视,并且不许离开。林珊心想,这个笑话可不像他想的那样好笑。

他似乎也是这么想的。"姑娘可还记得,我说过想要拜读姑娘的词作?"

记得?怎么能忘呢?可她却摇摇头:"现在这样,不能给你。"

"卧房里正适合品诗,唱词的话就更合适了。"

她执拗地又摇摇头,眼睛看着脚下。

他轻声问:"怎么了?"

她没想到他说话会这般温和。隔着房间,林珊迎上他的目光,说:"你来这里,为的不是这个。"

这下轮到卢琛不说话了。屋子外面,经过刚才的一番杀戮,这会儿也大致安静了。这是春季的夜,晚风拂过李子树。现在,林珊意识到,自己终于害怕了。

林珊心想,要在这世上坚持自己的想法和行动,并不容易。今天之前,她还从未对男子动心过。明年早春,她就要嫁人了。

而这个人,比她父亲还老,他的儿子都比她年纪大,第一任妻子过世了,第二任住在弟弟家里,因为卢琛不想带她去那岛上——即使他嘴上说自己不会客死南方。他还纳过妾,还为这些侧室,和欢场上的妓女写过诗。据说,如果他在诗里提到一位妓女的名字,那她的身价就要涨上两倍。林珊不知道他会不会带个女人与他一起南下。

她猜不会。他在路上有儿子相伴。也许,将来有一天,儿子还要安葬父亲,不然就带卢琛的尸骨回北方安葬——如果朝廷恩准的话。

卢琛开口了:"我还没有这样自负,或是无理。今晚来此,只想谈心,不想其他。"

林珊深吸一口气,人随之(也随着他的话)不再害怕,这害怕消散得跟它来时一样快。她低着头,小心翼翼地轻轻一笑,问道:"连想都没想?"

他笑出声来,是在感谢她。诗人说:"想是想过。不过,林小姐……"他的语调一变,林珊抬起头。"我们可以想很多,却并不能总是随心所欲。所有人都是这样。"

"非得这样?"林珊问。

"恐怕是吧。不然,天下就要大乱了。比方说,我还想杀掉一些人。"

她猜得出其中一两个人是谁。林珊深吸一口气,鼓足勇气说:"我想……妾身想先生此来,本是想鼓励晚辈,与晚辈切磋诗艺。妾身知道,我和先生之间天差地隔,因为我是女儿身,因为我少不更事。妾身只想告诉先生,我并非……先生不必……"

她喘不上气了。她焦躁地甩甩头,逼着自己说下去:"卢先生,若您进屋里来,我不会感到丝毫冒犯。"

哈,说完了。天下也没有大乱。外面也没有别的野兽嘶叫。太阳照样会升起来,不怕被一箭射下来。

而林珊,不会,也不要活在别人设置的条条框框里。因为她要过自己的生活,要走自己的路,这条路又艰难又孤单。当初父亲从开始教她读书习字时起,便已经把她引上这样的道路——尽管他并非有意,也从未意识到这条路会是这个样子。而后,父女俩一起发现,林珊几乎比他们认识的所有男人都更聪明、更敏锐,甚至更深刻。

但还不至于像现在这样。卢琛看着她,已然换了副表情。可他并没有挪动步子。而不管林珊性格怎样,不管她能逼迫自己表现得多么无畏,她也不能朝他走过去。这超出了她的底线。

卢琛颇感意外地说:"林小姐,我简直要喜极而泣了。想想你自己的将来吧。"

林珊眨眨眼:"我不想。"

"我猜也是。"他脸上露出一丝微笑,"这世上容不得你变成你想象的那个样子,明白吗?"

林珊抬起头:"这世上也容不得你,他凭什么——"

"这不一样。你知道的。"

她知道。她又低下头。

"你也不必时时处处地向它挑战。这是以卵击石,你会粉身碎骨的。"

"你就是这样,不断挑战。你就是不会保持沉默。当初你认为朝中大臣甚至官家——"

"再说一遍，这不一样。我可以秉笔直书，直言相谏。这样做是有风险，改变时代最终也会改变命运。不过这还是跟你要面对的不一样。"

林珊像是受到当头棒喝，可奇怪的是，也像是得到一份保证，一份支持。他看见她了。林珊让自己迎上他的直视："你一向如此回应吗？女子向你——"

他第三次止住林珊的话，这一次是抬起一只手。他没有笑。林珊一言不发，等他开口。

这是他的一份馈赠——终其一生，林珊都是这样想的。他说："无论男女，从来都没有人，给过我这样珍重的礼物。可我一旦接受它，便也同时毁了它。我这就走。这对你我都十分重要。说真的，今晚让我受宠若惊，无以言表。等你选好了文章寄给我，我同样会感到十分荣幸。"

林珊费力地吞了口唾沫，他接着说："现在，我又多了个理由，要从零洲活着回来，那就是你。我要看看你过你自己的生活。"

"我不……"林珊发现，要说下去太难了，"我配不上先生如此青睐。"

这样的毫不妥协，引得卢琛赞许地一笑。"配得上。"他说。

他拜别林珊，走出房间。

并且关上房门。

林珊站在原处，感受着自己的呼吸，自己的心跳，用一种全新的方式感受着自己的身体。她环顾四周，看看油灯，看看书，看看花，还有床。

她艰难地提一口气，嘴唇因为下定决心而抿成一条线。她不要过别人为自己选定的生活。

她走过房间，打开门。

走廊里暗沉沉的，不过她自己屋里还有灯光。卢琛听见声响，转过身，在走廊的另一头，形成一道剪影。林珊走出屋子。她看着他黑黢黢的身影笼罩在同样也笼罩着自己——和所有人——的阴影之下。不过还是有光亮。她身后的卧房里有，她的前方，有时也会有。卢琛站住了。林珊能看见他。这里有光，他也能看见林珊。

"先生？"林珊说。

这一栋房子非她所有，有一片天地却非她莫属。天地之间被黑暗笼罩，黑暗中有一个翩翩君子的身影。她向他伸出了手。

第三章

辛阳府地处大江南岸稻米主产地的正中央。眼下三伏时节,屯驻在此的就粮禁军提辖赵子骥,衣服底下还套着皮甲,正汗流浃背地带着手下行走在太阳地里。

他乔装成商人模样,头戴一顶宽沿毡帽,身上穿件短麻衣,腿上是一条松松垮垮的裤子,用一根绳子系在腰上。他喉咙里干得直冒火,被手下这群懒汉气得火冒三丈。眼下他正带着手下军健北上,就像是赶着一群羊去河边,途中要经过一片危险的村子。实际上,他一发火,脑子就不太灵光。

这或许是小时候落下的病根。赵子骥小时候,有一回撒尿,被两个姐姐看见了,姐姐们笑话他的尺寸。为这事,他把两个姐姐都打了一顿,她俩活该。可就算揍她们一顿,也不能阻止这笑话传出去呀。

所以长大以后,赵子骥做了个冒失的决定:参军,离家远远的,到一个既没人笑话自己,也不会有人因为这个给自己起外号的地方。可即便是参了军,在营房里,躺在床上,他还是会担心,哪天大清早,来了个老乡,一见面,就高兴地跟他打招呼:"喂,赵小鸡儿!"然后他在军中日子也不好过了。

况且这根本就是胡说八道。没有一个妓女给过自己这样的评价。他在很多支军队里待过,还和别的兵一块儿撒过尿,谁都没觉着他跟别人有啥两样。他那年才十一岁呀,几个姑娘家居然这么说自己,这算啥道理?

有一个姐姐已经死了。赵子骥不想说她的坏话,怕她变成鬼来找自己。另一个姐姐嫁出去了。赵子骥知道,她丈夫一喝醉了就没她好受的,而且婆婆为人也是尖酸刻薄。按说赵子骥该可怜她,可他没有。在赵子骥看来,姐姐当初胡说八道,把他这一辈子都糟蹋了,她自己也活该遭些报应。

此外，在他看来——而且十分确信——他们眼下路过的这个地方，荒郊野岭的，肯定会遇见贼人。这一队人马奉知府大人之命，送一份寿礼给少宰寇赈。一块儿送去的还有三只夜莺，装在笼子里，要送进官家的园林。

这几只笼子可不好藏，外面扣着大口袋，绑在驴背上。但愿夜莺别死了，死了他就闯祸了。

赵子骥一路走，一路四下张望，脑子里满是强盗拿着家伙，从路边枯草丛里，从身后的小山包里，从刚刚经过的树林子里窜出来的情形。

他带了十二个人，军健有七人。他们也把自己和运送的财宝伪装一番。每个人都背着个出门带的小包袱，队伍里总共只有六头驴，所有人都徒步前进。他们的样子就像是做小买卖的，一起到江边上。钱不多，都骑不上牲口，显然不值得抢——但人数已经多到可以警告山贼别做蠢事头。强盗只喜欢容易到手的靶子，并非真愿意硬碰硬。

另一方面，万一真遇上强盗，赵子骥也不觉得这些手下会愿意拼命。早在几天前，他就后悔当初不该毛遂自荐，跟知府大人领这趟押镖的差事。没错，能领下差事需是知府抬爱；没错，到了汉金顺利交差，知府大人面上有光，自己也能得个好名声，升官就得靠这个，对吧？再往后，攒够了钱，就能娶媳妇生娃儿啦。

不过，回过头想想，这一路荒郊野岭的，也有可能遇见歹人，结果丢了自家性命。不想死的话，那就忍受着几个手下（既有军健又有文吏）骂骂咧咧，冒着酷暑把东西送到船上。一旦上了船，他们就可以顺江而下，抵达大运河。等船上了大运河，就相当于安全到达京师了。

不过首先，他们需到得了江边。赵提辖估计，还有两天的路程。他知道前面有个村子，今晚他们应该能到那儿。明晚得在外头过夜了，要点上营火，安排人手轮流守夜。他催手下赶路催得很急，可是不催的话，就得走三天。这可不好。

寇赈当初任辛阳知府很多年，于现任知府有恩。不过，恩相已经连着两年没收到辛阳府送来的寿礼了。

一路上，赵子骥一直在吓唬手下，说山上有老虎，路上有山贼。还说等天黑了外面就有孤魂野鬼和狐仙出没——他自己是真的害怕狐仙。

不过，跟他一路的还有几个官老爷。出发前，知府大人叫他们一路上都听赵子骥的，这让他们很不高兴。等到了汉金，随队同来的都管就会接手剩下的事情，不过只要还没进汉金城门，那就是另一回事。这道命令没有丝毫含糊。这是赵子骥主动请缨时提出的条件——考虑到头两年遇上的事情，其他人都不愿意领这差事。

队伍里每个人都蔫头耷脑的。赵子骥想，他自己跟他们一样遭罪，这样催他们顶着日头赶路，可不是为给自己找乐子。他也情愿在夜里赶路，可是赶夜路太危险了。

众人一直哼哼个不停。原以为他们会聪明点儿，省些力气。赵子骥之前答应他们，到中午时休息一下。可现在还没到中午呢。他一边想，一边闻闻身上的汗臭，看看衣服下面的皮甲湿成啥样，这会儿也快到中午了。据他所知，带队的被手下人害死的故事也不少。到最后，活下来的人会说，领队的是个整日醉酒的无能之辈，只会给长官乃至官家丢脸。这类故事差不多都是一个样子。

赵子骥听过这些故事，以前也信以为真。现在倒不信了。

他突然喊道："上了前面那道山梁就休息。"

他的嗓子哑了，于是清清喉咙，又说了一遍："都听清楚了！山梁上有阴凉，到上面也能看清前后。等再出发时，就得走快些，晚上在村里过夜。"

不知是已经累坏了，还是对他怨恨太深，没有人对此表示响应。跟昨天都管坚持自己要骑驴赶路一样。都管岁数大了，骑驴赶路倒也不会暴露一行人的身份，不过其他人都愿意往他那儿凑，还聚在一起一边嘀咕，一边对赵子骥侧目相视。这些人当他赵子骥没看见吗？

总的来说，休息一下还算明智。被这些兔崽子取了性命，也算自己失职啊。哈！他心想。开玩笑！要是变成鬼，倒能跟他们好好算笔账，不过，要是他死了，将来还怎么当官娶老婆呢？

去江边的路，赵子骥走过三回，沿路地形他记得清清楚楚：坡顶上有一块平地。虽然这段上坡路很长，但上坡休息的保证还是哄得一队人驴继续前行。

从坡顶往南北两个方向看去，赵子骥的确可以把这条土路尽收眼底。路东有一丛茂密的树林，路西则是稀稀拉拉的一片栎树。赵子骥把驴赶进树荫里，自己一屁股坐到一棵栎树下。他喜欢牲口，并且知道，牲口也在遭罪。

以前，他在家遇到过一个来自塔古高原的游方僧人（听说，塔古原来是一个帝国）。那僧人对着一群衣衫褴褛的听众讲经，说人如果这辈子干坏事，下辈子就会变成禽兽牲畜，来弥补今世犯下的罪过。赵子骥并不完全相信这些教义，不过他的确记住了那个红袍僧人的虔诚，并且一直对牲口很好。赵子骥心想，牲口既不会乱嚼舌头，也不会暗地里对付你。

他想起一件事，咒骂一声，费力地站起来，把蒙在三个鸟笼上的罩子取下来。鸟笼用金丝打造，上面镶着宝石，极其珍贵，不可外露。不过在这儿也没人看见，何况天这么热，鸟在罩子底下有闷死的危险。正午时分，又关在鸟笼里，这几只鸟不会叫出声来的。

其他人都累坏了，四仰八叉地躺在地上，有些人已经睡着了，要回原来那棵树下，得从他们身边经过。赵子骥又走到路中间，站在太阳底下，向两边张望。

他恶狠狠地咒骂一句。老都管正举着水壶喝水，听他出声，便瞅了他一眼。都管在辛阳府中养尊处优，听不得军汉们的粗俗言语。他妈的，一橛子捅了你屁眼儿，赵子骥心想，不爱听当兵的说话，你自己一个人走啊，看你去不去得了江边！

去不了江边，也对付不了身后这伙人。这伙人正往坡顶走来，眼下在低处，看不到赵子骥他们，而赵子骥从高处却能看见他们。这他妈的才是这个当兵的非要他们上了坡才休息的原因。

赵子骥哑着嗓子，招呼一名手下把鸟笼重新罩上。对面这伙人顶着中午的烈日，大摇大摆地沿着山坡走来，看样子应该也是行商的。不过看见镶着宝石的金丝雀笼，小贩也会跟其他人一样到处嚼舌头。

这帮人走上坡顶，看见十几号人在路边或坐或躺，很自然地表现出紧张的样子。

赵子骥已经重新倚着树坐下了,短剑藏在上衣里面。他知道,手底下的士兵,就算再不高兴,也不会情愿死在路上,所以也都警惕起来。可就在这时,老都管却摆足架势,傻乎乎地站起身,还施了一礼。这个动作,任谁见了都会明白,这人必定不是做买卖的。

老都管问:"诸位兄弟一路可好?不知你们可有酒喝?"

赵子骥脸上一阵抽搐,差点儿破口大骂。

"有个鸟!"对面领头的说道,"啥都没有,身上半点儿值钱玩意儿都没有!你们可别光为口水就害人性命啊!"

"这种事,以前倒是干过。"都管一边说,一边自以为机灵地嘎嘎直笑。

"前头不远就有条河!"另一帮人里有人哭喊道,"这会儿还没断流呢!你们不必——"

"咱们不伤人性命。"赵子骥坐在那里说道。

对方总共有六个人,都是乡下人,东西都背在背上,连头驴都没有。赵子骥接着说:"到对面去,够你们乘凉的。我们一会儿就上路。"

"去江边?"另一个领头的说,这回没那么紧张了。他年纪比赵子骥大,剃了个光头,说话含糊却不粗鲁。赵子骥没有托大,他不想跟人搭伴而行,以免被人识破伪装。而且,关于此行的任何消息走漏出去,都可能带来危险。

"正是。"都管正儿八经地回答道。显然,他是因为对方跟赵子骥说话而感到气恼,他补充道:"估计还要走上两三天。"

另一拨人行动起来,走到路对面的树荫下。领头的却没动。他的衣服脏乎乎的,并且跟其他人一样,汗如雨下。他又跟赵子骥——而非老都管——说:"俺们不用走那么远,前头有村子,村边有个蚕场,俺们要把麻布送过去。"

庄户衣裳。赚不了多少钱,不过世道不好,能干啥干啥吧。

"缫丝者,衣粗麻呀。"赵子骥说。

那人往路上吐口唾沫,说:"可不!"

他走到路对面,跟自己人聚到一起。赵子骥看见手下士兵紧紧盯着他们，心中一喜。怕死能让人更机灵些，哪怕他已经又累又热，近乎麻木。

又过了一会儿，赵子骥正打算唤众人起身继续赶路，手下却看见又有人沿着坡路上来。

这次来的只有一个人。这是个年轻汉子，头戴草帽，打着赤膊，背上挑着一根扁担，两头挂着桶，上面盖着桶盖。这人年轻力壮，尽管挑着重物，一路走上坡来，步子却很稳当。

独自一人赶路，简直就是个活靶子。不过话说回来，他身上显然也没什么值钱家当。一般来说，山贼不怎么骚扰农民，除非农民转而对抗自己，或者是帮助官府。大部分时间里，因为收税和西北战事需要征兵的缘故，官军比拦路抢劫的山贼更招人恨。

赵子骥没有起身，不过，他发现，看见那两只大桶，他嘴里开始流口水了。

他手下的一名士兵突然开口了："你有酒卖？"

赵子骥哑着嗓子说："咱们不买。"

路上行走，有很多把戏。赵子骥清楚得很。

"俺也不卖。"那年轻汉子一边上来一边说，"这是给蚕场的。俺每天挑两桶，一桶卖五个大钱。"

都管一边起身，一边急巴巴地说："让你省点力气，我这就给你十个大钱。"

赵子骥说："不行。"

他也站起身来。这样做可不容易，他几乎能想象出那酒的甜味。

"管你要不要，"赤膊的农夫执拗地说，"人家在'日升号'等着俺呢，送去了就给钱。俺把酒卖给你，丢了生意，俺爹要揍我哩。"

赵子骥点点头："有道理。快走吧，小子。早发大财呀。"

"等等！"

是对面商贩的头领。他从树林里走出来，走到路对面。"给你十五个钱，换你一桶酒。你把另一桶酒挑去蚕场白送给他。你提前去，他们白喝一桶酒，大家都高兴！"

"我们不高兴！"都管大声嚷道。赵子骥的人也嘟囔起来。

见那边的商贩头领走过来,卖酒的也犹豫了。在乡下十五钱买一桶酒,这可不是个小数目,而且天这么热,这会儿卖一桶出去,剩下的路也轻快些。赵子骥看见他在心里盘算。

那汉子说:"可俺没带瓢啊。"

商贩笑了:"俺们有,这个无妨。拿着,给你的钱,给俺们的酒。把剩下的酒装进两个桶里,你走路也轻快。过了晌午,还要更热。"

赵子骥心想,这倒不假,话也说得巧妙。他也馋酒馋得要命,可他也不想因为这酒被人要去性命。这种事,他听得多了。

老都管喊道:"我们出二十钱!"

"不行!"赵子骥喝道。这是在挑战自己的权威,他绝不容许。"咱们不买。"说这几个字,简直伤透他的心。

年轻人说:"反正是人家先买的。"显然,他不会做买卖。他转过头去:"十五个钱一桶酒,一手交钱一手交货。"

很快就成交了。领头的数钱这工夫,其他小贩从树底下走出来。赵子骥感受到两件事情:其一,他渴得要命;其二,手下人向他投射来灼热的恨意。

那伙商贩从挑子上解下一只酒桶,在路中间揭开酒桶盖。赵子骥心想,这可真蠢。他们轮流用一只长柄水瓢舀酒喝。盖子一揭开,淡淡的酒香就弥散开来。这也可能是未能喝酒之人的想象。

六个人很快就把一桶酒喝干了。赵子骥心想,天热,喝得也太快了。最后一个人两只手抱起酒桶,对着自己的脸倒下来。赵子骥看见酒顺着他的下巴淌下来。他们都没洒杯酒供奉本地的鬼神。

眼前所见,让赵子骥很不高兴。他心想,当个兵头儿可不如想象的那般痛快。

那卖酒的正在一遍遍地数拿到手里的钱,赵子骥看见对面那拨人里有一个溜到卖酒的背后,一边大笑,一边打开另一只桶的桶盖,大喊道:"五个钱,喝五瓢!"一边喊,一边就把水瓢伸进桶里。

"不行!"小伙子喊道,"先前可没说这个!"

偷酒的大笑着提起酒桶——酒桶分量不轻,桶盖已经揭开——跟跟跄跄地跑回树林里,一路跑,水瓢里的酒一路往外洒,看得赵子骥直心疼。那偷酒的回过头大喊道:"给他十个钱!他赚啦!"

"不成!"卖酒的又喊起来,"你们骗俺!你敢来,俺们全家都等着你!"

赵子骥心想,这可不是闹着玩儿的。谁知道他家有多少人,他有多少朋友?而这帮商贩回来肯定还要走这条路。实际上,他们还要路过小贩送酒的那家蚕场。偷酒的那人闯祸了。

"回来!"领头的喊道,他显然也是这么想的,"咱可不能欺负人家。"

赵子骥酸溜溜地心想,是不敢欺负人家吧。他注意到偷酒的人先从第二只桶里抢了一口酒喝,然后才不情不愿地把桶送回来——这帮人本该在那里慢慢喝酒,等到太阳落下去再赶路。

"再喝一瓢,就一瓢。"这人说着,又把水瓢伸进桶里。

"不行!"小伙子又叫起来,冲上去劈手去夺水瓢子。水瓢掉进桶里,他把它捞出来,气鼓鼓地扔了出去。

"别惹人家,"领头的说,"咱都是本分人,明天回来,我可不想让人堵在半路上。"

一时间,所有人都不吭声了。

赵子骥这边的都管突然又嚷起来:"二十五个钱,剩下这桶酒,我们要了!钱就在我手里!"

那汉子转过头来。这价钱太离谱了,这么糟蹋钱,简直是告诉别人,他们身上带的钱足够惹来麻烦。

不过赵子骥此时也的确渴得要命,并且他也注意到一些细节。第一桶酒干净,却可能是个幌子,第二桶酒有可能下了药。不过刚才有人喝了第二桶里的酒,还一直站在那里有说有笑。

赵子骥有了计较。"对,二十五个钱。"

他可不想死在底下人手里,何况,他也的确想喝上几口。他又说:"明天你就直接挑两桶酒送去蚕场,别收钱。他们会原谅你的。现在你也能直接回家了。"

小伙子盯着他,点点头。"行啊,二十五个钱,先给钱。"

手下一声欢呼。赵子骥心想,一整天里头一次听见好动静。都管急急忙忙地把手伸进袍子里,掏出一个沉甸甸的钱囊,数出钱来,放进卖酒的手心里，与此同时，所有人都站起身来。

"这一桶都归你啦，"汉子说，"不对，酒归你，桶俺还要。"

赵子骥手下一个士兵提起桶来，把它搬到自己这边的树荫里，动作比普通商人更协调。其他人抢到驴子旁边，取下两只水瓢来。所有人都挤在酒桶旁边。

身为首领，赵子骥凭着超乎常人的自制力，生生待在原地不动。他喊道："给我留两口。"不过他怀疑手下人会不会有这份心。

他怀疑自己到底能不能喝上两口。

那伙商贩退回路对面，大声谈笑——刚才那样太冒失了，而且他们喝得也太快了。赵子骥心想，这些家伙该犯困了。

卖酒的离这两拨人都远远的，找了块阴凉地方，等着收了桶直接回家。今天他可舒服了。

赵子骥看着这些家伙围着酒桶大喝起来。老都管一如所料地连喝三瓢。可谁也没说他的不是。也许只有赵子骥除外。他不情不愿地站起身来。要是手下懂点事，留两瓢酒，端给头领，赵子骥就更高兴了。

他叹了口气。世道悲苦，凡事难免不遂人心啊。他朝路对面那伙人瞥了一眼。

六个小贩都走到路中间，其中三人还拿着剑，两个人提着棍棒。卖酒的也站起身来，不慌不忙地朝那伙小贩走过去。对方有人给了他一张弓和一箙箭。他笑了。

赵子骥大喊着向其他人发出警报。

与此同时，老都管一下子跌进草丛里，紧跟着，又一个人也倒在地上。接着是第三个。

只一会儿工夫，所有人都翻倒在地，仿佛是被人下了药——还用说？赵子骥心想，必定是酒里下了药。这下他只能独自面对七个人了。

卖酒的轻声说："死在这里，不值当。"

似乎他才是领头的。这不大可能。他弯弓对准赵子骥，又说道："不过，你若不肯罢休，或是不想活了，我就杀了你。"

"怎么……"赵子骥张口结舌地问。

"一箭射穿你呀!"原本像是领头的光头汉子笑道。

"老方啊,他是问自己怎么着的道。这人挺会用脑子。当兵的也并非个个都是笨蛋啊。"卖酒的依然光着膀子,说话气度却变了,看着也不像刚才那般年轻。

赵子骥看着这伙人,他一口酒都没喝,却因为害怕和泄气而感到头重脚轻。

那年轻汉子说:"有两个瓢。蒙汗药在另一只瓢里。阿劳提着桶回来,把瓢子伸进桶里,可我没让他喝,记得不?"

赵子骥记得。

他又问:"你们……怎么知道的?"

卖酒的——其实不是真的卖酒的——不耐烦地摇摇头。

"你说呢?每年夏天,都有一队人马从辛阳府出发,前往京师,给寇贼送寿礼。你当乡下人那么笨,连这都猜不出来?你们啥时候出发,有多少人,什么装扮,你以为没有人通风报信?我们抢了东西,报信的也能得一份哩。何况,我们抢的是朝中权相,光是为了在汉金城里建个园子,他就捣鼓出个'花石纲'来,害死多少人,毁了多少村子!"

赵子骥决定不再装下去了。他要找个法子,吓唬住他们。他想了想,结果啥也想不出来。

于是他说:"杀了我吧。"

路上众人一阵沉默。这个回答出乎众人意料。卖酒的问:"真的?"

赵子骥朝老都管方向点点头。"我猜他们只是蒙翻了,没死吧?那老头醒过来,会把整件事情怪罪到我头上。知府大人一定信他。这老头是个高官,我不过是个——"

"当兵的。"年轻人这会儿一脸沉思,"用不着让他醒过来。"

他把箭对准都管。

赵子骥摇摇头:"慢着。他没干啥错事。错在我身上。要是我们没有喝酒,凭你们七个人,也不敢对我们十二个人下手。"

"怎么不敢。"那人拿着弓,说,"我们动手之前,先用箭射死你们一半人手,这一半都是当兵的。剩下那一半,你也知道,屁用没有。说吧，要不要杀了他？"

赵子骥摇摇头。"他死了，对我也没好处。何况他不贪财，也不作恶。"

"当官的都作恶。"一个山贼喊道，还吐了口唾沫。卖酒的什么都没说。

"此外，"赵子骥继续说，"这些人也都会讲一样的故事，而且我本该禁止他们饮酒。"

"那就把他们都宰了。"说话的是另一个强盗。

"不可。"赵子骥说，"就杀我吧。我一条命，换他们全部。反正我回去也是个死。死到临头，能让我先替自己念段经吗？"

卖酒的一脸古怪的神情。这会儿他又变年轻了。他确实年轻。他说："我们不杀你。跟我们上山吧。"

赵子骥瞪大了眼睛。

年轻人接着说："想想看，照你所言，官府和军中都没个奔头，没准儿还要被杀头。跟着我们，起码有条活路。"

"这主意不好。"一个山贼说道。

"咋不好了？"年轻人一边说，眼睛一边看着赵子骥，"想当初，我也是这么上山的。还有，逯子你是怎么入了水泊寨寨门的？走村串巷老老实实找活儿干？"

众人哄笑起来。

赵子骥心想，最起码他知道这伙人是谁了。水泊寨是大江南岸势力最大的一伙强盗。每年官府都要催促京师派兵剿匪。每年朝廷对此都置之不理。朝廷这会儿正在打仗呢，南方州府要自行解决匪患。

赵子骥心里想，这人说的都对，他在军中已经没有前途可言。回去了，知府震怒，自己要么被砍头，要么吃一顿杖刑投进大牢，再也没机会升职了，还很有可能被派去打仗。

于是他说："我可以去跟祁里打仗。"

卖酒的点点头。"这倒是有可能，前线兵力吃紧。你肯定听说过西北的大溃败吧？"

这故事早就不新鲜了，全天下都知道了。官军奉命一路向北突进，穿过大沙漠，兵锋直指厄里噶亚。天朝的马步军孤军深入敌国领土，最后兵临祁里国都的高墙之下，结果吃惊地发现，忘带攻城器械了。不仅全军上下没有一个人记得，而且没有一个人做过清点。

这消息刚传到军营时，赵子骥还在纳闷：什么样的军队才干得出这等蠢事？要知道，当年的奇台号令天下，四方宾服。普天之下的蕃王可汗都带着贡品、良驹、美女、奴隶来向天子俯首称臣。

西北军的补给线远远地落在身后，从厄里噶亚撤退时，超过半数的士兵客死途中。赵子骥听说，死了七万多人。这个数字大得惊人。据说南归的路上，士兵把军官都给杀了，还有人说，士兵们吃了他们的肉。要知道，这些人身在沙漠，远离家乡，粮草断绝。

然而，全权指挥这场战役的少宰寇赈，却正等着接收各地官员送出去的、预计秋天送达京师的寿旦贺礼。

"别回去了，"拿弓的年轻人说，"来我们这里一展抱负吧。我们得让官家知道，朝中百官都不称职，国中行使的都是恶政。"

赵子骥看着他，心想，人的一生，真的可以瞬息万变，就像山顶上的水车，在炎热的夏日里转得飞快。

"这就是你们的勾当？"他说道，他面前还有一支箭呢，这样的语调太过挖苦，"上书官家？"

"有些人落草是为了钱财，为了吃食。有些是为了逍遥快活。还有的就是想杀人。我……我们当中有些人，是想上达天听。对，只要声音足够多，官家就能听见。"

赵子骥看着他。他也不知道自己为什么会这么问："你叫什么名字？"

"任待燕，"那人立马回答，"外号'小袋子'。"

"你可没那么小啊。"

对方咧嘴一笑。"刚上山那会儿我还很小，那是在西边。另外，我的卵袋也小。"

其他人爆出一阵哄笑。赵子骥眨眨眼，浑身上下有一种奇怪的感觉。他问："真的？"

一个山贼喊道："才不是哩！"有人大声讲了句荤话。这笑话赵子骥知道，军营里的士卒太久没碰女人的时候，就会讲这个笑话。

一个心结打开了。赵子骥说:"我叫赵子骥。"生平第一次,他又补充道:"外号'赵小鸡儿'。"

"真的?嚯!那咱俩天生就该是兄弟呀!"名叫任待燕的汉子喊道,"有酒又有妞儿,此生何足忧!"这是一首很老的歌。

众人又是一阵狂笑,赵子骥走到路上,成了山贼。

他吃惊地发现,自己感觉就像是回到家里。他看着这个年轻人——任待燕起码比自己小十岁——与此同时,心里明白,自己的一生都将追随他,直到他们当中有一人,或是两人一起死去。

第四章

她一动不动地坐在桌旁，没有急于再次落笔，而是先努力找回内心的平静。这封信她起了三次头，都不满意。她知道，紧张，害怕，以及这封信的重要性，都让她难于下笔。

决不能这样。她深呼吸，眼睛望着庭院里自己一直很喜欢的枣树。这是个秋季的清晨。窗外，宅院里静悄悄的，尽管住在这里的宗室成员太多，早已人满为患。

丈夫外出，去了北方，寻找铜器和值得买入或是拓印下来的石碑，以丰富他们的收藏。此刻只有她一个人在屋子里。

齐威又去了北方边界，再往前，就是萧虏窃据已久的奇台故土。应该没事的。两国和平已久——花钱买来的和平。公公说过，每年捐给萧虏的岁币，大部分通过边境上的榷场都会又流回来。他赞同对萧虏捐输，不过就算不赞同，他也不会说。所有宗亲都过着受人监视、小心翼翼的生活。

在对待萧虏的问题上，奇台皇帝依然是"舅舅"，而萧虏皇帝则是"外甥"。舅舅慈爱，给外甥"礼物"。可这不过是一种想象，一个郑重其事的谎言，不过林珊也逐渐明白，这世上，谎言也很重要。

这世上是个多苦多难的所在。

她暗暗责怪自己。辛酸的念头可无法带来平静。这封信第一次没写好，不光是因为笔法潦草焦躁，还因为一滴泪水滴到纸上，把"尚书"的"书"字洇成了一片。

桌上放着文房四宝，元旦时，丈夫带回来一方红色砚台，送给她作为礼物。他说，这是第四朝的东西，既漂亮又古老。

然而，写这封信时，林珊用的是她自己的第一方砚台，这是她小时候用过的东西。父亲送她的。在林珊心里，这方砚台或许蕴藏着法术，一种非自然的力量，能让研出来的墨汁更有说服力。

她需要说服力。不然她的心都要碎了。

她再一次拿起笔，从杯中倒了点水在砚台上，这动作她一辈子不知道做了多少次，此刻更成了一种仪式。她像父亲教她的那样，左手拿着黑色的墨条在砚台上细细研磨。

这封信里要写什么，有多少字，用掉多少墨，她都了然于胸。写字时，墨要磨得略微充裕一点，这是父亲教她的。倘若文章写到一半，就要停下来添墨，那后面的笔势就会跟前面的不同，这篇文章就有了一丝瑕疵。

她放好墨碇，右手拿起毛笔，蘸足墨。写这封信，她选择兔毫毛笔：这种笔写出来的字最工整。羊毫要粗一些，不过，这封信尽管看上去十分自信，却终归是一份请求。

她坐姿端正，采用枕腕的姿势来写信，左手垫在右手下面，以作为支撑。字要小而准确，不能太大太自以为是——若是这样，她就用悬腕式了。这封信要写得正式，这是自然。

文人的毛笔正如武人的弓弩，写在纸上的字就像必须命中靶心的箭。书法家就是弓手，或者说，就是战场上指挥若定的将军。很早以前，就有文章这样写道。今天早上，她也有同感，她就是在打仗。

她的笔杆悬垂在纸面上方，手指灵活，握笔稳健。胳膊和手腕的力量要收放自如。

收放自如。最要紧的是不能哭。她又看看窗外，外面有个侍女，正在晨光中打扫庭院。扫帚握在她手中，落在庭院上，却有如林珊运笔成书。

她落笔了。

眼睛不行啦。晚上也不容易入睡，走路也不如从前，可人老了不就是这样吗？酒喝多了，头痛，喝的时候就开始痛，都没耐心等到第二天早上。人老了，头发白了，舞不动剑了，这种伤心事在所难免。一如古时候一位诗人所写的那样。

杭太师并不会舞剑。刚才的念头不过是个玩笑。无论是在宫中还是宫外，朝中重臣都不会走多少路——或者说，干脆无须走路。要去哪里，自然有步辇抬着。他的步辇内有软垫，外有遮蔽，覆有金箔，装饰考究。

何况，太师若想加害于人，根本无须刀剑。

这些都不重要，最要紧的是目力每况愈下。最要紧的是阅读信函、税报、奏章、州府文书、眼线的密报变得越来越困难。视物时两眼各能看到一块斑，像雾气飘过水面、飘向陆地一样，正从视野的边缘向中间扩散。这倒值得写一首诗，不过这等于是昭告天下，说自己的眼睛不行了，他可不想这样。这太危险。

好在有儿子从旁辅佐。杭宪几乎一直陪在他左右，他们有办法掩饰他的眼疾。如今的朝廷上，绝对不能让人看出来，自己年事已高，连每天清早送来的官府文书都处理不了。

如果他宣布致仕，朝中有些人会高兴死的。他疑心这些人故意把奏折里的字写得很小，以加深他看字的难度。若真是这样，倒是个聪明之举，若换作是他，也会这么做。他的生活非常现实。圣意难测，官家总是随心所欲。他自己纵然权势煊赫，也终究不能安枕。

尽管仍旧是文宗皇帝的宰相，杭德金最近却老是在想要不要告老还乡。

几年来，他向官家提过好几次，不过那都只是一些手段，是面对朝中政敌时采取的一种姿态。若圣意以为老臣庸碌，有负圣托，臣愿乞骸骨，以求还乡终老。

他料想官家不会答应他的请求。

可是最近，他开始怀疑，倘若再向官家请辞，会得到什么样的答复。时移世易啦。伐祁战争旷日持久，如今战事更是每况愈下。官家现下还不知道战事进展如此不堪，一旦知晓了实情，后果可能——定将——不堪设想。此事不可不防。要解决问题，办法其实挺多，可是杭德金心知他已经不是三年前的那个自己了。

战事不利的罪责很有可能会落到他头上，真是这样，那他必定名誉扫地，相印不保，甚至有可能更糟糕。这样，少宰寇赈就必然会取而代之，那么整个奇台就都是他的了。因为当今圣上除了耽于绘画书法（他这方面的造诣确是独步天下），再有就是醉心于在皇城东北角营建一座无比奢华的花园。

营建"艮岳"，也就是这座花园，以及为花园运送"花石纲"，这些都是寇赈的主意。从很多方面来看，这些点子都十分巧妙。最初杭德金对此也非常赞同，官家的精力被这个浩大工程所吸引，这也让杭德金得到不少好处。可如今，也许该为此付出代价了。

问题在于，这代价由谁来承担？

杭德金酸溜溜地心想，寇少宰十有八九觉得自己已经把持朝纲了。毕竟，在寇少宰和官家之间，只隔着一个老朽的半瞎子。尽管寇赈也会称颂上峰主持变法之功德，但在杭德金心里，这个比自己年轻许多的人无疑把自己看成一个行事泥古的无能之辈。

杭德金继续酸溜溜地想，所谓泥古，就是懂得克制，讲究体面，受人尊敬。他凭借权势敛财无数，习惯于自己因地位煊赫而受人敬畏，可他从来都没有因为想要攫取财富而努力获得擢升。

当年他和席文皋等旧党政见不和，为百姓和天下计，两方为奇台应当为何、必须如何展开争斗。杭德金知道，这场争斗是虔诚的、忘我的；但他也同样知道，这争斗也是现实的。

杭德金摇摇头，他儿子朝他看了一眼，又回头处理案头那一叠文书。儿子在他眼中只是一团模糊不定的影子。杭德金提醒自己，光顾着自怨自艾可不是好事，任其留在脑子里，很容易犯错。说话有欠思量都会让人后悔。当年争权夺利的时候，他常能够诱使对手一时冲动，并且对别人的怒火、愤慨善加利用。

政事堂在皇城大殿西侧，今天屋里的光线很好。想当初，第九王朝鼎盛时期，新安城里专门修了一座"紫宸殿"，供文官在其中办公。

而在这里，汉金虽然同样辉煌，却没有足够的空间这样做。不仅是拥挤的皇城里缺少空间，整个帝国都是如此。奇台在北方、在西北都失去大片土地，还失去了长城，失去了四方朝贡，失去了通往西域的商路，以及这条商路年复一年带来的大量财富。

汉金城墙内外总共住了一百万人，所占据的面积却只是三百年前的新安城墙围起来的一小部分。

如果来到旧都的废墟，穿过坍圮的城门，站在残砖断瓦和荒草丛中，听着鸟叫，看着走兽在曾经将近五百步宽的皇家通衢上东奔西跑……人们难免会想起，汉金城直通皇城与南城门的通衢不过是——

唉，准确地说，才八十步宽。

早年杭德金刚刚入朝时亲自量过。八十步的街衢已经很宽了，足够游行和节日庆典之用。不过这里终究比不得新安，对吧？

如今的奇台也不比旧时的帝国了。

有什么关系呢？早年的他就在想，如今还在想，大部分时间都在想。如今的人们要为几百年前的事情弯腰低头感到羞愧吗？要为此而揪扯自己所剩无多的斑白头发吗？要向番族俯首称臣吗？要把奇台女子送给他们吗？要让奇台子嗣成为他们的奴隶吗？

太师哼了一声，赶走这些念头。抓到什么牌，就是什么牌；有什么牌，就出什么牌吧。

他看见儿子又从文件堆里抬起头，于是对杭宪比画了一下：没事，继续。

杭德金自己桌子上有两封信，儿子把信递给他时没作任何评价。借着明亮的光线，这两封信他都看过了。两封信的字都写得漂亮，其中一封的笔迹不仅他熟悉，世人也都熟知。另一封信的字迹他却不曾见过。

两封信都是写给他个人的私信，一封信带着相识已久——也相处不易——的语气，另一封信则十分见外，而且十分正式。两封信都是提出同样的恳求，信中所说之事让他火冒三丈，因为这件事本该有人告诉他，可他却对此一无所知。

倒不是说，敌对朋党每一个成员的命运都要奇台宰相亲自过问和定夺，对方人数众多，杭德金有的是更重要的工作和事务要处理。

早在二十五年前，杭德金还要亲自处置那些失势的政敌，把他们革职，或者干脆流放，并且对自己深信不疑。彼时官家年纪尚轻，新登基不久，他用他那雅致的瘦金字体列出要逐出朝廷的官员名单，这些名单都被镌成了石碑，接着又被安放在帝国每一个州府衙门的大门口。一开始有八十七个名字，一年后多了一百二十九个。他至今记得这几个数字，那些人都是他亲自斟酌挑选出来的。

一个动荡不安的时代之后，朝廷、社稷、天下，需要廓清纷扰，调整方向。尽管当时朝堂之上党争纷纭，各个派别轮番得宠又失宠，杭德金一直相信，自己推行的新法目的高尚，举措明智。在他看来，反对自己的人不仅错了，而且危险——会毁掉奇台的平静与秩序，以及奇台所需要的变革。

社稷需要这些人闭嘴、离开。

何况，是他们先挑起的事端！先皇驾崩之后，当今圣上年纪还小，由太后代为摄政，彼时旧党权势煊赫，他们废除新政，并且动手将杭德金的新党逐出朝堂。

杭德金当初在延陵乡下的庄园里作诗、写信，远离朝堂、权力与名望。权力带来财富，这是自然的法则，所以他仍旧十分富有——自从金榜题名之后，他就再也没过过苦日子，但是身在延陵乡下的他也远离了皇宫大殿。

后来，文宗皇帝亲自摄政。官家把自己当年的先生杭德金重新召入朝堂，于是旧党诸公也落得跟杭德金及其新党之前一样的命运。被流放的旧党当中，有些人尽管与杭德金冲突不断，却依然颇受杭德金的敬仰。然而，危急关头，这些因素都不可影响决定。

旧党都被赶走了，远在千山万水之外，有些人还死了。变法一向不缺反对者，总有些人泥于古道，其中一部分是真的出于信念，另一部分不过是能从旧制中得到好处。

在杭德金看来，反对变法的原因并不重要。他要做的是让整个江山焕然一新，因此就不能总是回头张望，看看有没有敌人在背后突施冷箭，也不能担心天上有没有扫帚星出现，让满心惊惧的官家以为这是上天怪罪，于是赶紧祭天祈求诸神原谅——同时把之前的变法举措一笔勾销。

杭德金需要确保推行"新政"的道路上前方无阻后方无虞。杭德金早年曾因为彗星出现而两度被罢官，一次是先帝时期，一次则是文宗当政以后。反复无常就是官家的特权。而大臣们要做的就是尽量避免这种情况的发生。

寇赈提议兴建皇家园林，其妙处就在这里。为了这个新发明出来的"花石纲"工程，杭德金拨出数目可观的库银和资源，可到头来，这些钱根本不够用。工程耗费与日俱增，"艮岳"有了自己的生命。所有的园林工程都是如此，不过⋯⋯

这项工程所耗费的人力，和所需要的税赋水平，已经让帝国不堪重负。与此同时，官家对修建"艮岳"抱有强烈的热情，于是，哪怕西南边陲民变不断，山林水泽匪患日益严重，如今要想停工，或者哪怕是缩减工程规模，都为时已晚了。

官家知道自己的园林需要什么，作为臣子却不能告诉官家，他想要的根本得不到。比方说，官家想要泽川的夜莺，还要几百只。于是泽川的大人小孩都出去抓夜莺，以至于林中已经难觅夜莺踪影。文宗想要把一座山搬来，用来作为五岳象征。他还想栽种南方的杉树和檀木，还要挖一片人工湖，湖心要有一座岛，岛上要有红木和大理石搭建、镶有玛瑙的凉亭，还要建一座纯金的小桥通往湖心岛。岛上除了要种上天然林木，还要有白银铸成的树夹杂其间。

有些事就像江河，一旦有了源头，就会自己往下流淌，而一旦河水暴涨，就会酿成水灾……

这么多年，经手这么多事，难免有些事情在判断和决策上出现一些错误。可人非圣贤，孰能无过呢？

一阵清风透过窗户吹进屋里，奇台帝国的太师紧一紧身上的裘衣。最近一段时间，杭太师身上总是发冷。

前阵子，杭德金试着往好处想，想想岁数大了有哪些好处。也许他可以写一篇——或是口授一篇文章，来论述这个道理。他想到的最大的好处，是自己不必任由这副皮囊本身欲望的摆布。

他又把第二封信读了一遍，心想，如今已经没有人会送来美色，好让他改变初衷了。

于是，他安排轿夫，送自己去见官家。

官家信步走在自己的园林里。

只要天气合适，这样散步总是让他感到十分惬意。而如今已经入秋，重阳将至，上午正是散步的好时候。官家知道，朝中有些人巴不得他永远不要迈出宫门。这些人懂得什么？若不亲自在园中走动，又该如何欣赏和修整园林的小径和景致呢？

不过，把这里称作"园林"，实在要超乎一般人的理解了。这片园林虽有围墙，面积却十分广大，而且设计修建得十分精妙，不走到墙根底下，根本没法知道哪里是个头。

即便是在外围，茂盛的树林也能将汉金城墙阻隔在视线之外。几道园门，有的通往市镇，有的对着西边的宫禁，门口都有殿前班直守卫。而身在"艮岳"之中，根本看不到他们的踪影。

这里是官家亲手创造的天地。这里的山川湖泊都由官家精心设计，又在堪舆道士的指点下重新修建——就算耗费甚巨也在所不惜。山上专门开了盘山路，还有瀑布可以随圣意开启。林中还设有凉亭阁子，既可躲避暑气，又可让春秋两季的阳光照射进来。每座凉亭阁子里都备有文房四宝，这样官家只要兴之所至，就能随时提笔书画。

如今"艮岳"里又有了一样新的奇观——一块巨石。这块巨石十分庞大，并且足足有十五名士兵那么高，上面的疤痕与坑洞堪称鬼斧神工，造型正符合五岳胜山中的一岳。官家只知道它是从某个湖底打捞出来的，却不晓得如何办到。一个被派遣到大湖附近做县丞的年轻官员听说了这块石头，便向负责"花石纲"采办的官员呈报此事，他自己也因此官运亨通了。

这块巨石从湖底打捞上来，先经陆路运至大江，又顺流而下进入大运河，最后走大运河运至汉金，总共耗时有一年左右。官家心想，运送这么大的东西进京，需要的花销和劳力一定十分庞大。不过官家并不在意这些细枝末节。

官家在意的是，这块巨石一旦运来，要把它安放在哪里最为合适。官家知道，光是在"艮岳"园内，在把它运送到合适位置的过程中就有好几个民夫死掉了。起初官家想把它搬到一座人造假山的山顶上，在那里出现可以产生最强烈的效果。不过随后官家听从秘道的堪舆师的建议，把这块湖石从山顶上搬了下来。

也许从一开始就该参考他们的意见，不过，这座花园里的每一项决定都不简单。毕竟，官家是要把"艮岳"营造成另一个奇台，秉承天意，为自己的国度提供一个精神上的中心。毕竟，这也是身为皇帝对百姓应负的责任。

不过如今……如今这湖石已经就位了。官家坐在一座凉亭里，这凉亭由象牙搭建而成，上面镶嵌着翡翠。他抬着头，满心愉悦地欣赏着这块湖心巨石。

官家素有宅心仁厚之名,听说有民夫在自己的园中死去,让他伤心不已。他知道,其他人其实本不想让他知道这些。圣心仁慈,包容宇内,大臣们情愿不把这些难过的消息告诉他,以免官家徒增伤悲。"艮岳"本是官家休养身性的地方,一个暂时的遁世之所,可以让官家放下泽被天下的重担。

官家的"瘦金"字体四海闻名,他最近发明了一个"圜"字的瘦金体新写法,对这十三笔笔画加以重新安排,用来专指官家自己的这片园林,使之具有通常所不具有的含义。

有位近臣说,在此处修建园林显示了官家的慧眼独具;像这样用一种新的手法来题字,而非为此另造新字,则体现了皇室的雍容与精致。

官家心想,少宰寇赈真是懂得察言观色。为支持"艮岳"修建而进行的"花石纲"工程,就是寇赈和内侍邬童想出来的。邬童最近在西北指挥定西军同祁里人作战。此二人忠心耿耿,官家不会忘记。

这里还有夜莺,每晚都能听见鸟叫。不过很可惜,去年冬天有些夜莺死掉了。今年冬天要把它们都关进屋里,好让这些鸟儿能熬过寒冬。寇少宰向官家保证,更多的夜莺正在送来的路上,这些鸟儿来自更暖和的地方,将用动听的南音为官家的园林增色不少。

官家心想,寇少宰真是会说话。

宰相杭德金,官家幼年时的先生,两朝元老,年事越来越高了。这又是一件让官家忧心的事情。所谓悲秋,就是这样的情绪。不过,正如卓夫子所言,死生事大,世间万物概莫能外。凡人怎会长生不老呢?

说起来,"长生不老",也确实值得为之努力。官家一直遵循另一项皇室传统,每天都要服用一剂丹药,这丹药是秘道教的炼丹道士专门为他炼制的。寇赈经常说,自己有多希望这丹药能起效。

这些秘道教的道士是寇赈引荐入宫的。他们的头领曾经做过几次法事,在烛光中招来先帝的灵魂。先帝赞赏官家治国有方,并且认可修建"艮岳"的工程,以及为皇室典礼重新创制的礼乐。

典礼上用到的乐器也经过改造。先帝之魂说，量官家左手的中指、无名指和小手指的长度来制作乐器，这个绝妙的想法正符合天人合一的道理。

先帝的这些话深深地留在官家心里。他记得那晚自己差点流下眼泪。

说真的，官家的才智不在治国上面。修改税法、治理村庄、招募士兵、整训军队、选贤任能、收租放贷，这些皆非官家所长。

不过官家的确对科举考试十分上心，他还曾亲自为考试出过题目。官家喜欢身穿黄色袍服，在举行殿试——科举考试的最后一轮——的那几天主持典礼。

从早年起，早在他登基之前，官家就有很高的书画造诣，并为世人所瞩目。官家知道自己的志趣所在，也从不矫饰。当初他想坐上龙椅，只是因为龙椅就摆在那儿，并且唾手可得。可他的才情却属于另一个国度。

当然，身为皇帝，他也尽到了自己的职责。他育有很多子嗣，并且让他们学习道家与卓门的学问。他依照内侍省的安排，每天临幸后宫妃嫔，早上一个，夜里两个。官家尽职尽责地忍住高潮，只有在临幸年少的处女时，才会依照秘道教的指导达到高潮。道长说，这样，女子阴精才能起到固本培元之效，而不是官家的元阳被女子吸走。

这同样是官家的职责与担当。官家的精力越强，则奇台越强。官家有德，则奇台有德。

官家认真地遵循皇室的每一条规矩。

太后听政时期真是一段难熬的日子。后来官家亲政，又重新采取先帝时期的治国方略。官家还在西北讨伐忘恩负义的祁里，因为（据说）这也是先王的遗愿。官家也的确时常过问战事进展。不过对官家来说，最重要的还是臣子忠良，只有这样，官家才能够即使身在园中，浩荡皇恩也照样布施海内。除了身为皇帝的职分所在之外，官家龙体安康，官家精力旺盛，也会影响整个奇台的和乐安康和精神面貌。

就在几天前，就在这座亭子里，面对这座新的湖石假山，寇赈发表了这样一番见解。

这间亭子已然成了官家的最爱。官家前阵子在这里画了一幅小品,画的是一片春天景象,上面有一株开花的竹子,一只黄鹂,还有蓝色的群山。当初寇少宰对这幅画大加赞赏,官家决定把它赐给少宰。

官家的墨宝是整个奇台最炙手可热的赏赐。

当时众位大臣一起欣赏这幅作品,众人都说,杭太师没办法欣赏画中细节,实在是一件憾事。寇赈暗示说,太师年老体衰,正如绚烂春色终究要被肃杀秋冬所取代。像"艮岳"这样的园林,身在其间总能有些这样的体悟。

每个人都说,这里堪称人间仙境,让人心醉。兴建园林的目的,就是要再造一个缩小的奇台帝国。大臣们说,正如官家的龙体安康与德行高尚自有老天护佑,这片囊括了奇台江山社稷的园林,也能够保佑帝国山河完整,社稷长存。

大臣们言之有理。

官家对这项浩大工程的热情绝非一时兴起,或是借此无心国事。并非如此。官家在这里付出的辛劳,他亲自对各类工匠所做的指点,都是官家对奇台百姓担负的一部分重要职责!

秋高气爽,上午的阳光洒在亭子上,官家坐在亭子里,一边欣赏湖石假山,一边想起了这些。他正在构思一幅画作,头脑身心都十分安适,就在这时,官家听到一阵奇怪的声音。这声音沿着小径传来,刚才还有个园丁在清扫路上的落叶,这会儿已经转出官家的视线之外了。官家看看身边的殿前侍卫。殿前侍卫面无表情,目不斜视。那个声音又传来了。

如果官家没有听错,那个园丁正在哭。

宰相杭德金找到官家了。一如所料,官家就在假山前的亭子里。然而,眼前这番景象却又大大地出乎他的意料。起先他还以为自己又是眼花了,可是等他小心翼翼地从步辇上下来,踩到洒扫干净的小径上,他意识到自己没有眼花。

官家站在亭子边上,既没有写字,又没有作画,也没有欣赏湖石假山。他正低着头，打量拜伏在他脚畔的人。

地上这人正吓得浑身筛糠。他身边躺着一把扫帚，显然只是个普通的园丁。考虑到这一点，突然见到官家出现在面前，吓成这样倒也可以理解。殿前侍卫全都紧挨着那人站着，一动不动，一只手扶着剑柄，像石头人一样面无表情。

杭德金走近了，发现官家也是一脸铁青。这可真是稀奇。官家有时会任性，有时会很苛刻，却很少发怒，现在却看起来怒气冲冲。

事后，杭德金会忍不住想，世间事有时如此凑巧，竟会如此深刻地影响局势的走向，以至于让人忍不住想，这原本就不是什么巧合，而是天意如此；抑或是上天降下的启示，让人明白，身为肉眼凡胎，就算再睿智，也无力操控一切。

在杭德金看来，应该是后者。

他给一位故人写了一封信，除了上面这一番话，他还写道，假使他今早没有怀揣着那两封信来求见官家，假使那园丁被召来时，寇少宰恰好在官家身边，那接下来的局面就一定是另一番景象了。

杭德金毕恭毕敬地行过大礼。奇台君臣和睦，官家早有谕令，朝中重臣与官家在花园里私下会晤时可免去君臣之礼。不过杭德金的本能告诉他，此时此刻关系重大，所以还是一揖到地，连拜三次。尽管身体老朽不听使唤，他的心思却仍旧敏捷。他还不知道刚才这里发生了什么，现在他必须弄明白。

"尚书来此，"官家说，"朕心甚悦。朕正要召卿来这儿。卿过来。"官家语气郑重，用的还是过去的官名。对于懂得官场规矩的人来说，其中的含义不言自明。

"体恤圣意乃臣子之福，"杭德金一边说，一边起身上前，"不知何事扰了陛下清宁？"

事情就在眼前，但必须有此一问，好引出官家的回答——也好弄清眼前的状况。

"这个人，这个……园丁，让朕颇不安宁。"官家说。

杭德金看见官家的一只手正扶着一根象牙柱子上下摩挲，看得出，官家心里正焦虑不安。

"陛下却仍旧留他一命，吾皇仁慈，爱惜子民，诚——"

"听朕说完。"

官家居然打断了他的话。这大出杭太师所料。杭德金两手抄着衣袖，低下头。一边听官家说话，他一边弄明白了事情原委。随后，就像一道阳光穿透漫天乌云，奇台宰相也一下子看到一个闪光的机会。

官家说，他被此人哭声弄得心烦，就召他过来，直截了当地问他为何伤心。这民夫回答说，他在哭自己的儿子。有司说他儿子死了。他儿子似乎就在定西军，随着大军一起去了西北，攻打祁里都城。

官家还说，这园丁刚刚告诉他，在从厄里噶亚撤退的路上，诸将领兵无方，给养不足，奇台军队折损泰半——此事汉金城内尽人皆知。

杭德金心中想道，这个园丁对官家说了这么多话，真是胆大妄为，早该杀头，可他居然活到现在，实在是大错特错。连个侍弄花草的下人都敢放肆到如此地步，岂不是要天下大乱了？与此同时，他又在心中对这个跪在地上、汗流浃背的人油然生出一份温暖的同情。有时候，最难以想象的地方却能给人莫大的帮助。

官家又说："这一消息着实让朕费解。朕刚刚又向殿前侍卫首领证实过。"

官家语气阴冷，怒气冲冲。殿前侍卫全都直视前方，戒备着园丁。这些侍卫穿的都一样，杭德金也不知道谁是首领。在他那双昏花老眼里，他们的脸都没有分别，这是官家的喜好，以此来体现园中的和谐。

看来，侍卫首领——天知道是哪一个——也讲述了同样的故事。这早已不是什么新鲜事，早在去年就传到汉金城，如今就连下人都知道了。

官家却不曾听说。

杭德金字斟句酌地说："陛下，定西军伐祁惨败确有其事。"

官家身量颀长，亭子和地面之间有三个台阶的高度，他站在亭子里，低着头，冷眼盯着杭德金。写字作画用的长椅就在官家身后，再远一点的地方，是那座一路上毁掉无数农田、夺取多人性命（这些事情说不得）的湖石假山，巨大的身形在阳光下蔚为壮观。一阵微风吹过。

"太师也知道此事？"

机会。对待机会当须百般谨慎。杭德金半世在朝为官，早已位极人臣，倘若在这种时候不知如何应对，那他也不可能获得今天的地位。

"启奏陛下，臣确知此事。这是因为臣自有消息渠道。不过军中事务皆向少宰大人汇报，而少宰既未通知政事堂，亦不曾上奏朝廷。陛下当知，定西军的监军乃是内侍邬童，而保荐邬监军，一力伐祁的正是寇少宰大人。这些都是寇大人的主张，臣当时未予反对。是以臣不便越俎代庖，上奏戎机，除非寇大人……决定亲自上奏。"

决定亲自上奏，说得好，杭德金心想，还有越俎代庖。

杭德金所说句句属实，只不过并非真相的核心。毫无疑问，消息一传回来，杭德金就知道发生了什么。当然，他也没有将消息带给官家……不过，这是朝中百官心照不宣的默契。

朝廷百官出于各种各样的原因，一致同意兴师伐祁。一旦官家通过某种渠道得知了厄里噶亚的惨败，那么所有人都难辞其咎。这个噩耗足以毁掉一切，不论是变法，还是他们自己的官位。还有可能让旧党重新得势！席文皋！卢家两兄弟！

这一类消息就是可以引出这等后果。大军远征，去攻打番族都城，却不知道保护自己的补给线……兵临城下，竟然忘记带攻城器械？

这等罪责该如何抵偿？就算领兵的是邬童，就算他颇得官家欢心，就算他还为修造这座花园发明了"花石纲"，那又怎样？要如何处置他才能平复天怒？

邬童丢下军队，一个人先行南逃，此事毋庸置疑。他目前仍在西部，远离朝廷，还活着，为"艮岳"运送珍玩奇树。

更匪夷所思的是，杭德金听说，大军南撤，穿越大漠，一路上又有番子不断袭扰，被饥饿焦渴逼疯了的士兵已经开始杀死军官，并且喝他们的血了。

饥馑年份，乡野村庄里百姓易子而食的事情时有发生，世道艰难,这种事情虽令人难过,却终是难免。可是堂堂奇台禁军,纪律居然崩坏到如此地步?此事着实骇人听闻,让人不免想起历史上的教训——若不能对将领和军队严防死守,天知道会生出怎样的事情来。

邬童这人,生得一副好皮囊,却颟顸无能,贪得无厌。但从某种角度来说,用他统兵,总好过任用那些受到麾下官兵拥戴的良将。良将的麾下,不是官家的。

两害相权,如何取舍,杭德金心想,已经成了本朝的组成部分,朝中百官莫不身涉其中。

杭德金心里自有一番计较,但当官家冷冰冰地低头凝视着他时,他说的却是:"臣死罪,园中清宁竟受到这等消息的惊扰,臣心惶惑。臣这就把那园丁赶走,此人定当重罚。"

官家毫不客气地说:"园丁留下。"眼下的境况仍然吉凶难测。"他儿子死了,他同朕讲的也都是实情,不能罚他。"官家稍一停顿,又说:"朕已经派人召见寇赈。"

官家直呼其名,而没有带官职。听到这个,太师费了很大力气才忍住没笑出来。

为了安全起见,太师低下了头,装出恭顺的样子。一段精心算计过的停顿之后,他又小声说道:"臣带了两封信来。既然少宰大人一会儿也要到来,那不妨先请陛下过目。这两封信的书法都可谓精妙绝伦。"

他先呈上第二封信。这封信的笔迹此前并没有见过。

太师仍旧知道该如何应对官家。他当然知道。官家尚未成年时,太师曾经是他先生。

官家伸手接过信来,先是随意瞥了一眼,跟着又仔细审视起来。他坐进深绿色的大理石椅子上,读了起来。

官家抬起头:"见字如见人,此人定是个百折不回的正人君子。"

回答一定要快,否则官家会以为自己受到了愚弄。"启禀陛下,这封信出自一位女子手笔,老臣当初也是吃了一惊。"

光线很足,官家离得又近——杭德金这会儿可看得清楚。若不是今天出了这么大的事情，官家早该面露喜色了。

官家张开嘴，下巴上的一绺胡须随之移动，仿佛要大声叫好。紧跟着，他又阖上嘴，继续看林珊——员外郎林廓的女儿——的信。

四下里一片寂静。杭德金能听见微风吹动树叶的声音，听见秋日的鸟鸣，还有那园丁惊恐的喘息声。那人一直脸冲着地面，浑身发抖。

杭德金看着官家读信，看他细细品味每个字的笔势，看见他脸上露出微笑——跟着又转为震惊和不悦。这两个表情变得极快，杭德金知道，自己赢了。生活仍旧不失其乐趣，所不同的，无非是大小的区别。

官家抬起头："她的字，硬朗不失优雅，真是大出朕的意料啊。"

杭德金早料到官家的第一印象会是这样。一个人是什么样，看他的爱好便可知道。

杭德金什么也没说，只是点点头。

官家继续看了会儿信，然后又看向杭德金。"卿刚说有两封信，另一封呢？"

"回陛下，另一封是席文皋的。席夫子和林珊一样，也是来求情的。"

"卿的老对手给卿写信？"官家的脸上挂着一丝几不可见的微笑。

"回陛下，正是臣的夙敌。能配得上做席大人的敌手，老臣荣幸之至。臣知道，官家也有同感。"

"当年他在朝为相时罢过卿的官，后来作为回敬，卿又将他逐出朝廷。"

"逐回他老家，陛下。他当年在朝中蛊惑人心，动摇社稷，臣是以将他逐出朝廷，却并没有——"

"并没有发配到南方。"官家端起信来，"没有将他赶到零洲岛去。这个林廓都干了什么，竟至于被发配到那里？"

天意，真的。有时候上天赐给你机会，这时候如果还没有像摘水果那样抓住它，那就真是罪过了。

"若是林家女儿和席夫子信上所言当真，那林员外的罪过就是他在延陵拜访了席文皋,并且送了一本他自己写的、品评花园的书。臣相信这两封信所言非虚。"

"花园?"

毫无疑问,还是天意,是秋日上午,挂在枝头的一颗李子。

"正是,陛下。那天刚巧卢琛也在延陵。当时他因为受到贬谪,正在前往零洲的途中。到延陵是要向自己的先生道别。这都是多年前的旧事了。然而这放逐林廓的命令却是最近才发出的。"

"卢琛,又是卿的对手。"

"臣以为他的主张在判断上存在错误,十分危险。陛下,臣在自己的卧房里放置了他的诗集。"

官家点点头。"这个林廓,只因为拜访了席文皋,就要被发配零洲?"

"多年以前的拜访,去的时间不对。陛下已经看过信了,他当时带着女儿去赏牡丹,又把他那本品鉴园林的册子送给了席夫子。"

"啊!对,朕想起来了。朕知道这本书。"官家说。

又一个李子,掉到他手上。

"臣倒是没听说过。"这是真的。

"此书刚一付梓,他便赠与朕了。朕把它读完了。构思奇巧,装帧精妙。对各家花园的内在其实缺少洞见,不过也算是文采斐然。朕记得书中提到了席文皋的花园。"

"臣猜想应当提到过。"

"去赠书?"

"或许还向他引荐过女儿。"

这句话提醒了官家,他又看了会儿信。"不同凡响,"说这,官家又抬起头,"女子的字写成这样,也是有失体统啊。"

"陛下恕罪,臣以为,如此并不失礼法。如陛下所言,这女子不同凡响。臣以为应当先是她父亲亲自教导过她,之后才又请了私塾先生。"这是席文皋在信里告诉他的。

"当真?这么说来她父亲是个生性狷狂的人了?"

杭德金没料到官家竟会有此一问。伴君如伴虎,看来真该时刻小心谨慎才行。

"或许吧。臣倒宁愿相信这是个视女儿若掌上明珠的父亲。"

"那他就该替女儿找个好人家嫁出去。"

"回陛下,席文皋说,林珊已经嫁人。丈夫齐威是位宗亲,不过已经不在五服之内了。"

官家眼神一凛。一涉及皇室宗亲,所有皇帝都会警觉起来。"这是门好亲事。"

"正是,陛下。"

又一阵停顿。那园丁颤颤巍巍的喘息声清晰可闻。杭德金虽然希望他赶紧消失,不过眼下这人随时可能用得着。

官家开口了:"这封信,孝心可感,令朕动容,这字也是满含深情。"

"陛下明鉴。"

"朕的臣下,为何要把这么一个普通人发配去零洲岛?"

这简直是要张口去咬李子了。这颗李子果皮坚实、紧绷,果肉鲜美。

"唉……老臣惭愧,老臣不知。臣也是直到今天早上才收到这两封信。臣曾命寇少宰处置剩下的旧党成员。当初也是他主动请缨,臣实在不忍心拒绝。这件事上,老臣难辞其咎。"

"可是零洲?只因为在书中记述了一座花园,又造访了花园主人?朕听说……朕知道,那零洲岛可是个严酷的地方。"

"臣也有此耳闻,陛下。"

杭德金正说着,脑中忽然闪过一个念头,紧跟着,又一个更成熟的想法也随之冒了出来。

他还没来得及阻止自己开口,第一个念头就已经溜出嘴边:"陛下,倘若卢琛得蒙陛下隆恩离开零洲岛,那么万民都将知道陛下怀柔天下之心。卢琛在那里已经有些年岁了。"

官家看向他。"卢琛?他在零洲?"

极有可能是官家自己都忘记了。

"正是,陛下。"

"他和席文皋都是旧党魁首。当初不就是卿亲手将他发配出去的吗?"

杭德金接口道:"第一次确是老臣所为,将他发配到大江以南。可是后来他还在写政治诗,并且广为传播,于是他又被发配到更远的地方。这人……真是个硬骨头。"

"诗人都是硬骨头。"官家若有所思地说道。杭德金听得出来,官家对自己的明察秋毫颇有些自得。

"陛下,臣并不曾将他贬谪到零洲。臣听说,那里山水远隔。把他发配到零洲岛上是寇少宰的决定。他还下令收集卢琛的文章,将其尽数焚毁。"

官家笑着说:"而卿却在自己的卧房里放了他的诗集。"

一个谨慎的停顿,一阵苦笑。"的确,陛下。"

"朕也是。也许,"官家说着,笑得更开了,"朕自己也该遭流放吧。"

很久以后,在场的一个殿前侍卫会再次想起这句话。

官家继续说道:"朕想起他的几句诗。循吏满朝人更苦,不如却作河伯妇。卿可知道这首诗?"

"臣知道。"他当然知道。这首诗就是讽刺他的。

"当时金河上正值水患?"

"是。"

"朕当时降旨减赋,可有此事?"

"陛下仁慈。"

官家点点头。

这时传来一阵声响。杭德金饶有兴趣地发现,自从目力衰减以来,他的听力却似乎越来越好了。他转过身,隐约看见寇赈正从宫门沿着这条路走来。他还看到,一见自己也在这里,官家面前还跪着个什么人,来人的脚步也有一丝犹豫。

不过也只有一丝犹豫。只是脚下稍微一缓,若不是仔细观察,很容易就错过去了。少宰为人圆滑,玲珑剔透,就像奇台手艺最高超的玉匠——玉石雕琢,这一行当在奇台有着千年传统——刀下的翡翠。

事后,杭太师乘着步辇回到宫中,他要认真想一想,刚才发生的那一幕究竟意味着什么。他又回到政事堂,那里有成堆的官牒文书,屋里点着许多蜡烛,好方便太师看东西。他跟儿子进行一番讨论,做出安排,要保护好一个人,还要找到那个园丁,将他灭口。

整场谈话,从寇赈来之前到之后,那个人都一直跪在官家面前,他听到的东西太多了。这人没受过教育,但他也不是哑巴,情势依然危急。

几天后,杭太师得到消息,这个人失踪了。显然,这人并不是傻子。一番调查之后,结果发现连这人的身份都很难确认。那天上午,在场的所有人都没有问过那人叫什么,而杭太师还听说,为修建官家的花园总共雇佣了四千六百名民夫。

直到最后,通过查阅"艮岳"监工的记录,他们才搞清楚这人的身份——他来自北方。亲兵来到他家,却发现那里已经人去楼空,屋内的痕迹说明他走得很匆忙。嗯,至少知道他走得很匆忙。园丁不见了,他的妻儿也不见了。街坊邻居谁都不知道他们去了哪儿。他平时不怎么说话。北方人都不大爱说话。

园丁有个儿子,已经成家了,住在城外,被抓去审讯,可他也不知道父母和妹妹的去处。他一直说自己毫不知情,直到被刑讯逼供至死。

真让人失望。

身居高位(这么多年),难免要做些让人不悦的事情,以后也不可避免。现实难免会跟理想发生龃龉。这时候就必须记住,在其位谋其政,要对国家负责,而一旦权力变得软弱,那帝国的和平与秩序都将毁于一旦。

要让一个正人君子去杀人,只因为后者偷听了一场谈话,此事固然不易;更不容易的是,这道命令已经下达,却没有办法完成。

那天上午,官家身边还站着一群殿前侍卫。太师也要想办法处置他们。这些侍卫深受官家的喜爱与信任,不可能无缘无故就杀死他们。于是太师将他们全部予以提拔。

尽人事,听天命吧。

第五章

"寇少宰，"那天早上，官家在花园里说道，"朕很不高兴啊。"

寇赈站亭子下方，站在洒扫干净的小径上，难过地低下头。"陛下，为陛下排忧解烦是臣子的本分，若是陛下的臣子犯了过错，只要陛下明示，臣定当责令其弥补过失。"

官家的脸色依然冷冰冰的。"朕看这次，正是卿的过错，让朕一个上午都不得安宁啊。"

尽管视力衰弱，杭德金还是看见寇赈朝自己这边瞥了一眼，然后又看着官家。眼神闪烁。杭德金心想。也许是无关痛痒的敌意，不过这是他挑起来的。

他看见寇赈扑通一下跪倒在地，动作干净利索，惹得杭德金一阵嫉妒。少宰的胡须和头发还是黑的，背也是直的。而且，毫无疑问，他的眼睛很清朗。

官家不耐烦地让他起来。寇赈小心翼翼地稍作停顿，然后才站起身来。一直低着头，两只手恭恭敬敬地笼在袖子里。杭德金心想不知道他的手会不会抖个不停，很有可能。

寇赈低着头，看看脚下平整的石子路——还有跪在地上的园丁——说："臣等此生皆为侍奉皇上，陛下说臣失职，臣万分惶恐。"

"过，"官家说，"犹不及。"

杭德金眨了眨眼。这句话颇有深意。官家真能出人意料啊。不过这句话可不能用来说官家自身的"不及"朝政。原因之一，就是官家疏于朝政，正好让杭德金得以独揽大权这么多年，并且依照心愿塑造奇台。

寇赈此人之圆滑有如上等丝绸，他喃喃道："陛下明鉴，臣忠心耿耿，侍奉陛下，的确难免逾矩。"

可是官家今天既难过，又严厉。听了寇赈这样避重就轻的辩白，官家摇了摇头。"员外郎林廓,为何要被发配到零洲岛上去?"

杭德金几乎能感觉到寇赈松了口气——他现在知道要面对的是什么了。小事一桩,不难处理。

少宰说:"陛下隆恩,竟过问这等小事,令臣惶恐!"他的声音浑厚,风度翩翩。从没有人这么形容过杭德金,年轻时候都没有。

"朕看过有人为员外郎求情的书信,朕要问问,朕一向以仁爱治天下,在这件事上,朕的仁爱去哪儿了?"

这一回,阿谀奉承不顶用啦。看得出,寇赈正在思量其中的深意。他清了清喉咙:"陛下明鉴,为陛下与社稷清除隐患,正是臣子的职分,在我们四周,危险无处不在——"

"员外郎林廓算什么危险?"

又是话没说完就被打断了。官家此刻的情绪很危险啊。

寇赈显然也注意到了这一点,这回他真的有些犹豫了。"臣……他联络旧党。旧党意图扰乱朝纲,居心险恶啊陛下!"

"他写了本书,品评延陵诸家花园,去年还呈送给朕一本。朕读过此书,书中的记述颇可圈点。"

杭德金满心喜悦,面上却没有丝毫显露。他心想,这下,寇少宰知道此事干系有多大啦。

"陛下,他去拜会席文臯!"

"陈年旧事,拜会席文臯并不犯禁,很多人都拜会过他。他去席文臯那里是向他赠书,那书里提到了席夫子的花园。朕再问一次,林廓到底何罪之有,居然要发配到零洲岛?"

"卢……卢琛那天也在席家!当时卢琛正遭发配去往零洲,他们却与之相见,这……这无疑是想要谋逆!"

该开口了。"席夫子的清名可不能这样污蔑。夫子已经来信,说员外当时并不知道卢琛也要来。席文臯在信里说,他当时正为故人南放感到难过,于是他邀请林员外也在同一天来,为的是排遣忧思。林廓那天还领着千金同去。他女儿现在已经嫁给一位宗子。他女儿也来信讲了同样的事情。少宰大人说他们意图谋逆,不知是有何发现?"

寇赈看向杭德金的眼神里满是毫不掩饰的恨意。这眼神足以让人后背发凉,不过,杭德金是寇赈的顶头上司,而且,这个眼神,这么多年来他已经见识过很多次了。更何况,今早的核心部分他们还没有触及呢。这一点,杭德金心里明白,寇赈却还一无所知。

寇赈说:"席文皋终其一生,都念念不忘他的同党和门人。"

官家说:"夫子天性如此,让朕佩服。"他略一停顿:"立刻传朕旨意,赦免林廓零洲流刑。林廓品秩擢升二等,薪俸、田宅一应调整,以示安慰。林家女儿女婿随朕同游御花园。这女子书法精妙,朕要见一见她。自今日起,处置旧党剩余成员诸多事宜,皆由太师督办。朕心难安啊,凯侍郎。"

寇赈自然又是跪倒在地。实际上可算是紧挨着那个园丁跪下了。他叩首——前额抵在石子路上——失声道:"臣尽忠皇上,万死不辞。"

官家说:"朕知道。"

杭德金心想,一旦龙颜大怒,官家的表现真是让人印象深刻。这种情况很少出现,不过一旦遇上定会叫人后悔不已。

官家继续说:"先跪着别起来。告诉朕,卿为西北战事挑选的监军邬童,现身在何处?告诉朕,邬童为何不回朝复命,将伐祁战况上奏给朕?整个汉金都知道的事情,朕直到今早才第一次听说,听一个园丁说起!"

身为官家,他毫不掩饰自己的愤怒。

毫无疑问,这个才是今天早上真正的、最致命的恐怖所在。杭德金心想,寇赈肯定一下子就明白了,他这会儿一定吓得心跳不止,汗流浃背,两股战战,屁滚尿流。

他肯定一下子就明白自己定然大势已去,乌纱不保,还有可能死在今天。或者被发配到零洲岛上。

就在这同一天,在距离汉金万里之遥的南方,在千山万水之外,在稻田湖泽之外,在白浪滔天、海风呼啸的海峡对岸,在奇台帝国的尽头的岛上,清早人们又一次感谢上天,这场夏季暴雨终于过去了。

每年从三月起,大雨就随着西风降临零洲岛,一直持续到入秋。

有不少人就是因为大雨、潮湿和炎热，以及随之引发的疾病而失去生命。这其中大部分人来自北方。

生来就住在沿海山区的人，或者是零洲岛上的原住民，更容易适应这里湿热的夏季，以及随之而来的疾病和虚弱。不过，在很多人看来，零洲岛就是个有去无回的地方。

岛上还有巨蟒，这可不是传说。无论是村子里泥泞的土路，还是树叶繁茂遮天蔽日的深山老林里，都有它们的踪影。

还有好多种毒蜘蛛。有的个头很小，难以发现，有的人就是被它悄无声息地咬死了。在这里，穿鞋之前一定要先把鞋子晃一晃，倒出里面的蜘蛛，穿的时候也要小心翼翼，随时准备把脚抽出来。

这里还有老虎，这种老虎只能在南方看见。有时，在零洲岛满天乌云或是繁星之下，老虎的吼声充斥着零洲岛整个浓黑的夜。据说，如果人在离老虎很近的地方听见吼声，整个人都会因此动弹不得。每年都有不少人死于虎口。倘若被虎大仙盯上了，再小心谨慎都没用。

还有鬼。不过孤魂野鬼到哪儿都有。

岛上还有各种奇花异草，鼓着硕大的花苞，泛着艳丽的颜色，散发出馥郁的香气。不过到外面的草甸上、森林边赏花却是件危险的事情，何况大雨倾盆时也出不了门。

即便是在屋内，风雨最大的时候也难保性命无虞。油灯会被吹得来回直晃，有时一下子就灭掉了。供桌上的蜡烛会被撞翻。外面风雨大作、雷电交加，家家户户都点着灯。有时正午时分，天突然黑了下来，而这个人却在脑子构思诗句，还会念出声来，声音在震天的雨声里抑扬顿挫，聆听诗句的只有伴随诗人来到这天尽头的儿子。

等到风停雨住，可以写字时，卢琛会拿出笔纸，研好墨，动手记下诗句，或是写信寄往北方。

他的信里总有一种坚持信念、绝不妥协的风趣。这些书信大部分是寄给弟弟卢超的，有一些也寄给妻子，两人都住在大江南岸的农庄里。他也不知道这些信最终能不能送到他们手里，不过在这里除了写字也无事可做，何况写作就是他的生命。

诗词、散文、书信，还有给朝廷的奏章，占据了他很大一部分心思。初到这里时，他随身带了些书来，这么多年过去了，这些书早已被潮湿的环境所毁。他经常在纸上抄写卓门经典，以免忘记，不过写得更多的还是诗词。很久以前，他曾经在作品中说，他真的相信自己能够随遇而安。在这里，这个信念，还有他跟别人嬉笑戏谑的能力，都要经受考验。

这里要弄到纸也不容易。村边上有座道观，里面住着六个道士，现在的这位观主读过卢琛的诗，对他十分仰慕。卢琛几乎每天都要踩着树林边的泥路前往道观，众人一边喝着岛上粗酿的黄酒，一边聊天。卢琛很乐意跟聪明人聊天，跟谁聊都乐意。

时不时地，会有个道士穿过海峡——这在雨季里十分危险——去大陆上打听消息、采买货品，并且为卢琛带回信函。到现在为止，本地长官（新到任的长官年纪轻轻，闷闷不乐，这倒不意外）对这些事情一直睁一只眼，闭一只眼。

眼下他们并没有得到上峰的指示。不过这都说不准。当年朋党之争的遗祸一直延续至今，他不就在零洲岛上吗？这就是朋党仇恨的明证。尽管从未向别人说起过，但卢琛确信，自己被发配至此，是因为有个女人想让自己死在这里。这件事情没办法证实，但这个想法已经产生了。所以从一开始，他就打定主意，自己绝不能轻易死去。

道士也会把卢琛的信带过海峡，然后把信托付给其他旅人，让他们捎着信，在凄厉的猿声中翻过屏障一样的高山，穿过遍地碎石的关隘峡谷，就这样，这些信件才得以从万里之遥的天涯回到人世。

作为对道士们好心的回报，卢琛曾经在道观墙壁上题过一首诗。

卢琛名气极大，等他在这里题诗的消息传回大陆，为了一睹卢琛的真迹，就算这里是零洲，人们也会纷至沓来。他们会向道观供奉钱物，还会花钱在观内住上一两天。这种事情很常见。以前他也在别处写过题壁诗。他来到这里，对某些人来说是件好事。

诗是去年春天题的，不过这里气候潮湿多水，如今字迹早已无从分辨了。那年夏天的第一场雨就让字迹糊成一片。这可算是个教训，卢琛心想，是对那些妄图建立不朽功业之人的讽刺。卢琛努力从中寻找乐趣，他一向能够发现世间可笑之事。

他在题壁诗中提到人的精神，提到人对环境的适应，提到友情，提到树林边上红红黄黄的花，还提到鬼魂。

卢家父子住在一间茅屋里，屋子外面就有鬼魂徘徊。

那鬼就在屋顶上，有两次他看得真真切切。一次是在清晨，当时他正打算出门；另一次是在黄昏，他从外面回家。这个鬼不像是有什么恶意。既不是人死后变成的厉鬼——这一点卢琛十分确信，也不是跟着他父子二人一路来到这里。她是这岛上、这村里、这屋子的鬼。卢琛跟别人打听过，不过谁也不清楚她的来历，卢琛也无从得知她的名字。

卢琛看见她披头散发，遮住颜面。诗歌里经常用到一个俗套，形容妓女满头秀发如云。卢琛心想，这鬼魂的头发更像烟。

他在自家供桌上也为她点上一支蜡烛。父子二人为她诵经上供，祈求这个不得安宁的鬼魂早日超度。有可能她死的时候没能够入土为安。遇上这种事情的，有可能是一个人，也有可能是战死沙场的千万士兵。

卢琛担心自己的儿子。从今年夏末时起，每到夜里，卢马一躺下来就咳嗽，整晚都不消停。随着旱季终于到来，他的症状似乎有所好转，不过卢琛知道，这其实不过是当父亲的自我安慰罢了。

这会儿正是清早，雨停了，天气还没有来得及转热。一会儿就该起床了。只要条件允许，每天清早，卢琛和儿子卢马就会起来活动——这在村里人看来很好笑，所以大家经常会凑过来围观。伸展四肢，扭动腰身，拿着棍子在村民面前假装战斗，有时候握棍子的手势像是握剑。"我要上山，当山大王！"他会这样大喊大叫，"我就是少年英雄司马子安！"这些事情，他在给弟弟的信里不无自嘲地讲起过。

儿子会大笑不止，挺好。

在卢琛看来，人们平时说话，有那么多内容需要专门拿第九王朝的旧事来做注脚，这实在值得玩味。这就像是四百年前的辉煌、叛乱和王朝覆灭，在今世的人们身上留下了印迹——抑或伤痕？让今人相形见绌？

司马子安，史上最伟大的诗人之一，他的一生大部分时间都处在"荣山之乱"爆发之前。另一位诗人形容那场叛乱是"断天裂地一鸿沟"，身在零洲的卢琛心想眼前这个世界一向遍布鸿沟——或者说是尖峰林立。

卢琛打算想办法劝卢马离开零洲。遭发配的是他自己。父亲有罪，子嗣的确有可能受到连累，不过随着时间推移，朝廷更迭，子女地位又会获得提升，这样的先例也不少。

问题是，卢琛知道儿子肯定不会离开。一来，卢马也不是小孩子了，论年纪他已经可以参加科考了——尽管现在不被允许。毫无疑问，他该自己拿主意。再说，就算卢琛直接命他离开，卢马虽不会违抗父命，但卢琛也不想因此让他难过。

他还记得自己和弟弟头一次随先父前往京师的那趟旅行。那年他二十三岁，弟弟比他小两岁。他们花了三个月来到汉金，准备参加考试。那年他状元及第，弟弟中了探花。这样的成绩能让人一夜之间飞黄腾达，像箭一样破空高飞，可有时一落下来，却发现周遭环境一片陌生。箭总有射偏的时候。

卢琛躺在小床上，心里想，过去的生活、旧时的记忆，其对以后生活影响之深，在脑海中留存之久，都远超出当初的想象。

他又躺了一会儿，想起来亡妻和现在的妻子，还有他爱过的那些女子。在这边有个女孩会过来照顾他们的生活起居。卢琛没有和她同床，他去道观的时候，卢马和她上过床。这样更好。他的思绪又飘向另一个女孩。在延陵，在席文皋府上邂逅的姑娘。那是他最后一次拜访席府。

那时正值牡丹节，在一个春季夜晚，那姑娘站在她房门外的走廊里，愿意委身于他。屋内烛光流泻出来，映在她身上。他回过头——这段记忆如此生动！——看着她一身朝气，像明灯一样流光溢彩，心里明白她想做什么。

他向那姑娘拜了一拜，又摇了摇头，说："姑娘美意，卢某永生不忘，可我不能接受。"

如今她已经成婚多年，也许都有孩子了。那个伤感的夜晚，她想要把自己的处子之身献给他，为的是让他有精力熬过这趟艰苦的旅程，直到活着从零洲岛回来。

卢琛记得，她年纪轻轻，却聪颖过人，而在这之上，她还是个女子，是个姑娘。卢琛见识过很多聪明的姑娘。

尽管卢琛自认为乐于接受或赠与别人礼物，但她要送给自己的，是一份太过珍贵的心意。卢琛也一向对秘道教的房中术十分不屑（官家倒是遵从此道，这不是秘密）。在卢琛看来，和女子一夜缱绻，可不是为了从她身上获得什么玄而又玄的精力。

共赴云雨，为的是享受两人在一起时那份共同的喜乐。

卢琛对宗教了解甚少，这一点他自己也承认。他第一次拜访这里的道观时就跟道士们说过。当时他们正一边敲一口大钟，一边念经。他也真心诚意地跟着诵经。不过他有自己的经文。他的经文里写的是狂放不羁，题字作画，是齐家治国，是君子之交，是醇酒，是欢笑，是美人，是风月，是传说中的赤壁——尽管弄错了地方。

自嘲当然也是必不可少。

他看着东方泛起了鱼肚白，笑了。好多年前席府走廊里的那一幕，真是段美好的回忆，她慷慨，他持重。人有时候就是会一直回想某一段记忆，一直想到天亮。

该起床了，不然过会儿会热得让人头昏脑涨。他穿上麻布袍子，这袍子已经破破烂烂，照在他日益消瘦的身上，显得过于宽大。他又像往常一样戴上帽子，他的头发也日渐稀薄。他已经很久不去照镜子了。卢琛点起蜡烛，倒了三杯酒，在这张设在天尽头的供桌前，为父母前妻的亡灵念一段经文。他还为那个女鬼念了段经。不管当初是什么让她死后不得安宁，事情终归已经过去了，平息了，都已经被原谅，或是遗忘。

跟往常一样，卢马起得比父亲早。前屋的灶上热着米饭和板栗，还有父亲要喝的黄酒。

"估计今天又有太阳，"卢琛说，"我看咱们得召集绿林好汉，攻打混世魔王的山寨。"

"昨天就打过了。"卢马说着，对父亲报以微笑。

几个侧室正在内闱号啕大哭，就跟死了没人收埋的孤魂野鬼一样。就算隔着整个院子,奇台帝国的少宰——直到今天早上都还是——寇赈还是能听见。这栋宅子很大——像这样的大宅他有好几处,可即便如此,她们一难过起来,弄出的动静也着实不小。这哭声没完没了,难听得要命。

说真的,寇赈自己都想大哭一场,要不干脆杀个人。他在堂屋里踱来踱去,从窗下走到墙边,又从墙边走到窗下,坐立不安,茶饭不想,连信也写不出来。他还有什么信可写呢?

他这辈子算完了,就跟那个能发射火箭、攻城用的新玩意儿一样,炸了个零碎。

他一手提拔起来的邬童,和他一道监督"花石纲"工程、并且因此一块儿官运亨通的邬童,在北方打仗,打到祁里国都城下,竟然没带攻城器械!

有些事情,尽管真的发生了,但就是让人没法相信。

这个太监和他的军官在大漠里脑子都进沙了吗?被索命的恶鬼缠身了吗?那些恶鬼是想要他寇赈的命吧?

去攻城,怎么会忘记带上攻城器械?

今天上午那个员外郎——写了本介绍花园的破书的那个,他叫什么来着?——他算个屁?屁都不是!或者说,原本屁都不是。"艮岳"里有从泽川新运来的假山,有成行的国槐,官家一天到晚忙着摆弄这些东西,哪儿有工夫停下来看信,还要过问这么个无名之辈发配零洲的事情?

就算他关心,就算那老瞎子揣着信、黑着心肝去面见官家,那也只是小事一桩,跪地磕头,痛心疾首,再收回发配零洲的成命,向官家痛表忠心,这事儿就过去了。他都不记得当初是因何事动怒才将他发配零洲。他都不记得有这件事。

这个人是死是活算个什么?啥都不算。这才是关键!就算他养了个怪胎女儿——真是丢了女儿家的脸——写得一手好字,官家也顶多抬抬眉毛,说句责罚不宜过重。

要不是定西军的事情,要不是没带攻城器械,要不是在厄里噶亚吃了败仗,一路退回来死了七万多人……

南撤途中还有士兵杀死军官,喝人血吃人肉……

即便如此，要不是那个不知打哪儿冒出来的无名小卒，那个园丁，在官家面前哭哭啼啼……

他怎么敢？这太不公平！寇赈所需要的、所渴望的、所向往的一切，都原本距离他已经近在咫尺。

寇赈的渴望，大部分也是他夫人想要的，只是夫人一向还想要更多。如此不知餍足是她天性使然。尽管从没有说出口，不过寇赈知道，夫人其实想当皇后，母仪天下。

一想到这里，寇赈赶紧回头朝后张望。如今他已经形成一种直觉，只要夫人进到屋里，他一下子就能知道，尽管夫人行动起来悄无声息，既没有裙裾拖地的沙沙声，也没有穿木屐走路的呱哒声，也没有喘息声，别在腰上的钥匙和扇子也一丝声响都没有。

夫人就是这样，悄无声息，让人恐惧。

屋子里只有他们两人。这个房间装饰奢华，珍玩古董，南海珊瑚，檀木椅子，黄梨书桌，墙上装饰着镶有象牙的嵌板，还挂着寇赈亲笔书写的诗句。他的字体独具一格。

寇赈品位很高，眼光独到，而且家底殷实。他和邹童通过"花石纲"相互认识，两人由此发迹，身价地位迅速蹿升，同过去比可谓天壤之别。

寇赈就是随着他那些奇石古树一起，进入汉金，登堂入室。

如今官家跟他比跟太师还要亲近，据他估计，像这样已经有两年了。寇赈经常做这样的估计。如今他只需要耐心等待，等到老瞎子的视力再稍微衰退一丁点，公务上的负担再大一点……

这些计划原本已经在逐渐变成现实了。

他看向屋子另一边的妻子，玉兰那黑得像玛瑙一样的眼睛里满是怒火，看得寇赈心惊肉跳。玉兰发起怒来气势惊人，寇赈觉着，那双大眼睛深不可测，像是能把整间屋子连他一块儿吞掉。

那几个侧室总是哭哭啼啼，到现在都躲在内闱，像猿猴一样哭个没完；但是他的夫人，身材瘦削的玉兰，却会像毒蛇一样，怒火中烧，聚集毒液，盘起身子，然后猛力出击。

寇赈一直很怕夫人。从正式定亲那天上午，他俩第一次见面时起就是这样。后来的洞房花烛夜，那晚她所说的、所做的，让人震惊,他一辈子都不会忘记。从那晚起直到今日,玉兰总能撩拨起寇赈最强烈的欲火,哪怕他一直害怕她。也许正是因为他怕她。

对男人来说,结婚多年仍然对妻子有那么强烈的热情,这事真是可悲。要知道,不论是年轻的小妾还是风尘中的妓女,都十分乐意去取悦男人,只要能想得到,任何花样她们都愿意尝试。

寇赈的夫人穿着一身暗红色的缭绣襦裙,腰带上缀着金丝,衣衫笔挺合身,领子很高,遮住喉咙,正是养尊处优的妇人的样子。她吸一口气,身子一动不动。

就像蛇一样。寇赈一边看着她,一边想。据说,北方有一种蛇,在进攻前会发出一种咔咔咔的声响,就像赌徒摇骰子一样。

"太师怎么还没死?"她问。

夫人的声音时常让他联想到冬天。北风呼啸,天寒地冻,皑皑大雪覆盖着尸骨。

寇赈这才发现,夫人的手在颤抖。这不是因为害怕,而是因为她已经狂怒不能自已。她从来都不知害怕为何物。她会怨恨,有无休止的欲望,倘若不能掌控全局,她会怒火中烧,但她从来不会害怕。

寇赈会。他现在就十分害怕。上午的事情刚刚过去没多久,一切都发生了翻天覆地的变化,寇赈仿佛身在一条大河的对岸,岸上一条渡船都没有。他眼看着大河这一岸的一切已然成了一片白地,却被困在对岸,无力回天。

寇赈老家的那座城里有一块碑,是给他立的。他在心里描摹那块碑的样子,想象它如何坍圮,长满野草,上面评述自己一生的碑文如何被时间湮灭,被世人遗忘。

他看向妻子,听见院子另一边的女人中气十足地号啕大哭。

他说:"让我在'艮岳'里杀他?当着官家和殿前侍卫的面?"寇赈一向擅长揶揄讽刺,不过刚才的表现并不算好,他也知道这并非夫人的本意。

夫人抬起头。"一年前我就想毒死他。我早就说过。"

的确。寇赈知道,他们俩之间,可以说,夫人更具男子气概,行事更加果断。而他则更擅长察言观色,细致周全,迂回地采取行动。卓门书生都有些优柔寡断。不过他一直强调并且深信，在这个朝廷里，在每一个奇台的朝廷里，大权在握的都是做事最细致的人。

除非出了今天上午这样的事。

"出事的是军队啊，夫人。一旦邬童的麾下部队输——"

"老爷你错了！一旦邬童输了——可把那太监抬上统领位置的是你。我早就说过这样不行。"

她确实说过，这真让人气馁。

"他打过胜仗！而且对我忠心耿耿。他的一切都是我给的，而且一辈子也成不了家。要是那个统领贪图军功，回来又想往上爬，那你就高兴了？"

夫人刻薄地笑着说："倘若这个统领记得带上攻城器械，我才会高兴！"

又说这个。

寇赈一边回答，一边痛恨自己的语调："是那个花匠！要不是他——"

"不是他也会是别人。老爷，当初这个消息一传回来，你就该参邬童一本！不然别人会把他跟你绑到一起告发的。"

今早就是这么回事。

"还有，"她冷冰冰地说，"你当初就该把老头子做掉。"

"他就要退下去了！"寇赈大声说道，"这上面早有默契。他想要致仕。他都快瞎了！明明已经是咱们的囊中之物，干吗还要冒险杀他？"

他故意说成"咱们"。在这种情绪之下，他没办法跟夫人吵架。夫人咄咄逼人，而他已然心灰意冷。有时候，这样的交锋会撩起他——和夫人——的兴致，吵到最后，两人会脱光衣服，倒在地上滚成一团，要不就是他坐在那把檀木椅子上，身子靠着椅背，夫人则骑在他身上。不过今天不会。今天她不会想和他鱼水承欢。

突然，一个念头像刀子一样扎进脑中——他可以给自己一个了断。再留一封遗书，恳请官家原谅家中幼子？官家没准儿能允许他们留在汉金，允许他们入朝做官。

可他不想自杀。他不是那种人。玉兰却是，这也是他刚想到的。

眼下她就可以轻易开口，让他去死。

她真的开口了。她说："应该还有时间。"

寇赈腿上一软："什么意思？"

"要是老头子现在死了，那官家马上就需要有人来顶太宰之位。这个人得是官家熟悉并且治国有方之人。如果这样，那官家没准儿会指派——"

寇赈心中一喜，身上一松，听见夫人说得这么离谱，跟自己想的相差十万八千里，他简直有一点欲望高涨了。

"夫人啊，这样的人汉金城里起码有六七个，其中之一还是杭德金的儿子。"

"杭宪？那小子？"

寇赈一阵苦笑："他跟我差不多岁数啊，到底是妇人之见。"

"那也只是个小子，任凭他爹摆布。"

听到这话，寇赈越过夫人肩头，看向窗外院子里的树。他静静地说："我们又何尝不是。"

他看见夫人两只手握成拳头。"你认输了？只等着他们把你发配出去？"

寇赈摆摆手："不会太难熬的，这我倒是能肯定。咱们顶多被发配江南，回到老家。谪迁之人也可能重返朝廷。杭德金、席文皋都是这样。咱们以前也被流放过。我就是在那时候琢磨出'花石纲'来的。这你也知道。就连卢琛，当初被赶到零洲岛上，今天上午官家都降旨免他流刑了。"

"什么？不行！他不能……"

她话没说完，看样子颇为震惊。之前寇赈跟她讲过今早发生的事情，说过自己被罢了官，但没说这个。夫人痛恨这个诗人，恨不能将之碎尸万段，不过寇赈一直不知道这是为什么。

寇赈惨然一笑。真奇怪。发现夫人的弱点，竟让他如此欣喜。她用力喘着气，不再是那种冷冰冰的样子了。一瞬间，尽管发生了这么多事，她却突然变得十分可人。这是寇赈的软肋。她就是寇赈的软肋。

过了一会儿，寇赈看见夫人注意到了他身上的变化，就像他方才在夫人身上的发现一样。寇赈心想,在这一点上,他俩真是一对儿。他们俩互相扶持,差一点就位极人臣了。可如今……

夫人朝他迈了一步,轻咬自己的嘴唇。不管旁边有没有人,她从来不会平白无故地做这个动作。这个动作有其含义。

寇赈感到脉搏起了变化。他笑着说:"会没事儿的。眼下或许会过一段苦日子,不过咱们终究是有活路。"

"其他人就不一定了,"夫人说,"你得让我杀个人。"

"别杀老头子。我告诉过你,这太——"

"不是老头子。"

寇赈等她说下去。

"是那个女人。这些事都是她那封信引出来的。"

寇赈又吃了一惊。他紧紧盯着她。

"她可真是丢人,"玉兰继续说道,"把妇道人家的脸都丢尽了。她还说要教咱女儿作诗!"

"什么?有这种事?"

"她俩是在一次宴会上认识的。缇玉说女子不该作诗。这个林珊就笑话她。"

"有这种事?"寇赈重复道。

"如今……如今她又写了封信,给咱家引来这么大的祸事!"

寇赈心想,也不完全是这么回事。可是衣着鲜亮的夫人又迈了一步,走进了亮处。

"确实。"他只想到这句话。

"交给我吧。"玉兰喃喃道。寇赈心想,这句话里有好多层意思。

玉兰一边说,一边走到寇赈面前,伸出纤纤素手,揽下他的头。她咬上他的嘴唇,通常他们就是以这样的方式开始。通常,她会吸他的血。

"在这儿?在堂屋里?"

"就在这儿,现在就要,老爷。"夫人在寇赈耳边低语。她的舌头舔舐着他,她的双手动起来,抚摸着他,除去他的衣服。

来呀,老爷。在庭院的另一头,那些为寇赈洗净身子、扑了香粉的年轻漂亮的婢妾,正在为命途的突转而痛哭不已。秋日的阳光透过西墙的窗户照进屋里,时间已经靠近黄昏。今晚,汉金城里会很冷。

寇赈醒了。天黑了。他发现自己刚才睡在一堆凌乱的枕头里。他浑身倦怠、慵懒,于是试着打起精神。他一条胳膊上有抓伤,背上也有。

他听见外面有鸟叫,声音在凉飕飕的夜里显得很单薄。侍妾们这会儿都消停了。玉兰没在这儿,他知道她去干什么。他也知道这样做不对。他只是觉得,在这件事上,他无能为力。

寇赈是个相当自信的人,年富力强,精于算计,心思缜密。在他看来,当今世上只有两个人是他无力控制的。

一个是他妻子,一个是个近乎目盲的老人。

他起身整好衣服。屋里该点灯了。那只鸟还在叫,像是在勇敢地抵抗世间的寒意。他听见门口有人小心翼翼地咳嗽了一声。

"进来,"他说,"掌灯。"

三个仆人端着蜡烛走进来。本来若有必要,他们会一直在门外候着,哪怕在那儿站一个晚上。他(当初)差一点儿就能成为整个奇台最有权势的人。

他看见其中一个仆人,一个男仆,正站在门里,手里托着一个漆盘。寇赈点点头。心里又是一阵悲凉,不过他还是要直面现实。托盘里放着一封信,他拆开封口,就着书桌上刚点亮的灯光读了起来。

他闭上眼睛,又睁开。

"夫人在哪儿?"他问。

"回老爷,在卧房里。"男仆说,"要小的去请夫人来吗?"

没用。寇赈了解她。大势已去。

当今世上的这两个人。玉兰。写这封信的老人。

白天过去了,夜,越来越深了。他心想,外面那只鸟,并不是勇敢,或者说有胆气。那是愚蠢,愚不可及。光是叫唤可没办法抵抗世间的寒冷。

第六章

关于这群人，他也不了解多少。这些人销声匿迹已经有两百年了，不过孙实味经常会想，要是他们还在，他也愿意当个瞰林武士。

他会跟他们一起，穿着黑衣黑裤，在石鼓山的庙里修行。石鼓山在"十四故州"境内，如今已经不算奇台国土了。

他会跟着他们行瞰林礼节，和女武士同睡（她们的身子又坚实又轻盈），还会学习瞰林秘不示人的杀人术。

杀人他很在行，不过只有傻子才相信要取人性命没有更好的办法。据他了解，根据野史和传说的记载，瞰林武士掌握着最一流的杀人技巧。当年，他们扮演过很多角色，驿差、钦使、签署协议的见证人、档案财宝的守卫，向导和保镖……

不过让他感兴趣的，是他们如何杀人。真可惜，瞰林已经不复存在了，也没有关于他们的准确记载。瞰林武士从来不将任何东西付诸笔端。不留记录，是严守秘密的一种措施。

他也想学飞檐走壁的功夫啊。谁不想呢？比方说，有个人躲在家中，高墙深宅，门窗闩紧，自以为安全，他却轻松跳进他家院子里，一刀取他性命，别人连示警都没来得及喊一声，他就已经翻上另一个墙头，翩然离去。

"是孙实味！"人们会惊恐地交相耳语，"还有谁能做下这等事？门窗都反锁着哩！"

他就想这样。

现在可不能这样想东想西的。他有任务，正在干活儿呢。

宗亲宅院里黑黢黢的。尽管宅院挺大，但还是很拥挤。住在这里的人都这么抱怨。不过评估皇帝家亲戚住得怎样，既不是他的任务，也不是他的喜好，可话说回来，像这样天黑以后还是有这么多人在院子里和各家住所来来回回地走，倒确实帮了他不少忙。

而且宅院大门也有人不断进进出出。直到现在，宅院大门一扇都没有关。出去的大多是些年轻宗子。按规矩，他们不能出去，不过通常也没人管，除非是出什么事儿了。大多数时候，他们出去都是寻花问柳，饮酒作乐。有时候是进城去朋友府上赴宴。有人带着女子和乐师回来，不过只要能从赏钱里抽一份油水，四个大门的司阍也不会特别在意。

不消说，这一切都对他大有好处。他就是和一群说说笑笑的姑娘一起进来的。他还在其中几个姑娘身上揩了几把，惹得一个姑娘笑个不停。受这里的女人邀请，他可消受不起呀，这也不消说。对孙实味这样的人来说，像这种档次的妓女，能隔着丝绢衣裙捏一把，就跟和她们睡觉一样，也该知足啦。

他以前来过宗亲宅，知道今晚的路线。上回来这里，他护送主人和她女儿前往女眷聚会的地方，然后一直待在院内，等着送他们回府。借着这个机会，他摸清了这里的地形，以备不时之需。以备今晚之需。孙实味本领不错。他虽然不会飞檐走壁，功夫也没好到类似旋身一剑挥斩四人毙命的程度，不过若是背靠着墙，据他估计，对付三个人倒不成问题。孙实味的主人很难伺候，待人严苛，性子冰冷，从不夸奖别人，却又让人神魂颠倒，真是奇怪。

说真的，有好多个夜晚，孙实味都整晚睡不着觉，想象主人在夜色中到他这里，溜进屋内，悄悄地掩上身后的房门，逼仄的住处里弥散着她的体香⋯⋯孙实味知道她心中的欲火。有些事情，身为男人，孙实味一望便知。

这些念头只能憋在心里，说出口只会给自己惹来杀身之祸。

他好像又在胡思乱想了。在暗处待久了，胡思乱想也是难免。他在一道连接两个院子的回廊里，身上的衣服足以抵御夜里的寒气（这也有利于他完成任务），要是有人停下来盘问他，他还准备了一套说辞。一般不会有人多嘴。这里来来回回的都是人。皇室宗亲多少还算是地位显赫，尽管与世隔绝，受人监视，但除此之外，一般很少有人关注他们——除非他们惹出麻烦。若是这样，那他们通常会有性命之虞。

以孙实味的观点——其实也没人问过他——宗亲每年开销巨大，都该扔进水里淹死，不然就当箭靶射死。要是这样，奇台就好多啦。

兴许他会留下一些女人。宗亲女子独具气质，就他所见，都让人喜欢。

"喂，你在这儿干吗？"

孙实味面不改色。这个卫兵长了张圆脸，斗篷歪歪扭扭的。他挑着灯笼，只是在例行巡逻。

"等几个姑娘，送她们回去。"他一直待在暗处。

"且等着吧。"

孙实味嘎嘎笑了几声："可不。"

那卫兵举起灯笼，孙实味看见卫兵的圆脸，圆脸卫兵也看见了他的。

"我认识你。"那人说，这可糟了，"你不是教坊的人，你是少宰的手下。我见过你和少宰夫人来这儿，你——"

你得知道什么时候该动手，并且必须动手。这人不能留活口，不然他会上报有司，还会指认孙实味。这是个意外，这个意外也打乱了他事先的计划。

他躲在月洞门后，抵住卫兵不让他倒下，慢慢地把刀从他胸口拔出来。他一刻不停地小声说话，这些话毫无意义，只是怕有人从近处经过。他一把抓住死人手中的灯笼，以免它掉到地上。要是灯笼掉到地上着火了，那就跟夜里撞见鬼一样惹人注目。不管到哪儿，有火光都是麻烦事。

选择在这里等着，孙实味事先有过一番计较。他要摸进去的那栋宅子外是一片庭院，他的位置就在这庭院边上，头顶上有顶盖，稍远处还有一块空处通向走廊，他可以把尸体拖过去藏好，基本上不会有人看见。

这可算是绝佳的潜伏地点了。他原本计划等到人都散了，宗室诸宅里——包括对面房中——的人都睡了才动手，现在只能提前行动。

他并不气恼杀死那卫兵。他气恼的是杀了他，事情就难办了。屋里的人应该都还没睡，他要行刺的那个女子可能也醒着。

他知道这栋房子的位置，要去哪个房间也大概了解。他没等天黑就混进来，为的就是摸清情况。早些时候，他拿着一只空信封，假装要来送信，找到一个卫兵——而不是看到他和歌女一同进来的司阍——问清了地方。

最后，他看见那女子走进院里，进了庭院另一头的家门。随她一起进去的是个仆人，孙实味没看到她丈夫。傍晚时分，没有丈夫陪同就一个人出门，真不要脸。孙实味经常想，天下女人都一样，都不要脸。

宗室诸宅的格局都差不多，只是依身份地位高低跟与官家血缘远近稍有区别。有的宅院非常大，有几进几出的院子，不过这个并非如此。

她的卧房——或者说是他夫妇俩的卧房，这要看那个没露面的丈夫有多宠溺她——在屋子后边的右边厢，那里是供女眷居住的地方。孙实味本打算翻墙进到院里，然后攀进她屋里。趁着在这等待的工夫，他还把手脚都活动开了。

现在已经不能这么干了。这里人太多，即便是晚上，翻墙进去也太不安全。别人或许会以为他只是摸进来偷腥的，不过这可说不准。何况，今晚还近乎满月。他可不愿意在有月亮的夜里出来行刺，不过拍板的人并不是他，对吧？

主人吩咐他，要让现场看起来像是强奸——宗亲里有个恶徒对女孩动粗，最后把她杀了。这对他来说不成问题。为了灭口和自身安全起见，他要先把那女孩杀掉，不过杀人这种事孙实味并非新手。

孙实味从回廊里走出来，不紧不慢地穿过院子，一边走，一边调整步伐和方向，以避免靠近任何人，不过他也小心不让动作显得太刻意。其实他挺想穿成一身黑的。瞰林武士就一身黑衣。而且一身黑衣，行刺时应该很有快感：像个黑色的幽灵，在黑夜里取人性命。

不过黑色打扮也太显眼。今时也不比往日。招摇过市可太危险了。他打扮成妓馆护院的样子，棕绿两色，上身短衣下身裤子，头上着一顶深色幞头。从外表看不出带着武器（傻子才会带着兵刃在宗室诸宅里招摇呢）。斗篷上沾着血，不过斗篷本来颜色就深，何况现在还是晚上。

再说，他拿这血迹也是毫无办法呀，对吧？

翻墙进去会被人看见，行不通。孙实味心想，不知道瞰林武士会怎么办？他们能一直躲过人们的视线吗？还是说他们能敏锐察觉到何时刚好没人看他？瞰林的修行要不要教这些？这些念头让他有些难过了。

不过要完成任务，他也自有办法——他直接朝那栋房子的正门走去。和所有大宅正门一样，这道门嵌在墙里，上面有门楣，门楣下面很暗。今天这家人没有请客，所以门口没有挂灯笼。孙实味假装敲了敲门，以免有人路过觉得奇怪，不过他没敲出声音——他可没那么笨。他从怀里摸出开门的家什，先试了下门环。

门环发出一点声响。这里面或许有人，不过这些笨蛋一直生活在诸宅大院里，生活在这栋房子里，不会碍他今晚做事。

皇室宗亲家里都有些值钱的玩意儿，不过这些人一辈子养尊处优，受到严密保护，所以夜里连门都不知道闩上。孙实味忍不住心想，这些人到底过的什么日子，才会这么看待周遭一切。

他推开门，举起一只手，像是跟里面的人打招呼。迈进门里，轻轻地阖上门，整个过程非常从容。他松了口气。这下就不会有人看见自己啦，往后的事情也容易多了。

他感到血气上涌，于是强压下心头的激动。现在还不是时候。得先把她杀了，不过楼下有仆人，没准儿楼上也有。丈夫不在家，她也许会让仆人陪房，也可能是跟另一个女人一起睡。据说宗室的命妇就是这样。

楼底下既没有灯光，也听不见动静。毕竟，这会儿也该睡觉了。他悄无声息地摸到楼梯口，摸索着上楼。有一级台阶，刚踩上去就"吱呦"一声轻响，于是他直接跨了过去。这一行做久了，这些技巧就都知道了。

他抽出刀来。刀上还沾着血，本该擦干净的，不过他没时间。孙实味喜欢干净的刀，因为这样……呃……干净些。上来了。左右是过道，分别拐进两侧的走廊。女眷应该住在右边。还是没有仆人，也没有灯光。真的都睡了。

孙实味眼睛适应了黑暗，看见靠里的墙上挂着一幅字，屋里还有很多巨大的桌子，上面放了些瓶瓶罐罐，像是青铜做的。他朝右走，放慢动作，小心翼翼地从这些桌子中间穿过。要是撞上这些铜器，发出的声响肯定会惊动到人，然后就会有人从楼上、从屋外冲进来，一切都会变得一团糟。

什么都没碰到。夜中视物，这是干他这行必备的一项本事，对此他相当自负。他拐上走廊，沿着走廊走到屋后。在他右边是一道齐腰高的栏杆，下面是这栋房子带的小庭院。月光下，孙实味看见下面的院子里还有很多铜器，院子中间放着一块像是墓碑的东西。

他也不知道这些人拿这种东西有什么用，不过他干吗要关心这个？他不过是一件武器，他们则是靶子。或者说，她是。主人说，丈夫不重要，冒犯主人的是这个妻子。孙实味也不知道是怎么回事，他的工作不该知道这些。

走廊向左拐了个弯，又向右拐，通到她位于宅子后部的房间。她住在庭院对面，靠右的位置，房间带一个阳台。孙实味又停下来，探听动静。房子在夜里才会有的吱嘎声。声音来自身后会客吃饭的地方。身后传来一声呼喝，让他浑身一凛。不过这声音里带着笑，跟着又是一声，听得更真切了。有男人回来了，要不就是打算出门——现在出门还不算晚。要去歌楼妓馆，什么时候出门都不晚。孙实味心想，完事之后兴许他自己也要去一趟。

不过先得找机会换身衣服。到了那儿一准儿能好好乐上一乐。想到这里，孙实味又感到一阵血气上涌。他小心翼翼地平复心情。冷静并且警醒的状态下才好行事。若是激动起来，动作会更快，不过也可能正好相反。

他打开那女子的房门。月光透过对面的窗户照进屋里。就着月光，他影影绰绰地看见架子床里有个睡着的人形。屋里也有铜器，其中两个分别摆在阳台两端。薄纱窗帘放了下来，不过还是透进不少月光，足够让他看清。屋里有风。她倒不怕秋天夜里风凉，或者说，不怕有男人攀着阳台溜进她屋里。

他可没打算爬阳台。他已经进来了。床就在两步开外，为了确保在夜里不弄出声响，孙实味要先杀死她，然后才来找点乐子——当然，用刀杀人也未尝不是一种乐子。他手里握着刀，穿过屋子，挥刀砍下，又快又狠。一刀，两刀——

脑后猛地传来一阵钝痛。眼前先是一暗，接着彻底黑了。

屋里亮着灯。灯光摇曳。屋子也是摇晃个不停。他的脸冲着地板，双手被捆在身后——捆得很专业。紧跟着，孙实味猛地一惊，明白自己靴子被脱掉了。

因为有人在他脚底板上抽了一棍子。孙实味吃痛，惨叫一声。

"不出所料，"身后有个女人居高临下地说，"我说过打不死他。"

"这可没准儿。"说话的是个男人，语气中并无愤怒，反倒十分冷静，"况且卑职等人还有些问题要问他。"

那女人问："问完了要杀他吗？"

男人答道："此事不该由卑职置喙。"

孙实味使劲儿扭过头来，可是谁也没看见。他有一种感觉，屋子里有不少人。一个拿棍子的女人，还有至少三个男人。他能看见床在自己右边。那被子下面塞了些垫子，方才他的刀就捅在垫子上。其中一个垫子掉在地上，挨着他，上面划开一道大口子。

孙实味不知道刀子哪儿去了。他也不打算找回来。既然靴子都脱掉了，那身上藏的另一把刀应该也没了。

尽管身上疼得厉害，脑袋里像是有人用锤猛敲，他还是意识到：自己前来行刺，早在别人意料之中。他哼了一声，费劲地吐了口唾沫。因为姿势的缘故，唾沫滴到了下巴上。

他说："我要充军！"

又是一棍，抽在另一只脚上。孙实味又是一声惨叫。

"真的？"他听见那女人说道，"可禁军要个刺客有什么用？"她顿了一顿，又说："不对，应该说，禁军要个双脚残废的刺客有什么用？"

"夫人小心，"还是那个男人的声音，"卑职等人还要向他问话。何况，既然他这么说……"

"你不杀他？真的？"

没有回答。那人大概点了点头，又或许是摇头——他可没法知道。不过孙实味还是忍着头上脚上的疼痛，紧紧抓住这个机会。

"我要为国效命!"他扯着嗓子喊道,"我要去西北打仗!"

进了军队,逃跑也好,升官也好,总之就有活路!

"阉了他?"女人若有所思地说,"这倒可以。"听声音不像玉兰夫人。不过这女人说话也不像女人。

"夫人,此事自会有人详断。卑职估计,此刻大理寺的司直,或是其他人,大概正在过来的路上。"

走廊里传来一阵声音。脚步声在门口停了下来。地上出现一道影子。

"大人,院子对面有人发现一具司阍的尸体,应当是被人用刀捅死。"

孙实味在心里狠狠地骂了一句。他颤抖着吸了口气,想要赶走疼痛和恐惧,好好想一想。要忠于雇主,可要是人都死了,那就一了百了,再怎么忠心也没啥用了,对吧?

"啊。难怪他这么早就上来。"又是那个女人!她怎么会这么肯定,怎么会知道这么多?她接着说:"这人可不是趁男主人不在家,偷摸进来奸污妇女的醉汉。那尸体就是证据。"

他原本也打算这么说!反正没死人,也没有人受伤。把我发配充军吧。他会再次请求。军队需要士兵,什么兵都行。

外面死了个侍卫,这下困难了。实际上,已经不可能了。

"别忘了,"这女子字斟句酌地说,"咱们的确知道此人来这里图谋不轨。还请大人准许我日后随我家相公当面拜谢太师。太师大人救了我的命。"

"应当说,是林夫人自己救了自己一命。"那个不知道模样的男人语气恭敬。孙实味还是一个人都没看见。如今情况已经明朗了,他不光被这女人算计,还被她敲晕了。

"那也要多谢大人提醒,"她说,"只是那名司阍……真是可惜。这确实是个意外。就是这个意外逼得他改变计划。"

一点没错!孙实味想,就是这样!

"他原本不想加害他人,只想杀我,然后施暴。"这女人接着讲。她镇静得简直不合情理。

"然后?"男人问。

"以免弄出声响。至于凌辱尸体,则是为了掩藏行刺我的真实目的。"

来操你,孙实味想,操你还有你那个阉骡子相公!

不过这最后一个念头也让他想起眼前的处境,还有那女人刚说过的话——要阉了他。

"我什么都招。"他一边咕哝着,一边还想使劲扭过头,看看他是在跟谁说话。

"你当然会招,"身后的男人说,"大刑之下,谁都会招。"

孙实味感到一阵窒息,就像突然有东西堵住喉咙一样,他的心狂跳起来,头也疼得厉害。他急忙喊道:"是少宰!是寇赈让——"

他又发出一声惨叫。那女人一棍又抽在两条小腿上。

"撒谎。你是他夫人的手下,不是他的。"她说,"刚遭到流放就派人行刺?寇赈再怎么样也不会蠢到这等地步。"

"再过一会儿,由不得你不说真话。"说话的是另一个人,这人头一次开口,声音里冷冰冰的。是个在朝廷里当官的?

"我……我现在就说!你想让我说什么?"

那人大笑起来。他笑了。

"别对我用刑!我什么都说。是、是他夫人。是玉兰。就是她!用不着对我用刑!"

长时间的沉默。那女人第一次什么话都没说。最后,第三个人先开口了。

"当然要用,"他语气沉重地说,"不用刑,谁能相信你说的话?到时候你也许熬不过审讯就死了。通常只是个意外,叫人难过。正如林夫人所言,行刺真是愚蠢之举。而且根本就在意料之中。"

在孙实味听来,他语气里带着点遗憾。这遗憾却不是因为随后要用到的酷刑,而是因为世间男女的不明智。

那女人说:"若是这样……若是他不会先净身再充军,大人可否允许妾身再打他一顿?我是真的很愤怒。也许这并不明智,但是……"

孙实味紧闭上双眼,声音冰冷的男人字斟句酌地说:"他来这里不光是行刺,还要毁掉夫人名节。卑职看来,夫人的要求并不为过。"

"多谢大人。"他听见女人这么说。

然后,她弯下腰,在孙实味满是鲜血的脑袋旁边,冲着他说:"这是为家父。为他们对我父亲的不公。记住了。"

她直起身。孙实味看见她的影子,跟着一股钻心剧痛席卷全身。先是一只脚,跟着另一只,那女人这次用尽全力抽了上来,骨断筋折,于是他又昏了过去。

几百年前,最后的瞰林武士死在瞰林圣山石鼓山平坦的山顶上。在那之前,长城早有多处沦陷。

最后的瞰林武士在山上坚守了相当长的时间,不过到最后,还是没能挡住番族的进攻。打败他们的是正在崛起的萧虏人。

山上的寺庙被洗劫一空,付之一炬。

石鼓山上当时有八十名瞰林武士,人们都说,这些人自愿留在这块死地,宁肯战死,也不要把圣山留给草原民,仓皇南撤。

历史上这场变故十分复杂,这也让第十二王朝主司教化百姓的学者官员,在对待这一历史事件时感到颇为棘手。

一身黑色装扮的瞰林武士是一个神秘的教派,不仅与世无争,就连他们的信仰也从来都秘不示人。瞰林武士允许女人同他们一起修行、战斗,和他们一起自在地生活。瞰林武士的很多门规(不光是跟女人有关的那些)都与世人能够接受的礼俗不同。他们不仅是个宗教组织,还是个武装集团。每个人都知道第九王朝的军事首领给帝国带来了怎样的灾难。在当年,瞰林被授予田产,供其避世隐居,并且免除税赋,但是如今却是另一个时代,世道大不同于以往。

而另一方面,瞰林武士受人尊崇,他们尽心尽力,英勇无畏。而最后的瞰林武士,不论男女,都在石鼓山顶以身殉国。

朝廷必须允许其成为一种象征。

最后朝廷决定,不论是诗词文章中的缅怀追忆,还是勾栏瓦舍的演出,涉及石鼓山保卫战的,一例不予处罚或告诫。不过官方主持的任何庆典则一律不得提及石鼓山之战。人们认为,朝廷这是希望瞰林武士能够悄无声息地从历史滑入民间传说,成为一种民间信仰,就像狐狸精,或是树林里的老柞树根下直通阴曹地府一样。

无论什么年代,明主都应当小心对待这类事情。

终于只有她一个人了。所有人都走了:刺客、护院、士兵,还有礼部来的高官(这人性情阴冷)。屋子又只属于她了。她不知道,这还是不是以前的那栋房子。

她正等着仆人端茶过来。她在楼下的堂屋里。堂屋本来面积就不大,又摆满了夫妇二人收集来的铜器,于是显得更加局促了。

仆人正在清理卧房,扔掉被刀子捅烂的丝绸和枕头。他们会在香炉里点上熏香,赶走夫人卧房里多余的男人气味,以及刚才屋里那暴力的一幕。

其中的暴力也有她一份。她到现在都没想明白,自己当时为什么会如此坚持。她对自己说,这或许跟父亲遭流放有关,这倒并非假话,不过也不完全是这个原因。她用的是丈夫第二喜欢的手杖。

他最喜欢的那根被他随身带走了。他没在这里。她坐在火盆边上,心想自己到底能不能原谅他今晚不在身边。不错,这趟出行很早以前就计划好了。当初两人一起筹备向西旅行,去新安,去看那里的山,看那里历代皇陵的巨大封土。

就在那时,林珊得到了父亲被流放零洲岛的消息。这个消息让人震惊,简直无言以对,于是她自然哪里都去不成了。

齐威也该留下。这个念头无论如何甩不掉。他是她的丈夫,父亲的女婿,他本该留在这里,利用自己的身份地位来帮忙。

问题是,他毫无身份地位可言,而真正难以接受的事实在于,如果岳父被定为叛党,这对齐威也是个坏消息,对他来说,最明智的选择就是千万不要与流放林廓这件事情有任何瓜葛。

这也是齐威离开汉金的原因。

但这不意味着林珊可以因此原谅他。

刺客冲向床边(她原本很可能就在床上,并且已经入睡),挥刀刺下去时,林珊用丈夫的手杖打了他。那些人说要留他活口,叫她不要用全力。

可林珊还是使尽力气打了下去。

不过他确实没死。林珊以为他当真死了,尽管当时她并不在乎。这件事情本身就有疑问。她掌握着那个人的生杀大权,可她对他的生死毫不在乎。

茶终于端上来了。林珊的贴身侍女吓坏了,瑟瑟发抖。仆人们还没有腾出工夫来平复心中的恐惧,她也没有。她还在尝试理解和接受今晚看着刺客双手反绑、趴在卧房地板上时,心中腾起的那种怒火中烧的感觉。

林珊心想,这暴怒的确跟父亲有关。流放林廓的并不是那个刺客(当然不是),但他是那群坏人的共党,也是唯一一个她看得见、摸得着、打得到的成员——林珊打裂了他的脚骨。她感觉得到。

她还问能不能把这刺客阉掉。她想要阉掉他。

人心中竟装得下这么多愤怒,真是吓人。

挨到天亮,他就死了。那个阴冷的刑部官员这么跟她说的。到了早上,寇赈的夫人玉兰也会被逮捕。离开之前,那人还说,派遣刺客的是寇赈夫人,而非寇赈,这样的结果让他们很满意。流放林员外的是寇赈,但行刺林珊的不是。

林珊看着侍女倒茶。她弯腰时身段依然苗条,动作却少了往日的从容。丈夫喜欢这个侍女,因为她仪态优雅。齐威喜欢女子的内在气质,林珊身为他的妻子,自然也知道这一点。林珊自己算不得举手投足仪态万方,她所学的并非这些,她也不会宽慰别人。林珊知道,丈夫看中的是自己的睿智,他喜欢带着林珊出门远行,去寻找古代的文玩古董,搜集简册、刀剑、铜鼎、酒杯,可林珊不会安慰丈夫的心。

她也不会安慰自己。生来如此,她自己也无能为力。林珊是那种敢要求阉掉刺客、打断那人双脚的人。

这刺客要来杀她,并且奸污尸体。那些人想送她父亲到零洲岛,让他死在那儿。刺客的惨叫并没有让她心软。林珊心想,过会儿会难过吧。她让侍女退下,端起茶杯。以后脑子里也许会再次回响那几声惨叫吧。恐怕会的。

现在,父亲不用去零洲了。林珊收到一封信,向她确认了这件事情。这封信就在屋子对面的几案上。这封信还警告她,说今晚玉兰可能会派人到她家中，而且是不怀好意。信中表示会安排侍卫保护宅院，信中还说，官家圣心仁慈，已经亲自赦免员外郎林廓的流刑，不仅如此，还擢升了品秩。

这封信还代官家转达了他对齐夫人的书法造诣的赞赏。信中命她明天下午前往"艮岳"面见圣上。

官家要与她切磋书法和其他事情。

信里说，到时候会有殿前侍卫来接她。信里还建议她最好亲笔写几阕她自己填的词，作为献礼呈给官家。

这封信的落款是杭德金，奇台的太师。

官家想要见她，在他的花园里。林珊还要带上自己填的词。真难以置信。林珊心想，要是不能理解自己的禀赋，她又怎么可能理解这个世界？

林珊哭了起来。她不喜欢这样，不过眼下屋里四下无人，于是她决定放纵一回。已经是午夜时分。月亮已经西沉。秋夜的堂屋里点了三根蜡烛，四面摆满了古代的铜器，林珊喝了一口热气腾腾、来自泽川的香茶，看着眼泪掉进茶杯里。

林珊心想，这一幕倒可以入词。不知道今晚丈夫会在哪里——若是他已经到了新安的话。

不知道那刺客死了没有。

在巨大的痛苦中，孙实味一次次醒过来，又昏过去，这样一直持续整晚，一直到灰白的、北风萧瑟的清晨终于降临。他的确把他们想知道的都和盘托出。他们——也的确——不小心让他在审讯时死去。

这天上午，在孙实味死后没多久，天下起雨来。已经被罢官的少宰寇赈在京师的大宅门口，来了八名殿前禁军士兵。

这些士兵一现身，街上就围过来一小群百姓。这几名禁军神色紧张，怒气冲冲，在他们的喝令下，围观百姓纷纷往后退了退，但并没有完全散去。狗在人堆里钻来钻去，汪汪直叫，想要找点吃的。有两条狗扭打起来，结果被骂了一通，还挨了几脚，于是各自分开。

雨还在下。

门开了,四名禁军走了进去,没过多久又出来了。其中一人跟领队的说了几句话。围观百姓隔着老远都看得出来,领队的军官既恼火又害怕。人们看见他紧张兮兮地一拍大腿。

最后,他大声发出命令,声音在纤细的雨丝中听起来那么微弱。原先那四个禁军又进到门里。再出来时,其中两个人还抬着一具麻布裹着、像是尸体的东西。带队军官看起来还是很不高兴。一众禁军士兵就此离开,穿过泥泞的街道,竭尽全力走得齐整一些。

汉金百姓一向消息灵通。事情很快就传开了。这几个禁军是来抓捕少宰夫人玉兰的。她好像在头天晚上派了个刺客去宗亲宅里行刺。这件事情引起极大震动。只是还不清楚她为什么要这样做。那刺客被抓住了,并且在当夜的审讯中供出是受玉兰指使,然后就死了。

玉兰不愿被带走,于是在自己家中自尽。

考虑到当时的处境,自尽倒也可以理解。她原本或许指望能进南方的祖坟里。结果没有。尸体在宫外的空地里烧了,骨灰被丢进运河里。

卓门和圣道教都认为,这样做确有其必要性,就算因此造出一个恶鬼也在所不惜。不然的话,官府又该如何真正地惩罚(并且吓阻)罪该万死的恶人?就该让他们即便死了也难逃责罚。犯下如此罪行的人,死后就不该安息。

半个月后,沦为布衣的寇赈举家南迁。出发时,家中已经散了不少人。

有司相信他既没有参与,也没有企图参与她夫人的谋划。对他的量刑也不算过于严厉,只是责令他迁往大江以南。杉橦城郊外有众多蚕场,寇赈在其中有一处家产。他可以住过去。

寇赈丢了官,自然也没了薪俸。身居高位时的各种财路自然也断掉了。不过他已经掌权多年,积下的财产足以保证他即便在流放当中也可以过得舒坦。

南迁路上,他一直穿着丧服,头发不洗也不梳,独自一人吃点粗茶淡饭,有人还看见他独自垂泪。时值深秋,天气转凉,一家老小却在这个时候上路,一些朋友和门人想来见他一面,可是寇赈不论子女、侍妾,还是朋友、门人都一概不见。显然,发妻的死让他伤透了心。有人说,两人成婚这么久,他还这样难过,实在值得赞许;也有人说,他这样难过,不知节制,真是有失体面;还有人说,他把自己跟一个杀人犯联系得太紧了,有甚于他自己犯下的过失。

这天晚上,寇赈一家寄宿在一个距离大江五天路程的集市镇子上。深夜,寇赈的一个侧室——虽不是最年轻的,但还是风韵犹存——决定冒一次险。此前她已经深思熟虑很长时间了。

夜里冰凉,她从女眷住的厢房出来,摸着黑,浑身颤抖着穿过院子,来到男人睡觉的地方。她来到寇赈的房门口,深吸一口气,轻轻地敲了敲门,不等里面答应,就推门走进屋里。

屋里生着火,只有寇赈一个人。之前她看见火光,知道他还没睡。不过就算寇赈睡了,她也一样会进去。寇赈坐在桌边,穿一件带条纹的亵衣,在灯下写字。她不知道他在写什么,她也不在乎。寇赈转过身,吃了一惊。

她站得挺直,强迫自己不要施礼,说出事先演练过的这番话:"大人德行高尚,当今世上无人不知。能够侍奉大人,是妾等之福。眼见大人如此郁郁寡欢,实在让妾身难过。"

"让妾身",这两个字是最重要、最危险、最放肆的部分。这一点她知道,很快他也会明白。

寇赈搁下毛笔,站起来说:"唉,你刚才所说,德行高尚,好像并非我——"

"大人确有高尚之心。"

她故意打断寇赈的话。这是她偷学来的。她来寇家已经三年了。她擅长吹笛和弹奏琵琶,个子高挑,身段苗条,并且聪明过人。她皮肤光滑,并且颇以此为傲。

与此同时,她还野心勃勃。寇赈和他妻子——亡妻——在一起时,妻子就经常打断他的话。每当这时,他们都以为没人会看见。

"你……你这是好心才——"

"好心?"话刚出口,她就向前迈了两小步。这也是她偷看寇赈的妻子——亡妻——学来的。她记得自己当时还在想，这就像是跳舞，像两人之间的一场仪式。她发现，男女之间的事情，往往都是仪式。

寇赈抬起肩膀，整个人正面对着她，从桌旁走开。

"一山二虎，"她说，"这时容得下好心吗？"

"虎？"他说。

不过他的声音已经变了。她懂男人，懂这个男人。

她没再说话，只是迈着小碎步子，悄无声息地向他走去。她身上搽着香粉，这香粉是临出发前，她在汉金大宅里拿走的。香粉原本是他妻子——亡妻——的。这也是一个冒险，不过，要有所得，就必然要有所冒险。

她伸出双手，把他的头揽下来。

咬他下嘴唇的一角。用力。她从没这样做过，只是偷偷地看到过。

然后她的嘴唇挪到他的耳边，轻声说着她一路上反复思量、仔细编排出来的悄悄话。

她感觉到寇赈的回应，呼吸变得急促，男根硬起来，顶上她的身体。一切都如她所料，这份满足深深地撩拨起她的情欲。

这天夜里，她在书桌旁的椅子上服侍他，在地上、在床上服侍他，并且自己也体验到前所未有的真正的快感。在过去，她只是众多侍妾中的一个，整日担心自己失宠，虚度大好的青春年华。

第二天天亮时，这些担心都消失了。

来年春天，寇赈正式迎娶她进门。玉兰是罪犯，用不着为她服满丧期。寇赈的儿子虽然都心有不悦，不过也没说啥。儿子能说什么呢？

有人说，她被玉兰变成的怨鬼附身了。这个说法最开始只出现在寇家定居的村子里，随后越传越开。

冬天的时候，有两个女人说她闲话，被她用竹条抽了一顿。她还在一个颇有姿色、过于聪明的年轻侍妾脸上烙字，然后逐出家门。

她不在乎越来越多的人背着她，或是在茶余饭后，说她怨鬼上身。这些传言给了她另一种力量：她身上有个鬼，十分危险。这力量让她能够驾驭寇赈,也能够驾驭他们所有人。

她叫檀茗。她打定主意,要用尽一切手段,在自己还活着的时候就让每个人都明白,她是个举足轻重的人物。每天清早,她都会点一支蜡烛,为玉兰诵经,一天不落。寇大人觉得,她真是心地善良。

尽管在岛上已经生活多年,尽管今年的夏天也已然熬过去了,可每天早上,零洲的热气袭来,仍旧让他脑袋发蒙。北方来的人,永远也没办法在思想上为第二天的闷热做好准备。

北方是奇台帝国的发源地,不过他并不是北方人。他生在泽川。卢家原本也定居在湿热气候里:雨水,雷暴,山林里的树叶上滴滴答答地落下水珠,地上腾起的迷雾。这样的气候,他们心里有数。或者说,他觉得自己心里有数,那时他还没有上岛。

零洲岛完全是另一番天地。

这对卢马更难适应。卢琛的儿子生在地处海边的杉橦,卢琛当时正在杉橦出任知州。在诗人心里,那是一段最美好的时光。杉橦是一座精致的市镇,东靠大海,西临人间仙境的西湖。这片人工湖是卢琛的最爱:群山合抱的湖上,不论日夜,总是漂着画舫,漂着丝竹之声,靠近都城湖边还开着无数歌楼酒肆。湖北岸坐落着一些书院和道观,这些书院和道观有的是束脩和香火钱,建筑也都十分精致考究。飞檐斗拱,绿瓦红砖,晨钟暮鼓响起时,声音回荡在整个湖面上。

每到节庆日子,天上放着烟花,湖面上漂着水灯,画舫里的歌声乐声竟夜不停……

没有一个地方能让你提前适应零洲岛。在这里,你必须早早起床,竭尽所能地活动身体,之后热气袭来,整个人麻木昏沉,就只能躺在汗涔涔的床上打盹儿,借以打发掉整个白天。

父子俩照例在清早开始活动,像往常一样,又在假装攻打一个作恶多端的山寨。这时一个道士出了村头的道观,向他们跑来——真是跑来的!

这个人话都说不利索,显然有什么事让他吃惊不小。要是他所说是真的，父子二人的理解也没错的话，那观里好像出了件奇事。观里于是赶紧邀请这对父子过去看看。

村民们早就像往常一样过来看他们锻炼。这些人也跟着卢家父子和道士一起，向西穿过村子，沿路招呼其他人一块儿跟上，经过衙门口（官衙还没开门，这里从来没有什么急事需要有司赶紧处置），沿着小路前往道观。

村里难得有什么大事发生，称得上奇迹的更是闻所未闻。

林边道中雨，沾花湿且重。尤记延陵群芳怨，不与南边同。
怨鬼何远行？渡海自放流？零洲可堪埋枯骨，何必知来处？
雨密失繁星，不失故人情。谈笑晏晏人称羡，奇台旧时风。
忧心念旧友，把酒谑新朋。新朋启扉迓新客，鹊鸟枝头鸣。
声声钟入耳，杯杯酒不停。纵使去岁多病困，矣不枉此生。

这首诗是他在春天时题在道观的墙上的，现在突然自己又出现了。当初诗人用一支大笔，挥毫泼墨，一蹴而就。诗人即兴作诗久负盛名。这样写出来的诗能称得上佳作的并不多，不过能让人记起当时当地的情景，也算有其独特的价值。就像眼前这堵墙上的字一样。

当初道士们进了屋，看见诗人的题诗，都非常高兴。等到大诗人卢琛在零洲岛的道观留下墨宝的消息传出去，道士们便可以从中获益。

卢琛这样做，既为帮朋友，也为自得其乐。他的一生都与诗歌为伴：有时他会字斟句酌反复敲定，有时兴之所至信笔挥洒；有时他会醉酒高歌，有时向隅而泣也能入诗；他在晨雾中写诗，在月夜写诗，在无月之夜也写诗；他在朝堂上写诗，针砭时弊时写诗，谪迁去国时写诗，到最后，来到这里，还在写诗。

那天道士们盯着墙，盯着墙上的诗。他们握着他的手，向他一拜再拜表示感谢。有两个道士还哭了起来。于是诗人提议，大家饮酒来庆祝一下。他说自己馋酒了，这倒是实话。有个道士还跑出去，跑到村子另一头把卢马也叫来。

众人吃吃喝喝了一整晚。酒不是好酒,不过这并不重要。当晚父子俩就睡在道观里,睡在道观里一间客房的小床上。第二天早上又由众人簇拥着回到家里。

那天早上,他看见了茅屋房顶上的鬼。

后来,也没过多久,雨季到了,湿气和屋中漏下的雨水很快把墙上的字弄花了。上一次来道观时,那些字已经没了踪影。

如今他看见,墙上的字又回来了。

这首诗又回来了。

墙上的字,笔力雄健,生动清晰,仿佛诗人昨天才写到墙上。卢琛认得自己的字——他的字谁会不认得呢?谁也不曾进来、把他的题诗重新写过。谁也没办法模仿他的笔迹。

这墙上原本只剩下一团墨迹,如今却突然又清晰起来,笔法狂放,正是出自卢琛之手。有人说,卢琛的字堪比第九王朝的巨擘。

(卢琛自己倒没这么说过。)

四周一片沉静,人们既是迷惑,又是崇敬。卢琛站在这里,看着自己的手迹,听着道士们急急忙忙地小声念经诵咒,还有道士身后人们轻声赞叹。他与儿子四目相接,于是知道,有个属于另一个世界的东西,或者说是人,来过这里,眼下也正在这里。而这个奇迹,则是——他临死前收到的——一份厚礼。

不枉此生。他在诗中写道。

他心想,这是不是意味着自己快要死了?也许吧。

去年。他在诗里提到过。

山远水长,道路难行。官家的诏书花了好长时间才从汉金一路跋涉来到这里。这时已经是第二年春天了。官家准他离开零洲岛,回到他和弟弟共有的农庄去。

诏书上落着日期,于是人们知道,发出诏书和题壁诗重现道观,这两件事发生在同一天。

这时,已经有游客陆续来这里瞻仰诗人墨宝了。

他们可以赶在雨季到来之前离开。侍奉他们的姑娘央求父子二人带她一起走。三人到了一个叫孚周的镇子上,在这里等待雨季结束。孚周靠近岭南地区,周围是梯田,田里种着水稻。

入秋以后,他们走过九曲十八弯的山路,翻过南方的山岭,春节刚过,父子二人终于回到卢琛弟弟的家中。那是个宁静的冬季傍晚,月亮刚刚升起来。

滞留孚周那段时间,有天上午,同来的姑娘死了。

那天下午,卢琛又遇见一个鬼魂——他不敢认定她就是零洲岛上的那个,不过他觉着是,这感觉既惊悚又陌生。傍晚霞光漫天,他出门散步时还在野地里看见一只狐狸,那狐狸也回头望着他。

就因为这些,他一直都觉得,本来该死的是他,而不是那姑娘。司命原本向他射出一箭,而那些精灵鬼魂把箭拨开,使之射中了那位姑娘——神明射出的箭总要有个着落。

父子二人带着敬意将她好生安葬。卢马为此伤心不已。在他剩下的日子里,卢琛一直为那姑娘诵经祈祷,就像他为父母、亡妻、夭折的儿子,还有一个或许已经来到这里的鬼魂祈祷一样。

卢琛晚年所作的诗中,有一首他最喜欢。诗里描写一个女人的鬼魂,化成一只白鹭,迷失在山岭之中,远离家乡,不知归处。

至于另外一首,零洲岛上的题壁诗,再也没有消失过,一直在墙上,并且引来不少游客。它就留在那里,一直到第十二王朝覆灭,又经历了整个下一朝代,又经历了下一朝的终结。它经历过大雨倾盆,雷电交加,洪水泛滥,经历过种种灾难,直到有一天,一个月黑风高的冬夜,一个照看火盆的僧人打瞌睡,风吹起火苗,把庙烧了个精光。

岛上有间茅屋,人们说,很久以前,第十二朝最了不起的诗人卢琛,在他流放本地时曾经住过。那间茅屋的房顶和周围,再也没人见到过鬼魂。

第二部

第七章

涓涓溪流跋涉千里，日积月累，最终变成大江大河。山岭之间流淌的涓滴细水，或是底下涌出的一汪清泉，在穿过陆地、奔流入海的过程中，变成了一旦泛滥决堤就要淹没万顷农田，如奔雷般咆哮着冲过峡谷、跌落瀑布，东流到海不舍昼夜的滚滚浪涛。这样的图景，究竟是哪位诗人最先描绘出来的，已经无从知晓了。

同样地，千百条溪流汇聚成势不可当的一股大江，这也不是哪个诗人独具创意的灵感。作诗之难在于炼字——还有把诗写在纸上时用到的书法技艺。毕竟，诗词的主题就这么多，韵律也就这么多。

大江大河的源头往往真的毫不起眼。那些影响深远的大事件、大变迁，其源起通常也是这样，只有等到事后回过头来，人们才辨认得出，这些沧桑巨变的源头究竟在哪里。

还有一件事情，所有人——农夫、史官、诗人，甚至皇帝——都知道：回头看时，我们会看得比当初更真切。

草原上有个习俗，在各个部落向他们共同的盟主，也就是势力最强大的可汗，纳贡输诚的典礼上，所有可汗要亲自为盟主跳舞，以示臣服。这个习俗，谁也不知道最早什么时候出现。

跳舞是女人的活动，仆从、奴隶、妓女，花钱雇来的舞者才跳舞。除此之外，就是屈服于强者的男人当众跳舞，以示自己身份的卑微。

萧虏帝国第十四代皇帝德观，此人性情傲慢，而且十分危险，尤其是在他喝酒的时候。每到这时，他就喜欢杀人，自己不动手时就让别人代劳。

德观目不识丁，不过读书写字的工作自有手下文官来完成，而且在他看来，在草原上，皇帝就不该识字。作为萧虏帝国的皇帝，草原民的共主，他应当足够强悍，只有这样才能控制住马背上的勇士和他们的军事长官，才能震慑周边部落和民族，使之不敢犯边，才能迫使他们纳贡，才能让南边的奇台人，即便人口众多，也仍旧对萧虏心怀恐惧，并且每年都向北方捐输大量银帛。

奇台人把这些捐输称作"岁赠"，德观对此毫不在意。奇台人太把言语当回事，萧虏人可不这样。草原上的人优先考虑的是别的东西。

如今奇台人为两国皇帝冠以"兄弟"之名，而两年前，他们还说两个皇帝是"舅甥"关系。

这种改变是德观手下大臣的功劳。德观自己却并不太在意，尽管他也明白，跟奇台人打交道，在他们看重的领域里向其施压，逼着他们低头再低头，其实很有效果。于是，他现在成了小兄弟，每年春季做大哥的都会派出国使，给他送来岁赠。

不过他知道，全天下人都知道，他其实只是个武士头领，而奇台则是个被吓破胆的帝国，他每年接受的正是后者的纳贡。奇台的禁军连西北的祁里国都打不过。

德观心想，祁里算个屁！只要他愿意，随时都能捏碎他们。不过，他的大臣早就说服他，留着祁里国，放过他们那贫瘠荒凉的土地，让他们也向自己称臣纳贡，这样做其实更好。

当然，这也成了一个问题。祁里人为了苟延残喘，不得不同时向萧虏奇台两国纳贡，这让他们心怀怨恨。他们打定主意，要是岁贡再往上涨，他们就拒绝向两国中的弱者纳贡了。听到这个消息，德观笑了。后来他听说奇台军在厄里噶亚大败而归，于是又笑了。

死了七万人？真是草菅人命，这个数字如此之大，简直让人无从想象。萧虏帝国的骑兵加一块儿都没有七万人呢——不过萧虏骑兵很会打仗。如果你承担得起这么大规模部队的损失，说明你根本不在乎军队。这是德观的想法。

这场战争也榨干了祁里国力，这两个与萧虏接壤的帝国都因此变得虚弱。今年，两国终于归于和睦，边境上又开始互市了。不过德观不在乎，只要两国都向萧虏纳贡。

德观治下的人民过着艰苦的、风餐露宿的生活。萧虏人是草原和天空的子民。大风和干旱塑造了他们,也塑造了他们的羊群。在这里,人们如何看待你,凭的是你的实际行动,而非纸笔文章。奇台皇帝的实际行动,就是每年送他二十万两匹银帛。

谁才是真正的大哥?你可以嘲笑他们虚荣,也可以时不时地在酒后感到愤怒。

德观在自己南方的疆土上就统治着数目庞大的奇台人,那片土地在汉金被称作"十四故州"。德观的"大哥"文宗皇帝的朝廷就在汉金。据说,文宗皇帝喜欢让自己的女人给他喂食(有传言说,有时候喂食之前他还要让女人先嚼过),睡觉时还要让两个年轻女子为他唱歌,哄他入睡;睡着后还要留在身边,怕他夜里忽然惊醒。

时至今日,存在争议的十四故州仍旧在萧房帝国手里。有什么奇怪?萧房帝国的奇台人为他耕地、劳作并且纳税。这些人对他大有用处。要是有人想要作乱,那他就把骑兵派上用场。维持秩序,如有必要,大可以不择手段。

今年秋天,在骑马向东出行,去归降的部落举行年度典礼时,德观忽然想起来,要是认为当皇帝比当可汗地位更尊崇的话,那他自己也算是在咬文嚼字了。

有些人或许会这么说。他们错了。这不光是字眼不同。这个名号关乎如今萧房的本质。

可汗只能带领部落,随着季节变迁,赶着牛马羊群,在草原上逐水草而居,他们带着毡包,走到哪儿住在哪儿,跟狼群和饥饿作斗争,一辈子没有休息,直到死后,被族人留在草地上。

而帝国……帝国有市镇,有城墙,还有用来买卖的市场。如今萧房有五座都城,分别占据东西南北四方和中央。帝国有农田有粮仓还有税收,还有管理这一切的能吏。年景好时,萧房人光凭自己的田产基本上就能养活自己。而年景稍差时,他的官员就从奇台买进粮食稻米——用的是奇台人向他们进贡的白银!

帝国还有甘于接受统治的臣民。德观心想,这臣民就是这些部落,他们至今都把自己的头领称作可汗。

帝国有文吏有朝廷还有文官系统,有能用木头石头在地上垒起房子的工匠,他们知道如何让河流改道,如何开挖运河、灌溉农田。

而且如今萧虏还有了自己的文字系统，有了自己的书法艺术。没错，发明萧虏文的是个奇台人，不过他也是德观皇帝的臣子，在他的朝廷里做官。

皇帝要统治多个民族，而不仅仅是祖先留给他的、世代在草原上游荡的部落。

这会儿，三个附属部落的头领正在黑水江畔的集合地谒见德观。他们会进贡马匹、白银、琥珀和毛皮，有时候也会进贡黄金，至于女人，则是不可或缺。

德观更喜欢马和黄金。他的女人已经够多了，而马匹永远不嫌多。

如今德观已经在考虑要不要派个儿子出来走这趟路程。这一路要骑马走很远，秋天依然又干又热，还刮风，风一停，虫子又会嗡嗡嘤嘤让人心烦。不过他明白，让各个部落亲眼看到自己，此事至为重要——身为皇帝就是要以此显示权威。德观带了三千骑兵随扈。必须让各个部落都明白，他可以轻易带着大军出现在他们面前，而这就是他们向德观纳贡、对德观俯首称臣的原因。

这就是晚宴之后，部落首领要在火光中为德观跳舞的原因。

早在一千多年前的第三王朝，奇台就喜欢用数字"四"来归纳东西。奇台人喜欢规矩、排序还有对称，还喜欢由此引出各种辩论。

所以奇台有"四大美人"（最后一位是文芊贵妃，又是第九王朝）、"四大鏖战"、"四大叛乱"，金河上发生过"四大洪灾"，书法还有"四大名家"……

第十二王朝有的是又聪明又慵懒的进士。编排各种"四大"，有时候也算是一种消遣。要促狭需要有一点机灵——机灵正是睿智的反面。他们会列举"四大响嗝"，汉金城里最难喝的"四毒茶肆"，甚至傻乎乎地排出了"四大数字"。酒足之后，若是几位酒友又互相知根知底，有人还会排出"四大昏相"，不过只列出三个名字，最后一个……

这游戏可不好闹着玩儿。喝酒会误事，而"知根知底"又是个模棱两可的说法。最好还是不要贪杯，就算在所谓的朋友面前也要避免失言。别忘了，老太师和他的门生手下有的是探子，而且那些门生，年轻一代的官僚，行事比杭太师还要恶劣。

尽管难免会有一小撮刻薄之徒对此大加嘲讽，但这项传统并不会因此消失。靠编排"四大"来恶作剧，恰恰体现了这种形式的深入人心。于是，很多年以后，在经历过这么多翻天覆地的大变故之后，一个广为人知的"四大"，就是所谓的"四大误国之策"。

这四大误国之策有许多个版本，其中一项却在每一种编排中都出现了。这就是那年秋夜，萧虏帝国的第十四代皇帝在臣服于他的部族当中做出的一个决定。

这个"误国之策"竟出现在奇台人编排出的"四大"里，确实引人注意：萧虏人都是些番子，这一决定所针对的则是另外的部落，而在当时，这个部落奇台人连听都没听说过。

万事万物都有其蒙昧不明的一面，时局的变幻有时快得超乎想象——这一回就是这样。

装奶酒的酒缸和一时都不得空的酒杯还留在席间，食物和碗则已经由指派来当侍者的男人撤走了。这些男人都是三个前来纳贡的部落的人。通常做这些事情的人都是奴隶，不然就是女人先撤走饭菜，然后就在帐篷里面，或者是外面秋夜的草丛中，用另一种方式服侍众人。不过在今晚这样的聚会里，一切事情都有其深意。这里除了送给萧虏皇帝的外，再无其他女人。

也没有萨满在场。萨满都是危险人物。皇帝的食物由他自己的人单独准备，并且要让一个太监事先尝过。任用太监，这是从奇台宫廷里学来的。那些南方人也不是只会干蠢事。有些阉人脑子聪明，挺有用。另一些嘛……就让他替自己尝菜试毒吧。

这些人不用养家，所以只会忠心事主。对德观来说，这样非常好。人很容易因为养家糊口、野心勃勃的妻子而误入歧途。草原上，这样的故事说也说不完。

太阳落山的时候，火把就已经准备好了，这会儿已经在毡包前的空地上点着了。这些活儿全都由三个纳贡的部落完成：喀申、叶尼，还有阿尔泰。

他们照规矩，赶在德观之前来到黑水江边，恭迎皇帝圣驾。他们是皇帝的臣下，他们向皇帝纳贡，他们为皇帝跳舞。

德观很快就会回去，随身带走他的三千武士、新的马匹、大量贡品，还有东方部落的再次宣誓效忠。想到这一切，德观心想，要让心情好起来终归不难。

喀申部落的可汗名字叫徘雅。这人身高体壮，喝奶酒的本事却不行。他已经喝醉了，真是可笑。身为首领必须善饮，要通过跟手下骑兵一起喝酒，来获取他们的尊敬。徘雅摇摇晃晃地站起身来。他向德观举起酒杯，然后一饮而尽。他把酒杯扔进众人围成的圆圈中央的火堆里。

然后他在皇帝面前，围着火堆跳起舞来。火星飞溅，火把冒着黑烟，被风卷起，遮住了头顶的星星，忽明忽暗。对于一个醉汉来说，徘雅跳得还不错。德观心想，也许这正是因为他喝醉了。当着另一个男人的面，当着自己族人的面，一个眼神凶恶、头脑清醒、内心高傲的人是没办法像这样跳舞的。

德观看着这个身材高大、脚步踉跄的喀申头领围着火堆转圈，看着火星一个又一个飘到他的衣服上。他喝完酒，举起杯子。一个高个子太监赶紧把杯子满上。他又喝了一杯，仍然在想一个念头。

徘雅跳完了。跳得够久，也没有表现出怨愤的情绪（尽管就算有半点男子气，徘雅也应该感到愤怒）。他伸出一只手，掌心冲外，向德观致敬。草原上的部落从不弯腰。萧虏人只见过奇台国使弯腰作揖。

在秋日的群星之下，轮到叶尼部的可汗站起来了。这个年轻人是新任可汗。德观的父亲在位时，叶尼部非常不安分。后来大军压境，叶尼部才算老实。德观仔细观察这个年轻的可汗，发现他（名字忘记了，不过这不重要）比喀申部的徘雅清醒一些。

不过，他还是跳起舞来。从火堆上方跳来跳去，蹿得很高，双手挥舞，脚后跟往后蹬。有人大笑起来，还有人在叫好。德观自己也露出笑容。好叫这个部落首领在为皇帝跳舞中找到骄傲。这个人长得挺好看。叶尼部的人都很英俊。德观心想，不知道他们送来的女人什么样。这种念头还是第一次出现。

他又一次高高跃起，跳过火堆，这一次一条腿在前，一条腿伸展在后。他是不是过于浮夸了？是在显示叶尼部的实力吗？德观不笑了。他喝了口酒，朝他的亲信，坐在他左边（心脏所在的那一边）的宰相看去。

尧康小声说："草原的主人，这是他第一次跳舞。他在向另外两位可汗展示自己。别忘了，去年这人的额祈葛①。死去时，阿尔泰人曾经对叶尼部有所不轨。两部还打过仗。"

阿尔泰部从叶尼部手中抢走几片牧场，还控制了两部的界河，将两部边界推移到河对岸去。明天早上，德观皇帝就要处理这件事。这也是他来这里的原因之一。

"这个人，"皇帝问道，"他叫什么？"

"敖庞。他的额祈葛是——"

"我知道他的额祈葛是谁。"

突然间，德观又不高兴了。他的目光从舞者身上转到阿尔泰人坐着的地方。阿尔泰人盘腿坐在地上，上身赤裸，头发剃成他们至今都很偏爱的髡发样式——前额和头顶的头发剃掉，两侧和后面的头发留得很长，并且从来不绑起来。德观恶狠狠地想，比萧房女人的头发还长。

阿尔泰人来自东北，那里靠近勾丽半岛，是天下至苦至寒之地。一到冬天，冰天雪地，伸手不见五指的夜里，猛兽就在屋外的雪地里来回逡巡（据说是这样）。而在夏天，河流干涸，蚊虫苍蝇遮天蔽日，咬死牲口，逼得人发狂。

难怪这些阿尔泰人想要南迁。没准儿还想往西呢。萧房皇帝一边小口抿着马奶酒，一边心想。

阿尔泰部人口不多，那里生活条件如此严酷，能活下来的人不可能太多。德观心想，阿尔泰人这一点倒是不赖。人丁少，还有毛皮和琥珀，这几样都不赖。在德观看来，阿尔泰女人太丑了，又矮又胖。他们的男人马上功夫一流，而不论男女，都长着凶巴巴的黑色小眼睛。

---

①父亲之意。

敖庞最后一蹿，终于跳完了。德观看他落地时略显踉跄，于是微微一笑。敖庞转身，向皇帝举起一只手。德观则带着全部的善意向他回礼。前一个可汗可没有受到这等礼遇。给这个年轻人一点小恩惠，让他一直跳下去。

德观处在负面情绪当中。有时候他就是这样。也许是喝了马奶酒的缘故。他又看向对面的阿尔泰人。他们的可汗叫颜颇，已经在位很久了。这是个虎背熊腰、满身伤痕的汉子，比德观岁数还大。胳膊上和胸前长着黑色的体毛，就像野兽身上的皮毛。阿尔泰人仍然依照古老的习俗崇拜动物，能在族群当中找到图腾的鬼魂。他们的萨满就通过这些鬼魂施展法术。

他们来的地方，森林里有老虎。据说那里有全天下最大的老虎。有人说，那里老虎在夜里的啸声能让人浑身无力，连站都站不稳。哪怕是最勇敢的武士也会瘫倒在地，双眼紧闭、浑身发抖，只等老虎把死亡带给他。

皇帝正处在他所谓的黑色情绪当中，他眼睛看着的并非阿尔泰部的颜颇。黑色的情绪，黑色的阿尔泰。皇帝心想。他干了杯中的马奶酒，把杯子放在身旁地上，伸手一指，说："朕要让那个人给朕跳舞。"

皇帝笑了。看到这样的笑容，皇帝身边的人绝不会错以为皇帝心情大好。"朕的伴当和臣子颜颇年事已高，今晚朕就开恩，他可以不用跳。找个年轻人来跳，让他们的都统来，就像今春在战场上一样，胜过叶尼部的可汗。"

原本在火把围成的圈子里，众人喝过了马奶酒，就在高天和群星之下有说有笑。现在一下子都没了声音。只一瞬间，所有人都一动不动。就连斟马奶酒的人都站住了。四下里静得连火堆燃烧的噼啪声都听得见，连野地里的马鸣声都听得清。

在篝火的另一头，阿尔泰部的都统直直地盯着皇帝。他嘴唇都不动一下地轻轻说道："我拒绝。"

挨着他坐在左边的弟弟也直视前方，说："他会杀了你。"

"让他杀吧，我拒绝。"

"完颜——"

"我不跳。替我报仇。"

坐在他另一边的人动了一动,阿尔泰的可汗费力地站起来,开口说道:"统御萧房万民的陛下,我还是阿尔泰的可汗呢,这个舞该着我来跳。"

"不要!"可汗身边的都统一下子抬起眼睛朝上看去,惊叫道。

可汗厉声道:"一会儿跟你算账。"颜颇一头白发虽然已经稀疏,却仍旧很长,泛着身旁火把的光。他左手少了两根手指,身上有一道伤疤,从脖子一边斜着划过胸前一直延伸到另一边的腰胯上。

在空地和火堆的对面,只见皇帝摇了摇头,说:"朕让都统来跳,阿尔泰部的可汗。袭击叶尼部的是他。"

颜颇说:"阿尔泰部事无巨细都是我说了算。"他的声音不大,却十分清楚。

"真的?那今春在河边指挥作战的是你吗,可汗?"

颜颇不说话了。谁都知道,那天颜颇并不在河边。

皇帝继续说:"没有可汗指示就去打仗,阿尔泰部上一次如此行事是什么时候?如今朕的朝廷里养着史官,他们肯定想知道。他们会写字。"语气恶毒,像抽鞭子。

颜颇不安地动了一下,执拗地坚持说:"我来跳舞,这是我的任务……我的职责。"

"坐下!"萧房皇帝说道,这是一道命令,"让谁跳舞朕说了算。御帐亲军,要是阿尔泰部的都统不起来,就射死他左边那三个人。"

那三个人其中之一就是他弟弟。

"我才是可汗!"颜颇大喊。

"而朕是皇帝!"德观说。

他看着对面的都统,后者就在站着的阿尔泰可汗身边。"要么你跳,要么朕杀三个人,再让你的可汗跳。反正不管怎样,我都不会满意。"

皇帝的御帐亲军抽出弓来,但并没有搭箭。这些是草原上的骑兵,弯弓搭箭只在电光火石之间。

完颜站了起来。

他身量不高,样子精瘦,肌肉结实,脸上就像戴了个面具。人群中有人叹了口气。

"能代替我家可汗在今夜跳舞，是我的荣幸。"阿尔泰的完颜如此回答。

跟着，他开始跳舞了。

他跳的舞跟其他人都不一样，也不是该在纳贡的聚会上出现的舞。完颜跳的是战舞。这场战斗发生在火堆周围，在火堆之上，在河边的草地上，在星空下围聚成一圈的骑手们中间。

他像叶尼部可汗一样跃过火堆，仿佛那是战场上的一道壕沟。他跃过火堆，落地时面冲着皇帝，两腿分得大开，稳住身形，旁边的人可以一眼看出这是一个骑兵，手里挥舞着剑，或是弓。他身后和四周火把映在他身上的火光，随着他的动作忽明忽暗，让他整个人在观众的注视下时隐时现。

他又围着火堆转圈，面对着他自己的部落，把后背露给了皇帝。现在他的动作像是战士们在佯装撤退：步子很快，用来吸引敌人冒进追击。紧跟着，他又从火堆的另一头高高跃起，但这一回来了一个前空翻，膝盖收拢，仿佛一个技艺高超的骑手在马背上带马跃过墙头。

他再一次落到萧虏人那一边，那边的弓手一直握着弓。他身后是火星飞扬的篝火，皇帝就在他身前六步之外。

在明暗交错的火光中，阿尔泰的都统看着德观，那眼神无论如何都算不上恭顺。

他绕着火堆向后转，打着旋子，时而屈身时而高高跃起，靠近火把、又从火把跟前掠过，扬起的右手又让人不由得以为那手中握着兵刃。这仍然是战场厮杀的动作，不是舞蹈。他向前一扑，膝盖点地，团身一滚，跟着起身，继续运动。

现在轮到德观皇帝眼睛直盯着前方了。他异常平静地说："告诉弓手，等他跳完舞，杀了他。"

德观童年的伴当，如今的心腹，与皇帝同族的尧康同样静静地说："陛下不可。他在跳舞，阿尔泰人已经照我们说的做了。"

萧虏帝国的皇帝说："这不是跳舞。"

"这就是！陛下，这人年纪尚年轻，他的傲气和本领都可为我所用。陛下别忘了，东边半岛上的勾丽人早已蠢蠢欲动。臣向陛下阐明过，明年春天他们就有可能西迁，而阿尔泰人则是我们抵御他们的第一道屏障。"

"阿尔泰人也许是道屏障，但这个人不是。"德观皇帝说，"你看那人的眼神。"

"眼神？陛下，这可是晚上啊。这里点着火把，所有人都喝了酒。您还要求他们俯首称臣。若是还想让这些部族为我们所用，那咱们就得留他们一点尊严。我们需要这些部族的力量。"

"朕想要这人死。"

"那我们就要在这里开战了，这对谁都没好处。"

"他死了，对朕有好处。"

"陛下，表兄……求你了。"

完颜还在火堆的另一边，还在跳舞，还在打旋子。他挨着叶尼部的首领，两个部落今春发生过冲突。明早需要对此事做个了断。

萧房皇帝看看左边的表弟，他的伴当①。"这就是你的建议？饶了他？"

"正是。陛下起身向各个部族致谢时，只要看着他的可汗。他坐下时都不需要看他。就当作这只是年轻人在假装打仗，您也只是觉着有趣罢了。"

"他可没那么年轻。"

"没关系。勾丽人敢来，他会为我们作战的。"

皇帝沉默了一阵子，说："那明天要替叶尼部说话吗？"

"当然，"皇帝的表弟说，"何况，这样正好让阿尔泰人明白，到底是谁大权在握，让他们不敢放肆。"他笑了："我下午已经见过叶尼部的女人了。若陛下恩准，我已经为陛下挑了两个。她们会为陛下解除一切烦扰。"

舞跳完了。皇帝移开目光，看着那个阿尔泰人。没有人鼓掌，也没有人笑。几个部落的人都在等待，等他裁夺。

"跳得好，"德观皇帝说，"朕都要为之神夺。"

---

①旧时指跟随着做伴的仆人或伙伴。

128

这番话飘荡在秋日的草原上，飘荡在高天上的星河之下。

他端起酒杯，站起身，称赞今晚献给他的几支舞蹈。

皇帝的宰相看着，听着，长长地舒了口气，为自己平息圣怒，避免一场刀兵相向而感到高兴。今晚若是动起手来，必定要杀掉阿尔泰可汗和他的所有人马，削弱整个部落，改变东方的势力平衡。

他心想，参加这场游戏的，有帝国和归顺帝国的部落，也有西方、南方和遥远东方的敌人，必须有人以更开阔的视野来俯瞰全局才行。总得有人劝得住怒气冲天、行事冲动又——似乎——缺少主见的皇帝，给皇帝提供治国之策才行。他颇有些自怜地想到，自己身在其位，肩上的负担真是沉重啊。

部落称臣纳贡的聚会上，除掉阿尔泰部的都统？尧康轻轻地摇了摇头。他想，要想理解何为帝国，我们萧房人还有很长的路要走啊。而他则要为此竭尽所能。一边想，尧康一边（很克制地）喝了一口酒。

这之后没过多久——以这类事件的标准来看确实不算久——在一个仲夏时节的正午，尧康就和他的皇帝表哥被人埋在干燥的草地里，只露出脖子和脑袋。

人们会把加了糖的血泼在他俩的脑袋上，还强迫两人张开嘴，把血灌进他们嘴里。他们的胳膊被捆起来，埋进土里，这样两人就都动弹不得，只能来回晃晃脑袋、嘶声尖叫了。附近有火蚁冢，当然还有嘶叫，好让火蚁爬进嘴里。

阿尔泰的首领们，包括他们的都统和他们的兄弟们，会像今天一样围坐成一圈——只不过那天是在太阳底下——看着这两个萧房人被啃个干净，变成一堆白骨。这并没花多少时间。

捷报也很快就传开了。

之后过了很久，奇台的诗人和聪明人会编排出"四大误国之策"。

百川东去，蜿蜒千里，奔腾澎湃，浪涌如山，最终汇入浩瀚无边的大海。而即便是最宽广的河流，也有个细小的源头，在月夜里静静地流淌。

第八章

　　冬天快过去了。在寒风呼啸的冬季里，出了两件事，让任待燕发生了一些改变。

　　在水泊寨里，他们有吃又有住，尽管这些事情也让他们很是费心。强盗们躲在迷宫般的运河网和水道后面，躲在山寨的木屋和营房里，这个冬天过得比大多数奇台人都舒服多了。

　　官军早就不愿冒险进入水泊寨里那危机重重的水道了。最近上峰命他们清剿匪患，于是他们进攻两次，结果都吃了败仗，要么被打退，要么在错综复杂的水道和沼泽中绝望地寻不到来路。官军折损了不少人马，其中不少人淹死了，之后剩下的人就撤退了。两次进攻之后，官军再也没来过。

　　大江沿岸的天气慢慢转暖，眼看着就要入春了。大江在这里的河面非常宽广，大雾天里根本看不到江对岸。这个时节，又开始听见鸟叫了，大雁排成人字飞回北方。水泊寨上又出现白鹤翔集的身影。繁衍交配的季节到了。这里还有狐狸。

　　任待燕喜欢白鹤。不过白鹤总是引得他心中怅然。在诗歌里，在酒具和茶杯上，都可以经常看到白鹤这个意象。白鹤代表着忠贞。任待燕当年学过这些。如今想来，恍若隔世。

　　不管是和众位兄弟一起，还是独自一人，他总是注视着这一切，想在水泊寨那一望无垠的天水之间找到一片静谧的空间。在山上待了这么多年，如今他已经成了山寨头领，尽管作为头领他还是太年轻了。任待燕射箭本事比所有人都强。弟兄们做过比试，谁都赢不过他。

　　任待燕的剑法也很厉害，尽管不是最强，但也算个中翘楚。水泊寨里也搞过比试。在刀剑的比试上，倘若反应快慢不相上下，对战双方的块头大小就成了决定因素。山上比任待燕块头大的人有的是。有个人还会些秘道的功夫。那人说这是传下来的瞰林武术。有关瞰林，如今只剩下传说了。

任待燕想让这人教教他，可是对方脾气太差，不好相处，何况一招鲜吃遍天，他可不想把这独门功夫外传——这样想倒也没错。

任待燕提出，作为交换他可以教那人射箭。不过那人压根儿看不起弓箭。他说，弓箭是番子用的武器。很多人都持这一观点。而任待燕只能说："能杀人就行。"

大家都知道任待燕喜欢一个人待着。他还看书，只要是书，来者不拒。水泊寨里潮气重，书籍难以久存。有时候他还会用笔记下所思所感，然后要么丢进水里，要么烧掉。

只要能打仗，善谋划，弄得到钱，召得来人，能从附近村子弄来药和吃食，要杀人时手脚干净利落，就算人稍微怪一点儿也没什么。任待燕很会逗人发笑，别人吵架他也总能把话题岔开，山寨里住满了男人，这两手都有大用处。他蓄了一脸胡子，好让自己显得老成些，有时候四处游逛也不戴帽子，而是直接披件带兜帽的斗篷。

他心里存着事，这些心事让他情绪阴郁，让他每每到黄昏时候就要到外面走走，就算冬天里下雨也不例外。

西北大漠的大灾难——那场漫长战争的终结，厄里噶亚围城战的后果——随着时间的推移，人们对此事的真相有了越来越多的了解。

直到今天，这些故事还是会让人心绪不宁。禁军的其他部队，不管驻泊在哪里，都因为这场大撤退而感到寝食难安。那些苟活下来的军官，大部分都被处决了。而统领大军的太监邬童却毫发未损。他在朝中有朋友，这就是朝廷里的政治。

任待燕真想手刃这个家伙。

他还想：军队需要的是将领，而不光是当兵打仗的人；军队还需要真正的敌人，这敌人毫无疑问（毫无疑问）就是萧虏！此外，军队真正的目标，最深沉的渴望，仍旧是十四故州。十四州遭番邦窃据久矣，而奇台人呢，至今都还要向北方人纳贡。

任待燕从小就痛恨那些割地求和的往事。那时候的他睡觉时都会梦见自己挥舞刀剑，扭转乾坤。如今，尽管从山路那次意外至今，他自己的生活有了天翻地覆的变化，故州沦丧、向番邦低头这件事情上却毫无改变。

任待燕并没有沉浸在这些回忆里。这些回忆不算愉快。他又想起别的事情。

他想：朝廷为什么要首先出兵讨伐祁里？在他看来，祁里根本无关大局。这件事情从来也没有人能给他个解释。任待燕所处的环境里，不大容易听到多少关于国事的真知灼见。总不可能跑到县里，路过衙门，就进去就着点心，喝着香茶，跟县丞大人谈天说地吧。

一想到这些，一想到自己多么与世隔绝，任待燕就会感到一阵焦躁。有时候，他会带上三四个新上山的兄弟清早出发，沿着大江这边的河岸一路走，一边打猎，一边收集消息，顺便教他们如何在野地里悄无声息地行动。路过那些确知安全的村子时，他时不时地也会请他们去酒肆喝酒狎妓。然后他们又返回水泊寨。

如今冬去春来，万物复苏，这一回，他不想再当先生了。他向其他头领打过招呼，一大早就离开山寨。他经常这样出去，打听到有用的消息再回来。山寨里不仅允许这样做，而且十分鼓励。谁都知道，任待燕跟别人不大一样。

赵子骥跟他一块儿行动。几乎每次行动，赵子骥都会同往。

他们先向东，穿过一片田地。田野里已经有了绿意，还有花苞。最近下了两场春雨，好兆头。春雨贵如油，的确如此。两人在林子里睡觉，只有一个晚上是在渡口过夜的。渡口的船家要载他们过河。这个船家可以放心，这人既恨官府收税的差人，也痛恨搞"花石纲"的那些人。

摆渡的是个老人家。他说自己在这里划船，有三十个年头了。本来该着他儿子来接着划船，可是八年前被拉去当兵打仗，就死在外面了。

这几年山上弟兄给了船家不少好处，这一回渡这两人过河，船家本不想收钱。不过山贼们，尤其是任待燕的手下，希望那些可能用得着的人既信任他们又怕他们。任待燕跟往常一样坚持要付钱。不论是靠渡船过日子的老人家，还是水泊寨里的好汉，两方都有自己的骄傲。

水泊寨里共有六百来号人，在这一带是数一数二的大寨子。其中一百人归任待燕统领。

任待燕虽然还年轻,但是很清楚自己的本事。这里是大江中游,寻找值得下手的往来商贩,设伏打劫,抢劫搬运"花石纲"的队伍,任待燕比谁都厉害,对于抢"花石纲",任待燕尤其上心。去年秋天,有一回抢劫,他用箭射死六个人,没有一箭射空。

任待燕让船家安排他俩住宿,给他们准备酒食。老人跟他们讲了自己冬天里听到的消息,其中有一些有用的新消息。人们往来于河面上,彼此交谈,掌舵的船家要从旁偷听并非难事。

晚上睡觉时,老船夫打呼噜,这间靠着河边的茅屋很小,鼾声越来越大,赵子骥踢了他几脚,让他侧过身去。

第二天一大早,众人在细雨中渡过大江。头顶传来鸿雁的叫声,只是在雨中看不见踪影。这是个沉静的时刻,江面如此宽广,众人一直到渡过半程之后,才依稀可见大江北岸,仿佛那是从另一个世界,要不就是从梦里探出身来。

大江北岸,距离河边不远的地方,有个叫春雨的县城。在那里,好汉们既可以弄到吃的,也能打探到消息。城西有个不大的兵营,不过就算这里驻有官兵(武备松弛,通常还十分胆怯),对有司的官员来说,春雨仍旧不能算是个好地方。

因为伐祁战争,百姓税负又加重了,而大江沿岸负责"花石纲"的官员还要颐指气使地要求百姓服徭役。沿岸百姓对这些朝廷大员都怀着深深的敌意。

春雨算不上法外之地。上面通常会指定几位长老来治理本地,还会征募农民组成乡兵,以补充本地乡兵之不足。实际上,这里每年春秋两季还收得上税。不然的话,打点本地事务的长老要遭到责打,没准儿还更糟。县里不设衙门,城北的县尉和县太爷宁愿让春雨县自己把自己管好。

这里离水泊寨很远,弟兄们也很少来这里,所以任待燕并不担心会被人认出来。告发山贼能领到赏钱,家里孩子都吃不饱,就算报官领赏也没法怪罪他们。在任待燕看来,应当自己小心,别给自己和当地人惹麻烦。

这就是他晚些时候怪罪自己的原因。

这天晚些时候，雨过天晴，任待燕来到春雨县外面。兜帽太打眼了，所以他没戴兜帽，而是戴了一顶草帽。种田的、出苦力的都戴这种帽子。任待燕的弓箭，以及他和赵子骥两人的剑，都藏在树林子里。有一回，两人也是这么藏家什，结果被人偷走了。他们循着踪迹追上窃贼，把他们都杀掉了。

两人随身只带着刀子。等到天快擦黑，两人混在披星戴月、从地里赶回家的人群里进了城。城中集市附近有一家客栈，两人直接去了那里。

掌柜的自己年轻时也当过强盗。后来不干这无本买卖了，就来到春雨县落脚。这种事情并不少见。总有人想要换个活法。任待燕知道这些人很可靠。

客栈大堂里点着灯，生着两个炉子，空气中弥漫着炒菜的香气和力夫身上的汗味儿，人声鼎沸，十分拥挤。这样温暖的市井气息绝非山寨所能拥有。这里还有女人伺候客官。

掌柜的让一个姑娘招呼他们落座点菜，过了一会儿，他自己溜溜达达从两人身旁走过，把一封信丢在饭桌上。这封信脏乎乎皱巴巴，上面写明是给任待燕的。

任待燕对着信看了老长一段时间，赵子骥则看着他。

他干了杯中酒，重新满上，又一口干掉。这字他认得。当然认得。

待燕吾儿如晤：

前县丞大人王黻银如今已高升荆仙府提点刑狱公事。大人拨冗致书，告知我儿安好，偶尔在名叫"春雨"的小城出现。为父依大人所言，才向这家客栈投书。大人在信中提到，他至今感激你舍命搭救之恩，这让老父与有荣焉。

你母亲身体一向健朗，你哥哥如今当了捕快，和我同在衙门里办公。这全赖王大人离任前好心促成。为父也一切安好，全赖祖宗保佑。

来信只想告诉你这些，至于你当初所做的选择，为父无意评判。在我看来，这一切似乎冥冥之中早有定数。

只盼这封信不误洪乔，盼儿回复，也让家中二老心安。为父至今相信，我儿少习门风，今后遇事定当好自为之。

但愿我儿安好，元旦回家，莫叫你娘挂念。

父任渊手白

离家这么多年，任待燕从没想过这些，他总是避免去想这些。不过他觉得，或许自己是希望父亲——他平生最为敬仰的人——权当自己的小儿子在救下县丞一行人当天死了吧。

若是这样，一切都会好过些。

这封信真让人难受。

无意评判。父亲一向不对人妄作评判，可是，"不做评判"里包含着太多的客套和克制。在这个春夜里，任待燕坐在大江岸边的客栈里，脑海中浮现出父亲的模样。大部分时间里，他都尽量不去想他。

父亲为人正直，高尚，无论是对列祖列宗，对家族，还是对国家，都尽到自己的职责——可他儿子却是水泊寨里的贼寇。这就是说，他儿子要拦路抢劫，没准儿还要杀人。他的确杀过人。

但愿我儿安好，莫叫你娘挂念。

那晚明月东升，他喝了很多酒。喝多了酒，耽于回忆，满心愁苦，这样往往会误事。

他嫌客栈的姑娘不够好，非要离开这里去歌楼，赵子骥怎么拦都拦不住。歌楼可不是个好去处：那里可能有带着保镖的商人，有兵营里的军官，或者是路过此地、不知去哪里上任的朝廷命官。

任待燕之前把一个漂亮姑娘带回房里，对她十分粗暴——今晚可没有柔情蜜意。不过那姑娘并没有抱怨：她们知道不可以有怨言。何况他还是个仪表堂堂的年轻人。他的愠怒和残忍，在姑娘看来不过是清风拂面。在他们那一行里，他算得上是个大人物。

因为，姑娘知道他是谁。

"真是过意不去，"任待燕喃喃说，"我可真蠢。"

"你今晚是蠢。"赵子骥静静地说。他的脑子还很清楚，还觉得很可笑。在一个陌生的小县城里逃命是再好不过的醒酒良方。已是午夜时分，空气清冷，月光太亮了。两人靠着墙，蹲在一条小巷子里，不让月亮照到自己。任待燕的斗篷丢在卧房里。时间仓促，只够他匆忙穿上衣裤，赤脚套上鞋子，连头发也来不及绾起来，帽子也没戴。

"得把那姑娘除掉。"他说。

"这好办，跟客栈的兄弟说句话就行了。不过不是现在。"

必须要除掉她，以此警告那些胆敢出卖山贼的人。不过今晚要想动手先得要找到她，在这会儿绝非易事——她已经告诉官军，说有个来自水泊寨的强盗头目就在春雨县城里。

眼下还有更紧要的问题亟待解决。

任待燕心想，要是他先就给过她很多赏钱，对她好一点，事情会怎样呢？他可以让她为自己吹奏笛子，然后称赞她吹得好，说她生得这么可爱，应该去荆仙，去杉橦，要不就干脆去汉金。

要是这样，她还会为了赏钱去告发自己吗？

世间事，不管你做了什么，还是没做成什么，一件事总能引出另一件事。任待燕坚信这一点。这其中，命运——还有机遇——或许也起些作用，但是人要如何抉择，这才是至关重要。

对其他人也是至关重要。今晚险些丢命的不光是他，他还差点儿害死赵子骥。他们也许会毫无意义地死在一个无关紧要的小县城里，所有的宏图大志，还没开始就一死了之。

想到这里，任待燕感到怒火中烧。从孩提时起，他还是"小待子"的时候，愤怒总能给他帮助。他想起父亲的来信，折起来就装在裤兜里。

"官兵有多少人？"他悄声问道。

两人刚才是翻窗户逃出来的。纵身一跃，跳进巷子里，这种事情时有发生。回头倒可以花些时间，好好想想这经常跳窗逃命的人生。早些时候，那姑娘留任待燕一个人在屋里睡觉，自己离了房间。

而赵子骥还没睡觉,一直在楼下,一边听着曲子,一边小心翼翼地喝着酒。他看见跟任待燕一起上楼的姑娘走到楼下,出门去了。太快了点儿。赵子骥想。

过了一会儿,他也信步走到门外,来到街上,站在灯光照不到的地方,听见巡铺官兵走路说话声越来越近。

赵子骥说:"在二十人上下。"

任待燕喘着气,骂了一句。这两个人可不是传说中来去无踪的江洋大盗。他们身上就两把刀,随身带来的家伙都藏在城东的树林里。要是手里有弓……

任待燕说:"他们以为就我一个人。"

"咱俩可是一块儿进客栈的。别废话,我不走。"

这个赵子骥……他总能猜中任待燕的心事,有时候猜得太快了。

"可比二十人要多。"又有人说话了。

这两条好汉一下子站起来,随时准备着,要么逃跑,要么拼命。不过他们也听出来,那是个小男孩的声音。

这个小男孩从巷子对面的一道门边走到月亮地里。之前他也躲在暗处,而且出奇地安静。两个大人平素都十分警觉,居然没有发现他。

任待燕打量着他。个子不高,衣服破烂,打着赤脚,看起来不到十岁。这么大的孩子,他们也杀过,一两回,皆非故意。

任待燕清了清喉咙,低声问:"多多少?"赵子骥则去察看整条街的环境。今晚近于满月,之前的阴云细雨如今都散了,月光太亮了。

"两百吧。"男孩也悄声说道。

"啥?"

"我姐说,今晚城里进了官兵。他们要往西去,路过这里,就在这儿停下了。我听见有人去找他们了。"

"当时你在干啥?"

男孩耸耸肩。

"官兵会截住出城道路的。"赵子骥低声道。

"我猜也是,"男孩说,"被抓到的话,你们会死吗?"

一下子,大家都没说话,都在听。北边不知什么地方传来叫喊声,跟着又戛然而止,似乎是被命令噤声。
"会。"任待燕说。
"你们是山贼?"
任待燕一阵迟疑,说:"是。"
"你们是好汉?"
任待燕可没想到有这一问。他又停顿一下,说:"还不算。"
赵子骥弄出一声怪响,跟着说:"你最好赶紧回家。刀剑无眼。"
"我能救你们。"男孩说。
两个大人彼此对视一眼。
任待燕回答:"你救不了。"
"看着吧。"
尽管情势危急,任待燕还是感觉忍不住想笑:"我是说,不能让你帮我们。要是有人看见你跟我们在一块儿,你们全家都要遭殃。"
"我娘死了,爹爹在矿上干活,他最恨官兵了。我帮你们,他才不埋怨我哩。我姐倒可能不乐意。"
"你爹这会儿在矿上?"
"打更的。天天晚上都在。"
"你姐在哪儿?"赵子骥的问题更实在些。
任待燕拼命忍住想要放声大笑的冲动。在这县城里,他俩命都难保,却有个九岁小孩儿想要搭救他们。
男孩指指身后。"里面。"
赵子骥小心翼翼地问道:"她为啥不乐意?"
男孩做了个怪脸,说:"她可坏了,老是管我,我干啥她都不许,还爱和当兵的私混。"
这下清楚了。任待燕说:"你爹晚上不在家,所以家里她说了算?"
男孩又耸耸肩。
"你跑出来,她要揍你?"

"哈！先得抓着我。我可知道她都去哪儿，也能跟我爹告状。"

任待燕抬头看看月亮，心想，人有时候真是会处于一些奇怪的境地。

他说："知道不，你该怕我们的。"

男孩答道："我啥都不怕。"

真奇怪。"鬼也不怕？"

男孩想了想，承认道："兴许会怕鬼吧。"

任待燕看着他，突然说道："你有个哥哥。"

男孩睁大了双眼，啥也没说。

"他上山落草了？"

停了好一会儿，男孩猛地点一下头。

众人一阵沉默。

赵子骥突然问道："你要怎么帮我们？"

又传来一阵声音，这次更近了，就在两人身后宅子正门，跟他们隔着一道墙。有跑步声，铁器丁零当啷的碰撞声，还有狗叫声。

任待燕说："不能在这巷子里待着了。"

"可不，"男孩说，"快进来。"说着就打开身后的大门。

两个大人都没有动。

"娘的！"赵子骥骂道。

"你骂人！"男孩说。

任待燕不出声地笑了起来。今晚老是控制不住情绪呀。他说："没得选啦。"

赵子骥闷闷不乐地点点头。众人穿过巷子，钻进门里。里面是个小院子，月光清亮。

糟糕的是，院子里还站着个年轻女子，手里拿着根细细的桦木棍子。

"糟了！"说话的是小男孩。

另外两人一齐行动起来。

任待燕一把夺过她手中的棍子，不等女人做出反应，便使劲捂住她的嘴，从她身后把她紧紧抓住。赵子骥则关上大门，插上门闩，转身抽刀在手。

那女人身子扭来扭去,想挣脱任待燕的控制。她怒气冲冲,却没有害怕。任待燕能感觉到她想要咬他,好让自己抽出身子。

他凑到女人耳边说道:"别动!听我说。外面有官军在抓捕我们。你要是想帮他们,我就不能放开你。要是你也痛恨官军,我就松手。"

赵子骥怒道:"不行!把她捆起来。"

"对!"女人的弟弟说,"捆起来!知道她啥样了吧?"他正盯着那根桦木棍。

任待燕摇摇头。事后想来,他猜测自己这样做大概是因为她的头发。这女人长着一头红发。即便是在月光之下也分辨得出。

人不可能一辈子都只做正确的决定。也许可以为此努力,但实际上并不尽然。

任待燕松开她,说:"我猜,我们应该认识你哥哥。还望见谅,要是今晚官军要抓的是他可怎么办。"

女人说:"他死了我才高兴呢。"

任待燕心里一沉。不过他注意到女人既没有跑,也没有提高声音。

"你看吧!"女人的弟弟又开口了。

"阿磐闭嘴,不然我揍死你。"

"他们不让!"

"你再吵,"任待燕说,"我们就不管了。"

他正在听院子外面的动静。

"进来,"一头红发的女人斩钉截铁地说,"别出声,外面能听得见。"

她领着众人进屋,屋里黑黢黢一片,只有一点炉火燃尽的余光。屋里只有一个房间,一边靠墙有一个炕,上面挂着一道帘子。看样子,她和弟弟爹爹住在一起,那道帘子后面就是她自己的地方了。很多时候,当妈的死了,做女儿的生活就会艰难很多。

她坐在炕沿上,示意炉火边上还有个凳子。两个大男人都没有坐下。赵子骥走到屋子临街的一面,小心翼翼地透过门边的窗户向外张望,一只手平伸,示意外面没有人。

"隔壁家有个儿子在兵营里打杂。别让他听见声音。"这姑娘说。

"隔壁是个长舌头奸细。"阿磐同意道。

"你又是个啥?"他姐姐生气地说。

"他只是个小孩儿,"赵子骥突然插嘴,"干些小男孩干的事。"

"你咋知道他干过啥?"

任待燕说:"多谢二位搭救之恩。"

姑娘没好气地问:"谢我干吗?"

阿磐吃了一惊,轻声叫道:"碧安姐!"

"她问得对。"任待燕说。每个人说话都压低了声音。赵子骥一直待在窗边,时不时地朝街上张望。"只要我们能从这里脱身,你就绝不会后悔帮过我们。"

"说得真够清楚。"女孩说完,笑了一笑。

这俩孩子可真有趣。任待燕心想。啊,其中一个还是孩子,另一个已经到了,或者快到了谈婚论嫁的年纪了。

赵子骥问:"你的头发?"这虽是个毫不相干的问题,可她的表情却引人注意。

她耸耸肩——这样耸肩时的样子和她弟弟好像。"我娘祖上是西域人。我们都猜是塞达来的。人家说,那里的人头发就是这样。"

任待燕说:"在过去,塞达出产世上最好的骏马。"

"真的?"姑娘问,听起来却毫无兴趣,"我听说那里出产歌女。红头发的能卖个好价钱。那会儿他就想让我当歌女。"

"谁?你哥哥?"任待燕问。又有一件事情清楚了。酒劲已经彻底过去了。

姑娘吃了一惊,她瞪着他,点了点头。

"不是你爹?"

她摇摇头。

"你们聊得可真起劲儿,可要是他们开始挨家挨户地搜查,咱就死定了。"赵子骥说,"得想办法出去。"

阿磐一脸笃定地说:"官军把整个县城都围起来了。我亲耳听见的。"

"两百人围不住春雨城。"任待燕答道,"何况他们还要分兵搜查屋子。"他想了想,随后向众人说明该怎么做……

门开了一条缝,阿磐溜了出去。尽管其他人知道他就在那儿,可要想看清他还是挺难。他先是躲进院子里的影子里,然后没有开门,直接跳过篱笆,消失在夜色中。

"这孩子可真快。"赵子骥说。

"这孩子没救了。"男孩的姐姐说。

另外两人对视一眼。

"我这儿没酒。"姑娘突然说道。她的神态变了,坐得更直挺,两只手交握在身前。

任待燕柔声说:"我们不喝酒。要是官兵来了,我们就从后面出去,不会让你跟我们扯上关系,不管怎样,你都……用不着害怕。"

"你怎么知道我怕啥?"

这个问题可不好回答。

"抱歉。"他说。

"为啥?"

直到这时,任待燕才忽然有一种仿佛回到家里的感觉。这姐弟俩都很聪明,心思敏捷,绝不会是更夫的孩子。"你爹是干什……一直在矿上吗?"

她像是在跟自己纠结。赵子骥还在窗边,盯着门前小院外面的巷子。

"我爹以前是个教书的,"姑娘说,"后来我哥上了山,人家不让他教书了,还给他刺了字。"

"是官兵干的?"

她点点头,动作很轻,几不可见。

"你哥哥为啥要走?"

"他被人拉去搬运'花石纲'。上面派人来找他,他跟人家打架,还把一个人的胳膊打断了,然后就跑了。"

赵子骥在窗边问道:"然后官军就罚你爹?"

"还用说?"她说,"在县城广场上,往他前额刺字,'教子无方'。"

任待燕说:"你……你弟弟说你喜欢和当兵的在一起。"

姑娘叹了口气。任待燕想起来,她的名字叫碧安。

"他还是个孩子,"她说,"用不着他来养这个家。我去集市上跟当兵的说说话,有时候能讨些茶米回来。"她看着任待燕,又说:"就这些,没干别的。"

任待燕清了清喉咙。这会儿,他真的想喝酒了。他坐到凳子上。

"我这么问,只是因为你……你们俩……都……"

"不像吓破胆的农户?多谢夸奖。"她说。任待燕听见赵子骥轻笑起来。

他又清了清喉咙。屋里的宁静越来越让人不舒服了。他说:"我听说,在古代,塞达的马堪称举世无双。"

"你说过了。真有意思。等我爹回来,我一定要跟他说说。他从矿上回来要走二十里路,每次回来倒头就睡。"

"有官兵!"赵子骥说。

任待燕一下子站起来,"好啦。我们从后面走。碧安,我们一出去,你就闩上门。救命之恩,没齿难忘。"

"待着别动,"碧安说,"深更半夜,官军不会搜查屋子。别出声。"她补充道。

说完,她来到门边,打开门,走了出去。

"这是怎么啦?"她大声说,"出什么事了?"

"邵碧安?是你吗?"

"还能是谁?窦延,这是干啥呢?"

任待燕和赵子骥躲在屋子后面,什么都看不见。

"来了两个水泊寨贼寇!"那士兵喊道,"我们正要捉拿他们!"

"真吓人。"碧安语气冷淡地说。

"碧安姑娘,"另一个声音道,"要不,咱们不抓贼了,去你那儿坐坐?"任待燕听见一阵笑声。

"行啊!"碧安应道,"都来,叫上你家兄弟。把山贼也喊上!"

又说一阵笑,只是声调变了。

"她真会对付他们。"赵子骥说。

"你听着,"只听碧安又说道,"我弟弟不知道上哪儿野去了。"

你要是遇见他，先揍他一顿，再把他送回来。"

"就你那小兄弟？还不如上树抓猫呢。"另一个士兵喊道，又是一阵哄笑，总共有四五个人，这时，远处传来一声呼喝，就听见这几个士兵骂骂咧咧地走开了。

碧安一直站在敞着的房门外。过了一会儿，一道人影像鬼一样从她身旁溜过来，把两个贼寇吓了一跳。

"瞧见没？"阿磐说，"她让当兵的揍我！"

他姐姐跟着一块儿进来，关上房门。

"我猜她是找了个借口，让他们知道你为啥会在外面。"赵子骥干巴巴地回答。

阿磐抽了抽鼻子，说："你知道个屁！"

"说吧，"任待燕问，"你都看见啥了？"

他想，这位曾经的教书先生、如今的矿上更夫，真是养了一对好儿女。不过眼下要关心的不是这个。他和赵子骥必须想办法离开春雨城，然后他们必须……

直到这时，他才意识到接下来必须干什么。最奇怪的是，这件事情如此明确，他如此不情愿又不得不去做，竟跟当年还在西部老家时，他离开山路、钻进山林里的那一幕如此相像。

直到后来，他仍旧能够精确地描述当下的场景：那是个春天的夜晚，在大江北岸一座县城里，他站在一间黑黢黢的屋子里，身边是一位年轻聪明、长着一头红发的姑娘，和一个身手敏捷的野小子，还有赵子骥。

有阿磐事先探路，脱身变得容易多了。任待燕一直在想，那晚经历这么多变故，脱身却实在是太轻松了。奇台军队，即便是在远离战争的南方，像在城里抓贼这种事情，也该做得更好一点才对。

任待燕和赵子骥一人用刀杀死一个人。因为怕惹出动静，他们别无选择，只能下杀手。正如任待燕所料，官兵不得不分散开来，彼此间隔在十五步左右，有些地方距离更大。因为有兵力分出去逐街逐巷地搜查（声音太大，又在月光下太过显眼），春雨县城外面的包围圈根本形同虚设。他俩一人杀死一个士兵，把尸体拖进暗处，套上官兵的战袍，佩着官兵的武器。

两人溜进包围圈的队列里，站了一会儿岗，然后悄无声息地往后退，只是往后退，一点点往后，直至逃出包围圈。

他们还在北岸，不过只要逃出合围，在北岸也没关系。他们先是继续向北走，然后往东，天快亮时找到埋藏武器的树林。他们把多出来的这两把剑也带上。寨子里兵器一直不足。

"你俩叫啥名字？"趁着等邵磐的手势，让他们穿过院子、到街对面的工夫，碧安这样问起他们。

任待燕回答："还是别知道的好。"这是实话。

赵子骥说："赵子骥。"

碧安看着他，赵子骥又说："要是这趟安然脱身，我俩就送点东西给你，我说话算话。你可以相信客栈掌柜的。我们……我们兴许能帮帮阿磐，兴许能让他过上好日子。"

"只是帮他？"姑娘问。

任待燕会记住这一幕。

他没给父亲回信。不知道该说什么。

从春雨城脱身后，两人又在大江北岸多耽搁几天。他们在荻缯西边的一个小村子里听说了一件事——"花石纲"工程又有大动作。这附近的湖里发现一块大石头，他们想把它挖出来，带到汉金，安放进官家的花园里。

根据当地人的说法，这是一笔大买卖。

任待燕给了村里长老一些钱。水泊寨好汉一向这样。一来这些钱能减轻本地人的税负，再者万一强盗们要再来村子里，这些钱也能确保他们会受到欢迎。

长老还确认了些别的事情：一年前，荻缯以东、同在大江沿岸的荆仙府确实来了一位新的提刑官，此人正是王黻银。实际上，收到父亲来信之后，他并未怀疑过此事。

由此勾起的回忆真是有趣。任待燕心想，不知道这人现在变成什么样了。他也不知道该拿这个消息怎么办。要是在荆仙府被抓住，自己会不会得个痛快死法？

他们又回到江边,还让那个老人送自己过江。这一回是在夜里过河——他们不得不在北岸等到风停了。要相信摆渡的船家。月亮缺了半边,数不尽的星星缀在天上,闪着明亮清冷的光。

在江岸等待过河的时候,众人瞥见了一只狐狸。赵子骥怕狐狸。这事有其家族渊源——赵子骥的一位叔公就被一个狐狸精给毁了。有人会在开玩笑时说起跟岱姬睡觉——传说和她一夜缱绻最是销魂。赵子骥从来不会跟着一块儿开这种玩笑。在春雨县城里,他起初还被那女孩的一头红发弄得心神不宁。任待燕对此心知肚明,只是没有拿它说笑。有些事,自己明白就好,就算是朋友也没必要知道。

他们回到水泊寨,寨子里已经是一片春色了。

任待燕得空了还是会看看白鹤,看看野兔,随着冬去春来,越来越多的大雁北归,树林里也能听见黄鹂鸟的叫声。时不时地,任待燕会想起他在春雨县城里意识到的事情。他明白,如果不付诸行动,这一切就都毫无意义。这比他在对岸那间黑屋子里想的还要困难。

他必须跟赵子骥谈谈,不然什么都做不了。多年前是他邀请这个当兵的上山,从那时就建立起来的羁绊要求任待燕必须向他说明。

一天清早,两人一起巡山的时候,任待燕向他说明了。赵子骥从一百个手下里挑出五个人来,他认为这五个人有同样的想法,也愿意冒同样的风险。起初任待燕不想这样,后来又一想,要是他真打算放手一搏,那就该用其他好汉的方式来思考。

他俩逐一地找到那五个人,分别同他们谈过,五个人都答应一起行动。

这年刚入秋,他们又过江上了北岸。梅花早已从冬日中逝去,桃花与海棠也离开了。他们得非常小心,秋季里税吏也出来收税了。有时候税吏会带上不少人手。尽管并非所有都是这样,但他们也没想打劫。现在不行。

早些时候,任待燕跟水泊寨的其他头领打过招呼,说他又要去北岸打探消息,想多带些人手,要是搬运"花石纲"的人还在那个村子附近,就去给他们添点儿乱。其他人于是照例叫他多加小心。

任待燕出发了。还是那个老船家,这一次是在夜里,趁着风平浪静渡过大江，天上星斗变了模样。这一段生活被他抛在身后，仿佛那是一场诡异、单调的梦。这场梦里有迷雾，有湖泽里的鬼火，还有好多没有女人的单身汉子。

第九章

司马萍的爹老是说，他们家就是大诗人司马子安的后人。不过她爹从来都没把这件事情讲清楚过。

反正司马萍从来都没弄清楚。她觉着这不大可能是真的，她丈夫也这么想。她爹酗酒，而且就算没喝醉也喜欢语出惊人。大家伙儿都笑话他，不过他心地善良，也从来都没有什么冤家——看得见摸得着的冤家。

自从家里遇上麻烦，村里有两个半仙不约而同地问过相同的问题。

司马萍并不了解这个所谓的祖宗。村子里书都没几本，何况她也不识字。诗歌在她的生活里无足轻重。人们在道观里唱经，节日里，女人在河边洗衣服的时候也会唱歌，这些她都很喜欢。她自己唱不好，老是记不住词，不过洗衣服的时候倒是跟大家一起去。一起去，时间过得快一些。

她家大女儿唱歌很好听，一副脆亮嗓子，唱起歌来就像庙里的铃铛。一块儿去河边洗衣服时，大家都这么说。这些司马萍都记得。大女儿是个让人稀罕的孝顺女儿——如今却被鬼上了身，一家子的生活都陷入困顿。

荻缯村里有户好人家，家中长子本来跟大女儿都定亲了，如今也都退了婚。说不好，质丽跟她妹妹往后一辈子都嫁不出去了。

司马萍几乎夜夜以泪洗面，白天没人的时候她也会哭。她丈夫在村里、在地头走路时，也是塌着腰，面无表情。因为司马萍哭得他整晚睡不着，他还跟她动过手。丈夫也会打质丽，半是因为悲痛，半是因为害怕。

他大概是想把质丽身上的脏东西赶走吧。

每次丈夫打质丽，大女儿都会笑个不停，那笑声非常瘆人。司马萍第一次听见她这样笑时，整个人被吓得四肢瘫软。

村里的两个半仙都对质丽身上的恶鬼束手无策，也没办法解释为什么这么好端端的一个姑娘，眼看就要出阁、嫁到荻缯村去了，却被这么个脏东西缠上了身。自从被这个鬼魂附身，质丽时常会头发散乱、衣衫不整地走到外面，也不知道丢人。别人问她身体咋样，她说的话都能吓死人。

大家没办法，只有把她锁起来。结果她一到夜深人静的时候就大声怪笑，连邻居都听得见。不光这样，她还不吃东西，连她以前最喜欢的河鱼和鱼羹都不吃。她的眼神变得怪怪的，气色也很差。

司马萍担心女儿会死掉，搞不好还会自杀。

有一回赶集，司马萍听说荻缯村来了个法师，做了几回道场，还驱过几次鬼。于是第二天一大早，天还没亮她就起来，出了门，一路向东，前往离家很远的荻缯村。司马萍从不自诩聪明或是勇敢。她是那种人们常说的"低眉顺目"的女人。可是出这趟远门，为的是救自家女儿的性命。

孩子是她生的，吃的也是她的奶，是她含辛茹苦，一把屎一把尿把孩子拉扯大，如今孩子鬼上身，被糟蹋得不成样子，可不能就这样不要她了。

本地的半仙只会在一件事情上达成共识——都痛恨天师。不过那天晚上，司马萍打定主意不理会这些。他们爱生气生气去吧，她丈夫醒来见不着她，要生气也生气去吧。她爹要是纳闷，不说话，又喝多了酒，随他去吧。村里那两个半仙都来试过，可质丽一点儿都没好转。

就在昨天晚上，质丽站在祖宗牌位前，对着她的弟弟说了好多不堪入耳的话，还摆出好多下流姿势。司马萍都弄不明白，质丽是怎么知道这些字眼儿的。

司马萍身上带了点钱。这些钱是她做刺绣攒下来的，一直藏在一只罐子里，埋在鸡窝下面——要是不这样藏好，这点钱早就换成酒了。不消说，这样出来可不安全。他们村子，还有这条路，都在大江边上，而大江两岸一向有强盗出没。司马萍能够借以自保的，只有她那看起来一文不名的可怜样子。

强盗都喜欢跟比自己还穷的村民拉近乎。作为回报，若是官兵前来剿匪，或是路上出现商人，村民都会及时通风报信。有时候村民还会保护强盗，尽管这样做风险不小。

在司马萍眼中，比起大江对岸的水泊寨山贼和大江这边的强盗，荻缙村里的税吏和强拉伕子的官军更可怕。而且比起强盗来，监运"花石纲"的老爷才更要人命，那些当官的强迫百姓出苦力，谁要是敢躲或是稍有迟疑就对他们拳脚相加。

今年春天，司马萍的弟弟年纪轻轻的就死了。当时他正帮着把一块巨石从本地的湖里拖出来，结果一头倒在地上就再也没起来。那块石头，拖出来只为送到千里之外的汉金，摆在官家的花园里。

一个当官的领着兵，把她弟弟的尸体送到她家，跟他们说了事情的经过，既没有哀悼，也没有表示同情，说完就掉转马头，带兵接着抓劳力去了。

之后几天里，这帮人又在村里抓到一些壮丁——其中有的还只是孩子。到最后他们把那块杀千刀的石头从湖里弄出来，搬到滚木上，一直滚到江边装船。把石头运到江边也是一趟要人命的差事，耗费了整整一个夏天的时间。壮丁不光要挨打，还有人因此成了残废。还死了五个大人，外加一个孩子。巨石所过之处，庄稼尽毁；而前方将要经过的地方，房屋农庄都被夷平，好给石头让路。

耗费这么多劳力，死了这么多人，就为一块丑了吧唧、满是窟窿的石头。

司马萍跟丈夫、爹爹还有弟弟一直住在一起，家里的男丁都在同一块田里耕种。弟弟的死对这个家庭来说无异于晴天霹雳。

司马萍一辈子都不会忘记那天下午，官府的人骑着马来报信时的情景。她伏下身子，前额碰到门前夯平的泥地上，当官的坐在马背上说话时，她都不敢抬头看他一眼。而弟弟的尸体则裹着草席，放在一旁的地面上。司马萍跪拜这个当官的，仿佛他来报丧，说弟弟死在他们手上，是这户人家的福分。

出了这样的事情，要么恨自己，要么恨那些干下这桩事情之后还要吓唬你、逼你表现得恭顺的人。不然就认命。司马萍自己基本上一辈子都认命。

可一旦涉及女儿就不是这样了。一旦孩子出了事，她就绝不肯认命。

这天临近傍晚，司马萍离荻缯村越来越近——这是她这辈子出得最远的一趟门——她想，山贼确实比"花石纲"那些官老爷强些。外面的事她不懂，这个道理还是明白的。

本来她还担心遇上这村里悔婚的那户人家。不过今天这边正好赶集，村子里人还不少。司马萍从衙门口广场上的人群中间挤过去，有些小贩都已经开始收摊了。

她甚至担心自己怎么才能跟不认识的人说话，问他们上哪儿能找到天师，为这事儿她担心了一路。不过她在路上一时没想起天师有啥扮相，实际上她一来就认出他来了。广场边上有一棵桑树，树荫底下摆了一张桌子，那人就在桌子旁喝酒。

这些天师一向戴着红帽子，而村里的半仙都戴黑帽子。司马萍听说，秘道的道士戴的是黄帽子，这些道士在大市镇里，在宫中做法事，每次都要收好多钱。她也不知道这些说法是真还是假，不过真假其实都无关紧要，对吧？

司马萍深吸一口气，尽管她人已经来了，但终归是有些害怕。她仍旧不敢相信自己居然当真来到这里，并且马上要去求人家。她朝地上吐了口唾沫，想吐掉嘴里的怪味儿。她坚定地从赶晚集的人群中走过——集市中充斥着饭食、动物、水果的气味，还有酒香——来到天师坐着的地方。

这个天师模样挺好看，比司马萍起初想的还要年轻。司马萍心想，这人许是喝多了，不过没准儿他的本事，他的法力，管他什么能对付鬼怪的能耐都在酒里呢。她自己不过是个啥都不懂的农妇，不是吗？

天师正在跟桌旁另一个人说着话。看衣着，那人应该是衙门里的乡书手。司马萍走到天师面前停下来，天师转过头，看着她。这人脸上胡子拉碴，身上衣着倒挺干净。兴许他在荻缯帮过哪户人家，然后人家替他洗过道袍，以示谢恩？

要不就是他花钱叫人把他的衣服拿到河边洗了！她干吗要想这些？

她从一个小村子出来，离家太远，这会儿正心惊胆战。不管眼下会怎样，司马萍今晚都得在这儿过夜。她不在家，屋里空荡荡的，只有一个哭哭啼啼的小女儿，一个鬼上身的大女儿，而小儿子则因为大女儿的事情一直被搞得糊里糊涂、提心吊胆。今晚丈夫从地里回到家，看见这一幕，一定会暴跳如雷的。不过她出门前就交代过小女儿该怎么跟他解释。

司马萍把手伸进衣服里，解下藏在腰里的小罐子（一路上，这罐子一直在屁股上晃来晃去）。她跪在泥地上，把罐子和罐子里的东西一块儿捧到天师面前。天师伸手把罐子接过来，司马萍低下头，一直碰到天师脚边的泥土里。然后她向前伸出粗糙的双手，握住天师的脚踝，无声地祈祷着。她说不出话来。

这是她最后的希望，也是质丽最后的希望。

第二天上午，在回家的路上，司马萍平白多了两个护卫。她怎么想也想不明白，这到底是怎么回事。

头天傍晚，她把罐子里攒下的辛苦钱都给了天师，天师也答应第二天一早就跟她一起回村子。他的声音低沉而又和蔼，说要先在荻缯处理一点事情，不过随后就会跟上她。而这之后，紧跟着，在荻缯村集市的另一头，就有两个人跟上了她。

司马萍脑袋晕晕乎乎，走路跟跟跄跄，不敢相信自己来这一趟的目的已经达到了，她都不知道接下来该干啥。来的路上她还想过，该留点儿钱买吃的，还要找地方过夜。可又一想，这样不吉利。要是老天愿意帮她，那她就得为质丽把自己的家当全部都交出来。

她想，兴许该找个马棚，求人家让她在草堆里睡一晚。就在这时，这两个人一边一个跟了上来。

司马萍吓坏了，她眼睛盯着地面，浑身直打哆嗦。她知道，在那些大集市上，女人有可能遇上那种事情。可是这会儿光天化日，众目睽睽，要是她大声呼救，兴许——

"司马大娘，要不要我们帮你一把？"

这人的声音很镇定，他还知道她的名字。司马萍警惕地抬头看去，这是个年轻人，胡子熨帖，头发绾起来，戴着一顶草帽。他的衣服皱皱巴巴的，说话倒还挺有教养。他还有个同伴，岁数要大一点，衣服也是皱巴巴的。

她又赶紧低下头，说："帮……帮我？"

"我猜，你把你所有的钱都给刚才那个红帽子了吧。"

"对！"司马萍赶紧答道，"两位老爷，我身上一点儿钱都没有了。啥都没——"

"我说的是帮你，不是抢你，"那人说，"我们听见你跟他说的话了。"他看上去还饶有兴致的。

司马萍彻底糊涂了。这里太挤了。荻缙的人太多了。她知道有许多村子比这里还大，还有大市镇，不过要想象出来却十分困难。

另一个人在司马萍右边，到现在都没说话。这人一直在观察广场上的动静，看起来十分机警。

年轻的那个又说："我想帮你。真的，我们可没想害你。"

"为啥？"司马萍问，她的嘴唇干了，"两位老爷为啥帮俺？"

她再次迟疑地抬起头看了看。这人的眼神很沉稳。这眼神大概可称得上关切，但并不算温和或是友善。

那人说："我俩是绿林中人。"

"绿林中人"就是山贼土匪的一个代称，他们往往以此自称。司马萍又害怕了，两只手哆嗦个不停。

"我们经常帮助村中百姓，"那人说，"你是知道的。"

没错，有时候是这样。不过有时候又刚好相反。"那……那个红帽子说他会帮俺。"

"他会帮。"年轻人说。年长的那个突然鼻子里哼了一声，像是被这话逗乐了。司马萍也不知道这是哪一出。"我们也帮，你们村的长老帮过我们几回，我们可都记得。"

所有村子，不论大小，都需要跟绿林好汉和平相处。官府比山贼更坏。她一向这么想，即便在弟弟死去之前也是这样。她心想，这些话不知道当说不当说。

她没说。司马萍一向不善言谈，何况这一整天都和往常生活如此不搭界，她完全不知道该怎么办，要如何应对。平常生活就是织布绣花，洗衣做饭，伺候丈夫，养育子女，照顾爹爹，尊敬祖宗，但绝不会离家老远，跟山贼说话。

这两个人把她带进村子西边的一间客栈，为她付了房资，还提供了一顿晚饭。司马萍这会儿还是害怕。有传闻说，有的女人就是被人搭讪，住进客栈里，到了夜里就有男人或是鬼怪进房间里来找她，结果就死在床上了。

年长的那个像是听见了她的想法，说："今晚我就守在你房门外。"他的声音低沉，这是他头一次开口。"在这儿啥都别怕，明天回家路上也是。司马大娘，你是个好人。你家该以你为荣，全天下都该这样。"

这句话她会记一辈子。她可从没想到有个山贼——或是任何人——会对她说这种话。后来，很久以后，她逢人就会谈起此事。到那时，她会更习惯于跟人交谈——老妇人往往都是这样——而她最常说起的，就是这件往事。

年轻的山贼去了别处，年长的这个留在这儿。他还跟司马萍坐在一块儿，陪她一块儿吃东西，这样她就不会一个人在嘈杂的客栈大堂里担惊受怕了。她以前还从没住过客栈。

这人叫赵子骥，他自己说的。以前当兵，现在不是了。他语气温和地问了她一些问题，司马萍则跟他讲了大女儿的事情，还提到了她弟弟，说他怎样因为一块石头，就被"花石纲"的人害死了。赵子骥则说，这帮人简直无法无天，这事真是让人难过，而类似的情况在整个奇台都非常普遍。

他送司马萍上楼，进了房间，给她钥匙，让她从里面把房门锁上，并且又说了一遍，他整晚都会守在门外，叫她用不着害怕。在这之前，司马萍还从没在有楼梯的房子里待过。

当晚，她听见外面有脚步声，有人走了过来。然后她听见赵子骥低沉的声音，他说话时声音很轻，轻得她都听不清说的什么，不过脚步声又响了起来，那人很快地顺原路走开，随后脚步声渐渐消失了。

司马萍睡一阵醒一阵，一直躺到天亮。这是她生平第一次出远门，第一次睡这么舒服的床，她听见外面传来狗叫声，这些狗她都不认得，只有月亮还是那个月亮。

清早，阳光明媚，天师在他最喜欢的桑树下，正在同难熬的头痛作斗争。昨晚在荻缯村里，酒喝得太多了。他本来盼着今天阴天呢。

为了对付头痛，他就着一块炸馃子又喝了一通酒。炸馃子是跟广场这边一家熟食铺子买的。朋友要去衙门里出勤——有时候的确需要出勤——所以红帽子天师这会儿独自一人，带着一丝淡淡的遗憾，准备离开这里。

跟去年一样，作为夏季结束时的最后一站，荻缯算是个好地方。他赚了不少钱，也没把钱都扔进那两家歌楼里。是花了不少钱，不过没花光。这一季，大江沿途赚的钱足以鼓励他继续东行前往荆仙。荆仙城南有一座卓庙，这座卓庙高墙大院，他可以把钱都存到那里。

存钱要花一笔费用，这是自然。不过门人都很诚实，何况，世道艰难，请人看管财物要花钱，这个道理不言自明。不能把钱存进道观里，可别忘了——像他这样的天师，跟秘道教之间关系可不怎么样。黄帽子跟红帽子凑到一块儿，局面就会十分微妙。

微妙，意味着危险。除非是去荆仙城里存放钱物，或者在秋天继续东行之前过两天体面日子，平常他都远离大市镇。冬季都是在靠海的乡村里度过，并且只要当地可能有黄帽子的秘道道士，他就不会做道场。当然，法师出没的小村子，黄帽子也看不上。

在村子里，危险来自本地的半仙。半仙都痛恨行脚的红帽子——他得承认，人家这样也不无道理。这些红帽子有些学问，会引经据典地做法事，抢半仙的生意，要价还比半仙高。

要是在一个地方做了太多的法事，他就会留些钱给半仙，一向如此。这些半仙虽然还是会有些过激的念头，不过这样做的话，这些念头就不大可能真的要他性命。

最初他并不是干这一行，但后来发现自己还能替人降魔驱鬼。这门营生并不容易，不过这些年来，他游走于大江沿岸，倒也能养活自己，尤其是跟之前的营生比，更是没话说。

学问可不光是经史子集诗词歌赋和一手漂亮字。

四处奔波，也许会让人精疲力竭，但这样的生活绝不单调枯燥。如今在大江中游一带常去的地方，他的名声越来越大。而且到目前为止，他既没有结下真正的仇家，也没出过什么意外。他从不会在一个地方逗留太久，以免遇到不测。干他这一行，失手的时候不在少数，他从其他经验教训里学会如何进行解释，并且让自己的美名传遍整个大江沿岸——或者至少传遍西边山地到海边这段。

太阳越升越高，他坐在树下，不时挪动椅子，免得被晒到，对生活他没啥可抱怨的，除了头痛——当然，这是他自找的。不过，昨晚那个姑娘真是可人，自己就这么走了，真是可惜。想到这里，他脸上露出一丝微笑。

来了个不速之客，把旁边的一张椅子拖到小圆桌旁边，一边放下茶杯，一边"嗯——"地长出一口气。

法师疑惑地抬头瞥了一眼——广场边上有的是空桌子。

这个新来的戴着一顶农夫式样的草帽，帽檐压低，把脸遮住了。他说："该走了吧？今天白天你可得往西走老长一段路呢。不然你打算雇头驴子？"

天师看向那人，目光犀利起来。

"我要去东边。"

"不对吧。"这人声音平和，毫无起伏的语调里透着十足的把握，"你收了人家的钱，说好了要救人家女儿。"

天师打量着这个戴帽子的陌生人。"偷听别人说话可不礼貌。"他说话时，语气里略带一丝愤怒。

"的确，请见谅。不过说起来，编谎话偷人钱财，这又算什么呢？"

"你是谁，干吗多管闲事？顺便说一句，我在衙门里有人。你再敢胡——"

"那咱就见官吧。州府的提点刑狱大人这会儿也在荻缯。"

天师微微一笑，说："对。我刚好也认识提点荆仙刑狱公事。"

"我也认识。昨天还见过他。大人此来，是为调查一起命案。我告诉他用镰刀杀人的究竟是谁。我还跟大人打过招呼，说上午要带你往西走一趟，等我回来，就着手我们议定之事。"

天师感到浑身不自在。

"你骗人，"他说，"我看你就是个流寇，想把我骗到别处，骗我离开护卫。"

"护卫。对了,护卫。你的护卫昨晚就匆匆忙忙地溜掉了。这帮人可不是什么好东西,你的处境本来就很危险啊。"

当初雇他们的时候,天师也想过这些。可这也——

"溜掉了是什么意思?我先前给过他们一半的工钱!我给他们——"

天师没有说下去,因为对方正在嘲笑他。

他感到脸上一阵燥热,于是说:"不管你是何方神圣,都听我说完。她给我的这笔钱,都会送到荆仙府城南的先圣卓夫子庙,在那里施舍给穷人。你可以自己去看。我雇你当护卫,咱一道去也成!昨天那女人硬要把钱塞给我,可我眼下不能往西去。这一季马上就到头了,我得雇人去荆仙。就是去庙里花钱雇人给他女儿念经也行啊。"

"经大概念过不少啦。"那人淡淡地说。他抿了口茶,脸依旧被帽子遮住,"看样子不管用。你是真能驱鬼,还是彻头彻尾的骗子?我该怎么跟提点刑狱公事王大人说?大人跟过去可大不一样了,对吧?"

"什么意思?"

"啊,说真的,段先生,当年是你,在放学以后说王大人又愚蠢又自命不凡,你都忘了?"

天师心中一凛。

"你怎么知道我……"

那人把草帽朝后一推。

尽管这么多年过去了,尽管生活让——他自己,还有另一个人——改变了这么多,可他还是认出那人是谁。段先生发现自己居然一反常态地不知该如何开口了。于是他只是叫出了那人的名字。

那人笑了。上回见到他时,那人还是个孩子。

这天上午晚些时候,段龙——当年在西部老家开私塾的教书先生,如今东奔西走驱魔降妖的天师——还是没搞清楚事情怎么成了这个样子。他跟着自己曾经的学生任待燕一起上路了。

安全起见,他把自己那几吊钱寄存在荻缙村的官署里。他们把钱仔细地数清楚,然后一式两份做好记录。

一行人要往西去。他自己真不打算这么干。

任待燕说,早上在官署浪费的时间太多了,于是他们骑上两头驴子赶路。他带着一张弓,一箙箭,背上还背着一把剑。他人长得精瘦,肌肉却很结实,个子高了,脸上留着短须,胡子上方左边脸颊上有一道伤疤。

从荻缙村出来半个时辰,一个男孩从树林里钻了出来。这男孩是段龙今年找来跟他搭手做法事的。和他一道的还有四个大人,牵着五头驴子。

这男孩看起来闷闷不乐的。段龙雇过的帮手里面,这个男孩精神头不算最旺,不过做起事来倒不含糊,对得起给他开的工钱。

段龙本来并没有安排,也没料到男孩在这里出现。他早就跟男孩结清账,把人打发走了。他本来想今早就出发,去东边的。

"用得着他,对吧?"任待燕说,"做法事就是这样,真真假假。"

段龙发现,任待燕说话时声音不大,但所有人都在听。老实说,任待燕真有点不怒自威的气势。尽管他不是什么大人物,但举手投足都带着威严,而其他人好像也都接受他的领导地位。

段龙问:"你是不是该把这事说清楚了?干吗要管我的闲事?"

任待燕摇摇头:"说清楚?现在不行。等你救回那姑娘,兴许回来的路上我能告诉你。要是你能救她,咱就一起回来。"

"任待燕,"他说——现在不能管他叫"小待子"了,"你也知道,我都没见过她,何况做法事也不容易,而且能不能成功也说不准。"

"我知道,"任待燕语气平静地同意道,"要是你今早起来以后,直接带上那小子往这边走,那不管能不能治好她我都不会过问。不过现在……段先生,我可有言在先,要是你去了人家村里,却没成功,我就杀了你。"

段龙吞了口唾沫。"我……我是你先生啊。我教你读诗,我还送过你一张弓!"

"先生所赐,学生没齿不忘。"这个当年的小待子、如今的任待燕说着，就对他作了个揖。之后他再一句话都没说，直到一行人看见那个农妇在前面吃力地赶路，随她一道的是另一个山贼。

此时天色已晚，一行人也快到村子了。那妇人就是从这村子里出来，叫他摊上这桩烂事。任待燕和颜悦色地同她说这话，还给她水和吃的。而那村妇一直盯着道路，都没有抬头。农民遇上他们无法理解的事情，通常都是这种反应。他们无法理解的事情很多。

其实段龙也不太理解。要知道，做法事这种事情既危险又困难，要是他自己都总在担心性命不保，那还怎么给别人驱邪呀？他想把这话说给任待燕听，还想问他到底怎样才算是答谢师恩，怎样才算尊师重道。这可不光是嘴上说说。这道理也要跟他说。

傍晚时分，一行人进村了。

其实这地方都称不上是个村子。这也是段龙早先西行时没在这里逗留的原因。随着太阳西沉，长庚在众人前方显现出来。段龙听见夜莺的啼叫声。他很诧异居然没有人把它抓起来。"花石纲"收购夜莺可是很舍得花钱的。

田里还在干活的人都在看他们。还用说，当然会看！八个大人，一个小孩儿，大部分人还都骑着驴，同路的还有个本村的妇人。那妇人也没走路，而是骑着驴，还有个全副武装的领头的在一旁陪着。

段龙恶狠狠地想，村里说这事儿能一直说到开春。他看向任待燕，后者也朝他看了一眼，咧嘴笑了笑。

这从容一笑，让段龙彻底明白，这个人已经不是多年前他所认识的那个男孩了。他催着驴子快走几步。

"我得和那小子在这儿停一下，"他说，"一会儿就跟上你。"

他本以为这样会引来争吵，正打算固执己见，可任待燕只是点点头。"子骥，我跟他俩停一下，你带其他人和司马大娘进村。一会儿会合。咱们吃自己的东西，要是用了人家的东西，咱们给钱。"

"还用说？"另一个山贼说。他就是他们赶上来时，跟司马萍同行的那个人。

段龙看着自己曾经的学生。这个学生的第一件兵器就是他给的。该后悔吗？他说："我们要做些准备，外人需要回避。你在这儿有危——"

"你要把骨头埋进树底下?我来给你把风,免得有人看见。附近有棵柞树,咱们刚路过没多远,就在路北边。"

那棵树段龙也看见了。他看着任待燕。天还没有全黑。

他说:"你知道——"

"我知道,有时候要真给人治病,有时候则要让人以为自己被治好了。不管是在路上,还是在村里,有的是人在看着你,比你知道的还多。走吧,该埋的埋了。肯定没人看你,交给我了。"

段龙吃惊地摇摇头。跟着,不知为何,他突然觉得眼下的处境非常有趣。他说:"还记得我教过你的东西吗?背得了诗吗?岑杜?司马子安?"

"记得。看见书也会买。我敢打赌,这户人家追认司马子安是他家的祖先。"

段龙强忍住笑,说:"我可不打这个赌。"

到了树下,他们把该做的都做了。男孩仍旧闷闷不乐,不过段龙看见任待燕给了他一个大钱(看样子似乎是银的,不过光线太暗了),男孩立马换了心情。回村——现在知道,这村子叫宫筑村——的路上,任待燕讲了另一个山贼赵子骧从妇人那里打听到的,关于她家和那姑娘的事情。做法事,这些消息都至关重要。

让人奇怪的是任待燕居然懂这些。

进村时,段龙走在前头,他上了村里的一条主道,这条路经过那户人家,很好找:门口聚着一大群人的就是。大门敞着,那个叫司马萍的农妇就等在大门口,身边站着一脸慌张的丈夫和一个老人,大概是她爹。这两个人看起来晕头转向,战战兢兢。暮霭沉沉,蝙蝠在树杈之间横冲直撞,他还看见萤火虫。再晚些日子就看不见啦。

他正经八百地向这家人行过礼,正一正冠,和男孩一起进屋,看看那个被恶鬼缠身、命悬一线的姑娘现在还有没有救。一块儿进去的只有孩子她娘,为的是合乎体统。其他人一概不得入内。他告诉这家人,也告诉夜色中聚拢在此的村民,接下来的,将是一场恶战。

人鬼遭遇,一向都会发生恶战。

司马萍从没跟人讲过这件往事，从没真切地讲述那晚她在自家小屋里，在祖宗牌位前究竟见到了什么。那晚她亲眼见识了天师如何做法事的过程，见识了他如何施展法术。

为质丽着想，司马萍打定主意要忘记那年夏天的遭际。有一回，她听见自己向来敬重的爹爹跟人说起来那晚的法事来——尽管他跟其他人一样都在外面，其实啥都没看见。当晚她就给爹的汤里放了一味草药，让他一整夜都肚子绞痛得死去活来。

第二天清早，看见爹脸色苍白，浑身虚弱，她就说，也许都是因为爹爹说起鬼神，言语冒犯了哪路仙怪。最好别跟这些头脑简单的乡下人谈论这些，免得又惹来祸事。

日子久了，关于那晚的记忆又会在脑海中浮现出来。她会想起点上香烛之后，女儿、天师，还有那个奇怪的男孩，他们的身影如何变动不居。

她记得天师的声音低沉，他语气凝重地告诉质丽，他这就把她身上的恶鬼赶跑，她马上会好起来的，不过往后她一定不得嫁到外村，并且一辈子都不可离开宫筑村，这一点千万要牢记在心。

然后司马萍就开始号啕大哭。法师说，往后不管在何时，也不管是何人，要是再兴法事，那质丽必死无疑。

随后，他开始作法了。就在这时，那个男孩开始抽气，开始尖声恸哭，司马萍吓坏了，只能眼睁睁地看着这一幕。

她还记得——她觉得自己还记得——尽管男孩因为痛苦开始满地打滚，女儿却变得一动不动。早先天师用一根绳子，一头一个把他俩的左手腕绑起来，绳子上还系了三道红布条，那布条的颜色跟他的帽子一样。

质丽从那个黑屋子里放出来，被带到法师面前，坐到祖宗牌位前的板凳上，她表现得出奇地安静和驯服。司马萍还怕她癫狂起来无所顾忌，自从鬼上身以来她经常这样。她还记得，天师叫自己躲到屋子角落里去，千万别出声妄动。

就跟她还想怎样似的！

天师把双手覆到最大的一支蜡烛上面，火焰的颜色奇迹般地——十分惊悚地！——变成绿色。男孩猛地转身离开蜡烛，扯得质丽差点儿摔下板凳。

法师挥舞着双手,继续念着咒语,声音低沉有力。空气中突然弥漫着甜腻的香气,司马萍也分辨不出究竟是什么味道。她的心跳得厉害。她这辈子一直到死都不大确定那晚自己是不是晕过去了一阵子。

不过在她神志清醒的时候,她亲眼看到质丽也开始尖声恸哭(但那是她自己的声音)。与此同时,那男孩一下子跪倒在泥地上,跟着质丽哭叫起来,哭声凄厉,仿佛他也感受到同样的痛苦——或是愤怒。

天师左手已经抓起两人手腕之间的绳子,朗声喝令,说些司马萍听不懂的话。

她双手捂住脸,只是透过指头缝向外偷窥,然后垂下眼睛,不敢去看自家屋子里的骇人黑影。

从她亲生女儿身上召出来的黑影。

天师又念动真言,这回她听懂了:

"五雷正法,诸邪辟易。何方妖孽,胆敢害人?"

质丽紧闭双眼,低垂着头,手脚乱颤,司马萍都担心她这样会伤着自己。司马萍想走上前去搂住女儿,可她强迫自己依照天师吩咐,躲在墙角,透过指头缝看着这一切。

答话的是那个男孩,那声音突然变得十分低沉,简直不可能是他那么小的人能说出来的。他说的话乱七八糟、七零八落,而且怒气冲冲,司马萍一点儿也听不懂。

天师的头发也松开了,披散在身后。他把那根绳子用力一扯,男孩一个踉跄,跌到质丽坐的板凳旁边的地上。

法师又喝道:"成亲?做梦!她不会嫁与他!你如此祸害无辜百姓,所为何事?又为何害乡邻?你究竟是何来路?"

屋内光线诡异,司马萍看见地上的男孩倒在质丽脚边,满脸痛苦和怒容。他又大声哭喊起来,司马萍还是听不明白他在说什么。

跟着,他安静下来,动也不动。

天师于是轻轻说道:"啊!原来如此。"

烛光里的绿色毫无征兆地消失了,屋子里的光线这下正常了,那种奇怪的香气也没有了。

天师疲惫地用两只手抹一抹脸,深吸一口气,解开绑住两人的绳子。男孩躺在地上,双眼紧闭,一动不动。

天师也不管他,给质丽端来一杯事先准备好的汤药。质丽坐在板凳上,瑟瑟发抖。她双眼圆睁,看着法师,从他手中接过汤药一饮而尽。

法师又看了看墙角的司马萍。

司马萍看见他衣服都被汗水浸透了,眼神和长发看起来十分狂野。那男孩仍旧四仰八叉地躺在地上人事不省。司马萍看看他,垂下双手。之前她一直用手捂着眼睛。

"他……他死了?"司马萍记得自己颤声问道。

法师疲惫地摇摇头。"他睡着了。一会儿质丽也要睡觉。等睡醒了,她就没事儿了。那鬼魂跟我说了它的来历,等再做完一件事,它就走了。"

结束了。

司马萍哭了起来,泪水在眼眶里打着转,又沿着满是皱纹的脸颊慢慢流淌下来。她的双手紧紧绞在一起,就着烛光,看着自己的女儿,她感到自己有一次见到了女儿。她认识这表情,认识这双眼睛。质丽也哭了起来。

"娘?"质丽说。

这是司马萍最想听到的字。

她从墙角走出来,一把搂住自己的孩子。这个孩子又变成原来的样子,回到家人中间。

有生之年,尽管世事变迁,可是对这件事情,她却只字未提。

这一夜晚些时候,村子以东还发生了一些事情,这些事情,另一些人知道,并且奔走相告,可他们都不知道这里的绿色烛光和甜腻香气,以及这里的号令与哭喊。

天师绾起头发,走出房门,领着许多人,包括质丽她爹和帮他们的山贼,举着火把,沿着大路出了村子。正如天师所说,质丽睡了。男孩仍旧躺在屋里的地上。司马萍守在他俩身旁。

先前作法时，质丽身上的鬼魂转移到男孩身上，它指示村民去找一棵树。这棵树找到了，人们就着火光，在树下挖出一副枯骨。

第二天清早，随着白天的降临，人们的恐惧也渐渐消退。在晨光中，天师告诉村里人，很久以前，一个女孩在她大喜之日前夕，被人残忍地杀害了。女孩的尸体一直都没找到，也没有好好安葬。于是在质丽即将成亲、嫁为人妇时，那女孩的鬼魂附到了质丽身上。

那姑娘的尸骨所剩不多——凶手藏尸时，挖的坑很浅，尸体被野兽拖去不少。尽管大家并不知道她叫啥名字，家在哪里，从哪儿来，什么时候死的——这件事情已经过去很久了——但村民还是好生安葬了那位姑娘。

从那以后，每年到了寒食节，司马萍都要为这个不知名的姑娘点上香烛，并且为她诵经。

这姑娘曾因为不得安息，因为痛苦和怨愤而占据了质丽的身体，等天师来了，在绿色的烛光中为她超度，她又彻底地离质丽而去。司马萍一直到死都在称颂天师恩德。

后来，质丽一辈子都没有嫁人，一辈子都没有离开村子。那晚过后不久，她就去圣道教的道观里修行。质丽在道观里过得很开心，最后正式出了家，而不只是当个居士。

她妹妹嫁进北边一个村子里，生第一个孩子时死去了，彼时天下刚刚开始大乱。她生的是个男孩，没活多久也死了。司马萍的两个女儿都没留下外孙，儿子十七岁那年被征召入伍，随军北上，从此消失在一路征尘中，再也没人见过他。儿子也没有留下子嗣。再后来，司马萍也改嫁了。夜深人静时，她还会想起那天，她眼睁睁地看着儿子离她远去的一幕。

世道艰难，大厦将倾，一个女人，为了儿女，也只能做这么多了。

第十章

盛夏时节，草原东北的叶尼部落会更靠北一些，靠近黑水江的源头。黑水江是他们传统牧场的边界，江水从那里向东流淌，穿过山林乡野，最后流入大海。

夏季干旱，不过还不到要命的程度，也能找到合适的草场来放牧。叶尼部的年轻可汗正在规划秋季到来后，部落向西南迁徙的路线。等到冬天降临，族人就已经走出很远了——尽管从来都不曾远到逃离北风与暴雪的侵袭，也从不曾逃离夜里胆大妄为的几个狼群的骚扰。

这种活法实属不易。这也是他们唯一的活法。

眼下正是夏季，狼群仍旧是个威胁，不过夏季里狼群有的是办法填饱肚子，用不着冒险跟人类发生冲突，这里的草原上有着天底下最聪明——因此也是最危险——的狼群。关于狼，有很多传说。有的传说讲狼如何变成人，有的刚好相反，说的是人怎样变成狼的模样。萨满能打破人与动物之间的界线——这样做时并不总是出于好心。

好心、善意、太平、宁静，不管是天神照耀下的白天，还是群星闪耀的黑夜，这些东西都不会出现在草原上。

草原就像一条宽广的锦带，绵延千里，从离此不远的山林向西，一直延伸到无人居住的大漠。跟草原上的所有部落一样，叶尼部依照惯例，时刻都有人手在外保卫牧场和部落。

这就是说，夏夜里也有卫兵巡哨。

敖彦是可汗最小，也是最受宠爱的弟弟。这年夏天他已经十四岁了。他和别的年轻人一起，在夏季里开始执行警戒任务。这样做能让年轻的小伙子更容易地适应自己的职责。同样是在营地附近巡逻，夏季里做起来要比冬天容易许多。冬季里，狼群的胆子更大一些，而羊群则可能走得更远。

而眼下并没有这般危险，充其量也只是遇见一头孤狼，或是偶尔受到大群牲口的吸引，以至于顾不得畏惧人类，离开自己的领地来到这里的虎豹之类。即便如此，也不过是些落单的畜生罢了。

敖彦知道，自己将来要在部落中扮演重要的角色，要辅佐长兄，跟三位哥哥一起领导部落。因此他对待自己的任务十分认真。他为自己的家族感到骄傲，总想着为家人争光。今晚和他一起巡逻的还有七个小伙子，他早先就跟这几个人说过，巡逻的时候需要胆大心细，不能听见有动物弄出声响就一惊一乍的。

其他人都把敖彦视作头领，这可不光是因为他的出身。敖彦的气度，他的处变不惊，早已为人瞩目。让人安心，这是他与生俱来的本事。

敖彦说，叶尼的骑手要能够在黑夜里分辨出哪个声音是惊马，哪个声音代表着威胁。这些小伙子很快就会成为这样的好手。

今晚没有月光，草原上一片漆黑。敖彦私心里虽不情愿，但也不得不承认，自己原本希望远眺能更容易些。不过这世上哪儿有容易事？活着就是无穷无尽的考验。他哥哥，叶尼部可汗总喜欢这么说。他们活得可不像遥远的南方人那般轻松懒散。南方的奇台人懦弱、懒惰，根本配不上天神给予人间的生命恩赐。

奇台人要是来到充满挑战的草原上，早就一命呜呼了。这话，敖庞也不止一次地跟这位小弟说起过。奇台人在这里连夏天都熬不过去，更别说冬天！那部落的领主萧庞人呢？他们也变得越来越柔弱，身为草原民族，却要建造市镇，还要住在里头！

叶尼部和其他部落也许都承认萧庞人的地位，向萧庞皇帝纳贡以求在东北一隅能够自保（西边的部落也同样如此），不过他们仍旧是骄傲的民族。骄傲就是草原子民的特征。倘若和平的代价只是每年入秋的一次纳贡（还有跳舞），那么弱小部落就愿意支付这个代价。真正的领袖绝不允许放任自己的情绪，却给族人惹来祸事。

部落就是我们的家。敖庞会这样教训弟弟们。

敖彦作为最小的弟弟，从十岁刚出头起，就认真聆听这些教诲。正如萨满的预言，他是个心思缜密的孩子。敖彦啼哭着来到世上那一晚，老萨满饮过石碗中的鲜血，丢出一把羊骨，预言说这孩子将比叶尼部落创立以来任何人的命运都要光明。

预言都是些说不准的东西。疾病、饥荒、意外、战争，哪一样都能要人性命，你得先活下来，才能迎来命中注定的成就。

敖彦正在训练自己既放松又警惕——同时维持这两种状态可不容易。他听见从右边远离马群的地方传来一个声响。这声响可能代表很多东西。或许是一只小动物，又或许是一条蛇从石头底下钻出来。

敖彦勇敢，睿智，却太过年轻，他转身眺望，被一支箭射中眼睛，当场毙命。他跌倒在地，发出一阵细微动静，这动静本该被附近的人听见，可他周围没有人。

只有刚刚射杀他的那个人知道，敖彦死前听到的声响是怎么回事。毫无疑问，这并非因为疏忽，而是有意吸引男孩转身，露出脸和躯干，好让杀手射出那夺命一箭。

不过，若说只有杀手听见那个声响也并不准确。按照草原民族的信仰，天神无所不知，而每当有人向死神走去，死神也都知道。以后或许还会有人因为这年轻人的死去而感到哀痛，于是编出一段故事，里面添油加醋地说起这个声响，好让听众多一点揪心。说书的经常干这种事情。

部落的萨满禀赋不凡，能在精灵鬼怪的国度里遨游。他的预言并没有错。叶尼部的敖彦身体里孕育着伟大，灵魂里深藏着不凡，年轻时便已经睿智过人。

可是在一个月黑的夏夜，这个男孩却在群星与丝丝缕缕的云彩之下死去。随着他的死去，一些未来终结了，而另一些未来却由此开启。

这样的事情无时无刻不在发生。也正因此，人们才会向他们的神明祈祷。

阿尔泰人来了。他们先过了河，等了一整个白天，如今背信弃义，不宣而战，骑在马背上（一向都在马背上）如雷霆般冲出黑暗。

让男孩巡逻放哨的问题在于，他们很容易被自己部落的牲口吓到，但也因此很容易错过真正威胁降临时的更加细微的前兆——这些前兆通常也同样来自牲口的异动。

营地附近的所有哨兵都被阿尔泰人先于骑兵行动的弓箭手射死。在草原上，弓箭手就算只能就着星光，也很少会失手，而阿尔泰人的居住地尽管更靠近森林，或是就在森林当中，但人们都知道他们是最强悍的战士，在马背民族当中拥有最优秀的骑兵。

阿尔泰部人口不多——靠近勾丽半岛的贫瘠土地养不活太多的人。对阿尔泰周边的部落来说，这一向算是他们让人稍微宽心的方面。阿尔泰人都是矮个子，罗圈腿，心狠手辣，傲慢自负，不过他们有限的人口使得其与生俱来的好勇斗狠多少有所收敛。

好勇斗狠并不意味着行事歹毒。叶尼部的年轻只是被人一招毙命，但留了全尸。有时候在战争中，部落之间会对对方的男男女女做下十分残忍的事情。在过去，草原人若是攻下奇台城池，就会这样做。作为一种战术，这些行径都是蓄意为之，是一种打击抵抗者士气的战术。

不过今晚不需要发出什么信号。尽管自从敖庞为讨好萧虏皇帝，跳了一支让人难堪的舞蹈之后，阿尔泰人的头领便彻底看不起敖庞了，但实际上阿尔泰人跟叶尼人并无仇怨。叶尼部只是开始，是必须迈出的第一步。

从一方面来讲，今晚的进攻破坏了共舞称臣之夜所立下的誓言，阿尔泰人一向自负言出必行，对于违背诺言的人从不姑息。

但另一方面，正如都统那机敏的弟弟所阐述的那样，倘若阿尔泰人拒绝承认萧虏人高自己一等，拒绝承认那个自以为是的醉酒皇帝是阿尔泰人的领袖，那誓言就根本没有效力可言。

长久以来，阿尔泰人一直接受人口众多的萧虏人的统治，从今夜起，萧虏人的统治结束了。整个部落，不论老幼妇孺甚至牛羊牲口，都行动起来，离开原先的领地，渡河南下。他们将一直行动下去，直到一切都做个了结——不论这了结意味着成还是败。此议已定，所有人都在火光中立下誓言。

这次叛乱的源头可以上溯到另一个篝火之夜，那一晚有人围着篝火跳舞，阿尔泰人就是如长矛般从那一晚直直地冲到了这一晚，这一晚，天地将为之一变。不光是黑水江畔的叶尼部，而是如同一道涟漪，激荡整个世界。

段龙替那姑娘驱了鬼，任待燕和众好汉没有多耽搁，第二天一早就离开村子，掉头回东边。

临出发前，村里百姓抓住段龙的手，一边亲，一边求他留在村里救苦救难。这是常有的事情。

段龙推说自己另有要事，无法久留。任待燕一众人信守诺言，护送着他回到荻缯村，一路无事。

此时正是夏末秋初，下午的暑热让人昏昏欲睡。任待燕骑着驴子，与段龙并辔前行，他说："那堆骨头，先埋下去又挖出来。"

"怎么了？"

"干吗要这样？"

段龙瞥了任待燕一眼。一行人慢慢悠悠地走着，并不急着赶路——骑着驴，走不快。附近的农田里一片焦黄。赶紧下雨吧，不然日子就难熬了。这些事情，段龙都懂。他就是因此过上今天的生活。有些秘道天师会收钱替人祈雨。有时候还挺管用。

"人为什么会生病，又怎么能治好，百姓都需要有个解释，好帮助他们理解这些事情。"

"你真把一个鬼魂从她身上赶走了？"

"我救了她。"

"你做法事的时候，那个小子又是胡言乱语，又是昏倒在地，他是怎么回事？"

"你都听见了？"

任待燕不作答。

段龙耸耸肩，说："跟你说过，百姓需要人帮他们理解这些事儿。"

"两家定亲的时候，她刚好生病了？"

"对，"段龙说，"看样子就是这么回事。"

他看着任待燕，笑了笑说："还想让我怎么帮你？"

任待燕顿了一会儿，也笑着说："足够了，先生。"
"我就在这条路上行些善事，"段龙说，"不可能每次都清楚究竟是怎么回事。"

下午，一行人到了荻缯。快到村口时，任待燕勒住驴子，举起一只手，好叫身后的人也都停下来。

他又转过身对段龙说："先生要去荆仙？我们没法送你过去。我叫子骥找些可靠人手护送。先生答应的全都做到了，若先生允许，钱就让我来付吧。"

他的语气非常客气。

"你呢？回南岸？回山寨？"

任待燕笑了："先生知道我在水泊寨？"

"这样想才说得通。"

"大部分说对了，不过我不回去。"

"哦？"

任待燕看着前方村口，说："我要在这里见提刑大人。"

"王黻银？你说你跟他见过面了。"

"跟他说过他的事情，还有先生的事情。这回……该说说我自己了，还有这些弟兄。"

段龙盯着他，张张嘴，却什么也没说。过了一会儿，两人继续前行，进了村子。

第二天早上，趁着天还没热起来，段龙带着任待燕雇来的保镖向东走去。路上，他突然想起来，昨天在路上，他该对任待燕说："我跟你走。"

要是那样，他将会变成另外一个人，他的一生也会抵达另外一个目的地。就在此时此刻，在晨光中，在鸟叫声里，他也明白这一点。

每条路上都有无数岔路口，如何选择，却在于我们自身。

荆仙是奇台的一座重要市镇，下面辖有大大小小许多个乡。提点荆仙刑狱公事王黻银，昨天来到荻缯公署，一直待到晚上。

他留在这里过夜，是因为他在等一个人。

如此期待与之会面，就连王黻银都有些吃惊。可是在那之后，他的命运就因这个人而改变了。这也是卓夫子的一部分教诲，有的人会一而再、再而三地出现在别人错综复杂的生命中。想到他正在等的这个人在他生命中的重要地位，王提刑感到一阵心安。

再说，他来这里调查的案子——一件血腥命案——已经有结果了。这也是那个人的功劳。上次分别之后多年未见，不意在这里居然相逢，他还给他提供了有关命案的线索。

王黻银还记得，多年前的那个秋天，在西部的一条乡间小道上，地上铺的树上挂的满是枯叶，有个男孩凭着手中弓箭救了王黻银众人的性命，然后那男孩就走了——进了山林，从此消失，成了绿林好汉，再没有回来。

王黻银从来都不敢自诩是诗人，可那一幕幕图景时常会在眼前出现。他也写过一首诗，讲述那天的事情，还把它寄给汉金和别处的朋友，当初参加科考的同年。这首诗意外地受到好评，据说连朝廷里都有人知道。

那天之后，冬去春来，王黻银开始发奋工作，不光做好身为县丞的本职工作，他还学习司法刑狱方面的知识。

他负责调查的关家村命案成功告破，那天他要是遭人绑架或是横死途中，凶犯就要永远逍遥法外了。天理昭彰。

那时的王黻银还十分年轻，他感到有一股力量，吸引着他的精力，坚定地推着他前进。他真的算不得诗人——不过他并非一直这么想。

到了夏天，他把自己的心得写成一本册子，一本指导刑狱侦查工作的入门书，介绍了侦办罪案时，需要注意哪些事项。这本书以第八王朝的一本刑侦书为基础，去伪存真，又加入大量他们这个时代所独有的内容。

这本小书，同样大受欢迎，也同样传入朝廷。太师杭德金就曾亲自读过——至少他是这样说的。太师特意修书对他大加赞赏，拨了一笔钱给他，更以官家的名义提拔他到一座大市镇里担任推官，一个"像样的地方"，就像欣喜若狂的夫人说的那样。

一年前，王黻银再次擢升，当上了六品文官，并且举家迁到荆仙府,一个更像样的地方。当时他就是这样用夫人自己的话来逗她的。当时夫人正因为丈夫的平步青云而激动不已,听见这话乐得咯咯直笑。

一在荆仙安顿下来,夫人开始张罗着替他纳妾,王黻银的第一个侧室——一个尤物,精通音律,举止得体,而且,这自然也是一个象征,标志着他们一家地位的提升。

王黻银又撰写并付梓了一篇论述应当如何侦破命案的短论文,据说他的著作正慢慢成为年轻文官的必读书目。这年春试似乎还有一道题目就用了他的书中的内容!

在荆仙履职似乎指日可待了,不过再往上会如何,王黻银还不曾设想。他知道夫人想过。晚上,和侍妾一块儿躺在床上,王黻银说起过这些。

他真的变了,变的不光是他的境遇。王黻银十分聪明,他明白,要不是自己身上发生改变,他或许还在边陲县城里当个懒散、尖酸的小官,身边还有个同样尖酸刻薄的夫人。

去年秋天,衙门里得到消息,说大江南岸有个年轻的山贼,领了一票同伙劫了"花石纲",并且使用弓箭射死六个人,箭法又快又准。从那时起,王黻银就一直在想,有没有这个可能……

身为提点刑狱,他把幸存下来的人叫来问话,那些人也向他做了一番描述。

显然,带领这样一帮山贼的强盗头子,不可能跟当年那个十五岁男孩有什么相似之处,可是……

关于这个弓箭手似乎有不少传闻。其中之一是,他是从遥远的西部来到水泊寨的,并且是强盗里面最厉害的弓手,也是最年轻的头目,相当引人瞩目。

这一传闻足以让王黻银有所行动了。这行动既是出于好心,也有更复杂的缘由在其中。他给男孩的父亲,也是当年他手下的书吏,写了封信。

他知道大江沿岸哪些村子会时有山贼造访。他在信中告诉男孩父亲,可以把信寄到哪里。

任渊工作勤勉,举止文雅,王黻银很欣赏他。等到王黻银自己也开始有所改变之后,他就更喜欢任渊了。他还把自己的第一本小书拿给任渊看,并且很高兴能在付梓之前,听到任渊既谨慎又有见地的评论。

王黻银并不知道任渊会不会给儿子写信,他也不知道如果他写了,接下来又会发生什么事情。他甚至不能确定那个使弓的强盗是不是任待燕。

就像把一块石头丢进池塘。

然后有一天,他来荻缙调查一起命案,他这下知道了——一切都得到了回答,这让他欣喜不已。

奇怪。任待燕这是第二次进衙门,却比第一次进来还要不安。这说不通啊。

三天前,他完全不知道,这个他年少时便认识的提刑大人会怎样接见他这个水泊寨来的强盗。任待燕杀过官兵、商人,还有朝廷命官,这些勾当早就广为人知。他极有可能被当场拿下,严刑拷问,最后弃市——要么死在这里,要么死在荆仙。谁要是能抓住他,足可以扶摇直上平步青云了。王黻银当初给父亲写信,也许就是存的这个心。当官的有此野心,设这样的圈套,并不算出格。

然而,一进了衙门,任待燕却变得前所未有地平静,就像要准备抢劫或是打仗一样。他从来不会因为打仗而惴惴不安。当初在离家不远的山路上,他就知道该怎么打仗。

任待燕知道——其他人——不管是他的手下还是敌人,谁都有吓破胆的时候,每到这时,他总会鼓舞士气,或是将别人的恐惧为自己所用。要想成为领袖,这也是他需承担的责任之一。

任待燕的确想成为领袖,也好光宗耀祖。

这也是他设局引提点刑狱大人来这里,大人一到,他便前往衙门的原因。

有些人或许会以为,这一切都是天意——任待燕一伙人刚过大江,荻缙就出了命案,于是提刑大人前来调查。

这样想,只是因为他不知内情。

两年前,荻缙村有个人想来水泊寨入伙,赵子骥于是知道了这个地方。当时大伙儿都不相信他,于是先把他打发走,又暗中跟着他。他一个人住在荻缯村边,山贼们发现这人有一套造假币的设备——要发现这个并不困难。

私藏造币器械,按律乃是死罪。这人却从未被官府捉拿,甚至不曾受到审讯。之所以这样,只有一个可能,这人实际上是个告密者,向官府告发大江沿岸的强盗、私运茶盐的走私犯,还有偷逃税赋的人。他身上背着不少人命。

众好汉来到荻缯村的第二天晚上,这人出了妓院正要回家,结果半路上被赵子骥和另外两位好汉堵了个正着,跟着就在附近的田地里丢了性命——死在一把镰刀之下。

这把镰刀顺理成章地做了一番清理,但是并没有彻底清理干净,然后被放回主人家的窝棚里——他们打算嫁祸于他。

去年,镰刀的主人在村子东边杀了个女人。女人的尸体一直没有找到——有的湖非常深,可是即便官府没有抓到他,强盗却能找上门。

在大江两岸,有很多办法都可以伸张正义。

那天晚上,任待燕几乎整晚都没有合眼,他一直为由此产生的一个问题感到困惑。要是他们不知道这两个人,那他会不会随便找两个村夫来实施这个计划?——杀死一个,栽赃另一个,只为把提刑大人引过来?

在夏季的月光下,任待燕有了一个答案。要改变这个世界,就不可能事事讨人喜欢。

其他人都睡着了,任待燕却坐在小树林边上,看着月光下大片的银色农田,想起了古老的诗句。这诗句如月光般璀璨,又如离别时的柳枝满含着哀伤:

夜来狼啸难安寝,
自觉无力解苍生。

第九王朝的诗人岑杜,他的一生既经历过"荣山之乱"前的繁华,也见证了叛乱的过程。他死的时候,战乱频仍,饿殍遍野。实际上，岑杜去世的地方就在离这里不远，沿着大江向东走就能到。他最后的居所成了人们前去朝拜的地方，任待燕就去过，在那里的碑前放了一些花枝。

任待燕可不像岑杜，何况他还年轻。他绝不相信，如今的世道不可改变，天下苍生无力解救。

他不是当年那个挥舞着竹剑假装与番族殊死搏斗的小男孩，然而，这个男孩曾经是他，这个男孩也永远不会改变。他回到树林里，躺在斗篷上，一直睡到天明。

众人等着尸体被人发现，消息传到东边，又等着提点刑狱大人职责所在，从荆仙赶来调查命案。

好的领袖，在将计划付诸实施之前，要尽量收集情报。即便如此，有些时候也还是没有必胜的把握，这个时候，你必须相信……一点儿什么。西王母的眷顾，祖宗保佑，别人好心，自己的星命，神仙显灵，运气。

任待燕不喜欢这种时候，也正因此，当他第二次走进衙门，来见多年前自己搭救过的这个人时，他会感到如此不安。

自从几天前两人见面之后，王黻银就仔细考虑过任待燕的事情。

他有的是时间来考虑。命案很快就破了，破案用到的技巧和当年他去关家村第一次办案时用过的如出一辙。王黻银曾写文章介绍过，他也因此赢得"有巧思"的赞誉。

眼前的这件案子，死者似乎是被镰刀杀害，四肢被割下来，放在身体旁边，这场面让人目不忍视，好在王黻银早就见识过。王提刑叫手下把获缙村里村外所有镰刀都收集起来，把它们放在几箱家蜂旁边。旁边围了好多看热闹的百姓。

很快，蜜蜂都拥在沾血的镰刀上。

这个场面让人印象深刻。

镰刀的主人一直说自己冤枉，不过提刑大人的手下各个经验丰富，不辱使命，当天晚上就叫他认罪了。

审问过后，那人还活着，这很好。他将在这里问斩。让本地村民（还有孩子）看他被问斩大有好处，这样能告诉大家，天网恢恢，疏而不漏，即便是荻缯这样的小村子，也不能例外。

他们还查扣了一台造假币的器械，而且在死者家里挖出大量私币。提刑大人的正式报告中将会暗示，罪犯和死者之间似乎发生了争执，这应该就是案犯杀人的动机。而王黻银也因此又多了"一审两案"的名声。

任待燕第二次走进衙门，是在凶犯认罪的第二天晚上，王黻银坚持做东，要请他去本地最好的歌楼。说实话，那地方算不上太好，不过这里条件如此，只能将就了。

王黻银张罗着让人服侍他俩用饭沐浴，还安排伶人吹笛助兴。他想知道，任待燕会不会感到焦虑不安。

完全看不出来。这个年轻人——的确还很年轻——看起来既谦恭克制，又心情激动。那天晚上任待燕举止既不算自在，谈吐也不算风趣（这两点以后会表现出来）。他说起自己和这伙弟兄脱离水泊寨，要加入奇台军队，还具体提出了众人应该得到哪一级军阶。他还明确表示自己绝对不给"花石纲"押镖。

王黻银完全同意这些要求，只不过在问过几个问题之后，他也提出了一个条件，任待燕也接受了。

任待燕和其他山贼不会马上加入禁军。他们要先给提点荆仙刑狱公事当一段时间亲兵。这样，任待燕最初的军阶和饷银就相当于禁军中统管百人的都头了，过几个月，到新年时就会擢升为掌五百兵马的指挥使。

这样，等他真的调入禁军——任待燕真正的意图，他就更容易统领更多兵马。

任待燕要去北方作战。那天晚上，他还引用了一句古诗……光复故土，疆理河山。

王黻银想，尽管两国和约、长城以南的土地被割让这么多年，很多人似乎仍然抱着这样的念想。

王黻银自己的看法是，奇台捐输给北方的银帛，到头来还是会通过边境的榷场流回来。而用钱买来的、确定无疑的和平，总好过胜负难料的战争。他可以——也经常——以奇台兵败厄里噶亚为例，来证明战争造成的创伤有多么可怕。

在王黻银看来，如今这个第十二王朝本就不能指望它在军事上有所建树。在过去，军队曾经掌握了真正的——也是可怕的——权势。在过去，高等级的文官也十分擅长马术，能在骏马上蹴鞠。他们还通射艺，会使刀剑。而如今的官僚们却对这些东西嗤之以鼻，并且引以为荣。如今的官员个个身材臃肿，手无缚鸡之力，以此来显示自己对皇位绝无半点军事上的威胁。

这天晚上，这些看法王黻银基本上都只能藏在自己心里。这天晚上，王黻银喝着酒，听着勉强可以入耳的笛子和琵琶演奏，只说了一句："显然，你需要跟北方一战。"

"会开战的。"任待燕说。

他的自信让人难忘。有的人像是有本事，能逼着你相信他们，哪怕他们谈论的是无人知晓的未来。

两天后，王黻银和他的手下，以及任待燕和他的六个弟兄——提点刑狱公事王黻银的亲兵，一行人向东出发，前往荆仙。

大学者，史学家，奇台曾经的宰相席文皋，同年夏天在延陵自家的花园里写下了绝笔。这绝笔文章写的是他对牡丹和梅花各自不同德性的感想。

席文皋死的时候，这篇文章还没有写完。不过还是被付梓并传遍整个奇台——这可是席夫子的绝笔呀！不论从哪个角度来看，席夫子是第十二王朝的骄傲，人们提起他时，都会说他是彪炳千古、足可比肩历代往圣的大文豪。

的确是这样，尽管在他人生的最后一段岁月里，他被逐出朝堂，行动范围被囿于延陵城内。

对于智者来说，朋党只是一时之争，长远来看，诗家和史家才更为重要。在文明的世界里就是这样，而奇台一向自诩文教昌明。只要看看北方，同那些番子做个比对就能一目了然。

席夫子的绝笔中谈到艺术与自然。文章中说，早春的梅花美得如此精致，哪怕用任何言语和描绘，即便是出自最高明的诗人和画家之手，在它面前都会相形见绌，自惭形秽。

人们（还包括一两位女子，史学家谨慎地点出）努力想在诗与画中描摹梅花，梅花那返璞归真的气韵却总是让人难以捉摸。

席文皋在文章里又荡开一笔，说这在某种程度上，恰好成了第十二王朝自身的写照。帝国的版图比过去的小，理想抱负也不如古代王朝高远。衣着服饰少了些张扬，瓷器绘画多了些精致，规训太多，让人不得自在。

与梅花相对的，是广受追捧——尽管并非人见人爱——的牡丹。牡丹大胆，热烈……而又张扬。牡丹是一种人造的美，是人对自身能耐的彰显。栽种牡丹是一种取材自然的艺术：以天才的技艺嫁接花枝，设计造型，调配香味与花色，在延陵尤其如此。

席夫子暗示说，在第九王朝，牡丹被视为"百花之王"，而如今，人们或许把牡丹看成大崩溃前的第九王朝在今天的回响。

而如今的第十二王朝，正是在历经长期战乱和种种妄念之后才慢慢崛起——恰如经受苦寒历练的梅花！

可惜，这篇文章并没有写完。夫子没能把结论诉诸笔端。据说夫子那天握着笔，坐在花园的凉亭里睡了过去，从此不复醒来。据说他头上原本松松地别着帻巾，去世时帻巾滑落下来，掉在书桌上，躺在他身旁，沐浴在晨光里。

于是，人们永远也不会知道，这篇文章究竟想说明什么。席文皋本人，也同样让人无法捉摸，即便是在他死后。

有消息说，席文皋家里的一位侍女，在发现主人已经驾鹤仙游之后，也在同一天自杀了。

坊间传闻在席文皋流放岁月的最后几年里，这个女子对他来说已不仅仅是个侍女了。世人都知道，席文皋终其一生都喜欢有女人陪在身边。

关于她和席文皋之间的关系，过去有人认为这不过是一个侍女为了生活得更好，而委身于她的主人，并无稀奇之处。对有些人来说，侍女的自杀，让这种说辞不攻自破。而一些愤世嫉俗的人却指出，席文皋一死，她在席家也就不再得宠，这些人暗示说，她只是宁愿去死，也不想再当下人。

另外一些人则确实从侍女的死中看到一些温良纯厚的东西，也许还有爱慕。毕竟，席文皋终其一生都不乏世人——不论男女——

的仰慕。

到最后,和许多事情一样,人们终究没有得出个定论。

尽管席文皋死于流放,官家还是下旨要求延陵厚葬夫子,并且要求当地立碑,记述夫子生平和他的官位。

那个侍女被以她的身份能得到的最高规格葬进墓地里,周围也都是些仆人的坟。席家宅子由席文皋长子继承,又过了一些时日,天变了。

第十一章

九月九日，重阳节。卢家两兄弟独自出门赏菊。只要能在一起，兄弟俩就都是这样过节。

兄弟二人一起出门，不带其他人，这既是卢家兄弟的惯例，也是旧日风俗。当然，菊花酒还是要带的。酒和杯子都由弟弟带着。哥哥带着一根拐杖，在零洲岛上过了这么多年，腿脚已然慢了许多。

重阳节这天，人们都会上坟祭拜先人。不过卢氏兄弟的父母和祖先都埋在西部。最近有个人辞世的消息让兄弟二人哀痛不已，那个人死在延陵，死在书桌前。

重阳节要登高，不过今年他们并没有去太高的地方。前阵子有消息传来，席文皋仙游了，兄弟二人聚到一起，十分难过，两人都没有心思外出登高远足。

从第一次进京时起，席文皋就是这二人的先生，并且受到兄弟二人的爱戴。当年他俩随父亲初到汉金，坊间便有传闻，说此二人绝世聪明，前途无量，说他们妙手文章，通过层层科举考试，一路进了京师。

今天两人去了"东坡"附近的一道山梁。"东坡"就是卢家的小农庄，这个名字是大哥卢琛起的。两人坐在树下的凳子上，弟弟把酒倒上。

两人向东望去，山坡下面有一条小溪，卢家的田产就在溪对岸。若是努力耕作，丰年足以供养一家之需。

天还不算冷，但兄弟俩已然能感受到秋意——重阳时节，正是悲秋的时候。

兄长说："走得太远，真的会找不到来路？"

弟弟看着他，喝了口酒。弟弟个子高一点，身材也更瘦削。不论言谈还是文章，他都不如兄长那般心思敏捷。他虽算不上诗人，但性格沉稳，胆气过人，与人论辩时思路缜密，因此也颇受人尊重。在他的众多成就当中，有一样，就是曾经北上出使过萧虏。

"会，"卢超回答，"你有这种感觉？"

诗人望着远处的小溪。"是因为今天吧。"

弟弟说："是吧。不过侄儿和大嫂都在这里，如今咱们一家团聚，又有田地，不会挨饿。老天待咱们不薄啊，大哥。你已经回到奇台了。"

零洲岛虽名义上属帝国领土，却在帝国边陲，自成一统。因而有此一说。卢超指的就是这个意思。

当年遭流放时，卢琛看起来并不老，可到如今，他完全不像是正当壮年的样子。眼见着兄长如今这般模样，做弟弟的心中都会隐隐作痛。弟弟是天底下最尊敬卢琛的人。

卢琛对弟弟也有同样深沉的关切。他冲弟弟笑了笑，说："是啊，我能回来，老天待我不薄啊。"

他伸出酒杯，弟弟把酒满上。两人又朝东边山下望去。两家的儿子和庄里的佣客把坡上的荆棘杂草都清理干净，种上桑树板栗——这都是附近农田的主户提的建议，卢家兄弟二人对农事知之甚少，不过也都愿意虚心求教。他们可得养活不少人呢。

两个人都不说话。过了一会儿，哥哥吟道：

夜饮东坡醒复醉，归来仿佛三更。家童鼻息已雷鸣，敲门都不应，倚杖听江声。

长恨此身非我有，何时忘却营营！夜阑风静縠纹平。小舟从此逝，江海寄余生。

弟弟没说话，满饮一杯，又给两人斟上酒，终于说道："新填的。"

"是。前两天写的。"

卢超说："已经回来了，就别走了。"

卢琛脸上的笑容一闪而过："啊，你是说我真的回来了？是说我还是过去的我？"

弟弟没有报以微笑。他说："对。我就是这么说的。"

跟着，该来的终究避无可避，卢超向兄长讲了另一个消息。这个消息沿着驿路，跨过江河，刚刚传到这里。这一回，消息来自朝廷。

奉旨离开这里的是他。卢超去国久矣，如今又要重新入朝为官，真可称得上是一份荣耀。可他要去的并非京师，而是北方，远在长城之外——长城是旧时奇台的国境线，而不论古今，那里一向十分危险。

头顶树上传来鸟叫，坡下有鸟随声附和。上午多风，天色晴朗。湛蓝的天空，金黄的太阳，白云随风舒卷。

两年来，尽管总会时不时地召林珊进宫或是前往御花园见驾，但官家从来都没有暗示过想要林珊侍寝。

这让林珊轻松不少，不过如果说实话，她有时也会想，官家为何从来都不曾有过这方面的打算。她照着镜子，却也看不出个所以然：她个子高挑，容貌姣好，仍旧年轻，而且身段苗条，正合当下的风尚——如今一般都认为，大户人家的女子都不该"抛头露面"。

当然，"艮岳"里的女人并不都是出自大户人家。有时候，诗人学士奉召前往御花园宴饮，宴会进行到一半却被打断，因为宫中妃嫔乘着步辇，让人护送过来了。

这时官家就会退席，和送来的年轻女子一起进入一座凉亭，凉亭四周会放下帘子，以免旁人看见，尽管声音还是会传出来。

凉亭里面还有内侍省的书记员，总是板着个脸，官家就当着他的面行房。通常里面还会有两个女子，林珊知道，这两个女子负责为官家和妃子宽衣，有时候还会替官家让那妃子攀上高潮……与此同时，让官家忍住冲动。

这些都是秘道教的教中规定。只有这样，男人才能够通过行房达到固本培元的目的。

林珊有时候也会试着想象，自己在三个人的注视下交合的场景，其中一个人还拿着纸笔，一边仔细观察，一边一丝不苟、巨细靡遗地把时间、结果之类的事情都记录下来——可她怎么也想象不出来。

结果。心情好时林珊想起这种场景就会觉得好笑。不过最近这样的心情少之又少。

她读过两本秘道教介绍房中术的书,其中《玄女秘经》最为著名。父亲在自己的书房里放了一本。林珊当初有些急不可待地想要在内闱之中跟丈夫尝试书中讲述的一些方法,齐威也曾说过,她的努力让他十分愉悦。

而如今,齐威正渐渐疏远她。林珊觉得,夫妻俩渐行渐远,正始于官家开始垂青自己的时候。其实,官家是垂青他们夫妻俩,不过她也知道,这话如果说给齐威听,感觉也十分微妙。林珊也想知道,齐威的父母是不是已经暗示过,妻子太过引人注目,他自己身为丈夫的名声则因此受损。

可真实情况是,正由于官家的厚爱,他们两夫妻住进了宗室诸宅中最大的宅子。林珊的父亲如今和他们住在一起,房间就在大宅院的另一头。他们还在附近有一间库房,常年配有守卫,用于存放他们越来越多的收藏品,那是齐威的骄傲,也是他一辈子的乐趣所在。

只不过,大概从一年前开始,林珊就开始怀疑,齐威其实还有别的乐趣所在。

可她又能做什么呢?官家温文尔雅,学识渊博,还曾让宫中伶人来唱林珊的填词,有时干脆像诵读诗歌一样吟唱起来——难道林珊要假装不喜欢官家对自己词作的欣赏吗?难道在齐威和所有人眼中,这样都算是不守妇道吗?是这样吗?

夫妇失和,实际上,很多夫妇根本不曾亲近,更谈不上"失"和。可是这个原因——这个让他们夫妇发生改变的原因,让林珊十分心痛。她怀念当初两人一同外出旅行,彼此分享新发现的日子。丈夫一向行为乖张,可两人在一起却情投意合。可如今丈夫在各个方面,都对她关上心扉。

至少父亲还一直为她的成就感到高兴并且大加赞赏。林珊能为父亲提供一个安居之所,身为女儿能尽这份孝心,林珊也感到欣慰。林珊有时候在夜里还会想起当初父亲差点遭到流放,还有自己卧房里闯进刺客的往事。

她经常和父亲谈天，但这些事情却从来不曾说起。对任何人都不说。宗室诸宅的女人似乎一直认为林珊不守妇道，不成体统，认为女人不该去写诗填词，她这样就是在逃避自己应该扮演的角色。

父亲指出，这跟许多事情一样，里面也掺杂着嫉妒。而正如卓夫子曾经说过的那样，嫉妒正是人的本性之一。

可是嫉妒的力量之强，足可以把人孤立起来。林珊不愿向父亲表露此类感受，这会让他难过，甚至自责。有些事情，人只能独自承受，对此林珊有越来越深切的体会，这对于她自己，只是一些微不足道的负担。

林珊想知道，齐威是不是相信自己和官家有过肌肤之亲。这能解释他的变化吗？

他们还没有孩子，可这不是原因，尽管凭这一点丈夫足可以休掉妻子。林珊清楚齐威对孩子一向没有热情。宗亲当中并不流行"养儿防老"的观念。皇亲贵胄从生到死都有朝廷供养——就是说，有奇台百姓缴纳税赋来供养。

林珊知道，宗室人口庞大，并且数量一直在增长，供养他们花销极大，而根据法规，他们却丝毫不能为国出力。绝对不能让皇亲贵胄靠近权柄，或是树立威信。在过去，皇室宗家谋反叛乱的事情太多了。如今的宗亲都住在一起，得到供养，也受到监视——成了无足轻重，却光鲜亮丽的装饰品。宗室子弟若有更多野心，那么将来必成祸患。

有时候消息传来，说某地大旱，农村百姓民不聊生，每当听到这类消息，林珊总会有力不从心的感觉。她能做什么呢？她会填词，可是诗词——特别是女人的诗词——又改变不了世界。也许她和齐威没有孩子也算是件好事，少个孩子，就少一个需要供养的宗亲。可有时夜深人静时，她又会感受到没有子嗣的空虚，她想要孩子，就跟她想要别的东西一样。

每到这时，尽管无法证明，也无法说出口，可她就是确信，自己有能力生儿育女。她曾经悄悄地去看过大夫，大夫也得出同样的结论，并且小心翼翼地强调说，有时候，此类问题的症结，其实在于男方太过花心。

林珊想不明白齐威的心能怎么"花"。她确切知道的是，过去两人都对收藏有着浓烈的兴趣，很久以前，夫妇二人会一起外出旅行，一起购买珍玩古董，并且将之分门别类，还会一起发现并且辨别陶器和铜器上的文字，并为此激动不已……如今已经不复从前了，他们已经不再一起做这些事情了。

来了个女人，要为官家唱歌。

在这之前，官家的花园里，不少朝中重臣齐聚在一座亭子里，恭候御驾。而现在，他们会带着或心事重重、或焦躁不安的心情听伶人唱歌，而脸上却千人一面地挂着一副专注的表情，因为官家正在一脸专注地听歌。这个场景，林珊已经见过许多次了。

众所周知，官家雅爱音乐、诗歌、书法、绘画，对艺术在塑造本朝宁静淡泊的性格中起的重要作用极为看重。官家建造"艮岳"，正是用来象征整个帝国，为全天下带来和谐。有些朝臣也有同样的体会，另一些，则假装有体会。

今天让人感觉夏天仿佛就要结束了。过不了多久，泡桐树就要落叶了，大雁也该南飞了。秋季总是让人不安，让人伤感，让人担心冬季的降临。冬季会死人的。这里不会，但除了这里，整个奇台都会有人熬不过冬天。

林珊在一旁听到他们的谈话，得知今年夏天，长城以北的番子部落当中出大事了。大臣们似乎也是刚刚听说，眼下还没有想出对策。

林珊身为一介女流，虽与诸位大臣一起等待官家，但并没有得到别人的注意。她听见一个草原名字——萧虏——十分耳熟，而其他名字却不曾听说，其中之一是阿尔泰。这是另一个番子部落。攻打……叛乱？

显然，今天到场的诸位大臣的意见并不一致，这关乎奇台要对此事件作何反应。有些人似乎想要利用这个新兴部落来对萧虏施压；另一些则主张应当谨慎处置，说目前了解得还是太少。听得出来，这些男人都在据理力争。

老太师杭德金一直安静地坐在那里独自思考——要不就是在节

省体力。又或许他只是在等音乐响起来。林珊心想,他看起来气色不佳。杭太师的儿子杭宪在他身后,太子知祖也在旁边。

在场的大臣当中,有人认为官家应该退位,让太子登基,如此官家就可以心无旁骛地专注于书画和园林。知祖对此自然不置可否。林珊还从未听他开过口。有些年轻宗子,不论是出席宴会还是私人会晤,在宗室诸宅里显得十分跋扈,然而在奇台,身为储君则应当谨言慎行。

官家驾到的时候,林珊还在斟酌字句,想要把这些针锋相对、互不相让的声音都填进词里。杭德金叫人搀着站起身来向官家致意。很早以前,官家就免去了他三拜之礼。林珊跟着诸位大臣额头点地,向受命于天化成宇内五方至圣的奇台皇帝拜了三拜,护送各位宾客的禁军待在远处,林珊的侍卫也在其中。

此时伶人也出场了。她让人扶着,从自己的步辇中走了下来。她穿着一身金绿两色的缂绣衣裳,领口比宫中服饰所容许的还要低,袖口也更宽大。她身上香气袭人,叫人神夺。她个子娇小,美艳惊人。

在场的女子,除了那歌女,再就只有林珊了。她穿一件高到脖颈,垂至脚踝的深蓝色衣裳,袖口窄,身量纤长,身上的装饰只有两只耳环,一只是母亲留下的,一只是丈夫多年前送的。她也没有搽香粉。在这一点上,她倒没有反对加诸在良家女子身上的束缚,这些束缚要求女子在公共场合不能太张扬。

林珊原本打算故意与这些规矩做对,不过她的名声中已经有太多污点,像这样仅仅是为了故意不守规矩而再加上一笔,实在让人乏味。何况,她与官家之间的联系如此重要,这样轻率的举动,万一冒犯了官家,那就太不明智了。再说,太师的身体状况如今每况愈下……谁知道接下来会怎样?她还要考虑父亲的安危,甚至是丈夫的。毫无疑问,在秋日中危机四伏的朝廷里,她在这里的位置,就是所有人的护身符。

现在,那伶人要唱她新填出来的词了。这首词还是第一次有人来唱,而这,又是另一种考验。写这首词的时候她自己都心惊胆战,可她还是忍不住写了出来。来这里的路上,她心想:也许我其实并没有那么聪明吧。派来护送她来"艮岳"的侍卫是个新面孔，这些侍卫总是换人。

离众人不远的地方，正是那块巨大的湖石假山。为让园中景色更加和谐，这块石头挪过一次位置。这样做也是为了调整风水，以及顺遂官家的心意。

曾经有一份奏章说，为了搬运这块石头，有一百一十二名民夫死亡，另有几百人受伤，其中不少人致残。这块石头被放到滚木上，拖石头的牲口也死了不少，还有些牲口则因为搬运沉重的器械而累死，尸体被扔在原地。农田遭到踩踏，被犁出深沟，庄稼尽数损毁。大运河沿岸十二座市镇的桥梁被拆毁，好让运送巨石的驳船能够通过漕运进入汉金。

那位歌女坐在石凳上，优雅地调一下坐姿，试一试琵琶的音准，礼貌地望向林珊，莞尔一笑，算是个小小的致意。她可真是个尤物。

曲子很老，词是林珊的新作。林珊深得官家垂爱，只是因为官家觉得她有趣，与员外郎林廓（林廓得到官家圣允，可以在"艮岳"里随意走动，并将园中胜景诉诸笔端）毫无关系。林珊的丈夫，皇室宗亲的齐威，跟林珊一样言行出格。林珊的故事大家都很清楚。若是有人奉召上朝或是来到御花园，那最好还是弄清楚这人的来路。

所有人都觉得，不管是林珊的身世，还是她的婚姻，都不能构成她频繁受到官家召见、得到如此圣眷的理由。填词以取悦圣心，书法有些造诣……如今光凭这些就能让女人登堂入室了？

也许吧，尽管目前看不出这女人有什么野心，何况她父亲也不算什么威胁，而丈夫忙着收集古董字画之类，大部分时间都不在汉金。她丈夫有一整栋房子来存放这些东西。

据说，她丈夫如今为一位非常年轻的姑娘神魂颠倒，似乎还把她从妓院里赎了出来，安置在延陵城里的一栋宅子里。这没啥大惊小怪的，说真的，有这样一个与众不同的妻子，丈夫会这么做真没啥奇怪的。他们还没有孩子。要不是官家这么宠着她，齐威不休了她才怪呢。物议纷纷，就是这样。

此外，可以确凿无疑的是，官家与她还没有过鱼水情谊——这类事情也相当要紧。这个林珊相貌还算好看，尽管有些举止不端，身在这么多男人中间也不觉拘束,而且,以第十二朝的审美,她个子太高了。

跟她相比,这个身穿金绿衣裳的歌女,眉毛精致,香气袭人……

林珊看着那歌女,看一会儿就忍不住瞥向别处。这女子不论是演奏技巧还是唱功都十分了得——这是自然,不然怎么来这里?不仅如此,她的美貌也让人神往。可每次林珊看过去,都会看见那女人的一双小脚,按照歌楼如今流行的方式缠了起来。

方才她从步辇里出来,迈着矫揉造作的步子,一步三摇地走向亭子,又让两个宦官一边一个帮扶着,上了三级台阶。林珊眼见此景,感觉像是受到了侮辱。

而这种……新的审美潮流,似乎不光流行于歌楼妓馆之间。林珊在宗亲宅里也曾听见宗女中间谈及此事,大部分人感到厌恶,但另一些则说,缠足也许能帮女儿争取到更多的关注,因为这样可以显示女儿们如何致力于仪态——也许还有顺服。

林珊曾经跟丈夫说起过自己对缠足的厌恶,奇怪的是,丈夫居然一语不发。随后她又说给父亲听。

那天晚上,林廓和女儿一起小酌了三杯黄酒,然后说道:"孩子啊,如今的男人早就连骑马打猎都不会了,不论去哪儿,哪怕是一墙之隔,都要让人抬过去,那他要怎样才能保证女人比自己还不如?就是这样。眼下的情形,就是如此。"

世人都觉得父亲性情随和,与世无争,可他从来都不留起小拇指指甲,以此表示自己蔑视武术。的确,他拉不开硬弓,不过他知道该怎么拉,不仅如此,他还不顾世俗偏见,教女儿开弓射箭。此外,父女二人还经常徒步在汉金四处闲逛,不然就骑马去往乡村。林珊至今都清楚记得,自己小时候如何紧迈着步子,好跟上父亲。

眼前这个女子,弹着琵琶,唱着林珊新填的、危险的《蝶恋花》,一曲过后,连从亭子下去都做不到,只能把香软的身子倚着男人,由着别人把自己搀下去。

她唱起林珊的新词。她怀抱琵琶,神情泰然自若,声音婉转圆润，让人心驰神往……所谓的"词"，就是把新的内容填进旧的曲子里。林珊从自己站着的位置仔细看着官家。看官家的脸色永远是明智之举。

泪湿罗衣脂粉满，西去铁门，唱到千千遍。人道山长山又断，萧萧微雨闻孤馆。
惜别伤离方寸乱，忘了临行，酒盏深和浅。好把音书凭过雁，汉金不似蓬莱远。

这首词过于直白，直白到了危险的地步，尤其是词中提到了那个人，又以这样的句子做结尾。

林珊知道，自己这样做很傻，没准儿还会连累其他人。她也不明白自己为何会如此冲动，但她知道，这冲动跟她心中的忧虑有关。

歌女怀中的琵琶弹出了最后一个音，然后环顾四周，对每一个人都微微一笑。林珊心想，不知她明不明白自己唱的是什么——也许不明白吧。跟着又想，不知道自己会不会从此受到冷遇。歌女一曲终了，众人之中马上响起一阵冷冰冰的交头接耳，紧跟着，所有人又一下子安静下来，因为那些对这首词大摇其头的人突然发现官家在笑——看官家的脸色永远是明智之举。

他并没有对着歌女笑。他笑的是另一位女子，是那个胆敢写出这种词来的女子。林珊看出来，大臣们突然感觉自己被耍了，他们的脑袋摇得太快了。这下，这些人再也不可能接受她了，不过，反正不管怎样他们都不会喜欢自己。也许用点儿香粉也不错吧。林珊胡思乱想道。

御花园里，秋叶在风中沙沙作响，官家看着林珊，用清越、安静的声音说道："林夫人只用了半句司马诗，聪明。"

官家在很多方面都不同凡俗。林珊垂下眼睛，说："能得陛下赏识，林珊惶恐。司马子安的句子不合音律，何况他的诗句又无人不知。"

"好诗理应名扬天下。"官家说，"朕可没忘。"

"陛下圣明。"林珊的心跳得厉害。

"同样地，诗人，"官家语气沉重，笑意却更深了，"朕也没有忘记。刘夫人，那人早就不在岛上了，如果朕没听错——"官家朝大臣当中瞥了一眼，其中两位大臣站着，还有一位老臣，早就得到圣允，一直坐在那里，"卢夫子有一块田产，如今他又可以写东西了。对了，朕这里有一些他新写的诗。"

林珊冒了个险："陛下，臣妾也有一些。正是这些诗句，让臣妾想起了他，于是写下了这阕词。不知他……何日归故国，复得仰天颜？"

这句话典出自另一首古诗，官家也听得出来，只是林珊将之化用成一个问句。如今林珊已经陛见好多次，也学到不少有用的东西。

四下里又是一阵议论纷纷，以为这句话拂逆了圣意，可算抓到了她的把柄。林珊意识到，有些人就是想要这样的机会，好打得她不得翻身。这些人就像猎狗，聚成一团，彼此攻讦，若是有外人进入这个圈子，他们又会群起而攻之，赶走外来者，使之不得"仰天颜"。

林珊看见有人已经迫不及待地想要张嘴说话了。

官家却轻轻地笑出声来。

"朕猜想，卢琛可不愿意回来仰朕的天颜。就当他在自家庄园里，作诗填词，乐得逍遥吧。他还在尝试依照你的词牌填自己的词。留他在家，比召他回朝更好。他在家里写写画画，朕也安省，奇台也安省。朕可不想朝廷因为他回来，又变成老样子。"

一直坐在那里的太师杭德金抬起头，两眼凹陷、满是皱纹的脸上露出一丝刻薄的微笑。林珊心想，太师又想起了旧时的党争。如今的太师已不再是敌人了，林珊这样想道，不过或许她猜错了。

官家对林珊已经十分宽宏大量，她应该马上道个万福，让这个话题就此打住。方才这般冒失，官家本可以砍了她，或是把她（还有她父亲）流放出去，然而，官家却在这一群猎狗中间，对她和颜悦色。

可是，林珊还是开口了："陛下，卢夫子毕生效忠社稷，他新作的诗句中也表达了这样的愿望。这样的心迹在很多年前就已经有所表露，当年就是他，在杉橦出任知府时，帮助百姓熬过饥荒之年。

如此良才，难道就任他遁迹江湖？"

官家脸上闪过一丝不悦。二十五年前的杉橦饥馑，是一件不堪回首的往事。当年大灾在即，很多人却不肯相信；等灾荒真的发生了，这些人又不相信其严重程度。至今仍有人认为，当年朋党之争，卢琛为了贬损对手声誉，故意夸大了灾情。

官家的好脾气是有限度的，何况林珊一介女流，有些事情本就不该她来过问。林珊又垂下头来。她难过地想，倘若她不是如今的林珊，或许会是另一身打扮，用别的方式求陛下垂怜，也许她还会缠足，以此换来在场所有人对自己的怜惜。

官家若有所思地说："有时候，情况跟你说的刚好相反。有时候是社稷需要从他那里遁迹。"

官家站起身来——他身量颀长，示意众人退下。

林珊和那位歌女，还有其他十多个人，包括太子殿下，都出了凉亭，在侍卫们的护送下，沿着除扫干净的曲径各自由不同的园门离开。

还有些让人生厌的国家大事，需要官家稍作批示。

林珊先前工工整整地把词誊写出来，眼下这首词就放在亭子里的书桌上，旁边放着官家御笔画的一枝秋日的梅子树。林珊曾经听见有人醉酒之后说官家"书画修为远胜于治国之能"。

她到现在都不清楚，把自己的词作献给官家究竟是不是个错误决定。也许是吧。

林珊在侍卫的护送下，朝着最靠近宗亲宅的园门走去。她一向坚持自己走路，尽管其他人都已经上了两人抬的步辇，让人抬着离开。她知道这在其他人看来已经远非不合礼数，而更像是故作姿态了。可是，她父亲也自己走路，林珊自己同样如此。

林珊忽然想知道，对于这里所发生的一切，身边的这个侍卫有什么看法。要是有看法，多半也是觉得像她这样走路回去实在不成体统吧。

地势渐渐升起，前面是一座小丘，上面种满大树，这些树都是从远方运来的。小路在树林间蜿蜒向前，仿佛一道山谷，通向远处的园门。尽管这是个秋日的午后，尽管天气已经凉了，可她还是能听见鸟叫声——是夜莺,远离旧林。这里有一丛竹子,还有一棵南方来的檀木,香气袭人。

小路拐了个弯,右边是一块巨石,比林珊还要高,宽与高度相当,上面的坑洞堪称鬼斧神工。她和侍卫从旁经过。这块石头,她过去曾经停下来欣赏过几回,不过今天没有。脑子里装了太多事情。侍卫朝她瞥了一眼。这人一身京禁军披挂,不是之前的那个侍卫,不过林珊并不在意。前面有几棵果树,早已过了花期。风从北边吹来,这几座小丘树林阴翳,有的树上叶子已经变了颜色。天气真好。

林珊仍在想着诗人,想着很多很多年前,在牡丹节的深夜,席文皋家走廊上的那一幕,那时她还年少,由父亲领着,为自己能和那些了不起的大人物相识,也为自己今后的美好生活而兴奋不已。

那晚,在黑暗的走廊里,她叫住了他,他回头看她。她原想接纳他。生平第一次,她想要那样接纳一个男人。而他站了一会儿,转身走开,坦坦荡荡。

林珊想着那时的年轻和欲望,想着今早听到的有关丈夫的流言蜚语,突然,侍卫一只手抓住她的胳膊,着实把她吓了一跳。

"站住!"他说,语气里不容置疑。

他的手抓紧林珊的胳膊,跟着用力将她往地上一推。她跪倒在地,那侍卫一步迈到她身前,从背上解下一面圆盾,跟着也跪下来,用身体挡住林珊。一切发生得太快了,他正抬头张望,整个遮住林珊的视线。

他举起盾牌,大声呵斥。

紧跟着,一支羽箭钉在盾牌上。

林珊吓得一声尖叫,那侍卫也大喊起来,声音比林珊还大。"来人!"他吼道,"快来人!有刺客!"

"艮岳"里处处都有侍卫,毕竟官家就在这里。几名禁军分别从两人身后和南门跑来。林珊自己的侍卫一直留在原地,用盾牌和身体护住她。林珊看见扎在盾牌上那支箭的箭杆和箭羽。

"怎么?怎么会?"林珊道,"为什么——"

"小心!"侍卫一边喊一边抬手指向右边,右边露出头的人造小丘上长满了翠绿的松树。松树就算到了冬天也不会枯萎,正是个供人躲藏的好地方。

其他人迅速做出反应。这些士兵都是殿前司的禁军，专司保护官家，是禁军里的精锐。

林珊看着他们一路飞奔而去，一边展开队形，一边爬上右边的小丘。树林中有许多条路，而林中树木则经过优选，并且得到悉心照料。

林珊的侍卫一直站在她身前，现在又有两名侍卫站在身后，给了她更多保护。其他人都跑向凉亭，官家和大臣们正在里面商议国是。

士兵们的喊叫声此起彼伏，林珊感到心中狂跳不已。

不仅如此。林珊正抬头看着那几座小丘。她一言不发，顺从地跪在地上一动不动，在她身子两边分别站着一个紧张地注视着周遭情形的侍卫。其他士兵从身旁跑过，激动地大喊大叫。林珊发现，有件事情，她需要仔细想想。

方才那一箭从树林里射来，隔着侍卫的身子，她的眼角余光瞥到了箭镞在阳光下一闪而过的踪影。那支箭射来的方向，不是右边。

第十二章

明月挂在窗外，秋夜正凉。今天真是漫长又难熬的一天，即便已经入夜，却也同样如此。对于奇台帝国的太师来说，这一天一夜中最难办的却是如何弄清楚，自己的儿子怎么想的。

太师看不清杭宪的面容——杭太师乞请回乡终老，理由之一就是目力不逮——但太师了解自己的儿子，也知道自己早些时候做了什么。而且，尽管杭宪一直跟往常一样，小心翼翼地控制着自己的表情，但在这间屋子里，在这间父子二人一起工作数年的屋子里，还是有些不一样的气氛。

太不容易了。当儿子的一辈子都在尽心竭力侍奉父亲，一辈子默默无闻——尽管也是不可或缺。至于儿子自己的前途，原本大家有一个心照不宣的默契，父亲告退还乡后，儿子将接替父亲之位，成为帝国宰相。多年来，杭宪一直为此而努力训练，并且耐心等待。可如今只在一天之内发生了如此天翻地覆的变故，到头来这个前途竟成了一场空。

还有更糟糕的。那个人竟然要奉召回京了。

杭德金身心俱疲——如今他时时刻刻都很疲惫，但他还是认真明确地解释说，他明白儿子心中沉重的挫败感甚至羞耻感。杭德金称不上是个慈父，可长子一直以来都是他的安慰，是他的左膀右臂，如今甚至成了他的一双眼睛，他一点都不想让长子心里难过。何况，男人最体面的抱负永远脱不开家族，如今他的儿子也有了孩子，杭家后继有人。

父子二人尽管从未明说，但都展望过，政事堂世世代代都由杭家掌握。然而，今天下午宫里的集议，让这件事情失去了可能——之前君臣都在御花园里议事，但是南门附近有人意欲行刺，于是众人移步到了宫里。

阿宪真的明白吗？他父亲坚决反对跟这个新崛起的番族阿尔泰部结盟。如果官家执意要与之盟约，杭德金就以此为借口请求致仕，若是这样，太师的儿子，太师的左膀右臂，又如何能够位极人臣？

不仅如此，晚上杭德金一边喝着茶，一边重申，自己对与阿尔泰结盟一事的看法，纯粹发自真心，而非源于庙堂之上的尔虞我诈。

当初草原叛乱的消息刚一传来时，有人认为可以借这个东北部落之手，把萧虏人赶出十四州。但是在老太师眼中，这同样的报告却传达了完全不同的信息。

两朝边境上虽然小打小闹不断，但终究已经和平两百多年了。这可是一段相当长的时间。相当长，杭德金重复道。没必要重复，阿宪知道这些。

萧虏人是个已知的因素，容易理解，容易揣测。他们想要什么很清楚。他们想要贸易，想要秩序，并且正在草原上建立他们自己的帝国。跟奇台起冲突，萧虏人自己也要承受与"哥哥"相当的损失。更何况，奇台的钱帛——说它是岁赠也好，输捐也罢——可以供他们运转政府，建造市镇，还能维持军队来控制住其他部落。

贸易能让两大帝国都得以保全。有贸易就不会有战争。这曾经是杭德金的政策核心。杭德金私心里——但绝对不可说出口——宁愿那十四州永远收不回来。

就让它留在歌里，留在人们酒后的胡言乱语和自吹自擂里去吧。杭德金的目标只有两个：一是和平，二是集权。若是杭家伴随着这一过程而获益极丰，嗯，倒也是一件好事。

当年那场又可悲又糊涂的伐祁战争，就是其他人抓住官家想为先皇争光的心思，鼓动官家轻启战端的结果。那场战争以奇台惨败收场，战后两国会盟，其结果是，死了这么多人，花了这么多钱，两国边境却跟战前一样，毫无变化。当时太师曾一次又一次地说明这个道理。

当年寇赈就是因为这场战争，还有其他方面的失利，而被赶出京师。如今也正是这个原因，让阿宪难以接受这样一个事实：如今这个寇赈又要奉召回京、入主政事堂了。

政事堂本该属于阿宪，而且当年寇赈遭到流放，这条道路仿佛已经变成一道坦途。不过,奇台人都知道,路一定不能修成直的,一定要拐弯,以免怨鬼恶灵循着路找到人家里。

太师又抿了一口茶。他知道这是好茶,火候也好,可他早就品不出味道了。人老了,这又是一样损失。对他来说,好酒也是一种浪费:他只能从记忆中重新拼凑出味道。人到了晚年,真的还能品尝出味道来吗?除了翻找年代久远的记忆,真的能对外物有所体会吗?

诗人卢琛,太师一辈子的仇敌,应当会有些妙论。怎么会有这个念头?如今卢琛只被流放到大江对面。他弟弟奉召作为国使,出使阿尔泰。这是别人的主意,不过杭德金也赞同:卢超这人心思缜密,言辞锋利,不是那种为了讨人欢心而乱出主意的人。要是他也不同意会盟,他会说出来的。

至于朋党之间的争斗?咳,都是老人啦。这点不和算得什么?他和诗人也可以互通书信、切磋诗词,聊聊当年大家身上的职责有多重嘛。当年的争斗都过去这么多年了,这样聊聊也不是不可能。

杭德金看见灯光下有一团人影。杭宪从炉子上取下茶壶,为父亲斟满茶水。外面在刮风。现在是秋天,屋子里生着两个炉子。

杭德金说:"要是真的开战,等仗打输了,官家就会明白咱们是正确的,到那时,寇赈就又会离开。到那时,就轮到你了。"

"是,父亲。"儿子的声音里带着克制,听来让人心痛。杭德金时常会想,自己是不是把儿子教得过于恭顺了。身为宰相,必须控制自己的热情、冷漠甚至愤怒,只有这样才能对付周遭的人——那些同样有这种本事的人。龙椅周围永远都战云密布。他还记得自己当年同席文皋和卢氏兄弟之间的恶斗。他花了十年才取得胜利,在此期间无数性命和家族遭到灭顶之灾。

如果换作是他儿子,他能够如此心狠手辣吗?能够强硬地进行斗争,直至赢得最后的胜利吗?不知道。

但他知道寇赈能。这人有个奇怪的弱点,那就是他长期的盟友,太监邬童。而且他对某一类女人有着不能自已的嗜好。但在朝堂之上,他下手绝不留情。

寇赈肯定会想办法促成与阿尔泰的结盟。他这样做,是因为官家似乎又一次把收复故州当成自己对父皇的责任,而此次北方叛乱正好给了他机会。

这意味着与萧虏帝国的盟约打破了,奇台军队将面对远比祁里人更可怕的敌手——他们连祁里人都打不赢。他们还要跟一群奇台人完全不了解的番子协同作战,然后祈求祖宗保佑,神仙眷顾,争取得到一个像样的结果。

在杭德金看来,根本没这种好事。他看到的是危机。实际上,有个念头他甚至在儿子面前也不曾提过,他担心——要变天了。正因如此,杭德金不光是豁出太师之位来反对这个计划,以至于儿子无法接替他主掌政事堂,他还不想让阿宪跟此事的后果有一丝瓜葛。

杭德金自己已经不久于人世了,可是卓夫子教育世人,人对家族的责任并不随生命一起结束。

正因如此,寇赈还没有领到诏书,杭德金就已经和颇具头脑的新任汉金府提刑公事联手,给他使下绊子。提前判断形势,这种事情不仅做得到,而且十分必要。只有这样才能掌控局势。

杭德金为官几十载,宦海沉浮,可直到如今,每当夜里无眠,对着不同窗户外不同的月亮,思索那些精妙的算计,在棋盘上移动棋子,他都会感到一种几乎生理上的愉悦。尽管眼睛几乎瞎了,他看得却比所有人都远。

所有人都很高兴。新任提点汉金刑狱公事王黻银,早先收到太师送来的书信,说他对王黻银的效力十分"满意"。

既然这封信是当天下午晚些时候——行刺事件发生之后——送来的,那信中深意也就不言自明了。

王黻银把这些话也对其他人讲了,并且开了一坛好酒。自从跟随提刑以来,任待燕做了很多事情,并且开始学着品酒。

就连平时十分谨慎的赵子骥,也为行动产生的影响感到兴奋。早些时候,在御花园里,他把弓折成两截,分两个地方,分别扔进瀑布上游湍急的河里。还有一支备用的箭也被他折断扔掉了。他们只带了两支箭,因为如果两箭都没有射中,那他们也没时间放第三箭。赵子骥为人更加沉稳,但还是能看得出来,那一箭的结果让他十分满意。射箭的时机抓得相当精准，任待燕和那女子刚好离开那巨石有十步距离。

不论是当年做强盗，还是如今作为提刑大人的亲兵头领，任待燕都可称得上是一流弓箭手，不过赵子骥已经跟了他很长时间，并且一直勤加练习，箭术只比待燕稍逊一筹。

那一箭画出一道弧线，在极远的距离，一击命中任待燕猛推出来、挡在那女人面前的盾牌。所有人都以为这一箭原本是要取那女人的性命。

这一天剩下的时间，也如计划的那样过去了。

直到傍晚时分，又来了一封信。这封信，与其说是请柬，不如说是召见，让任待燕和赵子骥走在街上前去赴约时，心中升起一丝忐忑。他们并非要进宫——上朝陛见是明天的事——而是要去紧挨着皇宫的宗亲宅。

那女人的父亲在信中邀请二人晚上到府上一叙，好让他能够当面表示感谢。

问题是，任待燕感觉这封信也许并非出自她父亲之手。他也没办法跟别人解释，这只是一种直觉，模模糊糊，让人不安。其他人不会明白的。另外两个人没有和她一起走，也没有守在她身前，因此也没有看到，当"艮岳"里一片混乱时，她的眼神却平静得让人心惊。

那女人仿佛一瞥就能够洞悉一切，迫得任待燕把脸转向一旁，并且直到现在，他和赵子骥披着大氅，走在汉金城拥挤明亮的夜市里，心中仍旧忐忑不安。

京师永远灯火灿烂，街上总是人山人海。有摆摊做买卖的，有耍把式卖艺的，也有在茶肆酒楼或是歌楼妓馆门口吆喝着招揽生意的。数不清的人，在数不清的声音和气味中，自娱自乐，消磨夜晚的时间，忙着挣钱。路上有扒手，街角有赌徒，还有卜卦算命的，代写书信的。有个来自南蛮地方的矮个子，肩上站着一只南方的鸟，给它一个铜板，它就能念一句诗。月亮挂在天上，今晚接近满月。

任待燕估计街上有一半人，要么已经喝醉了，要么就快醉了。夜里的汉金可不是个安静的地方。他们一行人刚到汉金那会儿，好不容易才适应了这一切,直到现在,任待燕都不敢说自己觉着有多自在。京师只是一个至关重要、他不得不来的中转站。

他知道在故都新安——不是如今的新安,而是当年的奇台都城,比现在的新安城规模大得多——每到黄昏时分,城门和坊门都会关上,除非有特殊情况,人们都会待在坊内,直到晨鼓敲响。汉金则是另一个样子,城门从来都不关,不论白天还是夜晚,人们都是想去哪儿就去哪儿,出入自由。

任待燕也不知道这样到底好还是不好。寻常百姓就算入夜以后也可以随意出门,可是这也意味着城中没有管制,难以控制,城中治安就很成问题。

不过,如果明天一切顺利的话,城中的治安问题很快就不需要他来操心了。

他现在仍是提刑大人的亲兵,不过王黻银答应的事情都兑现了:他先是当了副头领,后来随着军阶的擢升,当上了头领。如果凭着今天上午的勇武表现再次擢升,并且调入禁军,那他就能升为统制,指挥五千甚至更多兵马。

这的确有可能。他也必须得到这些。局势变化太快。如果明年就要开战——而且很有可能如此——那他就必须要升到足够高的军阶,只有这样才能在军中有所作为。

如果奇台禁军的表现还跟伐祁战争一样,那对萧虏就毫无胜算。当初总管伐祁战争的太监邬童轻而易举地就把罪责推到别人头上,所以到现在都还活着。如今寇赈官复原职,他很有可能也跟着回京。邬童也是和寇赈一起发明"花石纲"的人。两人正是因此形成同盟。

今天的事情是提刑大人与老太师联手设计的,太师正逐渐把王黻银拉拢为自己人。

不知道出于何种原因,杭德金似乎准备在自己引退之后,让名声狼藉的前少宰回到朝中,执掌相印。不过他似乎也想提醒其他人提防寇赈,并且发出一个警告,让寇赈知道,有人在看着他。今天发生的一切似乎同时达成了这两个目的——召他回来,同时让他小心——至少看起来如此。

"咱们被他利用了?"下午的时候,任待燕问提刑大人。

"还用说？"王黻锒大笑道，"他知道的比咱们几个加起来的还多。"

任待燕追问："那他干吗要辞官？"

王黻锒先是一阵沉默，最后说道："他老了。"

任待燕在街上一边走，一边思索这个问题。太师努力的方向，可能与任待燕自己的抱负相抵牾。举个例子来说，如果一切顺利，任待燕想要的，是一旦郚童回京就杀了他——这个人不仅导致奇台大军兵败厄里噶亚，并且搞出个"花石纲"来，可谓声名狼藉。

杀了他并不能让死者复活，但多少能告慰那些曝尸荒野的孤魂野鬼，也能慰藉幸存者们受伤的心灵。

当年在竹林里挥舞竹剑的男孩早已长大成人。在水泊寨的多年草莽生活早已让他的心变得坚硬，远超过他对自己的了解。他决心孤注一掷，不让奇台遭受另一场惨败，并且收复十四故州。与此同时，他也深信不疑，自己就是能建立这等功业的人。

所谓英雄——还有巾帼英雄——就该这样。

任待燕身上的这一部分秉性还不曾改变。凭着这一点，就算任待燕的父母现在见到这个身材魁梧，胡子齐整，大步流星地走在汉金城的汉子，也还是能认出来，这就是他们家那个一下定决心就毫不犹豫付诸行动的任家小儿子。

任待燕的老家在大江的高峡边上，老家附近的地势一直往上升，升到奇台边境的群山之间，传说西王母就居住在那里一座光辉灿烂、靠近群星的山巅之上。任待燕是县里书吏的儿子，不过有人会马后炮地说，像任待燕这样的人，是绝对不会在衙门里当个文吏的。

赵子骥也有麻烦。

今天上午的计划进展得很顺利。所有人都配合得相当默契。大家一起喝酒的时候，他还跟待燕和提刑大人说，这件事轻松得不可思议，按道理说事情不该如此顺利。尽管他们的确功夫了得，可即便如此……

尽管事情办得相当成功，可任待燕在收到柬之后却变得十分古怪，这可真是让人费解。那女人的父亲只是想邀请他俩到他府上叙一叙。

"他只是想谢谢你，"赵子骥这样对任待燕说道，"能有什么不对？"

"咱们要去的不是他的府上。"任待燕答道。

从两人换衣服开始，任待燕就一直很安静，走在街上脸色也一直很难看。这可不像他呀。任待燕有一样本事，就是能鼓舞士气，让人信心百倍，感觉良好。这么多年，赵子骥不止一次见识过他这一手。可现在，赵子骥跟这位好友并肩前行，却丝毫没有这种感觉……尽管他确实喜欢京师的夜色。

他原本以为自己进了汉金会被吓到的。从荆仙北上的路上，提刑大人事先警告过他们。而且刚进城那十天半个月里确实过得不容易——一座市镇拥有百万人口，要理解这一点可没那么简单。

不过，让赵子骥也感到吃惊的是，他发现自己喜欢上京城了，喜欢这种大隐隐于市的感觉。在这里，一个人可以在大街小巷随意走动，别人根本不知道你是谁。

城西有一片人造湖，就在新郑门外面，叫做"金明池"。湖周围还有不少凉亭，其中有一些是为官家和皇亲国戚准备的，不过也有一些供寻常百姓使用，而且这地方整日整夜都可供人游玩，毫无限制。来到这里，可以泛舟湖上，从别的船上买来酒食，听别人吹笛唱歌。

金明池南边是一片花园，名叫"琼林苑"。这片园林占地广大，十分精巧地坐落在众多园林之间。有天早上，赵子骥走到那里，眼前景色让他惊为天地造化之功。

汉金城中有一种古怪的自由。身在如此之多的陌生人之中，不论你做什么都不会有人注意你。就算在街角赌钱赔得再惨，也不会有熟人过来看笑话。他和身边这个同伴一样不喜欢输钱，不过赌钱挺好玩儿的，何况赌徒们个个都既狡猾，又有意思。

街上有扒手。赵子骥受过训练，一眼就能认出来。不过他块头结实，又随身带着剑，所以他没啥好担心的。平时出来散步时不用穿貉袖①——穿那身行头出来的话,那些赌钱的一准儿收摊走人。

他有一种感觉,就算他们在这里当差好多年,他仍旧能发现一些新鲜玩意儿:卖刀的、卖花的、卖扇子的、卖鸟笼子的。这里有茶室酒楼,勾栏瓦肆,有供人游玩的花园,还有让人偷偷前往的巷弄。有人说,在这里光是用米饭就能做出两百三十道菜来。

赵子骥小时候一直住在村子里,在那里,所有人都知道别人的事情,就算不知道,也能打听出来。然后他当了兵,进了一个又一个兵营,再然后成了水泊寨好汉。而汉金的生活如此不同,简直让赵子骥为之沉醉。

在赵子骥的心底,仍旧藏着自己对任待燕的忠诚。在他内心深处有一种感觉,好像他这一生所扮演的角色,就是竭尽所能地成为那个人的助手,因为任待燕所扮演的角色似乎……这么说吧,任待燕就像是扮演着一个举足轻重的角色,而通过他,赵子骥在世间存在的意义也变得至关重要了。

任待燕就能让人有这种感觉。通常这种感觉并不会先露出来。任待燕平常就跟其他人一样,能喝酒,并且不管同谁喝酒,他都不会落下风。而且毫无疑问,他也喜欢青楼女子。

他很好奇任待燕和妓女进了屋会是什么样子。他俩从来都没有一起在同一间屋子里狎过妓,尽管有些人喜欢这样做。任待燕在这方面不喜欢受人打扰,赵子骥觉得自己也是。

不过他这位兄弟眼下一点都不掩饰自己的坏心情和让他这样的原因。今晚的夜空也不明朗,汉金城的夜晚被遮掩在灯火和烟雾当中,走在汉金城的街上,连星星都看不清楚。

两人默不作声地走向皇宫,又在宫门口向东转,去了宗亲宅邸。两人在最近的宅门报上姓名。当然,他们今晚也穿着貉袖。司阍态度恭敬,但也小心警惕。今天上午有个宗亲的夫人在御花园里差点遇刺,所有人都不敢有丝毫马虎。

绝大多数人心里都有所恐惧。员外郎林廓一边和女儿等着今晚

---

①宋代一种前后襟和两袖都较短的衣服。

的贵客,一边在心里想。他的贵客。丈夫出门在外,珊儿不能自己邀请侍卫来家中,所以林廊发出了这份请柬。

恐惧的对象会改变,但恐惧本身一直在那儿。

长久以来,他一直都想试着去了解,他的女儿,硕果仅存的孩子,是怎样做到如此无所畏惧的。这天性或许来自她母亲,或许是母亲祖上传下来的秉性,但肯定不是从他这儿得来的,至少他是这么想的。林廊可算不上勇敢。

除非说像他那样教育女儿本身就可称得上勇敢——林廊可不这样看。如今他把这看成一种自私的行为。他想让自己的孩子能够与自己一同欣赏这个让他感动、为之神往的世界,并且尽管这硕果仅存的孩子是个女儿,他还是不想因此改变初衷。

嗯,林廊始终相信:世间男女,都被心中的忧虑所驱驰,并且都想努力让自己安心。人们担心未来,并且从过往和凭空想象出来的故事中寻找自己忧虑的佐证。

村里来的新面孔一定不是好人,因为上回有个路过的把妻子堂兄的家里洗劫一空;祖父去世那天,有人看见一只苍鹭飞向南方,于是在家族里,苍鹭出现就预示着有坏事要发生。娶个漂亮妻子也有风险,因为别人家的漂亮媳妇跟着一个当兵的跑了。当兵的?所有当兵的,特别是那些当将军的,都让人害怕……因为几百年前发生的陈年往事。

珊儿让人在堂屋里点上灯。炉子里生着火,窗户紧闭,免得秋季的凉风吹进来。

身在十二王朝,这几年林廊一直在想(尽管从未将之诉诸笔端,他可没有那么大胆),第十二朝对世界的认识,以及第十二朝的秩序,都建筑在很久以前乱世的废墟之上。

正是那场乱世,让人们形成了重文抑武、朝廷掌兵的思想,并且宁愿让军队因此变得羸弱。这是为了控制将领所必须付出的代价。奇台军队兵员甚众,维持军队的花销令人咋舌——却连个称职的将领都找不到。

为将之道,要能让士兵忠心不二,并且鼓舞士兵取得胜利……这种人也做得出几百年前发生过的事情:让帝国在血与火中分崩离析，把百姓置于万劫不复的灾祸之中。

　　林廓心想，这就是人们的恐惧所在。也许正因如此，如今的奇台已经不复当年的神采。另一方面——也应该看到事情的另一面——如今正是个太平世道。最近的那场战争是朝廷自己的决定，是官家受野心勃勃的朝臣挑逗而使出的昏招。但只要他们愿意，和平就唾手可得。

　　官家的性子反复无常，平日里沉迷丹青，一门心思建造花园、修习秘道方术，然后突然冒出个念头，说要对得起列祖列宗云云。

　　林廓估计，今晚朝廷又要权衡利弊，想要结成新的盟约，制订计划，再一次把目标对准了北方。

　　这间屋子摆满了女婿收集来的珍玩古董，林廓站在屋子里，和女儿一道，恭候今夜来访的客人。他对这场会面感到不安。他不知道这次邀请意义何在。

　　林廓看向女儿，今天有人意欲行刺珊儿。怎么会有人——两次！——想要加害于她？天底下怎么会有这种事情？

　　珊儿穿着一身蓝色丝绸衣裳，袖口领口用银线绣着飞鸟镶边，她坐在自己最喜欢的椅子上，气定神闲，后背挺直，手肘旁边放着一杯酒。

　　他想起了珊儿早已过世的母亲。生命中的这两个女人如此不同。珊儿个子更高，随她父亲这边。她步子更大，是他教出来，总是不合时宜、大步流星地在城里走路，就算出城也走路出去。这么多年过去了，要是记忆仍旧可靠的话，珊儿的眉毛更细，双眼间距也比她母亲稍宽，身子更瘦，手指也要长一些。

　　珊儿说话直来直去，这也和她母亲的不一样——这也是他的缘故。在这些方面，林廓一向比较纵容，也不会多做管束。不过，这都是珊儿的天性，天生就是如此，并不是他教出来的。他确信这一点。

　　林廓心想，这两个心爱的女人的共同之处，就是他现在在女儿身上看到的那种安静的笃定。当初他的妻子要是在某件事情上相信自己是对的，那么就算是天塌下来，她也绝不会有丝毫动摇。

　　珊儿就是这样。

这让林廪深感不安。身为凡人怎么可能如此笃定？他不知道女儿要干啥，她还不曾跟他讲过，可是今天有人想要害她。

女儿的地位升得太高，距离龙椅太近，单单是这高度本身，就让林廪深感不安。身在这样的高度，很有可能，也确实有人会摔下来。还是过得清静点好，更自在。林廪就一直生活在这一理念中。

珊儿说，下午宗亲宅里流传一个消息，说太师打算告老还乡。

寇赈快要回来了。

当年就是寇赈下令要把他发配零洲。

这时，一个侍女笼着双手，迈着小碎步快步走进来，低垂着眼睛，说外面有两个人前来拜访。

林廪和女儿站在一起，身边有一杯酒，他却碰都没碰，他心想，人就算活得再久，终究也是没法摆脱恐惧啊。真的，也许活得太久，正好给了那祸事足够的时间，使之在日薄西山的时候赶上来了。

他已换了身装扮，没有穿当值的披挂，而是一身貂袖，腰间挂一把剑，又披了件御寒的斗篷。还有个同僚和他一起来，这人林珊从未见过。这两人冲父亲鞠了个躬，又向自己行了一礼。

今天保护自己的这个人叫任待燕，明早陛见时会得到官家的嘉赏。这人心思敏捷，手脚利落，今天上午不仅救了官家心爱之人的性命，还保住了"艮岳"的清净免受惊扰。

此外，还有一件更要紧的事情。林珊觉得这件事情颇可玩味，不过这会儿她还要多了解一些情况，好消除深藏在心里的恐惧。

父亲寒暄的时候，林珊自己在一旁默默观察。任待燕身高过人，脚步轻盈，还十分年轻。说不上英俊，但眼神机警又热切，十分惹人注目。他扫了林珊一眼，又看向林廪。

"二位英雄，快快请进。"林廪说。林珊心知父亲此刻的焦虑，却帮不了他。"二位可愿意赏光，坐下来喝上一杯？"

"小人今晚当值，"任待燕说话时语调谦和，很有教养。上午他指挥其他士兵，那时的声音可不小，语调也跟现在完全不同。"汉金城的禁军今晚都要当值。"

"可是妾身的缘故？"林珊问。她故意放轻了声音，像是因为受惊,不敢大声说话。

"回夫人话,还有别的事情。"

和他同来的人,身形健硕,肩膀宽阔,一直站在任待燕身后一步之遥。林珊心想,这人看起来很不自在——已经入夜了,这时却受邀来到宗室家宅里。这样大的场面,没准儿他连杯子都不会拿了。林珊并没有多看他,只是稳稳地端起杯子,抿了一口酒。

"别的事情,那是什么?"林珊问,她不想假装害怕了。这样装也没用,何况自己也不擅长伪装。

这两人很快就会明白,今晚发出邀请的并非林廓,而是林珊本人。这些做法都不合礼数,他们不妨现在就领教一下。

任待燕说:"小人不知。"

"真的?"林珊一挑眉毛,问,"是因为太师宣布要致仕?"

她紧盯着任待燕,看他能不能发现——和理解——自己语调的变化,并且转而注意到自己。这些变化只在一瞬之间。林珊心想,这人明明被打了个措手不及,看起来却如此镇定。她注意到,任待燕的双手十分放松,看不出丝毫坐立不安或是难以自控的样子。

另一个人——到现在都不知道他叫什么——看起来警惕得多。先不着急。林珊心想,可她自己绷得太紧,也顾不得玩味这个场面。此时此地,可谓危机四伏。

任待燕说:"回齐夫人,此非小人职责所在,小人不知。小人身在行伍,不过是提刑大人身边……"

"真的?"林珊又问了一遍,这次直接打断他的话。妇人可不该这样说话,也不该说这样的话,"这么说,提刑大人也知道,今早其实并没有人真的想取我性命?"

屋里一片沉默。林珊了解父亲,深知他受到的震惊。

任待燕说:"夫人这话怎讲?"

林珊微微一笑:"我讲什么了?"

"夫人,小人恐怕……小人并不……"

林珊由着他自己声音一点点变小,由着这间装满古董珍玩的房间里出现一次短暂的停顿。作诗比填词更需要停顿的技巧,不过林珊也知道,此处让谈话暂时中断,自有其妙处。

"今早朝我放箭的，想必就是你这位同袍吧？若是这样，你带他来便讲得通了。"

"小人驽钝。"任待燕的声音平静得出奇。

"任将军，我亲眼看着箭飞来。我看见你挡下它，又用盾护住右边。其他人都往左跑，你却朝向右边。是你把其他人引向别处——请问，"林珊转讨身，问另一个人，"你有足够时间脱身吗？还有弓呢，扔掉了吗？当然，你必须得扔掉。"

屋里第三次沉默，就连外面的细微声响都能听见。林珊心想，沉默也有不同的浓淡明暗，也有无穷的变化，可不仅仅是没有声音。

那人一声不吭，无助地摊开双手表示反对。任待燕则一直盯着自己。她知道，这回他终于看见自己，并且在估量这个对手了。

于是她直直地迎上任待燕的目光，说："我写了两封密函，交给驿使送出去了。一封送到御史台，另一封送给父亲和我都信得过的人。一旦我和父亲有什么不测，就会有人把信拆开。反之就一直原封不动。今天上午的事情，信里交代得很详细。"她抿了一口酒，"我想应该让你知道。你真不喝酒？"

接下来的一切让林珊颇感意外。林珊不敢说一定能算准任待燕的反应，但她绝没想到，他会大笑起来。

过了一会儿，任待燕恢复平静，说："哦，夫人慧眼如炬！"他又露齿一笑，整个脸色随之一变："夫人大名，在下其实早有耳闻。不过坊间传闻显然并不属实。"

"待燕！"另一个人压低声音，手足无措，十分窘迫——仿佛想在这样安静的屋子里说话，却不要外人听见似的。她心想，这个人简直像是掉进湖心，正拼命扑腾想要上岸。

"主人赏光，"任待燕说，"在下自然要讨一杯酒。"

他高兴的样子让林珊很不自在，不过她还是努力挤出一丝微笑，镇定自若地站起身来，为两人斟酒。

任待燕接过酒杯，转过身问父亲："这几口第五王朝的大钟，保存这么完好，真是难得一见。不知林员外从哪儿得来的？"

林珊小心翼翼地端着酒壶，又斟了一杯酒，然后把酒壶放回烧酒炉上。

林廓答道:"这都是小女夫妇的收藏。"林廓此刻心里想必翻江倒海,但他绝不会让女儿失望。

"我与相公在新安城外的一片墓地边上发现的。"林珊说着,走到任待燕的同僚面前,把酒杯递给他。她朝那人莞尔一笑,转向任待燕:"一个亲兵居然懂得第五朝的铜器,真是让人意外。"

"夫人谬赞了。"他走到一口寺钟跟前,凑上去仔细审视。这口钟是整间屋子里最有价值的藏品,丈夫颇以此为得意。"这钟上的字,是谁的手迹?——这字我认得,没错。"

没错?

林珊说:"应该是段庭的手迹。"这场对话着实让人吃惊。"第五朝末代皇帝当政时,他是相国。"

直到如今,那个末代皇帝的名字依然说不得。

"那这铭文可是卢龙所作?"

"正是。"

任待燕转过身,大笑起来:"先生见到一定会非常得意。"

林珊当即问道:"今天的事情,尊师知道了也会得意吗?"

她还想喝酒,却不敢碰杯子。她怕别人看见自己手在发抖。

"会吧。"任待燕这样说时,脸上浮现出奇怪的表情。

"待燕!"同来的人又嘶声叫道,"你这是……"

任待燕轻轻地举起一只手,像是在安慰他。

他站在铜钟旁边,看看林珊,又看看林员外:"寇赈又要重掌相印了,此人需要加以约束。当年他遭到流放,这笔账多少要算到二位的头上。这么一来,深入禁宫行刺便说得通了。这些,二位能理解吧?"

林珊深吸一口气,还是回到椅子边伸手端起杯子。手抖就抖吧。她站在桌旁,桌子上放着一只第三王朝的簋,保存十分完好。还有一柄作为礼器的钺,柄上有一头猛虎,同样是第三王朝的器物。

"明白了。那杭太师……他也参与其中?"

林珊心想,自己或许不该问这个,也许还是不知道的好。

可任待燕点点头。"那是当然。我们岂是这般蠢物?自己跑到'艮岳'里做下这等大事?"

林珊一耸肩:"蠢物?今晚之前,我还真不知道。"

"现在呢?"林珊发现他眼睛里又现出笑意。

"我猜提刑大人才是傻瓜。你们不是。"她回答,"那你是什么人?"

这一刻,林珊将永生不忘。她父亲同样,赵子骥亦然。

任待燕回答:"我是收回北方十四州的人。"

这回是他让屋里回归寂静。林珊发觉自己竟一时语塞,情绪澎湃不休,一时无法形容。她小心地放下手中杯盏。

林廓说道:"珊儿,此事与咱们无关。咱们不要和它有任何瓜葛。"

她执拗地摇摇头:"有关。这里面有几处关键。"

"夫人明示。"另外那个人开口了。他看起来依然十分震惊。

任待燕在屋子的另一头,站在大钟旁边看着她,表情十分古怪。林珊很想弄明白其中含义,却终究没法看透。

"今天上午你们演了一出戏。"

"这出戏救了你的命!"还是那个同僚说的。任待燕一直在看她,等待开口的时机。

"不如说是把我们也卷进这场阴谋。我和父亲,我们俩都被卷进去了。"

"这倒未必。"任待燕终于开口了。

"这话可真让人安心啊。"

他又笑了。

这轻佻的态度一下子惹恼了林珊:"你们在官家面前突施冷箭!"

"不错,"他同意道,"不过,出卖我们对夫人又有什么好处?"

"出卖?"

他看着林珊,小声说:"要我换个让人安心的字眼儿?"

这时,林珊的父亲突然大笑起来,把林珊吓了一跳。

任待燕看向林廓:"当前我们所图的,和员外想要的并不一致。不过相信大家的利益终将走向一处。二位确实需要保护,好远离寇贼。此人是出了名的睚眦必报。令嫒身份高贵或许能让他有所忌惮,不过单凭这一点恐怕还不够。"

"你说利益终将合为一处，"父亲鼓足勇气问，"那你想要的又是什么？"

任待燕笑了。林珊忍不住又想，这人一笑起来，真的是整张脸都变了呀。

"我想要得到提拔，不出点儿意外，我就没机会升到足够高的品级。"

"就像今早这样？"她问。

"就像今早这样。"

"杭太师呢？他又想要什么？"

头一次，他看起来有些沮丧。"我不敢说自己能猜透太师的全部意图。提刑大人也猜不透。老头子城府极深，远非我们能比。"

"如果硬要你猜呢？我可是刚送出两封信呢。"

林珊看见另一个军官幞头下面全是汗。她一点儿都不可怜他。

任待燕伸出手，抚摸着大钟，陷入沉思。"夫人应当清楚，倘若此事败露，杭太师也要牵涉其中。真要这样，想必太师是不会高兴的。"

的确，她早就考虑过这一层。

林珊突然产生一个无法遏制、连她自己都万分意外的冲动。她说："给御史台送信是骗你的。另一封信倒确实送出去了……我会另写一封，让他把头一封信毁掉。"

任待燕并没有喜形于色，只是平静地说："谢夫人信任。"

"你没骗我。至少看起来没有。"

他笑了："在下只是个当兵的，权谋之术并非所长。"

"那我就擅长了？"

"看起来确是这样。"

林珊一时不知该不该发怒。任待燕继续说："夫人问到太师，我能猜到两件事，并且肯定远不止这些。经过这件事，官家自会想起当年寇赈曾意图行刺夫人。从今往后，寇少宰不论是对待夫人，还是做其他事情，都不得不有所顾虑。太师这是在告老还乡之前，给了他一个警告。"

"这一层我明白。那另一件事呢？"

"早先商讨过与草原上的新势力结盟，据我们判断，太师并不赞同。我猜太师满足于让北方维持现状。如果他现在离开了，那接下来的一切他都无法插手。"

林珊一边努力思索，一边说："啊——所以你要把自己放在他的对立面。"

"不会。"任待燕说，"我可没有那么鲁莽——但愿没有。不过这一次，一旦开战，不论如何，我都要赢下这一仗。"

"可你确实希望开战。"林珊追问。不知为何，她的心跳得厉害。她紧盯着任待燕，想要读懂他的脸庞。

然而又是一片寂静。又是一片寂静之音。

他开口了："没错。我确实希望开战。不开战，就收不回故土河山。而且我……我来到这世上，就是要把失地都赢回来。"

刚才的停顿，林珊心想，并不是犹豫。而是别的东西。

后来，客人都走了以后，林珊躺在床上，看着月亮，睡意全无。她在脑中从头到尾回想这整场对话。

她心想，这个人如此年轻，不过是提刑大人手下亲兵的头领，什么官职都没有，何以能够举重若轻地说出最后那一句话——而且这话里既没有一丝自负，也不让人觉得有半点荒谬。

林珊——这位诗人——心想，那句话听起来，就像第五王朝的钟，在那竹林之外，在青山绿水之外，在那无人得见的隐秘的远方，悠悠敲响。

如果有人能够穿过宗室诸宅的宅院，从卫兵把守的后门出去，他就进入皇城里一座新建筑正中的走廊里。

在这座漂亮的宫殿里，分布在走廊两侧的众多房间，正是翰林们办公的地方。翰林们撰写邸报、公示抑或嘉奖，其效力等同皇帝御笔亲书。

每到夜晚，这些房间都没有人，除非有紧急情况出现。沿着安静的走廊向前走，又经过三对当值的侍卫，从双开的大门出来，就是皇宫里的一个庭院了。

庭院到了夜晚一片静谧,就像现在这样。庭院里有火把照亮,一来方便偶尔在此办公到深夜的官员,这样他们穿过院子是能看清脚下的曲径;二来万一这里来了不速之客,把守此地的众多侍卫也能及时发现。

这天夜里,在庭院的另一头,有一间屋子里面灯火通明,简直像是屋子里走水了。在京师,在所有市镇里,火灾都是可怕的事情。皇城里每一座宫殿、每一座房子的房顶,都有些奇数层数的斗拱。奇数代表水,偶数代表火。防止火灾,就要无所不用其极。

这间宽敞的屋子里点着五十盏灯,窗户大开,免得屋子里太热。房间里的灯光让人目眩。在这间灯火通明的屋子里,奇台帝国近乎目盲的太师正坐在书桌前,正在写奏表,他的最后一份公文。

笔墨纸砚。太师努力稳住自己的手——他要告别官家啦。社稷,朝廷,以后会怎样?反正,是好是坏,都不用他操心啦。

他在这里操劳很久了,做了不少好事,他心里清楚——也干了不少坏事。如果官家沉溺丹青,耽于营建花园,追求长生不老,那就要有其他人来做那些艰难而残忍的决策。

这些决策有时候做对了,有时候没做对。不过如今他应该——早就应该——告老还乡了。这里的人,有些该弹冠相庆,有些会唏嘘不已,还有些人,会一直诅咒他,直到他死,甚至死后都不会放过他。死亡并不能摆脱别人的报复,有时候,死人也会被人从棺材里拖出来。

和所有品尝过位极人臣滋味的人一样,杭德金也会想,历史将会如何评价他和他的功业。想到这里,想到自己会被后人品评,他把毛笔蘸足墨,在纸上写起字来。

他写得很慢,心中很是自豪。在入朝为官之前,他当过学士。

奏表写完了,他长叹一声,身子向后一靠,倚在一个靠垫上。背疼,身子骨不行了。放下笔,他思绪纷飞,脑中浮现出延陵城西郊外,自家宅院的样子,以及小金山中的宁静图景,想象着随着春去秋来,树上叶子发出新芽,又随风飘落。

屋子里,儿子打了个手势,仆人们开始熄灭灯烛,把它们撤走……刺目的光线暗下来了。他要致仕了,眼前这一幕倒正好有些诗意了。想到这,奇台帝国的太师兀自笑了一笑。

本该做得更好一点。

到最后,屋里只留下几盏灯,还有两只御寒的火炉。仆人们都撤了,儿子还留在这儿。儿子一向寸步不离。

杭德金听着窗外夜里的风声,指了指刚写完的这封奏表,说:"拿去吧,这会儿还没睡。"

"想清楚了吗,父亲?"儿子静静地问,态度恭谨。

就知道阿宪会有此一问。

"一直都很清楚啊,"杭德金说,"必须清楚。"

当兵和当贼,有些技巧是相通的。其中之一就是要会睡觉。能在马背上打盹儿,能在树篱下小憩,也能在营房里睡一小觉。很多时候容不得人睡觉。所以要能够一有机会就睡得着。

任待燕知道,等天亮了,自己就要生平第一次上朝陛见,他也清楚自己用不着过于紧张。

他知道自己该睡觉了也知道自己根本睡不着。好多事情在他脑子里翻江倒海,有些在他意料之中,有些却完全没有想到。于是他又走到街上,这回只有他一个人。他想起来父亲。

在西部,在泽川路洪林州盛都县,在崇山峻岭之外,在大江高峡之畔,在那里过着安静的生活。一种隐逸、高贵的存在,追随卓门的为人准则,只是对一些在任渊看来过于苛刻的条律——关于女人、孩子和人性的弱点——做无声的规避。

每天早晨,如果不是法定的节假日,任渊都会来到衙门,着手完成县丞、县尉甚至押司交代的公务。这些人做起事来,或傲慢,或谦恭,或深思熟虑,或颠顸无能,或贪得无厌,这些都与任渊无关,他的职责只关乎奇台,关乎他的家庭。

待燕已经很久没有见过父亲了,不过他确信,如果父亲仍旧在世,并且身体无恙,那他的生活一定跟过去一样,天亮以后他会去衙门里报到。

任待燕心想,如果不是这样,他应该收到家书的。现在家里知道自己在哪儿。王歠银得到擢升、带着众人一起来到汉金时，任待燕给家里写过信。儿子真的出人头地了，父母这下真的可以感到骄傲了。

等天一亮，他就会出现在朝廷里。

等父亲知道自己的儿子进宫见到了当今圣上，他一定会非常高兴的。

任待燕知道，根据夫子的教导，这才是他此生真正的任务：儿女正道直行，为父母争光，让二老生活无虞。

长久以来，他都没有做到这些。啸聚山林可没有什么光彩可言。即便是现在，任待燕自问，倘若父亲知道，任待燕上朝陛见，不过是一条诡计的结果，他还会感到骄傲吗？

任待燕披着斗篷，漫无目的地走在街上，听见前面传来夜间收拾垃圾的人的吆喝声，一时间有些迷惑：这些人一向只有在非常晚、临近拂晓的时候才能上工啊。随后才想起来，现在真的是非常晚了。即便是在天亮前最冷的时候，汉金城依然拥挤。月亮早就西沉，星星也都挪向了西方。

肚子饿了。他在一个整晚营业的小摊买了一个热乎乎的肉包子，一边走一边吃。是狗肉馅的，一般他都不吃，不过当兵和当匪都要学会的另一件事情就是，有酒有肉的时候一定要吃，因为酒肉不会一直都有。

从厄里噶亚撤退的士兵，大部分并非战死，而是死于饥饿干渴。伐祁战争，还有那场惨败，都是很久以前的事情了，可他仍旧不能释怀。有些时候，像是孤单一人，夜不能寐时，他没办法不去想这件事。

当年他还想去那里打仗，去那里建立功业。

他买了杯茶，和其他人一样，站在茶摊的小车和火炉边喝起茶来。有人从他身旁挪开：是个全副武装的卫兵。这个时候上街的人，未必会愿意让别人发现自己出门的原因。

任待燕把茶杯还给摊主，继续前行。今晚似乎总是胡思乱想，尽是些没用的念头。

让他高兴的都是些无关紧要的琐事。小时候在书院里通过了考试，昨晚在她家堂屋里认出第五王朝的铜钟。这些有什么打紧的？他的目标是晋升军职，打赢北方的战争，对他来说，在那对夫妇的藏品上认出一个诗人的手迹，能说明什么呢？

没错，段龙会很高兴自己的学生能知道这些，可是段龙自己都不当先生了。他在大江沿岸来回游走混饭吃。也许会干些好事，可有时也会骗走人家的救命钱。

对任待燕来说，世间事似乎很难分得一清二楚。对于那些认为所有事情非黑即白的人，任待燕感到嫉妒。

有个女人在门口叫他。这里并不是花街柳巷，不过在汉金城，一到晚上，这样的女人到处都有。那女人走到灯下，她真的很漂亮。她唱了一句很老的词：独上楼台，泪失北风里……

要是换个时候，也许会关照她一下。但今晚没这个心情。

远处有人大喊起来，然后是一声暴喝作为回应，跟着就是武器碰撞的声音。他想了想要不要过去看看。要是这样，把剑抽出来比较好。不过，要是黑灯瞎火的，有人杀了人——唉，命案每天晚上都会发生——手里要是有剑，那就更惹眼，更容易受到攻击。

任待燕仍旧感觉很不可思议，自己同那父女二人说话时竟如此直率。他们会怎么看待他？一个高傲自大的糊涂蛋。

不过，在那个时间点上，他需要表露自己的毕生志向吧，当时要是不说，也许一辈子都不会说了。任待燕心想，也许一辈子都不会引人注意。也许在朝廷里，这也是一条获得权力的途径，可他是个军人——或者说，再过会儿他就是军人了。

泪失北风里……

北方有几百万奇台子民，都在萧虏帝国的统治之下，为萧虏人种田纳税，俯首称臣。供人驱驰。

任待燕不喜欢最后这个被人用滥了的说法。当年段龙说过，懒惰的诗人都想故作惊人语，以此唤起读者的情绪。

实际上，十四故州上的奇台百姓或许并不在乎自己做了谁家的臣民。反正不管在哪边，他们都得交税。夏天忍着草原吹来的蔽日黄沙，冬季又要经受苦寒和漫天大雪。不管自家农田归属于哪个帝国，干旱该来还是会来。

215

金河发大水时，不管是哪个皇帝都救不了农田和灾民。要是自家女儿被人糟蹋了，儿子死于伤寒或是被狼咬死了，谁来统治自己还重要吗？

即便如此，任待燕心想，即便如此，人还是没办法对历史漠然置之。如今的奇台大不如从前，版图比从前小了许多。任待燕想象出来的这个农民的想法是错的。草原上的皇帝绝不会为奇台的农民储存粮食，以应对洪水和干旱，但新安城里的皇帝从第三王朝开始就这样做了。如今帝国西部就有粮仓。

奇台皇帝受命于天，有心造福万民，但也会被奸佞蒙蔽，误了社稷。而即便是懦弱、颟顸、骄纵、毫无治国之才的皇帝，倘若有能臣辅佐，也可能恢复奇台旧时荣光。

街上打斗的声音渐渐弱下去了，任待燕继续走。天底下有那么多事情需要解决，那么多缺憾需要完善，一个人哪儿可能顾得过来？不过他会努力去尝试，去完善。毕竟，他是个军人，而非诗人。也许这就是诗人与军人之间的区别所在，不过也有可能是他错了。这样的想法太简单了。而且，军人也能够毁了这个天下。

那个叫林珊的女人手里抓着他们的把柄，这把柄足以要了所有人的命。她知道那一箭的真相。

真难以置信，那女人本该担心自己生命安全，居然还能看穿御花园里的那一幕。这是整个策划中唯一的漏招……

任待燕本该努力敷衍抵赖的。承认她猜对了的时候，他看见赵子骥脸上的不悦。

可她全都知道了呀。全都知道了。她的眼神像是能扎进人心里。以任待燕的经验，像这样的人并不多见，而这样的女人更是绝无仅有。还有挑衅，这倒是常见。不管是山贼还是士兵，喝醉了常有这样的眼神。如果要打仗，估量对手的时候，头脑清醒的人也眼带挑衅。

不管是贼还是兵，任待燕都了解他们，也能对付。他身强体壮，头脑聪明，行动敏捷，而且知道怎么杀人。

也许该过去看看那边当街械斗的情况。不然就往回走，去照顾一下那个灯下邂逅的美人。人有时会陷入自己的思绪当中，这时该做的，就是别去想它。该去喝酒、打架、听曲、狎妓。

全都要有吧。想到这里，任待燕自己也笑了。街上卖吃食的小摊点着灯，一直营业到很晚。运河两边也点着灯，为的是防止醉鬼掉进水里淹死。任待燕一边走，一边想，点灯容易，可总有人会害死自己，这种人，谁也不可能每次都把他救起来。

风变了。天快亮了。一夜没睡，还要上朝陛见。该回军营了。他要把自己收拾干净，再换身行头。为了今日上朝，王黻银已经给任待燕准备好了合适的衣服。他转过身，正要原路返回，却差点儿撞上一个紧跟在身后的人。他知道这种把戏。

偷公家人的钱包，这可太冒失了。那人一脸惊慌，任待燕只是朝他笑笑，就任他屁滚尿流地跑开了。任待燕想，胆大妄为有许多种表现，有些表现简直让人没法形容。

她握有把柄，但还是饶了他们。不过，这件事牵涉太师，她的处境也很微妙。倘若她公开检举任待燕等人，那紧跟着就会有人在酷刑之下供出杭德金，若是这样，新宰相上任以后，她便失去了保护自己和父亲的屏障。她在脑中盘算这一切时，任待燕一直紧盯着她的眼睛。

到最后，在那间摆满古玩的屋子里，林珊点了点头。

她说："明白了。我们的命和你们的绑在一起了——至少这一回是如此。"

任待燕作了个揖，这一回先向她，然后才拜过一直待在原处的林廓。

任待燕现在心想，原以为自己的未来正在一点一点地展开，可到了某一个时刻，许多变故一下子发生了，到这时才会明白，一切才刚刚开始。夜里那一刻就是如此。

今晚、此刻之前的所有过往，仿佛都成了序幕，就像弹奏琵琶之前的调音，只为接下来的弹唱做好准备。

他停下脚步，看看四周，这才发现，自己又回到宗亲宅，正站在一扇大门的门口。他穿着貂袖，报上身份就能进去。

他站了好久，转身朝兵营走去。起风了。

林珊躺在床上，听着外面晨风刮起来。她起身走到窗口，朝外望去。也不知道为什么要起来。天冷,可她就是没有离开窗前。月亮早就落下去了,天上只有点点明星,还有一缕缕云彩随风飘动。

林珊心想,有太多的诗歌,描绘女子头上梳着堕云髻,妆扮停当,心中悲苦,登上玉阶,凭窗等待永远不会归来的良人。

她极目远眺,看着这个也曾属于她们的世界。

第三部

第十三章

流年不利，诸事不顺。

寇赈，曾经的奇台帝国少宰，一直都过不惯平和的乡村生活。他不是那种人。

当然，这并不是他第一次遭到流放，他以前也过过乡村生活。上一次流放时，乡村里乏味无聊的生活逼得他想尽一切办法结束流放，这在后来，让寇赈的一生都发生了天翻地覆的转变。

很多年以前，寇赈在南放期间结识了邬童，这个太监很会动脑筋，于是两人一起想出一个法子，来吸引官家的注意。

他们听说，官家打算在汉金造一座花园，以此来描摹整个帝国，使之与天界相呼应。从那时起，两人就开始搜罗怪树奇石，和寇赈的诗文一起送往"艮岳"。当然，寇赈并不是傻瓜，他还是戴罪之身，他的诗文里从来不提国事。

"花石纲"由此诞生，进而成为寇赈带着太监重返朝廷的通衢大道。

有时候他会说，自己所有的这一切，都是拜这些奇石宝树，拜这些飞禽、猿猴所赐。他讨厌猿猴。

他也讨厌在这里与世隔绝的生活。这让他绝望地感觉到，自己同一切重要的事情都断了联系，而自己的时间却在不停地流逝。

人一旦被外放，但凡有一点地位的人都不会愿意跟他扯上半点关系。这些人连他的信都不肯回，而他们当中有不少人还欠着他极大的人情。一旦跌倒，就会一路不停地跌下去。这就是奇台。

不仅如此，一旦失势，当年身居高位时的财路也随之断送。当年他有多处田宅，如今却只剩下这一处。

他其实并不穷。这片庄园面积广大，田地的收成也不错。可尽管如此，家里的开支还是让他感觉到压力。

不能再像过去那样挥霍无度啦，所以他抛弃了两个姬妾，这两个姬妾又年轻，又漂亮，而且十分聪明。他把她们卖给杉樘衙门里的人。这两个姬妾听到消息以后，都难过地不肯离去。可寇赈明白，这不过是做做样子。

　　寇赈也不能太责怪她们。只要动动脑子想一想就会明白，寇家祖宅的生活单调无聊，也不算舒坦，如今家中事务都由继室打理，她们身份低微，日子过得……唉，反正不能说是相处融洽。

　　有时候他也会思量，自己怎么这么快就续弦了。不过檀茗有一种奇怪的本事，一旦寇赈想这些事情时，她都会及时察觉，并且每每能转移他的心思，这些手段，想来真是让人不安。

　　寇赈想，玉兰就明白他想要什么。檀茗留意这些事情，则更有手段，也更有眼力，有甚于玉兰。的确，寇赈把檀茗扶正有些仓促，不过他也真的有一种急切的需求，想要尽快撇清自己与亡妻的所作所为之间的干系。

　　玉兰的尸首都被烧成灰了。意图行刺皇亲国戚。那个刺客——她的刺客，全都招认了。寇赈心想，做妻子的想要事事躬亲，即便在这个朝代里，显然也有失体统。

　　这个结论在他收到信之前便早已得出来了。那是个秋雨绵绵的下午，有两封信送到他家里，并将再一次改变他的命运。

　　第一封信来自官家——尽管并非官家的御笔。信里不仅召他回京，还封他为奇台太宰。

　　老天有眼，老天有眼啊！那老东西终于决定辞官了。而且不知为何——这个关节一定要弄清楚——他也没有让他那个古板无趣的儿子来接替相位。

　　寇赈又读了一遍信，他的心跳得厉害，仿佛要从腔子里跳出来。他感到一阵头晕眼花，于是定定神——铺兵还在这里呢。眼下还没有大权在握，不能让别人觉得自己软弱。他盛情款待了这几个铺兵，给他们安排住处，烧水沐浴，招待酒菜，还给他们每人安排了一个，不，两个姑娘。家里还有侍女，铺兵就交给她们伺候了。

　　打发走铺兵之后，寇赈一个人留在书房里，坐下来。书房里亮着灯，不过油价贵，所以只点了两盏。从前几天起，天开始转凉，屋里生着炉火。他坐在书桌旁，拆开另一封信。

这封信他也读了两遍。杭德金的手笔，不管写了些什么，都必须小心对待。这封信话里有话，其中的弦外之音、言外之意，甚至比写在这绢纸上的字句更加明白。这封信并非太师手书，而是他儿子代笔。那老东西，赶紧去死吧，就烂在幽冥地府不见天日吧——反正他已经半瞎了。

现在不见天日，死了也别见。

这里面需要琢磨的地方有很多。比方说，老狐狸为什么突然辞官？为什么不让儿子接替他？这其中的深意一望即知。可是信末这几行字，特别是最后一句话，让寇赈不寒而栗。

他真的打了个哆嗦，两次读到这句话时都是这样。就好像有一根枯瘦的手指，隔着千里万里，穿过山阻水隔，经过万顷稻田，越过无数村庄市镇、山寨水泽，直直地扎进他的心里。

妇人不可纵。信的末尾，杭德金写道。

这手指就像把刀。在这句话之前，信中言简意赅地说起"艮岳"里有人行刺，目标是官家面前的一个红人。

老天保佑啊。寇赈心想。刚才心情还像除夕夜的漫天烟火一样喜气洋洋，突然之间却像是掉进冰窟——身上汗如雨出。

他不停地咒骂那老家伙，把所有想得出来的恶毒脏话都骂出声来，也不管有没有人听见。然后他从桌上拿起一样东西，去找他妻子了。

寇赈家中有两间堂屋。夫妻二人在稍小的那一间里坐下，过了一会儿，寇赈让妻子去把笛子取来为他吹奏。妻子一向听他的话，在这方面无可挑剔。

奴婢把为两人准备的饭菜端上来的时候，她还没回来，寇赈往妻子的酒里下了毒。

不能掐死她，也不能用刀捅死。尽管这里天高皇帝远，可是寇家夫人惨遭黑手，这样的消息仍然有很大的风险会传出去。光是这件事情本身就可能被那老东西拿来当作把柄。要知道，他人虽然辞官了，可并没有真的退出朝廷。

有关这药粉的传闻要是真的，檀茗今晚会在梦里死去。人们会哀悼她，安葬的时候还会往她嘴里塞一颗珍珠，好镇住她的魂魄。

而寇赈却并不会就此解脱。如果让夫人活着，那她就是抵在寇赈喉咙上的一把剑，剑柄就握在杭德金手里。寇赈必须比那老瞎子更无情，他能做到。

他这位续弦做事歹毒，这倒不假，这些事情他自有办法知晓；但要说让她设计，到"艮岳"去行刺那个女人，这根本不可能，既不可能在这里策划，也不可能发生得这么巧，刚好在他奉诏回朝之前。

可是世人皆知他们两家——他和员外郎，还有员外郎那个怪物女儿——之间的恩怨。要说这里面有哪点是他的过错，那无非是签发了将林廓南放零洲的放逐令。这的确是个错误，可在当时谁会知道呢？

寇赈坐在火炉边，一边等檀茗回来，喝下这杯夺命酒，一边心想，他会想念檀茗的。他至今都会想念自己的原配夫人。

寇赈一边抿着自己杯中酒，一边打定主意，他再也不会娶妻了，做妻子的虽然温柔，精致，却也是他的软肋。

卢超告诉侄子，身为国使，必须把自己想象成女人。

他要像女人一样察言观色，揣摩透遇见的每一个男人的秉性。

在出海北上的船上，卢超向卢马解释说，不论在宫中，还是在别处，女人都是靠着这样的本领生活，都是这样在世上寻一片容身之地。

这样的本领他以前就用过。当年也正是凭着这些技巧，他曾两度北上面见萧虏皇帝，第一次是去送寿辰贺礼，第二次则是同萧虏交涉，希望他们归还十四故州，或是至少归还一部分——最后谈判无疾而终。那两次都走陆路，为了显示出使的规格之高，还带上数量庞大的随员。

这一次出使则完全不同。走海路，带的人也不多，并且相当隐秘。

卢超认为，国使的言行举止不能跟一般男人一样。朝廷和国家都要透过他的出行来收集信息、了解对手。因此，他一定要谨慎小心,绝不可以莽撞行事。

他需要观察。要弄清楚他们的兵马数量,观察有没有饥荒或者民怨,注意番族头领身边,说到某件事情时,谁的眼神会游移不定。如果有机会,以后还要找机会跟他们谈谈。弄清楚谁是头领身边的红人,谁又因此怀恨在心。

他还要向对方提出问题,语气要谦恭温顺,还要记住回答,或是用暗语把它写下来。过去曾经出过纸面记录被人发现的窘迫事情。

他要对着难以下咽的食物大快朵颐(这一点他早已提醒过侄子),还要大口喝下番子们嗜之如命的酸马奶。还在船上,他和卢马就已经这样做了,为上岸以后做准备。侄子本就晕船,喝了马奶酒结果更糟。要不是心肠太好,卢超早就要哈哈大笑了。不过他倒是在给自己的兄长、卢马的父亲的信中乐呵呵地记下了这一笔。

不过,喝酒在草原上是件大事。酒量好坏关乎其他人对你的态度。卢超告诉面有菜色的侄子,在这个方面,他们又必须显示出男子气概。

还有女人,番子们会给他们送来女人,面对女人时,也要有男子气概。卢马必须明白,这些女人跟花街柳巷里涂脂抹粉的妓女并不一样。卢超说,番子送来女人,他们必须笑纳。到了晚上,那些女人进了帐篷,他们也必须展现出十足充沛的精力。卢马应当把这视为任务的一部分。

不能跟这些女人说话,尽管未必真的有风险,因为这些人里没几个会说奇台语的。不过,有一两个会说的可能性总还是有的,所以若是有她们在场,说话时还是不可疏忽大意。

卢超说,要学的东西有很多,任何环节都有可能出错,进而导致整个任务失败。曾经有过使节被杀的先例,尽管并不多见。萧虏帝国有皇帝,有都城,并且努力修治文德。

可他们并非要出使萧虏。

船在长城以北很远的地方靠岸,岸上早有护卫队在等他们。上岸后,他们将在护卫队的护送下向内陆前进,深入内陆距离的远近,部分关乎他们的第一个任务——评估对方对自己的礼遇程度如何。

这个新部落——阿尔泰——的可汗是会和他走上同等路程与他会面,还是让奇台使节走得再远一点?

倘若是出使萧虏,得体的做法是在萧虏的一座都城里面见萧虏皇帝,不过这次出使,他们要见的可不是什么皇帝。这是个造反的部落头领,而国使一行则——有可能——给他带来奇台帝国的支持。所以应该这个头领主动前来迎接他们。

一行人骑着马,离开海岸,穿过一片山丘,尚且没有走到让人不安的空旷的大草原。卢超找到阿尔泰护卫队的通事,随口向他打听一些事情,得到的答案却并不能让人满意。

通事说,阿尔泰人祖祖辈辈居住在黑水江北岸,靠近勾丽半岛,这些卢超也都知道。可是阿尔泰可汗和麾下骑兵显然已经不在那里了。通事说。

"那他们现在何处?"卢超礼貌地问道。

通事朝西边胡乱一指,说那边正在打仗。

这些卢超也都了解。毕竟那是一场叛乱。卢超就是因为这场叛乱才代表官家来到这里。他将审时度势,与之谈判。奇台应该支持阿尔泰叛乱吗?作为交换,阿尔泰人又能提供什么?

交换条件自然是十四故州。

卢超对这趟任务的态度有所保留,尽管他没有跟任何人讲起,可他的想法其实很简单。倘若这个新崛起的部落已经强大到足以搅翻整个草原,那它便也强大到足以扰乱奇台边境安宁。可话说回来,草原上一向战乱不休,倘若这次也跟往常一样,过不了多久便会平息,那支持反叛、惹恼萧虏又有什么意义呢?

简言之,一切都尚无定论。阿尔泰会不会只是因为萧虏独断专横而不满,但如果得到奇台的帮助,取胜后他们便愿意对奇台俯首称臣?还是说,他们生性野蛮,就像……狼?

奇台人都恨狼。谁也没法驯服狼。

卢超问:"哪里在打仗?"这一回看向护卫队的头领。要靠通事来回传话真是讨厌。阿尔泰派来迎接他们的这几个人,个头不高,打着赤膊,都是罗圈腿——骑术倒十分了得。这里面只有一个人会说奇台语,或者说,只有他一个人这样承认。

回答是,东京。

领队的岁数不小,模样丑得厉害。

"你们在攻打萧虏的东京?"卢超努力克制住声音里的惊讶。这要是真的,那可太快了。

通事把这句话说给头领听,等头领回答完,他自己先笑了一下。

他说:"打完了,正在料理后事,还要就地招募新的骑兵。"

正在料理后事。卢超想象得出来。他注意到刚才那一丝笑容。尽管心中吃惊不小,但面上还是保持温和。

"可汗一路打到东京?"卢超说,"那他怎么赶得及来接见我们?"

卢超听得仔细,通事和头领的交谈中有一丝迟疑。问得尖锐,答得也警觉。卢超听着他们说话,让自己的心平静下来。

通事说:"我们都统完颜会来接见你们。"

卢超马上问道:"可汗不来?"通事翻译这句话时没有笑了。

"说了,可汗打仗。"

"你说可汗的大军已经攻下了东京。"

通事把卢超的话翻译过去。

头领摇摇头,动作里透着固执。通事也摇了摇头。

"来的是都统。"

身为国使,有时候不得不有所行动,哪怕这会把自己——和整个使团——置于死地。

遇上这种情况,也只有祈祷了,希望家人能够记住自己。在这里,他们将会死无葬身之地。

卢超骑术不佳,只能勉强安坐在马背上。他勒住胯下这匹深棕色的马,抬起一只手,用奇台语向六名使团随从发出命令。其他人也勒住马头。

"回去,"卢超说,"回船上。"

卢超表情冷峻,越过通事,眼睛盯着阿尔泰护卫队的头领,说道:"我命令你护送我等和国礼一道原路返回。这是我主奇台皇帝之圣意。我堂堂奇台帝国的国使,绝不会屈尊会见这些小人物。你们纯粹是浪费我们的时间和精力。陛下定会龙颜大怒。"

通事把话翻译过去。卢超一直盯着卫队首领，盯着他那双冷酷的、呆板的眼睛。那人也盯着卢超。两人四目交接。

卫队首领大笑起来，却并非真的感到有趣。他吼了几句话，通事先是一阵犹豫，跟着说："他说完颜是都统，并非小人物。说你们只有七个人，我们能杀了你们，还抢国礼。他说，你接着走。"

卢超紧紧盯着阿尔泰的首领。西边刮来一阵风，那人的头发随风飘荡。北边有树林。卢超记得，眼下还没到草原上。

卢超一字一句地朗声说道："人固有一死。我们也只能尽忠事主，死而无憾。"他转过身，对着自己人，包括自己的侄子，说："咱们走，回船上。"

船会一直等在那儿，只要有必要，就会一直等下去，直到他们返回，或是他们的死讯传回。

卢超费力地掉转马头。这是匹好马，他对马匹了解不多，却足以知道这一点。此时此刻，要掉头往东走并不容易，太阳升得老高，风刮得厉害，并且心知会被人从背后杀死。卢超却走得不徐不急，也没有回头看。这里就是死地啊。他心里感到一阵刺痛。

他想再见自己的妻子一眼，还有儿子，兄长。他想再见一眼自己的兄长。

人生却并不能事事遂心。

身后传来一阵急切的马蹄声。护卫队首领来到身旁，一把拽住卢超的缰绳，让马停下来。这一手做得十分轻松。

卢超转过脸，看着他。卢超产生一种无法解释的直觉——直觉怎么能够解释？——他突然喝道："你肯定会说奇台语。不然你不会来这儿。你听着，要杀人，抢国礼，悉听尊便。把我们掳走也可以。只是这两条路，不管哪个，你家可汗都休想再从我奇台求得半点好处。你将与我天朝皇帝，和我百万天兵为敌。这就是你的任务？你就想要这个？"

卢超努力观察着那人的神色，像女人一样揣度他的心思。这人眼神冷峻，看得出，这人正怒火中烧，但与此同时——就是这个！——卢超也看见他有一丝犹疑。凭着直觉卢超知道，他赢了。

可是直觉未必能告诉那么多，直觉也可能错了。

阿尔泰首领开口了,不再假装自己不懂奇台语。"挑个人,射死他。其他人,一个一个死,剩下你一个,带你跟我往西去。"

他没有理会自己的任务。卢超心想,要小心。一个人怒火中烧是一回事;若是怒火中烧的同时又心存犹疑和胆怯,又是另一回事。不论是在宫中还是寻常人家,所有女人都懂这些。

他看着这个阿尔泰骑手,这次却没有迎上他的目光——这样的话,挑衅的意味太重,搞不好会给自己人惹来杀身之祸。

卢超用只有他俩能听到的声音说:"把我强掳到西边,接下来会怎样?我会怎么做?你杀了我的人,等我回朝,面见圣上时,我会怎么说?我会怎样描述阿尔泰部?"

那人什么都没说,只是舔舔嘴唇。他的坐骑跺着碎步挪向一旁。卢超心想,这个意思很明显了,除非骑手心有不安,草原上的马绝不会这样走动。

卢超接着说:"你要杀谁——哪怕是杀我——我都不在乎。北上之前,所有人都知道自己可能会客死他乡。倒是你,怎么向你家可汗交代?你杀了整个奇台使团?你家可汗又会怎样处置?"

仍旧没有回答。那匹马又平静下来了。卢超避开那人的目光,看着他的头发:前额和头顶的头发都剃掉了,边上一圈却留得很长,在风中摆来摆去。番子髡发,卢超早就跟其他人介绍过,还让他们不要太奇怪。

卢超第三次开口。然后就什么都别说了,他告诉自己。然后他就必须继续向东。也许下一瞬就是他们的死期。真想再与兄长相见,两人一起喝酒啊。

卢超说:"你自己选。不过我猜,你这些手下并非个个对你忠心耿耿,有些人也许还颇有野心。倘若我们死了,他们会怎么说,恐怕也由不得你。我们要回船上,你想怎样,你看着办。"

卢超抬起一只手,准备招呼手下。

"且慢。"阿尔泰头领说道,声音低沉阴狠。

卢超放下手。

湛蓝的天上,朵朵白云飘向东边,地上的风也吹向东边。离森林太远,听不见风吹树叶的声音。

阿尔泰人清了清喉咙。"并非我们无礼。都统与可汗一起号令部族，如今恐怕都统职权还重些。都统更年轻，两人一起举事。我们……我们的战果远比最初预想的更大，也更快。要不是这么快就攻克东京，可汗定会亲自前来接见。"

这人的奇台语说得比通事还好。他说："可汗脱不开身，要把萧虏勇士收入我军。这正是颜颇所长。完颜兄弟则擅长领兵打仗。仗打完了，所以完颜会前来接见。"

卢超的目光越过这人，望向整片草地。带领阿尔泰部的其实并非老可汗，而是一对兄弟。这一传闻汉金早就听说了，在他受命北上之前还把它写进了备忘里。但除此之外，他们对阿尔泰所知甚少，而这也是卢超此行的目的所在——多多了解阿尔泰。

现在，他知道下一步该怎么走了。不能死在这多风的蛮夷之地。卢超点了点头。

"好。"他努力做出宽宏大量的语气，彬彬有礼，就像有人向官家进贡时，官家的态度一样——他代表的就是官家的旨意，"那我们就在这儿等都统。"

卢超看见对方长出一口气，这才意识到这人刚才有多害怕。刚才要是卢超转身继续向东，那他就不得不动手杀人。手下都听见他的话了，也都在看着他。他别无选择。

说话时必须多加小心。

阿尔泰人说："在这儿等可不好。没吃食，没马奶酒，没像样的毡包。也没女人！"他努力挤出一脸的笑容。

卢超也随着笑了笑，问："这些，哪儿有？"

"最好的要走六天。沿途备好了过夜的营地。走六天，到了河边，好地方，你们见都统完颜。谈事情。他骑马很快就能到。"

卢超心里装着整个地图。从海岸走六天，很合理。对方走得更远些。

"四天，"卢超说，"你派人先行一步，把最好的吃食和女人都在那里备好。从这里骑马走四天，然后我们就在帐中等你们的都统。"

阿尔泰首领犹豫片刻，然后点了点头，说："行。"跟着又笑了笑,"叶尼部的女人,世间最美的美人,给你们准备好了。"

"马奶酒呢?"卢超问道,这是一份邀请。

"有的是。"阿尔泰人说,"今晚就有,就咱俩喝!"

卢超又点了点头。他掉转马头,众人骑着马继续上路。在他的印象里,这里的天比别处都高,草也高,随处可见野花和蜜蜂。一路走,沿途还会惊出些小动物。他看见远处还有些长着鹿角、块头更大的畜生,数量也不少。老鹰在天上盘旋,黄昏时分,他还看见一只落单的天鹅,与他们一道,向着西沉的落日前进。

关于在哪儿见面,都统完颜不置可否,仿佛对他而言,多走两天路完全没必要费心思量,也无须浪费口舌,甚至想都不必想。

这人完全不懂奇台语,彼此交流要靠之前的那个通事。从一开始,卢超头一眼看到这个人,还没来得及交流,他对这次出使任务的不安就加重了。这个人相当强横,也相当自信,绝不会向奇台摇尾乞怜,又或恳请奇台帮助他的族人摆脱萧房横加给草原的暴虐统治。这个人性情急躁,踌躇满志,心思敏捷。卢超明白对方也在估量自己,正如自己正在估量这个阿尔泰人的领袖。

毡包里,他只把侄子带在身边。完颜和通事坐在对面。一个叶尼部的女子也在毡包内侍酒——叶尼部的女子比卢超原先想的还要漂亮。卢超喝得很慢,并不理会对方的豪饮。

这里并非晚宴,他们正在谈判。卢超应该表现出克制,这样才算体面。

只是在这里体面似乎并不重要。完颜的价码干脆、直接,而且他并不打算讨价还价。性情急躁,卢超又想道。

十四故州,奇台人可得四州。这四州并非正对汉金北方的要地,而是处在西边,在故都新安以北——并且有两个前提。首先,奇台必须攻下萧房的南京,并且把它交给阿尔泰。然后奇台继续向西北进军,与阿尔泰部一起攻取中京。达成这两个目标,那四州就归还奇台。

每年春秋进贡的银帛照旧,只是要送给阿尔泰。

等萧房中京陷落,阿尔泰的可汗颜颇将登基称帝。他和奇台的官家将不再是舅甥关系,而是以亲友相称。

卢超原本可没料到,这人居然懂得这些外交上的象征。他在心中飞快地做出判断。

此事议定之后,通事接着翻译,我们就通过海路跟你们联络,来年春天,两军就在南京城下会师。

议定?怎么议定?

都统喝着酒,他的眼神捉摸不定,只能看得出他想让人看到的东西……这就是绝对的、毫不动摇的自信。一个养马的,生养在那种地方,怎么可能如此自信?这说明什么?他的部落究竟是什么样子?

卢超小心控制声音,用最郑重的语调说道:"此事不能议定。告诉你家可汗,或者你自己现在来定夺。奇台大军绝不会为了部落纷争而在草原上游荡。一千多年以来,奇台见过草原上有太多的部落起起落落,而我们永世长存。"

卢超停顿一下,好让通事跟得上自己。

完颜听罢,大笑起来。

他又喝了口酒,擦一擦嘴,开始说话,看得出来,他被逗乐了。通事翻译道:"那你们的朝代呢,你们的诸侯与叛乱呢?何尝不是部落的起起落落?又有什么区别?"

这个问题真是失礼,简直是愚昧。卢超突然想要吟诵一首诗。司马子安的,韩冲的,他兄长的,他自己的,然后说这就是区别,你这个只知道喝马奶酒的番子。他想要说杉橦瓷器举世无双,延陵牡丹闻名天下,汉金园林光辉璀璨,还有音乐……他想回家。

卢超不动声色,他深吸一口气,慢慢地说:"也许,有一天,都统受邀来访我朝,到那时自会有答案。"

通事翻译他的话,卢超感觉自己在都统的脸上发现了什么东西。这人又喝了口酒,耸耸肩,说了几个字。

"也对。"通事说。

卢超反应极快,他说:"统领可有权更改条款?还是说必须回去跟可汗报告?下官可等不了那么久。若是统领必须回去上报,那就等到夏末,我们或许会另外派人与统领接洽。"

他停一下，等通事把话翻译完，然后接着说："但是贵部既想要我军的支援，建国之后还想要我朝岁赠，如此条件实为苛刻，我朝要求返还十四故州。"

他又停了一下，扔出一块香饵，尽管这或许已经超出他的权限了。"至于可汗与我主的亲属关系，倒还可再议。我主一向宽大为怀。"

都统对上他的眼睛。卢超心想，要是自己真的像女人一样，那他现在就该把目光别向一旁。可很多时候，这样的类比并不准确。在这里，他就是奇台，他就是一个拥有千年历史的大帝国，绝不容许被一个只有牛羊草场的草原蛮夷压过一头。

有时候，一旦正面交锋，就该转换角色。

都统腾地一下站起来，卢超却仍旧盘腿坐在原处，身边摆着酒杯，侄子安稳地坐在身后。卢超笑了笑，挑起眉毛。完颜开口说话了，语气里第一次透出挫败与失望。卢超等他说完。

通事说："此事都统会同可汗与弟弟商议。但我们绝不可能归还这么大片土地。这些土地你们很久以前就丢掉了。时光不可能倒转，天神创造的世界可不是这样运转的。十四州，奇台或可得五六，都统兄弟与可汗自有决断。入秋之前，我们会派人骑马与你朝接触。"

"骑马？过南京？"

听完翻译，完颜摇了摇头，又一次像是被逗乐了。

"都统说，阿尔泰人在萧虏境内蒙混过关十分轻松。他说汉金以北是平原，骑兵可以随意来去。"

话里有话，卢超想。

他站起身。安坐不动蕴含着一种气势，但如果要仰着脖子看对方，这气势也就没了。"既然是平原，若要北上，那也是来去随意。"他轻声说道，"有意思，不是吗？"

一阵停顿，好让通事翻译，随后都统笑了起来。他咧咧嘴，说了一通，通事说："完颜大人说，朝使人不错，有意思。今晚他将设宴款待你，明天就骑马回禀可汗。统领还说，不管有没有奇台协助，阿尔泰都会荡平萧虏。这里有言在先，将来自可见分晓。"

卢超施过一礼。他就是帝国,而帝国不可少了教化。侄子也和他一般行礼。两人走出了敖包。晨光下,草原向四面八方延展开来,仿佛没有边际,让人心生不安。

这天晚些时候,宾主欢宴。到了晚上,他和叶尼部的女子享受了一番云雨之欢,随后就打发她离开了。他躺在床上,努力保持清醒地思索着,尽管一肚子的马奶酒。

在骑马向东回到海岸的路上,在坐船南归的路上,在回到汉金面见陛下之前,他有的是时间来思索整趟出使过程。

他已经知道该说什么了。

一辈子秉持公道,仗义执言,也因此三度遭到流放,还不止一次差点儿惹来杀身之祸。

这些事情,即便是在文明开化的帝国,也终是难免。

第十四章

奇台帝国第二个知道草原上的大变局的人,是领五千禁军的新晋统制任待燕。

这其实也不稀奇。刚调入禁军没多久,他就孤身一人去了西北,在榷场所在的市镇戍泉以北悄悄地渡过金河,进入萧虏境内搜集情报。

十四故州,帝国一直渴望收复的失土,身在这里,这感觉真是让人感到茫然而怪异啊。

戍泉距离金河和长城都不算远,从第二王朝起就成了一座重要的市镇。在过去,建立王朝、统治奇台的,往往都是起自北方的大家族。

这座城的规模比过去小了许多,正像是如今的帝国。在这一带,金河成了奇台与萧虏的边境线。金河对岸正是"十四故州"中的一州,同样喝着金河水,却受番子的统治。

偷偷过河并不算难事,何况在这一带居住的几乎都是奇台的农民。虽然接受草原的统治,向北方交税,却是奇台人。所以任待燕只要把头发编成辫子——番子所迫,生活在这里的奇台人不得不如此,就可以混在人群中,毫不惹眼。

他是一个人出来的,谁都没带。赵子骧遵照他的命令,闷闷不乐地留在戍泉,编排故事,向别人解释他的行踪。他告诉其他人,任统制正在探察市镇周遭的地形。

而任待燕真正的去向,其实是在破坏两国和约:奇台军人进入萧虏境内,一旦被发现,不仅自己要被军法处置,朝廷也要受到萧虏使节一连串的责难。可任待燕如今是军人,还是名军官,要是明年就要跟萧虏开战,情报的重要性不言而喻。

这个地方一年到头都有人偷偷摸摸地往返于国境线上。两国政府不管是一方还是两方一起，不管是提高关税，还是把什么货品收归官府垄断，都只会让走私变得更加利润丰厚，也变得更加猖獗。冒险也就变得有利可图。边境生活的现实图景之一，就是有人趁着月黑之夜，带着私茶、私盐或是草药，偷偷渡过金河，完成事先安排好的交易，回来时则带着琥珀、毛皮或是干脆带上银子。银子从来都是好东西。

不论是去金河对岸，还是从对岸回来，走私犯一旦被抓，其结果要么被丢进大牢，要么受到责打，要么干脆被砍头。不过军官也许不会遭遇最后一种命运——前提是及时亮明身份。

任待燕已经在北岸待了七八天，今晚躲在一个小仓房里，计划回南边去。他脸上、手上、脚脖子上都厚厚地涂了一层臭烘烘的药膏，用来对付北方夏季蚊虫的叮咬。卖药膏的人说，这玩意儿对付蚊虫最有效。

任待燕敢说那人肯定是个骗子。

叫他不得好死！最好是让蚊子把他的血榨干。可任待燕别无选择，只好一个劲儿地搽药膏。他骂了一大堆脏话，只是没有出声。

知道他在这里的，只有两头水牛，还有三只山羊。这家农夫并不知道。附近也没有狗，有的话，任待燕也许非得杀了它不可。

夏季的夜里，仓房里热得要命，而且味道也很大。可他早先听见夜里有老虎的叫声，所以他可不敢在旷野里过夜。

就任待燕所知，或者说，就他肯承认的来看，他只怕两样东西。其一，从小就怕，就是活埋。他一辈子都不可能当盗墓贼，而这跟坟墓里面的鬼魂、符咒都没关系。

再就是怕虎，尽管他小时候从来都没见过老虎，但泽川人都知道应该小心为妙。老虎咬死人和牲畜的事情并不少见，不过那通常是因为有些人大意了。任待燕一直到离家出走以后，才在多年的野外生活里遇见过几次老虎。

在水泊寨一带，他射死过两头老虎。还有一次，是个深夜，一头老虎偷袭他，距离太近，那畜生动作又快，要射死它已经来不及了，于是任待燕用剑结果了它。他这辈子从来都不曾那样惊恐过。那时夜晚将尽，天上挂着半片月亮，那老虎呼啸着腾空而起，结果被任待燕一剑刺进了张开的大嘴。直到多年后的今天，那老虎的啸声仍旧回荡在任待燕的耳边。

他那一剑赢得众人的一致称赞，而这场遭遇战给他胸前留下了一道伤疤。当时要是他在刺出一剑的同时，没有闪身避开，那他早就没命了。到任待燕离开水泊寨的时候，"待燕刺虎"已经成了山林里的传奇。任待燕由着他们去说，他清楚自己实际上有多么走运。他差点就死在了那天晚上，死得毫无价值，死得无足轻重。

奇台人最恨的是狼，一向如此。在任待燕看来，冬季里饥饿的狼群远比一头老虎危险得多。所以，今晚他宁愿躲在热烘烘、臭烘烘的仓房里，也不愿意为了新鲜空气，去找个高处晒月亮。

他口渴了。身上什么都没有。酒壶里的马奶酒喝光了。这仓房盖得相当马虎，墙板和房顶上全是缝隙，下雨天漏水肯定很严重。月色清亮，透过房顶的缝隙照了进来，就是说，要想睡着就更不容易了。不仅如此，明晚过河也会有些麻烦，不过如他知道该从哪儿渡河：走私犯在金河两岸都藏有船只，所以他一点儿也不担心。

有个东西在叮咬他的脑门，就跟木匠凿木头一样。任待燕一巴掌甩过去，抬起手来看，上面沾着血，在月光下，血色看起来十分怪异。他想起自己在汉金提点刑狱司的衙门里睡的床，想起王黻银的美酒，想起京师沿街随处可见的美食。

他把思绪转向别处。一想起汉金城，迎面而来的回忆远不止是松软的床和街头小吃。顺着思绪往下走，还有很多是他绝不该多想的事情。

那回他上朝陛见，官家赏赐他银两和城里的一座宅子，宅子里还配了仆人；不光如此，官家还擢升他为禁军统制，也就是如今的军职。

太师杭德金头天晚上辞去官职，所以那天早上，宫中一片骚动不安，对任待燕的嘉奖也是一切从简。从头到尾，任待燕一直都在想，要是父母看见这一幕，哪怕只是听说此事，会是个什么样子。他几乎能看见二老的神情，听见他们激动的心跳声。养儿就是要光宗耀祖，要是命好，儿女还会供养自己安度余年。

如今任待燕有钱了，他会遵循孝道，把钱送回家供父母使唤。

有了钱,他还能接济别人,还能自己成亲。这些念头他都想过,他还想过生个儿子。可是紧接着,他就开始为西行做准备——途经延陵,前往新安。

他是名军人。终于当上军人了。他是个武官,并且明白自己来这世上究竟是为了什么。除此之外,一切都只是让他分神。

赵子骥毫无悬念地和他一道西行。此外,当初一道离开水泊寨的人里,除了赵子骥,还有一个人也随他们一起上路。剩下的人仍旧留在提刑大人身边。任待燕并不怪他们。命是他们自己的,汉金也是个好地方,当个亲兵跟着王黻银,日子可比跟着任待燕去西北打仗舒坦多了。

只要稍微动动脑子,就知道犯傻的其实是赵子骥,还有一起上路的那个弟兄。任待燕又想起汉金城里的物和人,于是他强迫自己别去想了——别去想了,这一手他如今已是驾轻就熟。

月亮越升越高,月光透进破烂的仓房,照出的光影也在慢慢移动,给仓房内的草料和牲口都洒上一层银辉。

任待燕想,有好多诗歌都是在咏月。司马安就写了一辈子月亮。传说他后来想拥抱水中的月影,结果自己淹死在河里。

任待燕并不相信这个传说。人一旦出了名,就会有各种传奇附会出来。就算只是个小地方的名人,也是如此。游艺会,他悄没声地坐在一间客栈里听见别人说,那个叫任待燕的山贼,其实是个打虎的猎户,光凭着一口刀,就杀了二十来头猛虎。

老百姓都爱听故事。

他又想起这几天听到的故事。这几天,他假扮成走私贩子,在各个村子里四处走动,做些虎血粉换琥珀的买卖。

不论是在奇台还是北方,虎血都是一味包治百病的良药。虎血仅限官府专卖,民间严禁私营,并且因为杀虎取血并不是个好营生,所以虎血价格奇高。

任待燕跟人一边喝酒一边谈生意,顺便打听到不少事情,其中有一件事——他听过好多遍了——听来着实让人不安。

东北有个叫阿尔泰的部落造反了,不光如此,倘若这些边境村落里的人说话可信,那他们如今已经攻下了萧虏帝国的东京。

即便是在这里，在萧房帝国的南端，空气中仍旧弥漫着不安的情绪。呵，倘若这个消息确凿无误，那人们感到不安也是在所难免。这变故发生之快，着实让人心慌。本地的萧房驻军原本用来监守这里的奇台农民，如今也躁动起来，而且很有可能会调往北方作战。任待燕躲在仓房里，一边心想，一边用手拍打蚊虫。

任待燕可以从中创造机会，只是眼下他既没有足够高的军阶，也没有领到命令来做任何事情。他面对的困难直接而不可避免：倘若真如别处风传的那样，明年就要开战，并且奇台大军还要挥师北上，进兵草原，那留给他的时间就所剩不多了，他必须在那之前做完他该做的。

他必须在这支行动迟缓的军队里尽快地得到拔擢，还需要来到这里，在萧房境内搜集情报……整个奇台似乎只有他一个军官明白深入敌国侦察的必要，也只有他宁愿为此承担一切风险，怎么会这样？

这个问题不难回答，任待燕心里就有答案。这个答案也能够解释定西军何以兵败厄里噶亚，十四故州何以沦丧，以及当初收复故土的战争何以无功而返。

奇台对自己军队的恐惧，远甚于对它的依赖。

这两种情绪缠夹不清，要在这个基础上建立——和守卫——帝国，这根本就不可能。而任待燕自己也不能表现得过于冒进或是野心勃勃，不然的话，他将会在军队和朝廷两面树敌。

任待燕决定不拍虫子了，看看自己能忍多久。他听见水牛的尾巴一刻不停地甩来甩去，同时发出低沉的、闷闷不乐的哞声。这些牲口要被虫子活吞了呀，任待燕心想，最起码，人家还有尾巴。

东京陷落的消息让他困惑不已。跟萧房的其他市镇一样，东京也筑有高墙，城坚池深，且有重兵把守。而对手不过是东北的一个小部落，不管打仗多么凶猛，要想夺下一座京城——在任待燕看来，只能有一个解释：这个部落吞并了其他部落，与此同时，城内守兵主动放弃抵抗，甚至临阵倒戈。

任待燕也不知道真相究竟怎样，他能想到的就是这些。至于萧房皇帝在哪儿，眼下众说纷纭。有说他正在集结军队，有说他已经西逃，有说他如今终日醉酒，精神恍惚，还有人说，他已经死了。

他本想找个当兵的问问，抓个俘虏，找个无人打扰的地方审讯一番，可是这样做太危险了，比潜入萧虏境内还要危险，所以他还是放弃了这个念头。

何况，这里距离东京山高路远，驻扎在这里的士兵估计也只是听说了一些传闻，而这些传闻任待燕都知道。

他甩出一巴掌，咒骂了一句。这才一会儿的工夫呀。

外面有动静。任待燕身子一僵。

没有野兽的吼声，也没有狗叫。要是有老虎过来，仓房里的畜生早就提醒他了。不对，是别的什么东西，在这个夜里，身为不速之客，他应该感到害怕。

任待燕悄无声息地起身，躲过斜斜透射进来的道道月光，溜进仓房的阴影里。他抽出短剑，他身上只带了一柄短剑和一把刀。他在萧虏假装是走私贩子，可不能背着弓挂着箭篓招摇过市。

仓房没有后门，仓房面也太亮了，不过仓壁上有一块没钉牢的墙板，任待燕刚进来时就把它弄松了，他可以从那边挤出去。他走过去，一只眼睛透过墙板缝隙向外观察。

刚才听见马蹄声，现在又看见火把了。来了四五个人，而且来人只要稍微有点脑子，这会儿仓房后面已经有一两个人在盯着了。不过，既然任待燕都能听见他们的动静，这帮人大概没这个脑子吧。

可话说回来，要是仓房后面真的有人，那钻墙洞出去无异于自投罗网。任待燕既不想被人抓住，也不想死在这里。

任待燕懒洋洋地想，是谁告的密？这个问题毫无意义。眼下时局危急啊。村子里出现个陌生面孔，并非相熟的走私贩子，居然只是在酒肆里一边喝酒，一边漫不经心地跟人打听消息……这些足可以让人往兵营里跑一趟，求一份赏钱——往后的日子很可能更难过呢。

想起奇台人跑去告发奇台人，任待燕一下子真的感到一丝苦涩，不过也只是一下子：这些人世代住在这里，生活就是如此，而汉金城里的官家看起来也丝毫没有吊民伐罪、收复失土的行动。不光是当今圣上如此，先皇也是如此，先皇的先皇同样如此……自从两国签订合约,这里的百姓就像卖东西搭送的添头一样,成了番族治下的子民。

他们并不亏欠任待燕任何东西。要是他被人抓住或是死了,有人就会领到赏钱,那人的孩子今年冬天就有饭吃,就有活路。

来了四个人,都骑着马。这晚的遭遇任待燕只肯透露这么些。实际上,今晚的细节,除了赵子骥,他跟谁都没说过——他压根儿就不该来这儿。不过,任待燕借以栖身的这件仓房的主人就是个奇台农民。这人并没有跑去告发任待燕,他一直心向奇台,盼着王师北上解救万民,尽管他家世世代代都生活在这里,所见所闻都没有出过萧虏,而且萧虏人的统治也算不上严苛。

那天夜里,这个农民听见有人从兵营方向骑着马,从自家农田上穿过,还看见他们举着火把。他悄悄地出了门,看看自家门前出了什么事。他披散着头发,也不在乎来人会不会看见。在家睡觉的时候,头发可以披散开来。

他目睹了整个过程,事后他还跟人讲起过此事。实际上,这个故事他说了一辈子,后来又发生了些别的事情,于是这故事被传得越来越广。

流传最广的一个版本,是说总共有十二名士兵前来捉拿一个人,如不能生擒就要将他就地处决,然而这个人是任待燕,当时还只是个领五千兵马的统制,那年春天刚刚得到任命。

毫无疑问,来人知道任待燕就在这儿。

那么接下来有三个选择。他可以等在门里,拔剑在手,先刺死一个人,然后不管他是否毙命,立马冲出去,趁对方还未反应过来再杀死一个,运气好的话就解决两个。

对手可能有五个人,照理其中一人会在仓房后面,不过他想他们宁愿待在一起。一来仓房没有后门,二来没有谁想独自一人守在另一头。

他也可以趁对方不备直接冲出去,免得被困在里面。对方有火把,有可能点着仓房,逼他出来。萧虏骑兵对奇台人仓房纵火眼睛都不会眨一下。

任待燕可不想被困在火中。也可能对方并不想杀他，只有在不得已时才会放火，好赶他出来，然后抓去审讯。如果是他就会这么办，不过眼下他对萧虏人知之甚少。另外，审讯过程当中也难逃一死。

任待燕情绪镇定，却也怒火中烧。生死关头，精神状态如何至关重要。他经历过几次这样的危机，怒气往往能助他一臂之力。

现在死还太早了，还有太多未竟之事。他选择了第三个方案。他快步来到仓房后墙那块没钉牢的墙板旁，把身上的小包袱推出去，听听有没有动静。没有。他把那块板子撬开，扯到一边，先抽出剑来，然后钻了出来。一根木头刺扎进胳膊里，一划，拉出一道血口子。

挂花了。有意思。

他钻出来，暴露在月光之下。眼下只有半个月亮，挂在西边，不算亮，但也足够照见人了。他赶紧行动起来，包袱撂在那里，朝着与农民的房子相反的方向绕了一大圈，远离仓房。一脱离仓房的掩护，任待燕就趴到地上，压低身子，飞快地爬出去很远。

他可以一直这样前进，对方或许不会找到他。

不过也很有可能会找到。任待燕只能靠两条腿，而对方有马，还能去找狗和帮手。对方一进仓房就会明白这里刚才有人待过。此地距离金河太远，光靠两条腿根本跑不掉，何况边境上也有驻兵，到时也会有人骑马先他一步向驻军发出警报。他需要一匹马。

而且，说实话，他也不想从四个萧虏骑兵面前逃走。

这是任待燕此生与番族的第一次遭遇。也许还是最后一次。说真的，今晚也可能是一场大戏的开场，而他为此所作的准备，可以追溯到当年盛都县外的竹林，或是县郊的另一片树林，在那里，他杀了人，从此入了山林，学会了各种杀人的本事。

有两个骑兵已经下了马，举着火把，正向仓房靠近。不难猜到，另外两人并不下马，而是在稍远一点的位置，举着弓掩护这两人。人在战场上的行为往往都有套路。有些时候这样做是明智之举，更多时候，这不过是……惯性使然。

任待燕一边爬，一边刻意压低身子。他像鬼一样从最近的骑兵身后站起身。火把都在下马的两人手里，这人处在暗处。战马训练有素，也许比骑手更佳。

任待燕箭步上前，跳过去一刀切开那骑手的喉咙，后者不吭一声倒下。而战马一如任待燕所料，只是稍微挪了几步，也没有发出声响。任待燕溜下马背，扶住尸体，悄悄地把他放在被晒得萎蔫的枯草地上。

下马的两个人已经走到门边，一手举着火把一手拿着剑，想看看这样能不能打开仓房的门。最后，两人将火把插进地里，又一起把门闩卸下。他们不想弄出动静，可还是发出金属剐擦的声响。等卸下门闩，另一个未下马的骑兵也已经被悄无声息地干掉了。

任待燕取下骑手的弓和箭箙，翻身上马。他一直相信，学习使用草原上的弓箭很有必要。番子的弓箭都要小一些，便于马上骑射。只要勤加练习，就可以适应。世间万事多是如此。仓门口有火光，那两人就是活靶子。任待燕先射死一个。

另一个人转过身来，任待燕看见他年轻的脸上写满惊恐。他一箭射中那人的眼睛。脸上一箭，算是传达个信息。

不知道有没有被人看见。这户农民应该听见有人骑马过来。任待燕想，这不打紧。他不想杀这个农民。他用一根长牵绳把另一匹马跟自己要骑的这匹拴到一起——这种绳子萧房人总是随身带着。有两匹马好多了，这下赶路就更快了。他先骑马绕到仓房后面，从墙洞旁捡起包袱，然后绕到前门，动作虽快，却并不忙乱——这两者之间有区别——然后捡起另一支箭箙，然后灭掉火把，催着战马向南疾驰。他心想，又有弓箭了，真不错。

同样不错的，还有这里的新开端。是的，新的开端。

这里在戍泉北边，从这里到戍泉要骑马走上一天。赵子骥不该来这儿。不过他也知道，不管任待燕会怎么说，他都应该来这儿。夏季针对走私的巡逻要多一些，因为走私贩子也多。金河北岸的情况他无能为力，不过赵子骥的军阶允许他调动手下军士沿着南岸巡逻一段——他告诉部下，这里是个渡河的好地方。

这里水流平缓，夏季河水也要浅一些，从这里可以在两岸间直南直北地来回穿梭。大量的黄土把河水都染成了金黄色，金河之名正是由此得来。从这里不论往东还是往西，河岸都很陡峭，然而在这里，河面变宽，水流变慢，河岸的坡度也平缓一些。再往东，河道淤塞，几百年来，奇台帝国在金河两岸（彼时两岸还是帝国疆土）不知修了多少次堤坝，可是水患仍旧连年不休。

在这里，水性好的人可以直接游到对岸，不过传说这浑沌的河水里面有能害人性命的怪物。如果是在战时，战马也能驮着主人游到对岸。不过最好的办法是让马（听说在西边是用骆驼）拖着木排或是牛皮筏子过河。

在这里金河就是两国边界。往东往西则不是这样。从这里往东，经过延陵再到京师，金河蜿蜒向南，直到靠近汉金，这一段金河两岸都属于奇台，两国边界在金河与长城之间。而往西一直到金河的发源地，奇台与祁里就其归属争执不下。

不过这又是个谎言，赵子骥想，其实并不是存在争执，而是奇台失去了那段流域。根据重新缔结的和约，那一部分金河划归祁里了。跟金河一起拱手相让的，还有当年丝绸之路上通向遥远西域的关口。赵子骥心想，不知道如今的玉门关是个什么样子。在过去，全世界的财富都通过那里流入奇台。

夏夜里的胡思乱想。今晚是来这里的第二个晚上了。要来这里，由头倒不难找：他要训练部下，而抓走私贩子是个相对容易的训练手段。他们说是这趟出来有任统制带队，实情却并非如此。眼下任待燕还不算迟到，但如果今夜还没回来，那他就真晚了。

这支部队很不错，只是不满员，兵员不足五千之数。大部分士兵分别驻在两处兵营里，一处靠近新安的废城墙，另一处安在这里与戎泉之间。赵子骥和任待燕带到北边的人都是经过精挑细选，信得过的人。任待燕知人善任，并且能让部下对自己忠心不二。赵子骥知道，自己也可以。很久以前，赵子骥的一位上司说过，要是啥事儿都干不好，那你就知道自己有几斤几两了。他说这话本意是想讽刺、戏弄别人，可在赵子骥听来却是另一回事。不论是在水泊寨，在提刑大人的亲兵队里，还是在这儿，他都把这句话当作自己治军的一个原则。

他看着河边的浅滩，骑马向东，又折返回来。这匹马个头不高，年纪不小，算不得良驹。军中一直缺少好马。这是奇台无力控制草原之后失去的另一样东西。想当初，每年春天，金河这一带都有规模庞大的马市，那时草原民被慎重地放行，穿过长城，来向奇台朝贡。

如今的奇台要想买马，只能从萧房那里买到有限的数量，不然就去西边，跟早已今不如昔的塔古做交易。奇台自古缺少优良的马场，如今的马场数量则几近于无。

赵子骥不是骑兵，骑术不佳。大部分人跟他一样。即便是在军中，战马也供应不足，磨炼骑术的机会也不多。跟番子打仗时，奇台军不会进行骑兵对战，这样打每每都会损兵折将。奇台军打胜仗都是投入大量步兵，在不利于骑兵的地形上，凭借武器装备上的优势取得胜利。

要是能记得带上武器的话。

今晚有半轮月亮，可是河面上什么都没有。不消说，走私贩子更愿意在月黑之夜出来。所有士兵都一再被训诫，他们的请受和一切军需物资——军粮、营房、衣甲、武器——都是朝廷靠着专卖收入和关税得来的。走私贩子在损害军队，这条训诫不知重复过多少遍了。

赵子骥早就发现，大部分士兵并不相信这一套。他自己也根本不信，虽然说，官家无疑是在想办法喂饱军队。

一方面军队要供给士兵吃穿用度，要提供营房和武器；另一方面，士兵的任务就是抓捕这一小撮穿梭在界河两岸、倒腾买卖的亡命徒，两者之间到底有什么关系，这还真是个难题。渡河走私的大部分都是奇台人。按照两国合约，奇台有义务遏止走私，不过赵子骥猜想，眼下大家的心思都没在这上面。

所有人都在注意听四周有没有动物出没，那些徒步巡逻的士兵尤其如此。老虎很少偷袭骑马的人。

赵子骥本来想，身为军官，他应该以身作则，亲自下马巡逻，可是他来这里另有原因，也许会需要长途奔波，或者是让坐骑全力冲刺。赵子骥知道，这匹马性格温驯，可是这一人一马跑起来没准儿连一头撒蹄儿狂奔的驴都追不上。

身后南边传来马蹄声。今晚没有安排人手支援啊。赵子骥转过身，没有警觉，只是迷惑。

"赵统制，小的归队巡防！"说话的人扯着个嗓子，语气和方式像个老农。

赵子骥骂道："肏你娘，任待燕！你怎么跑到我们后面去了？"

"你说笑哪？就算是头牛，都能游过河来绕到你背后，"任待燕用自己声音说道，"我还以为你跟着我去北边了呢。"

"违抗军令，可是要军法处置的。"

"算不上军令。就算你不听，我也不想罚你。带了多少人？"

"带了二十五个去戍泉，这里有十个，守了两个晚上。"任待燕骑了匹好马，身后还拴着一匹，"你偷的？"

任待燕大笑道："跟人喝酒，赢的。"

赵子骥不作理会："对方的骑兵呢？"

赵子骥迟疑片刻，说："回头再说。"

意思很明白了。"有啥消息？"

"有一些，回头说。子骥，有麻烦了。这儿不宜久留。"

"你是说这两匹马不能待这儿？"

"就是这个意思，还有弟兄们也得走。"

"还是'回头再说'？"

任待燕在月亮地里咧嘴一笑。他浑身还是湿漉漉的。看样子是刚才骑着马泅渡过河的。"对。有啥要告诉我的？你来这里，跟戍泉的守将怎么解释的？"

赵子骥耸耸肩："任统制恪尽职守，要我等前去查看边境，没事儿。"

"骗人的功夫有长进啊。"

"是说'恪尽职守'这句话？"

任待燕大笑起来："还有哪些？"

赵子骥感到又好气又好笑。和任待燕在一块儿经常会这样。和他一起，赵子骥有时候感觉自己像个当爹的。这感觉就像是自家孩子先是走丢了，然后又安然无恙地冒了出来——既松了口气，又憋了一肚子火。

他说："有个蠢蛋在咱们西边闲逛。你说要有麻烦了，那得把他请走。"

"闲逛？什么意思？"

赵子骥发现自己提起这事就心烦。"你在'艮岳'里搭救过的那位夫人，还记得不？"

"当然记得，"任待燕的语调变了，"我走的时候，他们夫妇二人正在新安。你是说他们——"

"那位夫人还在新安，住在敦宗院底下的一家客栈里。可她丈夫来了，到山谷里的一座旧寺庙里找铜器。他带着牛车、人力，还有铁锹。为了丰富藏品，还记得不？"

"齐威在这儿？今天晚上吗？"

"不刚说了嘛？"

这回该任待燕骂人了。"天一亮就立刻把他弄回戍泉，那一带所有闲杂人等都要进城。要是河北岸有人偷马，还……干了些别的啥事，萧房人肯定会借这个由头过河来兴师问罪。我可不想把它变成一场边境冲突。"

"明白。这两匹马怎么办？"

"天亮前就一直往南跑。但愿别让人看见。"

"我跟你一路。"

任待燕摇摇头。"既然你这么想过来找我，那就留下。叫弟兄们放出消息，让百姓赶快进城。跟弟兄说你听到风声，叫他们帮忙。不过，齐威必须由你亲自出面。他是宗室子弟，万一局面恶化，光他一个人就是个大麻烦。一定要让他明白你的军阶……还有，跟他说你去过他家。据我所知，这人性子相当执拗，而且痴迷于收藏古董。"

任待燕掉转马头正要走，又转过头来说："另一匹马，等你回咱们大营里，就归你了。带回来就是给你的。"

"你直接回大营？"

"直接回去。"

尽管安排得相当完美，但世事难免不如人意。

第十五章

"不行就是不行！这下面有一件巨大的第四王朝的礼器，比目前所见的任何收藏都要华美，上面还有铭文，十分壮观，而且稀世罕见。不把它挖出来装上车，我就不走。"

齐威身为宗室子弟，这个倔脾气让他尝过不少甜头。大部分人都不会跟他对着干。齐威知道，别人都觉着他是个怪人，他也乐意别人这么看自己。当怪人有怪人的好处。他的名声不仅因为他是宗室子弟，也因为他还娶了那样一个妻子，不过后者的情况，说起来似乎有点复杂。

眼前这个骑着马的军人，身形健壮，岁数也不算小。他是掌管五千禁军的副统制，地位无疑值得尊敬，也有资格与齐威面对面谈话，不过显然他也不敢对宗室子弟直接下命令。

这人刚才跟他说话时，态度就跟其他人不一样。他似乎还去过齐威在汉金的家里，和他同去的还有去年秋天在"艮岳"救过珊儿的救命恩人。可真巧啊。

不过这并不能改变他来这里的初衷。走了这么远，起这么早，哪儿能让这当兵的吆五喝六？

齐威都不知道这个军官来这儿干吗，这里在戍泉西北，周围荒草丛生，只有一个废弃已久的卓夫子庙。不过话说回来，齐威也不关心他为何前来。文人从来都不关心武人来来去去做些什么。

经验和直觉告诉齐威，这里藏有宝物——他猜对了。眼下他要把一件礼器发掘出来。这样巨大的青铜器，挖出一件，就意味着这附近还有别的古物。他希望能发掘出一些觚。他的收藏在酒器方面还有所欠缺，尤其是第四王朝及其之前的藏品。齐威一直梦想着能够出土一件装满简册的柜子。齐威有过一次这样的经验，那回忆总会让人念念不忘，忍不住想再经历一回。

他抬起头，怒视着骑在马上的军官。尽管齐威完全不懂相马，但他也看得出来，这匹马已经不堪使用了。这人也看着齐威，脸上的表情……只能说是消遣。真是可恶。

这个军官严肃地说："末将绝非对大人发号施令。"

"谅你也不敢！"身为宗子的齐威厉声说道。

"不过末将会要求这些人力听从军令。"

那人顿了一顿，好让齐威仔细想想。

"大人要想留在这儿，那就悉听尊便。只是末将奉命必须把这牛车带回城里。萧房人今天会渡河南下，此事确凿无疑，他们来者不善。我等绝不会留给他们半点值钱东西。大人车上的物件，想来定是些无价珍宝吧。"

"那是自然，价值连城！"

齐威发现，两人的这番遭遇跟他预想的不太一样。他感到不自在了。

"诚如大人所言。"这军官镇定地点点头。

他扭头朝身后随他同来的五个士兵发布命令。这五个人领了命，朝齐威的人走去。齐威的手下正心不在焉地在地上挖一个大坑，坑里有一件铜器已经出土了一半。

"他们要干什么？"齐威努力摆出威严的架势问道。

"告诉这些雇工，萧房的骑兵今日之内就会来这里。跟我告诉大人的话一样。"

"我们两国有盟约！"齐威喝道。

"的确。盟约昨晚遭到了破坏。咱们这边有个走私贩子偷了萧房人的马，番子那边可能还死了人。末将担心有人因此受到牵连，尤其担心宗室子弟的安危。"

"他们敢！"

"恕末将直言，番子真敢。此番前来的要是萧房的使节，那他们应该知道大人地位尊崇，可来的要是士兵，眼睛红了就未必这般谨慎了。"

"那你们几个就都留下来，保护我！我……我命令你！"

军官的表情严肃起来。"保护大人安危，诛杀番贼，末将义不容辞。可是末将奉命不可与之冲突。大人之命,恕末将难以遵从,还请大人见谅。正如方才所言,我等必须带走这些人力。大人要留下,末将不敢阻拦。只是万一大人在这里有什么不测,那末将也只能以死谢罪——不知这样说,大人会不会好受些。"

说完,他骑着马踩着小碎步子朝齐威雇佣的人力跑去。齐威看见,那些人已经开始心急燎地从坑里往外爬了。

"都不许走!"齐威喊道。其他人只是看看他,却仍旧在往外爬。

"看我怎么收拾你们!"

那军官回头看看他。这一回,他的脸上明显有些不悦了——甚至不能不称之为轻蔑。

他说:"大人请勿多言,这些人只是依军令行事。"

"你个混账东西,你叫什么名字?"

"末将是新安大营任待燎统制帐下赵子骥。大人要告状也不难。当然,大人也可以向本地和新安的巡检使递交诉状。"

说完他又转过身去。手下的士兵正在组织齐威的雇工,打算赶着牛车运走已经出土的古董。

齐威眼看着他们起程,穿过满是车辙脚印的荒野,走上满是尘土的小路。沿这条路上大道,就可以一路通往戍泉城门了。

他郁闷地意识到两件事。在他身后树上,有一只鸟在孤零零地啼叫;很快,他也要跟这鸟一样,在这破庙旁落单了。

他眼看着所有人都渐行渐远,环顾四周,金河不在视野之内,却也离这里不远。那只鸟继续啼叫,一直在叫,叫得人怒火中烧。那一队人,还是赶着牛车,头也不回地往前走。

萧虏人来了,那个当兵的说。

"我要骑马!"齐威喊道,"给我匹马!"

人们停住脚步,那个军官回过头来。

大家让齐威坐上牛车,一路颠簸,他在车上坐着也十分难受。这天晚些时候,一行人终于到了戍泉。他在腿上放着一件陶碗,两只手抱着它。走得太快,要不抱着这碗肯定要颠碎。

后来听说,那天他们刚走,萧虏骑兵便渡过金河,在城外乡间寻找两匹萧虏骏马和偷马的人。

最开始他们还很小心，只毁财物，不伤人命。可是后来有个农民就是不肯让他们进自家谷仓搜查，然后一个萧房骑兵，也不懂这农民在嚷什么，只见他手里挥舞这一把锄头，于是起了杀心。

两天前死的那四个士兵，其中之一是他兄弟。带队的头领将这骑兵一通申斥。要找的两匹马不在谷仓里。萧房人感到意犹未尽，于是把谷仓点着了。

林珊曾经来过新安一次，只是远不像这次待那么久。新安是她所知道最奇怪的地方。

人们来这里，难免会生出一些今不如昔的感叹：曾经的辉煌和如今的破败，曾经的骄傲和……总之是骄傲不再以后随之而来的东西吧。

当年，在这座市镇最辉煌的时候，城里足足住着两百万人；而如今新安的人口还不到那时的十分之一。然而，城墙依旧立在原地，仍然包围着那么广大的面积。市镇正中的南北通衢，也就是御街，气度威严，让人心生敬畏，林珊心想，感觉就像这条通衢的修建者，根本不是你能想象出来的人物。

这里早已荒废、无人料理的花园规模也相当惊人。尽管林珊非常讨厌坐轿子，可是在新安，要想出门就只能如此。光是御街就超过五百步宽。眼前所见，和它所代表的古昔盛景，让林珊都难以置信。

岑杜曾经作诗描绘城南的曲池苑，他在诗中写到宫娥身着丝绸华裳，头上还有艳丽的羽毛装饰，骑着马来看马球比赛。她们的出现和笑声，让这里的气氛都变得更加明快。

如今，惨遭劫掠、焚毁殆尽的宫殿里徒有回声与鬼魂。林珊有一天上午乘轿子去了宫殿，在那里仿佛能还能闻到几百年前的硝烟味。她走在宫墙之内的御花园里，想当年，第九王朝爆发叛乱的前夕，皇帝就是从这里逃离京城的。那时一切繁华都濒临垮塌。

除了轿夫，她还随身带了两名护卫。新安城的巡检大人，一个为人挑剔、神经兮兮的男人，怕她出事，坚持要她带上护卫。幸亏带了，那天在宫殿里撞上一群野狗，直到护卫杀死一条之后，这群畜生才退散了。

　　林珊本来根本没准备来新安。她原本打算要跟随齐威西行，跟往年夏天一样，可齐威不想她跟着。林珊私心想要见一见齐威在延陵养的小妾，齐威从来都没有带她回过家。他该带回来的，这样才不失体面。

　　可是一到延陵，林珊却厌恶起自己原先的念头。真是太丢人了——不光是因为这个姑娘太过幼小，还因为林珊自己当初居然想要来这里一探虚实。她怎么成这样了？

　　不能这样。所以后来齐威说他要继续西行，然后北上前往戍泉，要林珊留在这里，林珊便说她要去新安。齐威没有多说什么，林珊心想，也许他更乐意她离开延陵吧。

　　林珊没有跟着丈夫北上。在过去，他俩一定会结伴旅行。他们会在乡间四处探寻，他们会跟村中长老和庙祝们交谈，会发掘、购买古董珍玩，就算带不走、买不到，他们也会把它画下来，记下附注，以丰富他们的收藏。

　　林珊心想，他们的收藏，再也不是"他们的"了。这些铜器、陶瓷、简册、石碑，林珊都喜欢得很，可她已不再像过去那样，热衷于将之收为己有。

　　岁月催人老啊。林珊想。这念头真是迂腐，林珊对自己做了个鬼脸。已是黄昏时分，她正在一间茶肆里喝茶。茶肆在城西的主城门外，新安还是世界中心的时候，人们送别亲友时，就是在这里折柳相送，盼望彼此后会有期。

　　轿夫和护卫都在门外候着。林珊心想，不知这四个人会怎么看她？她打定主意不去在意这些，可是像往常一样，她并非完全这样想。

　　在过去，搜罗古董也是她——和她的婚姻——不同流俗的表现之一。如今，林珊心想，这已然成为往事了。在与世间的对抗中，在与世俗压力的对抗中，她已然输了一城。

　　有天早上，趁天还没有热得让人发昏，林珊写了一首《夜上楼台》。曾经有一段时间，林珊很讨厌这个词牌，以及所有这一类的诗词。这些诗词都会讲述妓女如何遭人抛弃，都会描绘她们凌乱的衣裙和敷着香粉的脸颊。然而,依着同样的曲调,林珊却填上了不同的词,意境也大异其趣。

填好词,林珊放下毛笔,看着纸上的字,品味着词句中的深意。突然,她莫名地感到一阵害怕,一时间,竟不知道这词里描述的女子——还有站在桌旁填新词、吟咏词句的女子——究竟是谁。

> 昨倚城门极目西,满地孤魂,御街风暖空寂寂。
> 菊园草深独自行,人侧目,非礼牡丹骄夫子。
> 本不似文妃艳美,云鬟斜簪,惹得君王顿龙椅。
> 今坐庭中傍枯泉,风吹树,活火聊作分茶戏。
> 愿赏金尊沉绿蚁,莫辞酒醉,此花不与群花比。

奇台的国使卢超乘着船,离开草原,返回奇台。一天傍晚,船在海上遇上了风暴。

事发突然,船上的水手也措手不及,但他们还是成竹在胸。船帆被放下来捆好,固定在甲板上。船上所有乘客,包括最才华卓著的那一位,都拦腰系上绳子,免得被冲进海里。当然,要是船体破裂,或是倾覆了,这样做也是于事无补。

天空从湛蓝变成一绺一绺的紫色,最后变成全黑。滚滚的雷声中,船在风浪里先是被抛起,跟着又打着旋儿。船上所有人都以为自己这下必死无疑了。要是死在海上,那就没办法好生安葬了,他们的鬼魂也就永远都不会安息。

卢超连滚带爬、踉踉跄跄地来到侄子身边。他侄子正把身子紧紧贴在甲板上的一个滑轮上。卢超的绳子刚好够他过去。他跌倒在卢马身旁,两人望着彼此,脸上的雨水和海水止不住地往下淌。暴风雨的声音太吵,说话根本听不见。不过,叔侄二人守在一起,就算是死也不会分开。卢超一向视这个侄子如同己出。

甲板下面有一只挂着大锁的铁箱子,箱子里装着卢超在与阿尔泰都统会面结束后写的备忘和奏章。要是船沉了,这些东西也就永远不会得见天日了。

从这里往东南方向，远在风暴所及范围之外，有个风暴永远不会光顾的地方，那里有一座蓬莱仙岛。生前品行高尚的人，死后他的灵魂就会来到这里。卢超从没有想象过自己死后会去往仙岛，不过在瓢泼大雨中，他猜想侄儿或许能到那里。当年侄儿为了照料父亲还去了零洲。能有这样的孝行，这一辈子就称得上品行高尚。卢超扒着船，浑身湿透，祈祷侄子的孝行能感动上苍。闪电瞬间把西边的天空点亮，跟着陆地又消失在黑暗与波涛之中。他拼命地抓紧木制滑轮。

傍晚时分，风暴过去了，船经受住了风暴的考验，船上众人既没有人落水，也没有人丢掉性命。这可真奇怪：下午一片漆黑，到了傍晚天却亮了。随后天又黑了。头顶的乌云消散，雷声随着闪电渐行渐远，卢超看见了织女星。

原本收好的船帆又升起来，海岸线已经进入视野，他们继续航行。

卢超活着回到汉金，回到朝廷。他呈上自己的奏章，并且向官家，和太宰寇赈——此时已结束流放，重新入朝并且执掌相印——陈述了自己的观点。

卢超做完报告，受到称赞，并得到一份丰厚的赏赐。这之后，再也没人就此事过问他的意见，他也没能在朝中——或是地方州府——得到一官半职。

于是，卢超回家了，入秋时分，他和侄儿回到东坡附近的田庄，那里有他的兄长，他的家。到家这天，正好是九月九日，重阳节。

陛见时，他毫不含糊地表达了自己的看法，形容事态十万火急。

天地恰如一张风帆，正徐徐展开，微末之事就足以影响世间万物的走向。突如其来的夏日雷暴有没有让国使死在海上，就是这样纤毫之间的变数。

然而，尽管在风雨飘摇中命悬一线的人，和挂念他们、为他们的不幸而悲恸的人看来，这个"纤毫变数"其实是天大的事情，可是在波涛汹涌、滚滚向前的历史洪流里，这一切不过沧海一粟。

另一场风暴，同样雷电交加，同样大雨滂沱，把任待燕困在了新安附近。他在一片树林边上躲雨。在开阔地里不能到树底下躲雨（任待燕见过有人被闪电劈死），不过躲在树林里就不会有事，何况暴风雨持续不了多久。

任待燕并不急着赶路。他下了大道，可他自己也说不清为什么要去马嵬。或许只是因为从没去过那里吧。那里赫赫有名的温泉，建在温泉四周的宫殿，至今都还有遗迹。

任待燕孤身一人。之前他从戍泉带了六名部下，和他们一同骑马赶路，今天早上，他却打发他们自己先行回新安城外的大营。之前南下的路上，这些部下一方面能保护他，另一方面也帮他打掩护。几乎可以肯定，萧虏已经因为杀人盗马一事向戍泉官署兴师问罪过了，这时如果还一个人骑着好马——身后还牵着一匹——赶路，那就太不明智了。

任待燕不知道萧虏人干了些什么，也许还动武了吧，很有可能。他赶路太急，把所有消息都甩到了身后。等回到大营以后，他会听到消息的。最好能赶在消息——和讯问——之前，先一步回营安顿好。

生平第一次杀了四个番子，对此任待燕并不难过，不过他也不会说这是他干过的最明智的事情。毕竟，这样一来，萧虏东京陷落的消息就更不好汇报了。

此事干系甚重，如果消息确凿，很多事情都将因之而改变，必须认真对待。归根结底，他的目标并不是要让萧虏或是阿尔泰彻底倾覆。草原总有人来统治。他的目标是收复十四故州，为此他们必须认真制订计划。

任待燕也不知道该如何达到这一目的，他了解的信息还太少。倘若传言是真的，那这可太让人困惑了，一座萧虏都城怎么会这么快就在一个东北的小小部落面前陷落了？

任待燕躲在树下，听着雨打树叶的沙沙声。他的手一直没离开剑——这片树林他可不熟悉。坐骑一直很安静，这多少让人安心一些。另一匹马早先让一名部下骑着继续赶路了。等到副统制赵子骥回到南边，这匹马就归他了。任待燕毫不讳言，骑上如此良驹简直让人飘飘欲仙。他想，这些畜生能让人意识到自己一直以来都错过了什么，让人想要当个马军军官。

雷声渐渐远去，雨却一直下个不停。风吹过树叶，发出沙沙声，雨水从树叶上滴落下来。树林里有泥土和腐败的气息。树林边缘，照得到太阳的地方还有花。

昨天，任待燕一行人路过一条岔路，这条道上荒草丛生，向东通往皇陵，从大路上就能看到皇陵高高的封土。前后五个朝代的皇帝都安葬在那里，竞相用各自的陵墓炫耀生前的文治武功。除了皇帝，还有一位女皇。

任待燕仍记得先生如何说起她。所有正史里都在污蔑昊女皇。平常说话提到她都要吐一口唾沫。当时在学堂里，有个学生就这样做，段先生于是大笑起来。

段先生柔声细气地问："昊女皇死后一百二十年才有'荣山之乱'，说说看，她为何要对这场叛乱负责？"

"牝鸡司晨，祸之始也。"吐唾沫的学生说。这是书上写的，大家都读过。

"昊皇之后、叛乱之前，先后经历七位皇帝，都没能够挽回局势？"

任待燕那时年少，还从来没有这样思考过。书上说的只管记住就好，不容置疑。

"你说得不对，"段先生接着说，"王朝并非毁在昊女皇之手。任何人都不该叫你这样想。倘若是在考场上遇到这个题目，照好听的答题，只是别信。"

段龙虽然说话刻薄，但也给了学生很多思考。任待燕心想，当初先生要是金榜题名，入朝做官，不知道会是什么样子？

嗯，那他就不会骑着驴、带个男孩，在大江中游来回闯荡了吧。现在是夏天，段龙又该沿着大江干起老营生了吧。

有些人会来到你的生命中，扮演某个角色，然后离开。不过，多年以后，你骑着马，在树林中躲雨，还会想起他们，会想起他们说过的话，如果是这样，那他们能算是消失了吗？

也许卓门学者对此会有一番妙论，但对任待燕来说，倘若这个人，不论是男是女，曾经进入他的生活，之后又再也无缘得见，那他们就是消失了。有关一个人的回忆，毕竟不能成为他（她）本人。

雨天，孤独，难免让人感怀。他让马朝前走两步，自己身子伏在马脖子上，抬眼看看天。云渐渐散了，雨快停了。他决定再等会儿。很奇怪，他一点儿也不急着继续赶路。

他并不在意孤身一人。身为统制，麾下有五千兵马，要在军中寻得片刻清静可不容易。或许也正是因此，眼下他才会踟蹰不前，下了大路，前往马嵬皇陵吧。大营里有的是人。新安也有很多人。虽然远不如当年那么多，可是——

任待燕向左猛一扭头，一瞬间拔剑在手。可是并没有威胁，战马也没有受惊，只是随着任待燕的动作抬了抬头。刚才他看见一道一闪而过的明亮色彩，不过那道颜色紧贴着地面，太低了，不大可能是老虎，而且，已经消失不见了。任待燕提醒自己，老虎不喜欢下雨——至少在泽川乡间，大家都这么说。

想到这里，任待燕又记起一件好事来。按照铺兵赶路的正常速度，现在父母应该已经知道他家小儿子的近况了——他升了官，还上朝见过天子。而且，他送去的钱，父母也收到了。

人生总会有些大大小小的目标。任待燕在家信里对官家做了番形容，他想象着父亲在读这段信时的样子。一边想着这些，他一边从树林里出来，继续向马嵬前进。

清风拂面，云彩正很快地飘向东边。过了一会儿，太阳出来，天蓝了，开始变热了，好在大雨过后暑气不会太盛。任待燕一边赶路，帽子衣服也一边慢慢晒干了。

这天傍晚时分，他来到马嵬。附近一个人也没有。谁也没理由来这里。就算这里曾经有再多的珍宝——这里的珍宝也是传说的一部分——很久以前也被偷光或是毁尽。

所以说，谁会光顾这样一片荒废已久、鬼魂出没的皇陵？不过任待燕只怕老虎和被人活埋，不怕鬼。

他穿过一道横跨路上的棂星门。即便是这么做时，感觉也真是奇怪。棂星门依然挺立，两边的墙却早已坍圮，人可以骑着马，踩着残垣断瓦，从墙上缺口跨过去。砖石都被装车运走，拿去修葺农舍或是建造牛栏——这是很久以前的事了。

过了棂星门，路一下子变宽了，跟别处一样，隔一段距离就拐个弯。路两旁种着树，有柳树、泡桐和栗子树。任待燕看见右边有一丛竹子，另一边又有桃树和开花的梅子树。这里无人照料，大雨过后，满地泥泞，杂草丛生。楼台阁子就在前面，再远处，微风吹皱了一汪碧蓝的湖水。四下里一片寂静，只有鸟叫和达达的马蹄声。

这里一直被历代皇族当做行宫，其历史可以追溯到第五王朝，那时新安第一次被定为国都。这里有温泉，一年四季都可来此静修。这里有乐曲，有盛宴，还有妆容精致、衣着华丽的宫娥，可以祛病健身的热水从地下涌出，汇入供给沐浴的池塘。到第九王朝时，这里——和好多事情一样——的奢华与靡靡达到了顶峰。当年皇帝最宠爱的文芊贵妃就曾是这里的主人，后来也是在这附近香消玉殒。

任待燕觉得，第三王朝和第九王朝的奇台人曾经真正品尝过光荣与威仪的滋味。而在第三王朝之前、第九王朝之后，以及这两朝之间，则充斥乱世、饥荒、血腥的内战，百姓民不聊生。可是这两个辉煌的朝代最后也毁于战祸，不是吗？（耳边又响起段龙的声音。怎么总是听见先生的声音？）

那如今呢？当今王朝又是什么？任待燕心想，这要看以后的历史了。

他来到一棵柞树底下，下了马，用脚把一根大钉子踩进地里，然后把缰绳穿过钉子上的眼儿拴好，这样马就能吃草了。

任待燕朝离他最近的宫殿走去。这座宫殿很宽，气势恢弘，匍匐在地面上，两边厢房呈南北走向。宫殿敞着大门，地板全都不见了。台阶全都是汉白玉制成，任待燕心想，怎么没人把这些石阶打碎装车搬走？

他进了一道走廊，走廊里空空如也，一件装饰品都没有。也没有火灾的痕迹。这里只是……遭人遗弃了。在过去，宫殿那一长溜窗户上都蒙着丝绢，而如今，下午的和风吹进殿内，搅起满地灰尘。

任待燕随意地打开一扇扇大门。所有门都没有上锁，不少门都不见了。他走进一间用膳房。一面墙根下有一张榻,四条腿都是檀木的。任待燕心想,早该有人把它搬走了。

他无所事事,信马由缰地一直走,经过一条条分岔的走廊,打开穿堂尽头的最后一扇门,里面是间卧房,非常大。卧房在大殿的最西头,风从湖上吹来。床架依然完好,还有四根结实的、精雕细琢的床柱。墙上镶着板条,任待燕还看见墙上有两扇暗门,如今两扇暗门都坏了,歪歪斜斜地吊在两边,露出门里的一条暗道。

这里曾经是供人昼夜玩乐的地方。

他不想费事去看那暗道里面的情形。不管这里面曾经有过什么,如今也早就不见了。他想象这里曾被灯烛照耀得金碧辉煌,宫女随着音乐翩翩起舞的情景。

他转身往回走,这回走的是南边的穿堂。走廊最后把他带出了殿外。任待燕朝左望去,看见远处树下自己的马。他沿着另一条坑坑洼洼的道路,走进一座高大、隐秘的圆形阁楼。

这里有一眼温泉。不知为何,任待燕为此还吃了一惊。来这里抢东西的也抢不走温泉呀。任待燕心想,或许之前还以为这里被人封起来了。

空气中有药香,有硫黄味儿,还有别东西。他走过去,跪在地上,一只手伸进水里。泉水很烫。他闻闻手指,没错,是硫黄。阁子边上还有两张破损的汉白玉长椅。这种长椅在过去应该有好几张。对面有个台子,任待燕猜测那是给乐师准备的。朝中的男男女女赤身裸体地泡着温泉,或是彼此躺在一起时,乐师可以在台子上演奏音乐。这一幕场景,他也能想象出来。乐师或许会被一道屏风挡在后头吧。

墙上有壁画,已经褪色了。两扇窗户都没有窗纸,所以光线很足。他走过去观赏起来。画上是些男人在骑马打马球。看穿着,其中之一是皇帝。另一面墙上画了一人一马。如果画上这人不是矮子,那就是这匹骏马十分健硕,足以让任待燕的草原马相形见绌。马的旁边还题了字:"华骝神骏",这匹马的名气可不小,这是太祖皇帝拥有的一匹来自遥远西域的汗血宝马(天马)。

任待燕自己刚骑过一匹好马,所以他欣赏得更仔细了,他疑心这匹马只是夹杂一些红毛，或许算不得骝马。这畜生真是让人惊叹，即便是过去了几百年，立在墙上仍旧栩栩如生。可见当年的画师功夫相当了得。

下一面墙上画着好几个骑马人：一名女子一马当先，还有两人跟在身后，所有人都可算是肥马轻裘。打头的那个女子衣饰相当精致，头髻发簪，耳中坠子，项上坠领都镶着珠宝。这必定是文芊贵妃了。画的背景是几座山，任待燕明白了，墙上画的，正是马嵬北边的群山——就在这里以北。

任待燕又看向水池，他又觉得好像听见了音乐声。一个地方也能承载关于过往声音的记忆吗？

他走出阁子，心中莫名地感到一份怆然。他朝湖边走去，阳光下，蓝色的湖水随着微风闪动着粼粼的波光。尽管任待燕能看见湖边泊船的码头，这里却一条船都没有。这片湖比他预想的还要大。在湖的西南边，任待燕知道，有一条路经过湖岸，向南一直通往官道。湖岸上的一间驿站曾经见证过一场凄绝的悲剧。任待燕想，不知道这间驿站如今还在不在，还有没有人打理，当年第九王朝那场叛乱过后，这间驿站是不是早已荒弃，有没有遇上火灾，会不会早已坍圮？

任待燕看见一座小岛，岛上的绿树枝繁叶茂。他记得曾在书中读到过，说当初这里有几座汉白玉和红木建成的亭子，供乐师在其中演奏，而船只则慵懒地载着皇亲贵族，在湖面上往往返返，来来回回，到了夜里，湖面上倒影着点点烛光。

身后传来一缕香气，仿佛香粉的味道。风是迎面吹来，按道理是闻不到的。

任待燕可能永远都弄不明白，此刻他为什么没有转身。也许原因就在这里——风迎面吹来，他却闻到了香气。有些不寻常。他本该转身的，本该拔剑的。

他猛地打个哆嗦，跟着就定住身子，眼睛瞪着远处水面，却什么都没有看。他在等着。颈后的毛发根根倒竖。他听见路上传来脚步声。乐声听不见了。他不知道这香气是怎么回事，但这里有个女人。

任待燕怕了。

女人说:"方才在林子里,我在你面前一晃而过,给过你机会,叫你回去。可你却一个人到了这里。这是你自己做的决定,我喜欢有主见的男人。"

女人的语调轻柔,语速缓慢,那声音说不出地魅惑。任待燕口中干涩,心中撩起一阵欲火,却如巨浪般袭过全身。他说不出话来。

岱姬,他心想,狐魅。

赵子骥最怕狐狸,关于岱姬有很多传说,据说她能幻化成女子模样祸害男人。

"妾身知道你的名字。"她轻吐出这样一句低语。

她的声音就像爱抚,碰到任待燕身上,缭绕着他,仿佛一双素手轻轻抚弄着他。在这一句低语里,任待燕听到,他确定自己听到,一丝情欲。狐魅的情欲。

他并不转身。传说中,狐魅可以勾引你,诱惑你,却不能强迫你。你是受到情欲的操控,才走向她们。男人怎么可能对这一切——对她们——说不呢?狐魅能长生不死,或者说,差不多可算是长生不死。狐魅幻化成女形,引诱男人与之无休无止地欢爱,直到那男人变成一具筋疲力尽、形容枯槁的皮囊才肯罢休,等他回到原来的乡村、市镇、田庄,却发现人间早已过去百余年,自己认识的所有人都入了土,世界已经是另一番模样。

身后又传来一声脚步声。岱姬就在他身后了。她的吐气吹在任待燕的后颈上,温暖得如同夏日黄昏的一份邀请。任待燕浑身打战。他绝望地瞪视着远处的湖水和孤岛。

岱姬碰了碰他。任待燕闭上眼睛。一根手指滑过他的脊梁。手指向上触了触他的脖子,又滑了下去。

任待燕逼着自己睁开眼,他仍旧面向西边,面向湖水和落日,却几乎对一切都视而不见。他心中欲火熊熊燃烧,他要转身了——怎么可能拒绝呢?他输了,这就要输了。

她的体香包围着他,任待燕不知道这是什么香气,他几乎能品尝出它的味道——她的味道。她的碰触激起他前所未有的欲望,激起一种近乎疯狂与焦渴的情绪。在这里,这马嵬曾经充盈着音乐和欢爱的湖边，只有他们两个。

他拼尽全力，开口说道："仙子，我在这世上，在……当今世上，尚有使命需要完成。"

她的喉头发出轻柔的笑声。

这笑声化解了任待燕浑身的力量。他双腿发软，心想，我要倒了。岱姬的手伸到任待燕的黑色幞头里面，抚过他的头发。她就在这儿，在他身后，任待燕明白了，那香气就是她，而不是什么香粉。他要转身，要毫不怜惜地抱紧她，要——

"所有男人都有使命，"她说，"你这样的人，妾身见过太多了。也许我当真曾经见过你。妾身已经八百五十岁了，我曾去过遥远的西南，曾游历过山川湖泽，有的男人忠于使命，有些男人逃避使命。这对我来说并无分别。"

"仙子，我可不想逃避我自己的使命。"

后颈上又传来她的吐气。她开口了，语气中似乎带着思索："在这之后，我可以让你继续你的使命，这我办得到。"

任待燕又闭上眼睛。这是岱姬，可不能相信她们。岱姬跟人类并非生活在同一个世界里，只是偶尔才会与人类的世界相交，就像两条路在黑夜里交会。

"仙子，我害怕。"

"妾身可不是什么仙子啊，傻瓜。"她低声说着，又笑了起来。

"对我来说，你就是。"任待燕开口道。

"妾身是仙子？你怎么知道？"岱姬低语道。任待燕感觉她又在碰触自己。"你还没有亲吻我的嘴唇，还没有在我的眼睛里看见我的渴望。还没看见我的身子，我身上为你而穿的衣裙。任待燕，你还没品尝过我要给你的这一切。"

她肯定一身火红。岱姬都是这样。她的指甲也是红色，她的嘴唇也是……

任待燕没办法不回过身，将她揽入怀中，与她共度——多久？几年，几十年，直到永远？——都听凭她的意愿。

我自己的欲望。

这里就是他的葬身之地。欲火让他难以自持，而他在咒骂自己的愚蠢。他本该和弟兄们一道继续前进的,弟兄们能保护自己,他本该和他们待在一起。他本该明白,林中那一闪而过的颜色究竟是什么。那是一道橙色,像是老虎,没错,却也像是狐狸。

新安近在咫尺,只要沿着大路南下,快马只要半天就能到。当年的皇亲国戚轻易就能在马嵬与新安之间往返。然而此刻,新安城——人世间——却仿佛变得无法企及。之前离开大路时,他便已经脱离了人世。

这可不是无稽之谈。正因如此,才不该离开大道。

任待燕意识到,鸟叫声消失了。是在岱姬现身的时候消失的吗?是他明明在上风头,却闻到背后传来的香气时消失的吗?鸟怕狐狸,一旦有狐狸出没,鸟儿都能感受到气氛的诡异。

在这里,在这世上,任待燕都是孤身一人。四处漂泊,没有羁绊,有的只是一种使命感,他那从孩提时便存于心中的,又愚蠢、又自负的天降大任于斯人的感觉。可是今天,在这里,在这一汪碧水之畔,她以这样的面目出现在他面前,让他心里涌起强烈的情欲,这天降大任又能做得了什么呢?又能抵挡得了什么呢?

他真该径直去往新安,去新安那广大的、支离破碎的废墟——那里虽然是废墟,却仍旧有人居住,那里人声嘈杂,令人惶惑,也叫人心安,直到今天也依然如此……

任待燕吸一口气。

直到今天……

终于,在鬼怪世界的燥热与强力面前,在如此炽烈的欲火面前,在一波一波向他袭来的热望面前,任待燕终于找到了自己的羁绊。看起来,光有使命还不够。还需要别的东西,不论这东西有多么不可能——或是多么为世人所不容。一旦找到这个羁绊,就要将它系于它所属于的凡尘之中。

任待燕说:"岱姬,要杀我就动手吧。从刚才在树林中躲雨那时起,我的命就落在你手里了。"

"落在妾身手里,"狐魅说着,又笑了起来,"这个说法,我喜欢。"听到这笑声,任待燕想起这是只狐狸,野性难驯的狐狸。

任待燕同强烈的欲望搏斗,向前推进一步。这尤物一定美得难以言喻。如果传说都是真的，那她就可以把自己幻化成那样的美貌。而她就在这里，传说的确是真的。

任待燕说："我不想为了自己求你饶命，可是为天下计，为了我的使命，求你放过我。我不觉得……我不知道这样说能不能打动你。"

"不能，"岱姬的声音近乎轻柔，"为天下计？如何打动我？不过待燕啊，妾身干吗要杀你？你怕的是老虎，想要的却是我。妾身想要你的嘴唇，要你的爱抚，我想要你的全部，想要和你一直在一起，直到物换星移，直到我们对彼此腻味为止。"

物换星移。

等他回到人世，人世会变成什么样子？到那时又会是什么年岁？

羁绊，再抓住它。一幅图景，一间夜里亮着灯的屋子。凡尘俗世中的一样东西。抓住它，系牢自己。任待燕岿然不动。他意识到自己终于定住身子，他不再颤抖了。

他说："岱姬，杀了我吧。我是不会心甘情愿地放下毕生使命跟你走的。"

狐魅再次语带笑意地轻声说道："你是不是心甘情愿，与我何干？妾身在这里，你就一定要随我走了。"

任待燕摇摇头："我可不信。"

狐魅只是又笑了笑，却换了个语调："你越是拒绝，越是让我兴起。妾身这身子就是明证。转过身，看看我。我让你看。等这世上只剩下咱们俩，那一切就更甜美、更让人难以自拔了。"

"不行，"任待燕又拒绝道，"我必须留下，留在这世上，留在当下。岱姬仙子可愿意……能否发发慈悲？"

"不能。"岱姬的回答很简单，"慈悲与我无关。"

任待燕明白。慈悲是人类情感，狐魅却并非人类。他深吸一口气，终于还是转过身来。

是福不是祸，是祸躲不过。他的眼睛一直睁着。

有一瞬间，他真的停止了呼吸。傍晚的阳光洒在岱姬身上。一张瓜子脸，皮肤白皙而光滑，脖颈纤长，一双眼睛又大又黑。及腰的长发披散下来，黑中透蓝。她的嘴唇，嗯，红色的，指甲纤长，也是红色。身上的轻纱衣裳也一如待燕所料,红色的,随风轻摆,勾勒出身躯的线条,任待燕能看得出来,这身子确如岱姬之前所说的,已经情欲难耐了。她看起来正值青春年华,其实却并不年轻。

她嫣然一笑,露出如贝的皓齿。她说:"不发慈悲,不过你要什么,妾身却比任何人都了解。这一点,你可以相信我。"

羁绊变成了坚盾,成了桅杆,在江上的激流中,在——任待燕从来不曾见过的——浪涛汹涌的黑色大海上起起伏伏,时隐时现。

任待燕死死抱住这桅杆,心中惊恐万状。他说:"我要什么已经告诉你了。要杀便杀,我已经发过誓,就算死也不会变心。"

"发过誓?"狐魅的语调又变了,其中带了些不像是人类所有的东西。她穿着一双金色的布履,镶着宝石,露着脚趾。

她就是大江大海,他也许会葬身在这里。

任待燕说:"不忘故土,收拾山河。"

刚才说的,是他毕生的追求。几乎是他的全部追求。方才走到湖边时,这的确是他全部,可是现在,又有了另一样挂念,这挂念来自春天,他至今都记得。这挂念就是那暴风雨中的桅杆。

岱姬——这让人晕眩的尤物——笑了。"收拾山河?一百年后会怎样?两百年后呢?一条边界而已,划在哪里有什么打紧的?"

任待燕渐渐意识到,自己能在她面前站稳脚跟。他慢慢说道:"岱姬,我只能留在自己的这个时代。我无法为后来者、为将来的天下争取这一切。我们生来就是如此。"

岱姬一动不动。风徐徐吹来,拨弄着她的头发。她在这里,任待燕没办法估算时间。她的皓齿红唇,她薄纱之下的身子里按捺不住的情欲,她的情意款款,邀他共赴云雨直到地久天长,这一切叫任待燕几乎难以自持。

几乎难以自持,却终于还是可以自持。她在薄纱之下丝缕不着。她的眼睛真大。只要上前一步,任待燕就能吻上她的红唇,就能用自己的嘴唇阖上那双大眼,而她就会……

像是在梦里一样,任待燕听见岱姬开口了。"妾身不想发什么慈悲,妾身也不知道这是怎么回事。不过我很好奇,何况,我也有的是耐心。以后你也许还会见到我,不过这也说不准。快走吧,趁我还没改主意。你这是犯傻，离开这里，以后的日子没准儿就只有凄风苦雨，不过，就让你尝尝吧。"

到最后，任待燕终究还是打了个哆嗦。

"岱姬，你……你能预知未来？"

岱姬摇摇头，头发在风中轻摆，耳坠则随着头的摇动发出悦耳的声音。"妾身又不是神仙，"她说，"快走吧。"

任待燕把湖水和岱姬留在身后，头也不回，沿着来路朝他的坐骑走去。走到半路，他突然感到一阵被烙铁灼烧般的剧痛，仿佛太阳里射来一把利剑。任待燕不由得惨叫一声，摔倒在地。

"一份薄礼，"他听见路的另一头传来狐魅的声音，"好教你记得妾身。"跟着便失去了知觉。

第十六章

　　她仍旧在思量，新安让她感受最深的究竟是什么：是焦虑，还是悲伤。这座城里失落了什么东西。人们的日常生活几乎难见踪影。城中百姓各自成群，零散生活在各自的里坊之中——仿佛一座座孤岛——每一片里坊却都足足有御街那么宽。这座城的广大规模让城中居民沦为笑柄，林珊想。

　　城西的金光门，她如今经常过去，在柳树下喝茶的地方，就是一座宏伟壮丽的耻辱柱。这个名字里，这座高门上坍圮的塔楼里，都承载着太多的揶揄。

　　在过去漫长的岁月里，曾有多位皇帝做出努力，鼓励百姓迁回新安，力图恢复古都旧貌，然而成果却乏善可陈，让人心酸。看起来似乎很少有人愿意和这么多孤魂野鬼生活在一起。新安距离大运河太远，一旦遇上干旱年景，要喂饱这座市镇都十分困难，所以定都新安绝不是明智之举。新安能成为都城，是因为奇台最初的君王都出自这一带。这里是奇台腹地，许多君王都埋在这附近，长眠在巨大的陵墓之中。

　　在林珊看来，只要在这里住上一段时间，就很有可能会开始痛恨第九王朝。过去的辉煌中有一种沉重的、让人倍感屈辱的成分。

　　什么人会住在这样的市镇里呢？新安城里有两座占地广大的集市，每一座集市都比许多规模并不算小的县城还要大——集市里面却空空如也。城中的小贩、乞丐和路过这里的江湖艺人，都像是飘荡在这广漠的空间里。庞大的市镇规模和漫长的距离让人感到自己的渺小，仿佛你所珍视的生活成了苍白、可笑的物件，仿佛你虽活着却已然成了又一个孤魂野鬼。

　　她平常可不会这么想。紧张不安的感觉她太熟悉了。天热，一连六七天都有暴雨。填的词也都没有传达出她的情绪，她把这些词差不多都扔了。这段时间一直想离开新安，回延陵，或者回家，回汉金，哪怕京师的夏季比这里还热。她可以在这里给齐威留一封书信，等他回到南边时，会自己上路的。林珊也不知道自己为什么一直不肯走。

林珊入住的这间客栈很不错。掌柜的一条腿瘸了，走路要拄根拐杖。掌柜的妻子人漂亮，脾气又好，对林珊多有照顾。他们夫妇二人一在一起，丈夫看妻子的眼神里就总是满含着疼爱，有意思的是，妻子也会这样看丈夫。看他们的言谈举止，似乎完全没有因新安城的破败而自惭形秽。或许是因为他们对世界的期许，还没有让他们有这种感觉吧。又或许，林珊想，是因为他们拥有彼此。

城东南有座道观，林珊去过好几次了。在过去，那里是新安城第七十一坊，不过如今里坊大门早已不见，里坊制度也早已形同虚设，新安也跟如今的所有地方一样，成了开放的市镇。在第十二王朝，坊门在夜里也不关闭，任何人都可以自由进出。在这一方面，今人也许比第九王朝要好一些，可是她也从书中了解到古代女子都能做哪些事、成为何种人，每到这时前面这种想法便动摇了。

林珊向道观供奉了一大笔钱，作为回报，她获准查看观内收藏的经卷书册。这些书册至少有四百年的历史，只是从来都没有人整理过，所以摆放全无章法。经卷被扔进箱子里，搁在架子上，摆在地上，全堆在一间屋子里，有的书都被老鼠和虫子啃过。林珊整理这些经卷时既没有精力也缺乏热忱，无精打采的样子就像是侍女在炎热的下午为女主人梳头。

都是些账册，记录了观里收到多少供奉，香客请去多少经书，道观采买多少日常用品：四桶鲑河香酒，以及买酒的花销等等。

她还真找到一本日志，这本日志始于"荣山之乱"，当时新安城惨遭劫掠，并被纵火焚城。写这日志的是个管家，当年新安在叛军和朝廷之间几度易手，而根据日志记载，这位管家则在这期间拼尽全力保全了一个显赫家族。日志里还记载，一年夏天，塔古人趁奇台内乱，长途奔袭，攻入新安，在几经蹂躏的新安城内大肆劫掠，然后撤回他们山峰林立的高原。

这便是历史的味道，是鸿沟对面传来的声音。她又向道观进了一份供奉，买下了这本日志作为收藏。若是在过去，这样做定会让她兴奋不已，林珊会急切地等待齐威回来，好把它拿给丈夫看，然后两人会一边品着茶或是喝着酒，一边轮流将日志读给对方听。也许还会继续寻找有关这位管家生平的资料，看看这个人和这个家族的命运究竟如何，这部简册又是如何流落进道观里的。林珊心想，这世上有这么多故事，到最后都没了下文。

她给卢琛写了封信，信中还提到自己发现的这部日志。诗人依然健在，对他的流刑已经减轻，如今他住在大江附近的自家田庄上。今年春天，林珊寄了首词给他，这首词里提到了这位诗人，并且有一位裹着小脚的姑娘在"艮岳"里唱过；同一天下午，有人向她射了一箭。

林珊心想，那天过得可真不太平，从白天到黑夜，一整天都是。

如今，不论林珊写了什么，卢琛都是有信必回。他说他十分欣赏林珊的词作，他也填词，把作品寄给林珊。林珊至今仍然认为，诗人错用了"词"的形式，词的主题原本要简单得多，而卢琛却将词改造成了一种严肃的诗歌形式。这些观点，林珊还是姑娘家时就跟他说过，那是在席文皋的花园里，彼此第一次见面。已经过去那么久了，想来真让人心惊。

毫无疑问，卢琛喜欢她像这样与他交锋。他会在诗中打机锋，逗她发笑。林珊想要卢琛与自己辩难。而卢琛则始终保持着他的一贯态度——彬彬有礼，机智风趣，热心体贴。

他曾经邀请林珊——还有她丈夫——来东坡做客。身在广大的新安城里，林珊很想现在就去。她还会想象那里的场景——众人在树荫下谈笑风生，一派和乐景象。

卢夫子的弟弟和儿子都在遥远的北方，不过眼下兴许已经回汉金了。卢超被任命为朝使，出访一个反叛萧房的部落。林珊知道，这场叛乱被视为一个机会。卢超彼时仍遭放逐，让他回京领命，是个不同寻常的决定——如果不是想故意害死他的话，林珊没忘记补上这个想法。

要杀人，用不着这么麻烦。父亲曾经这样对她解释道：太师杭德金告老还乡，住在延陵附近的一处田庄，可以肯定他绝对不希望禁军北上。而卢超是出了名的刚正不阿，不肯趋炎附势，派他出使，杭德金就可以借以表明自己的态度。如果卢超建议与这个部落会盟，并且发兵与之共同行动，那就是说，这个建议就是一名外交老手的真实看法。如果卢超回来也同样反对会盟，别人也很难指责说这背后有人指示、卢超没有说实话。

新任太宰寇赈已经返回朝廷，他一回来就开始夸夸其谈什么光复故土的千载良机。父亲在信中说，同这个新太宰争辩，需要极大的勇气。

卢家两兄弟有的是勇气，这一点毫无疑问。卢琛的信里有时候给人的感觉是，自从活着离开零洲，诗人就打定主意，生活中再也没有什么好畏惧的了。

林珊离家前收到的最后一封诗人来信中有一首诗，林珊至今都记得。这首诗是对御花园那首词的回应，林珊刚一读完就把它烧掉了，不过她猜想这首诗卢琛一定写了不止这一份。烧掉它，保护的是林珊自己，而不是诗人。

> 人皆养子望聪明，
> 我被聪明误一生。
> 惟愿孩儿愚且鲁，
> 无灾无难到公卿。

林珊还记得，当时读到这首诗时，自己的脸刷的一下变得通红，至今想起来林珊还是会脸红。真是胆大妄为，什么人敢写这样的诗？即便是当时林珊在震惊中笑岔了气，她还是环顾四周，以确保周围没有人。那封信拿在手里都感觉烫手，那首诗里的每一个字都仿佛一团火焰。她把信丢进炉子里，把它烧成了灰。

这天早上，林珊本打算去曲池苑，可是掌柜的妻子却叫她暂缓一步——又要下暴雨了，她说。早上的天空明净透彻，不过林珊本来就是无可无不可的态度，所以她也就依着老板娘，留在客栈里。

她先是给诗人写了封信，然后给父亲也写了一封。快到中午的时候，大雨倾盆而下。天空乌云漫卷，黑压压的一片，林珊在屋里简直没法写字了。于是她站在窗边，看着天上电光闪闪，听着雷声咆哮着滚过整个新安城。

暴雨过后，林珊走到湿漉漉的阳台上。空气中已经能感受到一股清甜的凉爽。虽然这清爽持续不了多久，不过大雨将夏日的扬尘刷洗干净，林珊还听见了鸟叫声。楼下庭院里有一眼枯泉，池子里贮满了雨水。梨树的叶子闪闪发亮。

林珊叫一个侍女去召来轿夫和护卫，然后就去了曲池苑。时值仲夏，天长夜短，尽管市镇广大，她还是能在天黑前赶回来。

下楼的时候，她冲掌柜的妻子笑了笑。"刚才幸亏有你提醒。"她说。那妇人看起来很高兴，垂下眼睛走开了。林珊突然想念起父亲来。到最后，她还是会回家吧。

想要个孩子，这念头不知从哪里冒出来，就跟刚才那场暴雨一样，连她自己都吃了一惊，想要个孩子。

曲池苑在新安城的最东南角，紧挨着城墙。不同于皇城之内的御花园，也就是早先遇见野狗的地方，这里在过去就是用来供百姓游乐的。

这一带也是新安城地势最高的地方。从这里望出去，整座市镇都能尽收眼底，新安城布局对称工整，满目疮痍却让人心惊肉跳。从这里远眺，能望见城北的皇宫和城西的金光门，以及城门上破败的塔楼。

这里还有一座高塔，足有十层楼高。高塔过去是一处卓门圣地，如今虽仍旧挺立，却并不安稳。护卫告诉她，塔内楼梯朽烂，三层以上的楼板都不牢靠。林珊看见，高塔外墙有过火的痕迹。可能过不了多久就会倒了。两名侍卫中的那个高个子如是说。这个侍卫说话时，眼睛一直盯着林珊。

林珊考虑要不要爬到塔上，起码上去几层，不过独立毕竟不同于愚蠢。倘若自己受伤了，跟她出来的这四个人也要受到牵连。

曲池苑里有好几条小径，全都长满了野花野草，不过还是能想象出当年这里有着怎样的景象：水面上漂着画舫，男男女女骑着马打马球,音乐随处可闻,花团锦簇,绿草如茵。水边种着槐树、柳树和各种果树。诗情最为动人的岑杜曾经来过这里,写下了一首著名的诗:

……
云鬟玉簪凝香雾,
柳雪一骑百花羞。

说的是文芊贵妃,"四大美人"中最晚登场的那位,年纪轻轻便香消玉殒。她的一生并不值得羡慕,想起她,更多是因为想到女人如果太过张扬,会有什么后果。丝竹犹不停,心中已戚戚……

这样想太悲观了。她告诉下人,准备打道回府,太阳已经西斜,要回去得走很长一段路,她知道,下人们一直在等着送她回去。

她早早上了床,惊于自己居然这么快就睡着了。不过夜里她又醒了。出门在外时经常这样。夜深了,客栈里寂静无声。今年夏天住店的客人没有几个。她听着刻漏的滴水声,裹上大氅,走到外面的阳台上,看着东边的天空。一抹残月升在半空,挂在庭院里的高树枝头,在树叶缝隙间时隐时现。真美。她望着月亮,一直到它攀上枝头,越过树叶的屏障,升到群星当中。

任待燕也不知道自己在这小径上躺了多久。周围似乎有些异样,他自己身体的感觉也很奇怪。他坐起身来,又小心地站起来。开始迈步。记得妾身。岱姬说。任待燕虽不知这是什么意思,可是他又怎么忘得掉她呢?光是这番回忆,就足以让他再一次心旌荡漾了。

要是他折返回去会怎样?要是他回到湖畔,那狐魅还会现身吗?风已经小了,她的头发还会随风轻舞吗?诗人常常把闺房之乐称作"云雨之欢"。任待燕想起了这个。

尽想些没用的。他来到坐骑身旁,解开缰绳,翻身上马,穿过同一道棂星门,顺着来路离开马鬼。

任待燕纵马狂奔。天色已晚,这条路并不太平,独自一人赶夜路尤其危险,必须警醒点儿。路上可能有强盗,有动物窜出来,坐骑也有可能崴了脚。夜里还可能迷路。任待燕想，俗世当中的平常日子里也可能遇到危险。天上只有一抹残月，没有多亮，并且直到后半夜才会出来。

他一边骑马，肩膀一边耸动个不停，仿佛有什么东西让他十分刺痒，又仿佛一路上一直有人从林间地头监视着他。还是感觉哪里不对劲。

方才在那个地方，他差一点就迷失了自己，迷失在美色、欲望、奇异的音乐和精灵鬼怪的世界中，忘了时间。任待燕仿佛一闭上眼睛就能看见她，就能闻到她身上那逆风袭来的香气。云雨之欢。夺人眼目的嘴唇，清风吹拂之下的薄纱衣裳勾勒出的曼妙曲线。我知道你的名字。狐魅如是说，品尝妾身将赐与你的这一切。

任待燕甩甩头，催动坐骑，沿着古代官修的驿道飞驰，仿佛是在一路奔逃。

或是说一路追赶。向前赶路，就有光亮，即便是在满身疮痍、野鬼遍布的新安城。前方有来自异域的外邦人，有喧闹的大营——他的部队就驻在城外大营里。还有一间客栈。嗯，客栈。他可以在那里喝个尽兴，仔细想想之前脑海中闪现的那幅图景，那是在他转身看向岱姬、看进那双眼睛、看见她的头发随风轻扬时，在心中紧抓不放的羁绊。

天已经黑下来了，路上空无一物，任待燕骑着马一路飞驰，全然不顾这样纵马狂奔的后果，他似乎有一种感觉——尽管这感觉来得毫无道理——他绝不可能从马上掉下来摔死，而且也不可能被强人夺去性命。经历了那样一番奇遇，今晚绝不会死。他想，天意如此，他命不该绝。

当然，天意并非如此。他想错了。大难不死，未必有后福。狐魅之后还有老虎，闪电过后还有闪电。不过天黑以后，任待燕在星夜里一路纵马狂奔，倒也确实毫发无损。坐骑在古老的驿道上踩出一连串马蹄声，路上任待燕还听见左边树林里传来一声猫头鹰捕食的声音。发出声音的是这冷夜杀手的猎物，凄厉，刺耳。

至少，这猎物不是他，他也不会在今晚被人追猎。

前方隐约能看见新安城的灯火了，此时月亮才刚刚升起，任待燕来到北城墙上的一座城门前——紧挨着城门的皇宫如今空空如也，宫墙也曾遭到焚毁。

在古代，城门每到黄昏就要关闭，直到晨鼓敲响才会打开，若没有皇家出具的关牒就别想在夜里进城。若是有人胆敢在宵禁之后进城——不论是翻城墙还是沿着运河又进来——一旦被捉就要挨揍。如今时代早已大变，城门昼夜开放，天黑以后人们照样可以自由进出，随意走动、消费，只要愿意，就可以在音乐、烛火和喧嚣中消磨夜晚的时光。

任待燕在城门口收缰勒马，他要好好想想。他拍了拍马脖子，这畜生性子勇猛，体格壮硕，已经全速跑了很长一段时间了。任待燕发觉，人还真的会跟一匹好马产生难以割舍的情感。

他一时冲动——不过也未必是冲动——脱下身上的貂袖，免得别人根据貂袖认出他是个军官。士兵进城需要亮明身份——军队是一种威胁，这种想法由来已久。任待燕不想骑马绕着城墙回到城西大营。他叠好貂袖，把它塞进鞍袋里，穿过城门两旁的火把，进了新安城。他朝守门的禁军点点头，这些士兵也没什么需要提防的。这里没有，任何地方都没有。

空旷、黑暗的皇宫在他左侧现出庞大的身躯。当今圣上则在这里以东、距离遥远的另一座市镇里，不只是正在安寝，还是辗转难眠。

如今他对新安已经有所了解了。任待燕北上独自潜入萧虏之前，他们在新安大营里待过一段时间。越境侦察，在当时似乎很有益处，如今看来却未必是这样。

任待燕还不曾在夜里骑马穿过新安。城里到处都能看见人，却跟汉金没有一点相像，甚至不如夜晚的荆仙。眼前所见，处处都是七零八落，就像残局里留在棋盘上的棋子。任待燕发现自己走在宽阔的御街上。今年初夏，有天早上他第一次来到这里，眼见御街的宽广，他感到强大、兴奋、膨胀。他将之视为奇台旧貌——和未来——的象征。历史不是负担，而是挑战。奇台配得上这样一条御街。他当时想，今生所求，就是要达成这一目标。

来新安没多久，任待燕就经常派部下入城，让带队的军官领着弟兄们或步行、或骑马，列队穿过御街。事后他还会在大营里训话。他告诉众将士们，他们的任务，他们共同的抱负，就是要配得上这条从皇宫一直延伸到南城门的通衢大道。他说话时语调铿锵，斗志满满。

今晚则是另一番景象，满天星斗，月亮刚刚升起，他独自一人，耳边回响着马蹄声。御街上空空荡荡，除了广大一无所有。人们都在歌楼酒肆里，夜市食摊上，不然就在自家屋里睡觉。

任待燕拐了个弯，下了御街，然后拐了个弯，又拐个弯，还没有完全意识到自己是要去哪儿，便已经到了目的地。

他把马交给睡眼惺忪的马房伙计，吩咐他将马洗干净，给它喂水喂食。他数也没数便给了伙计一把钱，伙计吃了一惊，然后牵着马走开了。

客栈大门紧闭，任待燕站在门口黑黢黢的大街上。马房伙计牵着马进了马厩的院子里，马蹄声渐行渐远。街上空无一人。任待燕没有敲门，转身走开了。跟马房隔开一段距离，他翻过石墙，悄无声息地跳进院子里。

客栈不错，是城里最好的客栈。院子里有一眼泉，虽然早已枯竭，但还是贮满了早前暴雨的雨水。枯泉旁边和院子四围种着树。任待燕也说不清，自己像这样，做贼一般翻墙进来，究竟是要干什么。

他信步来到枯泉旁边，抬起眼，看见墙头上那一抹残月；又回过身，看着矗立在夏夜中的三层高的客栈。

她正站在自己的阳台上，裹着袍子，低着头，看向自己。

马嵬的那一闪念，让他在转身面对岱姬时得以定住心神。此时此地，成真了。这景象让他免于迷失自己，将他留在凡尘。他又害怕了。这次是另一种怕。怕也分好多种。

他慢慢走上前去，站在她楼下，两手张开，展开胳膊，调整好语气——身为将军一定要学会的——说道："夫人，在下并没有恶意，我们……以前见过的。"

"我认识你，任将军。"她说。

任待燕站在楼下庭院里，站在暗处，只有一抹残月从后面照着他。他也没穿禁军的貂袖。

"怎么?"他问。她的头发披散在肩上。

她没有作答,只是站在那里,低着头,看着他。风吹来,任待燕听见背后的树上枝叶发出沙沙的声响。

他说:"夫人见谅。"

风吹枝叶,沙沙地响个不停。

她说:"上来吧,免得吵醒别人。"

说这句话仿佛耗尽了她全部勇气。三更半夜,她居然邀请男人进自己的卧房,这是对世间礼法的挑衅。

她从阳台回到屋里。屋里有一只烧酒炉,一直生着火,烧酒炉旁边是一只酒壶和几根蜡烛。林珊就着炉火,点燃一根蜡烛,穿过屋子,用蜡烛点着客栈在房内准备的油灯。其他人知道林珊有时候会在半夜醒来写些东西。

她看见自己的手在发抖。实际上抖得差点儿连灯都点不着了。她的心跳得厉害。

她又在床头点起一盏灯,听见阳台上传来声响,他从栏杆上翻进来了。林珊吹灭蜡烛,把它放好,转身看着他。她把手抄在袖子里,抱在身前。手还在抖。

林珊看见床上一片凌乱,这是自然。脸颊烫得厉害。她离开床边,走到书桌旁。

他在门口站住了。在他身后,一片漆黑,月亮则挂在窗外。他拜了两拜,又说:"夫人见谅。"

"任将军,是我请你上来的。"林珊心想,要是手不发抖该多好啊。

他点了点头,看起来很平静,波澜不惊。林珊还记得他的这个特质。

"齐夫人,末将可以告诉您,您相公在北边平安无事。"

"我没听说他会遇上危险。"这是实情。

"我跑在消息前头了。金河对岸出了些麻烦。有人杀了萧房士兵,抢了他们的马。我叫手下弟兄把百姓移进戍泉,以免萧房人前来报复。我派了最得力的人手去保护您相公。"

"我见过的那位?"林珊问,"朝我射箭的那位?"

手没事儿了,差不多不抖了。

第一次,他的样子有些不自在。不知道这样好还是不好。林珊也不知道自己为什么请他上来。或者更准确地说,是她不愿去想。

他答道:"正是,赵副统制。"

林珊点点头:"要是有人阻碍他搜集文物,我家相公可是执拗得很。"

他终于笑了一笑。林珊还记得这人在她家欣赏铜钟时的样子,还记得他对这些古物有多了解。

他说:"赵副统制一向性子执拗。"

林珊也想笑了,却不知为何不愿被他看见。"这么说,两人怕是要打起来了?"

"我敢保证,我们已经确保您相公安全无虞。"

林珊又点点头,努力让气氛轻松起来。"我这做主人的太失礼了。这里有酒。要替你暖些酒来喝吗?"

他看起来又手足无措了。"夫人,我骑了一整天的马,刚刚才进城。真是抱歉,您看我这衣裳,还有靴子。"

只要头脑清醒,就能发现这话里还有些别的意思。

"快别客气了。将军刚刚告诉我个好消息,还没谢过呢。那边靠墙的桌子上有盆水。我温好酒就回避一下,你随意就好。洗好了,柜子里还有我家官人的衣服。"

"末将可不敢造次。"

林珊无声地笑了笑:"不算造次。将军还叫部下救过我家官人的命呢。"

不等他回答,林珊便转过身去。她拿起酒壶,把它放到炉子上,高兴地发现手已经稳住了。她准备了两盏杯子,一直背对着房间。

她听见他行动起来,闷哼一声,拔掉靴子。跟着响起别的声音,轻柔的水声。林珊在想他刚刚告诉她的消息——好让自己不去想其他事情。

她背对着他,问:"不知将军的人为什么会北上到戍泉一带?"

一个停顿，林珊能想象出他伏在脸盆上方犹豫起来。他的语调很谨慎："去河边例行巡逻。我们需要对那一带多作了解。"

"是吗？戍泉不是有别的禁军驻泊吗？"

他又一次语带笑意地说："齐夫人不光精研诗艺，对奇台军制也颇有研究啊？"

"略有耳闻。"她嗫嚅道。

她把一根手指伸进酒里（不该这样的），酒还没热好。她把头转到一边，穿过屋子，来到书桌边上，靠着油灯坐了下来。两人都没说话。跟着，两人的这番会面，不论刚才算是什么，这会儿都变成了另一种状况。

他说："抱歉，刚才没说真话。金河北岸的麻烦是我惹出来的。我乔装打扮，穿过边境，去看看能发现些什么。赵子骥担心我，于是带着其他弟兄北上。我杀了四个萧虏骑兵，偷了两匹马。"

林珊猛地回过身来——刚才还说不回头——她想问他：为什么要这样做？可她还想问：为什么要告诉我？

可她一个字也说不出来。他身子伏在脸盆上，光着上身，背冲着她。她看见了眼前这一幕，两只手捂住了嘴。

当初在汉金，在她的家里，父亲和她都听见他是怎么说的：我来到这世上，就是要把失地都收回来。

现在，林珊看见他的上身，他赤裸的后背。她试着想象这个男人是怎么弄上去的，却想不出来。

林珊捂着嘴，低声道："你……你什么时候弄的？"

他猛地转过身，看见她正盯着自己。

"夫人！你说什——！"他没说下去。他后退一步——离她远了一步——贴着靠近阳台的墙站好，像是想找个地方保护自己。是怕她害他吗？

"弄什么了？"他的声音中充满警惕，"你看见什么了？"

林珊睁大了眼睛："你不知道？"

"齐夫人，求你了。你看见什么了？"

林珊放下手，一字一顿、小心翼翼地告诉了他。

她看见他靠着墙，闭上眼睛。一动不动。

林珊又问了一遍:"你真不知道?"

他摇了摇头。他睁开眼,看着林珊,林珊则迎上他的目光。他踏前一步,离开墙,看着她,站得笔直。他一只手上还抓着帕子,刚才正在擦身子,这会儿脸上身上还挂着水珠。

他深吸一口气,说:"夫人,我来,不光是替您相公报平安。不然不会这么晚来。"

林珊下意识地又把手抄进袖子里,跟着又改变主意,两只手垂了下来。她等着。心又跳起来了。

他静静地说:"今天下午,在马嵬的湖畔,我遇见了岱姬。"

在这间寂静的屋子里,他的话就像一颗投进池塘里的鹅卵石。林珊看着他。她发现自己正屏息谛听。

他说:"是她干的,在我要离开的时候。"

林珊松了口气。她在咬自己的嘴唇。是个坏习惯。她字斟句酌地说:"你今天遇见一个狐魅,你还能……"

"没,我没有。我……我看着她,然后走开了。"

"我……从不知道男人还能这样。如果那些传说……确有其事的话。"

林珊心想,他看起来确实像是在鬼神世界走了一遭。她从不曾想过要怀疑他。后来她想过这些。他的眼神和语气,还有他背上那东西。

"我之前也不知道。"任待燕说。他把帕子搭在脸盆上,就这样两手空空、上身赤裸地站在她面前,说:"我转身时,正想着你。"

他顿了一下,继续说:"对不起,夫人。我这样实在是可耻。我走了。麻烦您转过身去,我好穿衣服。"

林珊发现自己说不出话来。不过屋里似乎变亮了,这光亮却并非来自月亮和油灯。

你看见什么了?他是这样问的,林珊也告诉了他。林珊那时正穿着一条绿色的袍子,站在屋子的另一头,身边的书桌上还点着一盏油灯。

收拾山河。

就是这几个字。岱姬把他自己的话，他毕生的追求，刺在他背上。他背着块刺青，像西方的番子，像被迫充军的士兵，像受到黥刑的罪犯。

不过这刺青不同寻常。这刺青出自鬼神精魅之手。这下他明白，离开湖畔时那一阵钻心的剧痛究竟是怎么回事了。当时他疼得昏死过去。岱姬以为他是因为这份使命而拒绝了他，于是她送给任待燕这份所谓的礼物，好让他记住自己。记住故州失地，或者说，记住他没有去成的温柔乡——原本可以让他脱离愁苦俗世的温柔乡。

然而任待燕相信，岱姬却并不知道他当时脑中的那一闪念。此刻正站在他面前的女人。

最终，任待燕把路上的遭遇和盘托出，告诉林珊。他说自己在马鬼，所以能够转过身来，在面对狐魅时仍旧留在这个世上，留在当下，留在凡尘，都是因为她，因为这间屋子里的这个凡人女子。

他原本不打算说这些的。他原以为，自己来这里并非是要说这些。他原本也不打算来这里。他原以为，自己并不打算来这里。

他原本没有想到，她会出现在阳台上。

有谁能比他更加茫然？今天，今夜，他在想什么？他不知道。什么都有想吧。这世界将会如何铺展开来？会像绸布庄的上等丝绸一样平顺吗？抑或是像一块肮脏的粗麻布，摊开来，露出一把取人性命的匕首？

本不想说的也都说完了，任待燕此时唯一想到的就是："我这就走。还请转过身去，我好穿上衣服。"

他要穿上汗水浸透的上衣，套上靴子，原路爬下楼去（他很擅长此道，这类事情他都擅长），牵回疲惫的坐骑，一路回到大营，他从一开始就该去的地方。

那女人的手垂在身侧。刚才这双手还在颤抖，任待燕看见了。他目光敏锐，一向如此。真好，她那么沉着，还那么信任他。他看见这双手已经不抖了，她也没有转过身去。

她开口了，声音轻柔："这些字，这……岱姬用的是官家的笔法，是瘦金体啊，待燕。天下没有第二个人有你身上的刺青。"

任待燕问："你相信我？"

他意识到，这个问题至关重要。他的这番遭遇，连他自己都不敢相信。那逆风袭来的狐魅的香气，随风轻摆的红色纱衣。现在，他听见外面沙沙的风声。

"恐怕是不得不信。你背上的字我看过了，那笔法无可挑剔。天下之大，又有谁敢说自己无所不知呢？"

任待燕看着她，说不出话来。

林珊说："遇上这样的事情，你这会儿还挺镇定的。"她终于转过身去，却只是走到烧酒炉旁。她端起酒壶，倒了两杯酒。

真得走了。任待燕想。她回过身来，手里端着酒杯。

"镇定？哪儿有，我……完全不知所措。不然我也不会闯进这里。万望夫人见谅。"

"别这么说了，"她说，"不管怎样，能……挽留将军在这世上，也是我的……荣幸。"她来到屋子这边，递上一杯酒。任待燕接过酒杯。她靠他这么近。

任待燕说："齐威很安全。我敢保证。"

听见这话，林珊笑了。"你说过了。我信你。"说着抿了口酒。任待燕却没喝，只是把酒杯放在脸盆边。林珊说："能再转过身去吗？我想再看看。"

任待燕转过身——不然还能怎样？林珊把自己的酒杯放在他的杯子旁。过了一会儿，任待燕感到她的手指抚过自己背上的第一个字，右上角的"收"字。

瘦金体是官家独创的笔法。今晚他整个人都晕头转向的。他看着高过墙头，越过树顶的月亮。任待燕一向对自己的克制力很自负。他一刻都不曾忘记自己的目标。这些目标就像星辰一样，指引着他的一生。白天里，他从岱姬面前走开，留在当下，留在凡间——都是因为她。

任待燕清一清喉咙，说："夫人恕罪，这样我怕难以……"

她的手指游向下面，一笔一画地抚过第二个字，又提上来，描摹第三个字。"拾"、"山"。

"难以什么？"她问。她的身子靠得比狐魅还近。任待燕听出，她的声音变了语调。他对着月亮，闭上眼睛。

"难以自持。"他说。

"嗯。"林珊说着,也描完了最后一个字:"河"。

他转过身,将她拥入怀里。

他把她抱上床,两人躺在一块儿之后的事情,林珊记住了两件。一是她突然忍不住笑了起来,笑得喘不上气来,连她自己都吃了一惊。

"笑什么?"任待燕问。于是林珊告诉他,自己刚才在努力回想《玄女经》里的一段文章,里面提到女子亲热时可以用到的招数。

任待燕轻轻一笑,说:"珊儿,你不必这样。这又不是在外面寻乐子。"

于是,林珊捏着声音,假装生气地问:"没有寻到乐子吗?"任待燕又笑了起来,然后,作为回答,他埋下头,亲吻爱抚着她。

然后是另一件事,当时他正伏在她上面,在林珊身子里。他停下来,把她悬在一个从未有过的位置上——既想要他,又似乎有一点疼,他说:"我是你的了,一辈子都是你的。"

"好。"林珊说,她对他展露着自己的身体,将自己袒露在他的注视之下。

停了一会儿,他又说:"你知道,我是个军人。"

林珊点点头。

"快打仗了。"

她又点点头。同时她的双手按在他的背上,急切地想让他靠得近一点,深一点——左手的手指则认出了他背上的"收"字。

此刻,天已经亮了,他已经走了。而不论当时还是现在,林珊都不知道,这一切都意味着什么,这一切能意味着什么,不过,林珊知道的是,在她走到阳台上,看见他站在枯泉边那一刻之前,她的人生里从来都不曾有过这样的体验。

林珊心想,眼下自己没办法把这一切想清楚,不过尽管身在满是疮痍的新安城里,她还是有一种感觉,自今日起,她的身体,整个天下,都仿佛焕然一新。

这天下午，林珊收到他的一封来信——他的字硬朗、干净——信中感谢她的设酒款待。林珊看着这封信，笑了。

当天晚上，他又翻进庭院，进了她的房间，拥她入怀，想要她，那急切劲儿让林珊都吓了一跳。云雨一番之后，他像个第一次体验鱼水之欢的愣头青一样说个不停。林珊由此知道了盛都和他的父母，知道了他竹林舞剑的童年，知道了一年干旱，先生离开了盛都。

她了解到任待燕如何尚未成年便杀死七个人，从此上山落草，自己成了个山贼。她还知道了他何时离开了山寨。任待燕告诉她——就像在汉金时一样——他的命运如同一杆长枪，指引他去往北方，在金戈铁马中恢复奇台失去已久的荣光。任待燕说，他感觉就像天命如此，他注定就要完成这一使命，他自己也解释不清。

林珊又把手绕到他背后，简直是难以克制地被吸引着，用手一遍遍描摹着他背上的刺字。如今她对此已经有了相当的了解。

任待燕让林珊讲讲自己的生活——以前从没有人这样问过她。林珊说："下次再讲吧。这会儿我不想说话。"

任待燕笑着问："那接着研究《玄女经》？"可林珊听出他声音里有些异样，知道他再次燃起欲火，这让她既高兴，又吃惊——自己居然只凭一两句话就能撩拨起他的兴致。

"书到用时方恨少。"林珊说。

月亮越升越高，从窗户里都看不见了。他又走了。他必须走。临近中午，林珊坐在书桌前，这时又有一封信送来了。她感到十分疲惫。她知道原因。

信里说，任待燕奉诏回京入朝，今天早上就必须出发。"待燕所言，无一字妄语。"他在信中写道。

他说他能够摆脱岱姬，全都是因为她。他还说，是你的了，一辈子都是你的。

林珊，聪颖过人，个子太高，身材太瘦，读书太多——一般都认为，女人读书丢人现眼——从来都不曾想过，有人竟会对她说这样的话。她想，这是一份她从来不曾拥有过的厚礼。

其实,所谓的召见是个谎言。这命令并非来自朝廷。

任待燕被蒙在鼓里,一直走上好几天。任待燕领命的当天上午就备马东去,这次仍旧是孤身一人,因为一个人才好在路上想事情。

不过,赵子骥却骑着新坐骑——萧房好马——赶了上来。他头天晚上返回大营,一回来就赶紧向东追赶任待燕。这样也好。有子骥与他同路也好。

任待燕知道赵子骥从小就怕狐魅,所以本不想告诉他岱姬刺字的事情,不过这件事藏也藏不住——反正这几个字早晚都是要示人的。

于是在第一个晚上,两人住进驿馆,临睡觉前,任待燕让子骥看了背上的字,还讲述了自己在马鬼的那一番遭遇——的大部分内容。

不出所料,赵子骥听了一脸茫然,谁能不是呢?

"你就走了?就因为你……"

因为那一闪念。不过,那一闪念,林珊,不足与外人道哉。他说:"就因为背后的字。她把我说的话文在我背上了。"

"她就放你走了?真有你的!"

赵子骥坐在自己的床上,满脸的吃惊。

"她说这是送我一份薄礼,看着却不像啊。不过也说不准。"

"这字是……"

"官家的,我知道。"

"你怎么知道?谁告诉你的?"

说错话了。"大营里有人看见了,"任待燕说,"于是我拿镜子自己看了。我不打算秘不示人。这字兴许还能帮上大忙。"

"镜子里看字,那字可是倒着的。"

"是,不过就算是反的,总能认出是瘦金体吧。"

"她放你走了?"赵子骥诧异地又问了一遍,又说,"听着就瘆得慌。"

"就知道你会这么说,"任待燕说,"我也不想这样,你知道的。"

"你说真的?"赵子骥说。问得好奇怪。说完,他躺到床上,侧过身去，也不知是不是真睡着了。

又走了几天，在延陵以西不远的地方，二人遇上强人了。光天化日，竟敢在驿道上抢劫，真是胆大妄为。

被这伙人包围时，任待燕正在想着父亲。他在想父亲如何在衙门里的书桌前，在他的想象里，父亲比这把年纪该有的样子年轻。父亲还是待燕当年离家出走时的样子。任待燕骑着萧房的好马，一路走着，一路想着父亲，不知还能不能再与父亲团聚。

第十七章

敦彦鲁给前太师杭德金当了二十年的私兵头领。毫无疑问，太师可以让整个汉金的武师都调为己所用，还可以调用禁军。然而，太师却自己养了一百人的私兵，给他们专门的号衣，使之明白自己效忠于谁，而敦彦鲁统管这支队伍已经很长时间了。

如今杭太师已经致仕，回到延陵附近住下，私兵数量也依例削减到二十人，可是敦彦鲁还是他们的头领。

当初传达散伙消息的是太师最倚重的大儿子杭宪，他还说如果谁要走，可以根据他跟随太师的时间长短，领一大笔散伙费。

于是，大部分私兵都选择留在京师另谋出路，不过他们谁也没有投到新太宰的门下。老太师和新太宰之间有着极深的嫌隙，这种事情根本不可能发生。敦彦鲁从来都不会自诩聪明人，可是他也明白这个道理。

敦彦鲁为人忠诚可靠。他尊敬杭宪，却忠于他的父亲。他咒骂老天无眼，竟然像这样让老太师目盲，逼得他远离朝廷，来到这处田庄。

自愿跟随敦彦鲁来到小金山的私兵有十四个人。他又精挑细选，招募了四个好手——不过必须承认的是，真正有本事的人不会愿意来乡下伺候已经辞官的老太师。尽管饷银不少，可是乡下生活不仅乏无聊，而且缺少机遇。延陵可是帝国第二大市镇，可他们都不在延陵城里，连趁夜逛窑子的机会都没有：从延陵城到田庄，就算骑马都要走上将近一天。

实际上，太师的公子杭宪最近还建议敦彦鲁说，他该考虑考虑终身大事，该成个家了。杭宪还保证说，不管将来怎样，小金山都会欢迎他。

敦彦鲁明白这句话的意思。这意思是，在我父亲百年以后。

杭宪是个好人，这话说得也是相当得体。在敦彦鲁看来，因为这里的避世生活而责怪杭宪，并不公平。不过，如果杭宪性格再强硬一点，也许如今当上太宰的就是他了吧？而不是那个被败家媳妇和太监牵着鼻子走的蠢驴。

小金山这里没有一个人可怜寇赈。不过这并不打紧。如今他们都已经不在其位，众人已经开始遵循起乡村里的生活节奏，成了既要种地，也要承担其他的工作的家丁。田庄里一派欣欣向荣，要做的工作有很多。不光如此，他们还要防范周遭的村子，防范火灾，对付强盗，驱赶野兽，甚至处置命案——如果延陵的通判派人来求助的话。通判大人也的确求助过，他意识到老太师十分乐意让家丁承担这样的工作。这样，通判就得承他们的情，这一点就连敦彦鲁都明白，不过他看不出承了情又能如何。

这里过的是宁静的生活，汉金与朝廷已成往事。在敦彦鲁看来，自己陪在达官贵人身边的那段光辉岁月已经过去了。走一步看一步吧。生年不满百，可以用来做事的时间就更少了。他已不算年轻了。主家都过问他的婚事了，还保证给他一个容身之处。

敦彦鲁想有一个年轻的身子冬夜里暖和自己的被窝，三伏天里又替自己焙酒喝，心里念道，有好多人岁数大了还不如我呢。田庄里就有几个模样不错的姑娘，其中一个看起来是个合适人选。敦彦鲁本没有姓字，也不讲究那些没用的面子，这样一来，事情倒简单了。

这之后有一天下午，一个铺兵来到这里，他的马被累坏了。然后没过多久，敦彦鲁就被唤进花园中的亭子里。此时正是夏日正午，天气炎热。铺兵已经被打发到堂屋吃饭休息了，在场的除了杭宪和老太师，再没有别人。

老太师仔细拿捏着语气，给他布置任务：明天会有两个人骑着马沿着驿道东行，他要把这两个人拦下来，带他们来田庄。

对两人的描述相当详细，就连坐骑（两匹好马）和衣着、武器都形容得十分细致——这两人东来的路上被人看见了。杭德金仍旧养着忠于自己的驿使，这样驿道沿途的驿馆中最快的马匹都能为他所用。

敦彦鲁得到的指示是，对这两人必须以礼相待，不可伤他们分毫。千万要小心谨慎，缴了他们的兵刃，带他们来庄上。这两人十分危险。这是给敦彦鲁的建议。

敦彦鲁调了五个人，尽管他为人古板，并不怎么信得过弓手，但还是让其中两人带上弓箭。第二天早上，他穿戴停当，抖擞精神，很高兴又有任务可以执行，又可以为主家做事了。他觉得自己根本不需要明白到底出了什么事，敦彦鲁也不是那种绞尽脑汁谋取私利的人。

六名家丁骑马出发时，有个敦彦鲁喜欢的姑娘正在喂鸡，她对彦鲁莞尔一笑。自己穿着号衣骑在马上的精神头还是不输当年啊。敦彦鲁心里想着，又正一正肩膀。眼下正是清早，还没热起来。

事情进展得相当顺利。要是回到小金山，主家父子问起来，敦彦鲁打算就这么说。

这两个当兵的一点儿麻烦都没有惹，两人只是对了个眼神，年轻的那个又一挥手，他们就跟着来了。这里荒郊野岭，六个人全副武装地从路边冒出来，把两人包围住，他们这么老实倒也算不得意外。

敦彦鲁开口说话时非常恭敬，但是说到他们的目的却没有丝毫含糊。这两人要交出兵刃，从驿道上下来。

带他们去哪儿？到了便知。兵器怎么办？原物奉还，不过要看他们的表现（敦彦鲁心想应该是这样）。那两人骑在马上，神情自若，虽然表情严肃，但是敦彦鲁让两名手下去收缴他们的兵器时，也没有一丝抗拒。两名弓手堵在驿道两端，整个过程中箭头一直瞄准这两个禁军。

敦彦鲁倒真是看见那两人的脸上闪过一丝古怪的表情，不过察言观色并非他所擅长。大概是有些担心吧。人受到惊吓时的表现千奇百怪。了解这些，无须贤者学士的智慧，只要能对人发号施令，过段时间自然就有体会。

回到小金山，恭恭敬敬地将这两个禁军请到老太师面前，原本顺利的一天起了变化，让人不得痛快。

"正副统制能来，"老主家语气庄重，"寒舍蓬荜生辉呀。"敦彦鲁看见两个禁军依礼拜了两拜。

"太师客气了。"年轻的那个说。好像当统制的是他，而不是块头岁数都大的那个。

"统制饶过我这些家丁一命，老朽不胜感激。"虽然不知杭德金这话有何深意，但敦彦鲁的耳朵还是一下子竖了起来。这是什么意思？

"何必浪费六条人命呢，"这人答得倒轻松，"何况，大人还让统领穿着您的号衣。"

"说真的，我没这样要求。不过给他任务时，我就料定他会穿。"

年轻的禁军沉默片刻，突然发起火来，把敦彦鲁吓了一跳。"说什么？明知道他要是没穿号衣就会没命，那你还让他……"

"说过了嘛，我料定了他会穿。要喝杯酒吗，任统制？"

"不必了，多谢。太师这样视人命如草芥，在下没这兴致。"

"退休以后，就没有多少消遣啦。"杭太师轻声说道。

"大人！"敦彦鲁听不下去了，"这个当兵的不识抬举，看我来教训他。"

"住嘴。任将军，你能帮老朽教训教训我这家丁头领吗？他人不错，老朽相当器重。"

教训？虽然还有半句表扬，但敦彦鲁还是感到一阵血气上涌。

年轻的禁军说："我本不想这样。"另一个禁军十分警惕，他一个字也没说。

杭德金说："我是个老瞎子，迁就一下吧。"

"那大人能说明唤我们来这里的用意吗？"

"自然。"

年轻的禁军转过身，对敦彦鲁说："好。你的两个弓手距离驿道太近，又是正面相对，犯了大忌。"他的话里不带一丝感情："我们下马时，我的马在身后，赵将军的马则被他牵到前头。只要我们丢掉缰绳，一人一边矮身一滚，朝你的弓手冲过去，那两个弓手极有可能射到对方。路北边的弓手明显非常紧张,我们俩只要一靠近他,他一定想都不想就松手了。子骥你说?"

"弓手控弦的手势不对。大拇指放错位置,箭就射不准。这个错误常有人犯,很好纠正。我们下马时,你们其余四人的剑还在鞘里。这样做虽然恭敬,却也太过大意。而且,你们离我们太近。我对付两个家丁不成问题。剩下两人,如果他们朝任统制扑过来,任将军就拔剑对付他们;如果没有,他就捡起刚才杀掉的弓手的弓箭,将二人射死——任将军的射术相当高妙。"

任待燕接着说:"你最年轻的手下,堵在西边的小个子,他的腰带太高。他的佩剑应当短一点,要不干脆用弓箭。他的剑都快拖到地上了,所以他不得不把剑别得高一点,而这样做,他又没办法顺利拔剑。"

"我知道,"敦彦鲁闷闷不乐地嘀咕道,"早跟他说过了。"

"他想要长剑,因为长剑好看。虽然能理解,可他拿着不好使。"

"我知道。"敦彦鲁又说了一遍。

任待燕说:"你们当时要是上了驿道,就全都死定了。"敦彦鲁终于知道他是谁了,这人名气不小。"恐怕都花不了多少工夫。说到如何包围、降伏全副武装的好手,办法也有不少。如果时间足够,咱们不妨切磋切磋。"

敦彦鲁心想,他本可以说教教你,可他没这么说。

任待燕又转过身,对老太师说:"大人拿六条人命开玩笑,却还说什么器重。"

"我也说过,我料定他会穿号衣。"

"料定,大人是这么说的。那么大人也料定我看见这号衣就会答应过来?"

"的确。"

任待燕摇摇头。

"他在摇头?"老人向儿子问道。

"是。"杭宪语带笑意地答道。

停了片刻,这个叫任待燕的人也头一回露出笑容。他又摇了摇头。

他问:"大人如今闲云野鹤,过得一向可好?"

杭德金大笑起来。敦彦鲁不明白是怎么回事——本来也没想弄明白。他还在想自己那两个面对面站在驿道南北两侧的弓手,还有,从今往后,寇晋不许再碰长剑,不然就卷铺盖走人。

任待燕一直等到老人家笑够了才开口:"那么,大人应当知道,我二人奉旨正要前往京师,大人将我俩半路拦下,不知所为何事?"

杭太师说:"这不是朝廷的旨意。"

看见任待燕脸上的表情,敦彦鲁一下子变得喜不自胜。

"召你来的是我,"杭德金说,"不是朝廷。新上任的区区五千兵马统制,有什么可召见的?——你不要酒吗?"

这一回,任待燕回答:"要。"他终于服气了。

赵子骥忧心忡忡地看着任待燕努力压抑怒火。长久以来,老太师是奇台实际上的统治者,而任待燕居然对他发火。

当着这个人的面,怎么能有这样的反应呢?发火,还冲着老太师?任待燕不过是个从西边来的、刚刚当上禁军军官、乳臭未干的野小子,怎么敢这么鲁莽?

这些问题,自有答案。也许最重要的,就是任待燕背上那四个字。有些人,从一开始就知道自己在世上的位置。或者说,他们坚信自己应当占据的位置。

至于他自己,赵子骥始终有一份自省,在这一类遭遇中,他的位置通常都是旁观者。不过这样说也不对。别处哪里还有这样的遭遇?

他和任待燕是被人骗到这里的。这一点已经很明白了。杭德金的儿子继续解释道。最近那只飞到西南城外禁军大营的信鸽,其实来自这座田庄,而非朝廷。

信鸽从属于一套受到严格保护的系统,未经朝廷许可,私自使用信鸽,这可是死罪。看来,这样的惩罚,老太师并不把它放在眼里。

早先出使番族的朝使一回来,朝廷里就要召集大臣共定国是,这倒不假。卢超已经上岸,正在赶往京师的途中。杭德金身在自家田庄，居然也知道这个。太师一直在想办法及时了解这些事情的最新进展。他想让任待燕也能厕身其间。

任待燕和赵子骥等着太师道出缘由。

老太师说："任将军，你就没想过，朝廷为什么要召你觐见？是想要……听你有何高见吗？"

"想是想过。我本以为朝廷已经听说了我渡河北上的事情。也许是成泉送去的羽书。这段时间足够让信鸽飞个来回了。所以我以为，朝廷召我进京，是想从我这里听取在萧房境内的见闻吧。除此之外，或许还有其他人的报告，我可说不清。"

看样子，这回轮到目盲的老人和他儿子吃惊了。

这并不意外，他们还不知道任待燕越境北上的事情。

任待燕冲着太师的儿子笑了一笑，至少看起来又放松下来。赵子骥现在已经明白，老太师并没有全瞎。太师从不放过任何一点优势，也许他宁愿别人以为他彻底瞎了。

任待燕不等别人提问，就接着说："二位大人，既然你们都不知道我去过萧房，那是打算叫我在朝廷上说什么？末将以为，大人就是想让我说这些吧？不然的话，如果只是让两个当兵的来喝酒，那未免也太费周章了吧？"

赵子骥心想，这话太刻薄了。任待燕还年轻。虽然常会忘记，但也会一再被提醒记起这一点。

老太师没有回答，反而问道："你在萧房有什么发现？有哪些我需要了解？"

有意思了，杭德金居然有此一问。他眼下身在一处田庄里，远离权力中心。不过，再仔细一想，他距离朝廷或许并没那么远。

待燕回答道："大人，有传言说，阿尔泰人已经攻陷了萧房东京。眼下谁也不知道萧房皇帝身在哪里。"

显然，这些事情他们也不知道。

"东京陷落，你认为可信吗？"这回说话的是杭宪。

"这么快似乎不太可能。不过这消息传得很广，萧房境内也是人心惶惶。"

"不论传言真假，都会这样。"还是太师儿子在说话，他说话时语气沉稳,吐字清晰。

任待燕点点头:"大人所言极是。"

过了一会儿,老太师开口了,像是把自己的思虑说了出来:"任统制锐意进取,当得起大用。真该早几年将你揽入门下。"

任待燕只是一笑:"大人想是知道,早几年在下还是个强盗。怕是难入太师的法眼。何况,我相当崇敬卢琛。"

"我也是。卢夫子是我朝一等一的诗人。"

"即便是在零洲岛?"这话里带有挑衅的意味。

"卢夫子在零洲也写了不少佳句吧,"老人和蔼地说,"何况,下令免他流刑之苦的也是我。"

"寇贼下台时才下的命令。那时他在零洲多久了?"

"啊。帝国这架大车,有时候转弯没那么快,可惜,可惜。"

"在禁军里,下属犯错,上峰也难逃罪责。"

"你也知道,并非一向如此。叫你来这里,"老人说,"这也是一部分原因。"杭德金转向赵子骥,眼神空洞,眼仁上一片白翳,"赵副统制,说说看,你家统制渡河犯禁,你是怎么想的?"

他这么问,不仅是想要换个话题,还别有深意。赵子骥清一清嗓咙,这种时候在所难免:别人想试试他的斤两。他可以用军中惯说的一些场面话搪塞过去,不过他不想这样说。

"在我看来,此举实属不智,而且事先也曾提醒过他。任将军差点被人俘获。他杀了萧房士兵,又偷了两匹马,引起边境上的冲突。当时北边还有个宗亲,差点儿丢了性命。一旦出现这种局面,我方就不得不有所反应。而前线大营对此几乎一无所知,根本无力加以应对。"

"他就这么跟你说话?"

杭宪看着任待燕。还有之前设伏包围他们的私兵头领,看他表情就知道,他也在想同样的问题。

任待燕说:"这是自家兄弟。"

老人点点头:"兄弟好啊。我自己就少有可托付的人。如今信得过的,只有我这儿子了。"

话说到这里,任待燕就不能不开口发问了:"既然这样,那继任宰相的为什么不是杭公子？"

赵子骥吓了一跳，又努力掩饰自己的心情。待燕啊……他想。

杭宪的表情也由意外变成愤怒。老人脸上却还是波澜不惊，能看得出的，只有一脸的深思。

他说："很简单，奇台轻启战端，定会落个大败而归，既然这样，那还是让他当下一任太宰比较好。"

赵子骥想，真是深谋远虑啊。他还在揣测任待燕和老太师之间如此开诚布公，究竟是为什么。想来想去，却毫无头绪。

"仗打输了，会有人被问罪？"任待燕说。

"仗打输了，就应当有人被问罪。"老人说着，小心地摸索着端起酒杯，抿了一口，"你知道，卓夫子说过：圣人寻遗珠于既往，不导民以趋未来。"

"可奇台仍旧需要领袖。"任待燕说。

"的确，不过领袖不一定都是圣人。"

"话虽如此，可我们还是需要智者。"任待燕踌躇起来，赵子骥猛然醒悟，接下来他要说什么，"大人，从年幼时起，我就……我就知道，自己将要为奇台山河而战。"

"十四故州？"

"正是。"

老人和蔼地笑了："很多少年都有这类梦想。"

任待燕摇摇头："可我是……我却是笃信这一点。大人，我相信，正是因此，我才被刺了字。"

终于来了。赵子骥心想。

"刺字？"杭宪问。

"大人，请容许末将当面除去上衣。末将这样自有原因。"

父子二人齐齐挑起眉毛，跟着，老太师点了点头。

就这样，任待燕让他们看了自己背上的刺字——那四个字分明出自官家的手笔——也向他们讲述了这四个字的来由。杭宪则将那刺字向父亲描述一番，语气里充满了惊叹。

任待燕又穿好上衣，众人都陷入了沉默。最后是杭宪先开口说话。

"你说，这是你毕生所求？你凭什么这么笃信？"

赵子骥心想，杭宪急着问这个问题，或许恰恰是因为他本身不够自信吧？

他看见自己的兄弟在斟酌如何作答。任待燕说："末将不知。既然大人这么问，末将或许该说，本不该如此吧。或许……会不会这就是所谓的天降大任？"

"不错。"老人说，"可即便如此，这大任也并不一定能完成。世间有纷纭万象的干扰，天地也自有其命数，何况，众生芸芸，这么多梦想、笃定也总是彼此冲撞抵牾。"

"像斗剑？"任待燕说。

老人耸耸肩，说："像斗剑，也像朝中的野心争夺。"

"这野心争夺，也领着我二人回到朝廷？"任待燕问。

"聪明。"说完，杭德金微微一笑。

"有个问题，在下曾经问过。不知大人可否明示：大人打算如何给我二人在朝中安排一席之地？这其中又有哪些奥妙？"

于是，老太师终于讲了一棵树的故事。

此刻正是一个夏日的午后，在杭家的花园里，众人一边品着果酒，一边吃着碟子里的点心，一边交谈。结果又像当年"艮岳"里的行刺计划一样，众人虽然各有各的目的，却还是能够并肩前进。而这位运筹帷幄之中的老人，直到今天都看得比任何人都远。

赵子骥听着听着，发现自己又想起当年水泊寨里的生活，那时弟兄们的所有雄心抱负，无非是吃饱穿暖，拦路抢劫商队，或是"花石纲"。

他眼前又飞快地闪过一幅图景，那是另一个夏天，他押着献给寇赈——当年他还是少宰——的生辰贺礼，却遭到任待燕的算计。赵子骥想，生命总是循环往复，让人不由觉得，人生也自有其节奏。

当时，他们押送的货物里，还有装在金丝笼子里的夜莺。赵子骥坚持自己亲手打开笼门，将鸟全部放飞。都是陈年往事啦。就是在那一天，他的命运便与任待燕的命运交会，从此不再分离。

赵子骥从不因此感到后悔。他不会这样活，也没有这样想。他只是自己做出选择，走上一条道路，其他路则从此堵死。不过，赵子骥这一刻却前所未有地感觉到，箭已经离弦，正破空高飞。

  林珊早先告知过北城门的司阍，叫他们一看见她丈夫进新安城就立刻派人来客栈通知她。她解释说，自己要给丈夫请安。
  这是实话，不过理由不止这一个。
  送信的人骑马来报时，林珊正在客栈的庭院里，在泉水旁的树荫里纳凉。这时快到晌午了。那眼泉恢复喷涌了。林珊送给客栈掌柜的夫妇一笔钱，让他们疏通泉眼。本来他们还担心工程太大，需要挖开整个庭院，没准儿还要挖过墙根，挖到街上去。可实际上只是下面的水道堵住了，很容易解决。庭院里又看得到波光潋滟、听得见水声潺潺了。
  林珊跑去梳妆打扮。报信的说，齐威还领了几驾又慢又沉的大车，所以时间还充裕。林珊叫人给了送信的一份赏钱。
  准备停当，林珊又乘轿子来到御街，在坊门口等待丈夫。当年坊门口安着几扇大门，当年的门枢至今依稀可辨。
  林珊坐在轿子里，透过窗帘卷起的小窗，终于看见几驾大车沿着御街向南驶来。大车周围有孩童围着跑来跑去。丈夫骑着马，走在队伍头里。骑马在宫中和文官当中被人鄙视，齐威幼时也一直没有练过骑术，考虑到这两点，齐威的马上功夫已经算是不错了。齐威是强迫自己学会骑马，因为他需要四处游历，来丰富他的收藏。他们夫妇二人的收藏。
  林珊走出轿子，来到街上。她穿着一身蓝绿两色的丝绸衣裳，戴着母亲留下的天蓝色耳坠，头上绾着发髻，还插着银制的发簪。她的手镯也是银子打的，脖子上还挂着一只香囊。齐威越走越近，林珊看见丈夫脸上挂着微笑。
  丈夫拉住马头，神气地骑在马上。林珊说："真想像司马诗里那样，'相迎不道远，直至长风沙'，只是这样做就真成南辕北辙了。"
  齐威笑出声来："我也真想亲眼看看。"
  "欢迎回来，相公。"林珊一边说，一边垂下眼帘，"又有新发现了？"

"还不少!"齐威说。林珊抬起眼睛,看得出,他真的很高兴。"珊儿,也算是机缘巧合,我发现一件没有埋入始皇帝陵的兵马俑。那地方就是当年制作陶俑的工坊!"

这可是个天大的发现。"咱们留下它吗?"

"怕是不行。不过不管怎样,这终究是我发现的。如今因为咱们在北方的发掘,那些兵马俑终于可以重见天日了。"

"能带我去看看吗?"

"从来都没丢下你呀。"齐威说。这句话在过去一点不假,如今却不全然正确。不过齐威此刻正在兴头上。

林珊低声说:"我带你回客栈吧。我叫人备好了洗澡水和换洗的衣服。等相公享用停当之后,不知愿不愿意……"

"陪我一起吃吧。"齐威说。

林珊笑了。

两人回到客栈,林珊为丈夫斟了三杯烈酒。丈夫沐浴过后,不等去楼下用餐,两人就在他的房内共赴云雨——这是两人自新年例行公事以来的第一次。这无疑很重要,不过林珊也乐在其中,并且看得出丈夫也很是享受。

我这是怎么了?林珊心想。沿着生活的道路前行,一路上会有怎样的发现?

用膳前后,齐威都带着她来到戒备森严的马厩,扒开打包的稻草,打开牢固的箱子,给她看自己的发现。有简册,有酒爵,有一只罍,盖子上背对背刻着两只枭鸟;有一个碎成几块的石头柱基,以后要把它拼合起来;有几块石碑,上面镌刻有记录某皇族生平的碑文;还有几只保存完好的簋,其中一只,据齐威估计,应当来自第二王朝;还有一把钺,年代可能更为久远,仔细看的话,还能发现上面的虎纹。齐威用手指描着虎纹,指点给林珊看。

还有个武士俑,半个人高,披坚执锐,造型优美,而且品相近乎完美——只有原本抓着腰上剑柄的那只手断了。林珊好奇地看着陶偶,看得出,丈夫的得意溢于言表。她很理解。

史家记载,当年埋进始皇帝陵墓里的兵马俑足有几千个,可是从来都没有人亲眼见过这些陶俑,而始皇陵又深藏在地底下。如今他们找到了一个，齐威还要把它带进宫里。

林珊给丈夫看了自己在这里道观中的发现——那个不知名的管家记的日志。这份记录里讲述了"荣山之乱"期间，一个当时的名门望族的命运。齐威对此大加赞赏，把这份日志跟其他宝贝放在一起，说等回到家要和林珊一起将它好生梳理清楚。

林珊施过一礼，笑了。她又看着那个武士俑，心想悠悠千古究竟有多古。又晚些时候，林珊在自己房里，在自己床上，一边听着窗外汩汩的泉声，一边流泪不止。

她没有哭出声，可她就是止不住泪水。他已经走远了，身上背着岱姬刺的、昭示他命运的四个大字。

有的人，走上一条道路，由这条路又拐入一条小径，最后沿着小径来到一个僻静的地方，从此在那里安家。然而，任待燕的道路并不是这样，林珊对此看得明白，即便是在黑暗中也确凿无误。

他毕生的梦想绝不在山水田园之间，绝不会有树影鸟鸣，不会有一池碧波，不会有荷花映日，不会有鱼戏莲叶间。新安城里的一个长夜里，林珊意识到，他绝不是一个安稳踏实的爱人，他的一生都不可能安稳。于是她哭了。窗外泉水潺潺。

此花不与群花比，这是她在这里填的词句。可这并不全然属实。她不也跟那些女子一样，在月夜里俯瞰庭院，心思却错放在了远方？

几天后，在回东边的路上，快到延陵时，她月事来了，一切如常。

第十八章

奇台第一诗人的儿子卢马,当初陪着父亲一块儿去了零洲岛,从那以后,他每到夜里就要咳嗽,并且热病总是一再反复。

人们都说,像他这样恪尽孝道的人,理当有福报。不过也有人说,命运无常,不过是上天游戏时随意丢出的筹子。

不管命运究竟是什么,卢马反正不会忘记当年在天尽头度过的时光。他还会梦见那里,并且从梦中惊醒。当初他以为自己会客死异乡,不然就是把父亲安葬在那里。当年有个姑娘随他们一起离开零洲,却死在了岭南。父亲总是说,卢马能活着,其实是拜那姑娘所赐。卢马一直都记得她。他觉得自己曾经爱过那位姑娘。她是那残酷的环境里的一抹温存。卢家总不忘为她点上蜡烛。

如果有人问他,这辈子记忆最深刻的是哪一天,那他一定会说,就是他和叔叔出使草原归来,奉诏上朝觐见那天。

卢马生平第一次——也是仅有的一次——亲眼瞻仰天下万民的保护者,奇台圣主文宗皇帝的天颜。

那天上午,身着华服的朝中百官,奇台帝国最有权势的人们,都在大殿上,所有人都站得笔挺,像绷紧的弓弦。卢马自己都吓得浑身颤抖,可是他叔叔却如磐石一般站在他身边。在所有人等待官家上朝的时间里,卢马从叔叔身上找到了精神支柱。

卢超身材高瘦,官家没叫他开口前,他的表情动作绝不会泄露分毫自己的想法。卢马提醒自己,这样的场面叔叔以前也见过,叔叔了解朝廷。

太宰寇赈正低声同官家交谈。从许多年之前起,这人就一直是他们卢家的敌人。不过卢马心知,他和叔叔决不能对他表现出敌意。

太宰说话时,叔叔眼睛一直看着前方,神态自若,嘴唇几乎不动地告诉侄子,今早上朝的百官都是谁。这些官员卢超也认不全——他也已经在外多年了。

尽管叔叔提前告诫过他，可这座大殿还是让卢马胆战心惊。卢马还从没在这样大得离谱的宫殿里待过。殿内有六排汉白玉石柱，上面环绕着翠玉组成的条带，这六排石柱向远处排开，一直消失在龙椅背后的大殿阴影里。还有象牙和汉白玉制成的烛台灯架，用来安放灯烛。屋顶极高，上面同样有排成回曲图案的玉石装饰。

龙椅安放在大殿中央的台子上，高出地面三个台阶。官家头上戴着一顶蓝色冕冠，坐在龙椅上。龙椅很宽，雕饰繁复，富丽堂皇。龙椅本身就是一种象征，因为它只在那些意义重大的时刻才会搬出来。今早就是这样的时刻。他们将会知道——将要决定——奇台是否开战。

太宰正在恭贺官家明察秋毫，绝不放过任何有利于百姓万民和祖宗基业的机会。看样子，他快要说完了。

太宰身边还有一个个子很高的人，他静静地站在那里，两只手抄在袖子里，面容平和安详又不失庄重，让人喜欢。这人就是太监邬童，卢马的父亲和叔叔对此人都深为不齿。站在龙椅稍后一点的是太子知祖。他与卢马岁数相当，叔叔说，知祖天资聪颖，只是一直收敛着锋芒。

卢马有一种感觉，仿佛这里的空气中回荡着意思若有若无的琵琶声。毕竟，哪怕叔叔就在身边，卢马还是有些害怕。卢家的敌人就在这里，而叔叔打算说的又是……

就在这时，叔叔似乎应该开口了。太宰转身看向他们，微微一笑，这一笑里既没有欢迎，也没有客套。

卢超听到他的名字，先是俯身一拜，又迈步上前，脸上始终波澜不惊。卢马被独自留在身后，左右都没有人，他突然很想咳嗽，那种因为紧张焦虑而引起的咳嗽。他拼命忍住没有出声。他的眼睛转来转去，四下打量，正好迎上一位一身戎装的军官，年龄也跟自己相仿，跟大殿左侧的人站在一起。那军官正看着卢马，他冲卢马点点头，笑了笑。真的在笑。

叔叔没说那人是谁。他旁边是提点汉金刑狱公事，这人的名字卢超倒是提过，叫王黻银。叔叔说，这人志向不小，而且处世圆滑，很会选边站队。

在这里的每一个人似乎都是志向不小,而且处世圆滑。很久以前,卢马就明白,像这样的生活绝非他所能应付:遇到今天这样的情况,别说引导它的走向,就连理清头绪都很困难。

他想回东坡。叔侄二人离开东坡那天早上,他就想回去了。卢马不像他父亲,也不像叔叔,也不想成为他们那样的人。只要能孝敬父亲和叔叔,尽心供养他们,敬天事祖,这辈子便知足了。卢马希望,身为男人这样过一辈子并不为过。

寇赈开口了,他的声音十分动听:"朝使大人,陛下等你说话呢。"

卢马发现,官家至今都没有出过声。官家的个子也很高,肩膀瘦削,姿态优雅——正如他的字,卢马心想。文宗的眼神中有些不安。官家性情急躁吗?能这样看待奇台的皇帝吗?此时官家正注视着卢马的叔叔。

寇赈又说:"还请大人畅所欲言,切不可辱没官家的厚望。"

卢超又是一拜,他说:"吾皇圣明,自然知道,卢家一向心直口快。"在场的人一齐倒抽了口气。卢马咬住嘴唇,垂下了眼睛。

官家大声笑了起来。

"朕知道!"官家的声音不大,却吐字清楚,"朕也知道,往返路上尽是茹毛饮血的番子,爱卿此行殊为不易。卿这般辛苦,朕定有重赏。"

"陛下让臣为奇台尽心竭力,就是对臣的奖赏——"叔叔稍一停顿,卢马明白,这是为了调动其他人的情绪。卢超继续说:"哪怕臣要说的,会让诸位大人不悦。"

大殿里又是一阵沉寂。这也在意料之中。

官家问:"卿要说什么,想来早就经过深思熟虑了吧?"

"陛下,若不深思熟虑,怕是要辱没了我卢家门风。"

"那就讲吧。"

卢马心想,叔叔声音不如寇赈圆润响亮,语气却不容置疑,现在整个大殿里都在静静地等他开口。他又想,父亲说话时也十分有感染力。想到这里,卢马心里一阵得意。

卢超开口了。他也系着朱砂腰带——官员被差遣为朝使期间，也被临时授予最高级的品秩。他直面官家，毫不含糊地做着陈述，一如众人所愿。

他先是平静地告诉官家，前来接见他的是阿尔泰的都统。"前来接伴的不是阿尔泰可汗，但据臣判断，正是此人促使他们发动叛乱，此人比可汗、他们部落的头领更加重要。此人名叫完颜。"

"可汗没来？他敢这般怠慢我朝、轻侮陛下？"太宰的提问来得又快又尖锐。不过叔叔事先告诉卢马，他料定寇赈会有此一问。

"正如臣刚才所说，据臣判断，对方并非有意怠慢。我们需要注意的正是这个完颜。臣指定了会面地点，他就骑马赶了过来，来得又快，路程又远。他是从萧虏的东京一路赶来的。"

叔叔告诉过卢马，这句话说完，就是今早的第一个关口。

"他们在东京跟萧虏人会盟？"官家亲口问道。

"陛下，阿尔泰部的完颜说，东京根本没有坚持多久，在他们起兵的头几个月就失陷了。如今就连萧虏皇帝都不知去向。此刻萧虏皇帝正躲在山野之中。"

"这不可能！"又有人说话了，是太监邬童。他突然插嘴，不知是真的难以置信，还是假装如此。"大人被人骗了吧，不然就是大人听错了！"

"堂堂天朝的国使，能被一个番子骗了？邬大人真这么想？"卢超语调冰冷地问道。毫无疑问，他本该以官职称呼邬童，可他没有。"何况，如果真是这样，阿尔泰这样做是想说明些什么呢？"

"如果真是这样，国使大人这样做又能说明什么呢？"邬童的回答同样冰冷。

卢马暗想，这才没多久，大殿里就已经冷冰冰的了。

正当所有人都两股战战之时，大殿对面有人站了出来。卢马想，这可需要不小的勇气呀。他看见，这人正是提点汉金刑狱公事王黻银。这人个子不高，体形丰满，胡子修得整齐，一身官袍十分得体。他拱一拱手，请求发言。卢马的叔叔这时有权让他说话，他向王黻银点点头，说了句："大人请。"

提刑大人说："臣等可以向陛下确认，国使大人所说，句句属实。"

"这个'等',还有谁?"在卢马听来,太宰的问话里不带一丝感情。

"是臣过去的亲兵首领,如今是一名禁军统制。此人名叫任待燕,陛下当还记得,此人勇武不凡。若是陛下圣允,可以叫他上前说话。"

"勇武不凡?"官家问道。

"陛下,今年春天,他在"艮岳"救过一个人。是陛下垂爱的一位词人,是齐夫人?陛下正是为此将他擢升为禁军统制的。"

官家眉头微微一皱,继而笑了。卢马暗忖,官家笑起来真是和善,就像太阳一般,叫人心里一暖。

"朕还记得。任卿,有话就讲吧。"官家说完,脸上的笑意也退了。是因为想起"艮岳"里的行刺事件,还是被这里的冲突扰得心烦?卢马也说不清。他真不想待在这里呀。

之前看着卢马的那个年轻人迈步上前,看不出有丝毫局促。他穿着貂袖战靴,而非朝服。卢马对官服上的官阶标志了解不多,所以看不出他的品级,不过这人还很年轻,论品级似乎不该高到有资格参与朝会的程度。

那也比我有资格。卢马心想。他一边观察,一边等待,眼前又闪过家里农田东边的小溪的样子。此刻正是夏日清晨,阳光穿透树林的枝叶,小溪就该是这般光景。真想回家呀。

如果跟一个人共同生活、一起旅行、并肩作战多年,你就能辨认得出这人内心的情绪起伏,哪怕这迹象毫不起眼,哪怕其他人都无从发现。

赵子骥和提刑大人的亲兵站在大殿边上,看着任待燕走上前去。从他兄弟谨慎的动作中,他看出来,眼前这场游戏里,押在桌上的赌注有多高。

他害怕了。他自己和跟随提刑大人的另外三人纯粹只是摆设。他们只是侍卫,是品级的象征。王骰银出于好意,让他穿上过去的貂袖,好在今天可以来到大殿里。

赵子骥腿肚子后面还绑着一把薄薄的、没有刀柄的匕首。万一被人发现，他就会人头不保。不过没人会检查靴子，他担心的也不是这个。只有在出了大差错、他和任待燕一起被投入大牢的情况下，刀子才会派上用场。应对后一种情况，赵子骥有经验；可对眼下的情景却毫无办法。傻子才会在这里费力地拔下靴子，亮出一把小刀来。不过，就算没用，身上有件武器还是让赵子骥踏实不少。

他一点也不想到大殿上来。他的心思从来不在这上面。没错，这下他可以告诉儿女——如果他有儿女的话——他曾经进过汉金的皇宫里，亲眼见过大殿之上的文宗皇帝，还亲耳听过皇帝说话。没准儿有一天，这番经历还能帮他讨到媳妇，不过——他只是站在大殿边上，挨着一根汉白玉石柱，这点小事就能唬得住的女人，他愿不愿意要都还两说呢。

笨蛋，笨蛋，想啥呢！不对，他来这里，是因为他知道有他在，任待燕会自在些。所以，赵子骥和提刑大人一样，注视着任待燕，看他——再一次——做好准备，执行那近乎目盲的老人的计策。

抱负和梦想，能把人推上酒桌，与意想不到的人把酒言欢，让你在推杯换盏、觥筹交错之间，沉醉在改变世界的幻景当中。

他看见任待燕拜了三拜——军人之礼，而非廷臣之礼——态度恭敬，修养不足。任待燕本就不是这样的人，他也不想装样子。装样子在这里没用。

随后，赵子骥听见他的兄弟开口了。他语调平缓，说话直截了当："启奏陛下，朝使大人在东北听到的消息，戍泉北方的兵营和村庄里也有传闻。的确有消息说，阿尔泰人已经攻陷了萧虏东京。"

赵子骥把视线转向太宰和他身边的太监。任待燕不能转过头看，但赵子骥站在后面，他可以。任待燕所说的，是对鄢童的直接驳斥。太宰面如止水，看不出一丝波澜。距离太远了，何况赵子骥也不了解他。然而，太监却紧抿着嘴唇，赵子骥觉得，那嘴唇就像一把刀。

这时，官家直接对着任待燕——帝国西部一个书吏家的小儿子——问话了。官家说："卿是怎么知道这些的？"

任待燕定住心神，吸一口气。他必须冷静下来。可是，一旦明白在这大殿之上,跟自己说话的正是头戴冕冠的当朝天子,任谁都会感到天旋地转。任待燕不能老是想着这个,也不能想父亲。

他说:"启奏陛下,臣亲自到过那里。当时臣与部下被派往西方,臣以为应当尽量对金河的边界地区多作了解。"

"卿亲身渡过界河?"

"陛下圣明。"

"深入萧虏境内?"

"陛下圣明。"

"带了多少人?"

"臣假扮成私盐贩子,只身前往,陛下。"

"卿的所为,有悖王法啊。"官家说。

"陛下圣明。"

官家若有所思地点点头,仿佛刚才有什么重大的事情得到了确认。任待燕心想,官家在这深宫之内,实在太容易受人蒙蔽了。他连厄里噶亚都不了解。正因为这样,这个早上才如此重要。

任待燕小心翼翼地不让自己的目光滑向太宰那里。当初想要害死珊儿的正是寇赈的第一个妻子。然而,命运和政治如此苦涩而复杂,今天早上,任待燕和太宰想要的有可能是同一样东西。

"那么,萧虏东京的传闻……卿真的相信,确有其事?"官家的眉头皱成一团。

"启奏陛下,臣原本也无法确知,直到今早。臣原本并不知道国使要说什么。现在……陛下,阿尔泰和萧虏两方面都传来同样的消息,臣相信此事确凿无疑。"

"且慢。"说话的是寇赈。就是说,任待燕不得不看向他了。他一敛容,转过身。"将军既然不知道国使奏报的内容,又怎么会来到这里?"

老人说过,一定会有人这么问。那老人早把这一切像写剧本一样写了下来。只是他并非在舞台上。

任待燕答道:"大人,我与提刑大人是知交,我把自己在金河以北的见闻都告诉了他。提刑大人于是催促我赶紧来汉金,让我随他一起上朝,以备万一这些情报派上用场。只是不知这样做算不算是逾矩?"

如果有谁仔细思量,就会发现,这套说法在时间上有个问题——从西传到东,又从东传回西,这消息走得太快,除非有人私传羽书。可是老太师相当确定——不论何时,他都相当确定——大殿之上,根本不会有人来得及细想这些。

"任卿并无逾矩,"官家坐在龙椅上,挺直了腰,说,"任卿勇武过人,朕心甚悦。稍后听赏。"

任待燕又是诚心诚意地拜了三拜。他退回提刑大人身边,心中暗想,还是打仗更自在些。老虎都比这里好对付。

提刑大人向国使作了个揖,表示自己已经说完了。卢超于是继续说:"陛下,这个消息的确重要。正好佐证臣要说的看法。"

第一道关口。任待燕暗想。一切又回到老太师事先料到的走向上——他就像一个蜘蛛,伏在自己的网上。

卢超说:"陛下,臣相信阿尔泰人对我们来说是个威胁,而非盟友。萧虏是个已知的存在。萧虏人已经失去了野心,萧虏皇帝颟顸无能,几个皇子也全都一样,而且彼此不和。"

"萧虏窃据我国土地!"太宰喝道,"我们可以光复故土,夺回十四州!"

"我可没忘十四故州,"卢超的声音平静得出奇,"我想这大殿之上,没有谁会不记得这些吧。"

"我们可以利用这个机会,把故州夺回来!"这次说话的是太监邬童。待燕心想,就好像这里是一道深谷,邬童就是寇赈的回声。

"我们就是在议定此事。我不就是为此北上的吗?"

"先生北上是为了侍奉奇台和陛下。"寇赈又说。

"我如今回来了也一样尽心事主。请问太宰大人,还要我继续说下去吗?"

任待燕密切地看着两人唇枪舌剑,心里暗暗希望太宰还是别让他说下去了。可是寇赈根本不能这样说。而更糟糕的是,任待燕心知此刻自己跟一个仇家达成了一致。老天是怎么把这样的盟友组合到一块儿的?

诗人的弟弟,高个子的朝使转身面对官家,接着说:"陛下,东京陷落,意味着萧虏大势已去。像东京那样的城池能这么快被人攻取,只能有一个原因,那就是东京开城投降。这又意味着,其他部落也参与了反叛,叛军势力因此增强,萧虏人已经势单力孤了。"

"倘若真是如此,那我们如何行动,就相当明朗了!"

寇赈显然是打定主意,要破坏对方的说服力。这一手,杭德金在自己的田庄里也早料到了。他说卢超有办法对付。可是太师说,他无法预料的,是官家的态度。太师尽管伴君多年,可是官家的脾气还是难以捉摸。

卢超说:"陛下,以臣所见,眼前还并不明朗。倘若我们如太宰所言,置身其中,帮助阿尔泰——"

"太宰大人没有这么说!"邬童喝道。他的声音有点过高了。

"太宰大人当然说过,"朝使正色道,"满朝文武岂是三岁孩童?陛下岂是三岁孩童?如何行动相当明朗?说的是什么行动?"

没有人作答。朝使真有一手。任待燕暗想,他觉得自己的立场又跟朝使一致了,这感觉真怪。

奇台太宰寇赈希望在北方开战。书吏任渊的儿子、禁军中层军官任待燕同样希望如此。看到这个局面,任谁都会觉得好笑,要不就以为自己喝醉了。

在一片沉默中,官家开口了。他的语调疲惫。从先皇主政时期算起,一直到当朝天子的时代,已经过去这么多年了。"和阿尔泰部交涉的是卢夫子——卢卿,说说你的看法吧。"

卢超恭恭敬敬地又是一拜。"陛下,依臣之见,草原上的争斗,就由他去吧。我奇台最明智之举,就是巩固边防,静观其变,让不论是阿尔泰还是萧虏都不敢对我轻举妄动。"

听了这番话,官家也抿紧了嘴唇。这可不是他想听的。任待燕明白了,官家来这大殿之上,是想要收复故土,成就边功。官家说:"任卿觉得,就算奇台出兵援助,阿尔泰人也不会让出十四故州?"

"陛下,那些番子根本不需要奇台援手。请陛下容臣禀报他们的条件。臣遵从陛下旨意,向他们提出交还十四故州,以换取奇台出兵支援。"

"正是这样。"寇赈说话时虽然声音不大,却让所有人都听得真切。

卢超看都没看他，接着说："阿尔泰都统完颜却只是对臣一笑——臣相信，他这笑里不无嘲讽之色。"

"这帮番子！"邬童骂道。

"对，"朝使说，"正是这样。"太宰方才说过的话被他学得惟妙惟肖。

卢超停顿一下，继续说："他答应把西边的四个州返还给奇台。那四州不与汉金相邻，而在新安以北。作为交换，奇台不仅要独力攻下萧虏南京，还要会同他们一起攻打中京。而我们不仅要把南京交给阿尔泰，将来他们的可汗登基，我们还要向阿尔泰捐输岁赠。而且他们的皇帝要与我皇以兄弟相称，不是舅甥，也不是父子。"

大殿上一片寂静。待燕暗想，寂静也可以声如洪钟。在这寂静之音中，卢超结束了自己的奏报，仿佛完成了一首诗。"阿尔泰部的完颜对奇台的国使说的，就是这些。"

任待燕的心里咚咚直跳，仿佛一架攻城锤正在捶击大殿的铜门。在场的百官也都同样震惊不已。

在这僵硬的气氛中，卢超又闲话家常一般说道："臣告诉他，我朝皇帝不会答应这样的条件。除非十四故州悉数奉还，否则休想奇台出一兵一卒。他说，或许能归还五到六州，端看我们能不能拿下南京、北上与他们会师。"

"这人疯了！"寇赈大叫道，"不可理喻！"可是听得出来，他的语气已经变了，刚才的傲慢已经……

"他是个番子，"卢超同意道，"可他们无所畏惧，根本不怕萧虏，而东方的其他部落都已经对他们俯首称臣。容臣再说一次：阿尔泰人不用奇台就能主宰草原。依臣之见，我们必须威吓他们，并且时刻警惕，以防不测。"

"那能否转而支持萧虏，对抗他们？"说话的人站在寇赈身后，长着一副灰白胡子。

"大人，我回来时，一路上都在考虑这个问题。可这个议题要怎么谈呢？萧虏已经日薄西山，奇台还要跟他联手？我怀疑东边的番子此番举事，绝不仅仅是不堪萧虏迫害之苦；要真是这样，咱们出兵援助，以换回一些领土倒说得通。可实情并非如此。这些番子想要建立帝国。陛下，我们必须多加小心。否则很可能损失惨重。"

"也能收获丰沃！"太宰大喊道，他又找回自信的语调，"番子想邀请我们拿下南京！我们可以攻下南京，将之据为己有。待番子在别处打到后继乏力之时，我们再与之谈判，争取更多好处！"

这下，卢超真的对他转过身来，说："那么，我们该派谁来攻取南京呢？累年伐祁之后，我们又凭什么去夺取东都？"

待燕克制住自己迈步上前的冲动。这冲动虽然可笑，却是他来这里的原因。到这时，一定要先稳住。老太师告诫过他。

寇赈回答："当然是陛下的禁军。"

"谁来统兵？"

"邬童身经百战。"寇赈身后，太监的神态又变得既庄重又平静。

"比如他在祁里境内连吃败仗？"

"谁也不可能百战百胜。"太宰一本正经地说。

"的确，何况陛下也不是每败皆知。"

这下撕破脸了。让奇台禁军蒙受惨败的厄里噶亚攻城战，正是邬童奉寇赈之命指挥的。

大殿里的紧张情绪又如水波一般荡漾开去，官员们摇晃着身子，扯一扯朝服，眼睛看着地面。这番话莽撞到简直不知死活。可与此同时，这番话也确实点醒官家，有些事情不可轻忽。当初寇赈就是因为伐祁战事不利才遭到流放的。

差不多了。任待燕想。

他回过头，越过肩膀看看大殿边上站在一根柱子旁边的赵子骥。他的兄弟也在看他。赵子骥看起来吓坏了。这里可不是他们这种人的战场。这里弥漫着赤裸裸、从几十年朋党争斗时就存在的敌意。奇台马上就会做出一个决定，这个决定将会重塑整个帝国，而大殿里还在延续着长久以来不曾停歇的争斗。

"陛下容禀，奴婢当然能率领天兵攻取南京。"邬童的声音圆润，就像是在船只波涛汹涌的水面上穿梭。

卢超瞪着邬童："这回可会记得带上攻城器具？"

任待燕看见朝使的侄子，诗人的儿子，听见这话闭上了眼睛。

随后,这年轻人又睁开双眼,正了正肩膀。他动了一小步——靠近叔叔,而非远离他。任待燕暗想,能这样做,需要勇气,还需要对叔叔的仰慕。

任待燕原本觉得大殿里弥漫着紧张气息。现在他明白了,自己其实什么都不明白。他在这里只是一个棋子。他情愿这样,是因为(他相信)这与自己的志向相一致。也因为你是个蠢蛋。那晚他们留宿小金山,赵子骥这样对他说。

或许吧。年轻还不能莽撞冒失吗?可任待燕知道自己的回答:拿自己的命运莽撞冒失可以,拿别人的,不行。

这时,官家开口了。"太宰真的认为,我们能攻下南京、守住城池?真的觉得邬童就是领兵的最佳人选?"

听见官家直接向他问话,寇赈上前一步,来到朝使的前面,说:"陛下,臣的确这么想。臣以为,这正是天赐良机,让陛下完成祖宗遗训,光复奇台大好河山。"寇赈不论声音还是表情,都像缭绣一般滑润。

"邬童呢?"官家单刀直入地又问一遍。

该开口了。任待燕想。

"陛下,邬童对陛下、对社稷都忠心耿耿,绝不会贪慕军功。"

说的是"忠心耿耿,不会贪慕军功",而不是说"他统兵有方"。那古老的、延续了几百年的恐惧啊,随着第九朝和"荣山之乱"而来的恐惧。叛乱让几百万人死于非命,在奇台历史犁出了一道鸿沟。将军一旦大权在握,一旦受到麾下士兵的拥戴,一旦失去严格的控制,就能造成这样的后果。

任待燕暗忖,也许今天就活到头了。他想起了一个女人,那时他在一眼枯泉旁,看见她在新安城的月光下。

任待燕走上前去,遵照——那织网的老蜘蛛的——嘱咐,和太宰并排站着。他跪倒在地,叩了三个头,又直起身子。

别说话。这是杭德金的交代。跪着别动。官家如果听了你孤身渡河北上的事情之后,还要赏赐你,那他一定会转过头来看你。等他转过头来。

任待燕等着。官家转过脸来。

官家的眼神比刚才凌厉了许多。他说："任卿这是干什么？"官家记得他的名字。

任待燕答："陛下，臣不敢说。"

"不敢的话，卿就不会来这儿了。卿一片忠心，别怕，但说无妨。"

任待燕静静地说："陛下，此事关乎太宰大人的挚友，邬童大人。"

"放肆！"寇赈呵斥道。

官家抬起一只手。"任卿勇武，正道直行，说吧，朕听着。"

任待燕深吸一口气。这次停顿可没有经过设计。他吓坏了。他在高出地面三个台阶的高台和龙椅面前跪着，说："陛下圣明，臣要说的，是一棵树。"

第十九章

如果活得够久，又对人心、对官场规矩有足够的洞见，你就有可能在庙堂之上——甚或从江湖之远——预料到，甚至策划一些大事的发生。

而且——独处时，老太师也愿意对自己承认——这样做有一种凌厉的、鲜活的快感。太师曾经许多次与人交锋，虽然从来都不是用剑分出胜负，但他的确与人交战过，而且通常都是赢家。

快到晌午了，杭德金又来到小金山附近的自家花园里。如今只要能出来，杭德金都愿意来到外面：晴天里，他的眼睛还能看个东西轮廓。而阴天黑夜时就什么都看不见了。他朝对面看过去，儿子正在那边伏案工作，大概是在处理农庄事务吧。杭宪在那方面非常用心。

而杭德金自己的思绪却在远处，远在宫里，远在大殿之上。昨天夜里收到羽书，说今天早上朝使要上朝。

所以，老人此刻正坐在垫着软垫的椅子上，喝着泽川的茶，听着鸟叫，闻着花香，想象他十分熟悉的大殿之上，正在发生的事情。

夫子说，家国一理，君子要齐家治国。如果是这样，太师会说，他的所作所为都是为了子孙后代，为了家族的未来，不管这一族血脉会延续到什么时候。

如果非要讲点实际的，杭德金会说，就目前形势来说，来年春天或有不测，应当趁今年秋冬积极备边，让奇台禁军集结在北方边境，兴建城池，使之成为一支巨大的、兵员众多的威慑力量。

以夷制夷，这是奇台治理草原的一句祖训。就让他们自相残杀去吧，帮他们互相杀戮。奇台偶尔也会干预，扶植势力，让一个部落对付另一个甚至另几个部落。在那些年月，奇台自己的军队就是一支威慑力量。

可由于很多原因——其中有些还要归咎于太师本身，杭德金认为，如今这样做并不现实。伐祁战争——他挑起的战争——已经说明了这一点。

崇文抑武，让武将对他这样的文官低头，其结果就是能保证境内安定。可一旦开战，这样的军队，这样的将领，又让人觉得战果堪忧。如此一来……

如此一来，倘若寇赈今天早上执意要求开战，战败之后他也必定会一蹶不振。这样，杭德金的目的也就达成了。老太师身在远方的花园里，对此心满意足。

起初，他需要把战争同太宰联系在一起。后来，他看到那年轻人背上的刺字，杭德金突然又想到绝妙的计策，把自己同一场可能的胜利联系到一起。不管怎样，一切都会按照他的步调进行。真是聪明。而且还不止这些。

战争过后可能会产生一些阴沉的回响，就像夏日的惊雷，把桌上的碗盏都震得跳起来。不过他的看法是，任何战争的结果都与伐祁战争相差无几：有损失、有收获、田园荒芜、士卒垂死、民不聊生、税赋增长、百姓怨怒……到最后，双方都不堪战争之苦，于是订下盟约……

这之后，原来的太宰为此承担一切罪责，新的太宰接替位置。太师在心里一遍遍地把这一切看得清清楚楚。

他朝儿子瞥了一眼。光线充足，他能认出儿子——亭子里他身边的一个人影。杭宪手里握着毛笔，不知是在写信还是记账。太师的长子心思缜密、沉稳、做事精干。或许，只是或许，身居高位的话，做事不够铁腕吧。不过这一点，不经过考验也没办法确知。杭德金本来也不知道自己有多铁腕。经受考验之前，你顶多算个可塑之才；一旦身居高位，就该显山露水了。

如果杭德金算得没错，那年轻禁军——杭德金很欣赏他，要是死了就太可惜了——这会儿就算还没开口也该快了。等他把话说完，他就会在大殿之上，在官家面前脱掉上衣，就跟他在小金山时一样。当时太师的大儿子向杭德金描述那人背上刺的是什么字，又是谁的手笔，说话时声音都在发抖。

不论是否在朝做官，不论是要策划什么，你都要时刻准备采纳新的可行计划。

奇台可能会经历一段战乱，死很多人，不过还不至于不可收拾，尽管杭德金很清楚，自己可能活不了那么久，看不到彼时的情形。正因为这样，才要有子嗣，不是吗？正因为这样，才要为后人做那么多安排。

杭德金知道，凡人总是做出错误的判断。火灾、洪水、饥荒、无后、早夭、瘟疫，有太多东西凡人既难以预知，也无力掌控。有时候他会觉得，全天下的人，不论男女老幼，都像是在无尽的黑暗里，在群星的环绕中，乘着船，在天河里顺流而下。

有的人努力想要去掌舵，他就为此努力过。可到最后，能够掌舵的只有天上诸神。

卢马又站到叔叔近旁，想着一旦出现变故，他就动手护住叔叔——真是滑稽。这时，他听见那个禁军讲起一棵树的故事来。

那是一株槐树，一株古槐。在传说中，槐树常被视作精灵鬼魂之木。看样子，淮水畔一处庄园的一株古槐被人连根拔起，眼下——就在朝会这当口——正经由淮水进入大运河，之后将由大运河进入汉金。

这株古槐是作为最新一批"花石纲"宝物，被运来装点"艮岳"的。据说这株古槐气度不凡，蔚为壮观。那禁军说，这棵树足有三百五十岁。

"据臣所知，'花石纲'是由邬童负责。"那禁军——他叫任待燕——说。皇帝不耐烦地一摆手，他于是又站起来。卢马心想，这人就算心里害怕，也没有显露出分毫。

邬童说："的确。这株古槐也的确气度不凡。有关搬运古槐的每一份报告，奴婢都认真审阅过。陛下，此树将是奇台最好的象征，理当移入'艮岳'。"

官家说："正是，卿为朕的花园操劳甚重。"

"并非如此，陛下，"任待燕语气坚决地说，"在这件事上并非如此。搬运古槐实乃欺君大罪。"

卢马一下子望向叔叔，看见叔叔也和自己一样，一脸震惊。也许还不止于此：叔叔比自己更清楚，这样的说辞有多么鲁莽。对此卢马只能猜测，而且知道自己绝不会说这样的话。连想都不会去想。

"大殿之上，你敢提出这等控诉？"说话的是太宰，暴怒之下，声音都变得尖厉了。

"对。"

没有敬称，卢马心想。这人找死吗？

太宰看起来倒是乐意成全他。"臣请陛下恩准，将此人拿下，施以杖刑。"寇赈的脸涨得通红，显然是真的怒不可遏了。

官家沉吟片刻，说："且慢。不过任卿这样，实在无礼。依朕看，卿就算是第一次参加朝会，也断不应该这等无知吧。"

"陛下圣明，臣对陛下、对奇台一片赤诚。臣不敢妄语，方才的话，其实出自前太师杭德金之口。是杭夫子说，此事紧迫，必须奏与陛下。"

卢马嘴里干渴，于是咽了口唾沫。尽管他对眼前这一幕一无所知，可还是吓得要命。老太师也参与其中了！他把两只手抄进袖子里，以免别人看见自己在发抖。他想回东坡，一定要回东坡。

"是他派你来的？"官家瞪大了眼睛，一只手抚过自己的细长胡子。

"陛下，是臣自己要来的，只不过半路上应杭夫子之邀，去了趟小金山。夫子告诉臣一些事情，说是必须让陛下了解。"

卢马看见，寇赈一动不动，十分谨慎，看起来就像膨颈蛇。卢马在零洲见过那种蛇。发动进攻前，脖子会膨胀起来。

官家问："必须让朕了解什么？"官家现在也警醒起来。

任待燕说："'艮岳'是奇台的象征，是天地和谐的本原。这棵树一旦植入园中，那'艮岳'的气数……将毁于一旦。"

"任卿这话怎讲？"

说话的居然是叔叔。他站在那禁军一旁没多远的地方。

任待燕转过身来看着卢超。他先是一拜——对太监和太宰都没有施过礼——继而说道："国使大人，我这么说，一来因为拔树的人对这株古槐毫无敬意，拔树的时候也未经仪式；二来，这棵树本来长在一门望族的祖坟之上,好几位彪炳千年的古人都受它荫蔽。如今这株古槐已遭人亵渎,而主持此事的人,根本不在乎这样做是否合宜,甚至不在乎由此会不会累及陛下。"

卢马心中大为惊恐。如果真是这样,那可真是大罪啊!首先槐者,鬼木也,本就是半树半精魅的东西;其次,还是从人家祖坟里连根拔起的?这可是辱没先祖、亵渎鬼神的罪过啊。如果槐树真有那么老,那他们或许还——可能已经——动了人家的祖坟!不管这是哪个望族,这棵树上必然缠着怨鬼,要把这样一棵树送到官家的御花园里?光是想想就让人不寒而栗!

官家问:"是谁家的祖坟?"他的样子可怕得让人看都不敢看一眼。谁都知道,"艮岳"在官家看来至为神圣。

任待燕答:"是沈家,陛下一定认得。所有人都认得。当年沈皋将军曾以安西都护府左都护之职统兵镇守一方。陛下,沈将军就葬在那棵树下。沈将军的一个儿子也葬在那里,他曾是某位尚书的重要幕僚。而将军的另一个儿子则侍奉过一位皇帝,还当过他的先生,并且以诗才和——"

"宝马,"官家接口道,语气轻柔得让人发毛,"而名重天下。是沈泰?"

任待燕一低头。"正是沈泰。陛下,他的坟也在那棵树下,受它荫蔽。还有他的发妻、他的几个儿子。沈家许多儿孙媳妇都埋在那里。此外,沈家祖坟还竖有一座碑,纪念沈泰的妹妹因为她没有归葬祖坟,而是——"

"和申祖皇帝一起葬在了新安以北。"

"陛下圣明。"

"要运来这里、运来'艮岳'的,就是这棵树?"

那禁军没说话,卢马看见他只是又一低头,以示肯定。

官家吸了口气。再不懂察言观色的人——卢马知道自己就是这样——也明白,官家此时已经怒不可遏了。卢马心想,身为皇帝可用不着掩饰自己的情绪。官家扭过头,看着太宰——和太宰身边的人。

"邬太尉,你来解释。"

看样子，邬童的镇定和泰然也有其限度。他结结巴巴地回答："陛下，陛下！奴婢不知呀！奴——"

"你刚才还说所有报告都审阅过。"

又是一阵沉寂。这沉寂中还包含着一种劫数难逃的感觉。

"就算……就算这样！奴婢也不知道它从哪里……怎么会……奴婢一定严惩那些渎职之人。一定严惩不贷！陛下和厚！奴婢这就将那古槐运回……"

如果让卢马来选，"和厚"可不是个合适的字眼。

与卢马同样年轻的任待燕，虽然品级不高，却转过身来，看向太监。

"厄里噶亚战败，你也是归咎于别人。"他说。

见没人回应，他接着说："军中奖罚有度，若是战斗失利，辜负陛下，叫百姓受戮，就该问罪主将。"

卢马和叔叔先是渡海北上，然后深入内陆，与阿尔泰人接洽，又返回奇台，在这漫长的旅途中，卢马和叔叔有大把的时间一起聊天。卢超十分健谈，并且愿意和侄儿分享自己毕生的智慧。

他告诉侄儿，入朝做官能让人有一种不辱使命的感觉：既有对奇台的，也有对后辈子孙的。这是卓门最重要的传统。

叔叔还说，在汉金，人们围在官家身边，汲汲于功名利禄，那场面有时会非常精彩和有趣。也会非常恐怖和惨烈。他又补充道。

卢马看着官家扭过头，眼神冰冷地等着太宰，心想这正是一幕恐怖的场景。他知道——所有人都知道——寇赈和邬童是一起飞黄腾达的。

直到这会儿，飞黄腾达的代价实在太重了。

卢马没想到，自己居然可怜起寇赈来。可是此刻这人一会儿看看邬童，一会儿又慢慢转头看看殿前侍卫，他的脸上满是痛苦之色。卢马心想，如果有谁看见眼前这一幕却无动于衷，那他一定是个铁石心肠，而且毫无教养——一定是个番子。也许，正是这份恻隐之心，让他不能见容于这大殿，不能见容与这世上。

"来人，把邬太尉拿下。"太宰声音扭曲地叫道，"把他投入大牢，好叫陛下遂意。"

"遂意"也不是个合适的字眼。卢马一边想,一边垂下眼睛,再也没抬起来。

众人在城南提刑大人的家里。任待燕不等主人倒酒,就自己走过屋子,抓起酒壶满饮三杯。王黻银喜欢喝热酒,酒很烫,差点儿烫坏任待燕的舌头。

"他别无选择啊,"提刑大人反复念叨,"太宰他别无选择。"

大殿上发生的事情让王黻银一直抖到现在。大家都是这样。赵子骥早就一屁股跌坐进椅子里。

"这都不重要了,"任待燕对提刑大人说,"到最后也没照他说的办。"

"我猜,他知道会这样。"

任待燕又倒了两杯酒,给另外两位一人端去一杯。他们是可以信赖的伙伴,而且这里也没有别人。任待燕仍然心有余悸。赵子骥心不在焉地端着杯子,却没有喝酒。任待燕抓着他的手,把酒送到兄弟的嘴边。"快喝,"他说,"这是命令。"

"掌管五万兵马的禁军都统制的命令?"

任待燕扮了个鬼脸。如今他已经擢升为都统制,这也是让他害怕的一部分原因——让他感觉世界变化得太快了。

"对,给麾下两万五千禁军副都统制的命令。"他看着子骥把酒喝了,又转身对提刑大人说,"你说'他知道',什么意思?他叫人把邬童投入大牢——"

"官家则下令,事情一旦弄清楚就将他枭首。这邬童先是兵败厄里噶亚,又弄出这件事,躲不过啦。谁也救不了他了。除非,你那……"

"除非我那都是胡说八道。那我就该脑袋搬家了,而且,大人替我说话,想来也是在劫难逃。喝酒吧。"

"你没胡说吧?"

任待燕耸耸肩。"老头子没道理想让我死。今天早上的所有事情都让我不高兴。包括脱掉上衣,眼看着官家下来看我的后背。不过我敢打赌,沈家槐树的故事是真的。"

"拿命赌？"王黻银一边说，一边挤出一丝笑容。任待燕看见，他实在是笑不出来。

"已经赌上了。"

那一丝笑容也退去了。

"等到明天晚上，要不后天，一切就见分晓。"

任待燕点点头。"然后邬童就没命了。太宰会怎样？"

提刑大人抿一口酒。"要我说吗？不会怎样。官家知道他早就不过问'花石纲'了。而且官家需要他。他想要跟阿尔泰人结盟。"王黻银看看任待燕，"你也想。"

任待燕叹了口气。"我只想收复故土。我才不在乎跟谁结盟。我只是个当兵的。"

"你当上都统制了。可不只是个兵。"

"却被派往错误的地方。"

赵子骥插嘴道："你真觉着他们会立刻派你攻打南京？哈，当然不会啊，待子。"

现在只有赵子骥才会叫他小名。任待燕摇摇头。"我知道。可我怕——"

"你怕不管派哪个老朽领兵，其结果都跟邬童一样糟。"王黻银说，"你知道吗？没准儿真会这样！我军会在北方蒙受耻辱，并且自暴其短。然后会怎样？"

任待燕穿过屋子，又去倒酒。他拿起酒壶，又喝了两杯。他把酒壶放回暖酒炉上，又用火钳拨了拨煤块，免得酒烫过了。他转过身，面对另外两位。

"然后，等来年夏天，咱们就会真的有麻烦了。就只有寄希望于太宰善于外交。与此同时，我和子骥要想办法打造一支奇台长久以来最强的军队。"

"其他将领能接纳你吗？"这是个严重的问题。

任待燕大笑起来，笑声中却不乏凄凉。"当然能接纳。只要让他们看看我背上的字。"

这是朕的字！官家早上喊道，声音中满是惊奇与骄傲。就连鬼神都知道朕的字。

提刑大人摇摇头。"全都因为一棵槐树。"他说,"沈家怎么会答应这种事?就算……"

"不是沈家答应的。老头子说,沈家好几代以前就把田庄卖掉了。搬到了南方。如今田庄的主人,因为这棵树得了一大笔钱,何况那墓地又不是他家祖坟。"

"可就算这样,"王黻银说,"这也是犯罪呀!他——"

"威逼利诱嘛,"任待燕说,"谁都明白'花石纲'是怎么回事。"

提刑大人点点头。"我知道你明白。但要是一直瞒着,官家得到这株古槐也一定会满心欢喜。"

"官家被人瞒过好多年了。"赵子骥阴冷地说。

王黻银说:"今天早上,咱们逼着官家有所行动。"

"是老头子逼他的。"任待燕答。

王黻银抿了一口酒,沉默一会儿,又说:"知道吗,我想我刚做了个决定。"

任待燕咧嘴一笑,打趣道:"你要亲自上阵,攻打南京?"

没有人笑。这玩笑太糟糕了。

"不是。我打算辞官。回南方的杉樟老家。我估计朝廷里的情况会越来越棘手,何况……我还要写书。"

赵子骥问:"你刚决定的?"他的表情十分古怪。

王黻银坐直了身子,说:"刚才喝那两口酒的时候。"

另外两人换了个脸色。"令正怕是会不高兴的吧。"任待燕若有所思地说。

王黻银脸色一苦,喝完杯中酒,说:"会说服内子的。"任待燕估计,这话底气不足,虚张声势罢了。

不过他也理解王提刑。今早过后,他明白朝廷里根本没有君子的容身之处。所以留得下来的都是些卑鄙小人。

那他自己呢?当上武官,还提升得这么快,太快了。今天早上获得重赏,饩廪也随着品级水涨船高,这就是说,可以往家里送更多的钱,有了这些钱,有朝一日他就可以成家。可是——任待燕又给自己满上一杯——他的思绪似乎飘向了另一个方向。今晚的他但求一醉。

你可以花一生去追逐一个梦想。一旦追上了，又当如何呢？他想问问珊儿，听听她的高论，听听她的声音。此刻的她，应该正和丈夫一起，在回汉金的路上吧。

两天后的日暮时分，太监邬童掉了脑袋。他为官家的花园发明了"花石纲"，他也率领奇台禁军打过许多仗，包括西北那一场，在那里他犯了些大错，让世人领教了什么是领兵无方。

虽然可以说，人在将死之时难免心生恐惧，这时他的举动不该成为盖棺定论的依据；但反过来讲，那些汲汲于功名利禄的人也必须接受随之而来的负担，包括落得这样的下场。

依照常例，邬童的尸体被烧成灰，扬进水里。

沈家的古槐又被送回淮水北岸的田庄。因为需要逆流而上，所以路上颇费了些周折。重新栽回祖坟的过程中，当地州府最出色的园丁都被派来照料它，也派了人来修复沈家的祖坟和墓碑。当地周围的夫子庙和道观都为它诵经供奉，皇宫里也是如此。

尽管又被种回原处，还受到悉心照料，这株古槐却不见起色，之后没过多久终于死掉了。有些时候，有些东西，一旦被连根拔起，就再也种不回去了，即便是回到原来的土地上。

回延陵的路上，齐威向妻子讲述了那女孩的事情。

林珊没问，也并不是真的想知道。也许以前想知道吧，可如今，在新安住过之后，她不想过问了。只是她也不好叫齐威别说了。

就这样，在延陵城西的驿馆，在饭桌上，她才知道，自己误会丈夫了。

那女孩才七岁。齐威当初是把她从汉金最好的妓院里赎出来的。齐威见到她那天早些时候，那姑娘还缠了足，准备迎合如今对女人审美的新风韵，幸好还没伤到骨头。

那天晚上，齐威和几个朋友去妓院，一边听曲，一边喝酒吃鱼羹——齐威讲故事时一向不会漏掉这类细节。透过帷帐，他看见那孩子沿着走廊蹒跚地走过来，还听见她在抽泣。

第二天一早，他就把那女孩买了下来。把她送往自家在延陵的一栋宅子里——齐威常年在外，宗正寺准许齐家在那里置办一处房产。齐威一直花钱雇人抚养、照料她。她的脚没事。她叫丽珍。

林珊在餐桌前哭了。"为什么要送去延陵？干吗不带她回家？干吗不告诉我？你这……你做得对呀。"

丈夫坐在桌旁，垂着眼睛。他忐忑地说："她挺招人喜欢，也很怕人。她……珊儿，她跟你不一样，过不了你的生活，也没法像你一样读书。和你一样，太难了，除非能跟你一样坚强。"

像她一样坚强。

林珊还在哭。所以说，他的辩解并不全对。她心想。不过，有一点他说对了……太难了。

"你本来以为，要是把她带回家，我会硬说她……"

林珊擦擦眼睛，看见丈夫点点头。她字斟句酌地说："我听过一些传言，还听说她缠足。我以为你纳了个小妾，还缠着脚。"

丈夫一脸厌恶地说："怎么可能！她才七岁呀珊儿！"

"我不知道啊，"话虽如此，可林珊毕竟是林珊，"那她要不是七岁，是十五岁呢？"

齐威坚决地摇摇头。"绝不可能。这东西再怎么风行，我也不会欣赏。"

"真好。"林珊说，"你能……你能带我去见她吗？"

齐威点点头，又一犹豫，说："你以为我在延陵金屋藏娇？"

齐威是个聪明人。也许拙于待人接物，性情也有些古怪，但的确很聪明。

"是。对不起。其实如果你愿意，随时都可以纳妾。我只是没想过你想要个侧室。你从来都没说过这些。"

"我不想纳妾。"

他似乎还有话要说，却终究没再开口。林珊也不追问。今晚已经知道得够多了。

又过了两晚，在延陵的宅子里，林珊见过了那个女孩，那孩子长得清秀，却十分怯生。林珊独自躺在自己卧房的床上，听着隔壁传来行房的声音。

那欲言又止的事情，他就这样告诉她了。不过这天下午一进院子,林珊就已经全都明白了。

　　隔着墙,她听见齐威那沉静的声音。然后是另一个人的,比齐威的低沉——是这栋宅子的高个子管家。他叫寇尧,一双大眼,手指纤长。

　　夜幕之下,许多事情,反而更清楚了。

　　第二天上午,她由人护送着继续向东,她眼睛清亮,头脑清明。丈夫还要在延陵逗留几天。很快他就会带着新发现赶上来。

　　林珊在想,昨晚他这样做,究竟是出于胆小,还是因为思虑周全。

　　说他是胆小,因为他不敢当面告诉她、向她解释。若说是想得周全,那既是因为男人的事情根本不需要对妻子解释,也是因为当林珊需要想清楚他们过的是什么日子、以后将走向何方时,丈夫给了她独处的空间。林珊心想,也许这两者兼而有之吧。

　　那女孩将一直留在延陵。宗室诸宅里的生活混乱、充满争斗,这就意味着像她这样羞怯的,又来自青楼(藏也藏不住,很快就会尽人皆知)的姑娘没法在那里生活。

　　这天早上,没有旁人,她和齐威谈了昨晚的事情。林珊的态度算不上恭顺。齐威也没想过她会态度恭顺。

　　"我已经全都明白了。谢谢。可是我还有话要说。"

　　"说吧。"丈夫说。他的脸涨得通红,却还是迎上了她的目光。

　　"这宅子里还住了个孩子。你有责任教她养她。阿威,你要谨慎一点。哪怕是说,这意味着你必须安排……管家住到别处。"

　　"寇尧。"他说。不过到最后,他还是点了点头。"明白。"他把头歪向一边,一个习惯动作,"谢谢。"

　　"谢谢。"她回答。

　　之后,她终于到家了。见到了父亲,还抱了抱他。有她一封信,家里的人力把它送到林珊房间。

　　是任待燕写的。他已经走了。朝中出了些事,然后他的官职一下子晋升一大截。他要去接收新的部队了。他的军队,五万人。太监邹童死了。看起来,奇台明年春天就要开战了。众所周知,春天正是交战的季节。

她读着他写的信。"朝会当天发生了许多事情,夜里我想你,想你在身边,想听听你的看法。我越发清楚,以后都将如此无奈。可想着你,知道有你,聊以自慰。临行草草,字迹凌乱,还望见谅。"

林珊甩一甩头。他的字真好看。可她已经泪眼朦胧了。北方大战在即。他的背上有妖狐鬼怪烙上的官家手书。林珊是第一个看见那些字的人。在新安,在一间可以俯瞰庭院和枯泉的房间里。

林珊心想,这世上竟有这等奇事,真是闻所未闻,不可思议。她擦干眼泪,下楼去见父亲。她深爱着父亲,父亲也爱着她,毫无保留,毫不含糊。

整个秋冬两季,朝廷都在制订计划。原则已经确定了,铺兵纷纷从汉金出发,又在风雨之中返回。新年前夕不久,第一场雪落下来了。"艮岳"里静谧而美丽。

在帝国西北,有一支军队正秣马厉兵,努力将自己磨成一把快刀。奇台新差遣的都统制一路晋升实在太快,让人气结,因此颇有点不受同侪军官们待见。不过看得出来,他麾下的士兵却并不这么想。

过一段时间,这位都统制节下将士正变得军容肃整、纪律严明,引人瞩目。南方有山贼造反,声势日隆,如今已经在淮水两岸蔓延开来。都统制任待燕亲率四万兵马南下平叛。这次造反有诸多原因。百姓经年累月为"花石纲"所苦;为了获取木材修造新的宫殿,森林被毁得厉害;收获季节,税赋一再提高。

税赋当然要涨。快要打仗了,谁都知道。

据说讨贼期间,任都统制曾以一刀一弓,亲自上阵杀敌。他会用弓!他的部队在山林水泽中作战。其他将领听说这些,都讥笑他说:考虑到此人的出身,派他去烂泥塘子里打仗真是再合适不过了。

禁军中的其他将领都觉得,任都统制这样身先士卒上阵搏杀,实在是不成体统,让人费解,而且开了个不好的先例。

山贼的叛乱很快就被镇压下去。有许多不乏夸大其词的故事传出来,讲述官军作战时,如何在人迹罕至的不利战场上出奇制胜。

叛军头领都被处决了,不过据说被砍头的仅仅是几个头领。大约有一万叛军似乎被这个都统制收编到自己军中。这也让人感到费解。这些叛军随他北上,去了延陵以北的地方。

他们去得太晚了,没赶上春季攻取萧虏南京的战斗。

当后人回顾这个时代的时候,他们会认识到,淮水两岸的造反,以及朝廷不得不派兵平叛,这两件事有着极其深远的影响。

是年早冬,四个阿尔泰骑兵由都统的弟弟带队,轻易穿过萧虏的防线,来到汉金。

考虑到他们只是些番子,给他们的款待已经算是相当优厚了。这些野蛮人根本不懂朝廷礼节,没有规矩,而且据说,给他们送去女人,他们也不知道怜香惜玉。太宰寇赈的打算是,奇台大军将如阿尔泰人所愿,进攻萧虏,攻取南京——但是不会如阿尔泰人所愿,把南京交给他们。他才不会拿南京城换四五个州。

跟奇台不能这样打交道。奇台才不会任由这些骑马的番子指使,尤其是不会听东北的部落民。奇台再慷慨,也有个限度。

都统的弟弟——名叫白骥——没有受到官家的召见。这种事情根本不合规矩。阿尔泰使团和寇赈见过一面,还是在为了吓住他们而举行的典礼上。他们被人引领着,从几百位官员中间穿过,来到太宰面前。

而都统的弟弟面色如常,经由通事翻译,他问,靠近御花园的城墙北壁已破损不堪,为什么不善加修葺。太宰没有作答,只是用卓夫子的话搪塞过去。他还送给阿尔泰人丝绸瓷器,作为赠礼。

等阿尔泰人起程返回北方,太宰下令,于是负责维护城墙的官员,和他的几个重要幕僚一起掉了脑袋。他们的脑袋被钉在一座城门上。城墙则被修好。

毫不奇怪,城里的气氛紧张起来,既有兴奋,也有担忧。等南方平叛的消息传来,城里又有了稍许轻松。淮水距离京师很近,近得让人不舒坦,而当初叛军声势也十分壮大。

因为平叛有功,官家赏赐给太宰一幅工笔画,那是官家的御笔,画的是黄鹂和梅花。

这年冬天下雪了，这在汉金很平常。孩童在雪中嬉戏玩耍。官家最喜欢的燕雀被众黄门收集起来，挪进一间热烘烘的大房子里。这房子刚刚建成，靡费甚巨，在这间房子里，燕雀可以在枝头和草丛间自由飞翔，直到寒冬结束。

官家还主持了规模盛大的新年大典。大典上还第一次演奏了为典礼特意创作的乐曲，那乐曲的音阶高低恰与官家左手的手指长度相合。新年大典上还照例少不得放烟火。整整三个夜晚，汉金城竟夜狂欢。

上元灯节前夕，天又下雪了。红灯映着白雪，红龙上下翻舞，当红红绿绿的焰火再一次点燃时，一轮圆月升起，映照着奇台，也映照着整个天下。

到了寒食节这天，人们祭扫亲人，官家则已经离开京师，长途跋涉，去祭拜先皇。他无比虔敬地在先皇墓前伏身跪拜。即将开始的战争被描述成一种孝举。谁都知道，文宗的父皇生前一直为奇台的破碎山河哀叹不已。

春天来了。

有时只是一件出人意料的小事，就会引出大的变局；又有时，许多细枝末节——这些枝节单独来看，都无关紧要——拼凑在一起，却能让天地为之剧变——就像村里集市上，几个钱就能买到的，木盒子装的拼图块一样。

第四部

第二十章

起风了。他一直在等风起。天快亮了,也就是说,就要开战了。

赵子骥心想,平定叛乱是一回事——毕竟叛军组织毫无章法,武器装备也很糟糕,何况他和任待燕对山林水泽也十分了解。可是坚守阵线、迎战阿尔泰骑兵却是另一回事了。阿尔泰人如今是侵略者,而不再是进兵萧房的盟友了。

刚过去的春夏两季里,发生了一连串的大灾难。

军队在旷野之中列阵——对奇台禁军殊为不利,却是草原骑兵的理想战场。此前阿尔泰军扑向这里以西的戍泉,而那里的禁军尽管占据着金河防线,却还是一触即溃,被迫从金河一带撤回来。

戍泉失守,意味着如果任待燕继续以金河为屏障留在北方,这支部队将难逃被围歼的命运。到那时,阿尔泰兵锋将直指无力防守的延陵。

当初铺兵带来戍泉失守的消息,任待燕听过后破口大骂(平日里,这却是赵子骥的风范)——之后就命令麾下六万大军拔寨南归。

戍泉守军有七万五千人之众,兵员数量远多于番子,何况番族进犯之前必先要渡过金河……结果怎么这么快就失守了呢?

赵子骥知道其中一个原因——实际上是两个。其一是守军将官无能得令人发指。有个将领本来只想挨到今年夏天,到时就可以解甲归田了,他和麾下兵将根本没有为迎接入侵做好准备。据说,他那会儿正忙着在淮水南岸置办大片田产呢。

另一个原因,则是恐惧——面对可怕的草原骑兵时出于本能的恐惧。如果背后一片空旷,士卒就会忍不住想脱离战阵往回跑。

赵子骥不愿去想戍泉此刻正在发生的事情。阿尔泰人每次攻下城邑,都会在城中大肆烧杀掳掠。他们就是以此制造恐慌。恐慌是一种武器。

现在，禁军位于从金河撤往延陵的中途，距离延陵还有一半路程，他们要在这里挫一挫阿尔泰人的锐气，守卫延陵。而从这里往东，就是京师北面的平原……唉，那边的情况还不清楚，可是想想那里的守城将领……就算有了消息，想来也不会乐观。

叫天骂娘也没用。非议官家和朝中大臣又是欺君叛国之罪，而且于事无补。眼下处境就是这样。赵子骥心想，史家们倒可以争论奇台何以至此。毫无疑问，案几之上，一定不乏激烈的言辞，一定充斥着各种观点的交锋。赵子骥杀意骤起——等会儿，就能大开杀戒了。他也可能会死在这里。

东方泛起了鱼肚白，不仅如此，半天的星星也都隐去了。赵子骥眯着眼睛，向前眺望。阿尔泰人在等天亮，白天骑马可以更快一些。

任待燕已经竭尽所能了。军阵两翼有矮丘掩护，矮丘绵延到阵后，一直连上身后的高山。在山坡上，任待燕已经布下了最得力的弓手，保护弓手的则是使用一队使双刀的士兵。这双刀是任待燕去年夏天亲自设计的新武器，一旦掌握了用法，便能起到奇效。交战时，刀手压低身子，专门砍马前蹄，坐骑一倒，马背上的骑兵必定无生还之理。

当初任待燕一再念叨这些话，还要求军中指挥五十人的队将以上所有军官都背诵下来，并且不断演习战法。不过，今早是要见真章了。在营中演练，或者是凭河坚守——心里清楚敌人必须冒着箭雨渡河——是一回事；可是在旷野里，在晨光中静等敌人骑兵出现，这又是另一回事了。

任待燕指挥左翼，赵子骥指挥右翼。两人都下马步战，把马留在阵后，由人照料。跟草原民族比拼骑兵根本是以卵击石。

弓手就在他们身后。任待燕刚当上都统制，就开始招募、训练弓手。军人素来为世人所鄙夷，而弓手更是为军中将士所不齿。任待燕说这等偏见实属愚蠢。赵子骥想的是，愚蠢的事多着呢。

他又朝东看了看。看得到些微光亮了。远方地平线上飘着几朵云彩，真漂亮。太阳出来了。他听见了马蹄声，世界仿佛就此终结。

奇台太宰心里清楚，自己精明机敏，老练世故，不论从哪方面看都不算糊涂。奇台官僚系统错综复杂，他身在其中，能够身居高位，位极人臣，这足以说明一切问题了。

于是，这天深夜，他在汉金，躺在床上辗转难眠，绞尽脑汁回顾着一桩桩一件件往事，思索他们是如何陷入如今这般境地的。大量百姓正在逃离汉金城。他们抛家弃业，只把能肩挑背扛、装车带走的东西带走。城门还开着，但很快就会关上了。老百姓也都知道。

其他人——目前大部分都是太学生——则在乱作一团的大街上，大肆叫嚣要清君侧，要杀掉寇赈和另外几位大臣。要杀掉他们！

官家也吓坏了。文宗皇帝寸步不离后宫，这两天连御花园都不去了，不过今年秋天又湿又冷，不去也不奇怪。

怎么会落得这般田地？你先是经过深思熟虑，又和列位大臣一起商讨（商讨是一层保护），做出一个看起来十分明智的决定。这之后，你又会想到，甚至不得不做出第二个决定。再之后，第三个决定又接踵而来，就像是舞者随着音乐而起的舞步。然后，到了今年夏末，你提出几项带有风险的主张，可在当时看来，这点风险尚可控制，何况这些主张也正合官家收复故州的心愿。

皇帝想要什么，做臣子的就该尽心操持，不是吗？

于是开始会盟，开出苛刻的条件，为的是满足官家的心愿。在过去，这些条件并不过分吧？尤其不能忘了，奇台有着悠久而灿烂的历史，阿尔泰呢，不过是野性未驯、蒙昧无知的东北部落民。

只是，如果当初态度温和一点，索取土地稍微少一点，或许会更明智。可话说回来，马后炮谁还不会呀？

于是，结果就这样了，秋夜凄凉，寇赈心中惶悚，辗转难眠。黎明时分，寇赈心想，不知现在有多晚，抑或说，有多早了？

他想念自己的妻子。他还想念邬童，虽然想念二者的原因不尽相同。太宰从床上坐起来，不过屋子太冷，他仍旧裹着被子，他意识到，想念他们，其实也有些相同的原因。

寇赈家里有女人，肉体上的需求多少可以满足。可他的两个妻子和那个长久以来的盟友一向善于倾听他的想法，一边听，一边还会把他们自己的聪明才智融入其中。

一个妻子自杀了，另一个则被他杀了；邬童拔了棵树，结果丢了脑袋。这件事，那老瞎子不说根本不会有人知道。到哪儿都有个老不死的。到哪儿都有碍事的人。

尽管寇赈贵为奇台宰相，可今晚总是忍不住自怨自艾。黑暗，孤独，现在是天亮前最惨淡的时刻。就是这样，他尽心竭力，满足官家和社稷的需要，却始终孤身一人，没有知己，无助地在这月黑的夜里辗转到天明。阿尔泰大兵压境，如瘟疫一般，跨过坍圮的长城，渡过河流，踏过草地与农田，扑向汉金。黑夜的骑兵。

戍泉的守军丢盔弃甲，落荒而逃。这么快！这个让人心寒的消息是书鸽传书送来的，今天早上才收到。守御延陵的禁军眼下处境不妙，极有可能被围而歼之。寇赈一向不喜欢统领这支禁军的都统制，不知道他会如何应对这个局势——或者说，不知道他能不能应对。太宰不是武夫，他也从不假装自己是。

还有汉金以北，拱卫京师、官家和一百多万黎民百姓的禁军，也是去年春天攻打南京而不克的那支禁军。当时萧虏帝国群龙无首，南京城孤立无援，结果奇台却落得个大败而归，正是这场战败，引出后来这一连串的变故。寇赈想，就像一块巨石从山上滚落，速度越来越快。

他至今都无法理解，这一仗怎么就败了。九万大军！难道连一个能打仗的都没有了吗？

就在那次战败之后，同年初夏，阿尔泰人派出一支规模小得多的军队骑马南下，一天清早，伴着日出出现在南京城门口。据报是这样的。

阿尔泰人的到来吓坏了城内居民，太阳还没落山，南京就开门投降了。阿尔泰兵不血刃就赢了！而在那之前，萧虏人两度出击，（据报）轻而易举地击溃了奇台禁军，两相对比，真是奇耻大辱！

在黑暗中，寇赈心酸地想，都怪那些无能的军官。透过窗户，东边仿佛透进来一丝亮光（天才刚亮，他这样想，却对这次打仗毫无期待）。奇台禁军是怎么了？

他知道原因，却努力不在这个问题上多做停留。这个问题涉及太多个层面。如今数落这些已经悔之晚矣。他太冷了，他害怕了。

寇赈想，要是邬童在这儿，一定能对付北方的局面。不过这样想大概也只是自欺欺人。邬童很会对付奇台境内爆发的动荡，他能平定农民叛乱，将叛军尽数枭首示众，以此警告各地乡民。然而，在对阵番族时，他却连一场真正的胜仗都没打过。厄里噶亚吃了败仗，而且说真的，厄里噶亚兵败如此，也有诸多原因。

而今晚，这支禁军就站在这星空之下，站在京师和这场大灾祸之间。率领这支禁军的是三个统制，当初兵败南京城下，他们（理所当然地）跑得比谁都快，于是留了一条命在。阿尔泰的都元帅完颜正亲自率领东路军，也许很快就会兵临奇台京师。寇赈突然想道，自己会被后世史家写成什么样子？

如果他们运气好的话——如果运气好得不得了的话——番子或许只满足于索取一些财宝：金银珠宝，玉石丝绢，当然还会将奇台百姓掳去北方为奴。番子的胃口，税赋和强征应该就能满足。只要有足够的时间，奇台还是可以重建起来。

可要是阿尔泰此来不只想要这些……要是他们不光是为了大肆劫掠，不光是为了教训奇台漫天要价的倨傲，那么奇台或许真将万劫不复了。

他看看窗户，青灰变成了鱼肚白。天亮了。

任待燕知道，自己其实不必站在阵前。从第三王朝起，主将就不必在野战当中身先士卒了，而在当年……在传说里，那时可谓英雄遍地，豪杰辈出，不是吗？

任待燕自忖不能与那些英雄比肩。此刻他只当自己想要拼命活下来，并且守住这片土地。还要尽可能多地杀伤敌兵——和他们的战马。人马嘶鸣当中，他一边劈刺，一边躲闪，一边还听见自己咒骂个不停。肚破肠流的气味让人作呕。

阿尔泰人向他们冲来，他们骑在马上，居高临下，但并没有突破阵线。任待燕想要检查战况，看看赵子骥指挥的右翼守得怎样，评估两翼高地上的弓手情形如何，但他根本没空后退。一匹马龇着牙，浑身是汗地冲了上来。任待燕朝右一闪身，单膝点地，就近一刀劈中一条马前腿。带着弧度的刀刃吃进肉里，人马嘶鸣的战场上又添了一声惨叫。那畜生一个踉跄跌倒在地,马背上的骑兵原本身子左倾正要挥刀斩向任待燕,却翻过马脖子,一头栽向前方。

他栽倒在地,任待燕看见他脖子折了,不过战场上一片嘈杂,遮盖了脖子折断的声响。用不着补刀了。任待燕见过太多脖子折断的情形。

他切开战马的喉咙,杀死它。必须这样。任待燕飞快地站起身来,眼前暂时没有敌人,空出一片白地。他喘着粗气,一把擦去脸上的血迹,看看左右。护臂滑不溜丢,整个战场都泡在人的肚肠和血水里,滑不溜丢。

两军前锋已经不分彼此,缠斗在一起,所以阵后的弓手必须小心。奇台步军站定脚跟,弓手必须瞄准阿尔泰后军,向遭到奇台步军阻滞的阿尔泰骑兵射击。

任待燕身在低处,周围全是敌双方的士兵,和垂死挣扎的战马。从这个位置根本什么都看不清,而且受伤倒地的战马还会奋蹄挣扎,一不小心就会被它踢伤甚至踢死——所以必须杀掉伤马。

任待燕心想,战场之上,没什么能比运气更要紧。生死关头,最能看出人的命运几何。两军对阵就是这样的关头。两国交兵,或许也是。任待燕军中的斩马刀就是一个例子。这刀是任待燕去年设计的,当真有效。尽管战场上尸臭熏天,但还是可以得意一下吧?

斩马刀加长了刀柄,可以双手持握。待敌人骑兵冲过来时向右闪身,把敌人让到一个非常别扭的位置上,使之不能顺利地俯身劈砍;这时砍向战马,骑兵一跌下来就立刻杀死他,然后杀死战马,免得它乱蹬蹄子。这套战法既难看又血腥。要杀死这么漂亮的畜生,实在是浪费,任待燕看着就心疼。可是马背上驮的是草原骑兵,这些人想要灭掉奇台。

非常时期,就只能用非常手段。任待燕忽然想起母亲。母亲待在远方,安全无虞。紧接着他又想起珊儿,她的处境可不安全。

他又抹了把脸。不知道什么时候,前额受伤了。眼睛里进了血,他不得不经常要擦一下。任待燕想象得出自己现在是什么模样。他想,正好,这下样子更骇人了。

一片阴影从头顶飞过。任待燕抬头看看,是箭,一波跟着一波,遮天蔽日，划过道道弧线向北飞去。阵后和两厢都安排有弓手，训练有素，箭无虚发。正是因着这一年多的训练，战争已不再是听天由命的事情了。

敌人的骑兵也有弓箭，但他们只会在近距离格斗时射箭，而不会撒下漫天箭雨。番子们从来都是骑在马背上四处征伐，才不会考虑在后方留有步军弓手——步军弓手哪里跟得上行军？——他们是全天下最优秀的骑手，在草原上纵横驰骋，几乎无往而不利。在他们面前，任何步军、弓手，以及实力弱于他们的骑兵，都只有丢盔弃甲、惨遭屠戮的下场。

这样的惨败也可能出现在这里。在他右边，太阳渐渐升起。战场上仍旧胜负难分。任待燕只知道，奇台军仍旧没有退却。他仍然站在交战之初的位置上，和左右兄弟并肩战斗。面前还是一片空场。任待燕把斩马刀往地上一插，抽出弓来。这是他童年的武器，也是山贼用的武器。

他开始射箭了。开弓、放箭、开弓、放箭，箭矢连珠飞出。任待燕射术高强，颇有盛名。他瞄向哪里，哪里就有阿尔泰骑兵落马。他只瞄向敌人的头脸——箭矢射中眼睛、飞进嘴巴，又从脑后穿出，死相极为恐怖。

有两个骑兵见状，掉转马头向他冲来。结果都有来无回。任待燕一边不停地大声呵斥，一边时不时擦去流进右眼的鲜血。现在，左右的弟兄也开始搭弓射箭。在他的训练下，士兵磨砺射术也有一年多了。军队是练出来的。

任待燕原以为奇台禁军才是进攻的一方。他原以为今年夏天他们会攻入萧虏境内，到金河以北作战。这是他长久以来的光荣梦想。

然而，他们此刻却在为守卫延陵拼死血战，既不知道西边局势有何变化——另一支奇台禁军在那里已经溃不成军了——也得不到京师方面的任何消息。想这些没用。这些情况他根本无能为力。当务之急是拼力死战，击溃敌人，将他们打回去。尽可能多地消灭他们。剩下的，该来的终归要来。

任待燕这样亲自在阵前杀敌，会出现两方面情况：身先士卒，士兵们会看见你同他们并肩作战，听见你的怒吼，也能看见你挥舞战刀、开弓射箭。他们会紧跟在你身后。如果长官亲上战阵,而非随时准备转身逃跑,士兵作战时会更加勇猛。可另一方面,将领一旦身陷战阵,就没办法总览战场变化,也就无法随机应变、调整战阵了。

任待燕事先在两边山脊上安排了四名亲信军官。他们以旗鼓为号,指挥全军。亲信之人未必都是精通兵法,不过话说回来,他自己又懂多少呢?这才是他打的第一仗——以前剿匪平叛算不得数。

很久以前,清早在城外小树林里挥舞竹剑、打败假想的蛮夷,这,也算不得数。

阿尔泰人已势成强弩之末了。意识到这一点的是赵子骥。右边山坡上的扈延,正以旗鼓为号,下令大军向前缓慢推进。扈延指挥谨慎,不容差池,战前他们还讨论过如何识破敌人的佯退。

赵子骥从没有这样疲惫过,不过他没有受伤。他挥舞着手臂,大声喝令麾下将士,开始向前推进。大军跨过倒地不起的战马和骑兵,赵子骥把沿途遇见的一切活物送上西天。

在他左边,他看见任待燕跟他一样,也带领部下前进。任待燕头上在流血。伤口需要处置。不过现在不行,他还站得住,还握着弓和战刀。

从军阵后方和两翼射出的箭矢,带着杀意,划过弧线,向远方延伸。现在赵子骥看到,阿尔泰人已经掉转马头——想要躲避那致人死命的箭雨。他们要撤了,真的要撤了。方才冲在最前头的敌军士兵,此刻在阿尔泰和奇台两军倒下的士兵尸体间艰难跋涉。血水浸泡着整个战场。箭矢一刻不停地落下,每一波袭来,都如浓云一般,遮天蔽日,箭雨一波又一波飞过天空,竟让天空也随之忽明忽暗。赵子骥惊奇地发现,太阳已然爬得很高了。

在他前头,阿尔泰军正在穿过整片广阔的战场逃窜。赵子骥想,这可是开天辟地头一遭。不论是在东北对付其他部落,还是席卷萧房,抑或是入侵奇台,阿尔泰人还不曾吃过这样的败仗。真可以得意一番了,但是不可忘形。这只是一场胜仗,从前两军交锋,奇台军每战必败,以后也有可能再尝败绩。

何况这一仗，也还没结束呢。

任待燕已经做好准备，推进到前方的开阔地去，不过他还在等信号。这时，战鼓擂动。右军的扈延和左军的疤脸丁波都知道接下来会发生什么。众将官昨晚还讨论过这些，大家都做好了准备。

鼓声铿锵，向他们传递着信号。任待燕看见，奇台军前方的阿尔泰人正踩着尸体择路奔逃。奇台军的速度太慢，不过步军虽不可能追上逃跑的马军，却可以伏击他们。

鼓点变了。任待燕一直在等待这一刻。

选做战场的开阔地两侧小山上突然也射出密集的箭雨，与此同时，战场两侧冒出更多的奇台步军，任待燕自己的一万马军也从形如屏障的山间冲了出来。整个早上，这支马军一直眼看着一波波阿尔泰军如浪潮汹涌，扑向奇台军本阵，伺机而动。

战前，对于如何调动山坡上的伏兵，任待燕和众将领做过两种设想。如果奇台军在草原民的冲击下呈现出颓势，战鼓将发出信号，让马军出击，而按兵不动的弓手将各自为战，向阿尔泰的骑兵群中央倾泻箭雨。如果运气好，战技过硬，这样做将有可能破坏敌人的推进步伐，吸引足够多的阿尔泰骑兵掉头回撤，好让步军稳住阵脚。

但是，如果奇台大军阵脚不乱，如果奇台军凭着刀剑和弓矢让敌人陷入混乱，如果战场上的步军完成了他们的任务，如果阿尔泰人转身逃窜，他们的进攻陷入颓势……这时任待燕的骑兵和第二波弓手将对敌人后撤的部队发起进攻。奇台骑兵将给敌人以迎头痛击，逼迫其停下脚步，好让任待燕和赵子骥指挥的步军追上来。奇台军将从三面合围，痛歼番子。

留作奇兵的弓手和步卒都是南方的叛军。当初对那些投至他麾下的叛军，任待燕都既往不咎，不仅如此，叛军当中不论是谁，只要会用弓箭，他还发给他们一份饷银。当初在淮水畔泥泞的土地上，任待燕对他们说："你们有火气，就朝真正的敌人撒。有血性，就打回北方去。"

任待燕看见，阿尔泰军一见初上战阵的奇台骑兵从两边冲过来，就立刻勒住马头。他看见敌人的转圜空间越来越小，而番子仍在纠结该往何处转移。他看见敌人在箭雨中不断倒地。他追上了距离自己最近的敌人。他们在重围之下已然不知所措。他带上弓,手起刀落,不断挥砍劈刺,浑身已被血水浸透。

这天,在延陵以北的一块平原上,都统制任待燕的大军歼敌数量如此之多,以至于以后几代人都没法在那里耕种、放牧。那里被人称作诅咒之地,也被人称为圣地,端看说话的人站在哪一边。那里也有鬼魂。

那年秋天,从早上一直到傍晚,奇台见证了一场许久不曾有过的胜利。这场胜利就发生在奇台人自己的土地上,他们同入侵者作战,尽管并没有将北方的边境推回原来的地方,但是所有人——不论是诗人、农民,还是将军、史家——都知道,在保卫自己的土地和家园时,人总会更加英勇地战斗拼杀。

这天的战斗将会在整个奇台传唱。这场战斗将载入史册,将成为一个人的一段传奇。然而,这场胜利却既无力决定,也不能影响这一年——乃至以后岁月——的历史进程。有时候就是这样。

延陵西面的新安,曾经是全世界的明珠,面对阿尔泰军兵锋所向,无力防守,终于沦陷。前往金河狙击敌人的奇台军,就像春暖花开时节山坡上的积雪一般,消融殆尽。

新安曾经陷落过。新安曾遭劫掠过。从历史上看,这一次沦陷算不上是最惨绝人寰的一次,但又的确十分惨烈。

在东面,京师以北,另一支奇台禁军将迎战阿尔泰军和他们的都元帅完颜。此战的结果毫无悬念。此战过后,通往汉金的将是一片坦途。

林珊的丈夫和父亲都打定主意,留在汉金。虽然各有各的理由,但两人都不肯离开。

林珊既生气,又茫然。愚蠢颟顸的是别人,难道自己有责任坦然接受之,乃至为之赴死——或是被掳作奴隶吗?非要就这样认命吗?丈夫和父亲都没有意识到,阿尔泰人一来,他们两个,一个员外郎,一个皇室宗子,就会成为番子的靶子吗?

人们已经知道汉金北边的战斗结果了。满城都在议论此事。在汉金城，这样的消息根本捂不住。

汉金城里人心惶惶。林珊心想，人心惶惶真是再正常不过的反应了。要是都这样了还满不在乎，那未免也太麻木了吧？难道指望上天干预吗？指望天降彗星，给入侵者毁灭性的一击？

也许，明智一点的做法，还是在柏树下讨论一下，忠孝之间应该作何取舍吧。

林珊心中的气愤不亚于恐惧。这场灾祸本非不可避免。正是肉食者的自大与无能，才招来这样的无妄之灾。林珊不想留下来。朝中大臣傲慢与胆怯作孽，并不意味着所有人——不论男女老幼——都要心平气和地接受它。

不过，实际上，如今城里没有谁能心平气和。每天早上，宫门口都聚集着许多人，其中大部分是太学生，并且一直待到天黑。他们大声疾呼，要求砍掉几位大臣的脑袋。尽管禁军士兵将他们挡在宫门之外，但人群至今没有散去。

据说，如今每时每刻都有大批百姓从四面八方逃离汉金。林珊站在阳台上，越过宗室诸宅的院墙，就能看见一部分逃难的百姓。他们当中大部分无疑都在向南走，不过一些有钱人却去往海边，希望能找到船带他们南下。

还有一些人似乎打算向西去延陵，那里有一支禁军（林珊知道那是谁的部队）歼灭了一支阿尔泰军，为奇台、为文明世界打了一场胜仗。

于是，帝国第二大市镇仍旧在坚守，有传闻说，那支禁军中的一部分正往这边赶来。然而，这支部队以步军为主，而南下的阿尔泰军都是骑兵部队。林珊心想，不知待燕会不会骑马赶来？——一定会的。不知等他来了又会怎样。

目前还没有关于新安城的确切消息。人们觉得——或者说是害怕——这座城里传来的一定不会是好消息。

他们仍有一战之力。城中有殿前侍卫，有大臣们的亲兵，还有驻扎京师的禁军部队，而且他们有巨大的城墙，但是奇台的野战部队似乎不可能赶在草原民之前来到京师。

既然如此，又何必留在城中？昨天夜里，父亲一边喝着茶，一边抬眼看看站在面前的林珊，坦率地回答道："珊儿，他们不会在这里止步的。他们会分出一部分人在汉金四周扫荡，出城逃难的人很有可能被杀，要么被捉走。有些人就算藏在田间树林里，躲过这一劫，冬天一到，也还是会冻饿而死。这种事情早有先例。那么多人涌进村野乡间，怎么可能喂饱那么多张嘴？"

林珊争辩道："要是汉金被围，这么多张嘴，在这里又如何喂得饱？"

"的确不容易。"父亲承认道。

有些仆人被派去集市，从此一去不回。毫无疑问，他们也逃跑了。有报告说，有人趁夜偷家里的食物。更有甚者，有时候偷东西的还是家中护卫。

父亲接着说："起码在这里，咱们有粮仓也有水井。朝廷在这城墙之内，就必须与番子交涉——只是不知北方人开价多少。我估计他们也不愿意围城。"

"爹爹真的知道这些，还是只是随口说说？"

父亲笑了。这笑容林珊一辈子都认得。只不过父亲脸上还带着倦容，他说："我大概是在什么地方读到过吧。"

北方人，父亲没有称他们是番子。不知从今年什么时间起，父亲就不再这么称呼他们了。林珊也不知道是为什么。

眼下是秋季，今日有风，清晨，林珊出门来找丈夫。齐威在家中庭院里，周围都是他从奇台各地搜罗来的柱基铜器之类，是他多年热情与艰辛劳动的成果。他穿得很暖和。她却没有。

"咱们干吗要留下？"林珊质问道。

齐威也在喝茶，用的是一只靛蓝色的精致瓷杯。他戴着手套，给出了一个大出林珊意料的回答。

齐威似乎对皇族宗子的名节和重要地位有了新的理解。他如此说道。说话时，他一如既往地态度谦和。齐威告诉林珊，他的父亲向他灌输了这样的观点：像如今这样的时刻，你必须从传统和礼俗中寻求帮助，要相信受命于天的陛下，要相信他的大臣。

"相信寇赈？"林珊喊道，声音里没有一点谦和。她就是没法不喊出来:"当初是他把爹爹发配到零洲,是他的夫人想要害死我,信他?"

"像这种时候,私人恩怨必须要放到一边,"齐威小声说道,他抿一口茶,"珊儿,眼下整个奇台都已大难临头。尽管我爹爹相信。"他继续道:"咱们交得起足够捐输,好叫那些番子心满意足。这之后,等番子把财宝运走,咱们就该上奏朝廷,要求问责了。他是这么说的。"

林珊仍旧怒气冲冲:"那延陵呢?那个姑娘,丽珍怎么办?还有管家呢?"

齐威迎上她的目光:"他叫寇尧。"

林珊点点头:"对。那么,寇尧怎么办?他们也留在那里听天由命吗?"

齐威比了个手势,尽量表现得轻松些:"我已经决定送他们去南方了,送到我母亲娘家去。这样才是万全之策。"

万全之策。林珊紧盯着齐威,忽然眼前一亮,明白了。她问:"你知道我怎么想吗?"

齐威努力挤出一丝微笑:"说说看?"

"我觉得,你其实是不愿意离开这些收藏。这才是你留下来的原因,它是我们留下来的原因。你不想丢下它。别人走掉是万全之策,那我们也是。"

齐威朝他的新收藏瞥了一眼,那是戎泉附近发现的兵马俑。那么古老,是奇台悠久历史的见证。

他耸耸肩,又一次努力做出轻松的模样,说:"我真的信不过让别人来照料这些东西。"

林珊的愤怒一下子消失了,取而代之的是哀怜。真奇怪,怒火退去得这么快。先是让你血气上涌难以自制,跟着又没了踪影。风很大,云彩飞快地飘过头顶,树叶沙沙作响。大雁正往南飞。林珊每天都见得到。

林珊安静地说:"阿威,你知道,就算公公说得没错,就算我们要给番子一大笔捐输,他们还是要抢走这些收藏,一件不剩。"

齐威眨了几下眼睛,看向一边。他看起来那么年轻。林珊意识到,每天夜晚,齐威脑海中都会看到这样的画面,真是一种折磨。
"我不能任由他们这样做。"她相公回答。

这天晚些时候,傍晚时分,林廓的女儿,齐威的妻子林珊,奉诏入宫。从今年夏天以来,她还一直没进过宫。

官家不在御花园。天冷了,夜风刮个不停。林珊换了一身蓝绿两色的褙子,戴着母亲留下的耳环。褙子很贴身,衣领高及脖颈,恭谨端庄,恰到好处。褙子外面还披了一件毛领披风。来接她入宫的人暗示她最好赶紧跟他们走,不过这些人总是这么说。林珊不慌不忙地换上衣服,理好头发。林珊已经嫁人,所以要把头发绾起来,不过发髻并非宫廷中流行的样式。

她可不是那种因为美貌才受到召见的女人。

殿前侍卫领着她穿过连接宗室诸宅与皇宫的长长的走廊。风吹得紧,一行人穿过一个又一个庭院。林珊把手缩进袖子里。她一边发抖,一边思索着词曲,官家一会儿要听。召她入宫就是这个原因。

林珊完全不知道官家此刻的所思所感。天子也会和寻常百姓一样恐惧害怕吗?宗室诸宅外面聚集的百姓,此刻在傍晚的寒风中蜂拥出城的百姓,官家也有和他们相同的感受吗?

文宗皇帝在一间林珊以前从未见过的房子里,这房间美得叫人心碎,细致精巧,又舒适宜人。檀木桌椅上雕着美丽的花纹,宽大的榻上放着金翠两色的丝质垫子,空气中还有一丝红木的香气。

桌上的红釉白瓷花瓶里插着花,即便已是深秋,这里仍然有鲜花。桌子有白绿两色,都是由象牙和汉白玉制成。房间里还有一条玉龙。屋里不光点着灯,还有烧着三个火炉,用来取暖和照明。架上放着书籍画卷,书桌上摆着文房四宝。林珊看见桌上的纸是质感细腻的白绢。房间里还有六个黄门和六名殿前侍卫。一张靠墙放置的长桌上摆着吃食,还有茶和温酒。林珊心想,这或许是全天下最美的房间了。她心里一阵难过。

这个房间比官家平时接见大臣的房间小一些,显然,这间屋子是供官家享受他那些私人爱好的地方。墙上挂着官家的画,有黄莺,有翠竹,有桃花,这些花描绘得如此精细,让人感觉仿佛风一吹进这间屋子里，那花瓣也会随之颤抖。每一幅画上都题着诗句，皆是官家亲笔所题。奇台皇帝堪称书画领域的巨匠。

而官家的市镇，官家的帝国，正遭受着草原铁蹄的蹂躏，那些番子带着刀弓剑矢，饥肠辘辘，怒气冲冲，四处搜寻着软弱的猎物。对这些人来说，这个房间，它的历史，它的意义简直不值一提，或者说，根本不值一提。

对他们来说，一幅花鸟画，画工再精致又如何？抑或是说，画上题的岑杜诗句，"瘦金体"千金不易，又算得上什么呢？

没了这一切，到底是怎样的损失？林珊心想。她感觉稍不留神，自己就会哭出来。

官家穿了一件简单的金红两色长袍，外面套一件罩袍，头戴黑色幞头。他坐在一张宽椅子上，眼睛下面有眼袋。官家还不到五十岁。

官家的两个儿子侍立在侧，其中之一是太子知祖，另一位——官家的妃嫔众多，皇子帝姬也不在少数——林珊也想不起那是哪一位。

知祖看起来非常生气，他的弟弟则一脸惊恐。

官家却默不作声，看起来若有所思。林珊四下寻找太宰寇赈的身影。她视寇赈为自己的仇敌——尽管对寇赈来说，林珊根本微不足道。他不在这儿。这里不是奏议国是的地方。

官家看着她施过一礼。林珊坐直身子，两手放在膝上。大理石地板上嵌着玉雕龙凤图案，官家坐椅旁边的圆几上也装饰着小块玉石。他端起一只黄色瓷杯，喝了口茶，又把茶杯放下。他说："齐夫人，这里有琵琶。你可愿意唱一阕词？夜里寒凉，乐曲最暖人心。"老说辞了。

"陛下，宫中有比臣妾更高明的伶人，陛下何不叫他们……？"

"朕想听你唱，朕想听你的词。今晚朕不想见伶人。"

那我又算什么？林珊心想。不过她明白。林珊是诗人，是词人，而非优伶。何况官家想听的是她的词，而不是别人精妙的唱腔。

有时候林珊会想，拥有那么精妙的唱腔，究竟是什么感觉？

唱哪首词呢？这个问题一向需要认真思索。秋夜寒凉，奇台大军一败涂地，阿尔泰人正一路南下，汉金城内一片恐慌，该唱哪首词呢？

林珊心里沉重，感觉有些力不从心。

官家正看着她。他一只胳膊肘倚在高高的扶手上。官家是个身量颀长，风度翩翩的男子——恰如他的书法造诣。他说："齐夫人，不必想什么应景的词句。只管唱就好。"

林珊又拜了一拜，头触到大理石地面上。有时候真是太容易忘记官家有多睿智了。

一个黄门为她捧来一把琵琶。琵琶上绘着两只仙鹤翩翩飞舞。一块木头被丢进炉子里，升起一团火星。那个年轻的皇子飞快地朝炉子瞥了一眼，像是被吓了一跳。这下，林珊认出他了。他叫知祯，别人出于喜爱，都叫他祯亲王，很久以前一位英雄的名字。他是八皇子还是九皇子来着，林珊记不清了。林珊心想，他看起来可不像是有什么英雄气概的。

不必想什么应景词句。

这怎么可能？林珊心里这样想，却没有这样说。她道："陛下，臣妾要唱的，是一阕《浣溪沙》。"

"你可真喜欢这个调式。"官家说着，脸上露出一丝微笑。

"陛下，这个调式大家都喜欢。"林珊调一调琴弦，清清喉咙：

庭院古钟傍清泉，悲风乍起雁飞南，翩翩叶陨入幽潭。
明月屋头星河暗，云积雾雨失远山，萧萧木落不回还。

一曲终了，屋子里一片寂静。两位皇子都盯着她。

好奇怪。林珊心想。

"夫人愿意的话，还请再唱一曲。"奇台的皇帝说，"不要唱秋天，不要唱落叶，也不要唱朕。"

林珊眨眨眼。她又唱错了？她一边想，手指一边拨着琵琶弦。她没那么睿智，能猜到官家需要听什么曲子。圣意难测，她又怎么能猜得透？

林珊说："陛下，臣妾再唱一阕《满庭芳》，也是大家都喜欢的曲子。"尽管这个词牌需要比林珊的嗓音更广的音域,但她还是唱起来。跟着,她唱了一首咏牡丹的词。

唱过之后,官家又沉默了一阵子,说:"唱得好。"他对着林珊看了好一阵子,又说:"请夫人替朕向林廊员外致意,回去吧。音乐里像是有好几层哀怨,不只是为夫人,也为朕。"

林珊说:"陛下恕罪,臣妾——"

官家摇摇头。"夫人休要自责。今秋这般光景,谁还唱得出翩翩起舞,唱得出把酒言欢?齐夫人没有做错什么,朕,谢谢你。"

一个黄门走过来,收走琵琶。林珊由人护送着,沿原路返回家里。一路上经过一座座庭院,天更冷了。月亮升起来了,照在他们前头,也照在她的词里。

父亲正在家里等她,脸上写满了担忧,见她走进屋里,又一脸释然。

晚些时候,这天夜里,有消息传进宗室诸宅:奇台皇帝在悲伤与羞愧之中,退位了。

他把皇位传给了儿子知祖,希望阿尔泰人能将他的逊位视作一种姿态,表示自己为之前与之交涉时的傲慢感到追悔不已。

萧萧木落不回还。林珊心想。

又晚些时候,月亮西垂,阳台上传来一声脚步声,门朝外打开,风吹树叶的声音传进屋里,任待燕来了。

林珊从床上坐起身来,心怦怦直跳。她怎么居然猜到会是他?这是怎么回事?

"恐怕这都快成习惯了。"任待燕说着,轻轻把门关上,却在门口停下脚步。

"能来太好了。"林珊说,"听说了没?皇帝逊位了。"

任待燕点点头。

"抱着我。"她说。

"嗯。"他说。

很多天后,东坡收到了一封信。他们给了铺兵赏钱,安排他吃饭睡觉。明早他还要赶往杉槿,给别的官员送信。

这封信的收信人不是诗人,而是诗人的弟弟。出使阿尔泰回来以后,卢超的流放生涯就结束了。尽管他婉拒了朝廷对他的委派,但还是得到了一大笔赏钱,并且在朝中又有朋友了。他现在可以和他交往了。

这封信先是告诉卢超,以后书信往来将益发困难,甚至通信中断,写信人为此深表歉意。阿尔泰人应该很快就会过来,汉金将会遭到围攻。接下来的局势会如何发展,谁也说不清楚。无数百姓已经逃离京师,在村野之间逡巡,想要找一片安身之所。新安已经沦陷。战报内容相当血腥。延陵还在坚持。

然后这封信说起了新旧官家。老皇帝已经退位,新登基的是他的儿子。

卢超去找哥哥。

卢琛在书房里,炉火烧得正旺。他从桌前抬起头来,看见弟弟的表情。读过信,卢琛哭了起来。卢超不知道自己为什么没有这样。他望向窗外,窗外有树——有些已经掉光了树叶,有些四季常青,有大门和院墙。有太阳,有云彩。太阳一如往常,云彩一如往日。

之后,兄弟俩把妻子、儿女和下人都叫过来,告诉他们刚刚收到的消息。卢马自从北上归来,已经变了许多,更加自信,也学会思考更多问题。他问:"父亲,叔叔,时局如此,究竟该怪谁?"

兄弟俩对望一眼,他的父亲——尽管泪水已经干了,心情却仍未平复——答道:"要追溯起来,就太久远啦。还是怪天意吧。"

"不该怪太宰吗?"卢马问。

众人一阵沉默。

"也许吧。"父亲说,声音依旧平静。

"不该怪官家?"

后母和几位堂兄弟吓得一阵低语。

"也许吧。"叔叔说。

第二十一章

阿尔泰的都元帅完颜,有时候会忍不住生出一个不安的念头:弟弟似乎比自己更能干。或者说,更加凶悍,在他们的世界里,这其实是一个意思。

过去一年里,或者说再往前追溯——从那晚偷袭叶尼部、闯入这片天下至今,一切都变化得太快了,快得让完颜和可汗颜颇喘不过气来。

可他弟弟适应起来却毫无困难。

可汗一直拒绝考虑登基称帝,直到被白骥说服。颜颇一直为放弃部落传统闷闷不乐。朝廷,大臣,带墙的房子,带墙的市镇?收取税赋,从攻克的州府中提拔官员,让他们打理粮仓,监督修造,就跟他们在萧虏治下做的一样?这一切并不能取悦颜颇。

完颜明白这种感受。草原上可不是这样做事的。而且,现在回想起来,虽然当初黑水江畔的故乡生活非常艰苦,活命都殊为不易,可那种艰苦所有人都能理解,而且他们的父辈、祖父辈也同样能够理解。

那样的生活能让男人更加坚强。他们一向为那些值得骄傲的事情而骄傲。在完颜看来,住在房子里——管他有多大,四面都是墙——管他有多高,都没有丝毫吸引力。而且完颜也从来都不曾体会过,当上皇帝,或者被皇帝任命为都元帅,随之而来的会有怎样的荣华富贵。

女人,不错,可他从来都不缺少女人。想要女人,在部落里就得凭胆识,在部落之外就要靠刀剑;而不是躺在一堆垫子里,喝着马奶酒(或者是奇台人那毒死人的米酒),叫别人把女人带过来。

完颜喜欢打仗。他喜欢骑着马在草原上飞驰,喜欢看见当阿尔泰人在漫长的地平线上出现时，其他人眼中的恐惧。这才是男人赢得女人——和他自己的荣耀的方式。他喜欢在满天繁星的夜晚，听狂风呼啸，听旷野的狼嗥。他于弓马刀术都很有天赋，也很会领兵打仗。

尽管中京如今已经落入他们手中，他并不真的想住在萧虏的中京。可汗也不想。

话说回来，如果真如弟弟私下所言，过了多久，可汗——如今已是皇帝了——就不再需要他们顾虑了。

阿尔泰部席卷东方以来，颜颇已经老了许多。他怒气冲冲，满心茫然，完全不像个接连奏凯的头领。白骥对哥哥说，颜颇代表的是过去，就跟萧虏皇帝一样——后来，阿尔泰的诸位头领盘着腿，坐在草原上，欣赏着萧虏皇帝在自己的嘶号声中，被火蚁啃成了骨头。

当然，白骥说，不能这样对待可汗。有很多无声无息的法子，能把人送入鬼门关，送他前往跟人间正好颠倒的鬼魂世界，送他到天神的身边。

白骥一向固执己见，所以听完这番话，完颜打定主意要说服弟弟。他明白地告诉白骥，无论如何，绝不可以伤害可汗——皇帝——分毫。上苍让他活多久，他就活多久，任何人不得插手干涉。这番话，弟弟听明白了吗？白骥能够接受吗？

最后白骥还是接受了，反正他是这么说的。然而，如今当哥哥的心里却有了另一个想法。如果弟弟比自己更加凶悍，而且可能还认为自己比哥哥更能干，那他又怎么会仅仅止步于干掉颜颇，怎么会只把那老人看作是自己登上权力顶峰的绊脚石？既然哥哥不像是随时都可能死去，那为什么不也对他设下同样的圈套？白骥似乎很能适应市镇、城墙和帝国。似乎也很乐意让别人把抓来的女人送给他享受。

完颜自己的想法都很简单。总的来说，草原也是个很简单的地方。头领越强大，打赏就越慷慨。只要能保证手下骑兵能凭本事领到赏钱，这个头领就可以安枕无忧。你可以说他受部下爱戴，不过真这样想就蠢透了。要是你觉着你的骑兵就算饿着肚子，就算觉得跟你四处征战得不偿失，也还是爱戴你，那你就要死到临头了。

所以，当初愚蠢自大的奇台人明明攻打萧虏时吃了败仗，却还来索求归还当年丢掉的北方全部土地，这反倒点醒了完颜，于是他挥军南下——他们要给奇台一个惨痛的教训——要掳走大量财宝，比任何一支草原军队掳走的都多。

直接从奇台的京城掳走亘古未有的巨额财富！这野心够大吧？这场大捷值得人们在篝火边传唱吧？

不够。看起来，对他弟弟来说，这样做还不够。白骥跨在自己马上，一如平常骑行在完颜左边，在弟弟看来，这还只是个开始。

"咱们要他一大笔赎金，叫他们彻底亏空。"在前往汉金的路上，白骥这样说过。在他们身后，是一支被打得落花流水的奇台大军，一万人战死，剩下的，丢盔弃甲，四散奔逃。

"对。"完颜回答。

"这笔赎金会叫他们丢尽颜面。他们会在汉金城里自相残杀，为的是把抢来的金银财宝送进咱们营帐中。"

"说得对。"

"到时候，咱们就说，这还不够。"

"什么意思？"

弟弟摇了摇头，脸上露出完颜一向十分厌恶的笑容。白骥比自己小，年幼的时候，每次两人打架，完颜都能打赢他。可是弟弟的眼神更冷，还生了那样一副笑容。

"你不明白？咱们索要的赎金，奇台人根本给不起。"

"他们给不起，咱们却把他们搜罗来的财宝全都拿走。对，就这么办。"

"不对，"弟弟说道，语气放肆，"不对！奇台人给咱们多少，咱们就收多少，然后咱们说，他们给的不够数。然后我们攻下汉金。哥哥，咱们把汉金据为己有。这是一个开端。"

"开端？"完颜问。

这段交谈发生在昨天傍晚，走完这段路，他们就该扎营了。夜里很冷，不过在北方，他们见识过更冷的夜晚。

"哥哥，等我们把他们的皇帝和所有宗室都抓起来，奇台就是咱们的了。咱们拿下京城,再拿下延陵。新安是座空城,并不重要。干脆放火烧了它,要不就把它留给狼群。哥哥,咱们自己挑选官员,统治奇台,让他们的农民给我们交税,把谷物粮食送给我们。咱们还可以挑选奇台女人,哥哥。他们的文官会为我们效命,就跟他们替那个笨蛋皇帝卖命一样——不然,到了冬天,他们就等着饿死吧。"

"你打算留在这里?不回家了?"

弟弟又笑了起来。白骥长得可真好看。

"南方有大海,"他说,"你我都听说过,对吧?哥哥,依我看,咱们就该骑着马,一路跑到海边。然后把从黑水江到大海之间的所有东西,都据为己有。"

"为什么?"完颜问。弟弟则飞快地转过头去,差一点就掩藏住脸上的神情。

冬天到来时,有人开始死去。最开始,人死了,家里还能办个葬礼,把他们好生安葬。可是随着死亡人数越来越多,任待燕尽管心里悲痛,还是命令士兵,把死者集中起来烧掉——绝不可怠慢逝者。

食物供应不足,不过还不至于发生饥荒,这一部分原因是围城之前不少人已经逃离市镇。可是柴火用完了,老人小孩很难熬过寒冷的天气。毫无疑问,阿尔泰军控制了京师在大运河上的码头。汉金城已经被包围了,得不到任何支援补给。

早先任待燕刚好赶在城门关闭、阿尔泰人兵临城下之前进了城。他还记得那天清早,城中百姓一觉醒来,看见城墙外面全是草原骑兵时的景象。当汉金城醒来时,番族骑兵已经趁夜赶到这里,占据了整个平原。

这景象让人恐惧,也叫人愤怒,但在这之上,还有一层陌生感。他想起在马嵬遇见的岱姬。在这里出现这么多番子,这感觉如此诡异,仿佛这些人也来自另一个世界。天空澄澈的夜晚,他抬起头,看着满天星斗,有种恍惚感。

奉命守御汉金的是三名军官,任待燕是其中之一。他还建议等到天冷时打开"艮岳"的内门,让普通百姓进入官家的御花园——砍倒树木,拆掉木制建筑。就在他奏报朝廷当天,官家就批准了。如今龙椅上坐的是另一位官家,不是当初修造花园的那位。

他原本以为,将靡费甚巨的"花石纲"拆个干净,自己多少会感到一丝快慰。可并没有。看着城中男女百姓,把能找到的衣服乃至破布全都套在身上,提着笨重的斧头,砍向当初精心移植进"艮岳"——映照着整个天下的镜子——的巨树,任待燕心里找不到一丝那样的感情。

这些木头将会被精打细算地分配给整座汉金城,用以供暖。镜子由此不复存在了。

没过多久,"艮岳"就成了一片荒地。如今,树林变成了树桩;而在过去,这里有大片的翠柏、栎树、雪松、桉树,还有成片的果树林……

不久前,园中的动物也被宰杀,送进宫里吃掉。连夜莺也难逃口腹。

这天冷得如同刀割,任待燕独自一人,迎着夕阳,走在光秃秃的"艮岳"里,空荡荡的天上飘起雪花,任待燕想起另一件事。一想到如此美景(不论当初是如何建成的)竟落得这样的下场,心中难免有些伤感;可是任待燕身上还有一份使命,这座市镇还处在围困当中。

任待燕骑着马,穿过沉闷的街道,回到军营。他招集军中的工匠,修造石砲①的好手,叫他们带人去御花园把假山怪石统统砸碎。这些怪石有的从湖底打捞上来,有不少人为此丢了性命;巨石经由大运河运进京城,沿途遇到的桥梁建筑被尽数拆毁,却只是为了博取官家的欢心。

两天后,黎明时分,第一波石弹从"艮岳"里的高地飞了出去,砸进城北的阿尔泰人的营帐和马圈之间。这些石弹的奇效让人印象深刻,阿尔泰营地里人马嘶鸣,哭喊声一片。

任待燕站在城墙上,有意暴露自己,好叫敌我双方都能看见自

---

①指抛石机,以机发石的一种战具。

己。他看见一个马场被砸了开来,场里的马匹四散奔逃,在营地里横冲直撞,一时间,阿尔泰营中一片混乱。起火了。

眼前的景象相当解恨,可光是这样,不论让城外骑兵多么不高兴,都还不足以解围。阿尔泰人的老家比这里还要冷,而且他们军中也没有体弱多病的老人孩子。

这次袭击只持续了很短的时间,仅此而已。这次袭击能鼓舞士气,扰乱敌人,是都统制任待燕想出来的有一个聪明点子。阿尔泰人如今听见这个名字就咬牙切齿。他们知道是谁在延陵以北大破阿尔泰军。

他们至今都没有攻下延陵。赵子骥和任待燕的主力部队仍在坚守城池。任待燕之前带着半数骑兵沿驿道驰援京师,但是这点兵力根本不足用。既不足以在野外作战,也不足以在城内坚守。

任待燕心里稍微有些期待,阿尔泰人会不会要求将他处死,或是把他交出来。关于这里正在发生的一切,他也有过很多思虑。

这些话,他对谁都没有说起过,连珊儿都没有说,不过他猜珊儿其实知道。她有一双善解人意的眼睛,而汉金城眼下的危局显然不会把女人排除在外。

他甚至不该用石砲发起进攻。毕竟两国正在谈判。阿尔泰人保证,只要汉金付得起赎金,他们就一定会撤兵。

番子的开价让人咋舌。这样的漫天要价简直能掏空整个帝国。二百万两黄金,一千万两白银,两千万缗铜钱,或者以同等价值的珠宝玉石抵充。还有两百万匹绢,一万头牛,两万匹马——显然,他们想要的是任待燕的全部战马。他们要这座市镇马上交出这些财物。

这根本不可能。汉金城和皇宫就算倾其所有,也绝不可能拿得出这么大一笔赎金。这一点,不论奇台还是阿尔泰都心知肚明。

于是任待燕等着,朝廷无疑也在等着,等待城外下一个沉重脚步落下来:他们的下一个要求。

悲凉与愤懑让任待燕简直喘不过气来。

而且,任待燕知道,这一切都是奇台人自己惹祸上身。奇台禁军连一座孤城都攻不下来,却要求阿尔泰返还全部十四故州。

天知道，任待燕多么想要回这些土地，可山河故土要凭自己赢回来，不可能毫无作为，就派出使者，走进攻城拔寨所向披靡的草原军中，还颐指气使要求收回土地——这些人真的愚蠢到这般不自知的程度？

任待燕知道答案。这答案就是城外的草原骑兵，和城内等死的百姓。到处都在冒烟，到处都是焚烧死者的火堆，到处都是焦骨，没有坟墓。番子说这是给奇台的惩罚，一个教训。每当他放慢脚步，思索起这些，都会恨得牙关紧咬。他甚至夜不能寐。城墙上的哨兵都在夜里看见过任待燕同他们在一起，听见过他的声音，询问有没有敌情。

给奇台的教训？这帮蛮夷连写字都不会，两年前还是个无足轻重、不为人知的小部落，在邻近勾丽半岛的荒野里挣扎求生。

这样想简直是疯了。这场翻天覆地的大变局，几乎让人无力评述。任待燕不是学者，也没有史家那样长远的眼光。他只想凭借自己的弓矢刀剑，改变他置身其间的这个时代。

汉金城饥寒交困，人心惶惶。官府为了凑足赎金，正在大肆搜刮百姓。

士兵被派去挨家挨户搜查，确保没有任何人私藏金银钱物和珠宝玉石，就连女人的耳坠发簪手镯坠领都被从内闱之中搜罗走了。大部分百姓都不善于藏东西，许多埋藏钱物的地方都被官府发现了。

仆人告发自家主人，还能领一笔赏钱。任待燕真想把想出这个馊主意的昏官碎尸万段。如今他已经了解文官们是怎么想的了：反正下次大搜查，这些仆人的钱物又会被收走。

任待燕时时刻刻都怒气冲冲，简直五内俱焚。从城墙上朝阿尔泰人投掷石头根本于事无补，他必须控制住情绪。百姓都指望他了。汉金城里必定会有人逃过兵灾，其他地方也是一样。历史必将会进入新的阶段，必将书写新的一页。市镇可能陷落，帝国却未必如此。将来的史家还是会——一定会——在史书上用更加华美的文句，来记述如今这个时代。

逊帝如今被称作太上皇。文宗一直待在皇宫边厢的房间里，有一段时间谁也见不到他。谁也不知道，对于拆毁御花园的命令，他会作何感想。会同意吗？毕竟御花园描摹的是整个天下，而如今，天下已然打乱，像流星一样自天际陨落……

如今掌国玺的是知祖，是他下诏在全城搜罗财宝。也是他——通过寇太宰——与阿尔泰人谈判，想用财物换取和平。

有一回，任待燕军中的一位军官半开玩笑地建议说，该把龙椅搬来军营里当柴烧。皇宫门前的广场上，太学生仍旧在顶风冒雪地来回游行，要求砍下"五贼"的脑袋。这"五贼"都是寇赈和他的同党。任待燕心想，也许会被砍头吧，不过现在为时尚早。如今，这些事情他也看得明白。他一直在学习。城中百姓的死活，或许都是这些谈判的一部分吧，不论男女，概莫能外。

就算你为朝廷接受这样的谈判条款而愤恨不已，就算你还能预见到将来局势的走向，可如果你是个士兵，是个军官，等到了大殿之上，当着官家和群臣的面，你该说些什么？

开战吧，奇台必胜！

能挡住草原骑兵进攻的只有一支军队，任待燕的军队。其他禁军都像石碾之下的谷物任人碾压，然后如谷壳一般，风一吹，便四散飘落。

失败的不仅仅是朝廷里那些留着小手指甲的官员，禁军也败了。酒肆里或许还有人争论时局何以变成这个样子。兵祸不断，没个尽头，身在其中，议论这些又有什么用呢？

只要有机会，他都会趁着夜色，翻过墙头，穿过庭院，再爬上阳台来见她——就像在诗词歌里一样，只不过这里不是唱歌的地方。

林珊看得出，他睡得并不好，也许根本没睡。有时候云雨过后，他倒可以好好休息一下。他躺在她身边，阖上眼睛，面容又回到从前年轻时的样子。

林珊却没有睡觉，只是躺下来看着他，有时还会半是好奇半是害怕地抚摸他背上的字。那是岱姬留给他的，昭示着他的命运——抑或是她故意作弄或是报复？

任待燕抵挡住狐魅的诱惑，留在人间，留在了当下，都是因为她，因为林珊，员外郎林廓的女儿，被人视为不知廉耻、有伤风化的女人。

她被人爱着。这真是全天下最陌生的感觉。

今夜,在他酣然入睡之前,任待燕告诉林珊,明天早上他要上朝,等他把要说的话都说完,他这禁军都统制大概也就做到头了,没准儿他的生命也走到头了。他叫林珊天亮前一定要叫醒自己,这样才好趁着没人时离开她的卧房。

他想要保护她的名节,她的隐私,她的立身之地。

几天前的那个夜晚,林珊告诉他,自己知道他这样做是什么意思。任待燕躺在床上,说:"其实,我还可以做得更好一点——离你远远的。"

"我要你在这儿。"她回答。

关于时局,林珊有自己的一番推测,她不知道丈夫和父亲是不是也同样意识到这一点。

士兵们已经把搜罗财宝的范围扩大到宗室诸宅了。收集财物的地点设在宗亲宅里最大的一片空地上,大家把金银珠宝首饰全都送来。与此同时,士兵已经开始挨家挨户地搜查可能藏匿在家中的钱物。汉金城被自己人洗劫一空。

林珊已经交出了自己的珠宝银两,还有结婚时齐家下的聘礼,以及后来官家——原来的官家——送给她的礼物。齐威则搬出了家中的存钱箱子,父亲也把自己的钱都交了出来。

她只留下了那对玉石耳环,不值钱,却是母亲留下的念想。她把这对耳环放在堂屋的供桌上。但愿他们搜查屋子时,能对供桌上的东西有些许尊敬,特别是那东西也不值几个钱。

结果,根本没人搜查他们的宅子。

谁都知道齐威和他那个丢人现眼的妻子收藏有大量的奇珍异宝。齐威一想到自己的珍藏会被当官的带着兵来搬走,心里就无比痛苦。他还挥舞着剑放出狠话,说要把家丁都武装起来。

可是根本没有人来。

前几天,林珊把自己裹得严严实实的,顶着刺骨的寒风出门,前往存放古董的仓房。这仓房是以前太上皇送给他们的,太上皇十分欣赏林珊的词作和书法。

雪下个不停，斜斜地撞在脸上，把脸打得生疼。新年快到了。没人想要庆祝。今年不会有什么焰火。

仓房锁着门。墙上有标记，是个"狐"字。她站在那里，想了一会儿，随后寒气逼着她继续前行。快到家时，她抬头看见她家正门的右边也贴了那样一个标记，比仓房的那个小些，位置很高。要仔细找才看得到。

没有人动他们的珍藏，也没有人进过这栋房子。

她看着睡在自己身边的男人。今晚没有做爱。他那么疲惫，从阳台进屋时一个踉跄，差点摔倒了。林珊给他端酒，他也没要。林珊替他脱下靴子，摘下佩剑，又脱下貂袖，叫他躺到床上，然后自己躺在他身边。

每次见到任待燕，她都很有欲望。这是她的身子新出现的变化，需要学着适应。不过还有一个更深层的事实——她爱他，他也爱她。

任待燕几乎一躺下就睡着了，动都不动。林珊看着他胸膛随着呼吸一上一下。她想保护他。

可林珊还是如约把他叫醒，看着他穿上衣服，走进满天星斗的夜色里。屋子里真冷。没有柴火了。柴火要用来烧死人。

奇台太宰只恨自己不能有骨气一点儿。然而，他从来都不曾练就过真正的胆色，他也并非靠着胆量飞黄腾达的。

如今，在奇台要想提高自己的地位，需要的本事跟过去不大一样。你要熟读圣贤书，能应付科举考试，要写得出漂亮文章，还要写一手漂亮字。在官场上，你要跟对先生，交对朋友。要弄明白朝廷上的权力关系。要能够抓住稍纵即逝的机会。

当年党争的时候还不乏勇气。要知道，一旦官家宠幸别的党派，得胜的敌人就会把你逐出朝廷，从此穷困潦倒，有时还会更惨。

抛开骨气不谈，寇赈也知道，自己脑中一再闪过的这番图景——走出城门，亲自走进阿尔泰营寨，听凭番子处置——根本于事无补。

尽管当初是寇赈提出了那些傲慢的要求，可是就算他把自己送上门去，听凭他们发落——不论是杀了他，还是把他送回北方示众、任人嘲弄——阿尔泰人也不会就此结束围城。更何况，（他至今认为）去年夏天之所以提出那些要求，不过是因为官家希望如此。这一点他毫不怀疑。

阿尔泰人无疑已经知道了：老皇帝承认自己失察，已经黯然逊位。他的儿子，光照寰宇五方至圣的知祖皇帝，对天下大势有着不同的理解。陛下愿意认可阿尔泰民族的重要影响力，愿意承认阿尔泰皇帝颜颇的尊崇地位。此外，颜颇皇帝御下的都元帅兄弟二人——完颜和白骥，知祖皇帝对他们的卓绝武功深为钦佩。

在太宰起草的另一封信里，奇台的新皇帝还吐露了这样的心愿：考虑到"十四故州"久非奇台辖地，陛下将不再提出那般过分的要求。

知祖皇帝愿改正父皇之过，并与广阔北地的新主修好。写到最后，寇赈简直都要佩服自己的文笔了。

不过他只能稍微得意一下。这样想真是愚不可及，根本不值一提，就好像文辞华美很重要似的，就好像番子还能注意到——或是在乎——这些修辞似的。

同样不值一提的，还有他慷慨出城、牺牲自己的念头。汉金将要面临的一切，根本和慷慨没有半点关系。不过，他八成还是会死掉的。就算阿尔泰人不要他死，聚在宫门外的那些人也要。

今天早上，他们会收到最新的奏报，说明已经收上来多少财宝。多少都不重要，反正凑不够数。大概连应许之数的四分之一都凑不出来。

然而，起居郎还没上殿，先就有另一个人被宣进殿。太宰痛恨这个人。

大殿里依然生着火，大概可算是京城里仅有的一处还可以生火取暖的地方吧。寇赈看着那人接下披风，交给一名殿前侍卫。那侍卫恭恭敬敬地弯了下腰。

太宰看见，任待燕一身戎装，带着一口刀——他说那是他为了对付战马而亲自设计的——一张弓和一支箭箙。他的射术颇负盛名。太宰恶毒地想：神箭手能把自己射死吗？

寇赈太累了，连生气都做不到。这个都统制看起来也累坏了，不像寇赈第一次见到他时那么年轻。那是在春季，就在这大殿上。当时任待燕带来一则消息，害死了邬童。说的是一棵树，一棵愚蠢的、无足轻重的树。

那次遭遇过后，他就一直注意收集这个人的情况。家世平凡，曾经在大江附近的水泊寨里当过好多年的山贼。真是履历不凡啊！在过去，这样的历史可以成为对付他的把柄。如今却不成了。如今他们在招集山贼土匪。弓矢刀剑，哈。

任待燕在恰当的地方停下来，对着新皇帝行过第一遍大礼。

在过去，不管他站在哪儿，胆敢携带兵器上殿，光凭这一条就可以将他拿下甚至砍头。如今，这不仅象征着任都统制的职责与军阶，还提醒人们，今年冬天有怎样的祸事等在前头。据说延陵一战过后，他是阿尔泰人唯一畏惧的对手。

寇赈看着都统制走上前来，又行一礼，心里想，正因如此，这人大概也是死期将至了吧。据说草原民有许多种很有创意的方法，来杀死他们所痛恨的人。想到这些，他的心情并没有好起来。

任待燕还记得这间大殿。不过，这大殿已经变了样子。大部分摆设都不见了，就连绘画都从墙上摘了下来——尽管这些画肯定不会被拿去抵充给番子的财宝。

随后他明白了：那都是太上皇的画作。老皇帝的儿子要将这一切都抹掉。龙椅还是原来的样子，龙椅背后还有一面彩绘屏风，屏风上有怪石嶙峋，有险峻高峡，有飞鸟，底下还有几条小渔船。知祖皇帝与任待燕年纪相仿，他坐在龙椅上，黑色的幞头下面是一张圆脸。

任待燕身后站着一排大臣和年轻的皇子。距离官家最近的是太宰，在任待燕的左边。任待燕等着让官家认出自己来。

官家示众默不作声，一脸警惕。打破沉默的是寇赈，他说："任都统制此来，想必是有要事奏报吧？"

他的声音和往常一样动听，不过他的紧张不安也是显而易见。任待燕小心回答："正是，寇大人。"他又对着龙椅说："天下共主、五方至圣召臣觐见，臣不胜感激。"

任待燕忽然想到,他们用至为尊贵华美的头衔称呼官家,是把这当作护身的符咒,来抵抗奇台国力日衰的现实。

知祖还是没有说话。任待燕想起来,自己到现在都没听他说过一个字。不过官家点了点头,已然算是足够的恩典了。

"陛下,臣刚从存放财宝的仓房过来,那些仓房里装的是整个汉金的财富。"他打住话头。炉火噼啪作响。宫殿之外,到处天寒地冻,从外面进来这里,这点暖意越发叫人不舍。

任待燕开口道出他要说的第一件事:"陛下,军中将士恳请陛下停止搜罗城中钱物。不能再对百姓这般横征暴敛了。我们把已经收来的财物悉数交给番子,除此之外再无分文。"

"番子不会答应的。"官家说话声音很轻,语速很快,咬字清晰。

"陛下圣明,番子不会答应。可是汉金城不管拿出多少钱来,他们都不会满意。与此同时,我们却让百姓彻底失去了抵抗的意志和勇气。"

"任都统制,朕需要这些金银,朕已经答应了他们的条件。"

"这条件我们根本无力满足,这一点所有人都心知肚明啊陛下。而今邻里反目,主仆失矩,百姓私藏财物都被问斩,长此以往,我们必将自毁城墙,到最后,番子还是会攻进城来。不仅如此,陛下,番子以后还将得寸进尺,已是尽人皆知啊。"

"说。"官家说道。这不公平,可是身为官家,不必讲究公平。

于是任待燕遵旨了。任待燕整晚整晚不得入眠,这便是原因之一。他提高声音,语气坚决地说:"番子会要求我们以百姓作价充抵不足之数。他们会掳走各行各业的工匠,会给奇台儿女套上枷锁,将他们赶去北方为奴。许多人会在中途死去。如果番子掳走的人口足够多,那么这些损失他们根本不会顾惜。就像对待牛马一样。"怨怒的情绪,要小心处置。

官家说:"大丈夫理当为国尽忠。无人可以脱免。"

任待燕看着官家,片刻之后又垂下眼睛。他说:"陛下,女人也会被番子掳走抵数。女妇价值几何,歌女价值几何。"他稍一停顿,又逼着自己说下去:"命妇价值几何,宗姬价值几何,妃嫔价值几何,百姓妻女价值几何。帝姬价值极高,陛下的姐妹,能抵充不少的数目。"

大殿里只剩下炉火燃烧的声音。

终于，奇台的皇帝开口了。"女子，"他的语气依然平静，"也理当为国尽忠。古时……也曾把女子送往北方，把帝姬送去和亲。"

"送去几千女子吗，陛下？去做奴隶吗？"他提高了声音。

"放肆！"太宰说，"别忘了这是在哪儿！"

"我知道这是在哪儿！"任待燕喝道，"这里是奇台的皇宫大殿，是天下之中！"

官家凝视着任待燕。他的身量不似太上皇那般修长，整个人陷进宽大的龙椅中，像是已经不堪重负。"天下之中，"他重复道，"那么，要避免这一切，任卿有何良策？"

任待燕知道自己要如何回答。来时就知道。

"陛下，我们开战。"

大殿上一片窃窃私语，大部分人都惊惧不已。

任待燕说："陛下，汉金并非整个奇台。随着时间推移，这里所发生的一切，将影响到整个帝国。我们同番族开战，就能激起一道火花，就能让奇台记起，何为勇气。阿尔泰军远离故土，他们绝不想要围城作战。不仅如此，番子刚刚攻陷萧房，眼下却将大军屯集于此，过不了多久，他们就会听到北方传来自家后院失火的消息。"

"你又怎么知道这些？"问话的是太宰。声音刺耳。

任待燕答："称职的军人都知道。"他的话半真半假，但他努力让自己相信这是真的。"番子必须守住自己的基业，否则就会被旁人夺去。萧房输掉的，阿尔泰人也可能轻易输掉！其他部落绝没有拥戴他们，只不过是害怕他们——而且只有阿尔泰人在他们面前时才会害怕。看着吧，阿尔泰人身后定会再起纷争。"

没有人说话。任待燕继续推进。"至于奇台子弟……只要我们做出榜样，他们也定将奋勇抵抗。奇台有亿万百姓啊，陛下！今日之议，不仅关乎我们自己的命运，也不仅关乎当今一世啊，陛下！"他低下头去，眼泪几欲夺眶而出。是因为我太累了，他告诉自己。

"那么，任卿究竟有何打算？将这些金银珠宝送出去，叫那些番族拿上这些财宝回家？"官家目不转睛，眼神犀利。

任待燕抬起头。"陛下，军中将领另有建议。不错，我们送出财宝，但同时告诉番子，余下的钱物尚需时日收集。我们拖住番子，叫他们等在这里。汉金目前饥寒交困，但只要小心应付，百姓还是能活下去。可阿尔泰军却驻在城外的寒冬里，我们不必出战，只要尽量拖延。"

"然后呢？"

"然后我们出战。陛下，臣在延陵的部队可以分出半数兵力赶过来。可以派人出城，钻出包围圈去延陵送信；趁夜放出传书鸽，也能躲过弓箭把消息送到。臣了解帐中诸将，他们一直在努力集结新安城北溃败的军队。陛下，延陵仍旧在我们手里！我们可以派出大军前来解围，届时城中守军也将一鼓作气，出城迎敌。我们将——"

"不，"奇台的皇帝道，跟着又说，"不可。"官家金口玉言，出战之说不必再议了。

第二十二章

任待燕由两名殿前侍卫护送着离开大殿。出了双开的殿门,经过几道穿廊,穿过空空荡荡、只有几个御前侍卫的待漏院,来到了大门口。出了门,就是寒冬了。

他站在宽大的台阶顶上,低下头,看看那几个殿前侍卫。今早天气晴好,太阳晒着地上一层薄雪。眼前所见,是一片巨大的广场,广场三面都是建筑。当初宫殿在设计时就要求做到辉煌壮丽,体现皇权威严,让人为之慑服。

右边走来四名殿前侍卫。最开始陪他的那两个向他道过别后转身回去了。任待燕虽然没有被这句道别感动,可毕竟这些士兵也不是他的部下。

新来的侍卫继续引他前行。任待燕心里很苦。他没有说话,侍卫也没有出声。一行人走下台阶,经过台阶下面的盘龙石雕,顶着一片蓝天,在刺骨的寒风中穿过广场。雪被风吹着,在地上积成小堆。雕饰精美的小桥跨在人工开凿的小溪之上。他看见,水结冰了。他犹记得许久以前水泊寨里的冬天。

御前侍卫领着他上了台阶,进入另一座宫殿——而非沿着弯曲的小径绕道而行。任待燕猜想,是想避避风吧。他猜错了。

刚一进来,一个侍卫就站住了。

他一伸手,比了个"请",说:"大人请进。"

殿里没有人,只有一扇门轻掩着。这座宫殿是圣道教的道场。任待燕心想,所有道士——还没跑掉的那些——大概都聚在一间屋子里烤火吧。这里本来应该有很多稀世珍宝,如今都被搬走了,要充作赎金,送给阿尔泰人。

他忽然不太想进去,可是也没有理由婉拒。他完全猜不出来谁会想在这里见他。经历了刚才所发生的一切,这点事情似乎并不重要。像群星一样,他们的轨迹无可更改。

任待燕穿过大殿,走到虚掩的门前。他走了进去。那时一间内室,没点灯,屋里很暗。他把身后的门阖上。

转过身,眼睛慢慢适应了,紧跟着他赶紧跪下叩了三个头,跟着又三叩首,之后没有起身,仍旧跪在满是灰尘的地板上。

"不必再多礼啦。"太上皇说,"起来吧,任都统制。朕……我想和你谈谈。"

这里只有他们两人。任待燕努力控制住自己的呼吸。他的心跳得厉害,尽管正是这个人荒于政事——也荒于太多其他事情——才让他们陷于这饥寒交迫的苦境,而侵略者就在城门外虎视眈眈。

然而,这样腹诽皇帝是大逆不道的。

文宗坐在一张椅子上,椅子放在屋子正中,屋子里面徒有四壁,墙上地上没有一点装饰。太上皇裹在一身皮衣里,头上戴着幞头,幞头有一对翅子。没有生火。

一些细节——后来,任待燕回忆起来,会想起这场会面有多么不对劲——他和曾经的天子共处一室,这室内却朴实无华,房间里的珍宝全都被搬走,彼时正值寒冬,屋子里却没有生火。

跟任待燕前两次觐见时相比,太上皇的样子没有变化:一次是因为救了官家喜爱的词人一命;另一次觐见时带来了沈家祖坟拔树的消息,让太监邬童送了命。

就着屋子里晦暗不明的光线仔细看看,任待燕发现,那个"没有变化"的感觉是个假象,有这种印象不过是出于敬重。太上皇的样子疲惫、不堪重负,简直跟……唉,简直跟所有人一样。

我该恨他的。他想。可他没有,他恨不起来。

"臣惶恐。"他说。

太上皇一摆头,说:"不必再这样了。我现在的地位根本无足轻重。我这人,也是无足轻重。快起来吧。"

任待燕站起身来。他清了清喉咙,说:"上皇退位,为的是拯救百姓苍生。这很重要。"

"在这之前,却全然无力保护他们?不对。我这身上背负着太多耻辱，我不该苟活。"

任待燕低下头去，他不知该说些什么。

"我提议带着太宰，和他一起去番族的营寨。就让他们把我们带去北方，以示悔过，和承担罪责。"

任待燕抬起头来。"上皇，不把我们全都掳走，番子不会善罢甘休的。"

"我知道。"这个人说。这个人修建了"艮岳"，这个人授权开展"花石纲"工程，这个人大概对"花石纲"是如何支持他修建御花园一无所知，他本来应该知道。

任待燕说："臣方才就是想奏请今上，既然番子意图将汉金洗劫一空，我们就绝无道理在这件事情上为虎作伥。他们想要，就让他们同我们打。"

"为奇台留下一份回忆。我听见了。所以才过来。"

"上皇方才也在殿上？"

"在屏风后面。老把戏了。在过去，也有皇后躲在屏风后面，退朝以后与皇帝咨议政事的。"

"陛下向上皇征询看法？"

文宗黯然一笑。"没有。只是仍旧有人听命于我，需要的话，我也有办法进去。"

"臣知错。"任待燕说，尽管他自己也不知道为什么要这样说。

文宗站起来。太上皇身量颀长，比任待燕高出半个头，个子精瘦，就像画家手中的毛笔。"我来，是想告诉你我认同你的观点。如果汉金注定陷落，那就该输得光荣些。就该让这故事千古流传下去。这不仅仅事关我们的生命。你说的对，任都统制。"

任待燕又低下头。

"都统制，"太上皇说，"你必须离开汉金。可以的话，我会命你离开的。我相信，你就是领导兵民抵御外贼的最佳人选。可如果你死在这里，或者成了战利品被番子掳走，就没机会成就这番大业了。"

"上皇，总还会有其他人成此大业。"

"的确。可是，"文宗犹豫了一下，"有人有德，有人失德，成就也会各不相同。"

"那么,身为都统制,奉命守御京师,围城之际却临阵脱逃,这又算是什么呢,上皇?上皇也听见陛下说的,倘若臣违抗君命,召集军队与番子开战,这又该怎么说?汉金城里搜刮来的金银财宝不日就要运出城门、献给番子,皇子知祯也将成为人质,以抵充不足之资。"

"他可不想去,"太上皇柔声说道,"所以选中他,却是别的缘故。我这两个儿子,彼此一向心存芥蒂。"

任待燕看着文宗,心里想,这张胡须稀疏的脸上写满了奇台的愁云惨淡。

文宗说:"任都统制,从来都没有圆满的答案。你我皆被困在星河的此岸,与天上的织女隔河相望。可是身为凡人,我们又怎敢希冀渡过天河,与她相会?"

该如何作答呢?

"我的字,今人都说千金不易,后来人又会如何看待?"文宗问。

任待燕仍旧无言以对。这场谈话太过深奥,已超出了他的悟性。

终于,太上皇说:"我猜你不会离开。不过我想还是应当把我这份希望告诉你。你走吧,任都统制,好自为之。不管将来如何,我们都该感激你。"

太上皇走到屋子的另一头,那里有一扇门。任待燕心想,皇宫里总会留有另一道门。他简直要流泪了。文宗在门上敲了一下,门从另一边打开了。文宗最后一次转过身来。世人称他的字为"瘦金体";他本可以成为当今独步天下的书画巨匠。

"那片废墟会告诉世人,当初的花园很美。"话一说完,他便走出门去。任待燕从此再没有见过他。

三天后,天还没亮,汉金城开始凋零。

牛马拉着大车,轰隆隆地穿过北壁的主城门。车队出城花了好长时间。赶车的奇台人带着满车的财宝刚一出城,就被打发回去赶下一辆车。接手赶车的是阿尔泰人。

城墙上和大门口都有人点数大车的数量,过后还要比对计数——他们努力把城里出去的每一大钱都记录在册，希望这份记录能躲过战火。后人在研究这段历史时，也的确用到了这些数字。

有条件时就让记载尽量精确，这样做自有其价值。与此同时，另一个问题却是貌似精确的错觉。比方说，新安城在历史上曾经历过无数次洗劫和焚城，第九王朝——彼时的新安城光华笼罩着整个世界——的"荣山之乱"时经历过，在那之前的第七王朝时经历过，汉金被围的同一年秋天也经历过。尽管史书上有详细记载，但其实，谁也不知道，在这历次大劫之中，究竟有多少人死于非命。

同样地，汉金城捐输巨量财富这件事，尽管不乏详细记载，但也有人声称运出城的财富价值被人为夸大了，为的是让财富数量看起来接近事先议定之数。

然而，尽管番子当中也有会计人才（大部分都是来自被占领州府的奇台文书），但他们根本没有费心思去核对数目。番子的目的早已明确，那就是把汉金洗劫一空。

大车出城这天，正巧是个阳光明媚的日子。史料记载，那天微风从西面徐徐吹来。或许还有鸟叫。

和城中财宝一起出城的是九皇子知祯，当今圣上的弟弟。他骑了一匹高头大马，不过算不得一等的良驹——何况为什么要把好马送给番子？

他的骑术差强人意。他二十刚出头，个头和他父亲相差不多，只是长了一张圆脸，也比父亲胖。别人叫他祯亲王，这是一位古人的称号，不过他不像那位古人，算不得玉树临风，也说不上才华横溢。几年前有位诗人为他写了一阕词，把他与那位古人相提并论，而这位诗人又颇负盛名，这阕词也就流传开来。一个人的名声就这样被塑造出来，而这名声如何，与真实情况并无关联。文人就是有这样的本事。

他穿过城门，来到番族当中，整个人都吓坏了，也没有掩饰好自己的心情。他是个人质，是个担保，担保奇台会将余下钱物如数交出，尽管完全看不出他们如何能够办到这点。坊间已经众说纷纭，说要城中男女将会被抓来送给番子，以此作价抵偿（数目巨大的）不足之资。

可就算真的这样，阿尔泰人又凭什么要交还年轻的祯亲王？

他在心里咒骂着自己的哥哥——还有父亲，这样做可有悖孝悌之义。他心知自己再也不可能回到汉金了。如今只剩下一个问题：他是会横死在汉金城下，还是会被番子带去北方，一辈子都远离故土？

他身上没有武装，这是自然，随行的六人也同样两手空空。身为皇子，这样的随行无疑是有失体面，可草原民只答应他带这么多人。阿尔泰人接管大车之后，似乎根本不屑于检查车上财物，但是皇子的随从却在城门外的通衢上受到严格地盘查。番子倒不害怕这些被迫交出全部身家的奇台倒霉蛋，但这是他们的命令，他们的头领是那对兄弟……唉，这两兄弟真是叫人害怕。

任待燕穿着一件深绿色的长袍，外面罩一件褐色罩袍，一身宗子的装束，靴子里面却藏着一柄薄薄的小刀。这把刀是多年以前赵子骥为他二人设计出来的。

知道他乔装打扮来到这里的人屈指可数。连祯亲王（这名字真蠢）都不知道。任待燕来这里有两个原因。其中一个他自己都不愿意去想；另一个，则是他想亲眼见识见识统领这支大军的两兄弟。这一举动并没有特别的军事意义，只是出自任待燕的私心：这两人给奇台带来这等灾祸，他想记下这对兄弟的脸。

任待燕突然想到，如果他今天把这都元帅兄弟二人都杀掉，那么老可汗——如今的皇帝——在选择新的继承人上面可能会引发内斗，而阿尔泰军也很有可能由此分崩离析。这里众多的阿尔泰头目应该会挥师北上，带领部族互相攻伐。

这种局面不太可能出现。最可能引出的结果是，城陷以后，他们会做出更加残暴的事情来。因为到那时，阿尔泰军的头领将拥有汉金无可想象的财富，返回草原时还会带上汉金城里的皇帝和文武百官以及女人，到那时草原上不论有怎样的纷争和冲突，他都将胜券在握。

何况，任待燕也没办法杀掉他们。他都不知道这两兄弟是谁。

他们意欲攻取汉金。汉金正被人一点点交给他们。早先任待燕还大声疾呼要奋起抵抗，可知祖的脸色叫人泪丧。

"不可",任待燕有一种感觉:官家说这话时,不仅龙心不喜,就连他自己都成了官家小心提防的对象。不过事到如今,这些又有什么打紧的?

朝廷上有人声称,等阿尔泰人有了足够的奴隶——下一步让人作呕的讨价还价的内容——自然就会退去。这件事情任待燕连想都不敢去想。买一个奇台的帝姬要花多少钱?买她来干什么?做侍妾吗?当奴隶吗?给马夫洗脚吗?替他暖床吗?供他炫耀吗?这一切,又会开出什么价钱?

宗亲家里的女人又值多少钱?年轻的值多少?会填词的值多少?书法造诣比男人都要高的,又值多少?喉头间的苦涩,让任待燕感觉仿佛身在牢笼之中。

在远处,他知道金河一定在晨光中闪闪发亮。金河在这里划过一道漫长的弧线,滚滚奔向大海。路两旁过去种着榆树,一直通向河岸。如今榆树都被阿尔泰人砍倒,劈柴烧火了。

整片平原上,目力所及,全都是番族的毡包和马场,城西和城南也是这般情形。此前据估计城外大概有八万骑兵,大部分都在城北。在那一个个不眠之夜里,任待燕设计过一份份作战计划。西面的阿尔泰军规模较小,如果赵子骥能从西面悄悄带来一支部队,他们就可以里应外合,打他们个措手不及。番子骑兵不喜欢夜战,那就趁着夜色,干净利落地狠狠捅他一刀。任待燕率领自己麾下骑兵和城中禁军将士从西南两壁一拥而出,这时赵子骥就可以攻击他们的后军。城中禁军素质一般,也不受他节制,可是,只要领兵有方,还怕他们不为奇台奋力一搏?

奇台军可以利用焰火照亮天空,惊吓敌人,同时帮助自己辨认敌人——夜间作战危险之一,就是在伸手不见五指的旷野中误伤友军。

他也可以安排弓手上城墙,当大量敌军打算绕过城墙、支援别人时,弓手就居高临下,向他们撒下箭雨。城里善射之士不算多,但也有一些好手。

任待燕的部队将不得不以弱击强——不得不如此,不得不离开守备完善的延陵——但倘若命中注定要战死沙场,那他们也将奋勇作战、马革裹尸，赢个生前身后名。他们将为奇台的将来而奋斗。在那个将来里，这场番族入侵，这冰冷、坚硬的悲痛将不过是一段插曲，是那过往的千百年历史中的一个黑暗的篇章，却不是奇台的终结。

只要他获准出战。既然不是天子，也就只能止步于此。实际上，任待燕心想，即便是天子，也只能做这么多了。

他骑着马，跟在皇子身后，低着头，眼睛始终警惕着四周。他来这里，还有一个他几乎不愿意承认的原因。他必须多加小心，并且祈祷自己好运。西王母远在接天山峰之上，一定会赐予这里的人们一丁点儿好运气吧？

通衢两旁的阿尔泰人，大部分人的个头都比任待燕那年夏天见过的萧虏人要矮小。他们前额和颅顶的头发都被剃掉了，左右两侧和后脑勺上则披散着长长的头发。这些人都没戴头盔。其中有些既没穿袍子，也没穿马甲，得意洋洋地打着赤膊，借以证明自己的强悍。他们都佩着短弓短剑，大部分人都骑在马背上，尽管这会儿根本没必要上马。任待燕心想，这些人倘若处在开阔地却不骑在马上，一定感觉十分不自在。这一点也让任待燕确信，只要趁夜出城，与番子打一场近身战，仍然有获胜的机会。

平心而论，就算赵子骥带来了援军，任待燕自忖也是毫无胜算。番子骑兵数量庞大，并且个个老于战阵，而任待燕连自己的部队都没法合兵一处。

他在脑子里已经把这一切前后思虑过无数遍，如今已经无法可想了。他正护送着一位皇子出城，而皇子的目的地不论是汉金城下，还是番子的北方，到了那里，他都将难逃一死。皇子也明白这一点，看他脸色就知道了。任待燕真想对他说"别让人家看见"，可他不能。苦涩，就像劣酒里的糟渣。

阿尔泰人有的在通衢两旁，有的稍微远些，看着车队缓缓前行，都指着车上的财宝，咧着嘴大笑不止。车上的金银珠宝闪闪发亮，那是映在赎金上的太阳光。

满载负荷、嘎嘎作响的大车被赶着来到番族营地的后面，距离金河不远。任待燕调整一下帽子，遮住阳光，看见左边有一群人，不知在等什么。

一个骑兵从人群里出来，骑着灰马小跑过来，来到皇子身边。那人靠过来时，知祯一阵畏缩。任待燕看见那阿尔泰骑兵咧嘴一笑，作势要打他。这回知祯一动不动，叫人佩服。任待燕看不到他的眼睛，不过虽然刚才有些退缩，现在皇子的头却已经高高抬起。任待燕心里暗暗叫了一声好。那骑兵不笑了，他从知祯手里一把抢过马缰绳，领着他朝路边那群人走去。

任待燕看看其他随从，其他人都停住了，脸上写满了担忧。任待燕心想，那对兄弟，一定也在那边。他需要听听那边在说什么。

"来。"他命令道，尽管在这里他根本无权发号施令。

权力有时候只是因为你对权力的声明而产生。任待燕一带缰绳，也下了大道。另外五名随从跟上他。皇子像个骑在马驹上的孩童一样，由别人领着汇入那一群人里，任待燕则在一个合适的距离停住脚步。从这里他能清楚地看见那些人的脸，同时也显现不出一丝威胁。他没有兵刃，驯服地低着头，看起来跟别的奇台人一样，懦弱无能，连整个帝国都舍得拱手相让，离开城墙就不知道该去往哪里。

任待燕密切注视这他们。有人抬起一只手往别处一指，任待燕朝他指的地方看去，把眼前所见记在脑子里。谢天谢地，他来就是为的这个。当然他还想把那两个人杀掉，可他做不到。

一个骑兵催马踱着步子朝他和另外几个随从走来，没好气地对着城门挥挥手，命令他们回去。有一个阿尔泰人过来，也是一通比画，把意思表达得更明白。他们根本没办法反对，也没打算反对。

一行六人骑马回城，路上一辆辆大车从他们身边经过，车队还在继续，大概要运上一整个白天——隆冬时节，白天很短，任待燕想，到了黄昏还要接着运。再晚些时候或许还会下雪。新年快到了，该是合家欢庆的时候。

他又回头看了一眼，看见祯亲王知祯，形单影只，留在阿尔泰番子中间。番子叫他下了马，还把他的马牵走了。那匹马再也不属于他了。皇子站在一群骑在马上的敌人当中。他的头依然高高扬起，他的肩背依然挺直。在任待燕眼里完全看不出有一丝一毫的畏惧和屈服。

总有些人能叫你大吃一惊，能出乎意料地让你为之骄傲，又让你为之难过。

阿尔泰大军南下直指延陵的消息刚一传来，杭德金就打发儿子带上家中男女老少离开小金山。

可要想叫长子听话却并不容易。杭宪打定主意，要么留在父亲身边，要么带父亲随行。老人心里十分确信，自己的儿子心里想的是卢琛的儿子，当初他随着卢琛去了零洲，勇气可嘉，孝心令人动容。考虑到杭德金和卢琛在官场上是不共戴天的仇敌，杭宪就不能不由此及彼，想到另外那一对父子。

当然，这样揣测也有失公允。这么久了，这个儿子一直尽心竭力地侍奉他，时刻不离他左右，总能明白他的心思，不论做什么都是好手。尽管过去杭德金在朝廷里身居高官，领着丰厚的俸禄，而如今却远离京师，住在这样一个随时都会大祸临头的地方，但儿子的孝顺却始终不变。当初阿宪无疑很期待能接替父亲当上太宰，可他无疑也相当理解（至少他是这样说的）父亲为什么会说现在还不是时候。这场恐怖的兵祸证明，父亲是对的。

老人心想，有时候真是宁愿自己错了。

身边只剩下三个仆人，还有一个家丁料理牲口，厨房里还有两个人。这么大一片田庄，这么大的一片宅子，只剩下七个活人。如今是隆冬时节，天气很冷。其他人走之前已经备好了日常所需的物资，只留下这七个人，守着远超过他们需要的水和食物。

田庄距离阿尔泰军很远，留在这里并无性命之虞。阿尔泰骑兵虽然围困延陵，但并没能彻底围死，而且他们自己也承受着伤亡。延陵守将叫赵子骥——他和另一个人一道来过这里——看起来是个难得的将才。早前他——和那个叫任待燕的——在延陵城北重创阿尔泰军，不但击垮了一支草原大军，而且打破了番族战无不胜的神话。如今的草原骑兵已经从西边的新安出发，穿过滕关，要赶来增援围困延陵的部队。

新安传来的消息让人发指。

杭德金已经老了，也通晓历史，而且有时候他自己就像是经历过一段漫长的历史。他知道，历史上有太多类似这样的情况——杀红眼的敌人攻陷城池，继而……如果眼光长远，你就会意识到，这段黑暗的时光可以熬过去，事情会有转机，光明也会随之重返人间。事情往往就是如此——但并不总是这样。

秋天快结束的时候，他跟儿子交代清楚了：他绝不愿离开田庄，不愿拖累其他人，在颠沛流离中熬过整个冬天，而且很可能还没到杭家在南方的田产就死在路上了；与其这样，他宁愿在祭拜祖宗之后自作了断。

他对杭宪说："人都有个落脚的地方，我就在这儿落脚啦。等番子退了，要是田庄还在，就回来找我。我不想死，可我也不怕死。"

"我怕。"儿子这样回答。

这小子原来这样多愁善感。他都四十多岁了。看样子他爱自己的父亲，而不仅仅是尊敬他。圣贤们说，子女应当无条件地尊敬父母。实际上却不尽然。圣贤们忘记了：宣称某件事情是不可推卸的义务，并不意味着它真的不可推卸。有时候宰相也会忽略这一点。

父子二人最后一次谈话时，他对儿子说："你知道吧，番子对身后的世界有自己的一套信仰。"

杭宪没有出声，只是等着。到这时，阿宪在太师眼中仅仅是屋子里一团混沌不清的影子。屋子里一向灯火通明，不然杭德金就彻底陷于黑暗当中。

他说："他们好像是说，死后的世界里一切都是颠倒的。颜色也是颠倒的，黑的变白，亮的变暗，星河逆流，日月西升东落。所以呀，儿子，没准儿等我死后，到了那边，我就又能把你看清楚啦，还能越来越年轻。"

他让阿宪抱一抱自己。那场景实在是有些尴尬。儿子弯下腰，努力克制住情绪，父亲坐在那里，仰着头，胡乱亲了儿子一下。他叫儿子多多保重。即便没去过毒蛇出没的零洲岛，儿子也配得上父亲这句祝福。老人心里还期望杭家这一脉能得以保全。尽管以目前的局势来看，他并不敢抱太多期望。

那时已经过了秋收。阿尔泰人秋末才从新安出发。杭德金心想，他们会随着冬天一道过来。冰冷的季节,冰冷的敌人。他想口占诗词,可身边没有人听。他该留个会写字的人在身边,好替他抄录诗句。现在已经晚了。

小金山田庄坐落在崎岖的郊野之中,隐藏在一道山谷里,从驿道上下来不容易找到。驿道就像一条文明织就的缎带,起于汉金,一路上连缀着延陵、新安,一直通往西方的失地。通往丝绸之路——这名字听起来就像古钟般悠扬。

很多年前,杭德金还想去看看那些地方。如今他在寒冬里,坐在田庄里,周围是一片黑暗。这里有酒,有吃食,也有柴火。他读不了书,也没有人为他唱歌。他有的是思绪和回忆。他在夜里听见猫头鹰在捕食。

留下的这几个人里有个年轻的家丁。杭德金派这个人在路上来来回回地搜集消息,看看山谷外面,这静谧的冬天里正在发生着什么。杭德金再三嘱诫家丁千万要小心。外面并没有什么非打听不可的消息,他对于外面的事情也无能为力,之所以这样做,不过是人老了,越发难以舍弃一辈子的习惯。

就这样,他了解到守御延陵的奇台禁军中有一部分冲出草原骑兵的包围,奔向东方。

老人判断,他们是要去跟其他奇台军队会合,给阿尔泰军制造威胁,扰乱他们的部署,番子们远离草原故土,这样将迫使他们心生退意。杭德金对兵法并无涉猎,更无研究,但是有些事情,聪明人只要花时间琢磨,就能琢磨出头绪。

他派那个家丁去附近的农庄转一转。这些农庄位置相对显眼,下了驿道相对容易被找到,如今已成一片焦土。家丁回来说,人都死了,说这话时难掩心中的悲痛。他所看到的简直是……

"你替我找个会写字的来吧,"杭德金说,"我这手就跟没了一样。"

第二天清早,家丁就出发了。他要在延陵城西、被大雪覆盖的山岭间找一个读书人来。这个不容易。

阿尔泰骑兵小队的蒲辇又领着二十个手下出来找粮食了。他怒气冲冲,很不高兴。实际上,所有人都不高兴。更让他不高兴的是,他的手下也不怕他。不过他们找到的每一个奇台人倒是都很怕他。

延陵城已经被围得太久了,可是士兵们一点像样的战利品也没捞到,要知道,西边那几座城很轻松就被攻了下来,而且战果颇丰。军官们必须确保手下的骑兵能得到应得的那一份消遣和财宝,尤其是眼下,军队不仅远离故乡,还要在这里过冬。

他们倒不怕冷——来的地方更冷,北风呼啸,席卷整个旷野。

要命的是,这里距离他们所熟知的一切都如此遥远。这里是异乡的土地,地势起起伏伏,到处都是阡陌纵横、经过灌溉的农田,到处都是森林,还有沟渠、运河、灌木树篱和栽种成行的树——到处都没办法骑马飞驰。天空这么低矮。天神会来到这么远的南方吗?真是个让人困惑的念头。有的骑兵还会想,要是死在这里,死在奇台,那可怎么到达死后的世界?

此外,围城作战还面临着粮草不足和士气低落的问题。士兵在营寨里无所事事,于是互相殴斗的事情屡禁不止。还有延陵城里的守将,当初击溃阿尔泰军(谁能料到)就有他的一份!这人出城突击和打埋伏的本事简直不可思议。阿尔泰人在这里不仅损兵折将,而且军心浮动。除了这些,更要命的是,上峰说得很明白,他们对蒲桦在西边的劫掠成果很不满意。

所以,这次出来,最先撞见两个农民,他砍下两人的胳膊又怎么了?他亲自动的手。鲜血溅在雪地里,那两人嘶声尖叫,最后归于沉寂。可是这也意味着,他们没办法叫通事向他们问话,问他们哪里有农场,哪里有粮食了。这里到处都是混账的山岭和峡谷。他恨山岭峡谷。

后来又撞见一个农民,他挥刀正要砍下去,副手小声制止了他。可他久不动弹,闷煞个人,非得干点儿什么才舒坦。见点儿血就能好些。喝马奶酒不管用,再说马奶酒也已经不够喝了。

他对自己说,杀人能传达一个信息。恐惧是件有用的武器,尽管这里已经没多少奇台人了。举个例子,过去这几十天里,他们连一个女人都没碰见。有几回出来抢粮,他们逼着奇台的男人伺候他们,可是身为蒲桦,这样做有失体面。

他闷哼一声，勉强同意了。这时一个手下回来了。这人刚才被派去路北搜查，他说，他们在雪地上发现了踪迹，有个人骑着马，走得十分小心。

阿尔泰骑兵循着那人的踪迹来到一处小农庄，记住了它的位置，等那人离开田庄，又继续跟着他。雪地里有脚印，要在旷野里盯梢并不困难。

这个奇台人又去了两处农庄，他们都一一记了下来。眼下这股骑兵先不去管这些田庄，只是跟着那个骑马独行的人原路返回，这天晚些时候，他们来到大路以北很远的地方，那里的一处山谷里隐藏着一片更大的庄园，庄园两边都有树林掩映。阿尔泰的蒲辇低着头看着炊烟，心花怒放地想，差点儿就又错过它了。庄里房子不少，兴许有女人。

结果没有。不过粮囤里的粮食不少，庄里有牛和鸡，十几口猪，还有三匹马。田庄里只有几个男人，其他人都跑了。就知道跑。他们找到了方才跟踪的那个家丁，还有五个仆人，然后在一间灯火通明的屋子里找到一个老瞎子。

那老人坐在一张十分气派的大椅子上，屋子里满是那种在奇台人眼里价值连城的宝贝。蒲辇心想，这些玩意儿算个屁，只有金银珠宝才值钱。不过，他们还是遵命把能找到的所有东西都收集起来，运回东京。凭着这些发现他可以得到不少好处，大概还能给自己留几样东西。说到底，今天过得还不错。

那老东西用奇台的语言不知说了些什么话。在蒲辇听来，他的声音里充满威严，还带着十足的傲慢，这让他吃了一惊。通事回了他几句，那老人又说了一遍。

"他说什么？"蒲辇问道。

这个奇台通事谄媚地说："他问我是不是他找来写字的。我说我不是。他又问随我一道来的是不是阿尔泰人。我说是，我是个通事。他问我姓什么，我就告诉他了。他说……他闻都能闻出来。他骂我是个叛贼，还跟我说，叫你们这些番子去死。"

通事说话这当口，那老人小心翼翼地伸出手，摸索着找到胳膊旁边的酒杯，平静地端起来喝了一口。

那蒲莩听完通事的话,猛地大笑起来:"他就说这些?还想活命吗?"

那老人把头转向通事的声音传来的方向,问了一句话。那通事也回复了一句。

"他说什么?"

"我把您的话转述了一遍。他说,不论他是死是活,奇台都会一直存续下去,他还说要是番子进了他家门,那他也活够了。"

蒲莩心想,真是胆大妄为。这样一番话简直是在侮辱他这样地位的人。他抽出刀来,却已然晚了。那老人的头一僵,朝后一仰,又重重地向前一跌,一路栽倒,仿佛他的脊梁都断开了。

蒲莩朝一个手下看了一眼,手下大步上前,确认老人真的死了。蒲莩怒火中烧,那感觉就像是被人抢了东西,还大肆侮辱了一番。过了好一会儿,他转过身看向通事。就凭刚从他嘴里冒出来的这番话,他真想把他宰了。可这条爬虫还有用处。就等大军离开这里回家的时候,再把他砍成两截吧。

蒲莩指挥手下,把粮食统统搬到田庄的大车上,又赶着牲口群回到营寨。

他告诉自己,今天过得还算不错,可那场遭遇还是让他高兴不起来。这就像是那老人从他手边溜走,躲进了死亡里。他们把老人的手砍下来,把他留在原处,留在椅子上,既不埋他,也不烧他,就让他自己烂掉,让他填饱野兽的肚肠。

结果并非如此。阿尔泰人在小金山过了一夜,第二天清早刚一离开,幸存的老百姓就从山上溜下来,回到田庄。阿尔泰人可能还会再来,可能今天就会回来,他们要用大车把田庄里的东西都抢走。奇台人行动迅速,把食物和值钱的东西尽量搬走。他们匆匆忙忙却不失虔敬地把横死的仆人和两个家丁烧掉。

老太师的尸体则被运离小金山,他最后的家园。他们把老太师的断手接回去,又用布缠上。

在距离这里不远的一道山谷里,人们带着极大的敬意,为他办了场体面的丧礼,可惜乱世之中,不能为他树碑。雪一直下,冬季里大地冻得生硬。可他生前是个了不起的人物,日理万机,领导奇台许多年。安葬他的地方被做了一些标记,好让后人能够找到他——如果将来世道变好了的话。

杭家举家南迁,没办法立刻通知他们,不过到最后,人们还是知道他是怎么死的。

那个通事是个读书人,几个月后,他从阿尔泰军营里出来,穿过农田逃进树林里。那时天气已渐渐转暖,所以他在树林里也熬得住;与此同时,草原骑兵拔寨离开了延陵。他因此保住了一条性命。就这样,就因为他苟活下来,还把自己关于那天的回忆写了下来,人们得以了解——或者说人们觉得——杭德金在生命最后时刻说了怎样一番话。

春天来了,延陵城里满是牡丹,即便是那一年也不例外。不管世间男女有没有人欣赏,也不管有没有人把花朵戴在头上,花都照开不误。

第二十三章

这年冬天,新年将近时,员外郎林廓死了。

他岁数不大,可是他一直有个喘症的沉疴,这年苦寒,加之柴草匮乏,于是受凉继而寒战发热,在床上抱病没多久就过世了。走得这么急,却可称得上是一种仁慈了。太医被请过来,也当真做了诊治——非常时期,医生已经很少出诊,不过这里毕竟是宗亲宅。他尝试了两个药方子,又试着在员外胸口施以艾灸,可终究是回天乏术。这段暗无天日的时光里,已经死了太多人,多死一个又有什么可说的呢?什么样的话能说得完人这一生呢?

林廓生前颇受人尊敬,被人视作个相当有趣的人物。一个谦谦君子,一辈子谨小慎微,几乎在每一件称得上至关重要的大事上都表现得无足轻重。他聪明睿智不乏洞见,这是有目共睹的。他只参加过两次科举就高中进士,这一点相当引人注目,可他从来不以自己进士身份为意,既不在人前炫耀,也不在朝廷里或是地方州府谋取官职。他似乎只要领受一份员外郎的饩廪就知足了。这人没什么远大抱负。

他喜欢美酒佳肴,往来应对者也都是博学多闻之士。他谈吐风趣,但语调柔和,很多时候,人们在聚会上高谈阔论,他说话时别人都没听到。他似乎也不在意。若是有人说了什么有趣的话,他也会一起大笑。他还会在笔记和信件里记下这些事情。他博览群书,跟许多人都有书信往来。在他有生之年,朝廷里朋党之争一直都不曾停歇,而他跟两造都保持着交情。这一点显示出,林廓其实颇有胆色,不过这一切都是在悄无声息中进行的。或许可以这样说,他婉言谢绝朝廷里的官职,其实也是避免在两党之间选边站队。

在他生命的最后几年里,遭遇了一连串重大变故。他被少宰下令一路流放到零洲岛去，林廓患有喘症，此行定然凶多吉少。后来又出了一系列波折，官家亲自免去了这个判决。

林廓身量颀长，惹人注目，他微驼着背，仿佛为自己的身高感到抱歉。他写得一手清秀的正楷，笔下满纸井然，规整得很难给人留下印象。而他的行书却是另一番气度：笔意恣肆，气象万千，不过鲜有人见过。

林廓热衷于观赏园林。这些园林有的是当朝官员的田产，有的是致仕的旧臣在乡间的庄园。林廓遍访各地，征得园主人的许可后，在园中细细游览，并将这些经历写成游记。他还为文宗皇帝心爱的"艮岳"撰写过游记。林廓的游记里有太多的溢美之词，或者说是对园主人难免有些曲意奉承，这就让一些后世的史家在研究御花园时，对他的游记不屑一顾。他们觉得，天底下根本不可能有哪一座花园，拥有林廓笔下"艮岳"当初的胜景。而实际上，林廓的文章是历次兵灾战祸之后，硕果仅存的一篇细致描绘"艮岳"的游记。

哪些东西能留传后世，其实并不总是关乎名声与成就，其中也要有运气的成分。当年第三王朝、第五王朝，甚至是第九王朝的诗人巨擘中，有不少人作品早已散佚，留下来的只有自己的名字和同辈诗人的褒赞。画师、书法家也是如此。很多时候，后世只能见到他们作品的摹本和拓本——如果还能传下来的话。有的画上有题诗，题诗留存下来，画却早已丢失。

林廓那本记述"艮岳"的小册子能为后世所得，是因为他将文稿付梓刊印，题上款，分赠与各个州路的名士，其中有些人住在大江以南——后来，林廓的小书就是在那里被人发现的。

林廓娶过一次妻，那时他刚刚考上进士。后来妻子过世，他既没有再娶，也没有纳妾，这有些不同寻常。有人还特别留意过他的婚姻，据他们说，林廓夫妇二人琴瑟甚笃。两人育有一女。

不管怎样，如果说平静隐逸的生活值得一过的话，那么林廓也可说是不枉此生。那在群星之河里随波逐流的男男女女，并不是每个人都能够名声显赫，权倾一时。有些人不过是和我们同坐一条小船罢了。

很久以前，有一位皇帝曾经说过："以人为镜，可以知得失。"

林廓自己或许会说，他留给这世上的就是他的女儿，又或许不会。他会这样想，却不会开口说出来，他担心女儿会因此而背上一份责任。这样做对别人都尚且失礼，何况这还是从她一降生直到他离世都宠爱着的女儿。

宗室诸宅里现在开始吃生虫的陈米了。水井时刻都有人守着，每家限量只能打三小缸水。

每天早上，各家各户都来领取水米。做饭也是件难事。屋里的墙壁和地板都被拆下来，劈作柴火。房屋摇摇欲坠，有人病倒，有人死去。

林珊拿来丈夫的一顶旧帽子，把自己的帽子缝在里头，戴着保暖。她心想，自己这副样子，活脱脱像个集市上的江湖艺人，逗着孩童和农夫哈哈大笑，换来他们往盒子里扔点小钱。

集市上空空荡荡。没有东西可出售。所有人都待在屋里，躲避风寒。无家可归的人则通常想办法进到主人都已过世的空房子里——找些柴火，找点残羹冷炙，找到什么算什么。所有猫狗都被人吃掉了。城里的巡铺兵、禁军和任待燕麾下的禁军，在街上巡逻。一旦发现有人抢劫，他们有权当场格杀。这些士兵不辱使命，城中秩序井然，或者说，城中还维持着秩序井然的表象。

每天早上，林珊都亲自去宗室诸宅的广场上领取食物。家里留下来的侍女还有四个人，其中的两个侍女会和她一道过去——其他人都已经赶在城门封闭之前逃出城去了。所有人都排着队，为了抵御寒风，浑身都裹得严严实实。林珊发现自己几乎感觉不到冷。心里的哀痛是更深切的寒冷。

齐威一向敬重林珊的父亲，岳父仙游以后，他和她一样悲切。这段日子里，齐威有点神出鬼没的。有几回，她还听见丈夫深夜外出。她知道他去了哪儿。

不知为何，有人一直在保护着两人的库房，齐威担心一旦失去这层保护，他们收藏的古董被人悉数搬走。林珊知道是谁在保护他们，齐威却不知道。这件事，这担心，让齐威寝食难安。他搞不明白，整座城的财富都被一抢而空，前阵子被装到车上，经北城门运出城外，为什么独独这些珍玩古董却没有人动它分毫。

于是齐威决定亲自来守卫库房。不论是孤独凄冷的深夜，还是阳光苍白无力的白天，他都守在那里。他身心俱疲，形容枯槁，须发蓬乱。有天早上，林珊带着一家人的大米回来，正好撞见他要出门。林珊于是叫他坐下，替他把胡子理顺，就像侍女一样。也像奴隶对待将她掳走的骑兵一样。有时候林珊沉入梦乡，梦见自己身在草原上，四面八方一片空旷。

跟阿尔泰人的讨价还价又开始了。这回谈的是要交出多少城中男女，这些男女又价值几何。番子似乎想要工匠，他们需要大量的手工艺人。他们还要女人。林珊试着想象，那些人在毡包外面，幕天席地地进行着怎样的交易。年轻女人更值钱些，宗亲家的女子也值钱。林珊是员外郎的女儿，是宗亲家的媳妇，还很年轻。她梦见草原，又在寒夜里醒来。

快过年了。

父亲死了。林珊每天清早都会点一支香烛，到了晚上则在供桌上摆一小碟米饭。每天下午，她都会写一句诗，或者抄一句卓夫子的教训。写好了，她就把纸仔细叠好，也放在供桌上。

林珊听说，有的动物能掘出深洞，在地下紧紧蜷着身子，护住心脏，睡过整个冬季，看起来就像死了一样。

她也有这种感觉，只是她对万物复苏的春天也不抱期待了。那些"饿死事小失节事大"、"以死明志"之类的女诫，她都知道。

可她发现自己实在是怒火中烧，根本不能一死了之。她不想自杀，她想杀人。她想活着去改变时局，可既然她只是一介女流，手里有没有刀剑，那就亲眼看着别人来做这一切。

有一天早上，她在宗亲宅里听到消息，说太宰寇赈被赐死了。这是官家的旨意。如今的这位官家。

寇赈的四位同党似乎也落得个同样的下场。皇宫门前吵吵嚷嚷，太学生天天抗议，将这五人称作"五贼"。据说阿尔泰人想要活捉太宰。两造好像又各退一步：寇赈的尸体被运出城外，送给番子，听凭他们处置。这同样是一份屈辱。

奏请官家处死"五贼"的太学生终于散了。林珊再也不用隔着宗室诸宅的院墙听他们喧嚣了。她不知道这些太学生是否满意。林珊原本以为，听到这样的消息，自己多少会高兴，以为这算是天理昭彰，父亲大仇得报了。

可她没有一丝快慰，只是在寒冬里紧紧裹住了自己的心。她想起新安城里那座破败不堪、摇摇欲坠的高塔。高塔的旁边就是花园，很久以前，每到春季，王公贵族和城中百姓都会在这里相聚，命妇们骑着马，头上插着羽毛，诗人们则目不转睛地注视着他们。

除夕的前一天傍晚，任待燕送了一封信过来。

这是他的亲笔信，信里要她叫上齐威，明天日落时分到西城门附近的"无尽"藏茶室外面等着。信里叫他们什么都不要带，只管尽量穿暖和些。最后一个字落笔很重。他们要准备出趟远门了。该把信烧掉。

她久久地注视着信上的字。她烧掉信，去找丈夫。几间屋子都找遍了，都不见其踪影。她穿上一层层衣服，戴上那顶滑稽的帽子，在宗亲宅另一头的库房门前找到了他。天色灰沉沉的，不像往常阴天时那么冷。林珊看看天，心想，不到入夜就该下雪了。

库房的大门上着锁，齐威就在那门前来回踱着步子。广场上只有他夫妇二人。她看见靠墙竖着一柄古剑，她还看见门头上的那个标记——直到此刻，那标记仍旧保护着库房。等阿尔泰人进了城，就什么都不能保护它了。

林珊施过一礼，说："相公，明天晚上，有人会帮我们逃出去，是在'艮岳'里救过我一命的那位将军。咱们需早做准备。"

齐威的眼神变得怪怪的，他飞快地瞥了林珊一眼，继而看向她身后，仿佛害怕有暴徒突然冲过来，或是从广场两边闯进来。在这场围城战里，时刻都有人死去，人们都知道接下来会发生什么，人命成了讨价还价的筹码，这一切仿佛让齐威变了个人。林珊心想，变了的不光是他一个人。连林珊也不像是过去的那个自己了。说真的，每个人都变了。怎么可能不变呢？

齐威说："我不能走啊，珊儿。我走了，就没人在这儿守着了。"

林珊心里冰凉，她生起一阵怜悯。"阿威，你守不住的。你明白。你一定要明白。"

"我不明白!来这儿的顶多是街上的小偷。我爹说——"

"公公说番子一定会走,可番子不会走的。要来的也不会是街上的小偷啊,阿威。朝中大臣这会儿正在城外给宗室子弟开价。我有个价钱,你有个价钱,公公婆婆也都有个价钱。阿威,所有卖得上价钱的人,他们都会给他标个价钱。"

"价钱?在他们眼里,"他痛苦地吼道,"我能值多少钱?"

"不会比我高。"林珊说完,看见齐威的脸色,心里一阵后悔。

齐威叹了口气,他重重地点了点头。"对。你必须走,"丈夫说,"我明白。他们想要女人。只要有一丝机会出城,你就别待在这儿。那人要怎么、怎么出城?"

"我不知道。"林珊说,她真的不知道,"你也必须一起走。这是天赐良机,这机会平时连想都不敢想。咱们……你还能从头再来,重新收藏。我知道,你能行。"

丈夫摇摇头:"我的命,就在这库房里啦。"

短短一句话,林珊却知道齐威所说不假。他的命不在她这里,也不在任何人那里。他的命是钟鼎碑石,是古代简册,是那些残破的瓷碗花瓶,是始皇帝陵里的陶俑……是奇台旧时的见证。

"那你就从头再来,"林珊说,"只要咱们还活着。你必须重新收集,只有这样才能传诸后人。"

"不能啊,珊儿。"齐威说,"不能这样。你走吧。要是躲过了这一劫,我就去南方找你。要是……要是没躲过去,要是你还活着,看在我的分上,尽力照顾好丽珍。还有……叫寇尧好好的。"

林珊看着他。下雪了。林珊抬头看看天。雪花飘下来,落在她的脸颊上。她感觉心里没有愤怒,只剩下悲伤。

"阿威——"

她刚一开口,齐威却说:"走吧,这里挺好。我就在这里,听天由命吧。"他两脚分开,像是要站稳脚跟。

林珊一低头,说:"身为妻子,就这样离开相公身边可不好。"

齐威突然大笑起来。年轻时他就这样大笑。两人刚结婚时,他也这样笑。夫妇一同旅行,为他们的发现编目造册,在日光里、在油灯下把玩文物时,他都会像这样开怀大笑。

"那就听为夫的话。"他说。

林珊抬着头,看见他脸上挂着微笑,他明白,这个时代的闲言碎语,他们一向视之若无物。

雪花沾在他的帽子和斗篷上,也沾在她的衣服上。天渐渐黑了。外面一个人都没有——谁会跑出来呢?明天就是除夕,该是挂红灯、舞狮龙的日子,该是漫天烟火、合家欢庆的日子,今年不会这样。

她向齐威拜了两拜,齐威也向她还礼。

林珊转身离开,在翩然飘落的大雪中,穿过空空荡荡的大院,走上一条黑黢黢的街道,回家了。这个冬天,汉金危在旦夕。

第二天,除夕,往常持续半个月的传统节庆将从今夜开始。汉金城北城墙上的大门开启——最近以来,北城门经常在入夜时分开启——放代表奇台谈判的官员回城。

今年的除夕夜十分宁静,没有丝竹悦耳,也没有烟火漫天。今夜清冷的寺庙里将会诵经,将会举行法会。年轻的官家将会祈求国祚昌隆,万象更新。只是这一切例行的庆典都没有事先预备。

这一切也都没有举行。这天晚上,北城的大门再也没有关上。

先头的阿尔泰骑兵随那些谈判的官员一道进城。他们行动极为迅猛,杀掉城门口的守卫,余下的骑兵紧随其后,一拥而入,如决堤的洪水,漫延到整个汉金城。除夕之夜,汉金失守。

看起来,这来来回回讨价还价的游戏,这个给宫女、侍臣、工匠、乐师议定价格的游戏,已经让毡包里的某个大人物感到厌倦了。

番族骑兵离家日久,需要安抚,而番族和奇台一样要庆祝新年。毕竟,草原和奇台有着同样的繁星和新月,或者说,有着同样的乌云和飞雪。

任待燕明白,这一遭是九死一生,他不想死,这让他感到害怕。他只是尽量不要让林珊看出这些。林珊一向眼尖,他是领教过的。

任待燕痛恨地道,他一向讨厌待在地底下,在他心里,地底下是死人待的地方。这件事,他从未对任何人提起过。

除夕夜里一片漆黑，任待燕在等一个信号。他不禁想起自己还是个小男孩时见过的烟火。天上突然炸开一团火花，跟着撒下红红绿绿、银闪闪亮晶晶的星光。叫人高兴，令人赞叹。

他们在西城墙的主城门附近，从城门却看不到这里。城墙外面是"琼林苑"，旁边就是人工开掘的"金明池"。那里是赛龙舟和举办庆典的地方，那庆典官家都会参加，场面极其盛大。

任待燕眼望着天，看群星在云间时隐时现，最后北方飘来大团的乌云，星星终于被遮蔽在云层后面。雪又下起来了。他转向林珊——他心爱的女人，他今晚或将永别的女人——说："对咱们来说，下雪是好事。"

同来的还有两个人。一个是他在城里最得力的部下；另一个，选中他是因为他另有所长。任待燕不得不做出取舍。剩下的士兵也许都会死在这里。其中有些人，任待燕与他们十分熟悉。战争期间领导别人是一件龌龊的事情。

阿尔泰人正从城北门涌进城来。两天前的夜里，那一抹残月升起之前，他独自一人从北城墙出去，在阿尔泰军的哨岗抓了个卫兵回来。围城战的旷日持久，加之对奇台人的轻蔑鄙夷，番子在城外越来越疏忽大意了。

任待燕把这俘虏带到一个通事那里，用了些必要的手段，逼着他吐露了一些消息，最后结果了他。其实，就算不出城，守城士兵也能看见城外的情况：敌人营寨中频现异动，战马已经备好。城外有八万兵马，要动员起来，根本不可能避人耳目。

任待燕本应该守在北门的。他应该下令关闭城门，哪怕这意味着连他们自己人也被挡在城外。不然就让谈判的官员今早出不了城。可他无权下这样的命令，何况，这也没用。他很清楚，这么长时间以来，阿尔泰人一直都在削弱城墙上的守备力量。他也清楚，番子想进汉金城随时都能进来——或者说，现在就能进来，而自己的那点兵马根本堵不住那么多缺口。毕竟，大厦将倾，独木难支啊。

呐喊声，惨叫声，各种声音传来，又消失在深沉的夜里。回头望，他还能看见火光。他的眼睛闭上又睁开，眼下的事情才是当务之急。他可以在北门力战至死，如若不然，就做点能改变时局的事情。然而，此刻他却没有在北门杀敌，这处境如同一道伤痕，让他心痛。有时候，杀意可以浓得让人心惊。

林珊在他身边问道："下雪是好事？真的？今晚还能有什么好事？"

她也听见了。任待燕无法回答，他没办法说得太多。他不想让林珊知道自己的打算。他听见城外传来猫头鹰的叫声。那不是猫头鹰。该行动了。

这地道早在两百年前就已经修好了。总共有两条，一条向南，一条向西。如今已经成了传闻，具体情况已无人知晓了。当初还是任待燕的故人，提点汉金刑狱公事王黻银（今夜不知故人在南方何处？），在架格库①里一份发黄变脆的卷轴里发现的记录，于是他们就找到了这地道。

那年春天，任待燕和赵子骥把两条地道都探了一遍，他们一直对这件事情守口如瓶。地道入口设在老旧的建筑地下，要进门，他们还得先把锁撬开。不过他俩都是惯犯了，知道该怎么办。穿过入口大门，两人带着火把进入地道，头顶是沉重的泥土。隧道里有老旧的横梁和支柱，发出吱嘎作响的声音。任待燕担心地道突然塌陷，把他埋在里面。这是他与生俱来的恐惧，他不得不花一辈子与之相处。

地道昏暗，火把的光线明灭不定，落脚处高低不平。赵子骥数着步数，两条地道都穿过城墙，延伸出去很远。任待燕仍旧记得他们在地道里如何弓着腰前行，仍旧记得，一想起这地道饱经沧桑，出口没准儿早就被封死，一想到万一火把烧尽了，自己心中是多么地焦虑。

两人合力推开一扇沉重的木门——门上还积着泥土——从西面的地道出来，发现自己置身在一片竹林里，彼时天上挂着一弯新月。两人把地上的门关好，又小心地将木门遮盖起来，走路穿过城门，返回汉金。那时的汉金，城门大开，人群熙熙攘攘，进进出出，夜晚和白天一样明亮。这也可能是诗人的繁笔铺陈。勾栏美人和小吃

---

①宋元时期的档案馆。

384

摊主跟他们兜揽生意,江湖艺人在表演喷火、耍猴做戏。

南面的地道出口同样离城墙很远,没准儿也能派上用场,只是周围太开阔。提刑大人猜想,当初修造地道的时候,那里应该也有片竹林。

如今,任待燕领着林珊拾级而上,走进紧挨着茶室的废弃屋舍。这里过去是间妓馆,位于主城门附近,是一处价值不菲的地产。屋子里面以前漆黑,用来照亮的原本只有一支火把,现在变成了三支,三个男人人手一支。众人朝屋后走去,小心翼翼地走下一段楼梯。

"台阶坏了,小心。"任待燕说。林珊伸出一只手,抓住他的胳膊,两步并作一步,来到最下面,出现一道走廊。众人沿着走廊向前走,随着走廊拐过几个弯,就来到任待燕和赵子骥找到的那个入口——那时他们刚到京师,那时的汉金还是天下的中心。

"要走很远,"他告诉林珊,也告诉另外两人——那两人也不知道地道的情况,"要穿过城墙,一路走到琼林苑对面去。有几个地方得弯着腰通过,小心碰头。不过里面通风尚可,我以前走过。"

"是谁修的?什么时候修的?你怎么找到的?"林珊问。任待燕发现自己很高兴她想知道,很高兴她能有此一问。

"边走边说。"他回答,"明敦,等咱们都进来了,从这边把门堵上。"明敦就是那个得力的部下。

众人一边走,任待燕一边讲解。有些时候,人们需要听到领导者的声音。他心里想,领导别人有很多种途径,而失败的途径却有更多。

他想起第一次下地道时赵子骥数的步数。凡事都有第一次,第一次往往都不容易。现在他知道,这地道有个尽头。只是不知道从地道出来会是什么样子。

那猫头鹰的叫声让他多少放心了些,可是今夜城里兵荒马乱,再也不是从前模样,要是真觉得放心,那就太天真了。他知道,阿尔泰人就在他们头顶上,城里已燃起熊熊火光。

他先是扶着林珊的胳膊肘,走了一会儿,地道变窄,众人只能排成一列。任待燕走在前头,一刻不停地说着话,林珊在他身后,殿后的是那两名军人。

汉金城正在遭受劫掠,任待燕却要逃跑,而他还有成命在身,应当坚守城池。他努力压抑心中的羞耻,却委实难以做到。要是早几年,他或许会发誓报仇,掉头回去了。他还记得当年在盛都,四下无人时,自己在祖宗牌位前发下的誓言。他发誓要收复故土,重整山河。那是一个男孩对列祖列宗的悄悄话,不想让自己的兄长听见。

赌咒发誓不值一钱,如何行动才是关键,但行动了也可能会失败。任待燕心想,失败的机会还远大于成功的可能。

就在几天前,朝廷里还召他入宫,叫他去处死寇赈。

事到临头,他才发现自己下不了这样的手,扮演不了这样的角色。所以他推辞了。太上皇掌国玺时,太宰为了顺遂上意,干了许多祸国殃民的事情,今上若要为此处死他,那既是官家的权力,也是他的职责所在。何况不管是砍头还是自缢,抑或是其他手段,有司都有专门的刽子手。

太宰死了,任待燕一点也不难过。他曾经想过,谁会来接替寇赈的位置,再一转念,又只得苦涩地想,是谁又有什么打紧的?

他说:"我猜,两百年前,人们还没忘记那些叛乱。所以他们需要一些出城的通道。"

"这样的地道,别处也有?"林珊问道。她的声音很平静。

"还找到一条。不过那条出口太显眼。"

"这一条呢?"

"自己看吧。不远了。我保证。"

"我没事。"她说。

众人默不作声,继续前行。

任待燕清了清喉咙,说:"齐威不来?"

"他不来。他弄了把剑,要守着古董。"

"他守不住啊。你知道的。"

"他也知道。"林珊顿了一顿,"他说,那就是他的命。"

"明白。"他说,尽管他并不真的明白。

林珊说:"有些东西一旦丢了,活着也便没意思了。"

任待燕想了想,说:"人的命⋯⋯"刚一开口,却说不下去了。

"走吧。"林珊回答。

地道里回响着脚步声,两边支柱上映着火光。这样一条地道,修造时难免死过人。任待燕心想,不知她有没有听见,这里除了他们的声音,还有老鼠爬过的动静。听到了吧。他想。

他深吸一口气,说:"人的命不光是自己的啊。"

众人脚下不停,林珊沉默了一阵子,开口道:"待燕,你们今晚打算干什么?"

这句话把任待燕吓了一跳。第一次去她家里,在那满屋的珍玩古董之间,她也是这样让他吃惊不小。

我的心意你知道的。他想这样说,可身后还跟着两个人,任待燕不得不为她的名节考虑。何况,他要是真这么说了,那她就更加明白,他在盘算什么危险的事情。

路面开始变成一道向上的斜坡。

"到了。"他说。他没有回答她的问题。他知道,他的心思,她懂。

修这条地道的人,林珊心想,考虑真是周全。地道尽头有一条石凳,人可以踩在上面;经过加固的土墙上还有搁火把的托架,这样拿火把的人就可以腾出手和肩膀,顶开通往地上的门。

这一点林珊十分欣赏。先见之明总能让人心安,像是昭告世人,天下事并不全都是马马虎虎、浑浑噩噩、吉凶难料的。也许今晚,这个冬天,这个除夕夜,她不得不找到一点——或是说服自己存在——秩序和理智的蛛丝马迹。

她保持警惕,同时惊惧万分。除了逃出城去,任待燕还有别的计划,可她并不知道——也无从知道——那究竟是什么。父亲去世以后,她可说是一直都在睡梦中,把自己封闭起来。如同孩子一般,像是要闭上眼睛,拒绝承认眼前正在发生的一切。她还记得这些。如果你看不见那个人——或是黑暗中游荡的精灵鬼怪——那个人也就找不到你。

任待燕站到石凳上,朝头顶敲了两下。他双手向上用力一推,那门板却不像他预想的那么沉重。林珊听见他骂了句什么,不由得心里一紧。

这时,一个声音传来:"知道你力气小。想着要帮帮你。"

"你要是照我说的,把马带来了,我就先叫马蹄子把你踩扁,"任待燕说,"拉我们出去。"

把马带来了。

林珊什么都没说。任待燕扶她上了石凳,上面伸出两只手,把她从地道里拖上来。等她站起身来,发现自己身在一片小竹林里。

是片竹林。没有火把,看不真切。也没有月亮,这很自然,今晚是除夕夜。何况天空也是阴云密布。雪一直下。这里静得出奇,确实离城墙很远。他们在那座沦陷的城池之外。

任待燕还想搭救齐威,他拒绝了。在那之后,他们夫妇二人互施一礼,林珊就走了。此刻林珊站在夜幕笼罩下的竹林里,看着大雪覆盖着枝头,眼前浮现出丈夫的身影:丈夫站在夫妇二人的库房前,笨拙地握着一柄古旧的宝剑,看着熊熊火光,等着前来的番子。

"夫人。"有人说话,这声音她应该听过。一个人影向她作了个揖。

林珊说:"请见谅,这里太暗,不知尊驾是……"

"副都统制赵子骥。我们在夫人家里有过一面之缘,那年夏天护送您丈夫离开成泉也是在下。"

"是了,"林珊说,她又补充道,"将军还对我射过一箭,这回还像这样吗?"

赵子骥呛了一下。有人轻声笑了起来——是待燕,来到她身后。

"老兄你可要小心点啊,齐夫人可是会挠人的。"

"那我还是以礼相待吧,"赵子骥说,"还有,这附近没有老虎,别怕。"

林珊以为这是在对她说话,其实不是。任待燕又笑了起来。"我到底是为什么要想你呀!"

"因为我不在这儿,诸事不顺?"

这本是一句笑话,可任待燕这次却没有笑。他只是说:"一点没错。说说情况。"

"带了二十人过来。太近,来不了太多。向西三十里,埋伏了三千骑手。不过番子没在那边。我留下的命令是,藏好,一旦有番子发现了,不留活口。"

"城上四壁战况如何?"

"番子从北门进城,此刻正从城内向西南两壁靠拢。城门全部失守。番子正杀进城里,你自己看吧。"他的声音很平静。

"看城里?"

任待燕从他兄弟和其他人身边走过去——林珊现在能看清他们的轮廓了。他走到竹林边上,林珊也跟过来,站在他身边,看见汉金城燃起熊熊大火。火光冲天。雪与火。

雪与火。林珊心想,同时又有些恨自己。因为这几个字已经印在她脑子里,她甚至想到可以将这几个字填进哪些旧的词牌,使之在描写今夜的灾祸时呈现出一点新意。

她这是怎么了?城中百姓死到临头、惊恐万状却无路可逃,她自己想的却是这些?雪下个不停。她说:"父亲会庆幸自己不必目睹这番景象吧。"

任待燕没有回答。他转过身,面对赵子骥:"三匹好马?"

"对。"赵子骥说,"能听我一句吗?你这是送死。"

"不能。"任待燕说。

他又看向林珊,没有碰她。"老天开眼的话,我会回来的。老天不长眼,就听赵子骥的,还有一块儿从地道出来的明敦。他们会带你到淮水以南,不得已时还会送你过大江。"

"你到底打算干什么?"她问,她还能稳住声音。双手在发抖。她告诉自己,这里是野外,太冷了。她还戴着那顶滑稽的夹层帽子。

任待燕向她解释了自己的计划。说完就走了,带着另一个人,骑着马冲出竹林,冲进夜色和漫天大雪中。他始终都没有碰她。

第二十四章

几百年来，草原上有些简单的规矩从来都没变过，所有的部落都会遵守。

早先有一支阿尔泰军在延陵以北意外地遭到了迎头痛击，这支部队里有个叫蒲剌的临阵脱逃，侥幸生还。眼下，汉金城终于破了，其他人都获准进城洗劫，蒲剌和几个同属败军的兄弟却要守卫营寨。他明白这其中的原因。

蒲剌的头领一向关照下属，而且认识蒲剌的阿爸。蒲剌的阿爸是可汗——如今应该叫皇帝——身边的大人物。

头领答应他们，说夜里晚些时候会派人给留守营寨的兄弟送些奇台的女人回来。想得周全，而且精明。谁也不想得罪草原骑兵，而蒲剌和另外三个随他一道留守军营的士兵都是血统纯正的阿尔泰人，可不是被征服以后召入军中的部落民。在草原上，家族身世就是一切，部落就是家。

即便如此，这会儿喝着马奶酒，想着一会儿还有消遣，蒲剌越发没法留在毡包外面，眼看着族人如何对待自大的奇台人和他们的城池。眼睁睁看着，却没法置身其中。

据说，汉金城里有数不尽的歌伎。多少总要带出几个吧？蒲剌年轻气盛，这会儿想要女人的心思远甚于对黄金的渴望。

他看着城中的火光。又起一处，在西边靠近城墙的地方。他已经数出十几处大火。整个汉金城都成了一座火葬场。奇台人会为新主人造一座新城。蒲剌听说，这类事情就该这样。

今年新年开了个好头，一举扭转了草原世世代代受到的歧视。当初奇台就连向北方输捐纳贡，都要称之为"岁赠"，还非要说萧虏皇帝是奇台皇帝儿子，或者，最少也是侄子。

哈，谁都知道萧虏皇帝落了个什么下场。都元帅的弟弟白骥——蒲剌心里的大英雄——还用皇帝的脑袋瓜子盛酒喝。

过了今夜，奇台的皇帝就屁都不是啦。蒲剌知道，他们打算把他和他所有的儿子女儿统统掳回北方。白骥发过誓，要睡了奇台的皇后，还要逼着她丈夫在一旁观看。蒲剌一边举着酒壶喝酒，一边心想，这才叫男人。

蒲剌不是傻子，他可没指望今晚会有人送来个香喷喷的帝姬来。不过在夜里瞎琢磨，总碍不着别人吧？香喷喷，溜滑滑。

西边那一仗，有一支奇台禁军证明自己并非不堪一击。从那以后，尽管嘴上不说，可是蒲剌已经时刻准备着回家了。那一仗里，蒲剌还以为自己死定了。不过能打的也就那一支部队，草原骑兵所过之处，其他禁军无不望风而逃，逃得就跟……嗨，就跟他逃跑时一样，不过今天晚上，就别去想那些糟心事了吧。

他不想被丢在这里，不过留守营寨的士兵那一份战利品一点都不会少他的。这是老规矩。毕竟要有人守着马匹、财宝和囚徒。

何况留在这里，他也不怕又撞见那种挥双手刀的士兵——要是在城里，在漫天大火的街巷中，那可就说不准啦。汉金城里还有禁军。还是留在旷野里好，蒲剌心想。哪儿都不如旷野里好。再说了，留在营寨里也是因为有重要任务。

这就是他死时最后的念头。他死前并没有在想撞上刀剑，那个念头还在死之前，彼时正有一支箭对准了他。蒲剌死时只有十七岁，是额祈葛的独子。

前年的一个夏夜，叶尼部的敖彦也是这样被一箭毙命，死时只有十四岁，射死他的正是蒲剌箭术超群、心狠手辣的额祈葛。那天夜里，阿尔泰部袭击叶尼部的营地，开始了他们鲸吞虎噬、席卷天下的征程。

这些事情里似乎有个教训，有其含义在里面，又似乎没有。大概其实真的没有吧。毕竟，谁会从中吸取教训，这教训又是什么呢？

康俊文将会活到很大岁数，比一般人都活得更久。他这一生大部分时间都会在大江以南度过，大部分时间身体都还不错。

晚年的时候,他成了圣道教的信徒,为自己能活这么长久感到满足。他的确觉得自己在世上走这一遭是天赐之福,而不是什么理所当然的事情,尽管他年轻时有过许多次英勇之举,而且从不辱没祖先。他的故事有很多,不过有一个故事他最常讲起。这故事里面有任待燕,故事发生在汉金城破的那个夜晚——那天夜里飘着大雪,群星都被乌云所遮蔽,他们俩办了一件大事。

从地道里逃出失守的城池,他和都统制二人——只有他们二人——骑着两匹马,又牵着一匹,从与其他人会合的竹林里出来。

临出发前,任都统制脱掉貂袖和罩袍,只穿了一件毛皮半臂①;又披散开头发,样子看起来与番子无异。康俊文也同样换了扮相。他忍不住仔细观察都统制,想看看能不能认出传说中都统制背上的刺字。可是夜色太黑,何况那件半臂把什么都遮住了。

康俊文不知道接下来要干什么,只是不能让身体感觉到冷。他年轻气盛,可以决定这样的小事。

他虽不想死,但也绝不容许自己被俘,变成奴隶。他情愿与父兄的在天之灵相聚。

康俊文是个归朝人,原本世代居住在故州土地上,忍受着番子的统治。他家以种田为生,向萧房人交纳税赋,身份介于仆人和奴隶之间。

多年以前的一个夏夜,他爹和两个哥哥因为私贩茶盐被抓起来斩首示众。康俊文那时尚未成年,被人逼着和全村人一道目睹了行刑过程。康俊文的娘当时在他身边,眼看着自己的丈夫和两个孩子被砍了头,当场昏倒在地。萧房人却没有费力气去打她,只是狂笑不止。其中一人朝他娘吐了口唾沫,骑着马走了。

一个瞬间,往往就能决定人的一生。

那之后不到一年,康俊文的娘就死了。他跟姐姐姐夫一块儿打理农田,勉强糊口。再后来,税赋加重了。

东边的阿尔泰人造反,萧房国内动荡,康俊文于是南逃归朝,在汉金北面加入奇台禁军。那时他的年纪足以参军。他领到了一把

---

①背心。

剑和一双靴子,但没有接受训练。他个子不高,长得精瘦而结实。他来自番邦侵占的故土,说话还带口音。别人都瞧不起他。

当初康俊文随军出征,去攻打萧虏南京——后来进攻受挫,他也随军大败而逃。归逃路上,他怒不可遏。在那之后,阿尔泰人大军南下,他又随军北上阻拦。

结果又被打得丢盔弃甲,落荒而逃。那些士兵没死的也被冲得七零八落,各自逃命,能跑多远跑多远。康俊文则一路径直回到汉金。这真是奇耻大辱。康俊文绝非贪生怕死之辈,而且无比仇恨草原人——既因为他是奇台人,也因为家仇未报。幼年时康俊文不仅眼睁睁看着父兄就戮,还忍受着番子的嘲笑。

围城期间,康俊文发现,有一个都统制颇有古代名将之风。那时的奇台四夷宾服,草原各部都要对奇台纳贡称臣。康俊文想办法进入任待燕麾下,后来又直接向都统制表明心迹,让将军明白,他,康俊文,康孝伯的儿子,为了跟番子打仗,肝脑涂地,万死不辞。

康俊文说,自己从小生活在故州,所以会说番子的语言,还带有萧虏口音,语速快,母音含混,与番子对答毫无障碍。

是以除夕夜汉金城破时,他却穿过一条长长的地道来到城外。随后,也就是现在,他在冬夜里只穿一件半臂,披散着头发,骑着马前往敌营。

在他们右边是城里的冲天火光。耳朵里是阿尔泰人的马蹄声和得胜的番子扫荡城墙、继而突破西南两壁城门时的呼啸声。

康俊文心想,后世一定不会忘记今晚汉金之劫。今晚定将成为全天下共有的一段惨痛记忆。

两人骑着马,一路上任都统制一直沉默不言。他们的坐骑并没有跑起来,只是踱着碎步——地面凹凸不平,而且视野模糊。他们来到几棵栎树前停下来,栎树不多,分布稀疏错落。都统制一挥手,两人下了马。他们把马拴好,扔下它们,一边透过大雪和夜幕四下观察,一边凝神谛听周遭动静,一边小心翼翼地步行前进。

康俊文发现了篝火,他碰一碰都统制,朝那边一指。任待燕点点头,把嘴凑到康俊文的耳边。

"有守卫。你扛着我。就说我的马折了,我跌下来受了伤,你要把我送回来。扛得动吧？"

康俊文只是点点头。这个人要他做什么他都肯。

"混得过去吧？"

"能。"康俊文小声道，"我不怕。"

最后一句是说谎。他怕，但这并不能阻止他。

都统制任待燕攥了攥康俊文的肩膀，压低声音说："好样的。过了外面的守卫，一直走，直到他们看不见咱们为止。这趟活儿，咱俩一起干。"

咱俩。康俊文虽不知道这趟活儿是什么，可这并不重要。堂堂都统制都说他是好样的，他可算是给自己支离破碎的家族争了光。他不怕了。

他把任待燕扛上肩头，仿佛自己在自家农田里扛起一捆收割好的麦子。他小心让过都统制的弓和刀，以及自己的刀——他不是弓手。

头几步有些踉跄，随后他站稳了脚跟。

走了大概五十步，距离篝火越来越近，他心里有了计较。他不等守卫开腔问话，就先出声高喊，用带着萧庼口音的草原话说："有人没？照个亮，让我过去！有人挂花了。"

"没火，笨蛋！"这回答虽不客气，却并没有疑心——奇台人已经招架不住，只有坐以待毙了，怎么可能这样大摇大摆地过来？来又是为了什么？听那守卫的口音应该是个萧庼人，和康俊文说话毫不费力。

"萨满在哪儿？帐子里？"康俊文气喘吁吁地说，仿佛已经累坏了。他看着前头影影绰绰的守卫，全都拿着草原短弓。他走了过去。

"后头直走。有个天鹅的幡。你看得见。外头啥样了？"言语间不乏嫉妒，听起来也不太清醒，说话的人在想念血腥征服的快感。

"都他娘的没进去，"康俊文喘着粗气，"就交代送他回来。我没事儿，两匹马都完了。"

"狗日的还有那种刀？"另一个守卫问道。这人是个阿尔泰人。

"没见着。是地不平啊。"

"进去吧，天鹅的幡。算他倒霉。"

"算我倒霉。"康俊文一边说，一边扛着都统制，也扛着对父亲的回忆，走进敌营。他的心里既有恐惧，也有轻蔑，既有哀伤，也有自豪。

第一次杀人之后，他的人生就开始了。任待燕想道。他绕到那顶关着囚徒的毡包背后，远离篝火，一箭射死最后一个看守。那一箭正中他的喉咙，于是那番子到死都没能哼出一声。

他一直在想当初在去关家村路上的那番遭遇。彼时的他只有十五岁。在这个冬夜里，身在番子军营之中，他回忆起自己当初的感觉，回忆起自己如何丢下一切，走进山林。当时的感觉就好像他已经灵魂出窍，眼睁睁看着自己渐行渐远。

眼下是汉金的冬季，可不是泽川的春天。这个关口分神回忆过去可会要人命的。他悄无声息地回来，康俊文还在原地待着。他想，人心真是奇怪。一缕香气一幅图景都能把人带回很多年前。

一只狐狸飞快地窜过雪地。

尽管这里漆黑一片，只有毡包前面生着一堆篝火，但他确信那就是一只狐狸。他的心开始狂跳，不能自已。那只狐狸一直跑，没停下来，它只是……只是故意让他看自己一眼。背上的刺字仿佛变得灼人。

他强迫自己别去想这些。别去想这一切。不想过去，也不想这或许是个暗示，告诉他鬼神的世界就在身边。这个世界，凡人只是偶尔才会洞见它，感知到它，但它其实一直在那儿。

他碰了碰康俊文的胳膊。康俊文早有准备，他转过身来，从容稳健。好样的。任待燕是这样评价他的，也这样对他说过。这人是真的痛恨番族骑兵。任待燕不知道是为什么，也没问过，不过这并不重要，也许是家里出过什么事情吧。恨意是个好东西，能催人奋进。

任待燕转过身，康俊文紧跟在后。雪还在下，地上已经有了薄薄一层积雪。周围有声响，不过动静不多，而且不在附近。营寨里没留几个骑兵。军营四周有守卫，这顶帐子前也有，营地后面应该还有一些，汉金城的财宝都放在后营。

今晚是血红、暴虐的狂欢顶点,番子又被拴在这里太长时间了,今晚有谁会情愿留在后头呢?

城内定然是一片地狱景象。大量百姓被屠,而且惨剧远不止如此。任待燕又想,恨意会逼着你不得不去做些什么。但还是应当小心谨慎。他来这里是有目的的。奇台必须从这一夜里走出来。

毡包后面一片漆黑。雪地里躺着一个死人。任待燕从那人喉咙上拔下箭来,这是他在水泊寨养成的习惯,只要能回收,就绝不丢掉。他看见康俊文把尸体从毡包前面的火堆旁拖走,拖到后面。好主意。康俊文也把那具尸体上的箭拔了下来,然后朝毡包走去。

毡包里有可能还有看守。任待燕拔出刀来,双手握刀用力劈下,厚重的毡子上划出一道口子。任待燕拧身从那口子里钻进去,一进去就摆开刺杀的架势。

毡包里面有一只矮小的火盆,发出微弱的火光。不过外面一片漆黑,里面这点亮光足够了。这里只有一个人。那人从铺在地上的草垫上迅速起身,看样子有些吃惊,却——很好——并不害怕。毡包里没有火堆,也不暖和。火光黯淡的火盆边上放了两只小碗,睡觉的草垫毫不讲究,除此之外,屋里就只剩下一只夜里便溺用的尿桶。这可不对,大错特错。

任待燕双膝跪地,拼命地喘息着,情绪简直难以自持。他低下了头。康俊文手里提着刀,在他身后也从那口子里进来。这名禁军一时愣住了——他原本并不知道来这里是干什么——随后他丢下刀,也跪到地上,两只手拄地,前额也触到地上。

"殿下,"任待燕说,"臣等贸然闯入,请殿下恕罪。但请殿下随臣等速速离开此地。"

"将军免礼。"奇台皇子知祯说。太上皇的子嗣中——太上皇一脉中——只有他一个人未被困在汉金城里。

他已经松开头发,已经躺下准备入睡了。他任由另外两人帮他除去衣袍,把自己弄得跟他们一样,跟夜里的番子一样。他迟疑片刻,穿上了自己的靴子。任待燕有一种冲动,想要帮他,可他没有动。他递给皇子一把小刀。长刀他只有一柄。

随后任待燕取出一个随身带来的卷轴,把它放在草垫上。放在那里一眼就能看得到。

"那是什么?"皇子问。

任待燕只是说:"好叫番子看看。"

他又看看毡包后面。刚才康俊文从那边出去了,现在又带着一具看守的尸体折返回来。他把尸体丢进来,然后又出去了。他把另外三具尸体也搬进来,动作既迅速,又安静。又是个好主意。这几个死人被发现得越晚……

康俊文把事情料理完,直起腰来,等待命令。皇子走过去,抬起脚上的靴子,朝离他最近的看守脑袋上踹了几脚。任待燕心想:他有权这样。

众人从毡包后面出来,番子广大黑暗的营地里没有一丝异样,也没有警报。营地另一头点着几堆营火。远处传来醉醺醺的声音,有人还在唱歌。轻柔的雪花从沉重的乌云里飘落下来。透过漫天雪花织就的裹尸布,汉金城里的声音显得缥缈遥远,仿佛已经融入过去,成为一段骇人听闻的历史。

卓夫子曾经在林中训诫说,忠孝大义,人之根本。圣道教的见解却略有不同。圣道教讲究万物平衡,这其中也包含了讲故事的方式和故事本身之间的关系。

所以,即使是在暮年,即便人们都体谅,甚至乐意听老人往故事里添油加醋,康俊文说起番营救驾,以及随后的种种遭遇,也从不故意夸耀年轻时的这番壮举。

或许正因为他讲述往事时只是娓娓道来,从不刻意吹嘘,这些往事反倒更能引起听众的共鸣。他本可以多讲讲自己,可他从不这样。他知道人们来他这儿是想听什么;至于他自己,之所以德高望重,受人尊敬,不过是因为当时他就在任待燕左右,于是如今他被人们看作是任待燕的化身。他自己的脸——那时还很年轻——不过一汪池水,映着天上的明月。康俊文不知道这比方算不算恰当,反正他就是这么想的。

康俊文也知道,回忆可能出错,也可能丢失。比方说,他成亲那天的场景至今历历在目,然而很久很久以后的,有关妻子去世那会儿的所有回忆都已经混沌不清了。

他们离开拘押皇子的毡包。都统制领着他们朝营寨另一头走去,尽量远离进来时遇见的守卫。任待燕压低声音,分别同康俊文和皇子说了几句话。康俊文一直觉得任待燕交代的是同一件事情,不过他也不确定,这就让故事变得不好讲了,或者说,这让故事有了破绽,变得飘忽不定起来。

康俊文听到的话很简单:"走,就跟在家一样,假装去别的地方。"

三个人走得很快,但没有跑。他们看见篝火边上有人,正把一只酒壶递来递去。这些人既不放哨,也不像是受伤了,康俊文闹不清楚他们留在后头干什么。夜色里,不知道这几个番子有没有看见这三人,总之没有人在意他们。

众人往营寨南边走,那边可能有守卫,经过一座门前没有营火的毡包时,任待燕叫另外两人去毡包那边停下来。他又小声分别对他二人说了些什么。在他们南边,从城里传来尖厉的声音;这声音忽高忽低,一刻不绝。康俊文一辈子都不会忘记这些声响。他也不会忘记,当时自己多么想动手杀人。

动手杀人的是都统制。

前面的守营士兵散得很开——任待燕是看到了,还是早就料到了——不像进来时见到的守卫那样聚到一起。他又抽出弓来。

他每次都是抵到近前才放箭。第一个守卫刚倒下,康俊文就快步上前,站到那人原来的位置上——这样那人旁边——在右边——的守卫看过来,就会看到这边还有人在站岗。过了一会儿,旁边那个守卫也一命呜呼。皇子知祯站了过去。

此时任待燕已经去了西边,不见踪影。那边还有个守卫,他的命运就此没了悬念。康俊文站在原处,脸向外冲着南方,像个忠于职守的哨兵。

就在这时,他听见身后有人走过来,一个阿尔泰的声音叫道:"他娘的轮到我了。操!他喝酒烤火去吧。"

康俊文镇定地转过身来,假装要跟人打个招呼,同时抽出刀来,一刀捅过去——捅进扎了支箭的死人身上。

"干得好。"都统制手里拿着弓,一边小声说,一遍弓着腰走过来。

康俊文说:"还要过来两个。"

"来过了,"任待燕说,"没事儿,可以走了。"

"咱把它撑起来。"

"你来。"都统制说,在康俊文听起来似乎颇有兴味,"我可不会。"

"看着。"康俊文安静地说。他把第二具尸体拖过来,把他面冲南摆好,又让第一具尸体坐直,倚着另一个人的后背。这样从远处看,就像是还有个守卫,只是不知是蹲还是坐。他替任待燕拔下那两支箭。

"不倒就没事,"他说,"兴许还倒不了。"

究竟倒没倒就不得而知了。随后他和任待燕溜到皇子那里,看见皇子身子僵直,向外张望,像是在放哨一样,然后三人一起——终于跑起来——出了敌营,进入夜色。

这期间始终没有人发出警报。

当初认定康俊文是个当兵的好料子,任待燕就感到十分高兴,如今他的眼光得到证明,又让他兴奋不已。

这个康俊文,虽然是个新手,在阿尔泰营地里却着实露了一手。左边有火光,不过他们要去的地方一片漆黑。他在皇子身边,伸出一只手,以防皇子摔倒。任待燕一时担心能不能把他们带回拴马的几棵栎树那里。就在这时,他看见一直火把的亮光,前头有人。

"别动!"他突然说,又转身面对康俊文,"要是我没回来,带殿下绕到城西,进竹林里找到其他人,向赵副都统制复命。奇台就靠你了。"

不待回答,任待燕便已经冲了出去。一边跑,一边从背上取下弓,搭上箭,动作轻柔,就像用手拂过头发。他压低腰身,行动迅速,安静得仿若鬼魅。尽管他也害怕。万一对方人数众多,万一他们发现并且牵走了马……

只有三个人,刚过来。这几个骑兵下了马,一边交谈,一边牵拴在那里的三匹马。听声音,他们并无警觉。大概已经喝醉了,没准儿还以为是在戏耍其他骑兵。城内一片火海,他们不会料到居然有奇台士兵逃出来。

任待燕杀过许多人。杀掉一个本性不坏的人,这感觉糟透了。可是几年过后,再杀人时你可能压根儿不会想到这其中的利害。

第一次杀人的时候,你会告诉自己这是不得已而为之。但有些人从不想这些。任待燕就认识一些人,他们把杀人当做消遣。他认真想了想,当初是如何不再为自己的刀下冤魂而忧心。

他放出一箭,搭弓,再射,跟着是第三支箭——三人里有个人举着火把,这让偷袭容易许多。自然地,他把那个人放到最后处置。

这回可不像在阿尔泰营地里那样安静。一来,这三个人凑在一起;二来,拿火把的人看见头两个人倒地。他失声大叫起来,一匹马人立而起。

任待燕右边传来一声惊叫。

有四个人,不是三个。这个人可能刚好去别处出恭,不然就是他忠于职守,因为这些不寻常的发现,于是在这一带巡查。

这声惊呼要了他的命。任待燕丢下弓,穿透黑夜,循着那声惊叫冲了上去。那里有个阿尔泰人,站在白雪覆盖、坑坑洼洼的野地里。

任待燕一刀结果了他的性命。这种双手刀用来突刺并不称手。他像在夏季的麦田里一样,把双手刀舞得仿若长柄镰刀,只一挥,任待燕又多了一笔他死后要结清的命债。

可在死之前,任待燕还有很多事情要做。汉金城已经无力抵抗。他想起城中的平民百姓,想起了城中的女人,还有孩子——他们永远都不会长大成人了。他才没工夫去想他脚边这个番子的爹娘。

他在地上擦干刀上血迹,捡起弓,回来让另外同伴跟上。他们不仅把七匹马全都带走,还取下一个死人的刀和腰带,递给皇子。康俊文默不作声地收回任待燕的箭,将它们物归原主。

三个人返回竹林时,雪已经停了。任待燕一边靠过去,一边像在水泊寨一样学了几声猫头鹰叫,好让赵子骥不要动手。

众人回到竹林,在地道口下了马。任待燕环顾四周,四周一片漆黑,只能看见几个人影。如果将来奇台再兴,汉金雪耻,那这一切都始于这片竹林。

任待燕说:"成了。必须尽快南下,后面有追兵,命令骑兵在路上与我们会合。知祯殿下跟咱们一路,咱们需要水食衣物。"

正如先前所料,听见皇子的名字,所有人都下跪行礼,他心爱的女人也不例外。

马蹄声,呼啸声,脚步声,惨叫声,他都能听见。他的胃里翻江倒海,仿佛吞下了好几条蛇。齐威站在院子里,站在库房前,尽管火势还没有蔓延过来,但到处都有火光,能看见烈焰从房子里蹿出,舔舐着屋顶的飞檐。

大院里空空荡荡,只有他一个人。他知道很快就不会这样了。他提着把剑。有几回他觉得这副尊容着实滑稽,可过一会儿,虽然还提着剑,却又不觉得可笑。他根本不会舞剑,可是,事已至此,这样起码算是死得其所。

这段时间以来,他一直守在这里,防备着那些上街搜刮民财的士兵。那是奇台的军人。齐威想要阻止他们,可他也知道自己这架势根本唬不住人,不过他还是心存侥幸,或许这些士兵宁愿去别处看看,去那些根本没人看守的地方,而不是跑来冒哪怕一丁点风险。

可现在城里狼奔豕突的是番族士兵,他们来了可不会这么想,而且番子一定会来,哪怕这里不过是宗室诸宅里阴沉沉、不起眼的一角。齐威心想,番族骑兵进城之初会直奔皇城和花街柳巷。不过他们也会来这里。今夜不来,明早也会来,总之不会太晚。他抬起头,看看漫天大雪。雪花轻柔,真美。

他想起了父母。当初父亲语调轻松,自信满满地说,番子前来,不过是图些银绢。只要给足钱物,他们自然就退了。"这之后,"父亲说,"咱们还会在榷场把钱赚回来,跟往常一样。"事后有些人会受到查办,新官家会新任命一批大臣,一切都会照旧。

父亲在宗室诸宅的另一头,这会儿已经死了吧。还有母亲。一想起阿尔泰人是如何攻城略地的,齐威真希望母亲已经死了。真是个让人揪心的念头。母亲为人刻薄严厉，可是齐威尊敬她，她也尊重齐威自己的生活方式，自己的选择——就她所知道的那部分而言。

齐威的妻子也是母亲相中的。婚后多年，他们夫妇好得跟一个人似的，后来二人关系却变了。至于是什么时候、又如何发生了转变，齐威至今也说不清楚。有些时候，男人对妻子、对生活还有其他的需求。

他想起寇尧，他的管家，他的爱人：这些念头也并不费解。齐威要他带上孩子去南方，要好好的。这个世道能让带孩子的男人有多安稳，他就要有多安稳。在这件事上，他已经竭尽全力去安排了。至于珊儿——他的发妻此刻应该已经出城了。

但愿如此。昨天珊儿戴着那顶滑稽可笑的帽子过来，要他随自己一起逃。齐威没有答应。然后他们互相道了珍重。总有那么个临界点，越过之后你就没办法离开自己的毕生事业、没办法离开自己所爱，齐威就已经过了那个点。

他的事业和追求，大部分就在他身后的库房里。此刻他站在这里，手里笨拙地提着一把剑。他不想说自己当前的举动有多伟大或勇敢，他只是在苍天和鬼神面前做了回真正的自己。也许这在某个程度上说，这才是至关重要的？

他听见一声轰响，跟着是一声长啸，他浑身一哆嗦，害怕了。他朝左边看去，一道橘红色的烈焰直冲云霄，那边还传来一声声惨叫。宗亲宅外有一匹马倒下了。他站在这片空旷的大院里，握紧了手中的古剑。

在他身后，那上了锁的库房里，陈列着充满魅力与威严的古董，有的来自第三朝，有的出自第五朝，也有短命的第六王朝的物品。还有鼎和钟，其中有一件体积巨大，齐威费了很大的力气才将它从淮水带来汉金。涂过漆的桌子上摆着玉器，玉器的颜色有翠绿有奶白也有牙黄，怕碰坏了，全都放在盒子里。有一件雕像近乎全黑，齐威十分喜欢。库房里还有雕像、饰品和花瓶，有巨大的酒器以及珠宝。有的杯碟碗盏，其历史比奇台还要漫长。还有简册——官府的规章法令，私人笔记，诗人的往来信函、诗歌、散文，甚至有一份死刑的判决书。这间高顶的库房里还有许多石柱的基座，齐威和妻子曾经花了好几年时间来将其上的纹饰拓印下来。

这些东西，还有存放在家中的古董，都是他毕生的心血和荣耀，是他的命。齐威突然想道，我这一辈子就像是一个渺小的人，举着一支渺小的火炬，回头看，再回头看。他这一生都在努力探究奇台的前世今生。像这样，他想，也算是不枉此生吧。

他一点剑术都不懂，只知道握住剑柄来回地胡乱挥舞，就像幼儿挥舞着竹竿假装自己是古代的英雄一样。等幼儿长大了，真正开始接受教育，他们就会明白，这样的梦想在第十二王朝可上不得台面，再然后，他们就会留起左手小拇指上的指甲。

最初闯进广场的番族骑兵没带火把，别处的大火也距离这里太远，所以齐威躲在库房一旁的阴影里，一时没有被发现。有个骑兵来到上锁的库房门前，齐威用尽全力一剑挥出，当真把那人砍伤了。这一剑劈在番子身侧，手上一震，用力之猛把齐威自己吓了一跳。而他的感受也仅止于此。另一个番子一刀刺进他的肚子，又猛力朝上一挑。齐威身上全无披挂，只穿了一层层用于防寒的衣服。这一刀要了他的命，送他过了鬼门关，沉入永恒的黑夜。

在他身后，库房门被砸了开来。库房内漆黑一片。里面陈列着齐嫪之子齐威和他的发妻——词人林珊——多年来小心整理造册的珍器古玩。一番劫掠过后，这些东西被尽数运往北方草原。一同去往北方的还有别处的巨量财富，以及许多奇台百姓。这将是一趟可怕的行程。

人的一生有很多种方式度过。齐威一生并无显名，他却为国家，为天下做出了一份真正的贡献，这份贡献，大多数天潢贵胄却都不曾做到。他为人古怪，却无亏大节。汉金陷落时，他也是死得其所。他死后无人收殓，那天夜里死去的人都是如此。和别处一样，汉金城里也添了无数孤魂野鬼。

第五部

第二十五章

和当年在零洲岛一样，在东坡，卢琛也是唯一一个见到鬼魂的人。

诗人一直觉得，这位姑娘是替自己死的。当时父子二人已经结束了流放，一行人正在等待雨季结束后返回家乡。（说明：这一段原文：as they'd waited for spring to free the mountains of snow and let them come home from exile.这里应该说的是第一部的最后那一段的事情。当时父子二人结束流放，雨季来临前离开零洲岛，然后又到岭南地区的孚周等待雨季结束。姑娘死在孚周，然后秋季他们启程返乡，过了春节才到的家。不应该是有什么春季冰雪消融的内容，而且照这个时间线来看，雨季应该是在夏季。怀疑是作者写错了。）

诗人难得见到这个鬼魂，见到她通常是在堂屋的屋顶上，有两次是在农庄东边的河边，两次都是黄昏时分，他从树底下的长凳上起身，正要走路回家。还有一次，是在他自己的书房里，当时正是除夕，那天晚上，汉金沦陷。

她出现时，书房里所有蜡烛灯火一齐忽闪了一下，有一支蜡烛还灭掉了。卢琛一抬头，看见她在屋子对面，在刚刚灭掉、还冒着一缕青烟的蜡烛旁边。她看着他，一晃眼，又不见了。看她的眼神，卢琛知道，这次她出现是有事要告诉他。然后他醒悟过来，知道她想说什么了。

眼下北方的局势人所共知。谁都知道新安已经沦陷，延陵和汉金遭到围城。有些朋友滞留北方，他们的来信里既有警告，也有哀悼。

鬼魂来去或许会更快一些。大部分鬼魂并不与人为善，但他知道——他确信——这一位是个例外。

外面看来已经黑下来了。刚才卢琛一直在专心写字。这天傍晚他再也没有动笔。他要去找弟弟。

不消说,所有人都在准备迎接新年。他来晚了,儿子正打算去叫他。和市镇里甚至乡村里的人们不同,在东坡的新年并不喧嚣。

如果是在汉金,通常会有一支由满朝文武和钩容直卤簿队①组成的盛大的游行队伍,在官家的带领下前往慈佑寺,并且举行辞旧迎新的典礼。大街小巷人山人海,到处都有江湖艺人和舞龙队伍,百姓们欢天喜地,互道新年快乐。

诗人站在自家堂屋的门口。眼下他只有自己内心感受到的、鬼魂传来的消息;来自人间的信息还没有收到。他打定主意,不能让这则消息坏了全家人的心情。这样做不公平。

他挤出一丝微笑,为自己姗姗来迟表示抱歉。他知道没人会怪他,大家都习惯了。他这个人可以一整天都沉浸在诗书里。他看看自己的妻子,看看他自己和弟弟的家人,还有欢聚一堂的仆人佃户,这其中有不少人,尽管经历过一段艰难岁月,却始终不曾离开。诗人心想,他们留在这里很安全。毋庸置疑。

旧岁已尽,新年伊始,诗人冲着一大家子人微笑致意,心却像一块石头沉入湖底。

同一天夜里,一小队人马从汉金城外的竹林起程南下,队中还有一位奇台皇子。

那天夜里,乌云整夜未消,到第二天清晨又接着下起雪来。赵子骥提议分头行动,一部分人向东南,一部分向西南,以此来分散追兵。任待燕却有别的考虑。他认为这样做也会分散自己的力量,而且不管身后有多少追兵,对方在人数上都占上风,因此一起行动才是上策。

毫无疑问,有人在追他们。他们一路纵马狂奔,知祯皇子目前还不是累赘,不过待会儿可能就会是了。他在害怕,任待燕心想,比起之前在帐子里,这会儿看起来更明显了。或许在敌营中,他已

---

①中国古代帝王外出时扈从的仪仗队。

经接受了自己的命运，根本不会去想自己还能逃得生天，而既然现在可以……

任待燕想，世上的人，男女老少，千差万别。谁能说自己对另一个人了如指掌呢？谁能看得透另一个人的本性呢？有几回，他离开队尾殿后的位置，拍马与林珊并辔而行。他们已经把最温驯的马让给了林珊，可是跑这么急，林珊恐怕还是很难受。任待燕其实知道林珊总是和父亲骑马出游，还随着丈夫一块儿骑马走南闯北，搜罗奇台的过往。

每次任待燕靠上来，她都只是说："我没事，别管我。"每次都是如此，像是在不断重复同一首曲子。

队伍停下来两次，好叫大家进些水食。这时就会有一个士兵跪下来，先把水食端给知祯。可两次停下来，知祯都会催着大家赶紧上马。不论是吃东西还是骑马赶路，知祯总是拧过头去，望向北方的夜色，像是担心番子的骑兵如鬼魅一般从天而降。

他们有可能逃不出今晚。不论赶得有多急，他们都不可能跑得比草原骑兵还快。赵子骥已经派出两个最得力的部下去往西边，这两人马不停蹄，带着赵子骥的命令，去找在西边待命的马军。

第二次下马休息时，任待燕走到皇子身旁。

他严肃地说："殿下，臣等有一个计划，请殿下定夺。"这个人生下来就地位尊崇，享受着荣华富贵，却从未掌握权柄。从现在开始，他就必须学会这最后一点。

"将军请讲。"

"据臣估算，运气好的话，敌人会在天亮前出动追兵。"

"运气不好呢？"

"追兵已经上路了。"

"那还不赶快上马？"

"是，殿下。可是人马都必须休息。我们不能整整一夜都不下马。"

"阿尔泰人就能。"

"或许吧。可臣担心的是殿下。"

一阵沉默。这样说出口或许算不得最明智。

"讲。"皇子说。

"西边有我们的马军,出自镇守延陵的禁军。这支马军距离这里有一段距离,为的是避人耳目。我们已经派人去调他们过来了。其中一半人马将负责拦截追兵,另一半会与我们会合,地点已经选好,在这里到淮水之间的一个村子。"

"多少人?"

"每一队有一千五百人。"

"人数……人数不少。"皇子说,"他们要送朕过大江吗?"

这回轮到任待燕沉默了。他咽了口唾沫,说:"殿下,臣等计划直奔荆仙府,召集南方诸军与我们在那里会合。如果我们能在那里站住脚,天气转暖后将番子赶回……"

"不可。"奇台皇子知祯说。

他的声音很大,周围人都停止了交谈。任待燕听见战马在跺着脚打着响鼻。他们处在一片杨树林边上,为的是躲避寒风。

皇子说:"不可,任都统制。本王没有这个打算,本王也不会下这个命令。本王打算彻底摆脱番子,你们要护送本王渡过大江。本王要走海路前往杉橦。本王要在大江南岸指挥禁军防御,同时命令各州路大臣来杉橦朝见。"

这一夜都没有片刻宁静。尤其是身边还有一队人马。这些声音来自战马,来自军士,也有风吹树林的声音。可现在仿佛周围一切宁静下来,任待燕觉得,仿佛群星都在屏息静听。

"殿下,"他一边慢慢开口,一边寻找合适的字眼,"阿尔泰人背井离乡。在他们身后是萧虏全境和奇台的州路,要控制这么广大的土地,番子根本力不从心。我们的百姓绝不会束手就擒,奇台子民仍可一战!他们只需要一个榜样,一个来自我们——来自殿下的信号,告诉他们,奇台仍有领袖,那就是皇子殿下。"

"倘若朕被番子捉住,百姓就没有领袖,没有皇子了。"

任待燕想,知祯的父亲、兄长、家人……至今还生死未卜,而他已经毫不迟疑地自称为"朕"了,只有皇帝才可以这样自称。也许觊觎皇权远比任待燕以为的容易吧。

任待燕再做尝试:"番子绝不愿意在南方作战!我们的土地都

是稻田、水泽、森林、山岭,番子在这里无法任意驰骋,而我们知道如何在本土作战。我们不仅能战胜番子,将来还定能挥师北上。奇台国运就仰仗您了啊殿下!"

"若是这样,任都统制,奇台也要仰仗你来保护朕,不是吗?是不是该上路了?"

该做的都做了,能做的也都做了,任待燕在想,有些时候,天下大势并不能如你所愿地发展——除非,或许,你用强力去扭转乾坤。但这样就一下子走得太远了。

"是,殿下。"任待燕说完,就转身命令其他人上马。

"还有。"知祯皇子说。

任待燕回过身,在黑夜里等他开口。

"卿今夜所为,朕十分感激。任都统制的确是国之栋梁。朕希望卿以后也能戮力杀敌,尽忠事主。大政方针当由朝廷定夺,这一点,任卿,从前如此,今后也如此。"

还有些时候,有些话当说,又有些话不当说。他可以说,这个冬夜汉金之所以满城大火,他们又之所以要狼狈南逃,都是因为朝廷决议……

他不过是个文书吏的次子。而这个人,就目前所知,是今夜整个奇台唯一一个逃出生天的皇子。

"是,殿下。"任待燕回答。

他遵照皇子之命,叫其他人上马,众人继续赶路。

是夜之后的大部分时间,他都和林珊并辔而行。他知道林珊在看着他,像是觉察到他的烦绪。最后,她开口道:"人事尽了,听天由命吧。"

任待燕不知道她是怎么知道的。也许有些人就是能看透别人的心思吧。他没有回答,只是继续和她并肩赶路。

到最后,他静静地说:"盈盈天水畔,灼灼明星华。"

他听见林珊屏住了呼吸。

"织女吗?我可不是。"

"对我来说你是。"他说,"只不过,河汉深以广,何处觅客槎?"

他放慢速度,回到队尾殿后的位置,守护着她,也守护着整个队伍。此后众人一直没有停下歇息,直到第一缕阳光从他们左边射过来。

攻克汉金当夜,一直到第二天下午乃至黄昏,阿尔泰大营里一片狼藉,许多人都喝得人事不省。这是一群番子啊,后世史家在记述这段历史时写道,这里除了暴行还可能有什么?

进城的番子听从命令,把女人带出城来。一起带出来的还有惊恐万状的小孩、男人,甚至是宫里的黄门。这些都是送给看守营寨的兄弟的。此外还有许多白酒,装上大车运了出来。

草原人不喜欢奇台白酒,不过这酒也能醉人,再说攻占敌国都城也值得为之大醉一场。刚刚赢得一场大捷,庆祝活动有可能变得十分残暴,可是打仗的人需要发泄,这一点,任何优秀的军官都明白。

营寨南边的守卫尸体一直到得胜次日将近中午时才发现。军中头目个个酩酊大醉,好一段时间里,这条消息都不知道该找谁汇报。这些人死得蹊跷,不过眼下正该庆祝胜利,也看不出来有什么命令需要下达。

当夜在死人附近站岗的哨兵显然未能尽到职责。不过汉金城破,女人和白酒源源不断地运出城来,这个时候,谁还有心思忠于职守呢?

傍晚,天又下起雪来。直到这时才有人想起来,他们的奇台俘虏还没吃东西。

有个大头领灵机一动,想到要是当着皇子的面玩弄女人应该挺有意思。营中所有头领,包括都元帅兄弟二人在内,头脑都有点不清不楚。这时候,奇台的皇族——男人女人,还有皇帝父子——早已被关到一处,成为他们的囊中之物了。

可惜的是,那晚骑兵未及冲进后宫,皇太后和皇后就已经在宫中自缢了。白骥曾经发誓要当着皇帝的面把皇后据为己有。皇后一死,白骥的豪言落空。白骥的哥哥,阿尔泰的都元帅说,用皇后的尸体也一样。这话引得所有人哄堂大笑,只有白骥铁青着脸。

他们派了三个骑兵前往皇子的营帐,这三人一想到接下来的一幕,也都笑得前仰后合。等进了毡包,却发现皇子已经跑了。

毡包后面被人用刀划开一道口子,里面躺着四具看守尸体。俘房的床上还有一卷字条。

一惊之下,人会马上清醒过来,这样说虽不准确,但这三个人的的确确被吓得一路跑回头领们喝酒的地方。其中一人还带着字条。这字条一直被卷成一卷,还没打开过。那人小心翼翼地拿着它,仿佛字条上面有毒。对他来说,这字条也许真的不啻为一剂毒药。在阿尔泰,要想活得长久些,带着坏消息去见醉醺醺的主人可不是个好主意。

这个消息引起一阵骚动。都元帅完颜不像在场其他人那样酩酊大醉,他站起身,走上前来,接过字条打开看了看。他并不懂奇台文。又隔了一段杀气腾腾、让人紧张难安的工夫,通事找来了。

通事就着火把的亮光才念了几句,就站在那里说不出话来。

"念。"完颜说。都元帅的语气让人不寒而栗。这时他弟弟也站了起来。白骥端着那只赫赫有名的头骨酒杯,酒杯里盛满奇台白酒。

"尽是些胡话,主人。"通事说。

"念。"完颜又说一遍。

听到完颜的语气,派去找皇子的三个人一下子感到如释重负——幸亏他们不懂奇台语。

懂奇台语的是个萧虏人。他清了清喉咙,看得出,他的手抖个不停。

他读了起来,声音极小,其他人非得竖起耳朵才听得到。"汝曹时日无多,曝尸荒野旦暮可见。奇台土地任我来去,彼等宵小虽欲窃据亦不得安宁。延陵败绩,殷鉴不远,尔等识之!"

好一阵子,在场人都说不出话来。

"谁写的?"完颜在他面前站得挺直。

通事又清了清喉咙:"署名是都统制任待燕,他就是——"

白骥一刀结果了他。这一刀扎进通事的后背,又从肚子上透出来,有人注意到,殷红的刀尖差点儿刺伤他的亲哥哥。

"我们知道那堆马粪是谁!用不着他告诉。"白骥干掉杯中酒。他费了些力气才把刀拔出来。"一堆马粪!"他大声重复道。

"也许吧，"完颜说道，他的手上没有酒杯，"不过他把你亲自挑选的四个看守全都杀了，还救走了人质。我还记得你当初是怎么下的命令，你说权当是乐子。"

"不记得了，"白骥猛一挥手，说，"你就会胡编乱造。"

"错。我不喜欢外人闯进我的营盘，还救走了一个重要的人质。你知道那人质的价值。"

"屁的价值，哥哥，奇台的都城都是我们的！"

"他是皇帝的嫡子，是无价的！是你想要攻取整个奇台，是你想要骑马一路跑到南海！"

白骥朝火堆里吐了口唾沫。"他跑了也一样。是谁将他放跑了，把那些废物都杀了。"

周围响起一阵不安的低语声。完颜一撇嘴，说："你喝太多了，根本没听见。看守已经死了，弟弟。把酒放下！"

"我想端着就端着。咱们就杀了任……任马粪。"

"对。还要抓回皇子。他们已经跑出去一天了。"

"那又怎样？奇台人，不会骑马。"

"对。弟弟，带上五百人，现在就去追。"

"叫我去？"

"我刚说了。"

"现在？我要……我要把五个帝姬送进我的营帐里。"

"帝姬能送去，你不行。弟弟，我命令你，快去追！看守皇子的是你的人。当由你干掉任待燕，不论死活，带回皇子。"

"现在？"白骥重复道。

他哥哥没再回答，只是瞪着他。

白骥先眨眼了。"好！我去！"他把端着酒杯的手往外一伸，有人连忙把杯子接过来。"你看，"他说，"我把酒放下了。都元帅之命岂敢不从？"

"带上追人的好手，天黑了更不好找。"

"那就天亮再动身。我要五——"

"现在就去。那个皇子至关重要，决不能放跑他。弟弟，天神会在这异邦的土地上保佑你的。先往南边追。"

兄弟二人隔着同事的尸体互相对视。雪地上有一摊鲜血。弟弟手里还握着刀。

"用不着非派我去。"白骥声音轻柔,像是故意不让别人听见,只对哥哥说了句悄悄话。

"非你不可。"都元帅同样小声回答。

火光中,雪片翻飞,这一瞬间,一切仿佛都悬在了半空中。弟弟像是只差一点就要动手杀死哥哥。而哥哥也对此一清二楚,他调整姿态,做好准备,一只手悄悄地摸向自己的刀柄,尽管此时他的酒已经醒得差不多,也为明天天亮后可能发生的事情感到痛心。

倘若这一幕真的发生了,倘若兄弟中的一个把另一个杀死,那么整个天下都将为之一变。又或许不会。这类事永远不会有个确凿的说法。历史没有办法重演。

白骥收刀入鞘。

没过多久,五百骑兵和一千五百匹好马离开营地,疾驰向南,很快就把燃烧的都城抛在身后。天黑了。这五百人由都元帅的弟弟带领,这意味着这趟任务十万火急。

带来坏消息的三个人最后全须全尾地离开了篝火旁。不知道是因为都元帅开恩,还是他压根儿忘了三人的存在。他们自己永远也不会知道。

两千一百五十七辆大车,满载着金银财宝,起程离开汉金向北方进发。

与此同时,另有一万五千奇台人,分成七路先后出发,也去了北方。这一万五千人里包括奇台的所有皇族成员(只少了一个九皇子),和几乎全部宗亲。宗亲里有一些人死在宗亲宅里。有些人还挥舞着刀剑,想要保护自己的家眷。番子们本来想将他们全部活捉,可是草原民对奇台人的羞辱并没有多少耐性。

行进队伍太长,押队的骑兵开始担心自己在北归路上遭到袭击。

阿尔泰军大部仍旧留在南方,押队士兵与俘虏人数悬殊。而且从这里到过去的萧虏南京,一路上还有大量奇台士兵和土匪山贼在北方各州路神出鬼没。

押队士兵一刻不停地催着俘虏赶路,这些俘虏绝大部分都只能靠双脚走路,而且得不到足够吃食。他们只要掉队就会挨打,一边走,一边还要自己收集柴火。不少人死在路上,也没有人来收尸。

死者当中并不包括奇台的两位皇帝。第一批俘虏起程前,番子在汉金城外举行过一次庆典。阿尔泰的都元帅为了嘲弄二帝,给他们安上两个封号。

身量颀长、须发灰白的文宗皇帝被封为"昏德公",这引得所有人哄堂大笑;而为了让场面更加欢快,他的儿子被封为"重昏侯"。两人脖子上都挂着牌子,上面用两种语言写着他们的新封号,并且另有文字说他们是听信谗言、带领奴隶造反的头目。

二帝都熬过了这趟旅程,一路上大部分时间都肩并肩坐在一辆牛车上。他们先是被带到南京,然后是东京,再然后,为了最保险起见,二帝被一路送往一座极北的市镇里。那座市镇过去属于萧虏帝国,如今却是阿尔泰的一部分。后来,让这二帝活着这一点变得相当关键,尽管起初谁也不会想到,他们的作用会以这样的形式体现出来。

太宰杭德金,最有可能预见到这一切的人,死在了小金山。

早在过去,文宗皇帝就以书画技艺名重天下,而且他对美人美景的热爱也是广为人知。"北狩"的路上,他写了许许多多的诗歌,其中不少还被保留下来。因为在这趟恐怖的旅途中,有些人想办法半路逃跑了,只不过这些人里没有一个是皇亲国戚,后者一直受到严密的监视。

在一张质地粗糙的纸上,文宗写道:

> 九叶鸿基一旦休,
> 猖狂不听直臣谋。
> 甘心万里为降虏,
> 故国悲凉玉殿秋。

即便是历经劫难,即便是这个受尽屈辱、满心悔愧的一国之君会这样想,鸿基大业也不会一旦而休。

任待燕叫两个人留在后头，其他人则以女人和皇子能承受的最快速度奔向淮水。这段路他们要骑马跑上七天，如果天公不作美，用时还要更久一些。任待燕一直没有向皇子说明，林珊为什么也会在这里，不过皇子也没有问。渐渐地，任待燕明白了，这也是身为皇族的一个特征：有些事情压根儿不会在意。

到第四天下午，殿后的两人赶了上来。一队阿尔泰骑兵正在接近。傍晚时分，最迟今夜，就能赶上他们。

"多少人？"赵子骥平静地问。

"说不准，"其中一人回答，"我俩不能向他们靠得太近。"他几乎虚脱了。天又下起雪来。"估计有五百人。"

赵子骥在心里骂了一句。西边的两支马军一直没有出现。派去拦截阿尔泰骑兵的马军显然并没有完成任务，而另一支，照计划则要在南边的淮水与他们会合——淮水距这里还有好几天的路程。

此刻必须做出一个艰难的抉择。所有人的眼睛都紧紧盯着任待燕，而任待燕却笑了。这一笑，每个人都会铭记在心。

"有时候，命运真会给人似曾相识的感觉，"他对他的兄弟说，"这地方我认识。你也认识。咱们来过。"

赵子骥压低声音说："他说有五百人呢，待燕。"

任待燕却笑得更欢了。林珊的腿累坏了，腰背也酸痛难忍，她在不远处倚着马，看见这一幕，心里生出极为异样的感觉。

"我听见啦。"任待燕对赵子骥说。他提高声音，好叫众人都听见他的话，"咱们出发。我知道上哪儿甩掉他们。另外我需要两个人去西边找到增援部队。他们就在附近。"

最后这句话，任待燕心里也没有底，然而有时候，部下们都需要看到你心里的底气，这时你就必须假装成竹在胸，因为他们都在看着你，要在你身上看到希望。

刚出发那天后半夜时就已酒醒。他故意把酒杯留在营寨里。白骥还积了一肚子火气——都是他哥哥，都元帅，挑出来的。这笔账回头要好好算算。

出发前，他在营地里只差一丁点就把完颜杀了。这事让他心烦意乱。这份杀意搅得他难以心安,一旦真动手就铸下大错了,他不能暴露自己。部落里有野心的可不止他一个。

他老早就看出来,哥哥性子太弱,眼界太窄,本领有限,根本不足以继承老可汗之位——说实话,老可汗更没本事。完颜不会抓住更大的机遇。白骥说要骑马去南海,他还对此大加嘲笑。当时白骥说的是两人一块儿去,就像个好弟弟一样。

这样的想法还勾不起完颜的兴致吗?这可是草原上从未有过的壮举,他连想都没想过吗?

显然没有。能勾起完颜的兴致的,就是让白骥丢脸,就是派他出来追几个奇台人——现在他们已经探知,他们的目标才二十来人——这种事情派个小头目就能轻松办成,而白骥本该留在自己的营帐里好生消遣的。

可实际上呢,他却领着一群闷闷不乐的骑兵纵马狂奔。一路上荒郊野岭,破屋败舍,他们还要在一片片小树林边绕来绕去,还要穿过一块块大大小小、布满沟渠水道的农田。出乎意料的是,奇台人逃得很快,不过阿尔泰骑兵每个人有三匹马,奇台人再快也快不过草原人。

有一天拂晓时分,有人从暗处朝他们放了几箭,造成几个人伤亡。还有两回,他们连夜赶路,当先的骑兵被两头系在路边树上的绳索绊了个人仰马翻。每一次都会引起一片混乱,士兵和战马都会摔断骨头,战马一旦受伤就只有杀掉它。而他们远离营寨,伤兵通常也没有活路。

白骥派手下追杀弓手和下绊子的人,结果一无所获。这里的乡野不是农田就是树林,太逼仄了。连云层都那么低矮,把月亮和冬日苍白的太阳都遮盖起来。

那些奇台人就在前面了(看沿途的痕迹,他们已逃向西南)。白骥估计天黑之前就能追上他们。哥哥可欠了他一笔人情。

实际上,是欠他一死。不过这事可不能冲动,也不能在众人面前下手。真要是这样,别人就会说他这是不忠。谁叫他是弟弟呢?天神在上,要下手有很多办法。哥哥一死,真正懂得抓住机遇的人道路就扫清了。奇台地大物博,如今就像夏季熟透了的水果。

那个逃跑的皇子，是活捉还是就地结果掉都无所谓。完颜说了，他不在乎。白骥觉得完全没道理因为他而拖慢回营的脚步。今夜就是皇子的死期。

还有个人非死不可，那就是任待燕。哥哥担心皇子成为一个象征。白骥对此却有更深刻的理解——能成为旗帜的更有可能是那个武士。这个人不仅打败过阿尔泰军队，还闯进有人戒备的营寨，带着个皇子逃跑了；临走前还留下一张挑衅的字条，被当众念了出来。

这个人十分危险。不过他只有二十个人。白骥心想，草原人，阿尔泰的头领——或者说是皇帝——理当用上两个酒杯。

这天夜里，在淮水以北，厚厚的云层终于散了，一弯新月挂在天际，满天星斗闪着清冷、明亮的光。是夜所发生的事情，后来变成了一段传奇。

水泊寨湖泽随着年岁和季节的变化而变化。穿越水泊寨的路径也并不固定，高地会沉降也会被水淹没，可以落脚的坚实的沙洲时而消失，时而重新冒出来。要穿过这类地方，最重要的就是千万不可托大，尤其是在夜里。唯一不会变的，就是一切水泊寨湖泽都不利于骑兵活动。

这里不比大江南岸的水泊寨，他和赵子骥在那里生活过好多年，对那片水泊寨熟悉得就像家里一样。不过在水泊寨中生活多年让他们拥有一种本能和直觉，并能将之推广到其他湖沼地带。而且他们也的确来过这里，当时也是冬天，寇赈调遣他们来这里剿匪平叛，为的是不让他们参与进攻萧虏南京的战斗——结果南京城也没有攻下来，或者说，没有落入奇台之手。

这里的水泊寨湖泽向南一直延伸到淮水，任待燕在这一带总共招安了一万叛军。其中有三个人现在就在任待燕身边。对他们来说，这一带不仅是他们的家，更是千难万险之中的一处安身之所，是一处可以诱敌深入并剿灭的战场。

早前任待燕说自己知道如何甩掉追兵，最后结果却远不止于此。也正因此，不论正史还是传说，都记下了这个故事，这个夜晚，和目睹了这一切的一弯新月。

在黑夜里追寻逃敌，一旦进入陌生的水泊寨湖泽，就需要面对很多困难。其中包括万一需要撤退，不论是真的失败，还是暂时撤离等待天亮，对于大队骑兵——每个骑兵还牵着两匹备用战马来说，要想转弯找到出路都不是容易事。

哪怕是这世上一等一的骑手，要在泥泞的、拔不出腿的沼泽里，或者是突然踩进去的深水中转身都很困难。这里的地形地貌迥异于他们生活的大草原。马匹会受惊，脚下会打滑，会跌进黏稠的烂泥塘里不能自拔。湖沼中饥肠辘辘的生物会找上马蹄子狠狠咬下去，这又会让战马吃痛受惊，大声嘶鸣，人力而起，互相冲撞——马背上的骑手也不能安坐。

与此同时，倘若埋伏在四周高地的人朝他们射来致命的连珠箭，哪怕只有二十人（任待燕带来的人个个都射术精湛），也足以把沼泽变成屠宰场，不论是骑兵还是战马都将难逃一死。夜晚的水泊寨中，鲜血、惨叫、马蹄的胡乱踢腾还会吸引来其他的饥肠辘辘的畜生，其中有的个头还很大。

循声赶来的还有人。水泊寨湖泽里永远不缺土匪山贼。

离这里最近的山寨很快就明白这边出什么事了。在冬季，马肉可是救命粮，不少土匪把孩子浑家也一并带来。他们拿着石头、木棍、短刀、破剑、镰刀，有人还带着弓箭。有些人知道怎样下脚，他们小心翼翼、悄无声息地摸上前去，干净利落地解决掉一个骑兵或是一匹牲口。

传说里不会详述这血腥一夜里的血腥场景，也不会讲述第二天天亮以后，水泊寨里是怎样一幅惨象。传说里讲述的是勇气，是荣耀，是尊严，是不辱使命和血债血偿。传说不会告诉你，有一个远离草原的男孩死在这里，手脚早已不见踪影，一条条蚂蟥在他眼窝空空的脸上蠕动。

任待燕一众人里谁也不晓得，这些阿尔泰骑兵的头领是谁——就算看见他了，他们也不会知道，这人就是都元帅的弟弟。反正，等到清早，他已经面目全非了。以后的故事会讲述他和任待燕如何在一片高地上一决雌雄——这只是小说家言，不足信哉。

阿尔泰骑兵队中还是有些人逃跑了，他们原本就在队尾殿后。

任待燕没有下令追击。这些人会带回去消息，让草原民知道，敢向汉金以南进犯会有怎样的下场——他们也可能会在回营半路上被人截杀。也可能回去以后，会因为任务失败而被自己的头领处决。

任待燕不在乎这些。他查看过皇子、林珊和众位弟兄，所有人都安然无恙，毫发无损，没有一人伤亡。他交代部下把箭支全都收回来，自己去找昨晚加入战斗的山贼，可山贼全都像冰雪消融一样，消失在水泊寨之中不见踪影。任待燕也怪不得他们。等这些人走后，山贼还会出来。任待燕叫手下士兵尽可能地把没有受伤的马都追回来。

他们点起火把。任待燕意识到，部下们看自己的眼神里多了点新东西，多了些敬畏——而知祯皇子的眼神里却有了另外一些内涵。

任待燕想再劝皇子一次，就用今夜的牛刀小试来劝他去荆仙站住脚跟，召集各路军马，赶走草原民，重夺汉金——并且收回北方失地。

可他又判断，现在不是说这些的时候。这一点上他无疑是对的。即便是刚刚打了一场胜仗，这些人刚刚救了他的命，让他跟觊觎已久的龙椅宝座更近一步，身为皇亲国戚从中得出的结论也还是非常人所能想象。早前已听说追兵将至，知祯还以为此番在劫难逃。当晚从进入这片水泊寨时起，他的心中就一直惶恐不安。

天还没亮，他们点起篝火取暖。这里能听见虎啸声，但不见老虎踪影，他们于是安排人手警戒。这一晚，赵子骥没有拿老虎说笑话。

再也不用害怕追兵了。从这里出发，他们还会全速赶路，却不必那么着急。他们可以歇息下来，松口气，睡个觉了。

这一夜剩下来的时间里，任待燕一直在一片高地上守着林珊。他倚着一棵长满苔藓的歪脖树，林珊则靠着他的肩膀睡着了。任待燕发现自己已经不在乎别人会不会看见他们了。他需要她在身边。而他预感到，以后两人在一起的机会不多了。

入睡前，林珊说："小心殿下。"这也是他的想法。

他也断断续续地睡了一会儿，天还没亮就醒了。林珊还没醒，所以他一动也没动。天慢慢亮了，照出了世界的形状。过冬的鸟在叫。

汉金已然得手,可完颜还是宁愿在毡包里过夜。他一向不喜欢城墙,也一直不知道该怎么习惯,或者说,要不要去习惯。

天亮时,萨满来找他。萨满穿着一件鹿皮半臂,腰上挂着铃铛和鼓,两只眼睛上涂着油彩,两块琵琶骨上有两道伤疤。

萨满说:"我做了个梦。"

完颜不喜欢他的萨满,不过他用不着非喜欢他不可。完颜累了,正似睡非睡,他清了清喉咙,朝火堆旁边的地上吐了口痰。这天早上比往常暖和些。雪化了,不过还会再下。

"有要紧事?"他问。

"你弟弟昨夜死了。"萨满用的陈述句,没有警告的意味,他就是这样的人,"他带的人大部分都跟他一起死了。周围全是水。"他补充道。

完颜从没料到自己会猛然产生这样的感觉。几天前的那个夜晚,他在篝火旁差一丁点就把白骥杀死了。

"水?淹死的?"他感到口干。

"箭射死的。"

"确认无误?"

萨满根本不屑于作答。一双涂着油彩的眼睛紧紧盯着完颜,过了一会儿,又移开视线,看向清早的天空。天上有一只鹰。

完颜小心翼翼地掩藏住情感。所有萨满都不可信。这些人都行走在另一个世界里。行走在阴阳两界。

现在他完全醒了。他在脑中计算数字。他很会算术。他也很会拿主意。

他召集军中头领到他营帐来。所有人都来了。其中有些人从城陷至今一直都是醉醺醺的。他点了几个名字,叫他们留守这里,又下令教他们如何处置汉金城。汉金如今是他们的了,城墙要重新修起来。他又点了几名头领,叫他们带领装满财富的大车和俘虏返回北方。这些人高兴坏了,他们就要回家了。

完颜则带上三万骑兵南下。他派出信使,去西边找到围困延陵的部队。那里的两万阿尔泰军将奉命与他一起南下。他还要为两军会师做出安排。回头再做打算。谁都知道，冬季里不能大规模作战，不过有时候环境迫使你必须违背古训。

一个漏网的皇子有可能凝聚和唤醒整个奇台。正因如此，完颜才要想方设法把他抓回来。如今这场战争已然发生了变化，变成了他和这个任待燕的战争。完颜忍不住又想起当年在东北的一个夜晚，那天夜里，他忍受屈辱，被人逼着在火光中跳舞。

完颜不喜欢被人逼着跳舞。

那些柔弱的南方人，必须给他们个教训，好叫他们知道自己面对的究竟是谁，绝不能叫他们起了奋起反抗、重拾尊严的念头，绝不能让他们有半点希望。那支骑兵队来自黑水江以北，这么多人死了，即便是在冬季，也要染红多大一片湖泽啊。

完颜可以宣称南下是为了替弟弟报仇，这么说骑兵们会喜欢、并理解。实际上，他打算摧毁奇台。他的手段将会无比凶残暴虐，以至于草原骑兵所过之处，不论是在乡村还是农田里，没有一个人胆敢抽出刀剑、拿起棍棒、搭箭弯弓，没有一个人胆敢抬头。

他完全不知道皇子逃往何方，而奇台又这么大，他并不打算追逐皇子。当初弟弟说，要兄弟二人骑着马奔向南海。弟弟志大才疏，已经死了。

大军南下的第二天深夜，也许是因为睡前喝了太多的酒，完颜反而睡不着了。他总是想起白骥，想起两人如何一起长大，如何第一次遇见狼群，如何一起初上战阵。他走出自己的营帐，抬头看着满天繁星，感觉到自己满心的忧伤与回忆。后来这感觉过去了，再也没有出现。

同一年冬天，晚些时候，卢超问自己的兄长："咱们是不是该举家南迁？"

天太冷了，外面尽管是响晴的天气，却还是出不了门。兄弟俩在哥哥的书房里，隔着一只火盆对坐着喝茶。

"你打算迁到哪儿？"卢琛问。

"不知道。"弟弟承认道。

"咱们可有一大家子人要养啊。这个农庄,我殚精竭虑、辛辛苦苦这么多年,好不容易才经营起来呀。"

听兄长这番话,卢超鼻子一哼,乐了。

哥哥也笑了。片刻之后,他接着说:"有大江天险,他们过不来。"

卢超看着他。"你是真有把握这么说,还是想要说服自己?"

诗人大笑起来:"我这个弟弟啊,太聪明啦。不公平。"他喝一口茶,说,"我毫无把握。不过阿尔泰人距离这里还远着呢,就算淮水没有防备,大江沿岸也总该有人布防吧。"

"总该。"弟弟语带嘲讽地说,跟着又揶揄道,"就咱们那些天兵天将?"

卢琛也是一脸讥笑,说:"这么说吧。我已经老了,走不动了。"

卢超说:"你不老。"

"白头搔更短,浑欲不胜簪哪。"卢琛引用了两句诗。

走廊里传来一阵脚步声。卢马站在门口。

"来得正好。"卢琛说,"我和你叔叔刚才正说自己还年轻呢。我打算活动活动。咱们这回当强盗,去山寺里抢黄金吧。"

卢马摇摇头,说:"快来看。"

有一队人马正朝这边赶来,人数不多,不过在东坡杀人抢劫绰绰有余。东坡这里虽没有黄金,却有食物,还有牲畜,以及不少钱物,眼下兵荒马乱,这些足以引来危险。到处都有逃难的人,身无分文,饥肠辘辘,北方被番子所占据,他们大都逃亡南方。

卢马和管家已经召集了人力和佃户,每个人手里都拿着沉重的木棍和兵刃,在大门口列队站好。诗人心想,两边人数大致相当,可是来人都骑着马,而且带着真正的兵器。

他回头看看堂屋门口,他的妻子正站在那里,是他的续弦,一个他敬重却多过爱的女人。妻子就是这样的人,卢琛觉得她并不在意。这是人到暮年时才有的另一种关系。此刻卢琛见她警惕小心,却看不出害怕,便生出敬重之情。

反观自身，卢琛发现自己也不怕，只是感到悲伤。有生之年他还想要有更多的体验，可是很久以前他还以为自己必死无疑。离开零洲以后，一切仿佛都是一种恩赐。

卢琛想着这些后生，他们也当得到一份恩赐，不过也说不定。如果农庄里遭人劫掠，那他们就没机会了。

突然，卢超说："那领头的我认识。"卢琛转过头，瞪大眼睛看着他："还有，好像……"

说到这里，却没了下文。卢琛盯着弟弟问："好像什么？"语气似乎有些急躁。

"第三个人，骑灰马的。"

卢琛望过去，却不认识那个年轻人。这伙骑着马、全副武装的人已经到门口了。

领头的下了马，一拱手，说："想必二位就是东坡的卢家兄弟吧？久仰，久仰。"

不是打劫。来者不想伤人。

卢琛也作了个揖，算是回礼。"诸位远道而来，未曾远迎，失敬失敬。不过恕老朽眼拙，不知尊驾怎么称呼？"

先表示欢迎，再提出疑问。

"啊，"先前说话的人回答，"卢大人贵为国使，自然记不得在下，不过当初大人出使草原，回京时，在下在朝堂之上有幸目睹了国使的风采。"

卢超说："我可没忘。你是都统制任待燕，本来朝廷打算派都统制去攻打南京。"

卢琛眨眨眼，越发仔细地观瞧这位访客。这人全副武装，身上带着长短刀各一把，还有一张弓和一箙箭。年龄不算小，看上去却跟年轻人一样。他脸颊瘦削，眼神犀利，那是军人的眼神，尽管这话从卢超嘴里说出来，总会带点机趣和嘲讽。再仔细看，那眼神却并不冷酷。

来者温和地说："军人理当为国驱驰。区区在下，不足挂齿。不过我等所护送者，却是地位尊崇。"他向骑灰马的人一挥手。

最先有反应的是卢超。

"殿下！"他失声叫道，"我以为我……哦，苍天有眼哪！"

他跪倒在地，前额和手掌都贴在庭院冰冷的地面上。卢琛一听见"殿下"，也是赶紧跪拜，现在兄弟二人身后，其他人也跟着行礼。可是他猜不出来……

另一个军人一翻身，从马上下来，然后扶着被卢超称为皇子的人下马。

"知祯殿下，"还好任待燕做了说明，"看样子是汉金陷落时，唯一一位逃出生天的皇族血脉。"

"这么说，汉金真的失守了？"

有个鬼魂早就告诉过他。而这是他第一次听活人说出这个消息。

"除夕当夜。那晚我们逃了出来。"

卢琛慢慢站了起来。知祯？诗人努力翻检记忆。排行老几？十二？九？在朝廷里，这类东西简直跟饭食和毒药一样重要，可如果不在朝中，谁会记住这些事情呢？不过，他是皇帝的儿子，他拥有皇族血统，而且还活着。

"殿下！"卢琛大声说，"皇子驾临，我等惶恐，不知所言。不知殿下如何来到这里？"

"全赖上苍保佑。"知祯皇子虔敬地说。

卢琛心想，这其中一定还牵涉到其他人。也许就是这些人。他看向任待燕，说："东坡这里既有地方遮风挡雨，所有人又对奇台忠心不二，殿下的一应要求，我等定当竭力满足。"

"好。"皇子回答道，"卿的这番心意，朕铭记在心。"

卢琛扭头看看卢马，卢马站起身来打开大门。他没有回过头去，但他知道妻子和弟妹，以及家中全部女眷都会立即行动起来，就像投入作战一样，竭尽全力让东坡做好准备，迎接接下来的一切。

任待燕微微一笑，整个面相都随之一变。卢琛也回以微笑。他活了大半辈子，发现很少有人会对微笑漠然视之。

他问："你们怎么找到这里的？"

都统制回答："我们中间有一位，根据先生信中的描述找来的。"

"信？我写的？"

卢琛又糊涂了。不过生活中偶尔起些波澜倒也不至于让人不悦。他突然想起来,这番感受倒可以入诗:当生活再也不会出人意料,生活也会变得多么无趣。

来客中的另一位催马走上前来,说:"我记得夫子告诉过我,东坡就在梅林溪东边,靠近大江,而且距离真正的赤壁不远——当年牡丹花开的时候,还在席大人的花园中说论起过夫子诗里的一处纰漏。"

卢琛仔细一看,随即抚掌大笑。他看着林珊,由衷地感到高兴。他想:人是有多么愚蠢,才会觉得生活再也不会出人意料?这个念头太过轻佻,不值得入诗,不值得浪费笔墨。

"齐夫人,真是稀客呀。还有殿下,都统制,诸位将士,快快请进,贵客光临,敝庄蓬荜生辉啊。酒菜这就预备,咱们先到屋里一叙。"

"父亲等等——"说话的是卢马,他还拿着祖父留下的佩剑。他看看都统制,问道:"诸位身后有追兵吗?需要人手防备吗?"

卢琛心道,想得周全。

任待燕对卢马微微一笑,他似乎很爱笑。他说:"多谢提醒。我记得那天朝堂之上,你就在国使的身边。我们身后没有追兵。追兵都留在淮水北岸,全死了。"

他看了皇子一眼,皇子已经迈过院门,正往堂屋走去。

"我们不会惊扰贵庄太久,"任待燕接着说,"我们会分出一些人,保护殿下前往杉橦,这是殿下的意思。到了杉橦,殿下就安全了。"

"那其他人呢?"卢琛问。他听出来,任待燕的语气里另有深意。

"其他人会返回北方,与阿尔泰人决一死战。"

卢琛下意识地回头张望。皇子殿下已经停下脚步,转过身来看着任待燕。卢超也回过身,也是有同样的察觉吗?兄弟二人换了个眼神。

"要是现在能洗个澡,"林珊开口打破了僵局,"我愿在天黑之前奉上六首词。"

"那就说定了。"卢琛回答。

马匹都交给庄上佃户料理。诗人领着宾客进屋，屋里已经燃起炉火，饭菜很快也陆续上桌。他把皇子让到自己的位子上，那位子最靠近堂屋的火炉。众人先喝了点酒，然后吃饭。庄上众人先听来客讲述了事情的来龙去脉，然后又把自己所知道的告诉来客，尽管他们所知不多。

天黑以后，众人聆听林珊的几首词。林珊唱起当年的赤壁大捷，赤壁距离这里不远，大捷却在很久以前。

众人议定，林珊以后就住在东坡。她被卢家视为贵客，不仅仅是因为林珊本人就受人尊敬，也因为她颇有人望、不久前才仙去的父亲，还有她的丈夫。丈夫此时或许已经不在人世了，如果没死，便是和其他宗亲一起被掳去北方。

皇子又重复了自己的打算：他要去杉橦。杉橦位于西湖和海滨之间，不仅富有，而且景色宜人，街道沿着陡坡一路通往海港，那里的海运贸易直通勾丽半岛、南海甚至更远的地方。

卢琛对这一切十分熟悉。年轻时，他在杉橦做过官，那是旧党掌权的时候。杉橦的西湖一直占据着他心里的一块地方。他曾在西湖的远端主持修造一座长长的矮桥，供人们在宁静的湖面上行走。卢琛卸任以后，这座桥就被人们冠以他的姓氏，被称作"西湖卢桥"。倘若得到任命，卢琛愿意返回杉橦，在新的朝廷里做官。卢琛在饭桌上观察过皇子。他恐怕不会得到任命。也许弟弟可以？

汉金陷落了。奇台需要新的朝廷和皇帝。的确，杉橦大概是最合适的地方。知祯身为太上皇的嫡子，正是继承大统的合适人选。一切都讲得通。

卢琛躺在床上，听着花园里风吹泡桐树叶的沙沙声，像是安静的曲调。他一向很喜欢风过树叶的声音。圆月初亏，月光清明。年轻时，卢琛曾开玩笑说，司马子安就是个咏月诗人。这真是不公平：司马子安之后，任何人的咏月诗都成了对"谪仙"的效颦之作。

他又想到一个佳句。稍晚一会儿，尽管冬夜寒凉，他还是从床上起来，点上油灯，滴水研墨，然后把诗句抄写下来，以免等天亮时把这句诗忘了。

这下，这句诗就丢不了了。

他轻声念了出来:"汉州万里赴杉州,万里迢迢万里愁。"

他又念了一遍。他听着风声和风吹树叶的沙沙声。月亮西偏了。他睁着眼睛躺在床上。他敏于观察,又一向懂得女人心思,他知道,此刻要么是在都统制的屋子里,要么是在林珊的卧房中,任待燕应该和林珊在一起。

时局艰难,在东坡这个暂避世事的小地方,但愿他们能拥有片刻的欢愉吧。随后,他沉沉地睡去了。

第二十六章

残酷暴虐的冬天过去了。等到开春,两支阿尔泰军合兵一处,四处劫掠,因得到增援,于是渡过淮水,朝大江进发。

春季正是打仗的时节。番族骑兵的目的变了。如今他们已经成了一支侵略力量。整个冬季里,他们攻城拔寨,摧枯拉朽,这让他们有了新的目标:他们要向杉樘推进,消灭那个逃走的皇子、新登基的皇帝所建立的朝廷。

这个意图相当明显,因为阿尔泰人压根儿不打算隐藏。他们送出通牒要求奇台人投降,使者被杀了。阿尔泰的都元帅于是下令,将三个位于大江以北的村子夷为平地,把村中百姓全部杀死弃尸。尽管骑兵尽力照办,但还是有村民侥幸逃脱——有些人连妻儿也一并带了出来。生还者要么想办法逃向南方,要么躲进山林水泽。有些人上山落草,他们把自己称作奇台义军。

与此同时,草原民在大江岸边积蓄力量,地点就在赤壁之战的古战场附近。大概一千年前,有一支侵略军就曾在赤壁集结。而此番草原骑兵安营扎寨的地方与赤壁相去不远,所以后世人们把即将爆发的这场大战称为"第二次赤壁之战"。

历史和演义之间并不总是泾渭分明。

阿尔泰人不习水战,不过如今他们有大量奇台壮丁来替他们出力。这些人大部分受到胁迫,不过也不尽然。总有些人懂得见风使舵。草原民派奇台渔民和工匠制造小船,春季江水上涨,阿尔泰军要想渡江,必须借助船队。

想当年,第一次赤壁之战时,两军步卒和弓箭手全都在岸上严阵以待,两军的战船则在宽广的江面上拼命厮杀,直到后来,老天突然转变了风向(也有说,风向改变是有人作法的缘故),于是点着火的空船趁着风势冲向入侵者的舰队。

而这一回却有别于从前。

江上大雾弥漫，阿尔泰人趁天未亮，乘着小舟，在大江之上往来飞渡，到破晓时分，他们已经在南岸成功占据了渡口。尽管雨水淅淅沥沥，地面泥泞难行，但是从这里上岸只需要过一道缓坡。阿尔泰军经过慎重的考量之后，把登陆点选在这里。

最先渡江的草原骑兵站稳了脚跟。他们从江岸向上进发，占据位置，备好弓箭和弯刀，在蒙蒙细雨中守卫着渡口。

他们一路南下，沿途烧杀，如今已经前进得比以往任何部落民族都远。他们战无不胜，令人畏惧，是全天下最强大的武装力量。

他们着手准备控制住这个渡口，来接应已经下水渡江的战马，却不知道，自己是被人有意放过河来的。

通常来说，防守一方会以江河为屏障，将敌军拒止在河对岸。只有在极少数著名的战役中，将领会叫自己的军队背水而战，逼得他们奋勇拼杀，有进无退。

这一回，奇台大军云集江南，统领大军的人却做了一番不同以往的部署。

江滩上方，赵子骥埋伏在荒草丛生的江岸上，心里忐忑不安。刚才听见阿尔泰军涉水抢滩的声音，然后是他们向河岸攀爬的声响。任待燕计划让番子多上来一些——然后将他们拦腰切断。而赵子骥呢——早年两人顶多干点伏击税官的勾当，对付一下税官的随从，赵子骥从那时至今一直谨慎持重。这或许是因为他年纪更大吧，尽管他并不真这么想。

有些人似乎生来就很会冒险，可是谁都可能犯错误，他们也不例外，而这一次行动风险极大，赵子骥心想，一旦失败，后果将无可挽回。

透过斜斜飘下的细雨，赵子骥朝东看了看天。阿尔泰人总是喜欢在拂晓时分行动。他们很清楚番子的这个习惯，这一点非常重要。风从西边刮来，这意味着江流会更湍急。如果不出意外，很快他们就能听到——

就在这时，喊杀声和惨叫声从江上传来。赵子骥冷冷一笑。恐惧消失了，取而代之的是某种更为冰冷的情绪。他仍旧一动不动地藏在暗处。在他左右和身后，众将士也如法炮制。赵子骥在战场上掌握时机的直觉一下子变得十分精准，他小声向身边的部下传达命令：时机未到，稳住。他听见这道命令被轻声传下去。他带领的是军中精锐。

河上的声音越来越大——这声音应该是江上的战马和马背上的骑兵惊恐的嘶叫声——在他们下方已经抢滩的阿尔泰军开始出现骚动。他们此刻一定心浮气躁，有的人可能还打算掉头回去。这本该是次秘密行动，他们在主力部队以西，而番军主力则正在大张旗鼓地修造船只。

入侵者将半数马匹带往比这里还要上游的地方——一路远离江岸，避人耳目。战马从那里过江时将顺流而下，正好漂到这片事先选定的只有一道缓坡的渡口。

在他们东边，番子主力的营中建造的船只都是真的，不过这同时也是一层精巧的伪装，目的是吸引奇台军在这一带集结。这些船会在阿尔泰军秘密登陆之后派上用场。奇台禁军不知道，阿尔泰人已经把其余的全部船只和大量部队藏匿在西边，这就是此刻趁夜渡河而来的阿尔泰船只和骑兵部队。

这个计划非常高明，阿尔泰人都觉得，完颜真不愧是他们的都元帅，他的谋略与胆识，或许只有他弟弟才差可匹敌。

番子的西路军一上岸，就立刻上马，逼迫奇台军匆忙前往上游与之交战——从而让余下的草原军队就地出发，渡过大江。

奇台精锐部队数量不足，不可能与他们两线作战。而一旦骑兵渡过大江……

雨水并没有干扰到任待燕，他几乎没有察觉到下雨了。他这一生大部分时间都居住在野外，不论寒暑，不论阴晴。

这么多年过去了，他惊奇地发现，自己喜欢待在水面上。任待燕还从没见过大海，不过泛舟河上对他来说却是十分自然的事情，这真是出人意料。有一回，喝醉了酒，他对赵子骥说："我要是打鱼，一定是个好手。"赵子骥听后哈哈大笑。

不过任待燕是认真的。同一个人，走上不同的道路，最后会过上不同的人生。他年幼时如果不是遇上干旱，或许就去参加科举考试，考上功名。又或者，王黻银调查命案那天，要是没有点名要他来做保镖，又会怎样呢？如果信马由缰地去设想，要是那天下午没遇上劫道的山贼，又会怎样呢？

有太多条道路，让人生变成另一番图景，一个瞬间又一个瞬间，一年又一年。有太多条道路，让你不会来到这条船上，不会来到这个夜晚。

雨水顺着他的皮制头盔流淌下来。他想，另一方面，其他任何一条道路，都不会将他引向林珊。

在东坡的那一晚，在林珊的卧房里，他眼前浮现出一幅画面。任待燕把这画面告诉了林珊。这画面与古代君王授予出征将领的兵符有关。兵符一分两半，一半跟随大军出征，另一半则在宫里受到严密保护。倘若君王要下达新的命令，使者就带去君王的那一半兵符，两半兵符合而为一，将军就知道，这命令的确出自主君，而非别人矫诏。

"你就是我的另一半兵符。"任待燕告诉她。

林珊当时正从床上坐起来，一边听他说话，两手一边抱着膝头。屋里一片漆黑，可那时任待燕已经熟知林珊，知道她没有笑。正如他所料，林珊说："我说不清到底喜不喜欢这些。"

"哪些？"他的手握着她的脚踝。任待燕发现，即便是在云雨过后，他还是忍不住想去碰触她。两人在一起的时间总是那么少，天亮之前——皇子醒来之前——他就要离开，因为殿下会命令任待燕护送自己去杉橦，他不愿从命，可又不能抗命不遵，于是只有趁早离开。

他要去北方。要去那里接收部队。

林珊说："你说将领出征。那两半兵符合而为一，说的却不是那份心意。"

任待燕想了想，问："那信义呢？至少能代表这个吧？"

林珊两只手接过他的手，交握在一起。"作为军人，你太聪明了。"跟着又摇摇头,"别说话,我懂。我们需要军人聪明起来。我懂,真的。"

"谢谢。"他小声说道,"你一个人说两人话,我可省事了。"

这回她笑了。

任待燕说:"珊儿,咱们剩下的家底归我指挥,外面有人想要亡我们的国家。我们会生在哪个时代,并不总是由我们来选。"

"咱们从来就没得选。"她纠正道,"睡吧,天不亮你就要走呢。"

"我睡了,"任待燕记得自己这样回答,"就少了你在一起的时间。"

"少不了。"她说。

她唱起歌来哄他入睡,一首古老的歌谣。她的声音很轻,近乎耳语,她的手抚摸着他的头发。

天不亮,他就醒了。林珊在他身边,仍旧醒着,看着他。他穿好衣服就出发了。他就像一道影子,在寒冬中沿路飞快地向西北行进。他要去召集人马,派他们随着番子一起南下。如今他回到大江流域,又回到东坡附近,如今已经入春了。

"在那边!"同在一条船上,守在他身边的康俊文说道。自从两人救出皇子至今,康俊文一直伴随在他左右,寸步不离。

任待燕向雨幕中凝望。没过多久,他听见了响声,紧跟着看见阿尔泰人的小船和奋力泅渡的战马。

江水又急又冷,战马已经游了很长一段距离,不过这都是天底下最好的马,只有如今已无人得见的、只存在于传说中的西域宝马能出其右。

任待燕不愿意杀马,何况他也需要获得尽可能多的战马。而这也是这次精心制定的冒险计划中的一部分:把阿尔泰人的马夺过来,用来组建他心心念念想要成立的奇台马军。

是以任待燕和他的水军必须尽量小心处置铺在江面上的大片马群。他的水军里都是大船,每艘舰船上有四十个人,他们在西部集结,顺流直下。那些战马由骑在马背上的人(勇气可嘉)指挥,其他阿尔泰士兵都乘船夹杂其间。那些小船都是他们事先造好趁夜推进水里的。

战斗的序幕是奇台水军弄伤战马、制造恐慌。然后奇台舰船冲入敌群，水军便专心对付阿尔泰人的小船。奇台水军或是对小船发起冲撞，或是用火箭将其点燃。当年赤壁一战也是以火攻取胜，任待燕不介意在这传奇上再添一笔。

他们的奇袭出人意料，打了阿尔泰人一个措手不及，而且草原骑兵根本不通水战。任待燕开始大声呼喝，各舰船上的士兵也跟着呐喊起来。他们要让这里的战斗声和恐惧情绪蔓延到大江南岸。阿尔泰人被从破损的小船上掀进水里，惨叫声声声入耳。番子的小船要么被撞成零碎，要么被点着火，船上的人纷纷跳进水中。要么淹死，要么烧死。

番子不该来这里，他们犯下了弥天大错。

草原上的马夫没几个人学过游泳。

天亮了，雨虽然一直在下，但任待燕已经能看清形势了。他手上不停，一支接一支地射出箭矢。他这艘船的驾长本就是船夫，大部分驾长都是。他们在大江的上下游之间来回穿梭，或是往返于大江两岸，运送货物赚钱养家，很多人祖祖辈辈都在这条江上讨生活。

这是他们的土地，这是他们的家园，他们的大江。他们的山河。番子在大江与淮水之间攻城略地的同时，也犯下了滔天罪行，所过之处无不尸横遍野，关于种种暴行的传闻流传甚广。番子们有意这样，为的是制造恐慌，把奇台吓得缩成一团，拱手求饶，为的是让奇台不敢反抗，不敢与刚刚登基的年轻皇帝戮力同心。

如果仅以军事来看，这的确是个良策。但任待燕下定决心，绝不让它得逞。人们不能选择自己所生活的时代，但他们可以鼓起勇气，直面自己的人生。此外，聪明才智也至关重要。两人在一起的最后一个夜晚，林珊曾这样说起过。

阿尔泰军中有任待燕的探子，他们混在被征来造船的奇台人中间，砍树的砍树，抡锤的抡锤，虽然一直低着头，却支棱着耳朵仔细聆听。

他把斥候撒出去很远，他的斥候大部分都是水泊寨强盗，和他一样善于隐藏行迹，暗中行事。他一早就知道，阿尔泰主力以西也有人在造船。他还知道船的尺寸和数量。他还知道草原骑兵打算在大江南岸的什么地方登陆——那地方有沿江五十里范围内唯一一处缓坡。

赵子骥和军中精锐正等在那里。那支部队曾在延陵以北打过胜仗。

马背上的番子是一股致命的力量,谁也不具备那样的骑术,谁也没有那样的良驹。但任待燕发现,番子们马蹄隆隆投入战斗时,却不像奇台人这样善于谋略——不像他这样善于谋略。

克敌制胜、保境安民,就要尽你所能,不择手段。这些手段就包括在更上游集结兵马和舰船,倘若有番子胆敢来这么远的地方劫掠,一律不留活口。他们正是这样做的。这样做时有一种冷酷的喜悦。奇台军人并非蛮夷,所以番子既没有遭受拷打折磨,也没有忍受肢体断残之苦,不过这些番子也没有一个人沿着江岸回到东边,或是返回草原老家。

然后消息传来:番子的小船被运到江岸。就在今晚渡江,第一批部队将在拂晓时分上岸。

任待燕知道,赵子骥也会收到同样的消息,他也知道,赵子骥明白自己的任务。不过明白是一回事,完成任务是另一回事,这样的怀疑只能留给自己。心底的担忧绝不能让部下看出或是听到一丝一毫。军队只有心存必胜的信念才能够取得胜利。否则,一想到将要发生的事情,就有可能无法取胜。

番子将在此止步,还在大江上游时,任待燕对士兵和船夫说,攻守之势将从此逆转。

那时一轮红日正缓缓沉到一带云彩后面。那时雨还没落下来。舰队解开缆绳,一齐出发。任待燕放开声量发出命令,听见众将士也纵声回应,呼喊声在舰船与舰船之间回响,将他的命令传布到远处。

如今军中只称他为"都统制",这年春天,谁也不会认为他太过年轻。将士们认定了他就是能够拯救奇台的人。

各种各样的人都来投靠任待燕。他们中有农民、力夫、山贼,有采盐挖铁的工人,有南方人,有任待燕来自西南的老乡,有比任待燕当年离家时还要年轻的半大小子,他们豪气满怀,表情因之凝滞得仿佛戴了一张面具。还有饱经苦难,背井离乡的北方人。

番子对千疮百孔的奇台军早有了解。去年夏秋两季,番子消灭了奇台的大部分军队。番子们不了解的,或者说是无从了解的,是南方的稻米之乡里新组建的军队战力几何,以及当他们兵分两路渡江时,集结在他们西边的水军舰队有何动向。

清晨降临时,在漫天雨幕中,在江面和大江岸上,他们要为自己的无知付出巨大的代价。

赵子骥想,必须学会等待。这个本事在兵书里学不到,在军营里谈天说地也学不到。要学会它,只有在战斗当中,由你来发号施令,由你来稳住求战心切(或是心生怯意)的战士,直到你认为时机成熟,于是你说:好,咱们上。

他在河滩上听见头脑中响起了这句话,于是他把奇台的军中猛虎放出笼枒。他们是奇台军中最精锐的弓手和步军。步军用的是斩马刀,而弓手不仅习艺精湛,还知道如何在雨中保护箭与弓弦,以及如何在雨中射杀敌人。

大江这边,上岸的战马数量有限,大部分阿尔泰人只能马下作战。江面上的惨叫声越来越大,摄人心魄;与此同时,天也越来越亮,正好让弓手就着天光辨认目标。

弓手最先发起攻击,他们部署在稍远一点的坡地上,在灌木与矮树丛中,前面还有步军为之拒敌。阿尔泰人中一部分人试图冲上山坡,另一部分则无助地返回江中——江面上,他们的同胞正惨遭屠戮,这时,奇台阵中箭如飞蝗,射得番子人仰马翻。

赵子骥能够想象他们的恐惧与狂怒:他们远离草原,被困在江面上、困在这片湿漉漉的土地上,走投无路,唯有等死。而这跟他们的预想完全相反——当初他们轻取汉金,随后挥军南下,满心以为奇台就是他们的了。

"杀——!"赵子骥咆哮道。他听见自己的命令被都头、指挥使们沿着阵线传开去。他的胸中被北方的回忆、番子的暴行催动着,涌起战斗的怒火。他曾在一间孤零零的农舍前见到一位老妪躺在自家门口，肚子被剖开，双手双脚都被砍断，丢弃在她身边。他和任待燕曾经讨论过，并且向其他人解释：番子们就是想要给人绝望与恐惧。部下们都懂，战争中，制造恐惧也是一种策略。可番子的暴行不仅没有打消，反而激励起奇台将士如浪潮汹涌般的杀戮的欲望。

战况变了。赵子骥和步军一动，弓箭手就必须停止齐射——他们变成了压阵的后队。弓箭手会把任何突围而出的番子——不论是扑向弓箭手，还是向南奔逃——一一射死。

水上无路可逃，番子不会游泳，而且江面上还有任待燕的水军。水军来得正是时候，天一亮就赶到战场，他们撞击阿尔泰军的小船，使用弓箭点燃番子船只，大开杀戒——自己也承担着伤亡，因为番子无论如何都会死战到底。

平心而论，阿尔泰人的渡河计划相当聪明。番子的求胜之道无非是制造恐惧和雷霆般的突然袭击，以他们的水准而言，这个计划的确聪明。可是光辉的奇台帝国在上千年的历史里见证了无数的战争与叛乱——并且把这些都写了下来，而如今的第十二王朝仍然拥有将领，他们就在大江上，就在江岸旁。

赵子骥全神贯注，怒火中烧，他从隐蔽地点出来，带领大军冲下缓坡，冲向岸边守卫渡口的第一批阿尔泰军。

渡口根本守不住。番子们作战勇猛，他们的勇气不容否认。可是这次伏击如此突然，如此出人意料，而且如此凶悍，番子们竟然毫无防备。即便是最勇敢的人也明白，死期将至，他们根本无力回天。

赵子骥的部队冲入敌群，恰如一根滚木滚下山坡。他的部队本来就是步军，而番子擅长的是骑马作战。大江和湿漉漉的坡道则意味着番子根本无路可逃。

江面上，一些阿尔泰军的小船穿过水军封锁，到达岸边，船上士兵奋力地跳下船来，投入战斗。赵子骥注意到时，弓箭部队已经做出反应，他一点也不惊讶。箭矢飞过杀作一团的战场，扑向那些下船冲向坡道的番子。战马也难逃一死，尽管赵子骥看见有些战马还在江滩上踢蹬。他不愿意杀马，可这是战争，战争一定是残忍的，不然还能怎样？

赵子骥用盾牌格开一记进攻，盾牌一歪，那一刀就被贴着盾牌带上一边。他向侧面挥出一刀，直取敌人下盘，吃进当面之敌的大腿里，一直砍到骨头上。那番子大张着嘴，一脸痛苦地跌进烂泥里。赵子骥抬起战靴，狠狠一脚踢上那人的脑袋，继续向江边迈进。

在东边，在大江北岸，阿尔泰人的都元帅完颜正在喝酒。每次打仗他都要喝酒，只是这一回他喝得比往常早一些，也多一些。他用的是弟弟做的骷髅酒杯。他对旁人说，这样做是为了纪念弟弟。

在冰冷的细雨中，天渐渐亮了。完颜待在潮湿的毡包外面，一宿没睡。他在等一个信号。他知道，消息从西面传来需要花上一段时间，可他没法安然入睡，这一仗让他心神焦虑，怒气冲冲。这一仗简直跟围城作战一样糟糕。要造船，还要耐心等待。

大江太宽了，宽得即便是在晴天也难以望到对岸，而在今早这样的雨雾天气里，你得坐船凑到跟前，才能对南岸的动静有所察觉。

完颜痛恨这条大江。仿佛大江成了一条活物，成了他的对头，敌人的盟友。与大江相比，北方的金河虽然也会泛滥、伤人性命，但要想渡河却是易如反掌。而这条河，完颜心想，简直是个怪物。他知道奇台人也这么想。江里有河伯，有龙王，还有能诱惑人、把人溺死的河妖。他必须渡过去，他必须征服它。

完颜安排一个传令兵，给了他四条船出去。他们必须鼓足勇气，尽量靠近江对岸，去观察、侦听对岸的动静。完颜知道，江上风疾流速，船夫要把船固定在一个地方既困难又费力，不过他何必在意这些？

他需要知道西路军上滩的消息何时传到奇台军中。敌军到时一定会有所行动。军中一旦出现恐慌就不可能毫无动静。这时，坐船等在江上的人就一定会听见响动，甚至能透过让人难以忍受的雨雾，看见大量禁军冲出营寨，前去迎击渡河的草原骑兵。

这时，完颜自己的部队就该行动了。他们将占据大江，比奇台从前的任何仇敌更加深入其腹地。一想起这些，完颜的心情就难以平静。

如今的奇台连个像样的帝国都算不上。那个之前被扣为人质的皇子竟可以登基称帝，可这又算得了什么？别忘了，他的父兄都还活着！昏德公，重昏侯，这是完颜给这对父子安的封号。直到今天完颜一想起来还是乐不可支。父子俩受封之后，就和战利品一样被装进大车运回北方。

他估计到天黑时大军应该就渡过大江，然后纵马直扑杉樘了。那个皇子就躲在杉樘，没准儿正尿床呢。

他下到江边，眼睛望向一片空茫，望向汹涌、阴沉的急流。雨水打在他身上。他想，这太蠢了，从阿尔泰军渡河，到奇台军得到消息，再到消息渡过大江传到他这里，起码要花一个上午的时间，也许还要更久。于是他回到营帐里。他吃东西，用弟弟的杯子喝酒。部下们小心翼翼地在他帐中进进出出。他们说要送个姑娘过来，被他拒绝了。他心想，不知道雨会不会停？他又走出营帐，然后又回来。

什么消息也没有，还是什么消息也没有，然后消息来了。

阿尔泰人云蛮并没有立刻想到要杀人。那时他在江南岸，南岸满是泥泞，一片混乱，满地是血。天慢慢亮起来，照着身边死去和濒临死去的同伴。他想到的是逃跑。除此之外，任何事情——所有事情——都可以且放到一边。

他是草原上的骑兵。没有马，他就感觉自己是个残废。他甚至没想到应该拔腿就跑，因为身后有条大娘的江根本回不去。

他抽出刀，却转身离开泥泞、野蛮、毫无胜算的战场，他先跑向西，又掉头回到江边。在这里，天神开恩，他在江边找到一匹马。这匹马个头高大，没有配鞍。他看清楚马没有受伤，于是旋身上马。

在雨中，一个奇台士兵提着刀向他冲来，他的脚步飘忽，很不好瞄准。云蛮骑在马上将他射倒。他的族人是草原上的噩梦，是全天下的噩梦。

他脚下一踢，催着战马脱离战斗，逃离这块湿漉漉的地方，跑上吉凶难料的斜坡。惨叫声四起，地面十分难走，马又因为渡河已经筋疲力尽。云蛮这辈子从没有这样恐惧过。出发前，他们被告知这是一次了不起的奇袭，他们只需要在江上忍耐一下，上了岸就轻松了。

结果却是，不论在岸上还是在江中，他们都遭到伏击，他发现自己独自一人在异乡土地上，还被困在大江的另一岸。

他上了一条泥泞的小路，决定往东逃，大军主力就在河的对岸。他根本拿不出主意该怎么渡江回去。

两只手连缰绳都握不稳。真丢人！他可不比那些冷血的年轻人，他儿子和他一起，都在侵略大军里。当年举事时，他就参与其中，虽然在部落里算不得头面人物，可终归是真正的阿尔泰汉子。他们收割其他部落，就跟夏季割草一样。待到攻取汉金、继续南下，沿路烧杀更是如入无人之境，直到大军屯兵江畔。

军马劳顿，的确，汉金围城旷日持久，可是他们在奇台赢得的财富数不胜数，而且完颜和白骥对部下一向出手大方。

白骥死了。在追捕一个逃脱的俘虏时被杀死了。奇台军中似乎有个可以跟这兄弟二人相匹敌的将领。阿尔泰军里谁也不提那人的名字，迷信而已。

云茧催着战马踉踉跄跄地向着太阳奔驰，心想在这里对他们出手的会不会就是那个奇台将军。

他想，就这样丢下同伴，白骥如果还活着，肯定会说他是个胆小鬼。操他妈的白骥。他恶狠狠地想，都死好几个月了。

接下来怎么办，他一点儿主意都没有。他首先想到的是：找个打渔的，刀架脖子逼他渡河。他是草原骑兵，在奇台人人都恐惧他，可他眼下孤身一人，他还发现，恐惧也可能引发另外一种结果。

他身上又湿又累，还感到饿了。他们昨天大半个夜晚都在船上。他还在江面上呕吐不止。呕吐的不光他一个人。人就不该来那么宽的江面上，尤其是，江流又急，夜里还下雨。

还是在马上好，尽管胯下这匹马都快累死了。他没有办法，只得慢下脚步，让它走一走。走了这么长时间，路上一个人都没有。阿尔泰军屯兵江畔，这样的消息足以把人们吓跑。

快到中午时，他追上一辆独自赶路的牛车。他杀掉车夫，任由他手脚摊开，死在座位上。可是大车里空空荡荡，那赶车的也没有食物，连壶酒都没有。他身上发冷。

云蛮开始担心沿途的树林里会不会有强盗。毕竟他是孤身一人。他强打起精神，保持警惕，尽管他此刻又惊又累，很难警觉起来。

刚过晌午，雨停了，云散了，太阳出来了，还是有些冷。风从身后吹来。有鸟叫声，听起来像是在嘲笑他。他想，儿子是不是已经死了？

又过了一会儿，他看见一家农舍的烟囱里在冒烟。整个冬天里，他们都在抢劫孤立无援的农庄，不光把想要的东西全都拿走，还会找些乐子，只留下灰烬和尸体。由着疲惫困顿，云蛮心里又生出一阵恼怒。这地方不在河边，管他里面住的是谁，都不可能带他回北方。不过这里肯定有吃的，而且有烟就意味着能暖身子——而且，他还能报仇。

还能喂马。没准儿还能找副鞍子。他跟马说话，对它说往前再走一小段就行了。他称那匹马为"心肝儿"，从小到大，他把自己骑的每一匹马都称作心肝儿。

任待燕上岸时，赵子骥仔细看了看他。看样子没受伤。至于他自己，左臂上挨了一刀，完全不知道是什么时候弄的。

他们叫弟兄们把战马收集起来，同时把战船拖上岸。他们还要回北岸去，不然就顺流直下——这要看东边来的是什么消息。

这场伏击战打得漂亮，简直像是端居仙阁、睥睨众生的西王母认定奇台今天上午应该得到点东西，来稍稍扭转过去的颓势。

"对岸怎样？"赵子骥问，"没上船的番子怎么办？"

"很快就该有消息了。"任待燕说。

四周的泥淖里满是死人，还有伤员在不停地哭号。军中有士兵来处置伤员，至于番子伤兵则就地除掉。他们不收俘虏。两人身边有一小队亲兵守护，确保不会有装死的骑兵突然暴起，伤到统领全军、给他们希望的人。

任待燕会说是两个人，不过这并非实情。

在对面，在江北岸，任待燕早已布下了一支偏师。这支偏师半个月前就悄悄渡江，隐藏行迹，耐心等待。

倘若一切顺利，等到阿尔泰人大部分骑兵都上船离岸，战马都下水渡江的时候，这支奇兵就会猛扑向对岸的剩余敌军。他们应该能在高地与江水之间给敌人以致命打击。

就跟南岸这里一样。去年秋天，延陵北面那一战里，他们就凭着斩马刀和埋伏的弓箭手痛击贼寇。而今天上午，按赵子骥的说法，更是一场全面胜利。能够收缴这么多战马，真是个奇迹。他抬头看看，雨变小了，云快散了，马上就要出太阳了。

任待燕之前说过，下一个关键的时间点，将是阿尔泰军的完颜得知这边失利的时候，到那时，对方将决定该如何调遣下游对岸的敌军。他也许会在盛怒之下决定强行渡河。他手上有船，过去一段时期里，他们一直在造船。

任待燕——任都统制——还说，他在夜里梦见过阿尔泰的都元帅强渡大江，顶着大量集结的弓箭手和步军登岸，与此同时任待燕和赵子骥带领大军乘船前往下游截击。他祈祷这个梦成真。

赵子骥知道，他们有一位极富才干的统帅，带领他们抵抗阿尔泰人。他很想听听任待燕在天亮时分如何在船上痛杀番贼的。

他发现任待燕变了脸色。

"怎么了？"

"我忽然想起……会不会有番子绕过你们，成功逃脱了？"

"肯定有。不过他们势单力孤，成不了气候，又有大江隔……"

赵子骥身上一寒，说不下去了。

"待燕，我亲自去。"他说。

"我去。备马！"他对身边的一名亲兵喝道。那亲兵先是一愣，继而跑开了。

赵子骥摇摇头。"你不能去！你必须守在这里指挥全军。你可能还要到对岸去，或者去下游。谁知道呢！"

"不行，我必须——"

"待燕！"赵子骥说，"我去，这就出发，拼上老命。我保证！"

任待燕死死盯着他，嘴唇抿成一条线。他深吸一口气。"拜托了。"他说，然后又重复一遍。

赵子骥点了十几个人，找来马匹。他们起程直奔东边，骑得飞快，可是此时已经接近晌午了。

第二十七章

林珊一边想着丈夫，一边醒了。醒来的时候她在哭，刚才做了个古怪而又漫长的梦：她和阿威在一座广大的坟墓里，两人都活着，四周全是兵马俑，守卫着一个早已死去的皇帝。阿威看着周遭的这番奇观，一直看一直看，然后转过头来看着她，他的脸……

北方饱受番族蹂躏，不过卢超在那边还有一些消息来源，大概一个月前，卢超的去信询问得到了回复：汉金城大火已经灭了，目前正在重建——当然，用的是奇台的劳力。占领者允许人们埋葬死者。他们想让生活恢复常态，让百姓交税、纳贡。僧人道士们在尽量统计死者人数和姓名。

人们发现了齐威和他双亲的尸体。信上没有多说，考虑到坊间流传的那些事情，或许不说也好。

林珊在东坡的供桌上，多点了根香烛，插在自己为父母点的香烛旁边，卢家人也没说什么。林珊觉得，他们对她实在是太纵容了。

第一次在供桌前这样做时，诗人就在他身边。他自己也诵了一段经，然后拄着拐杖，静静地站在那里，以示对死者的尊重。供桌上有一支香烛放在离其他香烛稍远一点的地方，她看见卢琛最后才把它点上。她也没有多问。

立春那天早上，林珊有一种感觉，像是弄不清楚自己是不是活着，弄不清楚卢琛是不是活着，以及他们是不是真的站在这里。她把母亲的耳环放到供桌上，同时又看了卢琛一眼，征求他的同意。

如今早上天气特别好时，林珊吃完早饭，会绕着田庄到处走走。在东坡吃饭可真是奇怪，庄上人不少，但只有佃户们会凑在一起吃早饭。有时候卢马也会来，有时候则是管家。吃完饭，卢马就会到账房去处理账目，打理农庄。在这里似乎每个人都有自己固定的生活节奏，彼此只是偶尔才会有些交流。林珊从没有在这样的大户人家里住过。

诗人有时候会夜不归宿，似乎也没有人挂在心上。别人告诉她，河对岸有个村子，村里有座道观，卢琛时常在观里过夜。他喜欢跟观里的道士谈天说地，还给他们送酒。

诗人的弟弟一天到晚都在读信写信，他急于了解外面的情况。他向新朝廷递送奏章。卢超在骨子里仍旧是一名朝廷官员，想要为奇台这半壁江山尽一把力。知祯皇帝和新上任的同中书门下平章事①还没有召他入朝，在林珊看来，他简直要被撕成两截了，一半心里装着职责，另一半则情愿留在东坡，只为享受这里的哪怕片刻安宁。

时局如此，哪里又有什么安宁呢？有这样的念想真的切合实际吗？念想，即便只是这两个字，都会让她想起待燕。

上午一直在下雨。林珊躺在床上，听着雨声和风声。刚才的梦渐渐淡去了。她感到罪责，感到伤心，尽管后者成分要多一些。林珊渐渐开始明白，其实，他早就已经离她而去，远在他死之前。可是他们曾经彼此分享过远比平常夫妇还要多的喜悦，那段时光，那段回忆……那段回忆值得她为之悲伤。

林珊把他们夫妇整理的最新的金石目录随身带了过来。她想着也许哪天再往上面添一点东西，写一篇序，讲述他们夫妇二人的故事。

如果她还活着，如果奇台还在。阿尔泰人在下游的大江北岸安营扎寨。如今是春季，卢超听说他们正在造船，他们打算渡江。

她在冬天亲笔写了封信寄往西边。是一种责任感催着她提笔。她把信交给西去的士兵，让他帮忙带去。邮驿早已不堪使用了。百姓们朝不虑夕，流离失所。到处都有山贼匪盗，士兵摇身一变成了强梁。还有饥荒。

不过林珊还是收到了回信。这封信寄到了这里，所有人都知道东坡。所有人都知道这里是诗人卢琛的住处。林珊觉得，卢琛就像是灯塔上的火光，昭示着奇台如今的模样。

―――――――

①宋代的"宰相"称为"同平章事"。同平章事是"同中书门下平章事"的称称。

一个人能成为一个帝国的灵魂吗？这样的人不应该是皇帝吗？林珊完全不了解这位年轻的皇帝，只记得曾经在"艮岳"见过他一两回。南逃的路上，彼此一句话也没说过。

王朝可能衰落——也可能偏安一隅。但是不论王朝将走向何种结局，东坡的这位诗人，林珊心想，他的言谈，他的勇气，他的风趣、温和还有愤怒——他将会成为人们记住这个王朝的理由。

管家寇尧，阿威生前的（唯一的？）心上人，写信来说，他和孩子都在齐威母亲的娘家，在非常南边的地方，十分安全。他们去时随身带了封信，还有书面凭证，证明丽珍是阿威的养女。林珊知道，凭着婆婆娘家的名望，丽珍会在家里住下，还会像大户人家的女儿一样成长——如果他们能活下来。他们家地处偏远，一定能安然无恙吧？

有时候早上醒来，林珊还会想，她应该亲自抚养丽珍，正经说来，她可是丽珍的母亲。不过这是个愚蠢又危险的念头。阿威都不想她知道有这么个女孩，担心她把孩子带上她自己这条道路。

她不会的，林珊太了解这条路有多难走了。可她还是决定尊重阿威的选择。对于阿威拯救下来的这个孩子，林珊愿意给她最好的祝福，可她没办法给她一个家。她在这里是客人。受人欢迎、尊敬，就连内闱的主人，卢氏妯娌都愿意接纳她，但这里毕竟不是她自己的家。

林珊还没有考虑过这些。人究竟都能去什么地方呢？如今奇台和阿尔泰两军夹江对峙，哪里都去不成。她只能待在这里，透过窗户看着清早的绵绵细雨，想着已经不在人世的父亲与丈夫，想着她深爱的、挚爱的人，正在为奇台征战不休。他也在江上吗？

事实上，他当然在。

林珊有些坐立难安，感觉像是被困在绵绵的雨水中。她在桌旁试着写几句词，表现战争如何让生活的最细枝末节都遭到破坏，可是这些句子过于刻意雕凿。她发现自己的气度不足以书写战争，不足以书写汉金的陷落、黎民的苦痛。

古代的大诗人岑杜写的是：

星河 River Of Stars

> 夜来狼啸难安寝，
> 自觉无力解苍生。

真可怕，人的心里竟装得下这样沉重的负担。林珊从没想过自己——或者任何人——能有这样的力量。解救苍生？只有上天能做到。

她时常夜不能寐，有时是因为挥之不去的思念，有时则是伤心，又有时两者皆有。不过她的使命并不是再造奇台。除非——在东坡这个细雨绵绵的上午，她想到——是解开对妇人言行举止的束缚，而在这一点上，林珊觉得自己失败了。

卢琛曾经在文章里讲过"盖棺始有定论"的道理。林珊突然想起，对于任待燕又会有怎样的定论。她猜想，对于军人而言，这要视乎他在沙场上有没有赢得胜利。

雨终于停了。林珊听见雨水从房檐和树叶滴落的声音，抿了口茶。透过窗户，她看见卢家兄弟二人走过湿漉漉的草地，上了小路。这条路一直通到溪边。

溪边的古树下有一条长凳，兄弟俩都很喜欢。卢超带着酒杯和酒壶。他哥哥拄着拐杖，走得却很轻快。兄弟二人都戴着幞头，穿着直裰。外面并不暖和，又有风，不过太阳眼看着就要出来了。林珊看见他们谈笑风生，又想起这里的人对自己的纵容，于是笑了。

稍停了一会儿，她穿上暖和的衣服，戴上那顶被人笑话的双层帽子，从内闱出来，去了西边的果园。她不去打扰那兄弟俩，只是自己走走，看看天上云霄雨霁。桃花还没开，不过树枝上已经长出花骨朵。林珊一直在观察它们。

太阳出来了，天气还是挺冷。接着太阳被遮住，再露面，云影拂过大地。风差点儿把头上的帽子吹走。林珊一只手捂着帽子，心里还在想，要是别人看见了，自己成何体统。真是宫廷里的贵妇人啊！官家眼前的红人，"艮岳"里的通幽曲径和楼台亭阁都熟稔于心。

都过去了。

在东坡的果园里，她抬起头，看见含苞待放的翠绿的花蕾。园子里的梅花早就开了,这是冬去春来的信号,除此之外,还有黄莺啼啭、柳树抽芽,以及很快就会绽放的桃树花苞。林珊心想,死了那么多人,看见这么一点迹象,真会万象更新吗?

林珊眼角瞥到一点东西。她转过身,吃惊地看见那是一只狐狸,在果园的尽头,草场的边上,它一身明亮的橙红色,一动不动,看着——不是林珊,而是别处。

林珊于是也转过头,她身在树丛间,看见一个阿尔泰骑兵从马上下来。她看见那人抽出刀来,翻过大门西边的篱笆,溜上通往堂屋的小路。

林珊的头脑中飞快地思考,心里狂跳不已,可是周遭一切却变得极慢。佃客都在农庄西北两面的田里干活。她可以从果园里溜出去,跑到那边喊人救命,可是所有女眷还有孩子都在屋里。卢家兄弟去了另一个方向,去了溪边,何况找他们又有什么用?

林珊看着那人,他的头发披散在后背,正朝堂屋走去——堂屋离他最近。林珊心想堂屋里没人。千万不能有人。可他还会穿过堂屋,只要再往里走,就是女眷们所在的房子了。

林珊当下拿定主意。她只能这样做,别无他法。山河破碎,遍地尸骨,谁都不能指望自己性命无虞。她想起了父亲,不知道待燕此刻在哪儿。

她像是疯了一样放声尖叫,一声接着一声。

然后她从果园里跑出来,冲到远离堂屋和内闱的空旷地里,朝后面的草地和涂成蓝绿两色的凉亭跑去。好叫那番子听见自己、看见自己。

她回头瞥了一眼,好,他跟上来了。林珊一直往前跑,脑子里紧抓住那仅有的念头。愚蠢、托大的念头,足以证明女人在这样的危难面前是多么地手足无措。

可是这样的危难本就不该出现在这世上。林珊心想。番子怎么能来东坡?她心里一下子蹿起怒火。好啊,这个人和他的族人连孩子都不放过。他们在汉金城里烧杀掳掠。他们杀死了她的丈夫。围城时的饥寒交迫害死了她的父亲——是父亲教育了她,父亲不是让她墨守世俗成规,而是带着爱意,对她因材施教。

亭子里有两张弓。

早在零洲岛的时候,卢琛父子就开始学着使用兵器。那时天一亮他们就起来练习,一方面是运动,另一方面也是消遣。回到这里,他们也还是这样,为的是逗其他人开心。林珊见过他们像演戏的木偶一样比试刀剑,嘴里还在互相谩骂,有时候还挺押韵。

亭子后面有一面用草垛起的墙,墙上有一只蓝色的箭靶。父子二人就在那里练习射术。只要有人射中靶心,屋子里的人就会听见他们大喊大叫,假装自己神勇无敌,旗开得胜。

林珊上了亭子,深吸一口气,又发出一声尖叫。这声尖叫既为报警,也为引诱番子。她想让那番子跟上自己,好让其他人有机会逃脱。男人都离这里太远,听不见响动,除非有人回来取他们下午吃的酒食。能不能活命,只有指望这类事情了。

林珊一步迈上三级台阶,钻进亭子里,又回头张望一眼。他没有跑。他知道自己已经把她困在这里了。他手上有弓,他可以射死林珊。可他没仍旧握着刀,没有取下弓来。林珊绝望地想,他该害怕才对。她的尖叫应该让他明白自己被人发现了,他没办法发动突然袭击了。可他看起来毫无惧色。林珊明白他不急于杀她的原因。

林珊抓起诗人用的、稍小一点的弓,又抓了一把箭。她的手抖个不停。她只在还是姑娘时练过射术,和父亲一起,就像卢马和他父亲一样。

她从亭子里走出来,面对着番子。那番子见她拿着弓,脚下一顿,先是大笑起来,然后不慌不忙,接着往前走。他嘴上在说着什么,林珊根本听不懂。

林珊努力回忆射箭的要领。她把三支箭丢在脚边,留下一支箭搭在弦上。她动作太慢,手抖得太凶。深呼吸。父亲在一篇教习射术的文章里读到过,这样做能帮你定住心神。当初在他们自家的花园里,父亲曾经说起过,如今奇台的世家子弟全都不习武艺是何等地错误。父亲从来不说林珊是女儿身。只有一次例外,像是随口提到一样,父亲说起文芊,很久以前一位皇帝的宠妃,还说起文芊的那些姐妹,说起她们和宫人们一起打猎的事情。

林珊端起弓,深深吸一口气,慢慢呼出。那番子越来越近,毫不着急，甚至没有想要先她一步行动。他又大笑起来。林珊松开弓弦。

这一箭朝左飞去，偏得太远了。林珊以前射箭也总是往左偏，父亲也找不到文章来解释为什么会这样，只能叫她自己注意，事先估算好，调整姿态。

林珊赶紧弯下腰，另捡起一支箭。只要番子脚下稍快一步，林珊就再也没——

草地另一头，阿尔泰武士的身后传来一声喊叫。这回是个男人的声音，番子赶紧转身。林珊看见，在番子对面，正大步流星、近乎奔跑着过来的正是诗人的儿子卢马。他手里提着一口宝剑。

入侵者再一次大笑起来。怎么能不笑呢？来的不过是个胖乎乎的奇台人，穿着件碍手碍脚的绿色袍子，提剑的姿势那么笨拙，一望便知根本不通武艺，莫非还要怕他？

卢马喊了句什么，这次不只是乱吼乱叫。阿尔泰人咆哮着予以回应，同时大步上前，摆开架势，来对付卢马。毫无疑问，他要先把男人杀死。这里只有他们三个，没有旁人。

林珊搭上第二支箭，踩着湿漉漉、亮晶晶的草地向他二人跑去。阳光明媚，风一直吹着。她要记住风向，调整呼吸，稳住双手，箭离弦时身子不要向左偏。

在这之后该怎么做，她也知道。

卢马轻蔑地又喊了一句。当年在零洲岛上，他和父亲也舞过刀棍，也许他练得不错，也许他们还有个同样遭到流放的先生？也许他能——

刀剑交击，发出刺耳的声响，两人随即分开。卢马挥出一剑，却被番子轻松地挡下来。那番子不知怎地手上一搅，一个滑步，只一瞬间，卢马的剑就脱手飞出，掉进草丛里。

那番子没有停顿，没有得意，只是以一个士兵的杀人效率，平挥一刀，卢马的手尚举在半空，那一刀已经从腋下深深地砍了进去。林珊正朝他们跑过去，看见番子那漠然的轻松神情伤心欲绝。而卢马，他曾经随着父亲流放零洲岛，誓死不离开父亲，这回却真的要死了。

阿尔泰人把刀拔出来，猛地刺进卢马的胸口，刀尖透过墨绿色的长袍钻出来。鲜血喷涌而出，溅得遍地都是，而在这骇人的一幕里，卢马浑身发抖，仍旧站着，跟着瘫倒在地，变成更加骇人的场景。

阿尔泰人随即转过身来，训练有素，提着一口染血的刀。

而林珊已经来到他面前，这正是她想要的——她不需要考虑其他，不需要回忆很久以前的课程，她只要靠上去。她的手一下子稳住了，呼吸平稳，愤怒就像一颗冰冷的明星，她松开手，射出第二支箭。她和番子之间只有一臂的距离，近得能闻见他身上的气味。这一箭瞄准了番子的脸。

番子张大了嘴，不知是准备大笑还是咆哮。又或者，也许是准备惨叫？这一箭射进他嘴里，钻过牙齿，钻进喉咙，又从他脑后钻出。他的刀落到地上，他也瘫倒在地，跌落在诗人儿子的身边，靠着卢马，躺在草地上。春日里，阳光明媚。

时间变得十分古怪。林珊也不知道这样的情况什么时候出现，又是如何出现的。她意识到有人正扶着她从卢马和阿尔泰番子的尸体（她刚杀了一个人）旁站起来。她知道扶她的是诗人的妻子秦氏，也知道秦氏满心悲伤，泪流不止，可她不记得她过来，也不记得有没有别的女眷在场。

她看见远处有几个孩子，都在女眷的居所外面。显然，大人不让他们过来。林珊心想，这挺好，不该让他们看见这些。不过，又或许该让他们看看，或许该让他们知道，世界就是这个模样。

林珊喉咙发干，浑身抖个不停，却哭不出来。她闭上眼睛。秦氏身上有香粉的味道。她一向如此。她手上很有劲，紧紧箍住林珊的腰。她口中喃喃不停，吐出的每一个字都毫无意义，像是喃喃不停地哄小孩子或是受惊的小动物。

可死的是她的继子啊。林珊想，她知道——她亲眼看见了——在这庄上，每个人都那么宠爱卢马，每个人都那么离不开他。

应该由我来安慰她才对。她想。

首先她不能再发抖了。她担心要是没有人扶着，她连站都站不住。

不知什么时候,有人说:"快看。"林珊抬头看去,见到兄弟二人穿过草地,经过梅子树,从庄园外面走过来。林珊的心里,不知是什么东西开始放声痛哭。

女人们为兄弟俩让出路来,好让他们来到尸体旁。诗人的弟弟,卢马的叔叔用一只手抓着卢琛的胳膊,扶住他,可是哭泣流泪的却是卢超。

卢马的父亲来到儿子身边,把拐棍丢到一旁,跪在湿漉漉的草地上。他抓起卢马的一只手,用自己的两只手紧握住它。他看着儿子的脸。林珊看见他的直裰和罩袍上满是积水和鲜血。他一直看着卢马的脸。林珊觉得,卢马的脸既没有扭曲,也看不出恐惧,仿佛是带着一颗平和的心跨过生死的边界。他的剑躺在稍远一点的地方,在草丛中闪闪发亮。

终于,卢琛开口了:"可悲呀。"一听这话,林珊自己也落下泪来。

"对不起!"她哭喊道,"都怪我!"

诗人抬头看看,说:"不,你不是把番子杀了吗?真是勇敢的女孩。"

"可我射偏了!第一箭偏到了左边。我总是这样……"她喉咙哽咽,说不下去了。

"齐夫人,你杀了一个阿尔泰的武士,你救了我们全家啊。"

"没有,"林珊哭着说,"你看看他!我没有!"

"我在看,"卢马的父亲说,"可这终归不是你的错。我……我猜想卢马冲出来,就是想让你有机会快逃,可你没有逃跑。他喊话了吗?"

"喊了,"林珊控制住自己,"他喊了。他……我就在亭子外面,番子当时正往这边过来。"

诗人点点头。在他身旁,在诗人头顶,他弟弟那沟壑纵横的脸上满是沧桑,脸颊上挂着泪水。

卢琛仍旧握着儿子的手。"他有没有……齐夫人,卢马有没有说什么话?求你好心告诉我……"

林珊近乎抽搐地一个劲儿点头。秦夫人还在扶着她。

林珊说:"可我不明白他的意思。"

诗人抬头看着她。他的眼睛又大又深沉。他说:"他向番子发起挑战了?"

林珊不知道诗人是怎么知道的。

她又点点头:"他……他说:'尔等为害一方,今日看我攻破你这营寨!'"

"哦,好孩子。"叔叔卢超说。

可卢马早就不是孩子了。林珊心想。她突然感到一阵困惑。但是,他所指的不可能是我吧?就在这时,她又听见一个声音,于是她的目光从卢超移向草地上那两个人——一个已经死了,另一个则抱着一具尸首,她看见父亲开始为儿子痛哭流泪。

时间又开始流逝了。它流过头顶,穿过人群,把人们带走,尽管他们谁都没有离开草场。一切都那么陌生。断断续续。林珊不知道他们来这里多久了。太阳,云彩,风不停地吹,云影时而笼罩过来,时而飘走,让地上忽凉忽热。

此时守在她身边的是卢超。他个子很高。卢超搀着她,她也可以靠在他身上。林珊还在颤抖——她简直不知道还会不会停下来。诗人仍旧跪在草地上。林珊想:该有人送他回屋,让他在火炉边换身干衣服。可她又想,卢马的父亲知道,这一松手,就成了永诀。林珊心里像被石头磕破般疼痛。

又有声音传来。众人循声望去,望向庄园大门,如刀刃般锋利的恐惧袭上心头。有人来了,来得还不少。林珊忍不住想:今天所有人都难逃一劫了吗?

这些人急匆匆地走路穿过草场,林珊认出当先那人,她开始寻找另一个,却一无所获。

赵子骥来到卢马身边,在卢琛对面跪倒在地,以头触地磕了三个头,说:"我这辈子都没法原谅自己。"

诗人看着他,问:"怎么了?这和你们有什么关系?"

"我们该早点想到,会有番子往这边逃跑!"

林珊在南下的路上才对赵子骥稍有些了解,并且对他生出了极大的敬意。此刻的他沉浸在无比的悲痛中。

"难道番子已经渡河了?"卢超在林珊身边发问,他说话时虽然强自镇定,却已濒临崩溃了,"番子要来了?"

"没有,不会。"赵子骥说。他站起身来,林珊看见他身上有伤。部下们都在他身后,战马都在篱笆旁。"番子死了,没死的也活不长久。"赵子骥说,"番子想在这西边的赤壁附近秘密渡江,结果在江岸和水面上遭到我军重创。"

"重创番军?"卢超问。

"正是,大人。番子自以为能瞒天过海,却不知任都统制早已知晓他们的计划。我军在江上伏击他们,同时在岸上痛杀番军的先头部队。同时江北岸也有一支奇兵猛攻番子来不及渡江的部队。我军还缴获了番军凫水渡江的战马。大人,我们打了一场大胜仗。"

卢琛抬头看着他:"那这个是……?"

"是个逃兵。被困在南岸了。"

诗人说:"这人当时一定吓坏了。"

林珊猜不明白,他怎么还会生出这种念头。

卢超问:"还有旁人逃出来吗?"

"毫无疑问,大人。我们会全力搜捕。只是……要将逃敌尽数抓获,这不太现实。"

"的确,"诗人说,"的确不现实,赵将军。"他的语调轻柔,一直握着死去儿子的手,"干得好,副都统制。诸位将军,干得好。"

赵子骥看着阿尔泰骑兵的尸体问:"他是怎么死的?"

卢超回答:"齐夫人用箭射死的。"

"什么?"赵子骥扭过头,不敢相信地看着她。

林珊该开口了。她先是清一清喉咙,说:"家父……我年幼时,跟着家父学过一点皮毛。"

"夫人用箭射死了这个阿尔泰战士?"

林珊点点头,起码现在不会发抖了。她还是有些头重脚轻,感觉像是无法站稳。

"唉,夫人啊,待燕一辈子都要记恨我了,"赵子骥说,"我也都没法饶恕自己。"

林珊摇了摇头。要开口说话竟然这么困难。"这不能怪赵将军。"又问,"待燕还好吗?"

赵子骥一直盯着她看。他看看地上的番子,又接着看林珊。他惊诧地摇了摇头。"他本来要亲自骑马过来。我叫把这件事交给我来处理。夫人,任将军必须留在军中。番军主力还在大营中,他们在得知西路军战败后会如何行动。眼下还不能确知。倘若他们打算过河,任待燕就必须率领水军顺江而下。"

"那怎么办?"

赵子骥吸一口气,说:"齐夫人,阿尔泰人胆敢此时渡河,我们就叫他有来无还。"

"那咱们就盼他快来吧。"卢超严肃地说。

赵子骥还在看她。他尴尬地说:"我所言句句属实。早前一想到番子军中有人逃跑,他立刻就要独自拍马过来。"

林珊说:"这附近还有很多村落农庄,东坡只是其中之一。"她真的该好生控制一下自己的语调。

"是。"赵子骥说,"可……"

他没有再说下去,大家都没有再说下去。

赵子骥叫五个弟兄留在这里,然后就返回西边了。他的脸上藏不住事,林珊一望便知他内心无比纠结:他想留下来悼念死者,看他下葬,以此减轻自己那并无必要的负罪感,可他身为副都统制,此刻却远离战场,他的一举一动都表明他急于知道眼下的局势如何。他们要把那番子的尸体和坐骑一并带走。林珊如今明白了马匹非比寻常的重要性。

卢超竭力反对把士兵留在这里,他说军人就该到需要他们的地方去。赵子骥则有自己的坚持,他说几位弟兄留在这里,是要在几个村庄里巡逻,搜捕落单的阿尔泰逃兵,还要烦请东坡费心照顾几位弟兄的吃住。

林珊知道,这大致上只是一些场面话,而且说得很巧妙。他是任待燕的兄弟，人很聪明。这五个士兵将留下来保护农庄，保护她。她还没有心情去仔细思考自己对这一安排的感受。她所知道的是，天黑以后，这样的保护措施的确让人安心。她在头脑中一再重演自己在果园里看见番子时的那一幕。她记得有只狐狸正看向番子，并且故意让她看见自己。她完全不知道这是怎么回事，眼下她没办法清楚地思考问题。今天她杀了个人。她是个女人，她杀过人。

卢马的尸体就摆在堂屋。屋里点着一支高高的白蜡烛，炉子里点着香。继母和婶婶已经给他打理好了，身上擦洗干净，衣帽也穿戴妥当——正如她当初为父亲所做的那样，尽管那时正值围城，有司没有批准按照宗室规格举办丧礼。她想起卢马如何向她和番子这边冲来。

卢马的父亲一直待在堂屋里，坐在墙边，一语不发，注视着其他人忙里忙外。这个尚未娶亲、没有留下子嗣的年轻人，正配得上这份无言的哀思。他的父亲静坐在这屋中，之前的泪水和那份不能自抑的哀戚，让他显得有些失态。可说真的，又有谁能因此而非议他呢？又有谁会这样做呢？

卢马喊出的那最后几句话，也就是林珊听见却没听懂的那几句话，看来就是当初父子俩在零洲，锻炼身体时高喊的玩笑话，父子二人就是这样，在那可怕的地方寻找欢乐。

林珊打起精神，出门去向赵子骥道别。赵子骥要连夜骑马回去。卢超和他都站在门口。即便是在这个时候，卢超还是那么彬彬有礼。

林珊过去时，正好听见赵子骥说："我会放出消息。我估计到天亮时，一切就明朗了。"

卢超说："将军和军中将士今天不仅为奇台争了光，还救了江南所有百姓一命。"

"并非所有。"赵子骥说。

"自凡打仗，都难免出来祸事。谁又敢说自己能算无遗策？"

"我们可以尽力谋划。"赵子骥说。

"尽力而已。"卢超说。在夕阳的余晖中，林珊看见他温和地微笑，心里不由一疼。

林珊突然开口："请稍等。"说完就转身匆匆忙忙地回到堂屋。

堂屋已经布置成灵堂，门口挂着白布帘，布帘左边挂着一盏小铃铛。

林珊从供桌上拿起一样东西，又折返回来。天空清朗。风变小了，只轻拂着路边树叶，发出沙沙的轻柔响声。她看见了长庚。

林珊来到赵子骥身旁，对他说："把这个给他。告诉他，这是我母亲的。另一只为纪念双亲放在供桌上。让他替我把这只收好。"

赵子骥站在坐骑旁边，看看这只玉石耳环，又看看她，然后飞快地看了卢超一眼。

他说："遵命。"跟着，他又停顿片刻，清清喉咙，接着说："齐夫人，待燕是军人。身为军人，我们谁也没——"

"我知道。"林珊尖声说道。她怕自己又要哭出来了，"要保重，赵将军。我们非常需要你。"

"多谢。"赵子骥说完，就翻身上马，带着人沿着树木掩映的大道，迎着夜晚的第一颗明星，迎着未来飞驰而去。这未来恰如一只没有钥匙的箱匣，谁也不知道这里面装的是吉是凶，是祸是福。

阿尔泰军的完颜一个信使也没杀，这是因为这些带来坏消息的人都来晚了。虽然有些骑兵确实一路马不停蹄地逃回来，但是消息来得比他们还快。

阿尔泰人是从一支箭上得知西路军败绩的。这支箭上绑着一封信，从江上射过来。完颜派船出去搜捕弓手，看是哪个胆敢凑到这么近前，不过他也没作太多指望。这真是要把人逼疯。

他叫人把信念给自己听，心中的狂怒就像夏季草原上的野火——势不可当，直到把自己燃尽。这封信以奇台的都统制任待燕发出来，直接称呼完颜是"番子头领"。没名没姓，尽管他们明明知道他叫什么！

这封信里详细描述了今早的作战过程，完颜计划让大军在哪里渡河——以及阿尔泰军如何在江面上和大江两岸一败涂地。信里还感谢他慷慨赠马。

信里内容太详细了，完颜无法怀疑这封信的真实性。这个人，这个任待燕……他必须死，否则完颜会被自己气死。

他命令大军上船。

阿尔泰军现在就出发，就从这里出发，无视天已经全黑。完颜心想：敌人一定料想不到我们会这么晚出动。这次一定能打他个措手不及！

他们会当着奇台士兵的面在对岸登陆——吓破他们的胆，卸掉他们的胳膊，吃了他们的心肝。这个任都统制既然去了上游，这会儿就不可能在对岸的营寨里，而完颜身边的确（一向）有骑兵中的精锐。他的狂暴也将点燃他们的怒火。

命令既出，营中立刻开始行动，西路军败北的消息——也如草原野火一般——在整个营寨里传开了。营寨里有船，是他们在河边造的，故意让人看见：需要保密的是上游的船。完颜不明白奇台人是怎么知道的，他甚至不知道任待燕指挥的到底是什么军队。而这支部队就在这里，与他夹江相对。他们军中到底是些什么人？泥腿子吗？强盗吗？打败草原武士的就是这些货色吗？

还有战马。奇台人说他们缴了草原的马。这感觉就像是当胸一拳，擂在心上，把人伤得不轻。

他来到河边的瞭望台上，俯瞰进驻江畔的草原雄兵，这支大军自从他们兄弟二人在东北举兵起事以来，自从他们偷袭叶尼部以来，就从来没有尝过败绩。想起这些，完颜心情好了许多。他们的征程就始于那一夜出人意料的偷袭。一会儿他要讲起这件往事，好叫他们全都记住。

他摆出那个众所周知的姿势，两手叉腰，两脚分开，脚跟站稳，意欲掌控整个天下。他放眼望着他的大军，他的草原骑兵。

飓风起于毫末。一次风向的改变就决定了第一次赤壁之战的胜负。可汗病危，世子去世，这样的事情曾无数次改变过草原的命运。战场上一支流矢就能夺走将领的性命。心高气傲的人可能会被命令在火堆旁跳舞。突如其来的、无常的瞬间太多了。即便是一个简单的念头都会……

完颜想起的是一个草原的春季夜晚，在黑水江畔，叶尼部营地。完颜站在这里，面对着他的大军，脑子里却清楚地回忆起那晚的情形。他几乎闻到了那个春季夜晚的味道，听见群星之下的草地在清风吹拂下的细微响动。

他转过身,看着这条广阔、恶毒的大江,想起这里的水泽树篱、梯田水田,想起这里茂密的树林和低矮的天空。这天空,就算是晴天也那么逼仄。这不是天神的国度,这不是他们所认识的天堂。

于是——他的心跳变了节奏——与此同时,另一个想法浮上心头。既然任待燕能在西路军半渡之时发起攻击,那他此刻可能还在水面上,大江如此宽广,而他的部下既不会游泳,又不懂水战。

后来有文人在记述那一天一夜的种种故事时说,阿尔泰军的完颜看见江里的龙王,于是心生惧意。文人就会写这类东西,他们喜欢让龙出现在自己的故事里头。

都元帅回过头,看着他的大军,他们整装待发,准备渡过大江,荡平一切。他又看向那被风吹皱的江流,江面上什么都没有。可是在完颜——阿尔泰部族中精明狡诈无出其右的领袖——的脑海中,他却看到数不尽的舰船,正集结在他的视线之外,等待阿尔泰大军下水的消息。占据上游是一种优势,正如陆上作战时占据高地。倘若奇台军真在那里,那他们就能重演清早时所发生的那一幕。

奇台军就在上游。有个声音在告诉他,一定在上游。任待燕正在他看不见的地方等着他。

他提一口气。完颜心想,要是弟弟还活着,盛怒之下一定会咬自己的脸腮。他一定已经上船,等待,甚至逼迫完颜下令。他可能已经擅自出发了!他弟弟当初追着任待燕陷入一片沼泽,并且死在那里。

有时候就是这些毫末之事。回忆,草原的气味、星空,风吹草低时的响声的回忆。突然感到离家太远了。没有胆怯,完颜从不胆怯,只是这条阴沉的大江,离家太远了。

他改变了主意。

他转过身,对他的骑兵部队宣布,他们要挥师汉金。他说等到来年,重整旗鼓,再来对付这条大江。

完颜能听到——身为一名优秀的头领,他能感受到——全军将士一齐长出一口气。他自己也感到释然,这让他暗自有些羞赧。他发誓,一定要叫人为这份羞赧偿命。从这里到奇台新国都之间,还有很多奇台人。

就在这时,就在这一刻,完颜的脑中又闪过一个念头,又是一个微小的瞬间。有太多的事情,哪怕让整个世界都受其波及,其实都不过是一念之差,抑或是说,都始于一念之差。

出发前,他们把船全都烧掉,这样奇台人来了就不会坐享其成。他们把抓来造船的夫子——没有趁夜逃走的夫子——都杀了。他们要在身后留下一个教训,毕竟,战争就是一连串的这类教训。

天亮以后,他们拔寨北上。

因为江边的这个决定,很多人的命得以保全,很多人的命横遭劫难。同一个都元帅,同样是他先下令进攻,又下令撤退,说书艺人会在这进退之间杜撰出都元帅的许多种或真或假的思量考虑;而秉笔直书的史学家则尽其所能地记录事件的原貌,并且彼此争鸣,想揭示这进退之间所引出来的各种后果。这两者不可混同。

大江是历史上阿尔泰人在奇台境内所到过的最远的地方。

有些人的死看起来无关紧要。他们的死,就像雨水落入池塘,只能泛起一点有限的涟漪,影响不超过一个家族,一片农庄,一座村子,一座道观。这片并不存在的池塘那么小,那么不为人知,塘中的几瓣莲花受到些微的惊扰,晃一晃,又平静下来。

可有时候,死亡来得太早却夺去了一个人大器晚成的机会。梅花开在初春,桃花开在春末。有的生命,因着各种缘故,会绽放得晚一些。诗人的儿子卢马从来都没有参加过科举考试,先是因为父亲和叔叔都遭到流放,后来又坚持要跟随父亲前往零洲——人们都以为诗人会死在那里。

我们永远都不能确知,某个人要是没死会长成什么样子。我们只能思索,推测,惋惜。不是每一位英雄或是领袖都在少年时展露出不凡的天资,有的人却可以大器晚成。有的人,叔父辈才智卓绝,走出一条阳关大道,但与此同时,这条出路也会在相当长的时间里被叔父们的成就所堵死。

卢马生性纯良,待人谦和,受人尊敬,勇毅超群,他的学识随着仁爱之心都日渐增长。他勤奋好学,总能在聆听的同时学得知识。他还会跟人开一些善意的玩笑。他慷慨大方,这一点尽管起初只有和他最亲近的人知道（恰如那池塘里轻轻摇曳的莲花），却是无可置疑的。他曾经随父亲去过南方，他也曾随叔叔去过北方。他不是诗人，不是每个人都能成为诗人。

他年纪轻轻，就死在这场死了太多人的战争里。

我们都被困在时间里，我们无从得知死去的人如果没有死，历史将会发生怎样的转变。我们无法预知明天，更遑论遥远的未来。萨满也许会宣称能够透过迷雾看到前方，可大多数萨满并非真有这样的本事：进入鬼魂的世界，去为今天寻找答案。这个人为什么会生病？上哪儿能找到饮牲口的水？对我们部落心怀愤怒的是何方神圣？

但是说书艺人常喜欢言之凿凿。他们会在故事里掺杂更多虚构的情节。编故事的人，不论是守在火炉边，还是在集市上聚拢听众，抑或是在安静的书房里讲故事诉诸笔端，只要他深陷入自己的故事里，深陷入他所记述的人物生平之中，都会被自己所蒙骗，相信自己对狐仙河魅、对鬼怪神仙深有了解。

他会讲述或是写下类似这样的内容："当日阿尔泰人趁夜偷袭，叶尼部飞来横祸，设若那日敖彦大难不死，日后定将领导部族，到那时，北方定是另一番光景。"

或者是："卢马是大诗人卢琛的独子，本是个淡泊名利的性子，只想闲云野鹤了此一生。偏又有颗忧时爱国之心，加之才智超绝，若非英年早逝，将来能入朝做官、封侯拜相亦未可知。卢马横死，大厦倾颓，实在是国家之大不幸。"

这些人说的和写的不论多么大胆，却终究只是一家之言，一个心愿，一种向往，一种由悲伤织就的渴望。究竟会如何，我们都无从确知。

我们可以说，卢马死得太早，就像叶尼部可汗的小弟敖彦在阿尔泰举兵之初就惨遭杀害一样。我们也可以想象历史长河的涟漪与流向，也可以为我们在历史中所发现——或造就——的怪异图景而感到惊奇。在第十二王朝重绘版图的年岁里，有人成了在北方死掉的第一人，有的人死在了阿尔泰人南侵时所到达的最南端。

可话说回来，版图总是要一再重绘。在过去，长城曾经是一个伟大帝国戒备森严、令人生畏的边境。我们可以回望，我们可以前瞻，但我们只能活在当下。

卢马被葬在祖坟里的一片高处，人们都说，高处对死者的魂灵有好处。祖坟里种着柏树和甘棠，因为有一首十分古老的诗里是这样说的：

……
蔽芾甘棠，勿剪勿败，召伯所憩。

从墓前向东可以俯瞰溪水，如果天气晴好，身处这片坟地中间，还可以看到北方的一线大江。

佃户们把卢马的尸体放进墓穴里时，家人们都依循旧礼，背转过身去，以示对鬼神世界的敬畏。

不过，大家看到，卢马的父亲却没有背转身，而是站在那里，看着儿子入土。后来，卢琛说他一点儿也不怕卢马的鬼魂。而说书先生或许会这样讲：他又何必转身？有生之年里，他又何须害怕自己儿子的鬼魂？

第二十八章

在奇台的新的都城——邻近海边的杉榗,新登基的皇帝朝中的新任同中书门下同平章事时常会想,他们所有人,会不会都受到一个死人的统治和领导。准确地说,是他的父亲。

杭宪有时会猜测,或许就连他们父子二人仕途的迥异之处,也可能是有意而为之。老人思虑缜密,足可以做出这种安排:给儿子足够多的独立空间,让他形成自己的观点,同时又让这些观点受到父亲的意志和人生经验的影响。

杭宪对此确信无疑,因为当初在汉金遭逢劫难之前提举寇赈接任太宰之职,这显然是为杭宪的将来而做的一个局。

目盲的老人早已察觉到大难将临,他不想让儿子跟着自己一起面对接下来的一连串祸事。他赶在阿尔泰人抵达延陵和小金山之前——赶在自己死之前——把儿子支派去了南方。

杭宪对此表示过反对,他不想走。可是到了南方,在这里,皇子一到杉榗就直接将他召入朝中。就像棋盘上的棋子。

杭宪奉诏入朝时,朝廷都还不成样子,他一来,就当上了同中书门下同平章事,为全功至德的知祯皇帝治理天下。当今圣上在过去被人们称作"祯亲王",这是一位古代英雄的名号。

百姓最好愚弄。谁都喜欢传奇故事。杭宪从不觉得当今圣上有什么英雄气概,不过他也怀疑有哪个宰相会把自己服侍的皇帝视为英雄。话说回来,他也不把自己看成是英雄。不然的话,他干吗不随着父亲一起留在(并且死在)小金山?

不过他还是会尽己所能——也正在尽己所能地——缝补这个破碎的帝国。这项工作可以说相当困难。北方的大片领土饱受蹂躏,饿殍遍野。阿尔泰人烧杀掳掠,一路进逼到大江一带,直到被一场从天而降、出人意料的己方大捷打退回去。

到处都有强盗,其中不少本来还是官兵,他们不跟番子打仗,却转而上山落草,成了贼寇。乡下农舍被焚,田地荒芜,饥民拖家带口,流离失所,饥民极有可能变成暴徒。史书上记载着过去经历过的黑暗年代——如今奇台所经历的就是这样的时代。

朝廷没有稳定的基本税收,也没有可靠的财政来源。杭宪极其关注这两项事务。他一向如此,简直可称得上是满腔热忱。就连官府专卖的项目——茶、盐、药材——都需要重建。奇台帝国离不开贸易,可时局如此,又该如何重振贸易呢?

奇台已然无力控制北方,番子也一样——北方社会动荡、民怨沸腾,乡野中全是饥饿的流民,这一切让番子们焦头烂额。杭宪正想尽办法充实国库、制定国策,这样的局面对他毫无助益。

此外,他还要面对许多别的宰相都不曾遇到过的挑战。他不仅在史书上找不到与眼下处境相类似的记载,而且不能跟任何人谈及此事。这个局面,尽最好听的说,真是旷古莫闻。可这样的旷古莫闻,真算不得好运气。

现实状况就是,如今的朝廷已经被人们称作"南十二朝",而如今的官家,知祯皇帝,正坐在一把新打造的龙椅上统治着这个朝廷,与此同时,他的父亲兄长仍然活着。

既然这样,那他还能算是皇帝吗?如果不算,那他就只是个摄政王、新龙椅的看守?身为皇族的责任会让他想尽办法、不惜代价地赎回自己的父兄吗?倘若他真的这样做(或者是他的宰相找到了相应的办法),那他又会怎样?他的臣子会因为这一功绩而受到嘉奖吗?会掉脑袋吗?

朝中重臣谁都知道,知祯和他哥哥知祖之间——身为重臣,就算只是心里说说,也应当说得婉曲一点——素不相能。

杭宪经常就自己的想法向父亲讨教。他常常在脑海中回忆父亲那举重若轻的语调,并从中找到答案,可是面对这个问题却总是无解。

知祯无疑很乐意当奇台皇帝,并且完全看不出有打消这个念头的想法。他在皇子当中排行算小的,又无人赏识,总是被人忽视,到最后成了颗弃子——他不是还被送进阿尔泰营中当了人质吗？

他坐着龙椅，不止一次地说起自己如何为父兄"北狩"感到悲伤，如何为宗族的命运感到难过。他当然要这样说。他无比虔敬地带领群臣诵经祈祷、举办法事。他当着满朝文武的面宣布，奇台不行正道已久，他在杉橦的大殿上，以悲伤的语调大声问道：他的父兄到底还在不在人世？

官家的宰相深谙为官之道，明白此间深意。同平章事全都明白，而且明白得更多。他们君臣之间有过多次虽不能明说，却不容会错意的私晤。

"朕这心里，"每当两人独处一室，或者在夜里上阳台俯瞰西湖时，官家就会对他说，"朕这心里总是怕父兄已经不在人世了。杭卿啊，那是些番子啊，奇台虽为礼仪开明之邦，对他们却如何能心存幻想？朕的父兄被掳去那么远的地方！我们根本是鞭长莫及。卿可知道那番子给二帝安的什么封号？"

杭宪则每次都回答："臣知道，陛下。"所有人都知道。

"昏德公！重昏侯！"官家（每次都会）大声说道，同时还会古怪地激动起来，杭宪觉得，仿佛是在品尝这两个封号的口感。

而且，无一例外地，在这类交谈中，到了某个关节处，官家总会说："杭卿啊，北方的禁军，咱们可要多多留神，小心养虎为患。"

杭宪会说："陛下圣明。"

眼下的情形是，奇台大军正连连告捷。

如今奇台军骑着缴来的阿尔泰战马深入北地，根据最新的战报，他们眼看都要到达汉金了。这最新的战报发自都统制任待燕，奇台军在他的带领下已经到了淮水北岸。他在战报中对官家极力表示忠心，并且恳请陛下早作计划，一待光复汉金，陛下就可将朝廷迁回旧都。

让人难以置信的是，军中预计入冬之前就能收回京师。这是任待燕的亲笔信，用传书鸽接力传送，一路送到南方。他还补充道，汉金光复以后，他们还将进攻番子的南京。当初奇台禁军就是因为进攻南京而未得手，于是引出了接下来的滔天大祸。

任都统制估计，过年之前奇台军将夺回"十四故州"中的四州。在信的结尾，他又表了一番报效奇台、忠于朝廷的决心。

光复汉金？赶在入冬之前！这会儿已经是仲夏了。很快夜晚就会越变越长。杭宪闭上眼睛，想象一支强大的、复仇心切的奇台军队星夜兼程不断前进。真是一幅让人愉悦的画面，让人为之骄傲。

可另一方面，不论任待燕如何表示恭敬，官家就是不乐意将朝廷迁回旧都。阿尔泰人先是把他拘为俘虏，等他逃出来又派兵追击，官家是绝不会叫自己靠近番子一步的。番子甚至追上了他，结果那天夜里在一片水泽中打了一场恶仗。

杭宪仿佛听见父亲这样说道：这样的经历最能看出人的成色。

作为官家的重要谋臣，同平章事大人做出一个明智的举动：他还没有把这封出征在外的都统制的亲笔信拿给官家看。

杭宪还有别的事情需要考虑，这些事情几乎可以肯定，跟信上的内容有关。一个阿尔泰密使正乘船沿着海岸往这边赶。阿尔泰人的这一举动十分反常，这艘船举着白旗进过两次港。阿尔泰密使一定以为自己比任何相关报告来得都快。显然他失策了，番子至今不懂飞鸽传书。在杭宪看来，这不过是另一项例证，说明番子毕竟是番子，哪怕他们骠突乡野、焚毁村庄，所过之处生灵涂炭。

哪怕他们对目盲的老人做下那么残忍的事情。

奇台的同平章事感觉，他的麻烦正变得越来越复杂。奇台军要进军汉金？对光复旧都胸有成竹？打下汉金之后，任待燕还要继续北上？

这可真是非比寻常，叫人叹为观止，同时也相当棘手。杭宪心想，父亲会知道应当如何处理，如何闯过激流险滩，如何掌稳船舵、躲过礁石。

这些礁石如今变得更加锋利，也更为致命。阿尔泰密使带着通事来到杉橦，请求与陛下和同平章事私下会晤，并且得到了恩准。会见密使时房间里没有旁人，只有几名殿前侍卫守在听不到谈话的远处。

番子密使在觐见室里说了一些事情，丝毫没有礼数。番子根本不懂礼数。经由密使之口，阿尔泰的都元帅完颜向奇台的皇帝提出了几项建议。

密使被请了出去,他没有得到回复,却受到了足够的礼遇。官家和他的谋臣从觐见室出来,上了阳台。眼下正是夏末时节,官家向外望去。

他说:"杉橦真是美呀。有山,有海,有西湖。朕喜欢这里建造的宫殿,熨帖。不过……要办的事,还是要办哪。"

只说了这些,已经足够了。礁石锐利如剑。

夏季结束时,东坡已经不再人心惶惶,剩下的只有悲伤和不断流淌的时间。诗人始终小心翼翼地将悲戚隐藏在自己心里,而不是加之于其他人身上。不过,他的难过别人还是看在眼里。他们又怎能视而不见呢?林珊感觉如今卢琛走路都慢了许多,不过她知道,这样想也可能是她的主观感觉。

诗人还是会和弟弟走路去溪边的长凳坐着,还是会在书房里写字,有时还是会到溪对面在道士们那里住上一晚。风从东边吹来时,林珊能听见道观里的钟声。

赵子骥的部下在这里住了好几个月,从春天一直到入夏。他们和其他巡逻的军士找到不少困在江南岸的阿尔泰人,并将他们尽数格杀,这些番子多数都没有马。

这一带的奇台的寻常人家——不是强盗,而是农民、村户、僧道、织工,甚至有个法师带着个小子——也加入了追捕行列。附近的孩童很高兴能当一回探子和斥候。"抓番子"演变成了一种游戏。

有些孩童因此丧命,有的农民一家子都横遭杀害。这年仲夏,十几个阿尔泰人打算到渡口劫持一个摆渡的船夫强行渡河。然而渡口一带一直有人监视,对他们的计划早有防备。这些番子被五十个人砍翻了。这一回出手的是山贼,船家和他两个儿子都死了。

番子肆虐的北方不断传来的消息。北方金河冲积形成的平原是奇台民族的发源地,如今也是那些骇人听闻的故事的源头。奇台人曾经是一个北方民族,林珊心想,如今这一切是不是都要改变了。

今年夏季她时常夜不能寐。她看着萤火虫,闻着夜晚的花香,看着天上月圆月缺。她写信给任待燕,也不知道——从不知道——

这些信能不能穿过这片破碎山河,送到他手上:

　　红藕香残玉簟秋。轻解罗裳,独上兰舟。云中谁寄锦书来?雁字回时,月满西楼。
　　花自飘零水自流,一种相思,两处闲愁。此情无计可消除,才下眉头,却上心头。

　　他们根本不可能对汉金进行围城作战。
　　去年阿尔泰人兵临城下之前,城里跑出去不少百姓;后来城中又死了不少人,可即便如此,汉金城中百姓仍然有五十万之众,此外还有守城的三万草原骑兵。
　　待燕麾下有差不多两倍于番子的兵力,其中有弓箭手、步军,还有他们自己的马军——大江边上那场胜利过后,奇台军也有战马了。
　　阿尔泰人可以尝试突围,只是没有胜算。
　　然而围城战一旦僵持到冬季,城中百姓——奇台自己的百姓——将再次陷入饥荒的可怕境地。番子会将汉金城内的食物搜刮一空,并且在杀马吃肉之前就开始吃人了。任待燕强迫自己去面对这幅图景。这种事情之前就发生过。
　　所以任待燕没办法把去年城外的围在城里,展开围城战。幸运的是,奇台军也不必非得围城。
　　尽管行动相当危险,但他们的机会极可能只有这一个。任待燕必须通盘考虑,选好时间,潜入城内,里应外合。这不难做到:他们可以用去年除夕夜出城的方法溜进城里。总共有两条地道,两条都可以用上。
　　他必须挑些好手,随自己从城墙下面穿过去,悄无声息地踩着楼梯从地窖里出来。然后冲到夜色笼罩下的街上,杀掉西南两壁的城门守卫,打开城门——好让决意一雪前耻的奇台军杀进城里,而汉金城内百姓将同时起义,到时阿尔泰人会被困在一个战马无法发挥威力的地方,那里将是番子的死地。
　　他打算放一小部分人带着消息返回北方,在草原上,在草原的市镇里制造恐慌。

到时候他将紧随其后，挟复仇之势，直捣黄龙。而与此同时，由于草原骑兵折损严重，这个新兴的草原帝国的南京将会陷落——到最后，"十四故州"的一部分也将回归奇台。

这是一个梦想，正像一面旗帜在风中展开。他在军中虽然倍感孤单，每时每刻都身心俱疲，可这是他命中注定要完成的事业。

他们要等到初一行动。从今天数还要过三个晚上。这样做也许过于谨慎，可是所有军人都会告诉你，如果夜里没有光亮，守卫无从察觉自己死到临头，趁夜溜进巷子里就会容易很多。奇台军已经走了这么远，距离复仇只有一步之遥，任待燕绝不容许自己在最后时刻因为沉不住气而功亏一篑。

何况，阿尔泰都元帅完颜也在城里。既然知道敌方军中有一位劲将，就绝不应该增加一丝一毫的风险。虽然无须畏惧敌手，但也必须留意对手可能使用的计策。

有些故事讲述了奇台将领在得胜之后，将番子头领剥光衣服，五花大绑带到自己面前，这样就可以亲自处决他们，或者是一边喝酒，一边看别人动手。

任待燕却没有去想这些，他才不想用这样的方式来拔高一个番子。这个都元帅是被乱箭射死还是乱刀砍死都无所谓，不管是谁找到他都可以取他性命。士兵们或许都不知道自己杀死的究竟是谁，很有可能出现这种情况，尤其是在夜里。不过阿尔泰人会知道。都元帅一死，番子骑兵就会失去力量和希望。

任待燕关于此人的思索仅止于此。这一战事关国家，绝非他自己和某个番子之间的私人恩怨。

要叫番子记起奇台旧日的雄风，要让他们记住如今奇台复兴在即。要叫他们害怕，否则他们定会卷土重来。

而番子一来，任待燕知道（他的确知道），便会引发这一路向南的种种惨剧。任待燕看向别处，不再去想这些事情，他转回身，背对着汉金城墙。制定下一步计划，确保所有人都按部就班地执行计划。他只是一名军人，奇台的将来终是由官家身边的文臣所塑造。一向如此。

第二天清早，人们看见西城门上升起一面白旗。城里出来两个阿尔泰人。其中之一还会说奇台语。番子说话一向喜欢直截了当。他们打算交出城池撤回北方，前提是能得到人质，以确保他们在撤往金河以及准备渡河的过程中不会受到奇台军的攻击。只要过了河，就任谁也追不上他们了。

任待燕看看站在身边的赵子骥。赵子骥一脸嘲讽地回望着他。这次谈判一点也不意外。番子们可不想被困在城里过冬。他们完全没有料到任待燕会一路直追这么远、这么快。从大江畔的惨败至今，所有事情都出乎番子意料。他们想回家。他们想重整旗鼓，再度南下。

任待燕可不想放他们安全地回到北方再卷土重来；他想要草原骑兵都死在这里，尸首一把火烧掉。奇台需要他这样做。这就需要他在汉金来一场大屠杀。这是在打仗，容不下娇花似的精致优雅。

赵子骥问："你们打算要谁当人质？"只要他乐意，赵子骥的语调听起来会相当骇人。

会说奇台话的番子看看另一个番子——后者地位更高——然后做了翻译。地位高的番子直直地看着任待燕，开口了。通事又开始将它翻译过来。

"我军只要贵军的都统制。我军一过金河就放了他。"

"明白了。那你们拿什么做担保？"赵子骥问，他的声音冰冷，不过他有此一问却并无意外。

"我们留下都元帅，"阿尔泰人说，"事后贵我两军再交换人质。合情合理。"

"不合理，"赵子骥说，"不过我们会考虑你的提议。等日落时再来吧，我们会得出一个结论。走吧。"

这语调听起来像是胜券在握的将军。

番子转过身，骑马穿过西城门返回汉金。这也是任待燕计划后天晚上打开，好让大军进城的城门。

两人看着番子离去。赵子骥静静地说："我还是觉得，番子会拿他的命换你的命。"

"也许吧。这买卖很划算。那弟兄俩都死了，我看阿尔泰也——"

"闭嘴！"赵子骥喝道，"别再说了。你错了。他们有的是将才，能取代他俩的人多的是。奇台可没有。"

任待燕耸耸肩。他对此不以为然，不过也不太想去金河边上以身试法验证一番。不论是为奇台，还是为他自己，他都有理由活下去。

荆仙来的铺兵送来珊儿的一封信，信里是写给他的一阕词。此情无计可消除，才下眉头，却上心头。

傍晚，那两个骑兵又来了。赵子骥对他们说，这项提议还需要考虑一个晚上。他还问能不能让其他人来当人质来担保他们过河。他解释说，任都统制深得当今圣上的厚爱，让都统制来承担这样的角色，必定会引得龙颜大怒。还说阿尔泰人一定能够理解。毕竟，今上就曾当过人质，当初来到贵军营中迎接陛下的正是任都统制。

这么说时，赵子骥还笑了一笑。

阿尔泰人又回去了。赵子骥的打算是让这场谈话一直进行下去，一直拖延到初一。他提议干脆明晚发起攻击。他说，那点月光不会误事。任待燕却摇了摇头。

"番子讨厌月黑之夜。你知道的。再过两个晚上，这边的仗就打完了。"

"然后呢？"赵子骥问。

任待燕又耸耸肩。两人正站在任待燕的营帐外面，太阳红彤彤的，快落山了，此时正值秋季。"这一仗肯定会折损些兵马。到时候看余下多少，再决定是立刻北上，还是补充兵力等待春天。不过先打这一仗再说。"

赵子骥以后会记起，就在这番谈话之后没多久，他们看见一小队人骑着马从南边向他们走来。落日的余晖洒在他们身上，他们脚下的宽阔大道正是进出第十二王朝都城的通衢。

他记得自己看着他们越走越近，而他对这个世界所抱持的坚定信念就此崩塌了。

任待燕看见，来人是王黻银，他们的知交，曾经当过提点汉金刑狱公事，如今的荆仙知府。大军北上时路过荆仙，在那里停过一夜。正如任待燕所料，荆仙一整个冬季都没有遭到攻击。阿尔泰人虽然在乡村、县邑、农庄里横行肆虐，却没有那么大的胃口再打一场围城战。等到了春天，阿尔泰人退回北方，已经告老还乡的王黻银奉诏回到荆仙府——多年前他曾在这里当过提点刑狱公事。君王之命，臣子自然应当遵从。

任待燕招招手，王黻银也一边招手一边微笑。

他们彼此知根知底。看得出，这一笑并不轻松。知府大人一带缰绳，骑马来到两人面前。几名扈从被任待燕的亲兵看紧了。

任待燕说："大人的马术可比咱们第一回见面时长进不少啊。"

"人瘦啦，自己也练过。"王黻银朝着城墙一比画，说，"这么快，就打到这么远。"

"很快就能攻下来，"任待燕说，"大人来了，正好看看。"

"大人千里迢迢，独自来这里，"赵子骥脸上没有笑，"所为何事？"

一阵迟疑过后，王黻银说："就咱们三个，借一步说话。"

任待燕带路，众人朝一片小竹林走去。那片竹林里藏着从西城门通往城外的地道出口，任待燕不想叫别人注意到那片竹林，所以他没有走那么远，而是在高处的一棵松树下面停了下来。夕阳西沉，余晖让地面上的一切都变得生动可感。在众人东面，汉金的城墙闪着柔光。一阵微风袭来，天快要变冷了。

"出什么事了？"赵子骥又问。

四下无人。任待燕的亲兵虽然也跟了过来，但是跟他们有一段距离，在他们周围散成一个大圈子。都统制的安危至关重要，不能让他不带亲兵就在旷野里走动。

自从离开京师，王黻银的头发变灰了不少，他也的确瘦了。这从脸上就看得出来，眼睛下面长了皱纹，脖子上也多了些褶子。他手脚笨拙地下了马。他骑着马赶了很长一段路。而这位故人，知府大人，肯定不会无缘无故亲自过来一趟。

王黻银说："我能先问个问题吗？"

任待燕点点头。他和子骥也都下了马。"当然。"

"你真打算攻下这座城？"

"再过两晚就动手，"任待燕说，"番子想要撤退，不过我可不打算把这三万骑兵都放回北方。咱们已经把他困住了。"

"会死好多人。"王黻银说。

"对。"任待燕应道。

"我是说咱们自己人。"

"我知道。"

王黻银点点头："那你要是让他们撤兵呢？"

"这三万骑兵，再加上新补充的兵员，来年一开春就会卷土重来。"

王黻银又是点了点头。他把视线转向一边，看着远处明亮的城墙。

"说吧。"任待燕喃喃地说，"把你派来，肯定是有难以启齿的事要传达。"

王黻银回过头看着他。"当初，要是我没找你当那趟保镖，咱们所有人的命运，会不会就都成了另一番光景？"

"人活一世，都是这样。"任待燕说，"说吧。我知道，你只是个送信的。是朝廷发出来的？"

"是朝廷来的。"王黻银静静地说，"他们飞鸽传书，叫我骑马尽快找到你。"

"你领命出发了。"

王黻银点点头，深吸一口气，正色道："陛下命令都统制任待燕即刻从汉金撤兵，大军移屯至淮水南岸。命任都统制亲赴杉橦——向陛下解释，为什么未经圣允就擅自调动部队，把大军带到这么远的地方。"

一阵微风吹来，西面不知什么地方有只鸟在啼叫。

"这信差为什么要你来当？"说话的是赵子骥。看得出来，这番话着实让他震惊。

王黻银的脸上也同样写满忧虑。"他们担心你不肯照做。叫我来压着你，督促你撤兵。"

"他们真的怕了？"任待燕问道。这三个人中，他似乎是最镇定，或者说最没有将不安表露出来的人。"你呢？你怎么想？"

471

王黻银看了好长时间,说:"我这个臣子当得不称职啊。这一路上,我都在想,我究竟想要你怎么做。"

"有得选吗?"任待燕柔声问道。

两位知己都望向他,谁都没有回答。

这是夕阳下旷野中的一瞬间,要描述它,可以有许多种方式。在奇台的传说中,星河就横亘在凡人和凡人的梦想之间。这个秋日的黄昏,群星还没有现身,但这不妨碍诗人杜撰上满天繁星。

任待燕又说了一遍:"有得选吗?"

西面那只鸟一直叫个不停。风吹着这棵孤零零的松树。

赵子骥说:"军中六万将士,全都听凭都统制驱驰。"

"对,"王黻银说,"正是。"

任待燕看看他,说:"他们是不是做了什么交易?你听说了吗?"

王黻银看向别处,静静地说:"两国划淮水为界。我们承认他们地位尊崇。咱们的官家是他们的小弟。我们向阿尔泰人输捐银帛,在边境上开放四处榷场。"

"银子还会经由贸易流回奇台。"任待燕的声音几不可闻。

"对,就和过去一样。他们想要丝绸、茶叶、盐和药材,如今还要瓷器。"

"这些东西我们有的是。"

"还有粮食。我们在南方有了新的种粮制度,还可以出售大米。"

"是,"任待燕同意道,"以淮水为界?我们把淮水以北的一切尽数给他们?"

王黻银点点头:"为了天下太平。"

"官家可知道,自从今春遭到我军重创,番子就一直在撤退吗?阿尔泰人不久前提出,只要我们肯放他们回家,他们就投降。"

王黻银脸色阴沉地说:"多想想吧,待燕。别光把自己当成军人。他们投降之后会怎样?我们会提出什么交易条件?"

先前只有那一只鸟在叫,之后在他们北边,又有一只鸟也叫了起来。

"啊,"任待燕终于说,"还用说?我明白了。这么说来,是我太傻了。"

王黻银说:"你不是。"

"什么呀?"赵子骥问,"快告诉我!"

"官家的父兄,"任待燕答道,"就是这个。"

他离开那两人独自走到西边。另外两人也由着他去。任待燕的亲兵显得焦躁不安,不过赵子骥示意他们留在原地。夕阳低垂,赵子骥举目四处寻找,找到了长庚星。快到黄昏了。他向王黻银转过身来。

"要是你晚来三天会怎样?要是你来的时候,我们已经进城了会怎样?"

王黻银摇摇头,说:"我不知道啊,老弟。"

"你来这一趟,可不是小事啊。"

"是。"

"还有其他事吗?"

王黻银又摇摇头:"可能还有,他们没告诉我。"

"我们能不能假装你还没来?假装你路上耽搁了,又……"他说不下去了。

王黻银一脸苦笑:"除非你杀掉我那几个跟班。"

"可以。"

"不行。"王黻银说。

赵子骥别过脸,说:"真不错。如果阿尔泰人投降乞和,官家就不得不要求番子交还父兄。我明白了,那就让他要啊。"

"假设他这样要求了,那又会怎样?"

"不知道。我是个当兵的,你来告诉我。"

"知祖一回来就会杀掉他。"

"什么?"

"弟弟坐上了龙椅,万人景仰的祯亲王拯救了奇台、解救了他的倒霉兄长,还迫使番子投降,这还了得?他当然必须得死!"

赵子骥张张嘴,却说不出话来,于是又把嘴闭上。

王黻银说:"咱这位老弟非得拿个主意不可。眼下,咱们都身在奇台一个最古老的故事里啦。"

"什么意思？皇帝的家事？"

"不是。是军队和朝廷。要是待燕拒绝撤兵，那么在世人看来，他就是拥兵叛乱。你们都是叛军。令人对自家子弟兵的忧虑就成真的啦。"

赵子骥看着他："他要是答应撤兵，那奇台可就失去了半壁江山啊。"

"没错，"王黻银说，"可能还不至于此，只是我不知道。高兴点儿吧，幸好咱们不是待燕。"

他发现自己又在想父亲了。有那么多事情会触动你，叫你想家，真是奇怪，又或许这也没什么稀奇。

已经有差不多两年没收到父亲从老家盛都来的信了。时局如此，加之路途遥远，没收到信也算正常。他写过家信，告诉家人他在哪里，要做什么，他也知道家里收到信时，信里的内容已经过时了。

任待燕收到的最后一封家信里，父亲说家里一切安好，新任县丞不嫌弃，仍然叫父亲在衙门里做书吏。

任待燕知道，父亲是县衙里资历最老的书吏，没有他，衙门里就会变得一团糟，不过父亲从来不写这些。父亲也许从来都不容许自己这么想吧。

父亲如今一定有了很大的变化。老了吗？光这一年就让王黻银老了很多，这么多年的世事飘摇，会把父亲变成什么样子？母亲呢？他突然想起来，当初母亲怎样把手放在他的头上，然后溺爱地扯了扯他的头发，自始至终都爱着他。

他骑马离家的时候还是个孩子。生平第一次出远门。还骑着马！一路前往关家村，那里出了命案！他至今都能感受到那份激动，生怕给自己、给家里丢了脸。怕给父亲丢脸。

一辈子都不能让父母蒙羞。任渊的一生都是这样，带着一种自觉的责任感奉行夫子的教诲。

父亲曾经希望小儿子能成个学士，这样就能光耀门楣了。父亲省吃俭用，供待燕读书，好让他踏上求学之路，将来——谁能说得准——考取功名。也许有一天还能远远地见皇帝一眼。能给儿子这样的机会，做父亲的死了也可以瞑目了。

任待燕抬起头，从沉思中惊醒，他两眼空空地望着荒草和晚开的野花。太阳紧贴着地平线，眼看着就要沉下去了。天快黑了。西王母的星星挂在夕阳的上方，明亮，总是那么明亮，仿佛她站在居所的阳台上，向外张望，照耀着这个世界。

西部，也是他的家，有他的父亲。

一如父母所愿，他长大成人了。也许人生道路上——走过水泊寨，翻过山岭，渡过江河——你不得不去做一些不光彩的事情。但你知道——他知道——他究竟是什么样的人，任渊想让他这辈子成为什么样的人。

王黻银说，他并不了解那场交易的全部内情，但任待燕觉得自己能猜到有时候他自己都会被自己吓一跳，他原来能看清这么多事情。也许，他终究不光是个只会舞刀射箭的军人吧。他还记得在小金山，他和老太师之间曾闪过一点火花。他认出同类时的惺惺相惜？一个盲人能认出人来吗？

这个人能。他想。

你必须像杭德金一样心狠手辣，独断专行。你必须渴望权力，也许渴望权力远甚于其他一切，要坚信除了自己没有任何人能运用好手中权力。不论是成为好人还是坏人，不论是受人尊敬还是遭人唾骂，你都必须无比强烈地渴望守在龙椅的旁边。

或者是坐到上面。

历朝历代——无一例外地——都是由军人一手建立，即便是刚刚崩塌的、如此惧怕自己的军队的第十二朝也不例外。

历史可以重演。番子也可能被打败。他相信自己能够做到，他知道自己做得到。

他们也可以创造一段长久的和平时期，长到足以让孩子生而不知道战争为何物，孩子的父亲也不知道战争为何物，人们上床睡觉时从不担心黑夜里的马蹄声震动着地面，从不担心大火随着战马四处蔓延。

他站在那里，看着西方。太阳落下去了，天上又现出别的星星。

他心想，不知道以后还会不会见到父亲。

　　他往回走，回到另外两人身旁，告诉赵子骥，传令全军，准备明早开拔，回南边。君命不可违，这是他们的荣耀和职责所在。

　　秋夜晴明。头顶的星河既朦胧又明亮，把天穹一分为二。不论地上的人们发生什么——活着还是死去，光荣还是喜悦，悲伤还是不再悲伤——群星都不会有所改变。唯一或可算进去的变化，就是那偶尔现身的彗星，有时会异常明亮，不久就会变得暗淡，继而消失。

第二十九章

天凉了，夜里已经结霜了。路边的泡桐树上叶子都掉光了，榆树和栎树也秃了。草场上的落叶，有些染着明亮的颜色，风一吹，到处都是。孩子们把落叶堆成一堆，又在上面玩耍，又跳又笑。每天早上，林珊从绣着鸳鸯的被子里钻出来，都会升起炉火，驱走寒气。

东坡吃饭的时间还是没有规律，不过只要卢琛住在家里，没在河对岸，林珊都尽量和卢琛一起吃早茶。

林珊每天醒来，就从内闱出来，来到堂屋，在供桌前祈祷，然后等在书斋里，一听见他的动静，就和他同时走进餐室。她知道卢琛不会被这种偶遇的小把戏骗到；她也知道卢琛乐意见到她。

她能稍微引着他转移一下注意力。他们会围绕着词的形式展开争论：林珊认为卢琛的词不能称其为词，他把词变成了更为严肃的诗。而卢琛则指出从两人第一次见面时，她就是这么说的——就好像她需要经人提醒似的。

这天早上，林珊问起楚国的事情。楚国是在本朝立朝之前，在西部短暂建立起来的一个王国，和当时彼此征战的众多小国一样，最终被第十二王朝吞并。在东坡的书斋里，林珊读到史家批评楚国的末代国王（当然还有朝中大臣）任由诗人伶官把持朝政，结果朝纲败坏竟终于倾覆。楚国有一阕词林珊非常喜欢……丝竹犹不停，心中已戚戚。她想知道卢琛对这段历史是怎么看的。

卢琛抿了口茶，正要开口回答，这时庄上一位名叫龙沛的老佃户来到了门口。在东坡，主客关系非常随意，不过即便如此，现在这样也是不同寻常。

今天清早好像有个人上山去了卢家祖坟。龙沛也不知道那人是谁。不，他并没有上前盘问来者是谁，而是直接来了这里。

那人带了把刀。

林珊知道，那必定是任待燕。她猜的没错。她完全没道理这样肯定，可他正在北方统帅大军，也完全没道理（独自一人）来到这里。朝廷里有传言说，两国之间有可能停战并且盟约，眼下还不清楚细节。

诗人和她一道，在叶子掉光的树下沿着山坡往上走。林珊努力让自己慢下来，配合着诗人的步子一起走。这是个微风习习、明亮通透的早晨。大雁排成人字从头顶飞过。家中的几个人力抄着随手找来的家伙，随他们一起上来。龙沛说那人带着刀，林珊虽然什么都没说，心里却狂跳不已。

她看见他站在卢马的坟前，站在柏树下。众人走近些了，他转过身来，先向诗人一打恭，又向林珊作了个揖。两人也回了个礼。

"我夜里过的江。怕来得太早，吵醒了庄上各位，所以我想，还是该先来这里拜一拜。"

"庄上一向起得很早，"卢琛说，"都统制能来，敝庄欢迎之至。东坡有饭食，有早茶，也有酒，还请都统制到庄上一叙。"

任待燕看起来十分疲惫，不像以前的模样。他说："公子的事，我心中有愧。我至今觉得，是因为我——"

"都统制可别这么想。"诗人坚决地打断他的话，跟着又说，"说这话的，该是他父亲。"

一阵沉默。卢琛身后的人看清了他是谁，于是不再紧张了。

"待燕，你怎么来这儿了？"林珊问。林珊一直看着他的眼睛："出什么事儿了？"她就是性子急，一向如此。随着年岁增长，有些事会改变，有些不会。

晨光下，他站在东坡的坟地里，向众人道出了事情的原委。林珊心中同时生出了希望和恐惧之情。待燕的话似乎让和平即将到来的传言得到了证实。这简直让人不敢相信，可待燕的眼睛里似乎还藏着别的东西。

"淮水以北尽数割让？"诗人静静地问。

任待燕点点头。"就我们所知是这样。"

"会失掉很多百姓啊。"

"对。"

"而你还差点儿……?"

任待燕看起来怒不可遏。可他开口时,语气还是那么庄重:"君命不可违啊。"

诗人久久端详着他:"他们命你撤兵时,你就在汉金城外?"

"是。"

卢琛脸上这下只剩下同情。"来吧,"他终于开口道,"到庄上说话。都统制去杉橦之前,能在这里小住些时日吗?"

"应该可以,"任待燕说,"正想住上几天。多谢夫子,我真的累了。"

林珊能察觉到,还有些别的东西。他没有说出来的东西。

这天晚上,卢家兄弟二人都在,林珊在想,整个奇台大概也没有哪个地方,会有东坡的这间屋子里这么多的才学吧。这样想实在夸张,又太过自负,不过想想总是可以的,不是吗?

吃过晚饭,卢超一边喝着酒,一边说:"夏末时有密使到了朝廷,坐船去的。"

他哥哥说:"大家都知道。"

"不过现在咱们也知道了,"卢超说,"他在私下里会说些什么,打算如何停战。"

"啊,是啊,"诗人说,"阿尔泰方面有高人啊。"

"我不知道,"林珊说,"咱们知道些什么?快告诉我。"

林珊时常想,东坡应该也是父亲所向往的世外桃源。她仿佛能看见父亲那一脸好奇的生动脸庞,看看这个人,又看看那个人,倾听着这场能启人疑窦的谈话,心中喜不自胜。

卢超看看四周。眼下这房间里只有他们四个人,家中女眷和卢超的儿子都已经离席。女眷们都已经习惯了视林珊为特例。卢马如果还活着也会留在这里。

卢超说:"齐夫人,番子扣着太上皇和在太上皇之后继承大统的知祖。所以,要是番子把二帝放了……"

他端起茶杯,喝着茶,留出时间好让林珊思索答案。桌上的蜡烛忽闪一下。

这个问题让林珊好一阵琢磨。阿尔泰人为什么要释放二帝?此举高明在何处?皇室囚徒难道不是件武器吗?难道不是威胁奇台和新帝的手段吗?当今圣上不是有责任竭尽所能拯……

"哦,"她叫道,然后说,"万一知祖回来了,那究竟谁才是皇帝?关键在这里?"

这样的话足以让人掉脑袋,不光说不得,甚或连听都听不得。

卢超点点头,小声说:"就是这个,而且咱们也知道答案了。今上也知道。"

任待燕一直默不作声,可是林珊看得出来,他早把这一切看得通透。也许从一开始就明白,之后又在从汉金南归的路上反复思量。当然,他并不是独自一人走过来。只是昨夜自己坐渡船过了大江来到这里。他指挥着那支——遵陛下之命——驻泊在淮水南岸的大军。

淮水以北的一切都要被放弃——抑或是说,遭到背叛?

林珊觉得,她现在明白任待燕的脸色了。他本来可以说马上就能收复汉金,他还说过,一俟光复京师,他们就着手准备继续北上,把战争带到阿尔泰人境内。

更多的战争,牺牲更多的战士,更多的百姓在两军之间无路可逃。可他想要摧毁草原民,终结他们的威胁,让奇台恢复她往昔的模样。恢复她远胜过第十二王朝的格局。

是夜,任待燕去了林珊那里,没有惹人注意,尽管如今他来已经没什么好丢脸的,或者说,已经没必要保密了。在东坡不必如此。

他身心俱疲,不堪重负。两人缠绵时,动作轻柔而又和缓,仿佛他在她的身子上跋山涉水,为自己描画出这身子的地图。是要记住归途吗?这个想法太阴郁,林珊赶紧把这念头推开。

这时他伏到她身上。林珊手指插进他的头发里,用力亲吻着他,领他进入她的身子里,进入她的每一寸每一分。

在这之后,任待燕躺在她身边,一只手抚摸着她的腹部,说:"每一颗珍珠,每一片翠鸟的羽毛里,我都能看见你的身影。"

"待燕，快别说了，我又不是仙女。"

任待燕笑了，说："你在这里真是太好了。全天下都没有比这更好的去处。"

他的语气吓了林珊一跳，她说："是吧，不过有你的地方才是最好。"

任待燕转过头，凑近了看着她。屋里还亮着一盏油灯，好让林珊看看他。任待燕说："我配不上。我不过是……"

"快别说了，"林珊又说道，"你没看见你的弟兄和将士们是怎么看你的吗？没看见卢琛是怎么看你的？卢琛啊，待燕！"

任待燕沉默了一阵子，换了个姿势，把头枕在林珊的胸上。"卢夫子为人慷慨。我都不知道他们是怎么看我的。"

于是林珊用力扯了扯他的头发。"别说了，"她第三次这样说，"待燕，他们觉得你正道直行，把你视作一盏明灯，当你是奇台的骄傲。这世上，这两样东西都不多啊。"

这一回，他什么也没说。林珊稍稍挪动一下，两只胳膊搂住他。"伤着你了，对不起。"她指的是他的头发，"我知道你跟绸子一样娇气。"

任待燕笑了笑。

他说："我母亲经常扯我头发。"又轻得像呼气一样悄声说，"就差一点儿，王黻银来传令，叫我撤兵，就差一点儿啊，珊儿。"

"差点儿怎么了？"她问。

任待燕终于说出了口。

"身为将领，起兵反叛，对抗朝廷，这可算不上骄傲吧？"他说。林珊听出了其中的苦涩。他接着说，"我到现在还可以造反啊，珊儿。我可以现在就起来，一路飞驰到淮水畔，带领大军挥师南下，直取朝廷。奇台就再发生一次军事叛乱！这也算正道直行，算是明灯？"

林珊发觉自己说不出话来。

任待燕说："而我们放番子回去，割让大片疆土，这一切又是错得那样离谱。对，和平，对。可和平不该这样得来——不该为了这样的缘故！"

林珊的心怦怦直跳。这下,屋子里、她心里有一种忧惧,终于,她(觉得自己)明白了,从早上到现在,她在任待燕脸上看到的究竟是什么。

然而,她并没有完全明白。

应该可以,正想住上几天。他在山上祖坟时是这样说的。看样子,他说错了。

任待燕在这个清冷的早晨醒来,离开屋子,离开尚在熟睡的珊儿,此时,已经有二十个人等在门外了。他独自出来,经过结着霜的花坛向他们走去,他认出了他们的装束,随后他认出其中一个人。

任待燕走到大门旁。他认识的那个人,这些人的首领,在门外作了个揖,说:"任都统制,我等奉命护送都统制前往杉橦,万望都统制体谅。杭宪杭同平章事要在下代为问候都统制。"

"你怎么知道我会在这儿?"

"我等被告知,都统制很可能会来这儿。"

有些意思,也有些让人不安。任待燕看见康俊文和另外两名亲兵正全副武装,匆匆向这边赶来,来得有点太快了。他抬起一只手,示意他们慢一点。

"我认识你,"他对这些亲兵的头领说,"你在小金山替杭德金办事。"

"是。"

"大人的事,真是让人难过。"

那人抬起头:"是。"

"现在你在朝廷里听他儿子的?"

"这是在下的荣幸。"

"是他运气好。我猜既然你们来了,我就不能继续留在这儿了?"

一阵尴尬的迟疑。任待燕心想,这样问可不算公平。"算了。"他说,"我先和庄上各位道个别,然后跟你们走。我想我的人可以跟我一道吧?"

"那是自然。"亲兵说。

任待燕突然想起这人的名字,于是说:"多谢,敦头领。"

那人脸突然憋得通红，说："难为都统制还记得。"他又一犹豫，张张嘴，又闭上了。

任待燕说："说吧。"

敦彦鲁脸一直红着，开口道："是真的吗？都统制当时就在汉金城外？"

"是。"

"差一点就能攻下来？"

任待燕犹豫一下，"我不该说这些事情。"

敦彦鲁身材敦实，胡子灰白，岁数不算小了，他点了点头。然后，又像非要知道不可似的。"可是……真能攻下来吗？攻下城池，杀掉番子。"

说话做事需要慎重，可也不仅仅是需要慎重。人们需要了解他们的国家，他们的军队，和他们自己。这确实关乎骄傲，关乎何谓正道直行。明灯，林珊这样说的。

"是，本来京师已经唾手可得，"他静静地说，"番子被困在城里，死路一条。"

敦彦鲁咒骂起来，不算粗鲁，却骂了好久，滔滔不绝。然后他说："抱歉。"

"不必。"任待燕说。

林珊站在大门口，在两兄弟中间，她看着任待燕骑马远去。从杉檀派人来接应，这真的是一种荣耀吗？似乎不太像。

卢超说，他随后也要去南方。眼下正在发生很多大事，并且需要斟酌决策。为国家竭忠尽职是君子本分，何况，卢超毕竟曾作为国使出使过阿尔泰。他还曾与都元帅近距离接触过！他会前往朝廷，尽力扮演好他自己的角色。

当然，那里绝不会有地方容得下一个女人。

她生活在两个世界的夹缝里，左右为难。待燕昨晚说得没错：全天下都没有比这更好的去处。她在这里，真是再好不过了。这里不仅仅是"东坡"，更像是个家。

林珊看着他渐行渐远。有你的地方才是最好。

这个早晨已然叫人难以安心。待燕的人马,卢氏一家,等在外面的亲兵护卫。卢超的几个孙儿看见东坡来这么多亲兵兴奋不已。找机会独处已然是不可能了。

林珊靠在门边看着他远去,突然想起来,他们上马时,她一句话都没有对他说。这让她好生心痛。她等在那里。他骑着马一边走,一边回头张望。她的眼睛诉说了她想诉说的一切。或者说,尽力让他明白她的心思。

大路向南转个弯,往前走,有一座桥跨过溪流,骑马人的身影消失了。

有些人得到老天保佑,活得长久,而且一辈子没病没灾(能这样过一辈子,谁还敢奢求其他),王黻银大人就是其中之一。他一生成就斐然,这其中既包括他的为国效力的政绩,也包括他撰写的指导刑狱侦查的著作。他也因此相当受人尊敬。

王黻银总会说起,在他一生所经历过的诸多重要时刻里,印象最深的,就是都统制任待燕在杉樘面圣时的那一幕,这一幕就像石头上的碑文一样,让他永生不忘。当然,只要石碑不遭人毁坏,碑文存续的时间会比石匠的寿命还要长久,而记忆却会随着主人的逝去而死去。

在杉樘,陛见时的繁文缛节不像在汉金时那样一丝不苟,更比不上过去的朝代,彼时一个人如果受到召见,可能要等上一年才有机会面圣。这是一个小朝廷,宫殿也比不得过去的富丽堂皇。国库岁入是个问题,社稷安稳也是个问题。

官家经常谈及社稷的安稳。

王黻银此前做了一个可称得上鲁莽的决定。他把荆仙府——他所主政的市镇,他的职责所在——交给通判打理,他自己一等大军从汉金退兵,就去海边找了艘船去了杉樘。

他十分清楚,奇台刚才是如何与一场叛乱擦肩而过。

他面对的问题是,他不知道自己对这场擦肩而过的叛乱到底有何感想,对任待燕遵从君命的决定到底有何感想。

摇摆不定、首鼠两端,那也是欺君叛国的大罪,不过光是想想又不会害你丢命，只要别让外人知道你的心思，只要别让那些尴尬人物看见你的脸，读出你的眼神。

其实直接回荆仙府闭门不出才是上上之策。荆仙在南方，远离两国议定的国境线，安安全全地坐落在新奇台——南十二王朝——的腹地。今年是南十二王朝的知祯皇帝掌国玺的第一个年头。

王黻银自忖不是个胆大鲁莽的人。当初他就料到汉金会有不测，所以赶在围城之前就离开了京师。

不错，他当初跟任待燕和老太师一起设局算计了寇赈，不过把自己的前途交给杭德金那样的权臣，大概也算是明智之举，而且事后证明也的确如此。

可是，他未受到召见，就急急忙忙乘船去了杉橦。而朝廷里一片风声鹤唳，正忙于制定两国那份牵涉甚广的合约。后来朝廷里都知道他和都统制是知交，他又决定上朝为任待燕的所作所为辩护……这一切行动，不管怎么看，都可称得上鲁莽了。

很久以前，他冲动之下叫来充当保镖的男孩，已经变成了男子汉，竟至于叫王黻银有这样的举动，叫他……唉，能叫他如此地仗义。

王黻银的妻子在荆仙，正忙着往官署里添置家具，好让自己更舒服些，她要是知道了这些事情准会不高兴。所以王黻银什么也没对她讲。这倒好办，可除此之外的桩桩件件都叫人挠头。

申尉晃将军曾经在西部指挥奇台禁军防御通往新安的道路。他没有领兵出征萧房南京，后来番子南下，他也没有镇守京师。

所以他活了下来，仍旧在统领军队。西部没那么重要，他的作战失利没有引起太多的瞩目——也没有引出太严重的后果。

当初在汉金以北作战的将领，如今大部分都被砍头了。

申尉晃大军当初被打得一败涂地，他当时就逃离战场，一路南下，马不停蹄地经过新安（新安城注定是要陷落），并且渡过了淮水。

他来到大江边上的一个叫春雨的县城，那里有座规模适中的兵营，他让其他人相信自己的军阶比其他军官都高，然后轻而易举地把这支部队收入自己麾下。对此谁也没有提出异议。在军队里，如果说有什么要紧东西，那就是军阶了。

申尉晃的新队伍四处巡逻，搜捕山贼。到了冬季，阿尔泰人开始了他们的复仇之战。申尉将军决定弃守春雨，带着部队渡过大江，前往水泊寨附近的地区。

有些士兵开了小差，有的留在县城里，有的留在郊外，但总体上，士兵们也没有什么不满。阿尔泰军拥有超过五万兵马，而且无恶不作，再者说，申尉晃这点儿兵马，能当得了什么？

事后来看，这个县城和他们的兵营太靠南边，也太往西边了，根本没有受到威胁。不过，说真的，就算冒险留守这里，又有什么意义呢？

又晚些时候，阿尔泰军出人意料地在东边被打得落花流水，申尉将军于是起程前往杉橦——事态渐渐明朗，新的朝廷将会安在那里。他叫手下过河回到军营里，他们的任务已经完成了。

刚来新的京城那会儿，他担心某个大人物知道自己在北方如何吃了败仗，或者干脆不喜欢他（有些人是不喜欢他），所以他露面时都很谨慎。不过，他很快就意识到，朝廷南迁，新帝登基，召集官员开始行政运作，这一切所引出的种种混乱，正好给了各种各样——有可能并不擅战阵——的聪明人许多机会。

彼时都统制任待燕在大江上大破阿尔泰军。番子们向北一路逃窜，任待燕则在其后穷追不舍。在申尉晃看来，这个人很不简单。

杉橦城里开始有传言说，两国正在议和。申尉晃意识到，不管最后谈出些什么条件，看样子以后都不用跟阿尔泰人打仗了。

他自信不管新的国界划在哪儿，他都有能力对付土匪山贼和流民武装——当然，前提是派给他足够士卒。在他看来，克敌制胜的关键就是要占据绝对的数量优势。而在朝廷里，把握时机则是立足的根本。

因此，任待燕当初未经调遣就大举发兵北上，如今被召了回来，而且九成九要失掉兵权——哈，一听说这个消息，但凡是有点野心的人，谁会看不出来，这简直是天上掉下来的一张馅饼？

申尉晃有门路面见圣上和同平章事大人。为此他花了些许钱财，不过这类事情一向如此。

他不太清楚自己对新上任的同平章事大人感觉如何。杭宪是老太师的儿子，老太师又是个让人害怕的人物，所以他无疑还是小心为妙。

申尉晃早已看出来，年轻的官家性格直率，心中焦虑。申尉晃打算把这些事情掰开揉碎了讲给官家听。他想说的很简单：任待燕这人常有惊人之举，显然是一个心腹大患。不过这不是申尉晃所关心的，他毫不怀疑朝廷对付得了这个人。在奇台容不得将军们有惊人之举。

此外，任都统制的禁军也是个问题。他的军队规模太大，而且似乎十分拥戴他和他的副将与知交，这一点相当危险。申尉晃将军恭请圣上恩准，派他去接管这支部队。这支部队如今驻泊在淮水沿岸——如果部队遵从君命的话。他还说，自己毕生都奉献给奇台社稷，虽千万人而吾往矣，所为的，无非是"遵从君命"这四个字。

经过认真考虑，申尉晃提议，把这支大军分成四股。他说，规模这么大的部队合为一股可成大患。他打算将其中的三股部队分东、中、西分别驻泊在淮水沿岸，并且定期更换军中将领。剩下一股部队将被派去对付山贼，或是对付各州路敢有不臣之心的地方长官——时局艰难如斯，奇台需要每一个人的无条件忠诚。

官家听他说完，同平章事大人听他说完。最后他们说，此事尚需"从长计议"，叫他暂时留在杉橦。

两天后，他又奉诏入宫，这回来到了大殿之上。满朝文武都在殿上。申尉晃站在龙椅跟前，官品连升三级，被封为保境镇抚左使。

他奉命带上亲信军官，即刻出发，去从任待燕（申尉晃注意到，不是任都统制）指派的人手中接管部队。正如他对官家建议的那样，一到那里，他就必须行动起来。官家认为他的计策合情合理，他的忠心堪称群臣的典范。

申尉晃心中虽然兴奋不已，但也不算特别惊讶。乱世便意味着机遇。历史上不乏先例，明眼人一看就明白。

第一次私下陛见，申尉晃走后，官家和同平章事大人还有一段交谈。要是申尉晃打听到了谈话内容,那他的喜悦就该蒙上一层阴影了。

"这个混人,"官家说,"他要是再多说几句,牛皮都要被他吹上天了。"

同平章事大人哈哈大笑,心里却吃了一惊。官家只是微微一笑。杭宪事后才想明白,这是他第一次发现,这个时时刻刻都紧张不安的年轻人,他侍奉的官家,对外物也有感知和理解。杭宪心想,他们或许可以一起做出一番成就,延续一代王朝,保住奇台江山。

同平章事和官家决定提拔申尉晃,对他予以嘉奖,然后派他去指挥——分割——任待燕的部队。此人的野心昭然若揭,简直可笑,而作为军人,君臣二人都心知肚明,他根本不称职。

如果需要,这人随时都可以被一脚踢开,什么品级都能褫夺了去。杭同平章事告诉官家,这种事情做起来易如反掌。

官家若有所思地说:"有时候,朕不得不做的还不止这些。"

这年夏天,就在同一间屋子里,君臣二人与阿尔泰派来的密使有过截然不同的交锋。约和的条款已经议定,有的写了下来,有的没有。

两国议和关系重大,必须谨慎对待。你提出什么条件,又如何应对对方的条件,你拒绝哪些条款,又接受哪些内容,你给予对方什么优惠,又能得到对方哪些好处,这一切都要视乎你的需要,以及你的实力。

几天后,保境镇抚左使申尉晃离开了杉橦。他领着五十人和一百匹马,渡过大江,直奔淮水,要去指挥一直经受战火淬炼、将近六万人的大军。

他永远都不会接手这支部队。

这是个充满混乱与暴力的可怕年景。这一年,有那么多人躲避阿尔泰人,那么多人流离失所,要么在山林水泽中寻求庇护,要么在乡野之间四处流浪,奇台境内的匪患都比往年严重了许多。

有些山贼团伙如今已然做大。其实,申尉晃要抽调四分之一的兵力出来,就是要执行这项任务:扫清起自东南、紧邻杉橦,并且日益严峻的匪患。

他身边这五十名随从里包括十二名高级军官,这些人都经过他的精挑细选,都是那种不大可能背地里合谋对付他的人——或者说,真要一起算计他,没准儿就成功了。

其余士兵都是他的亲兵,个个本领高强。不过袭击他们的山贼不仅人多势众,作战技巧也叫人大吃一惊。这帮山贼在大江与淮水之间的一个地方对申尉晃等人发起袭击,他们从树林里射出致命的箭雨,同时冲出树林,当头截住这一行人的去路。申尉晃过去吃了败仗,总会在战报中夸大敌人的数量,而这一次,他们面对的,却是实打实的两百号人。

任待燕抵达杉檀的当天就被领去面见圣上。

甚至没机会换身衣服吃顿饭。他一身征尘,脸都差点没时间洗。他仍然穿着马靴,弓和刀在大殿前被收走了。

大殿里全都是人,所有人都在猜想接下来会有怎样的一幕,交头接耳声响个不停。不过所有人都觉得,下午这次朝会很可能不仅关系重大,而且相当有趣。甚至在这个新建立的南十二王朝重现历史上性命攸关的一幕。

奇台的同平章事有很多理由感到不自在。眼前的人这么多,他有点拿不定主意自己对此有何感受。这么多目击者,就会传出去各种版本的见闻。而像眼前的这样的难题——父亲会如何处置?——以他通常的处置措施,根本没办法当机立断。早前他建议官家与任待燕私下见面,官家拒绝了。

他真希望荆仙知府没有来这里、没有把这件事往自己身上揽。王黻银赶在都统制之前来到了杉檀。在这个新组建的官僚系统里,他占了个举足轻重的位置,所以他完全有资格参加朝会。王黻银也和任待燕私交甚笃。

时下正在流传两句诗。这两句诗出自卢琛手笔。不论是在集市上,还是歌楼里都能听得到:汉州万里赴杉州,万里迢迢万里愁。

真是不妙,他得有所行动才行。你可以禁止人们传唱诗词歌曲,也可以把传唱或是谈论这些诗词的人抓起来,施以严惩。不过这样做基本上都于事无补,尤其是,诗词的作者还是卢琛这样的大人物。其实,最好的办法是证明这些诗词歌曲错了。

可这需要时间。也需要得到他人臂助。要打造一段长久的和平,通过互市赚回远多于送去北方的财富,水稻一年两收,让西起泽川东到大海的百姓人人皆有口粮,让新的奇台繁荣昌盛,国祚长久。这一切是有机会成真的,他真的相信这一切可以实现。

他只需要一个机会。他需要一个好皇帝,一个不被内心恐惧所主宰的皇帝。他看着他的皇帝,看着当今圣上。他又看向殿上的百官,看见那个人缓缓地向龙椅走来,就像一名刚下战场的军人。

父亲很喜欢这个任待燕。在小金山时,父亲曾这么说过。

都统制一脸疲态,这倒在意料之中。毕竟他赶了那么远的路,而朝廷打定主意不给他一点休息、准备、打探消息的时间。可与此同时,这人向杭宪投来的一瞥中含着笑意,像是完全明白这些伎俩似的。

他向圣上行了三拜大礼,礼数周全而精确。官家示意他起身,于是他站起身来,又转过来向杭宪拜了两拜。他在笑。

杭宪真希望这人没有笑,他希望自己别这么不自在。他疑心父亲在大殿之上是不是也有过这种感觉?唉,最开始也有吧。

阿尔泰骑兵闯入家门时,目盲、体弱而又孤单的父亲给了自己一个了断。而这个任待燕,本来打算歼灭奇台境内的最后的入侵者,光复旧都。

杭宪心想,在这里他没办法感到自在。

王黻银站在第二排,距离龙椅相当近。他在一座大市镇里当知府,以前还当过提点汉金刑狱公事,有资格站这么近,甚至有资格站到第一排,只是他不想站上去。他想看看眼前这一幕,可他又不愿太惹眼。他担心一不小心,脸上的表情出卖了自己。可是他要是真的知道小心,就压根儿不该来这儿,不是吗?

奇台的皇帝说:"任卿能召之即来,朕甚感欣慰。"他的声音过于纤细,没有丝毫皇帝的威严,不过吐字倒是清晰准确。

"陛下召见微臣,臣不胜感激。效忠社稷是臣的荣耀。"

王黻银心想,他该说"效忠陛下"或者是"效忠吾皇"。他擦了擦额头上的汗,左边的人好奇地看了看他。王黻银看见,同平章事大人紧挨着龙椅站着。在汉金的朝廷里,宰相可不会站那么近。这些礼节已经变了,并且还在继续变。

奇台北方的边界要变成淮水了。如今这座市镇成了都城。这个人成了他们的皇帝。

皇帝说:"贸然将朕的大军带入险境,让朝廷陷入无兵守御的境地,这也算是尽忠吗?"

这就来了。王黻银想。今天的朝会根本没有拐弯抹角,而且是官家亲自发问。王黻银顾不得左边那个人,拿着块丝绸帕子,又擦起脸来。

他看见了任待燕的反应——看见这位知交当下明白今天的问对多么直接,明白此次召见究竟是怎么回事。他看见任待燕提一口气,就像人接下一副重担,要将它一肩挑起时一样。任待燕抬起头来,他先看向同平章事大人,看了一会儿,又看向官家。他笑了。别笑了,王黻银真想喊出声来,跟你说话的人都已经吓坏了!就在这时,突然间,他的脑中毫无预兆地闪过一个念头。

与此同时,同样紧张关注这一幕的同平章事也想到了同样的事情。任待燕虽然站在官家面前,站在满朝文武面前,却是要对大殿之外的人们,甚或是对这个时代,做一番剖白。

很久以后,王黻银会坦然承认,当时他想到这一层,并且害怕了,就像走夜路的人害怕遇见怨鬼一样。

任待燕提高声音,好叫其他人也听见:"陛下,臣所做的一切,都是为了保卫奇台和陛下。"

"是吗?那你还擅作主张,命令部队进攻阿尔泰军?"

"那是为了拯救百姓于水火,陛下。"

同平章事身子一晃,像是要开口说话,可任待燕接着说道:"陛下当知,臣的部队久经沙场,而番子的军队已经折损泰半。番子对此也心知肚明,他们正在撤退,军队规模也不如我们。"

"当初番子的军队规模更小,却叫我军在新安、汉金连遭重创!"

"在延陵却不是这样。陛下圣明,一定不会忘记延陵大捷。"

站在大殿里——还有坐在龙椅里——的人，有谁会忘记？官家突然看向左边，看向同平章事，像是要寻求帮助。王戩银仍然有那种古怪的感觉，他觉得任待燕此时所说的话不是他之前所想。官家那第一个问题让任待燕的心思有了些变化。

杭宪清了清喉咙，说："阿尔泰人在城里啊，任都统制。"王戩银注意到，他对任待燕以职务相称。"马上就要入冬，任何围城作战都会让城中百姓……"

他没说下去，因为任待燕正用力地摇头。他是个军人，一个当兵的，敢这样对待奇台宰相！成何体统！

任待燕语气沉重地说："大人费心虑及百姓，末将感激之至。诚然，我军不可围困汉金，不过也不打算这样做。"

"你还要飞进城去？"官家的语气有点太过严苛了。

"陛下，我军可以从城下进去。"任待燕稍一停顿，"就和去年冬季，臣从城里出来，深入番营接驾时一样。"他又等了一会儿，"后来，臣还消灭了追兵，护送圣上来到杉樿。"

王戩银心中念道，这可不是闹着玩儿的啊。可任待燕非得这样不可，不是吗？他要在这大庭广众之下，提醒他们每一个人，叫所有人都记起他为奇台、为陛下所做过的一切。

回答他的是杭同平章事："将军当年的贡献，奇台和陛下都没忘记。不过，都统制想必也知道，前功不抵后过。"

"或许吧，"任待燕静静地说，"同样，过去的功劳，也抵不了如今对末将谋逆的猜忌吗？"

大殿上一片窃窃私语。唉，待燕哪，王戩银心想，可小心点儿吧。

同平章事说："任都统制，没人说你意图谋逆。"

"多谢大人。"任待燕说，"那请问大人，末将不去上阵杀敌，却被召回京里，究竟所为何事？末将若要侍奉陛下，不正该让奇台免遭外族蹂躏吗！"他的语气第一次变得尖锐起来。

杭宪说："任都统制，国家大事当由陛下和朝中大臣定夺，由不得军人置喙。"

终于说破了，王戩银心想。当年那场战争和长久以来的恐惧。

没完没了的彼此攻伐，历史的鸿沟……属于这片土地的哀伤。

圣人说，逝者如斯夫，一去不返。然而时间之河的沿岸遍布疮痍。将领叛乱，白骨露野，王朝覆灭。藩镇将领自立称王，军队倒戈，对抗朝廷，对抗天子。乱世，暴行，高墙之内一片荒芜。惨象叫人触目惊心。

"制定国策自然是朝廷的职责，"任待燕平静地说，"可是，番族入侵，国难当头，众将士忠君爱国，难道不该在沙场上尽军人的本分吗？"他的话语中又有了激情。"番子已经被我军击杀大半，军心倦怠，臣还有进城的良策！我军当时眼看着就能消灭奇台境内最后一支番族军队。敢问陛下，臣这般戮力杀敌，又如何变成意图谋反了？臣立誓要把毕生奉献给奇台，陛下，臣背上的刺字就是明证！"

大殿上一片寂静。王黻银心里感受到一样东西，这东西如此重要，叫他难以将之藏在心底。他喘不上气来，并且察觉到周围的人也同样屏住了呼吸。而他仍然有一种强烈的感觉，那就是任待燕已经下了某种决心，已经看透了一些事情。眼下他不再只是对着朝中百官说话，而或许是想借由他们之口，将这番话传布出去。

可是龙椅上的年轻皇帝有自己的需要和渴求，也有自己的理解，而在这上面，即便是面对现今的情况，他也不会有丝毫犹豫。这一点同样应该记住。知府王黻银和满朝文武时都已经知道了。

"不对，"奇台的皇帝说，"不对。若是忠心耿耿，就该知道谨慎持重。万一你错了，万一番子援军赶到，万一你的入城计划失败，万一这一仗打输了，朕就只能在这里坐以待毙。全天下都没有哪个军人能担得起这等责任！而且，有些事情你还不了解，也不想等待结果。朕已经答应两国议和，划定疆界，开放互市。朕的百姓再也不必遭受荼毒，百姓——君王永远都要体恤百姓。"

王黻银用力地吞了口唾沫。官家也……他想，官家同样情感深沉。他同样——

任待燕说："若是这样议和，陛下身在汉金的子民当如何自处？延陵呢？新安呢？北方贫穷荒弃的戍泉呢？淮水以北的每一个村庄、县城，每一座农庄的百姓，他们该怎么办？这些百姓难道陛下就不体恤了吗？他们不是奇台的子民吗？"

"再也不是了。"官家的话清楚，决绝。

王黻银感觉整间大殿这时都随之一震，仿佛撞响之后余音袅袅的大钟。

他看见官家平静地扫视整个大殿，然后又看向眼前的这个人。官家说："朕心意已定。朕认为奇台需要和平远胜过一切。凡是议和，总要付出代价。过去的错误迫使我们不得不如此。"

他一挥手，示意退朝。

几名殿前侍卫走上前来。任待燕被带走了。来时独自一人，去时却有六名侍卫护送，或者说包围。

他被带离大殿，送进杉樘的天牢。天牢紧挨着皇宫，在城北的山上，是一幢地下建筑。此时天牢里没有别的犯人。整座天牢只为任待燕一人准备。

如果任待燕站在长凳上，从牢房里，透过窗上的铁栏杆，可以尽览西湖美景。有时候音乐传来，有时候能听见画舫里的女子唱歌。尽管已经入秋，但只要夜色宜人，画舫还是会点着红灯笼，在星空下湖面上漂荡。

时间一点点过去了，夜晚越来越凉，天黑以后，湖面上再也没有画舫了。山上能听到的只有松涛声了。入冬了。

第三十章

最先奉命为正式控告任待燕谋反做准备的大理寺丞，简单地过了一次堂，从官署回来，就提交了辞呈，说要回西南老家奉养父母，是以不能留在朝廷，有负朝廷所托，虽痛心疾首，却还是跪乞朝廷可怜他一片孝心，准他回家。

同平章事杭宪选定的第二名主审官员也只审理了旬月时日。这一回主审官好像身体抱恙，需要在家休养一些时日，还要服用难以下咽的汤药，对于审理此案，实在是有心无力。

第三个主审此案的大理寺评事身体确定无恙，而且老家就在京师，他的调查工作还没有完结。

他在与同平章事私下会晤时坦承，详查此案，要想下个"谋反"的结论，似乎有一些困难。他还小心翼翼地提到，百姓普遍对牢狱中的这个人十分敬重。据他所知，坊间流传着一些诗词，茶馆青楼里也有些议论（都是些闲言碎语，他赶紧补充道），都说这位都统的勇武不凡，赤胆忠心，还议论他打的那几场无人不知的大胜仗。甚至有一首诗——坊间纷传这首诗是任待燕亲笔所作（这当然是胡说八道，评事赶紧又补充道）——诗里说要一雪汉金前仇。

坊间似乎已经流传开来，说任待燕奉命撤兵时，大军已经准备要夺回京师了——旧都，主审官纠正道。

评事怎么也想不出，这些消息是怎么流传出去的。不知同平章事大人可知晓其中原委？没有回答。他也没指望有回答。

能不能……评事一边抿着茶水，一遍像是说笑一样随口问起，能不能念他这些年的功劳，留他名声，只是免去他的全部官职差遣？叫他从此销声匿迹，不再在人前露面？他不是从西边来的吗？能不能……

同平章事大人私心说道，这的确是个好主意。他也曾不止一次地起过这个念头,这样想时常常是在深夜。然而,他首先是陛下的一个臣子,而陛下对此另有看法,何况这件事情里还有别的因素在起作用。别的、重要的因素。

同平章事开口只说了一句,寺卿大人明白,有些事,不好说。

评事完全明白,毫不含糊。

同平章事用平静的、不容推辞的语气告诉大理寺评事,任待燕谋反的案子要抓紧办,要他时刻牢记,要对得起圣上的信任,这可关系到他将来的荣华富贵。同平章事还温和地告诫他可千万要保重身体,这件案子的审理全要仰仗他了,千万不可推辞。

这首街谈巷议的词,同平章事大人已经读过了。他手下的一个探子给他拿回来过一张印有此诗的词。这张纸原本贴在城里一条街市的墙上。同平章事杭宪心想,这种新出现的印刷术有时候惹出来的麻烦可比它提供的好处多多了。

同平章事大人如今已经不止一次和任待燕有过交谈。一时间,他十分确信这就是他的手笔。这首诗已经印在他的脑中了:

怒发冲冠,凭栏处,潇潇雨歇。抬望眼,仰天长啸,壮怀激烈。三十功名尘与土,八千里路云和月。莫等闲,白了少年头,空悲切。

汉金耻,犹未雪。臣子恨,何时灭?仗长弓锐剑,破击贼穴。壮志饥餐萧虏肉,笑谈渴饮番奴血。待从头,收拾旧山河,朝天阙。

初秋时,早在最初的大理寺丞决定回家尽孝之前,同平章事大人就收到一封来自淮水的信。

依照官家制定的新的规矩,这封信应该直接呈给圣上,不过送信人不知道朝廷里的规矩变了,这也是情有可原。

这封信是赵子骥写的。赵都统制如今在淮水南岸暂行掌管一支规模相当庞大的奇台禁军。他在信中对同平章事大人极尽阿谀恭维,并且斗胆告知大人,有一支武官队伍在江淮之间的地区遭遇了一大群土匪，这支武官队伍已被证实是从杉橦出发奉命北上的。

赵都统制悲痛万分，职责所在，他上告大人，全队将士——五十人左右——全都为国尽忠了，不过具体情况赵都统制也不能确知，因为也可能有人侥幸逃脱，而且他自己也没有收到朝廷的任何消息，来说明这些军人是谁，人数多少。

这队人马中有一人，赵子骥经过亲自辨认他残存的貉袖来看（他的衣甲有不少地方被山贼扒去了），认出来他是申尉晃，此人当年在西边同番子交过手，颠顸无能而且胆小懦弱。赵子骥想请教同平章事大人，此人可是被军中同侪派到边境接受锻炼的？

赵子骥还说，他当场派出骑兵四处搜索杀人的匪盗，可是同平章事大人想必也知道，村野本就荒凉，加之去冬今春，阿尔泰贼寇来而复往，乡下遭到贼人反复蹂躏，要找到凶手恐非易事。

在信的结尾，赵子骥热切盼望同平章事大人尽快叫任都统制回到军里，任都统制才能远在子骥之上，他若回来，定能缓解新国境上的艰难处境。信中说，边境上最怕出乱子，麻烦之一就是，山贼有可能渡过淮水，到阿尔泰人那边劫掠，以至于破坏两国议和的大事！

同平章事平时不怎么害头痛，可是读这封信时，他开始觉着自己脑仁儿一个劲儿地疼。

他完全明白到底出了什么事。可他担心的是事情会怎样往下发展。他意识到，自己需要对这个赵子骥多做些了解。这人有什么野心吗？应该不会。他还记得这人在小金山上的表现，不过人都会变，而且这支军队的首领被关在这里，很可能引出这样的变故。

万一赵都统制和淮水边上的这六万大军对这桩案子心生不满，他们会怎么办？

可另一方面，官家的意思也相当明白（尽管从没说出口），而且两国的确已经有了一份条款清晰（尽管并没有全部列出来）的和约，番子也的确活着离开汉金回家去了。就在此刻，番子一定已经在准备扩军了。

与此同时，淮水沿岸指定的榷场已经开张了。政府正在从事贸易，征收关税。百姓的生活正开始——刚刚开始——恢复常态。到最后，财富还是会流进奇台。阿尔泰人需要稻米，需要药材，还想要茶叶和盐。番子肯定也懂得这些吧？议和对他们自然也有好处吧？若是这样，那他的计划，官家的计划，还有机会成功。可要想成功，他还有很多事情要做，不能有一点差池。

光是梦见父亲，一点助益都没有。

这年秋天，饱受攻讦的同平章事一直在回避一次特殊的会面，直到后来，他觉得这样做实在是胆小怕事。于是他接见了卢超先生——同平章事大人对卢超的尊敬有甚于他那位诗人哥哥。

当年卢家兄弟是同平章事的父亲的死对头。前朝时，党争不断，兄弟二人都曾遭到流放，而旧党（谢天谢地，只是短暂地）得势时，作为报复，父亲也遭过罢黜。可是也是父亲的缘故，卢琛才得以离开零洲岛回家，而寇赈落得个身败名裂。

天牢里的那个人也是会面谈话中的一部分。杭宪猜想，卢超来就是想说说他的事情。这不难猜到：他已经收到好几封东坡的来信了。

杭宪有时候会想，比起如今的生活，在某个田庄里——就像小金山那样的吧，不过要在南方——安静地过一生或许会更好。

通常他都会把这个自私的念头赶出脑海。如果辞官归隐，那就是不忠不孝。

他在专门招待贵客的会客室里招待了卢超。一个侍女往他们的茶杯里倒满菊花茶，就退到门口站着了。茶杯上有别致的红色釉彩。

杭宪事先把会面的事情奏报给了官家，官家叫他等会面结束之后，把详情讲给他听。直到今秋，官家还跟刚到杉橦时一样：细心，直率，心有余悸。

卢超称赞了茶杯的精美和会客室的质朴。他祝贺杭宪终于执掌政事堂，还说能有同平章事这样的能臣，实在是社稷之幸。

杭宪则说卢先生谬赞了，又对卢超侄儿的不幸深感惋惜，还询问卢琛身体如何。

卢超作了个揖，说劳烦同平章事惦念，兄长身体还好，只是最近不爱说话了。卢超也说，杭太师仙去的消息让他心痛万分，太师一生超拔卓绝，到最后却遭此劫祸，令人扼腕。

"如今世上，令人扼腕的事情太多了。"杭宪应和道。他朝两张椅子一伸手，两人于是并排落座，中间隔着一张小桌子。

卢超说："战争难免让人嗟叹啊。投降也是一样。"

"议和算是投降吗？"

"不一定，"高个子的男人说，"有时候是一份厚礼。细说起来，还要看议和的条款，看付出哪些，又得到哪些。"

"我也是这么想啊。"杭宪说。父亲或许会问卢超一个难以回应的问题，给他点压力，探出他心底的想法。但卢超可能会有所预见，于是不了了之。

杭宪说："卢先生，议和是官家的主张。我只是尽量为奇台多做些争取。"说话时，杭宪自己都吓了一跳。

卢超看着他。卢超是个不苟言笑、心思缜密的人。他哥哥，那个诗人，却是个佻达、莽撞而又聪明的人。又或许该说，过去是这样，在他儿子死于非命之前是这样。

卢超说："明白了。那这和议里面，有没有什么内容，虽然在台面之下……对官家来说却是至关紧要的？"

这些话点到即止。

杭宪突然说："若能留先生在杉橦，随下官一道向陛下进言，我将感激不尽。"

卢超笑了："多谢大人的美意。令尊要是还在世，恐怕不会答应的。"

"家父已然仙去了。很多事情，都变了。"

又是心思深沉的一瞥。"的确。二帝'北狩'，至今都不得回来啊。"

杭宪小心翼翼地说："今上日夜思虑的，就是此事。"

"是啊，"卢超说，然后又重复道，"是啊。"

他们彼此心照不宣。谈话的双方只要心中有默契，自然会明白对方的言外之意。杭宪心想，有时候，非这样说话不可。

他说："先生，我可不是说说而已。先生可愿意来到朝廷之上，再造一个新的奇台？"

卢超坐在椅子上一欠身，他细细地品了一口茶，说："都统制任待燕还在天牢里。我们所有人都亏欠于他。只要他没出来，或者是因为'不忠'而遭受惩罚，我就不能进这个朝廷。"

杭宪心想，自己真是活该如此。刚才还是波澜不惊、心照不宣地说着话，冷不防却像是突然挨了一记重拳。他早已经过历练，端茶杯的手仍然十分稳当，可是一时之间却忘了应对。

在这片的沉默当中，卢超又开口了："大人不必说话，不过在我看来，都统制被囚，也是那上不得台面的议和条款的一部分——对此家兄也是同样的看法。"

杭宪想的却是宫里的另一次会面，在一间更大，装饰也更富丽堂皇的屋子里，会谈的人有阿尔泰密使、官家，和他自己。

他看向坐在身边的这个人。他的头发日渐稀薄，胡子也变得灰白，戴着一顶简单的帽子，衣着打扮朴实无华。杭宪感觉自己太过年轻，太欠缺经验，以至于眼下进退失据，尽管他知道自己其实不缺经验。经历过变局的世界需要更年轻的人，但如果说是老一辈毁掉了这个王朝却也是有失公允。

杭宪虽没有说话，却强迫自己迎上对方的目光，点了点头。他觉得，这是自己欠他的。

卢超说："可惜呀。"

而杭宪，停了一会儿，说："可惜。"

颜颇曾经当过很多年的阿尔泰部可汗，后来不知怎的，被迫地成了皇帝，草原共主，今年夏末，他薨于中京。

黄昏时分，他身上裹着红布，被放置在城外的草原上，等着被狼吃掉。这是他族中的习俗。颜颇活得不短，他的死也不算个意外。从一个部落的可汗到统御众多部落的皇帝，这其中的变化，他到死也没有完全弄懂。从某种意义上说，他不过是被自己的将领们裹挟着一路向前，撞进了这个世界。

一段时间里，不只是奇台的朝廷，就连阿尔泰的南京，都没有收到他的死讯。

有些人想让消息尽量晚点儿传出去，还为自己争取一点优势。

他们没准儿还想继承颜颇的皇位。

若是这样，那他们就落了后手。他们都死了，叫人伤心。

颜颇死的时候，都元帅完颜和他麾下的三万草原精兵，都被困在他们征服的奇台都城汉金里。他在北方的族人也不知道这个消息。在当时，通信就是这么困难。

到最后，正如后来草原上的说法一般，完颜和草原骑兵的威名让围城的奇台禁军如丧家之犬般掉头南逃。完颜本来可以再次追猎这群无胆鼠辈，可他却带着胜利返回草原，在那里，他听说了颜颇去世的消息。

完颜接受了那些把消息告诉他的人的投诚。他和部落头领们喝了一通马奶酒，说中京有人想要谋朝篡位，他要即刻出发，先向北再往西——带上半数部队。余下的士兵留在南京，防备奇台人决意北进。不过这种事情不大可能，要是他们真敢来，那就对他们施以惩戒，就像教训一群狗一样。

入冬时节，草原上的新皇帝加冕了——那是一顶专门为这种场合准备的新皇冠，由掳来的工匠用从汉金抢来的珠宝打造而成。

萨满们摇着铃敲着鼓主持大典，完颜在典礼上发下誓言，愿意接受并且履行自己对天神和草原各部的责任。

他活的时日太短，来不及做出一点像样的成就。第二年夏天他就死了，死时正值年富力强。

战死沙场是一种荣誉，他没有死在战场上。他也没有寿终正寝。一只能致人死命的蜘蛛咬了他一口，他因此被锯掉一条右腿，后来又中了绿毒，这种事情并不鲜见。在完颜皇帝痛苦的弥留之际，有人听见他一遍遍大声地叫喊着弟弟的名字，还语无伦次地哭喊着什么围着火堆跳舞的往事。

完颜御宇内仅五个月。在他身后是一场血腥残酷的皇位之争。

然而，在新划定为边界的淮水两岸，新的草原帝国和新的奇台之间却和平相处了两百多年，两国使节来往，贸易不断，甚至两国历代国君还会彼此赠送寿礼。时间流淌，一如江河奔腾。

即便是在宁静的东坡。她还是被恐惧和恼怒占据了心神。这年秋冬的每个夜晚都辗转难眠。每个清冷的早晨，她都疲惫得几乎要流泪。

这并不因为她只是个女人。连男人也全都一无所获。她一直在想赵子骥，想王黻银，还有卢家兄弟。卢超甚至亲赴杉橦，和同平章事有过会面。

任待燕被投入天牢，那天牢里只关着他一个人。真是一项殊荣啊。林珊苦涩地想。她感到无助，怒火中烧。

当年父亲被发配零洲，她逼着自己做了些在世人看来不该女人做的事情。她给朝廷写了信。她还记得，那封信她来回写了多少遍，好让每一个字看起来都毫无瑕疵。

于是她拯救了父亲的性命。她还记得当初收到警告，她独自如何在黑暗中等待刺客上门。她仍然记得、仍能感受到那股怒气，催得她亲手把刺客敲晕。刺客的目标是她。她的身子，她的生命。这第一棍子一定要由她亲手敲下去。

即便女人这样做不成体统，她也认了，当时她听见那刺客吃痛的哭喊声，是那样地心满意足，不过如今回想，却实在高兴不起来。人的本性里，林珊心想，有些地方有些时候还是别去看的好。

可是如今，每天天亮，她都会想起他还在牢里。一个在心目中占据这等重要地位的人，却被囚禁在那样的地方，这怎么能认了呢？

每个人对她都很和善，可她想要的却不是和善！她想要改变事情的进展，改变这个世界，改变世界的这一个角落。也许——说到底——她比自己原想的更像那位早已去世的诗人。也许，和岑杜一样，她也想要解救苍生。

可她只想解救一个人，那人每晚都躺在杉橦的囚笼里。她想解救他，她想他来这里。

卢超旬月之前回来了，没有带回什么好消息。他说，奉命审理此案的大理寺官员都不乐意接这趟差事。有两个还辞了官。但凡心中还存有公道的人，都无法从待燕的行为中找出甚或捏造出任何叛国的罪状。待燕先是击败敌军，然后一路追亡逐北，意图将番子一网打尽。

这怎么能算叛国？北伐途中他又违抗了哪一道命令？朝廷里根

本没有发出命令！等命令真的来了，这条杀千刀的撤退命令来了，任待燕就依命撤军，而且亲自来到官家面前。

林珊别无他法，只有一件事可做，即便这样做意味着她背叛了一份信任。不得已时，非这样不可。

任待燕在东坡过的最后一晚曾给林珊看过一首诗。他说："珊儿，我不算什么诗人，这东西只给你一个人看看。"这话他过去就说过。

林珊读了两遍，说："你总是这么说，看这首诗就知道你在说谎。我要把它拿给卢琛看，还——"

"不行！"他说，明显被她这个想法激怒了，"不能给他看。谁都不能看！太丢人了。我算得什么，写的东西还要污他的眼目？"

她记得自己揪了揪他披散的头发，用力不小。

"我母亲以前就这样。"他说。他以前就说过这话。

"你活该！"林珊回答。

"不是，"任待燕嗫嚅道，"我觉着她这是心疼我。"

林珊亲吻了他的嘴唇，过不一会儿，他就疲惫地睡着了。

如今，林珊终究没听他的话，她把这首诗给卢家两兄弟都看过了。这之后，读过这首诗的人更多了。他们把诗寄给荆仙的王黻锒。他认识一个人开了家印刷作坊，有那种最新的印刷设备。王黻锒自己写的指导刑狱侦查的书就在他那里印的。

任待燕的诗被悄悄地印出来，有一些趁夜里被贴在荆仙城里的墙上。有一些被寄到别处。这首诗开始在杉橦出现。

很快，这首诗变得比他们印的还要多，全天下似乎都知道了这首诗，知道这些豪情壮志、这些让人叹服的词句，都出自都统制任待燕的手笔，而任都统制如今却成了新皇帝和同平章事大人的阶下囚。

待从头，收拾旧山河，朝天阙。

好一个逆贼呀！人们会在酒肆茶楼，在街头巷尾这样讥诮道。

诗人在东坡说，在这种时候，讽刺也可以成为一件武器。从杉樘回来的弟弟却提醒另外两人:"两国已经议和。万一待燕的命运也成了议和的内容……"

万一真是这样,林珊明白,诗歌就算不上武器了。无力回天,冬季花园的亭子里也没有弓箭了。

除夕这天清晨,林珊和诗人走路去了溪边,又过桥去了道观。走近时,观里正在敲钟。林珊以前就在房门外听到过钟声,都是顺着东风飘来的。不过卢琛从没带她来过这里,道观里一般不欢迎女客。卢琛带她来这里见道士,来见他的朋友,是想要表示一点什么。

道士们都很害羞,也很亲切。林珊和他们一起喝了杯酒,道士们祝大家来年吉祥,还为那些为奇台捐躯的人念经。

一年前的今天,林珊心想,她还在汉金,那时她已经知道大难将至,正准备随待燕一起逃走。她还去找过她丈夫,丈夫守在他家装古董的库房外面。

林珊催促丈夫随她一起逃走,却被丈夫拒绝了。她真的想叫丈夫和她一起走。他们互相拜别,然后她在黄昏的漫天大雪中独自离开。林珊想着齐威,想着他的名字,又往自己杯子里添了点酒。

返回东坡的路上,诗人没有让林珊挽他的胳膊,尽管林珊尽量假装这是她自己的需要。两人在桥上停下脚步,低头看看河里有没有鱼。卢琛说,有时候,东坡的人和道士会在桥上钓鱼。有时候运气还不错。

今天什么都没看见。这是个干冷的下午,冬日里阳光惨白。溪水清澈,缓缓流淌。林珊想象这溪水摸起来、尝起来会有多刺骨。这差不多可以拿来填一阕词了。即便是头脑中出现的图画,都让林珊感觉自己是个叛徒。她知道,卢琛会批评她过于自责。她知道诗人说得对。

回到农庄,进了大门,两人在走道上站住,看着两株光秃秃的树之间的堂屋和堂屋后面种的松树,林珊看见,在下午的天光里,屋顶上有两个鬼魂。

一个男人,一个女人,彼此离得很近,却没有接触。这两个鬼魂像烟又像影子,仿佛风只要再大一点儿,就会把他们吹散。鬼魂似乎在低头看着他们俩,看着她。

林珊不禁轻声叫了起来。诗人转头看看她,又顺着她的目光望过去,笑了。

"这回我没看见他们,是两个?"

林珊只是点点头,眼睛一动不动地望着屋顶。

"一个是卢马,"卢马的父亲说,"另一个是零洲来的姑娘。"

林珊低语道:"我从没见过鬼。我害怕。"

"他们不会害咱们。"诗人温和地说,"他们怎么会害咱们?"

"我知道。"林珊说,她的手抖个不停,"可我害怕。"

这一回,诗人挽起她的胳膊,两人一起进了屋。

房屋里都有鬼。随着时间流淌,一切都会变化——房子会变,住在里面的人会变,鬼魂也会变。在这一点上,东坡也没什么不同——尽管长久以来,卢家兄弟的家一直是许许多多形形色色的人的世外桃源,一个如积水空明,藻荇交横的地方。

都统制赵子骥递交辞呈,辞去自己在禁军中的职务,解甲归田。他从此不再为功名和臣子之责所累。他去了东坡,在当地受到了欢迎,并在那里度过了余生。

在这之前,他娶了妻。妻子名叫邵碧安,老家在一座名叫春雨的县城里。春雨县在西边,在江对岸,正对着赵子骥早年生活过的那片水泊寨。

邵碧安长了一头少见的红发,据说她的祖先来自边境乃至大漠之外的地方。赵子骥也把老丈人接到东坡来。岳父过去是个教书先生,可他的一个儿子上山落草了,于是他去矿上当了个值更的,艰苦的生活将他折磨得年老体衰。据了解,他那个儿子已经死了。

至于赵子骥的小舅子邵磐,赵子骥安排他接受教育,然后训练他成为奇台马军的一名军官。

据说赵子骥的妻子相当聪明,而且美得不可思议。诗人林珊还在东坡的时候,曾教过她书法以及别的学问。

后来,在得到赵子骥首肯之后,邵碧安又把这些学问教授给他们的女儿。女儿后来光耀门楣,嫁给了一个进士。他们的两个儿子都当了兵,多年以后,他们以很高的军阶和人望解甲归宗。

赵子骥百年之后，被葬在农庄上面高处的墓地里，从那里可以看见溪流，天气好时还能看见大江。他长眠在一株柏树下面，旁边是卢琛和卢超的坟墓。这兄弟二人挨得非常近，人们都觉得这样安排很合适，因为他俩一辈子不离不弃。

和他们在一起的还有诗人的儿子卢马。卢马的名字已经成了一句典故，代表的是"忠孝两全"的意思。

诗人的坟前写着他自己的诗：

> 是处青山可埋骨，
> 他年夜雨独伤神。
> 与君世世为兄弟，
> 又结来世未了因。

赵子骥死去那年，他的妻儿收到南十二朝的第二位官家赠送的礼物，他们接受了。他们得到了距离这里不远的一大片农庄，用来交换东坡。

从那时起，东坡成了一处供人瞻仰的地方。人们远道而来，带来鲜花和忧思。这处农庄由奇台、由历代朝廷养护，用来纪念长眠于此的卢家兄弟，还有诗人心爱的儿子。江河流淌，年复一年，田庄始终没有变样。

卢家两兄弟先后辞世以后，那一男一女的两个年轻的魂魄，再也没人看见过他们。黄昏时分的堂屋房顶上，草场和果园里，农庄高处祖坟的柏树和甘棠树上都没有。人们都说他们去了该去的地方，我们死后去的地方。

任待燕仍旧会时不时地站在凳子上，透过高处小窗的铁栏杆向外看。他不知道这样算不算是犯傻，不过对他来说，就算是犯傻也无所谓。他已经做过傻事了。可他时不时地还是觉得想要朝外看看，看看下面的西湖和市镇。从这里不大能看见海，不过有时候他在夜里能听见潮声。

今夜听不到。今夜是除夕，宫殿所在的山脚下，杉橦城里人声鼎沸，喜气洋洋。这挺好，他想，旧岁将尽，新年初始，生活还在继续，男男女女都需要庆祝他们活过了这个关口。

他在回想往年的除夕夜，不只是去年汉金的那个除夕。他回想起老家的烟火，每年这时候，县丞都会安排衙役们在衙门口的广场上放烟花。他还记得自己那时候太小，看见夜空中绽放出的缤纷五彩还会害怕，他会紧紧地站在母亲身旁，只有看见父亲对着漫天的红红绿绿微笑，才会放下心来。

让人惊讶的是，他至今清楚记得父亲微笑时的样子。任待燕心想，有些东西，我们就是能记住一辈子。无尽的江河滚滚向东，流水把每一个人都裹挟其中。可是从某个角度来看，我们仍然留在遥远的西方，一部分的我们仍然留在家里。

这里的烟火相当壮美，种种图景能让观者恍若回到童年。他看见天上绽放出一朵红色的牡丹，工艺奇巧，他看得哈哈大笑。他心想，人处在他这样的位置，如何还能笑得出来。铁窗外面，匠人们操弄的焰火，能让他感到——哪怕是短暂的——快乐，这意味着什么？

此刻鞭炮声噼噼啪啪响成一片，一刻不停，有的声响来自这边宫里的空地上，有的来自山下的西湖旁，还有的来自湖面的船上。夜晚喧嚣而明亮。人们知道，如今又太平了。或许，来年就不会有性命之忧了？不过这种事情谁又能说得准呢？

今年秋天，只要再给他两个晚上，等到和今晚一样的月黑之夜，他就能夺回汉金城。

外面的声音十分喧闹，不过他先是上山当贼，又入伍从军，之所以能活到现在，其中一个原因在于他的耳朵很灵，所以他还是听见身后走廊里传来了脚步声。于是听见门锁响动，他就从凳子上下来，等着外面开门。

同平章事独自一人走了进来。

杭宪不说话，只是把一只带浅盘的小炭炉放在囚室中央的小桌子上。炭炉是他自己带来的。浅盘里温着一壶酒。还有两盏深红色的酒杯。

同平章事大人向任待燕作了个揖，后者也同样回过一礼。任待燕看见门虚掩着。他留了点心思。

外面响个不停,噼噼啪啪,随后天上炸开一团团烟花。

任待燕说:"屋里太凉,恐怕也没办法生火,还请大人见谅。"

同平章事说:"我猜他们是怕不安全吧。"

"是吧。"任待燕说。

"饭菜还算可口?"

"挺好,多谢大人。比当兵的伙食好多了。还送来干净衣裳,还有剃头匠,为我削发净面。大人也看到了,那剃头匠也没割开我的喉咙。"

"看到了。"

"大人要坐坐吗?"

"多谢,都统制。"

杭宪搬来凳子。任待燕把长凳挪过来,两人相对坐在桌旁。

"我带了酒。"同平章事说。

"多谢。有毒吗?"

"咱们一块儿喝。"杭宪没有一丝不安。

任待燕一耸肩,问:"大人来这里做什么?我来这里做什么?"

屋子里只点了一盏灯,光线黯淡。对面这人的面色不容易看清。杭德金的儿子一定也很善于掩藏自己的想法吧。他一定学过这些技巧。

同平章事不急着回答,先往两只杯子里斟满酒,也没有举杯,只是平静地说:"你来这里,是因为阿尔泰人把你的命当成议和的条件之一。"

到底是说出来了。

从某种程度上说,任待燕其实一直都知道。只不过,自己知道一件事,和后来听见别人确认这件事,两者终归是不一样。事情会因后者而确凿无疑,像一棵树一样,在这世上扎下根来。

"官家答应了?"

杭宪并非胆小之人。他迎上任待燕的目光,说:"答应了。相应地,官家要求,不管奇台提出怎样严正的交涉,要求释放二帝,番子都要把他的父兄永远留在北方。"

任待燕闭上眼睛。一声炸响从他身后,从牢狱外面的世界里传来。

"为什么要告诉我这些?"

"因为你是奇台社稷的栋梁,"杭宪说,"也因为我知道内情。"

任待燕大笑起来,几乎喘不上气来。

"我明白,"杭宪又说,"这话听起来着实古怪,看看这地方。"

"的确,"任待燕同意道,"你独自来见我,不害怕?"

"怕你害我?怕你逃跑?"同平章事摇摇头,"你真想这样,这会儿早把你的军队调过来,威胁朝廷再不放人就要造反。"

你的军队。"我怎么往外送信?"

"这不难。我敢说你早就叮嘱军队留在原地。你的士兵或许不愿意,但还是会执行你的命令。"

任待燕就着这一盏灯,看着杭宪,说:"有这样一位宰相,是官家有福。"

杭宪耸耸肩:"我倒希望是奇台有福。"

任待燕隔着桌子,一直端详着同平章事。"当老太师的儿子,很难吧?"

看得出来,这个问题出乎他的意料。

"是说要学会凡事以社稷为重?"

任待燕点点头。

"或许吧。在其位,谋其政罢了。我猜这就跟身在行伍,就要做好准备上阵厮杀一样。"

任待燕又点点头。他柔声说:"你方才说的,是想暗示我,你绝不想让我有机会把刚才听到的话告诉别人。"

一阵沉默。同平章事大人从自己杯中抿了一口酒。他开口时语气轻松,就像是聊起了天气,或是今冬大米的价格。"家父让我一点点适应了许多寻常毒药,他自己也是这样。同样的剂量,能毒死旁人,却伤不到我。"

任待燕看着他,点点头:"我知道。"

轮到杭宪瞪大眼睛了。"你知道?你怎么⋯⋯"

"王黻银,他比你所了解的还要聪明,你最好能尽量将他收为己用。你该把他也带来。"他没有碰自己那杯酒,"想叫我帮你轻省一点儿?"

一阵更加漫长的沉默。然后杭宪开口了:"都统制,番子闯进了家父的住处,家父就死在那间屋子里。番子还亵渎了他的尸体,把他扔在那里喂野兽。番子并不知道会有人回来为他收尸。家父的一生不该落得如此下场。所以请你明白,对我来说,这一切绝不可能有半点轻省。"

停了一会儿,杭宪的目光越过任待燕,望向铁窗,他又说:"我没有带兵过来。我把狱卒都解散了,叫他们庆祝新年去了。这道门,还有通到外面的门,都敞着。"

这下轮到任待燕吃惊不小。就算你觉得自己准备得再齐全,就算你认为自己对这世界有再充分的了解,总会有人——不论男女——像这样让你吓一大跳。

"为什么?"

杭宪隔着桌子看向他。任待燕心想,他还很年轻。他父亲死的时候又瞎又孤单。杭宪说:"那时你站在官家面前,我心里冒出个想法。"

任待燕等他说下去。

"我敢说,那天你已经打定主意,决意赴死。"

"我干吗要想死?"任待燕很不自在,感觉自己被人看穿了。

"因为,任待燕,你最后想说奇台需要一个榜样,一个宁愿赴死,也不愿举兵造反的忠臣良将。"

这一番话,任待燕同样从没想过会听到任何人大声说出来。甚至在他自己的头脑里(或心中),他也从没有如此清晰地构想出来。在这个时候听到这番话,听到它被人用言语说了出来,实属难得。

"我一定是狂妄至极了。"

杭宪摇摇头。"或许吧。又或许你只是明白我们何以如此积弱,我们何以边备松弛,何以如此不堪一击。说说看,"他问,"朝廷召你回来,这条命令是不是很难接受?"

真是奇怪,此刻他连喘口气都变得十分困难。任待燕感觉像是自己的所思所想都被这人一眼看透了。

他说："我告诉官家了，我们有办法进城。我们本可以从城里打开城门，然后一鼓作气攻进城里。汉金城里根本没有骑兵的用武之地，他们在城里只能坐以待毙。"

"明知这些，你还是回来了？"

外面又是一声爆竹炸响。他背对着窗户，不过他看见对面这个人往窗户瞥了一眼，屋子里也被身后投过来的光线照亮了一瞬。

"我发过誓，要效忠奇台和陛下。可要是——"

"要是因为你，下一个四百年里，人们还是认定军队将领都不可信任，都有觊觎权力的野心，都想要利用士兵来夺权，那你这还算哪门子效忠？"

任待燕停了一会儿，点点头。"对，这是一部分原因。此外还有……责任？就是责任。"

同平章事看看他。

任待燕把头转向一边。他说："我不是皇帝。我当然不是，我也没这个野心。可违抗君命就是造反。"他看向对面的人，两只满是伤疤的手摊平放在桌子上。

"于是你回来了，你明知道自己命——"

"不，不是这个。我可没这么大义凛然。你刚才告诉我的，我当时并不知道。当时谁也不知道议和的条款有哪些。"

"我觉得你知道。"杭宪郑重地说，"我觉得，不管是通过什么手段，你就是知道，而不论如何，你还是回来了。为的是彰显一个士兵的忠心。"

任待燕摇摇头说："相信我，我一点儿都不想死。"

"我相信你。不过我同样相信，你感到一种……用你的话讲，沉重的责任。我刚才说过：你是奇台社稷的栋梁。"

"所以你带了鸩酒来？"他本该大笑才对，起码也会微微一笑，可他似乎笑不出来。

"我还把身后两道门都敞开了。"

"这可称之为，一番好意。"

杭宪却笑了。"你比我还顽固。"

"我父亲教的。"

"家父也是这样教我的。"

两人你望着我,我望着你。杭宪说:"你今晚如果离开这里去了别处,那就从此隐姓埋名,从人前和历史中消失。任待燕,我很乐见自己没有害死你。"

任待燕吃惊地眨眨眼。他的心跳加快了。

"隐姓埋名?该怎么办?"

杭宪的神情十分激动。就算囚室里只有一盏忽明忽暗的油灯,也还是能看得出来。"头发换个颜色,蓄部胡子。穿身道袍去当道士。回泽川种茶。我怎么知道?"

"叫我认识的人都以为我死了?"

"叫所有人都这样以为。就好像你已经离开了这个世界,离开了这个时代。这一点上,你大可以相信我。"

"那要是我万一被人找到了呢?要是哪个士兵听出我的声音呢?要是遇上过去认识的山贼呢?要是有人曾经见过我背上的字呢?要是消息传出去,人们都来找我呢?要是有人到处说,任待燕还活着,就在南方,而你对百姓课以重税,把新的商品收归官营,做些叫百姓记恨的事情,又该怎么办?"

轮到杭宪稍稍闭上眼睛了。他说:"我们一直在做百姓记恨的事情。我想,我情愿担这份风险。"

"为什么?这太愚蠢了!要是令尊——"

"要是家父,早就把你屈打成招了。就凭我在这儿说的话,他就该去官家那里告发我,还会亲眼看着我被砍头。"

"官家。你……怎么向官家交代?"

"就说你今夜在这里被杀,尸体被烧掉了,这样就不会有人来埋葬你,缅怀你。"

"烧掉,被当作是奇台的叛徒?"

杭宪摇摇头。"我跟大理寺的官员都交代过了。没人想判你卖国,任待燕。"

"总会有人被收买的。"

"的确。不过你太过重要,我需要一个万人景仰的对象。如今是建朝之初,这些事情有大作用。"

"可如果我消失了，在世人眼中，你不就成了谋害一代名将的凶手？"

"一代名将，不错。我想官家会在公众面前表现得悲痛万分，会雷霆震怒，然后把罪责扣在——"

"宰相头上？"

"更可能是这里欺君冈上的看守头上。"

"因为官家用得着你？"

"是，用得着我。"

"你得找几个欺君冈上的看守，砍掉他们的脑袋。"

"这没什么难处，都统制。换个由头，他们还是要掉脑袋。"

"是说我真的死在这儿？"

同平章事点点头。"总要有人被抓来顶罪。"稍停片刻，杭宪站了起来，任待燕也一并起身。杭宪低下头，看看桌子，和两只酒杯，说："我听说，不会有痛苦。两杯都喝下去还会快一些。"

杭宪不等回答就转过身离开。到门口时，他脱下自己带兜帽的毛皮大氅，把它丢在小床上。

他犹豫一下，最后一次转回身来。"这也是我所坚信的。如果同他们开战，就会有血，有火，有兵祸，有饥荒。战乱会绵延几代人之久。这次议和，我们做出这么大的退让，就像死一样艰难。不过不再会有老人幼儿死于非命了。我们的命，不光属于自己。"

他走出了囚室。

这里似乎没有别人了。他不知道时间过去了多久。他坐在长凳上，背对着窗户，胳膊肘撑着桌子，手一直捂着眼睛。他感到头晕目眩，就像脑袋上挨了一记重拳。他有过这样的体验——儿时在家被哥哥打，在水泊寨的多年生活，在战场上。他拨开垂在眼前的头发，四下看看。门一直敞开着，桌上摆着两杯酒，烧酒炉上放着一只酒壶，炉火已经熄灭了。床上有一件毛皮衬里的大氅。

似乎已经没有人燃放烟花了。一定很晚了。他想。他揉揉眼睛，把长凳搬到窗口，站上去向下张望。山下的城里还能听到响声，不过此刻星空下的西湖上却是一片漆黑。

他从凳子上下来,打了个寒战。然后他意识到,自己一定是真的吓了一跳,并深深地感到困惑——屋子里似乎闪过一道光,这光显然不是来自油灯。他想到或许是鬼魂,是亡灵。

据说,狐魅自己身上就带着光,只要乐意就能放出一道光芒,引诱走夜路的人随他们而去。有些鬼魂也可以,据说鬼魂的光是银白色的,就像月光。今晚没有月亮。正月初一,新年伊始。他想起马鬼的岱姬。当初要是随她而去,也许到最后,他会活着返回人间,回到另一个年代,不是当下,桌上也不会摆着这样两杯酒。

他突然记起来,有些传说讲的就是这类故事,高高的大门为故事里的主人公敞开,他们可以看见另一个世界里射出来的光芒,那是他们将要前往的世界,而他们那时尚未死去。

门。囚室的门敞开着,杭宪说,走廊尽头的门也敞开着。他还有件带兜帽的大氅,可以让他遮蔽面容。他知道该怎样逃离市镇,但凡是个合格的山贼都知道该如何逃跑。

他看看那两只酒杯。杭宪说,两杯都喝下去会快一些。他还说,我们的命,不光属于自己。

这人不坏。不得不承认,他算是个好人。任待燕以前也认识一些好人。他想起自己的朋友,想起纵马驰骋时迎面吹来的风,想起一起等待天亮的战斗,还有等待时心脏的跳动。美酒的味道,有时也会喝到劣酒。竹林,阳光透过竹叶照下来,竹剑。母亲揪扯着他的头发。

人如果把关于自己的一切都抛在身后,那他还能生活吗?如果他尝试着这样做,到头来他会被人发现吗?万一被人发现了,又会生出哪些变故?一切努力都白费了吗?成了一个谎言?可是奇台尽管失去这么多国土,却仍旧幅员辽阔,这么大的地方,还藏不住一个有经验的山贼吗?他想着奇台。头脑中一下子掠过奇台帝国的广大图景,仿佛他像神仙一样在帝国上空、在群星之间翱翔,俯瞰着下方辽远的大地,失去的故土山河,也许有一天,这些土地终将失而复得。

他想起林珊,不期然遇到的人,想起她那份叫他受宠若惊的真诚,还有她的情意。即便是此刻,在这里,耳边还是会响起她的声音。这世上偶尔还会有一丝甜意。

最后他想起了父亲。父亲在遥远的西部,在老家。那里是所有河流的起源。他已经太久没有见到父亲了。梦想会牵着人远离故乡。荣耀与责任,尊严与亲情,他心里想着这些东西。趁还活着,尽力而为吧。他想。接着端起手边的酒杯。

任待燕的尸体一直都没有被人发现。这可能是个幌子,以免百姓为他修建祠堂,供人烧拜。这类事情有时会让朝廷名誉受损,会让人疑心朝廷在这件事情中的意图。

不过,找不到尸体也可能引出许多传奇,许多野史,因为我们都需要英雄,都渴望英雄。于是,到最后整个奇台都遍布祠堂神龛,供奉着都统制的塑像——有些骑在马背上,有些则仗剑而立。这些庙宇外面往往还有一个人像,跪在地上,低着头,双手反绑,那是宰相杭宪,大奸臣,有人说他下毒,有人说他派出刺客,总之就是他,违背中兴圣主知祯皇帝的旨意,害死了这位大英雄。

百姓世世代代都来造访祠堂,有的是来拜祭任都统制,有的是来求都统制在天之灵帮忙解决他们自己的麻烦。但不管是谁,来到这里都会朝杭宪的跪像吐唾沫。

历史并不总是宽容,也非永远公正。

任待燕种种传奇中的一个核心故事,是他曾经邂逅过岱姬,任待燕出于责任感和尽忠报国的信念拒绝了她,于是岱姬在他背上刺了字,那些字体现的正是他对奇台的忠诚。

于是,后来有些人相信,任待燕被岱姬悄悄带出了牢房,从而免于一死,而任待燕可能在另一个时代里生活,甚至就活在他们这个时代里。也有些人对此表示怀疑,他们说,还从没听说有哪个狐魅肯插手解救一个凡人。她们才不会这么干。而与此针锋相对的则是:狐魅还给哪个凡人刺过任待燕背上的字了?

人们还知道,卢家兄弟二人去世后不久,曾经得到他们不少照顾的词人林珊就带上仅有的一个随从,坐着大车离开东坡的田庄了。这件事情本身并无不同寻常之处,林珊本是庄上的客人,卢家兄弟在庄上供她吃穿用度，而林珊无疑也让兄弟二人的生命多了些亮色。

不过坊间也有传闻，说她走后去了遥远的西部，一路去了泽川，可她在那里根本没有亲戚，这让人百思不得其解。除非——有人记起来，林珊和任待燕关系密切，而任待燕就来自西部。提出这番见解的人好生得意了一回。

人们无从得知林珊生平的具体细节。对于那些生活在和平年代的人来说，这种情况的确有可能发生，不过……这还是会引人遐想，不是吗？林珊的诗词留存了下来，经过收集整理，付梓刊印，广为流布，也广为传唱，不仅受到时人的喜爱，而且万古流芳，这是另一种形式的不朽。

有一首名叫《星河》的歌谣，这首歌谣母亲哄宝宝入睡时会唱起来；孩子会在私塾里学着唱起来；男人扶着铧犁、赶着水牛犁地时会唱起来；歌女在门口挂红灯的屋子里，会和着琵琶弹奏的曲调唱起来；女人登上阳台，俯瞰地上清泉时会为自己唱起来；爱侣们在夜晚的花园里幽会时会唱起来——他们还会发誓，歌谣里可叹的命运绝不会降临到他们身上。这首歌，自然也是林珊所作。

还有一些传说，讲述的是关于儿子的故事。那是我们挥之不去的念想。

在西部，远在猿声不断的高山峡谷之外的盛都县，也成了一片圣所，一个旅游胜地，因为一生忠义、至死不渝的任待燕就出生在盛都。任待燕的父亲葬在那里，他的坟墓受到了悉心照料。待燕母亲的也是如此。

河山疆土可能丢失，也可能夺回来，还可能再度失去。大体上，纵使家国亡破，山河依旧在。

我们不是神灵，我们会犯错误，我们活不了那么长久。

有时候，会有人摊开纸，往砚台里添上水，研好墨，提起毛笔，记录下我们的时代，我们的生活，我们也就在这些字句中获得了另一段人生。

后记

能和我的中文读者聊一聊《星河》，这让我十分高兴。很荣幸这本书能在中国面世。这部小说的核心，正是我对这个国家的历史、对宋代伟大人物的敬意。

二十年来，通过探索历史上的不同时代和不同地区，我已经发展出自己的一套从历史中汲取灵感、创作小说的方法。用这种方法，我写过意大利、西班牙、英格兰、拜占庭，写过维京人和法国南部的普罗旺斯，还在最近的作品《天下》中写过唐朝。而这一次，我被北宋末年的历史强烈地、深深地吸引住了。

一位评论者把我的创作方法称为"直角转弯向奇幻"，我喜欢这个描述。本质上来说，我是在尽我所能地对一个特定的时期进行研究，我会思考这一时期让我感受最强烈的时代主题和历史人物，然后我将真实历史稍稍地拨转方向——转向奇台，而非中国。

我这样做是出于敬意。我不愿意假装知道，彪炳千古的苏轼——还有伟大的岳飞，还有至今为人们所欣赏的李清照——在某一时刻有怎样的所思所感。我既不想借他们之口来言说我自己的话，也不想把我自己的想法强塞进他们的头脑中。

可是，如果以真实人物为灵感源头，来创造明显有别于他们的小说角色，会让我有一种身为艺术家的荣誉感和解放感。读者会和我一样，明白这些角色并非真实的历史人物，明白我有意为之，好让读者联想到他们。此外，这样一来，我还能够改变时间线，能够让从来都不曾相遇的人相遇（不过我们不妨存有这样的心愿）。这一切之所以会发生，正是因为故事发生在第十二王朝的奇台，而非宋代的中国。

这样的处理手段让我既能够探究历史时代的主题和基调，又不至于对真实人物的生平轻举妄动。读者和作者同样明白，我们无法知道古人的内心生活，而我这样稍作改变，让故事发生在一个虚构的设定里，则更是强化了这一点。

在这些小说里用到一点奇幻元素，还有我非常喜欢的一点。在有关历史的书中，到最后读者都会对过去的人物，还有他们古怪、愚蠢的信仰产生一种优越感，这种情况比比皆是。我们会笑话他们，因为我们感觉自己对这个世界的了解比他们多太多了。我不喜欢这种感觉。我尝试着让书中的世界与角色所理解的世界相一致。

如果八百年前的人们真的相信世上有狐仙、鬼魅（还有仙女，以及神话中森林里的猛兽，我在其他书里写过这些），那我就在我的小说中让这些人们信以为真的东西活过来。我让它们变成故事中的真实存在。我想这样会缩短读者与角色之间的距离。我们会更加理解角色，我们对他们更加感同身受，而没有傲慢和优越感。

真希望我能读中文！几年前，吸引我创作《天下》的主要动力之一就是我对盛唐时代的诗人——杜甫、李白、王维、白居易等——的景仰。如今促使我为宋朝创作了一部小说的，也正是我对李清照，特别是对苏轼的敬意。他们的文学造诣无与伦比。西方人对诗书画之间的联系知之甚少，但尝试着将之作为一种元素，化用到小说当中，这同样是为了表达我对那个时代艺术成就的敬意。

我希望故事中对开封陷落和南宋初年历史的"改动"能触动读者，能引起他们的兴趣。我希望这些说明能让大家更加了解我是何以了解历史，又如何创作我的全部作品的。十分期待看到大家的反馈。

《星河》姐妹篇　一部令整个西方奇幻圈惊叹的小说

天 下
Under Heaven

【加拿大】盖伊·加夫里尔·凯/著
林南山/译

以西方笔，书东方魂，
全方位展现西方作者眼里
最有魅力的中国元素！

大将军沈皋去世之后，次子沈泰为祭奠亡父，
每日于边境的库拉诺湖畔埋葬战争中逝去的士兵，借此安抚亡魂。
但从塞外来的一份神秘礼物，打破了他平静的生活，
随之而来的还有空前的荣耀与致命的危机。
二百五十匹汗血宝马让历史走到了岔路口，
刺客、歌女、诗仙、节度使纷沓而至，行色匆匆，
在沈泰的生命里留下属于自己的妙笔绝唱。
而远在千里之外的京城新安，正酝酿着一场足以动摇帝国根基的政治风暴。
一条普通的归乡之路变得从未有过的漫长和艰难……

人生天地之间，若白驹之过隙，忽然而已；
苍天之下，一切因缘终将回归大道。

被誉为"托尔金传人"的加拿大作家盖伊·加夫里尔·凯，
折服于辉煌灿烂的华夏文明，大胆将故事背景设定为架空唐朝，
唐玄宗、杨贵妃、安禄山、李白……
以历史传奇人物为角色原型，带来另一个时空的震撼感动！

当代奇幻文学里程碑式作品

冰与火之歌

A Song of Ice and Fire

【美】乔治·R.R.马丁/著
谭光磊 屈畅 赵琳 胡绍晏 等/译

《权力的游戏》 《列王的纷争》 《冰雨的风暴》 《群鸦的盛宴》 《魔龙的狂舞》

美国国宝级幻想文学作品，著名科幻奇幻小说家乔治·R.R.马丁代表作
荣获"世界奇幻奖"、"轨迹奖年度小说"、
"雨果奖最佳长篇"提名、"星云奖最佳长篇"提名
被译为数十种语言发行全球，长期雄踞《纽约时报》畅销书排行榜前十位
HBO同名电视剧现正热播！

幻想世界九大家族的权力斗争史诗，文学巨匠马丁赐予的重磅成人奇幻

　　九大权力家族、数十代抢夺争斗、一百个人生视角、三千个鲜活人物……
　　　　在这个四季时序错乱，长时酷暑或又寒冬十年的世界，
　　残酷、黑暗的一系列宫廷斗争，相互厮杀，不会停歇。
　　美好才一开始，黑暗就铺天盖地袭来……愈是接近死亡，一切就愈真实。
　　　　　　灰暗天空，苍白雪地，血红火焰，蓝黑海洋，
　　　　这不是五彩斑斓童话故事的色彩，而是属于现实的颜色，
　　　　　　　　冰冷、血腥、残酷的冰与火之歌！

冰与火之歌官方地图集
华丽盒装，重磅登场！

· 本图集包含12张全手工高清地图，首次披露了从维斯特洛到东方世界之间的真实地貌、布拉佛斯和多斯拉克海的异域风情，以及小说里主要角色的活动轨迹。

· 随地图附赠全彩《冰与火之歌官方地图指南》，100%无遗漏解析，还原一个最真实最详尽的"冰与火之歌世界"！

"冰与火之歌"外传合集 全球首发
《七王国的骑士》

揭示坦格利安王朝的兴衰、
暗藏几大家族的争斗、
讲述不该成王的王的精彩人生。

在《冰与火之歌》故事开篇前约89年，这时的维斯特洛风平浪静。
"高个"邓肯怀揣着骑士梦，
与他的侍从、实则身份远非如此简单的小男孩伊戈，
踏上了行侠仗义、游历天下的旅程。

比武审判、冷壕堡之劫……危险如影随形、死亡寸步不离。
这一场成王路上梦想与现实的碰撞、正义与阴谋的较量，
带给他们的远比他们想象的要多。
忠诚、荣誉、勇气，
终将伴随他们一路向前……

玫瑰战争系列
Wars of the Roses

《红女王》
《河流之女》
《拥王者的女儿》
《白公主》

【英】菲利帕·格里高利/著
夜潮音 尤里 孟小鑫 瞿唐/译

2013年6月BBC黄金剧集《白王后》原著小说
100%无删减，更丰富的人物、更详尽的细节，
还原一个真实残酷的"玫瑰战争"

纽约时报NO.1畅销作者、《另一个波琳家的女孩》电影原作、
英国历史小说女王菲利帕·格里高利巅峰之作

畅销小说《冰与火之歌》的历史原型，英国无数文学艺术作品的主题和灵感来源
该系列荣登亚马逊历史小说类畅销榜第十位、传记类畅销榜第四位，大陆独家授权引进！

英国历史上最残酷的家族权斗，最真实的爱恨传奇
系列终章《白公主》深情上市，家国纷争落下帷幕！

1486年1月，结束了一场无望的恋情，
约克的伊丽莎白公主身披血红嫁衣，成为了亨利·都铎的新娘。
然而，这场充满猜忌的政治婚姻，从一开始就满布荆棘。
传闻中早已死亡的约克男孩惊现海外，
他究竟是图谋不轨的阴谋家，还是名正言顺的英格兰继承人？
内忧外患，纷争四起，战事一触即发。亲情爱情，孰轻孰重？
白玫瑰，红玫瑰，伊丽莎白会做出怎样的抉择？

交织了几代人爱恨的玫瑰战争终于画下波澜壮阔的句点……

欧美最受读者欢迎、史诗奇幻TOP前10经典之作

回忆，悲伤与荆棘

Memory, Sorrow and Thorn

卷一　龙骨椅（上下）

【美】泰德·威廉姆斯/著
项镔/译

"没有《回忆，悲伤与荆棘》，
就没有《冰与火之歌》。"

——乔治·R.R.马丁

海客背井离乡，远渡冰洋。为纪念此壮举，艾弗特王取船底龙骨，
以秘技粹其精华，铸成利剑，名曰米奈亚——"回忆"；
希瑟王子伊奈那岐为报血仇，取巫木之铁，铸诅咒之兵。
弑亲逆伦，尔后触目恸心，称其津锦蓴——"悲伤"；
纳班皇帝不意获九霄外熔岩，遂以此天降金属铸之利刃，
又暗示圣神乌瑟斯遭鞭挞之刑戮，得名——"荆棘"；
人类能否幸存，世界能否归于正途，三剑终将现身。

海霍特城堡里成天做着白日梦的平凡小厮，从未想过自己的生活会不经意间天翻地覆。
国王驾崩，王子反目，西蒙无意撞破真相，随即开始一场漫长的逃亡之旅。
蠢驴西蒙、浪客西蒙，徘徊游荡在地底迷宫，像迷失方向的灵魂无声啜泣……
人类的国度危如累卵，潜伏千年的黑暗之光又被点亮。
大路阴影横行，高山宏瘟作乱，冰封巨龙睁开蒙眬睡眼，风暴之王正在崛起。
人类、矮怪、希瑟，他们必须上路，
寻找传说中的三把神剑，以阻止这场灭世浩劫，然而……

荏弱少年能否破茧化蝶，成就一段新的传奇？

乌有王子 卷一
前度的黑暗
THE PRINCE OF NOTHING

【加拿大】R. 斯科特·巴克/著

王阁炜/译

轰动欧美奇幻文坛，挑战托尔金式乌托邦世界
穿越重重迷雾，以无数线索构筑崭新史诗三部曲
学院派作家R. 斯科特·巴克呕心沥血二十年，
融合《冰与火之歌》残酷与《沙丘》哲思，
黑暗系巨著震撼登场！

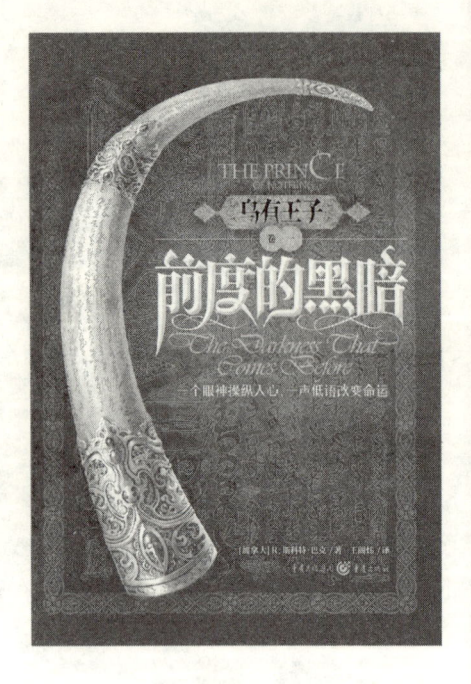

一个眼神操纵人心，一声低语改变命运

两千年前，浩劫过去，战火渐熄。
古老的库尼乌里王国毁于一旦，至高王仅存的血脉被历史藏匿掩埋，
在漫长的时光里，世界几乎遗忘了他们。

如今，自称库尼乌里王子的安那苏里博·凯胡斯在伊尔瓦大陆现身之际，
正是圣战一触即发之时。
他与生俱来的神奇力量足以蛊惑人心，只需一个眼神，一声低语就能颠覆局势。
万物因他而生，万事因他而起，
伊尔瓦大陆被推向一场巨大变革和阴谋的边缘……

三海诸国风云际会，末世浩劫再度来临！
真伪莫辨的古国后裔凯胡斯，是带来救赎的一线光明，
还是将世界拖进黑暗深渊的罪魁祸首？